大汉光武

①少年游

酒徒
作品

目录

第一章　布衣之侠　　　　　　　　1

第二章　乱世红颜　　　　　　　　54

第三章　遥望长安　　　　　　　　68

第四章　人生初见　　　　　　　　87

第五章　年少懵懂　　　　　　　　126

第六章　灞桥西东　　　　　　　　145

第七章　有教无类　　　　　　　　167

第八章　刘秀拜师　　　　　　　　189

第九章　笼中虎豹　　　　　208

第十章　寒潮将至　　　　　222

第十一章　雪尽风平　　　　251

第十二章　书楼岁月　　　　272

第十三章　脚踏青云　　　　301

第十四章　帝王家事　　　　335

第十五章　世态炎凉　　　　369

第十六章　梦想不死　　　　392

第一章　布衣之侠

【天罗地网为子张】

蒹葭苍苍，白露为霜。

才进入八月没几天，寒气就开始盛了起来。棘阳城西的官道旁，树叶被秋霜染得就像一团团跳动的火。每有秋风吹过，落叶便如同桃花般从半空中缤纷而降，撒得行人满头满脸，却急不得，恼不得，更不忍心挥手去拂。

官道尽头的城门口，今日挤满了看热闹的百姓。更有县宰[①]岑彭，带着县丞阴宣、县尉任光以及捕头阎奉、李秩等若干地方上的头面人物，毕恭毕敬地等在了城外的接官亭前。

他们今天要接的，却不是什么达官显贵、公卿绣衣，而是一队盔甲鲜明的武夫。共二十四人，个个胯下都骑着高头大马。走在整个队伍最前面的领军人物，是一位虎背熊腰的壮汉。身高足足有九尺[②]开外，古铜色的面孔上，生着一双牛铃铛大小的眼睛，顾盼之间，目光如电。

紧跟在领军者身后的，则是一名猿臂狼腰的少女。肤色略微有点儿深，眉毛和五官却如象牙雕琢出来的一般清晰。目光明亮，却又不失灵动，隐隐还带着几分调皮。若不是腰间斜挂着一把三尺长的环首刀，绝对让人想

[①] 县宰，新莽官名。王莽篡位后，为了显示自己的渊博，将县令和县长统一改为县宰。

[②] 本书中的尺、斤、石，都为汉代计量单位。一尺相当于现在的23厘米。

不起她那个"勾魂貔貅"①的绰号,而是更愿意将她当作一个邻家小妹,偷偷地带入少年人的梦乡。

"那个就是凤凰岭的铁面獬豸②马武马子张!"看热闹的人群中,有人低低交头接耳。疲惫的眼睛里,闪着不知道是钦佩还是羡慕的神采。

"勾魂貔貅马三娘,原来生得如此漂亮!"还有人踮起脚尖,目光痴痴地在狼腰少女身上反复流连。

马子张、马三娘,这对兄妹的名字,在棘水两岸可是家喻户晓。最近两年当中,不知道有多少贪官污吏的脑袋,掉在该兄妹手中。官兵入山去征剿,要么被兄妹两个领着在林子里头转圈圈,最后累得半死却一无所获。要么直接钻了兄妹两个布下的陷阱,被山贼们杀得屁滚尿流。就连宛城属正③梁丘赐,都在他们手里吃了大亏,被打得抱鞍吐血而归,找名医调养了小半年才勉强能下地行走。

如今,马氏兄妹和凤凰岭的一众当家好汉们,终于厌倦了刀头舔血的日子,决定下山接受招安了。对他们闻名已久的百姓们,当然要凑上前看个热闹。一则瞅瞅这兄妹俩,究竟长着几条胳膊,居然能做出如此大快人心之举。二来,也算是跟传说中的英雄豪杰道个别,从此兄妹两个披上官袍,想必跟平头百姓就是两路人了。大家伙儿再受了官吏的欺负,也就甭指望他们出来主持公道。

"哎,可惜,可惜了!"城门口看热闹的人群里,有一个生着瓜子脸儿的半大小子,叹息着摇头,仿佛阅遍了世间沧桑一般,满脸欲说还休。

"猪油,你又在泛什么酸?"另外一个宽额头的少年挤上前,喊着半大小子的绰号奚落,"即便马家三娘不受朝廷招安,你舅舅也不会准许你娶一个山贼做婆娘。况且她至少比你大四五岁。真要娶回家里头,一天收拾你

---

①② 獬豸、貔貅,都是汉族传说中的神兽。獬豸能辨忠奸,专吃天下奸佞。貔貅分雄雌,雄为貔,雌为貅,巡视天地,铲除妖魔鬼怪。
③ 属正,王莽时代官名,由郡兵都尉改称。

四顿，保准比你娇子还狠！"

瓜子脸半大小子脸色微红，扭过头，振振有词地反击："谁说我想娶她了？这叫欣赏懂不懂？美人如花，你再喜欢看花，还能把漫山遍野的花全摘回家里头去？我方才只是可惜，从此山花移进了庭院，纵使朝夕灌溉不断，从此却不复旧时颜色！唉，啧啧！"

说话间，和几个同伴冲进了棘阳县城内，将城门口正在上演的招安大戏，毫无留恋地抛在了身后。少年人心思简单，体力也充足。追追打打，不知不觉，就跑到了城内的高升客栈门外。正对着街道的二楼窗口，有两个良家子打扮的青年正在举杯对酌。其中身穿白袍的一个听见楼下的嬉闹声，立刻探出半个身子，大声呵斥："刘秀、严光、邓奉，你们几个不好好温书，准备把人丢到长安去吗？"

"哎，哎！"跑在最前方的宽额头少年，连声答应着停住了脚步，"我们刚温习了一段，然后去城门口透了透气。这就回去！"

"我们去看凤凰山好汉了，他们今天下山接受招安！"

"是猪油拉着大伙去的，他想看看传说中的马三娘长什么样！"

话音未落，朱祐已经后边追到。听三位同伴居然敢在大人面前编排自己，愈发羞恼难耐。挥起拳头，朝距离自己最近的严光脊梁骨上便砸，"好你个盐巴虎，就知道拿我当幌子。先前是谁说，秋色更胜春光，错过便是辜负来着？"

"我是看你心痒难搔，才替你找了个借口！"白面孔少年严光一边招架一边倒退进客栈，"子曰，知好色则慕少艾！猪油，你就别装了。刚才若不是刘三儿拉了你一把，你差一点儿就扑到勾魂貔貅的马蹄子下面了！"

"胡扯，你又不是我肚子里的虫，怎么能看到我在想什么？"朱祐不肯认账，继续拎着拳头紧追不舍。

"汝不是严光，焉知严光不知道你的心思？"宽额头少年刘秀不肯让严光一个人吃亏，双双"迎战"朱祐。

"别闹了，都回去读书。今天不把《诗经》里头的小雅卷背下来，全都不准吃晚饭！"二楼窗口，呵斥声又起。四个少年人都失去了继续打闹的心思，偃旗息鼓，灰溜溜地各自回房间用功。

"这四个坏小子！"白袍青年将身体坐回，冲着身穿蓝色长衫的同伴笑着摇头，"就没一个让人省心的，才多大，就知道跑出去看女人了！"

"看了也白看！"蓝衫青年仰起头笑了笑，不屑地撇嘴，"那马家三娘子，岂是寻常人能降服得了的？跟她哥哥马子张落草这半年多来，将前去征剿的将官不知道宰了多少个。谁要是把她娶回了家，万一两口子起了口角，呵呵……"说着话，挥手为刀，在半空中虚劈。让周围的其他酒客忍不住齐齐缩头，脖颈后陡然生寒。

对自家同伴的高论，白袍青年却不敢苟同，笑着反驳："夫妻之间，又怎么能真的动刀动枪？况且，那马三娘也不是一味的残忍好杀。至少在这十里八乡的父老眼中，她跟哥哥两个，恐怕比衙门里的官员还要良善一些。只是此番受了招安，却不知道岑县宰将如何安置她。"

"还能如何安置？怎么也不会让她留在衙门里头做一个女捕头！至于她的哥哥马武，杀了那么多当地大族子侄，唉……"蓝衫青年摇摇头，对马三娘兄妹受招安后的前景，心里头分明是一万个不看好。

然而，此刻二楼酒客颇多，他又不想将话说得太明。沉吟了片刻，压低声音感慨："这岑君然，不愧是太学子弟。才做了县宰不到四个月，就能逼得马氏兄妹下山接受招安。"

白袍青年同样不看好马氏兄妹的前途，也跟着摇了摇头，笑着说道："也好，从此之后，新野、棘阳等地，也算落到个安生。"

"但愿那马子张能受得了朝廷羁绊吧，他那烈火般的性子……"

"他若是能受得了，当初就不会一怒之下斩了带队催粮的前任县丞……"

话音未落，耳畔忽然传来一阵凄厉的号角声，宛若腊月里的白毛风，瞬间把寒气送进了人的心底。

"好端端的，吹哪门子画角？"白袍和蓝衫青年同时按剑而起，从窗口探出半个身子，举目朝号角声起处遥望。

目光所及处，只看见数以千计的百姓，正如同受惊的牛羊般，四散奔逃。而紧贴着城门内侧的院子里，则有大队兵马跳了出来，举起明晃晃的环首刀，将城门口堵了个水泄不通。

刚刚进入城来的凤凰山贼，被杀了个猝不及防。想要掉头冲出城外，哪里还来得及？一眨眼工夫，就被吞没在一片凛冽的刀光之中。

【鸿门宴罢夜未央】

"好个岑君然，好个瓮中捉鳖！"蓝衫青年眉头轻轻一皱，旋即便想明白了城门口事情的来龙去脉，左手握拳，重重地捶在了窗棂之上。

"你我都忘记了，被马武一刀劈掉的那个县丞姓甄！"白袍青年的目光投在城门处，咬着牙补充。

很显然，所谓招安，从一开始就是个陷阱。马子张当初杀掉的那个贪官，出自本朝一门三公的甄家。其族中长辈，恨不得将马氏兄妹挫骨扬灰，怎么可能容忍二人去做新朝的将官，继续活着打甄氏一族的脸？而县宰岑彭，又怎么可能有勇气，冒着得罪当朝大司空甄丰和大司马甄邯的奇险，为马家兄妹去争取一线生机？

城门口，刀光依旧在涌动。一个高大的身影忽然撕裂重重包围，像受了伤的猛兽般，咆哮着扑向了县宰岑彭。一个修长的身影，也紧跟着跳了起来，半空中贴着刀光翻滚，灵活如传说中的山鬼。在他们身后，则是七八名浑身是血的汉子，倒下，站起，站起，倒下，每个人都不知道被砍中了多少次，却死死护住了自家首领的后背。

县宰岑彭，也早已不是先前那副彬彬有礼模样。一手持着钩镶①，一手持着长刀，迎住马武，寸步不让。在他身后，则是早已关闭的城门，黑漆

---

① 钩镶，汉代的一种特殊兵器，盾牌与护手钩的混合体。对使用技巧要求很高。与环首刀配合，可出其不意卡住对方兵器，然后将其杀死。

漆的门板上，溅满了鲜红色的血浆。

"卑鄙无耻！"蓝衫青年的面孔迅速变成了铁青色，按在剑柄上的手背，青筋突突乱跳。棘阳城很小，高升客栈距离城门也不算远。站在客栈的二楼，他能将城门处的战斗尽收眼底。

马子张和他麾下那些山寨头目们，果然如传说中一样勇悍。虽然身陷绝境，却没有一个选择屈膝投降。而是立刻下马列阵，互相掩护着，向官兵发起了反击。人数在山贼二百倍之上的官兵，被马子张等江湖好汉杀得节节败退，好几次，都让出了城门洞。全凭县宰岑彭自己手持钩镶死战，才确保了城门不被马武兄妹夺取。

而棘阳县丞阴宣，则偷偷地带领着一群家丁，爬上了距离城门最近的一所民宅房顶。每一名家丁手里，都持着一把怪模怪样的东西。边缘处，隐隐有寒光闪烁。

"阴家居然动用了弩机！"白袍青年猛地一纵身，随即又缓缓落回了屋内。白净的面孔上，写满了愤怒与惋惜。

弩机乃军国重器，按律法，民间不得持有。然而律法却早已管不到世家大族。此时此刻，阴府家丁手里所持的，正是连军队中都不常见的蹶张弩，俗名大黄，射程高达一百二十步，五十步内足以将任何铁甲洞穿。

马氏兄妹武艺再精湛，身后的弟兄们再忠心，也挡不住乱弩攒射。已经可以预见，当阴府的家丁扣动扳机之时，就是马氏兄妹人生的终结！

白袍和蓝衫青年不忍心，却没有勇气出言提醒，更没有勇气出手相助。他们所在的刘氏和邓氏，俱为地方大族，虽然不像甄、阴两家一般显赫，却也枝繁叶茂。如果他们两个此刻压制不下心中的冲动，在不久的将来，家族内必将血流成河。

不约而同地，二人都闭上了眼睛，愤怒地等待着那惨烈一幕的降临。就在此刻，房顶上突然响起了两个稚嫩的声音："小心误伤县宰大人。你们怎么能动用弩箭？""别射，万一射歪了，就是玉石俱焚！"

声音不算高，也未必能让城门口的人听见，却把白袍和蓝衫两位青年吓得半死，"刘秀，邓奉，你们两个找死啊。赶紧下来！别给家中惹祸！"

"我们是不放心县宰大人，才出言提醒！"刘秀吐了下舌头，蹲身从房檐另外一侧溜下了梯子。

"我们是义民。"邓奉低低地强调了一句，也跟在刘秀身后逃之夭夭。

"等会儿我揭你们两个的皮！"白袍青年气得哭笑不得，挥着拳头威胁。

"他们俩中气不足，应该没几个人听见！"蓝衫青年再度翻回客栈二楼，哑着嗓子自我安慰。

喊出去的话，肯定收不回来。如今之际，他们只能寄希望于刘秀和邓奉的声音太低，穿不透城门处酣战的嘈杂。再度扭头朝城门洞前张望，却只看到一片斑驳的血迹和数十具模糊不清的尸骸。马武和马三娘兄妹，连同县宰岑彭，都已经不知去向。

"抓马子张，别让他跑了！"

"所有人听着，不许收留马子张，否则，与贼人同罪！"

"抓凤凰山贼。有举报者……"

一片嚣张的喊声，忽然从城门处响起，如潮水一般向四下蔓延。大队官兵，在当地小吏和衙役们的带领之下，挨家挨户，开始搜索逃走的凤凰山贼寇。看见可能与贼寇相关的东西，如钱币、绸缎和铜器，则顺手抄进自己兜里，替百姓们"消灾解难"。

哭声和哀求声，也紧跟着炸响。听在耳朵里，令人无奈而又绝望。

几处浓烟冒起，火苗紧跟着爬上了天空。

不知道是官兵还是马武的余孽，在民宅中放起了大火。数名獐头鼠目的家伙，拎着短刀在巷子里穿梭，很快，恐慌和混乱席卷全城。

"不好，有人要趁火打劫！"白袍青年猛地打了个冷战，纵身翻出窗外。他做事向来果断，从不瞻前顾后。双脚刚一落地，就立刻扑向了院门，同时嘴里大声断喝，"关门，不要让任何人进来，小心遭受池鱼之殃！"

"赶紧关上大门！无论是官兵还是地痞流氓，杀红了眼睛的人不会讲任何道理！"蓝衫青年也手按剑柄从窗口跳下了二楼，一边大声提醒。

客栈门口,掌柜和伙计们正不知所措,听到了二人的话,赶紧七手八脚地去挪动厚木门板。

大新朝的官兵,可不是一般的"骁勇"。每回去征讨贼寇,无论获胜还是战败,总能砍回远远超过自身损失数量的人头。而官府为了保持将士们的锐气,向来不问这些人头的真实来源。哪怕其中混着白发老妪和垂髫小儿,也一概记功不误。

官兵、地痞、山贼,无论落到哪一方手上,寻常百姓都没有幸免之机。刹那间,先前趴在二楼窗口看热闹、在客栈一楼闲聊的酒友们,被吓得六神无主。有人哆哆嗦嗦朝桌子下钻,有人拿着荷包朝四处藏,还有人则昏头涨脑地冲到了门口,准备抢在被官兵洗劫之前,逃回自己家中避难。无意间,刚刚开始合拢的客栈大门,又给推得四敞大开。

白袍青年恨其不争,猛地一跺脚,将佩剑拉出鞘外,高举在手里,朝着客栈当中所有人断喝:"在下春陵刘縯,与妹丈新野邓晨,俱是本朝良家子[①]。诸君若不想死得稀里糊涂,就赶紧拔剑跟我一道守住大门!"

他生得鼻直口方,打扮也干净利索,白衣飘飘,剑光如雪,一时令所有人的目光为之一亮。

"可是春陵小孟尝刘伯升?"二楼有个方脸酒客探出头,大声询问。

"正是!"刘縯自豪地仰起头,笑着回应,"敢问兄台名号?"

"颖川冯异,愿助兄一臂之力!"方脸酒客大笑着跃窗而出,三步并作两步来到大门口,与刘縯并肩而立。

"巨鹿刘植,愿与三位仁兄比肩而战!"另外一名矮壮汉子,提着宝剑,从一楼大步上前。

"山谷张峻……""荆州许俞……""宛城屈扬……"陆陆续续冲出四五名相貌不同、打扮各异的汉子,拎着宝剑,跟邓晨、冯异等人站成了一排。

[①] 良家子,古代中原地区对清白人家子弟的称谓。没有犯过罪,不是奴婢、娼妓和巫师等"贱民"的孩子,都称为良家子。有佩戴武器和出仕资格,类似于古代希腊的自由民。

【长剑布衣行侠事】

汉家男儿向来好勇任侠，良家子佩剑出行，蔚为数代之风尚。郭解、剧孟①等布衣之侠，更是甚受民间推崇。连太史公司马迁都为其单独立传。虽然朝廷不时出重手打压，但侠义之士在关键时刻，依旧能一呼百应。

是以当刘縯报出名字之后，立刻得到了冯异、刘植、张峻等人的全力支持。原因无他，"舂陵小孟尝"这五个字，已经足以证明刘縯的性格与人品。若非平素仗义疏财，敢作敢当，不可能博得这个雅号。

"大哥，我们也来助你一臂之力！"下一刻，四个少年擎着半尺长的短剑也从客栈一楼冲出，誓与刘縯和邓晨等人共同进退。

"我跟你姐夫还没死呢，轮不到你来出风头！"刘縯毫不客气抬起左手，按住自家小弟刘秀的头顶，一拉一拨一推，将他如同陀螺般转了个圈子，然后一脚踢在了屁股上。

"啊呀……"刘秀被哥哥弄了个措手不及，跟跄数步跌回了客栈大堂。

众人哈哈大笑，学着刘縯模样，抬腿将邓奉、严光和朱祐三个半大小子，也一一"踢"回了大堂。

新野邓晨笑着说道："宽额头的那个，是伯升的幼弟。黑脸那个，是我的侄儿。平素在家里都是惯坏了的，说话做事无法无天，鲁莽之处，还请各位兄弟多多担待。"

邓晨继续向众人拱手："实不相瞒，伯升兄和邓某，都算是官宦之后，在地方上还算有些薄面。等会若有小股乱兵来攻，大伙尽管放手施为。若是有当官的前来责问，伯升与在下自会出面去跟他们理论是非！"

不似刘縯那样义气任侠，他又多了一重缜密。知道先前刘秀和自家侄儿邓奉在房顶上喊的那几嗓子，虽然未必能传到城门口，却肯定被客栈里很多人听了个清清楚楚。所以，干脆把大家伙儿都拉上同一条船，以免有人向官府告密，令刘、邓两家遭受无妄之灾。

---

① 郭解、剧孟，都是西汉有名的侠客。司马迁曾经在《史记》中为他们作传。

冯异、刘植等人听了，只当他是在鼓舞士气，纷纷笑呵呵地点头答应。随即，众人环顾四周，将大门附近容易攀爬的位置划分成段，每个人提着宝剑，带领客栈内的伙计们，专门负责。

不多时，果然有十几个地痞，举着火把，前来砸门。一边砸，还一边狐假虎威地叫嚷道："开门，速速开门。里边的人听着，我等奉县宰之命，追索凤凰山贼寇。若是胆敢拒绝搜查，与窝藏罪同论！"

"放他们进来，关门打狗！"刘縯从门缝朝外看了看，低声与大伙商议。

待所有人都准备停当，邓晨上前，猛地一拉门闩。"轰！"木制的大门，瞬间被推出了一道三尺宽的巨大缝隙。外面正在用力前推的地痞们被闪了个冷不防，一个个像滚地葫芦般摔了进来。

"关门，动手！"刘縯大喝一声，挥动宝剑，朝着距离自己最近的地痞脚踝抹去。对方原本指望能在客栈里抓到一群老实听话的待宰羔羊，哪里会想到惹上一群猛虎？顿时吓得连声惨叫，手脚并用，翻滚着向外逃。

大门再度"轰"的一声，被邓晨带着伙计合拢闩紧。摔进门来的地痞流氓们，被尽数生擒活捉。

"尔等趁火打劫，本该交给官府枭首示众。"巨鹿刘植粗通刑律，踩着一名脑满肠肥的地痞，"但爷爷们有好生之德，不愿让你们自寻死路。先给你们个教训，等外边的混乱结束，自然会放你们回家养伤。可若尔等不知道好歹，非要大呼小叫招来同伙，哼哼，爷爷也不介意为民除害，看官府过后肯不肯给尔等张目？"

"不敢，不敢，好汉爷爷开恩呐！"众地痞流氓都是欺软怕硬的性子，知道这回踢上了大铁板，只能老老实实地自认倒霉。

刘植也懒得折磨他们，征得其他几位豪侠的同意之后，立刻吩咐伙计将这些地痞无赖绑到屋子外的廊柱上，以儆效尤。又看了一眼已经开始变暗的天空，低声道："将黑未黑之时，人心最是惶恐。宵小之辈，也最肆无忌惮。待天色完全黑了之后，反而人心思静。我看那岑县宰，居然有胆子赚马武进城，想必也不是个单纯靠贿赂得官之辈，肚子里应该有些本事。

等回过神来，想必会断然采取措施，防止歹徒借机残民自肥！"

"那就先坚持到天黑！"刘缜听刘植说得头头是道，立刻笑着点头。

"刘兄家中，可有长辈署理刑名？"邓晨却从刘植的话语里，听出了不同味道，拱了拱手，笑着询问。

"正是！"刘植自豪地点点头，拱起手来回应，"邓兄喊我伯先就好。家父、家叔，都做过一任县丞。小弟我自幼被他们带在身边，没少看他们处理案子！"

"在下表字伟卿，见过诸位兄长！"邓晨拱手还礼，顺势做了个罗圈揖。众人也各自上前，或报出表字，或跟大伙重新见礼。

七位布衣之侠，借着傍晚的霞光，踩着淋漓的血迹，谈笑论交。干净的面孔和眼神，令天空中的浓烟，顿失颜色。

【壮士一怒擒虎狼】

不多时，门外又是一阵脚步声。却是数名官兵，拎着从百姓家里起获的"贼赃"，气势汹汹地杀了过来。

带队的屯长[①]见高升客栈内建筑颇为宏伟，门前还有专供散客拴马的石桩，立刻断定里边有可能躲着一群肥羊，一马当先冲到了近前。

"开门，奉旨讨贼。拒不接受搜查，形同窝藏。窝藏山贼，与谋反同罪！"众兵卒也不待屯长督促，主动齐声呐喊。

客栈掌柜被吓得两股战战，哪里还有什么主意？抬起一双泪眼看着刘缜，请求对方替自己做主。那刘缜心中早有章程，也不推辞，将身体与大门拉开了一些距离，大声回应道："敢问门外的将军，是哪位大人的部属？既然是奉旨讨贼，怎么未见跟贼人在野外厮杀，反倒讨到了县城里头来？"

[①] 屯长，汉代低级军职。据出土简牍，军中通常五人为伍，设伍长。十人为什，设什长。五十人为一屯，设屯长。百人为队，设队正。五百人为一曲，设军侯、左官、右官。一千或者两千人为一部，设校尉。地方部队，郡兵则为都尉。再往上，就是各级将军了。

"你,你管不着!"带队的屯长被问得老脸一红,梗着脖子回应,"老子怀疑,有贼人躲进了客栈,你速速打开大门,让弟兄们进去搜查。如果搜查不到,老子自然会带队离开。若是尔等胆敢拒绝,哼哼……"

"他身负皇命,我等若是坚持不开门,恐怕过后会被倒打一耙!"刘植受其父亲和叔叔的言传身教,颇为了解官场中的弯弯绕,犹豫了一下提醒。

"看打扮应该是郡兵,背后肯定有地方官府撑腰。"山谷豪杰张峻也迅速朝外看了一眼,低声补充。

大新朝的常备军分为官兵和郡兵两类,前者归朝廷直接调派,主要用来讨伐大规模叛乱。后者则归地方官府掌控,负责剿灭辖区内的山贼。论战斗力,郡兵比官兵相差甚远,但论祸害百姓的本事,却令官兵望尘莫及。

"门肯定要开!"刘縯也知道在没有足够理由的情况下,不能硬顶,"伟卿、公孙,你们两个躲在门后,伺机而动。"

"好!"邓晨和冯异两个毫不犹豫地点头,然后快步走到大门两侧,将身体贴着院墙站定。刘縯左右看了看,确定自己的办法可行,便深吸了一口气,将佩剑插回鞘中,快步上前,一把扯开了门闩。

"吱呀呀……"厚重的木门,打开了一道窄窄的缝隙。门外的屯长早就等得心烦气躁,立刻带领麾下士卒急闯而入。待进了院子,对四周环境看都不看,将手中宝刀朝着正对大门的刘縯脸上一指,厉声喝问:"你是何人?为何蓄意阻拦本将军捉拿贼寇?"

"故济阳令长子,春陵刘縯,见过屯长!"刘縯不闪不避,叉了下手,微笑回应,"先前有蟊贼趁火打劫,我等不得不小心提防,所以才将大门锁死了,并非有意怠慢。得罪之处,还请屯长多多包涵!"

"你,令尊做过棘阳县令?"听刘縯自称是官宦子弟,带队的屯长顿时气焰大降,愣了愣,迟疑着确认。

"不是棘阳,是济阳,去声!"刘縯又笑了笑,非常耐心地纠正。

无论是棘阳令,还是济阳令,都是朝廷命官。无论是大汉朝的官,还是大新朝的官,其宗族势力都不会太差。带队的屯长也出身于豪门大户的旁支，岂不知其中利害？气焰又自动降低了三寸，大声道："既然是官宦子弟，那仗义出手，帮助百姓对付蟊贼也是应该。先前迟迟不肯替本将，替本官开门，本官就不追究了。但是……"

目光忽然落在绑在廊柱上的众地痞头顶，他愣了愣，语气瞬间又是一转，"他们是什么人？尔等为什么要把他们绑起来？"

"启禀屯长，他们就是趁火打劫的蟊贼。先前被刘某和几个同伴所擒，所以才绑在柱子上，等天明之后也好交给官府处置！"

"噢！"屯长低声沉吟，目光从几个地痞身上扫过，最后落在了廊柱旁的赃物上，随即展颜而笑，"不用那么麻烦了，把他们交给本官就好。连同他们今晚趁火打劫的赃物！"

"刘某求之不得！"刘缜想都不想，立刻轻轻点头。

"救命，刘爷救命——"众地痞吓得魂飞魄散，扯开嗓子大声求饶。天明之后被刘缜送交县衙，按照他们几个今晚所犯下的罪孽，顶多是打一顿板子然后充军边塞。而落到郡兵手中，恐怕被砍了脑袋当作土匪的同党上交的下场，是无论如何都逃不掉的。

屯长才没工夫理睬地痞们，立刻命手下弟兄上前，把几个趁火打劫者"人赃并获"，笑着对刘缜说道："你既然是官宦之后，自然不会跟那马子张有什么瓜葛。等会儿你和你同伴的房间，就不用查了。但本官奉命捉拿要犯，不能敷衍了事。其他人的房间，却要仔细搜上一搜！"

"出门在外都不容易，还请大人好生约束手下，切莫过分相扰！"刘缜想不出拒绝的理由，只能侧开身子，拱着手请求。

"好说，好说！"屯长连声答允，随即向身后挥手，"弟兄们，干活了。招子都给老子放亮些，莫跑了马氏兄妹！"

"知道了！"众兵卒红着眼睛冲进了客栈。三两个呼吸之内，就将里边搅了个鸡飞狗跳，一片狼藉。

"还请大人多少约束一下弟兄！"刘缜看得好生不忍，再度开口。

"放心，出不了人命！"屯长不愿意驳了他的面子，懒懒地敷衍。

"屯长,出门在外行走的,可都是良家子,身上带着官府开具的路引!"刘缜追了几步,声音渐渐转高。

良家子都家世清白,有恒定财产,且多习文练武,今后有一定机会被朝廷征辟为官。在通常情况下,官府很少故意与他们为难。然而自打大新朝建立之后,情况一直比较特殊。而今晚带兵追索马武的这位屯长,又急着弄一笔横财来弥补当初买官的亏空,因此非但不肯领刘缜的情,反而扭过头来,皱着眉头厉声呵斥:"你好歹也是官宦子弟,怎么如此不懂规矩?什么时候郡兵做事,轮到平民百姓在一旁指手画脚了?要不是念着你年少……"

"啊——"一声尖叫,忽然从二楼客房响起。紧跟着,一个披头散发的女子,光着脚从窗口跳了下来,摔在了院子中干硬的泥地上,血流满面。

"娘子,娘子——"一名书生打扮的人,哭喊着从窗口跳下。不顾自己被摔得鼻青脸肿,瘸着腿冲到女子身边,大声悲鸣,"娘子醒来,咱家那几件首饰不要了,不要了……"

那些趁火打劫的丘八,却依旧不想放过他们,从窗口追出了好几个,一边从昏迷中的女子手里抢珠翠物件,一边趁机在对方胸前上下揉搓。

"我跟你们拼了!"书生怒不可遏,挥舞着拳头朝兵卒们身上乱捶。只可惜他的身板实在太单薄了,被兵卒们三下两下打倒在自家妻子身边。

"住手!"刘缜实在忍无可忍,大喝一声上前,抬起脚,将几名无耻的兵卒挨个踢翻在地,"尔等到底是官兵,还是土匪?"

"放肆!"仿佛那几脚全踢在了自家脸上,屯长勃然大怒,"姓刘的,莫非你想包庇马氏兄妹么?"

"不敢!"刘缜迅速转头,用身体挡住受伤的读书人夫妻,沉声回应,"刘某只看到官兵残民自肥,却没看到马氏兄妹杀人放火!"

"你,你……"屯长怒不可遏,把心一横,用刀尖指着刘缜的鼻子咆哮,"本官怀疑这对夫妻是马武的同伙,要捉拿他们审问,你速速给本官让开。否则,休怪本官治你个通匪之罪!"

"你说谁是马武的同伙谁就是马武的同伙,屯长大人,你真是好大的本事!"刘缜向前走了一步,如同扫去蜘蛛丝般,随手将明晃晃的刀刃拨到一边,"大新朝军律,出征在外之时,杀良冒功,罪不容恕。若是你的人再不住手,刘某就是拼着去长安敲响路鼓①,也要将尔等的恶行上达天听!"

几句话,说得中气十足,掷地有声。正在客栈内劫掠百姓的兵卒们听到,心中顿时一凛,纷纷停住手,朝自家头目观望。

被这么多手下眼巴巴地看着,带队的屯长明白,今日自己不收拾了眼前这个小子,肯定无法下台了。索性把心一横,猛地举起钢刀,直劈刘缜的脑门,"大胆刁民,老子先杀了你!"

"啊——"被刘缜挡在身后的书生惨叫着闭上了眼睛,泪流满面。如此近的距离,自家恩公必死无疑。

然而,接下来传进耳朵里的咆哮声,却令他喜出望外。只听见那屯长如同一头疯狗般大喊大叫:"你,你敢还手?你不想活了!来人,这座院子里的人,统统给本官拿下!本官肯定,马子张就是被他们窝藏了起来!来人,快来人。这厮以武犯禁!贼人是个练家子——"

书生又惊又喜地睁开泪眼,只看见,手持钢刀的屯长,被赤手空拳的刘缜打得鼻青脸肿,盔斜甲歪。而从客栈里冲出来的那些官兵,则被先前跟刘缜一道的另外四名汉子用宝剑接二连三刺翻在地,血流如注。

"赶紧去搬救兵。马子张在这里,马子张的同党都在这里!"屯长又怕又恨,扯开嗓子,大声命令。

几名相对机灵的兵卒闻听,如梦初醒,贴着墙根冲向了大门。还没等他们的双腿迈过门槛,两扇门板忽然就像活了一般,"砰"的一声关闭,将跑得最快的两个兵卒,齐齐撞了个四脚朝天。

邓晨和冯异合力闩住大门,转身拔剑。一剑一个,将剩余的兵卒大腿

---

① 路鼓,自周朝起设立于皇宫之外的重要设施。凡有鼓响,无论是谁所敲,当值官吏都必须将敲鼓之人带到皇帝面前。魏晋时曾经取消,唐代又被恢复,改称登闻鼓。

挨个捅穿。客栈中劫后余生的众游子，也彻底放弃了委曲求全的幻想，纷纷抄起桌子腿、擀面杖和菜刀，围拢过去痛打落水狗，转眼间，就将兵卒们打得哭爹喊娘。

【开门揖盗真君子】

"就这种熊样？还指望尔等护卫桑梓？"对官兵的反应极为不屑，刘缜撇撇嘴，抬腿放开屯长，挺直了腰杆大声吩咐，"伟卿、公孙，烦劳你们两个去里面，跟大伙儿录一份证词。把刚才所有事情原封不动记录清楚。顺便再把兵器和贼赃全都收了，把大伙儿被抢的东西物归原主！"

"好！"邓晨和冯异大声答应着，昂首阔步走入客栈。

众郡兵们哪里还有勇气阻拦？只能眼巴巴地看着自己刚刚搜刮来的钱财，又被摆在了油灯之下，任凭原主认领了回去。连带着先前从别处抢掠所得、藏起来没有上缴的体己，也尽数倒搭，虽然暂时摆在桌子上还没人认领，可想要让其再回到自家腰包，却无异于痴人说梦。

更为可恨的是，那刘缜"抢"走了大家伙儿的兵器和钱财之后，依旧不肯罢手。扭过头去继续对他身边四个凶神恶煞般的汉子低声吩咐，"伯先、秀峰、若水，还有屈兄弟，烦劳你们四位去把所有官贼都带到院子里，集中看押，顺便让他们自己包扎伤口！"

"好！"刚刚并肩应对了一场急变，众人心中对刘缜早已佩服得五体投地，听了他的话，丝毫不也觉得委屈，立刻答应着前去执行。

"多谢！"刘缜向几位同伴拱手，皱着眉头开始思考善后之策。还没等在心中理出一个头绪来，背后却忽然传来了一个略显孱弱的声音，"沛国人朱浮，多谢恩公仗义相救！"

刘缜的思路被打断，心中微愠。回过头，见是先前被自己救的那个书生，手里还扶着他的妻子，又赶紧换了温和的脸色，"你们夫妻两个伤得重不重？赶紧上楼去找人烧了热水洗洗，明天一早便可以出门去请郎中。"

"多谢恩公挂怀！在下和拙荆所受的都是皮肉伤，应该不妨事！"书生朱浮搀着自家妻子，先毕恭毕敬地给刘縯施礼，然后用非常低的声音补充，"若非恩公出手，今晚我夫妻两个恐怕在劫难逃。这伙官贼行事如此肆无忌惮，其上司恐怕也不是什么遵纪守法之辈。所以，请恕在下冒昧，恩公定要早做安排，以免事后有人颠倒黑白！"

"的确，我现在最担心的就是此事！"刘縯眉头一跳，旋即脸上涌出了几分喜色，微微躬身向对方施礼，"朱兄能见微知著，可有良策教我？"

"不敢，恩公叫在下叔元就好。"书生朱浮一改先前的窝囊相，先侧开身体还了个礼，稍作斟酌，"看这些人的打扮，应该是郡兵。宛城一带的郡兵，俱归前队大夫甄阜统领。甄阜乃是大司空之弟，其家族素有仁孝相传之名。所以，今晚之事若想平安了结，只能从光明磊落四个字上着手。把一切都做在明处，让长着眼睛的人都能看得见。"

刘縯愣了愣，笑容满面地拱手，"叔元大才，刘某自愧不如。"

"不敢当。恩公行得正，走得直，妖魔鬼怪原本就应该退避三舍。"朱浮冲着刘縯会心一笑，侧身还礼，"且容在下先去安顿了内子，再来替恩公仔细谋划。"

刘縯笑了笑，轻轻点头，"有劳叔元了，同舟共济，你也别总是叫我恩公，在下春陵刘縯，字伯升！"

"久仰春陵小孟尝大名，今日一见，果然英雄了得！"朱浮停步转身，再度给刘縯施了礼，然后才又扶住自家妻子离开。

"这才是真正的读书人模样，某些家伙，虽是太学出来的，却把书都念到狗肚子里去了！"刘縯目送朱浮，白净的面孔上赞赏之色不加掩饰。

刘植在一旁看着暗暗纳罕，走上前小声询问："伯升，这个书呆窝囊废给你出了什么好主意，居然让你对他如此客气？"

"这人身子骨的确单薄了些，却绝不是一个书呆窝囊废。"刘縯冲着他诡秘一笑，却不直接给出解释。来到正对着大门半丈远的位置站好，指着脚下，对客栈掌柜吩咐，"老丈，麻烦你派人收拾一桌子酒水，摆到此处！今晚月色正霁，刘某想对月小酌几盏。"

"这……是,小佬儿这就去准备。"客栈掌柜的三魂七魄早已吓得不知去向,木然答应。如果不是刘缜今晚应对得当,他和他的客栈,肯定早已被轮番而来的地痞流氓和郡兵们抢成了一片白地。如今地痞流氓和郡兵的确都被拿下了,他和自家客栈的命运,却未必比被抢成白地好多少。

有道是,灭门的县令,抄家的郡守,郡兵们吃了这么大的亏,岂能善罢甘休。如果回去跟上司颠倒一下黑白,仗义出手的刘缜和其他几位公子哥能远走高飞,他和他的客栈却在劫难逃。

"放心,刘某惹出来的祸事,刘某一个人扛。绝不让你受到任何牵连!"将老掌柜脸上的担忧和无奈,尽数看在了心里,刘缜和颜悦色地补充。

"唉,唉!"听了这句话,掌柜的脸上终于有了几丝人色,躬身行了个礼,哆嗦着说道,"恩公若、若不出手,不光小佬儿,客栈里很多人今晚肯定都、都没了活路。小佬儿只是、只是担心,担心官府不讲……唉,恩公有什么需要,也请尽管吩咐!"

"没有了,你叫伙计们先搬一张大桌来摆在这儿!"

虽然此时汉人请客设宴的习俗是一人一案,分桌而食。但那只盛行于豪门大户之家,在寻常客栈酒肆里,却早就流行起围着大方桌聚餐。因此不多时,一张硕大的榆木桌案,就被伙计们抬了出来,小心翼翼地摆在了刘缜先前指定的位置。又有人拿来了数个木制的坐墩,摆上了杯盘碗筷和酒水,然后毕恭毕敬地退到一边,请贵客入座畅饮。

"麻烦几位兄弟,帮我把大门打开了!"刘缜冲着伙计们点点头。

"是!"伙计们不知道敞开大门对着街道喝酒是哪地习俗,却谁也不敢多问,小跑着过去卸下门闩,将木制大门合力推开。

"有劳几位兄弟了!"刘缜从随身荷包中摸出几枚新朝的五十大泉,随意地摆在了桌子角上,又指了指躺在地上装死的屯长补充,"麻烦打桶冷水来,把屯长泼醒。刘某想请他吃杯酒,他一直在地上昏着怎么行?"

"别、别泼!醒着呢!"话音刚落,死猪般的屯长,像诈尸般坐了起来,双手左右摇摆得像一架风车,"李某有公务在身,不敢接受刘公子的宴请。

这就带着弟兄们离开，咱们后会……"

"砰！"一声巨响，将他的后半截话语直接憋回了嗓子眼儿。刘缜将拍在桌案上的宝剑缓缓握紧，大声冷笑："好啊，屯长是想回去告刘某的黑状不是？与其等着被你报复，刘某干脆一不做二不休。来人……"

"饶命，饶命啊！"屯长已经吓得面如土色，手脚并用向前爬了数步，双手抱着刘缜的大腿凄声哀求，"刘公子、刘爷不要误会。小人，小人的确是公务在身。小人，小人发誓，出了这道大门之后，今晚所有事情统统忘掉。绝不告您的黑状，绝不想办法报复！"

"既然不想报复，就入座跟我一起喝酒！"刘缜抬腿，将其踢出四五尺远，然后继续低声冷笑，"否则……"

"小的这就入座，这就入座！"屯长激灵灵打了几个冷战，迅速从地上爬起来，以前所未有的敏捷，坐在了刘缜对面，侧脸所向，正是四敞大开的客栈大门。大门外，火光将街道照得亮如白昼。

一伙又一伙地痞无赖和散兵游勇，怀里夹着大包小裹，从街道上匆匆而过。看看客栈敞开的大门，再看看持剑而坐的刘缜和他对面毕恭毕敬的郡兵屯长，纷纷愣了愣，绕着圈子跑远。

【小吏舌上灿莲花】

"伯先，秀峰，你们俩也过来陪客人喝上几杯。"明知道屯长贼心不死，刘缜却懒得理会，笑着发出邀请，"若水，屈兄弟，麻烦你们俩先帮屯长照料他的手下弟兄。等一会儿咱们再换班。"

热情到拿刀子逼着别人入席的，刘植等人平生第一次看到，心中都觉得好生有趣，纷纷笑着点头，"好，多谢伯升兄。我等正口渴得紧！"

说着话，刘植和张峻两个先提着血淋淋的宝剑走到桌案旁，一南一北，正对而坐，恰恰把正在偷偷动鬼心思的屯长看死。

客栈一楼猛地跑出了一个半大小子，仰着沾满血迹的面孔喊："哥，不好了，我刚才在房间里头鼻子出血，把被褥全都弄脏了。你上楼帮我……"

素来光明磊落的刘縯,却没感觉到自家弟弟的举止有异,把眼睛竖起来,低声打断,"些许鼻血,自己找东西擦一擦,过会就干了!没看见我正在陪屯长喝酒么?赶紧上楼温书,别以为出鼻血可以趁机偷懒!"

"是!大哥!"刘秀无奈,只能怏怏地行了个礼,转身小跑着离开。

"小家伙,马上就要进太学的人了,居然还安不下读书的心思。"望着自家弟弟的背影,刘縯带着几分炫耀轻轻摇头。

"小、小兄弟马上、马上要去长安读书了?哎呀,那可真不得了!"屯长正愁无法套近乎,立刻满脸堆笑,"能进太学读书的,可都是文曲星转世。像这棘阳的县宰岑大人,便是太学出来的大才。不过二十出头,便做了一县之尊。过不了几年,恐怕就能坐拥一府,穿朱服紫了!"

"舍弟顽劣,怎么能跟岑县宰比?"刘縯心中看不起岑彭今日所做之事,耸耸肩,冷笑着道。

"比得上,绝对比得上!"屯长没听出他话语里的不屑,继续哑着嗓子吹捧,"如今的太学不比往年,都是天子亲自授业。出来之后,便是天子门生,走到哪里,别人胆敢怠慢?"

"你倒是会说!每届一万多人呢,天子怎么可能照顾得过来?"听他如此善祈善颂,刘縯脸上终于露出了几分笑意,摇摇头,低声反驳。

古今第一贤能、大新朝皇帝王莽接受了自家外孙的禅让之后,新政迭出。最得天下读书人感激的便是太学扩招。将原本只容纳两百人左右的太学,一举扩招到了每届万人上下。四海之内,凡能熟读《经》《传》[①]者,差不多都可以入学就读。

只可惜,此政虽"善"好,却被心怀叵测之辈"诬陷"为收买人心,四方学士非但响应者寥寥,反而"多怀挟图书,遁逃林薮"。

天子闻讯,勃然大怒。立刻给地方牧守们下令,不拘一格,唯才是举。并通过有司,颁布了对太学生的优惠:求学期间,其本人免除一切徭役和赋

---

① 《诗经》《左传》这两本都是古代太学的必修课程。

税，衣食住行皆由国家供应。

如此像刘秀这种原本属于前朝刘氏旁支的普通人家子弟，才有了入太学深造的机会。与朝中公卿之家的晚辈，一道享受天子亲自解惑的恩德。只是，进入太学之后究竟能学到多少东西，就不得而知了。

但无论如何，终究是件好事。否则，光是凭"刘"这个姓氏，刘秀就得跟哥哥刘縯一样，做一辈子布衣之侠。而刘縯虽然素有春陵小孟尝之名，往来皆为英雄好汉，内心深处，却不希望弟弟将来也跟自己一样，这辈子都困在乡野间，随便见到一个里正，都得毕恭毕敬地行礼。弟弟聪明好学，又善良机变，他理应有更好的前途，更好的选择。

"伯升有所不知，天子未必能照顾到每个门生。但天子门生，却不是谁都欺负得！"看到"大恶人"刘縯脸上，难得地出现了几分温柔之色，屯长心中一动，"你看这棘阳县宰岑彭，他也不是出身于高门大户。可到任以来，全郡上下，谁人见了他敢摆上官架子？无他，天子在岑县宰背后站着。扫了岑大人脸面，就等同于心中没有天子！"

"哈哈，如此，就借屯长吉言了！"刘縯被说得心中大慰，微笑着拍打桌案。父母早亡，几个妹妹和弟弟全赖他这个大不了几岁的哥哥，抚养照顾成人。在血缘关系上是长兄，实际上行的却是父亲之职。每当听见别人夸自家弟弟刘秀前途无量，远远比听到夸赞自己还要心中舒坦一万倍。

那郡兵屯长李妙，原本就是靠拍马屁才爬上位。此刻急着脱身，便毫不吝啬将各种好话，成车成车地往外送，把个刘縯听得红光满面。

"实不相瞒，今天李某并非有意得罪刘兄。"看看火候已经差不多了，"实在是属正梁将军催得紧，而县宰岑大人又……"

"来，李屯长，你我一见如故，且饮了此杯润润嗓子！"刘縯已经温柔如水的目光，瞬间又变成了一把雪亮的钢刀，越过高高举起的酒盏，笔直地刺向了李妙，刺得他瞬间冷汗淋漓。

"不敢，不敢！"屯长苦着脸，将酒盏举到嘴边，哆哆嗦嗦喝了好几口，才勉强干掉。

不时有郡兵从被火光照亮的街道上快速跑过。见到客栈里边正在喝酒，还以为李妙是在对所有人公开表明他对高昇客栈的袒护之意，纷纷远离大门，唯恐与客栈里头的郡兵同行起了冲突，耽误了彼此的发财大计。

那客栈里头的其他游子，先前还担忧郡兵大举前来报复，而忐忑不安。到了此刻，终于明白刘縯打开大门与屯长对坐喝酒的玄妙，佩服之余，纷纷慷慨解囊，让掌柜吩咐后厨，把拿手的好菜尽可能地往院子里头端，巴不得这场酒宴，能喝到天光大亮才好。

正期盼间，二楼又传来了几个半大小子整齐的读书声，"有客有客，亦白其马。有萋有且，敦琢其旅。有客宿宿，有客信信。言授之絷，以絷其马。薄言追之，左右绥之。既有淫威，降福孔夷。"①

声音虽然稚嫩，却令半城烟火之下，平添几分宁静肃穆。

【有客入室非所请】

"小秀才，又在憋什么坏水？莫非你真的活腻了？"一个蚊呐般的声音陡然响起，外面的人根本不可能听见，却让屋子内的朗朗读书声戛然而止。

说话的是一名少女，目光明澈如秋水，手中的钢刀也亮若秋水。被压在刀刃下的刘秀激灵灵打了个冷战，无可奈何地将平摊在桌案上的绢册举起来，端到少女的眼前低声解释，"这是《诗经》，考试必考的部分。不信你自己看！"

绢是上好的白绢，上面每一个字，都有婴儿拳头大小。只是，少女能分辨出字的数量多寡，却分辨不出其中任何一个所代表的意思。顿时，原本粉白色的面孔，恼得鲜红欲滴。抬手对着刘秀的脑门儿先拍了一巴掌，然后咬着牙低声怒叱，"拿远点儿，我嫌墨臭。有钱买绢书了不起是么？要不是你们这些豪门大户拼命搜刮，四下里也不至于到处都有人活活饿死！"

"呀，你怎么打人？！"刘秀的脑门上，立刻出现了五根纤细的手指印

---

① 原文出自《诗经·有客》，此处为刘秀借该诗，向外边的哥哥刘縯表达暗示。

儿。他愣了愣，满脸愤怒，"你没看见，我们四个人合用一本绢书？况且这绢是我家自己纺的，字也是我从别人那里借了书，一笔一画抄下来的。怎么到了你嘴里，就立刻成了为富不仁？"

"这……"少女被问得理屈词穷，却不肯认错，将好看的杏仁眼一竖，继续胡搅蛮缠，"你说是你抄的就是你抄的？小小年纪，就会吹牛？这上面的字好看的紧，即便是县城里专门给人写讼状的教书先生……"

"写字好坏，跟年纪有什么关系？"刘秀撇撇嘴，伸出手指在桌上的水碗里蘸了蘸，随即指走龙蛇，"薄言追之，左右绥之。既有淫威，降福孔夷。"无论大小、风格和骨架，都与绢册上的文字毫厘不差。

这下少女的脸面有些挂不住了，未握刀的左手往起一抬，就准备以"理"服人。旁边的严光见势不妙，赶紧低声出言提醒，"马三娘，你是不是不想救你哥了。我们这读书声一断，楼下肯定要问个究竟。万一……"

话音未落，楼下已经响起了邓晨不满的质问声，"刘秀，邓奉，朱祐，上面发生了什么事情？你们几个怎么突然哑巴了？"

"没事儿！"位置靠近窗口的朱祐赶紧转头，探出半个脑袋，大声解释，"刚才，刚才飞来一只母蚊子，在刘秀额头上咬了一口。我们几个，正在满屋里对付那只母蚊子呢！"

"打开窗子，把它轰出去不就行了么？如果读累了，就赶紧熄了灯睡觉。别熬夜，明天一早咱们还要赶路呢！"邓晨将信将疑，不满地提醒。

"哎，哎！"朱祐连声答应着，关好窗子，重新展开绢册。

"你说谁是母蚊子？"少女马三娘快步来到朱祐身边，抬手拧住一只耳朵，"你有种再说一遍？"一不小心，碰得桌案晃了晃，灯油飞溅，顿时将雪白的绢册污掉了大半边。

"你，你这人怎么不知道好歹？"刘秀心疼绢书，一把抄在手里，取了擦脸的葛布用力擦拭，"刚才要不是我们四个机警，帮了你们兄妹一把。郡兵早就杀进来，把你们兄妹两个剁成肉泥了！你不知道感恩也就罢了，尽管带着你哥离开便是，怎么能又想求人帮忙，又拼命找茬儿？"

"是啊，不知好歹！"如同刘秀的影子一般，邓奉也低声重复，"都说马子张和马三娘是真正的英雄豪杰，杀富济贫，救人于水火。呵呵……"

"我，我不是故意的！"马三娘顿时被笑得恨不能找个地缝往里头钻，跺着脚低声辩解，"不就是一本破书么？我赔了你就是！"

"赔，说得好听，钱呢？"刘秀看都懒得看马三娘一眼，守财奴般擦拭着绢册，说出的话宛若刀枪。

这简直就是明知故问！此时纸张刚刚出现，书籍多为竹简编就，又笨又重，价格奇贵。而绢布所缝制的书册，价格还在竹简三倍以上。即便他和邓奉、严光这种殷实人家出身的子弟，也得好几个人合用一本书册。而马三娘此刻正在逃命途中，怎么可能赔得出足够的钱来？

没钱赔，先前的话还说得太满了，望着刘秀那高高挑起的嘴角，马三娘忽然忍无可忍，刷的一下举起刀，冲着他的肩窝迎面便刺。

"叮！"先前站在刘秀身边像个小跟班般的邓奉，不知道什么时候手里多出了一支短剑，不偏不倚，恰恰挡在刀尖必经之路上。

"你想拖累你哥哥一起死，就继续动手！"长得比大户人家出来的娇小姐还要白净、性子先前也如同少女般斯文的严光，忽然就变成了另外一个人，手里握着一把不知何时拔出来的短剑，冰冷的剑锋戳在马三娘的柳腰上，力透皮甲。

"马、马家姐姐，别、别冲动。我们如果想害你，刚才大喊一嗓子就够了，根本不用如此大费周章！"只有朱祐还懂得几分怜香惜玉，一边拔出佩剑来架上马三娘的脖颈，一边连声补充，"我们这样对你，也是迫不得已。谁叫你一进门，就拿刀逼着我们收留你们，还逼刘秀去骗他大哥上楼！"

"你……"从绑匪瞬间沦落为人质，马三娘又悔又气，一双杏眼里寒光四射，"你们几个有种，就现在杀了老娘。老娘若是皱一下眉头……"

"呼啦！"刘秀手中的绢册带着风砸了下来，直奔她的面门。少女本能地闭上眼睛，眉头瞬间皱成了川字。

"啪，啪，啪！"绢册从半空中收回，在刘秀的掌心处轻轻拍打。每一下，都如同耳光般，打得马三娘面红欲滴。对方一个字都没反驳，但刚才皱没皱眉，她自己却心知肚明。想要冲上前去拼命，腰间又是微微一痛，严光手中的利刃，已经瞬间戳破了皮甲和肌肤。

"你别动，别乱动。我、我们真的不想伤你，真的不想伤你。"还没等马三娘自己喊疼，朱祐已经急得额头冒汗。一边将手中的利刃轻轻下压，一边迫不及待地威胁，"别动，真的别动。即便你自己不要命了，也得为你哥想想。咱们这边打起来，楼下的人肯定会听见！"

脖子上流下一道细细的血线，但更剧烈的痛楚，却在心里。马三娘的身体猛然僵直，回头望着床上昏迷不醒的哥哥，两行热泪滚滚而落。

朱祐最见不得女人的眼泪，右手的利刃抬了起来，左手掏出一块洁白的丝巾，就打算替对方擦拭脖子上的血迹。

就在这个瞬间，马三娘的身体忽然像灵蛇般扭动，悄无声息地甩开严光的剑锋，滑步，撒刀，横抹，所有动作宛若行云流水。原本被邓奉用剑挡住的钢刀，像闪电般架在了朱祐的脖子上。

"放下剑，否……"她瞪圆杏眼，低声怒喝。话喊了一大半，却又卡在了喉咙中。原本握在刘秀手中的绢册，忽然变成了一把匕首，端端正正顶住了她的喉咙。

"我再说一次，我们对你毫无恶意。如果你继续恩将仇报，那咱们就干脆一拍两散！"匕首的锋刃很冷，刘秀嘴里说出来的话，与匕首的锋刃同样冰冷。虽然，此刻他与马三娘近在咫尺，彼此都能感觉到对方的滚烫呼吸。

马三娘没有接茬，手中的刀刃，却清楚地表明了她的态度。刚刚被她摆脱的严光无奈，低低叹了口气，快步走到床榻旁，用短剑抵住了马武的胸口。"马三娘，你没有胜算。即便能打得赢咱们，也带不走你哥！"

"你，你卑鄙无耻！"少女被抓住了软肋，瞬间心力交瘁，手中的钢刀无力地滑落，再度泪流满面。

邓奉手疾眼快，抢在钢刀落地前，弯腰握住了刀柄，将其缓缓放在了桌案上，低声长叹，"嗨，何苦呢！早就说过，咱们不会害你！"

"是啊,做人不能太没良心。若不是我们几个刚才故意替你遮掩,你和你大哥岂能平安躲到现在?"严光也叹口气,将刀尖缓缓从马武胸前撤走。

"咱们不想将你们交给官府,你也别想着杀人灭口,恩将仇报!"刘秀最后一个撤开匕首,冷笑着缓缓后退。

四周压力陡然一空,马三娘却再也生不起敌对之心。掩面无声抽泣,单薄肩膀颤抖得宛若雨中荷叶。刘秀的话不好听,却占足了道理。无论少年们先前是情愿也好,被迫也罢,都的的确确对马氏兄妹两个有收留隐匿之恩。兄妹俩但凡也有几分良心,就不该一言不合拔刀相向!

"你、你别哭了。那个、那个刘秀刚才说要你赔钱,原本就是一句气话。"朱祐被哭得心软如酥,很快就忘记了先前的教训,将丝帕递过去,让马三娘自己擦拭眼泪。

这可真是哪壶不开提哪壶。马三娘的眼泪戛然而止,一把抢过丝帕,在脸上胡乱抹了抹。然后咬着牙走到桌子旁,指了指被邓奉缴获去的钢刀,咬着银牙说道:"这个,行、行么,百炼精钢,足够抵你的书钱!"

"这怎么行!"朱祐快步追上摆着手拒绝,"这是你防身用的东西。"

"朱祐,书是我的!"刘秀狠狠地瞪了他一眼,脸色已经冷得如同铁块,"我是去长安做学问的,要一把杀人利器做什么?"

严光干脆抱着膀子看起热闹。虽然什么话都没有说,但是那满脸轻蔑的模样,却比任何语言都犀利,让马三娘彻底无地自容。

"我不管,我只有这把刀了,你们爱要不要!"抬手抹掉脸上的眼泪,她大步走向床榻,"不就是怕我拖累你们么?我走就是,又何必如此埋汰人!"说着话,她双臂用力,将自家哥哥马武抱在了胸前。一转身,大步流星朝屋门而去,再不肯回头看上一眼,也不肯向任何人示弱讨饶。

"马……"朱祐迈步欲追,却被刘秀一把拎住了后脖领子。

"走好,咱们可不欠你的!"一直冷着脸看热闹的严光终于开口,字字如刀,"咱们跟你有啥交情似的,真稀奇,这年头,居然还有强盗觉得肉票该帮自己的忙!"

"记得从正门出去啊，院子里刚好有一群郡兵。把你哥哥直接送到他们手上，也省得受零碎罪！"邓奉最狠，冲着马三娘的背影直接补刀。

"你们……"马三娘即便再武功高强，毕竟只是个十六七岁的少女。登时被戳得心头滴血，转过头泪如雨下，"你们不愿帮忙就直说好了，呜呜，何必、何必这么欺负人。不就是一本破书么，也不能让我拿命来偿！"

"你哭得再大声点儿，省得外边的人听不见！"刘秀冷冷地看了她一眼，目光中没有半点怜香惜玉，"直接把郡兵哭进来，看你抱着自己的哥哥，赤手空拳，拿什么活命！"

哭声戛然而止。马三娘的脸色苍白如雪，嘴唇颤抖。

"想救你哥，就把他放回床上去，然后过来，老老实实赔礼道歉！"刘秀的话依旧又冷又硬，"否则，就拿上你的刀，好歹走投无路时，还能先抹了脖子！免得被俘后受尽凌辱，生死两难！"

"你！"马三娘气得眼前阵阵发黑，却一句反驳的话都说不出来。迟疑半晌，只好咬着牙转过身，踉跄着再度走向床头。

朱祐看得好生不忍，挣开刘秀的拉扯，冲上前帮忙。马三娘却一把推开了他，咬着牙独自一人将哥哥摆好，盖上被子。然后缓缓走回书案边，蹲身施礼，"几位公子，民女刚才多有冒犯，还请念在民女救兄心切的份上，原谅则个。此事过后，是打是罚，民女绝不皱眉。"

一番道歉的话，说得僵硬如蜡。却把朱祐给急得额头冒汗，径直冲到刘秀身边，用力晃动对方手臂，"三儿，三哥，我求你了不行么？马三娘都道歉了，她已经道歉了，你足智多谋，赶紧帮她想条生路！"

"道歉，需要这么大架子？跟讨债差不多！"刘秀心知如果今天不能将马三娘彻底压服，接下来自己的计划绝对不可能贯彻执行。

"你！"马三娘转身想走。然而，看到倒在床上奄奄一息的哥哥，心中所有怒火，顿时化作了一盆兜头冷水。

咬着牙再度转身，她缓缓来到刘秀身前三步，双膝跪倒："民女先前多有得罪，请几位恩公宽恕！若是恩公能想办法救我兄妹，今后即便做牛做马，我马三娘也绝无怨言！"

【官衙失火徒奔忙】

"三哥！"朱祐窘得面红耳赤，手臂力道骤然加大，将刘秀直接拉了个趔趄，"她，她都道歉了，她都给你跪下了……"

"又不是我要她跪下的，你急什么？"刘秀又是好气又是好笑，勉强稳住身形，冲着朱祐抢白道，"她这种鲁莽性子，若是不肯改一改，我即便一百条妙计又能如何？还不都得被她给弄砸，还白白搭上大伙的性命？"

"苍天在上，我马三娘发誓。从现在起，刘三公子要我做什么就做什么，如有违抗……"马三娘也是被逼得走投无路了，索性把心一横，抢在朱祐说出更多让自己下不了台的话之前，竖起右手。

"发誓倒不必了。"刘秀微微一笑，低声打断，"你去给我倒一碗水来。折腾了这么半天，我还真是渴了！"

"你……"没想到刘秀真的拿自己当丫鬟使唤，马三娘被气得杏眼圆睁。然而扭头看到昏迷不醒的大哥马武，还是站起身，咬着银牙走向墙角的水罐，小心翼翼地倒了一碗清水，尽量装出一副逆来顺受的小丫鬟模样，走到刘秀面前，缓缓将清水捧到眉心处，"公子，请喝水！"

"你真的肯按我说的去做？甚至做牛做马也没问题？"刘秀却不肯接她的水碗，上上下下打量了她一回，歪着头询问。

银牙咬在粉红色的嘴唇上，痛彻心扉。肚子里刚刚腾起的怒火再度变冷，化作一声低低的回应，"嗯！"

"你不会暂且低头，等我救了你们兄妹，再秋后算账么？"刘秀不依不饶，继续歪着头，目光里头充满了玩味。

马三娘想的正是脱险之后，先将眼前这个可恨的臭小子大卸八块。听了刘秀的话，顿时心里一紧，手臂微微晃动，差点把水全溅在自家身上。好在她平素练武练得刻苦，对肌肉的控制力远超常人。抢在水洒出前的瞬间，迅速将水碗重新端稳了，然后低下头，怯怯地说道："你对我们兄妹有救命之恩，我报答还报答不过来呢，怎么可能刀剑相向。你若是不放心，我可以再对天发一个誓，如果……"

"行了，每年发誓的人成千上万，也没见老天爷劈死过几个？"刘秀笑了笑，上前接过水碗，"刚才不是我要逼你，而是情况紧急，不能让你再由着性子胡来。好了，这碗水，算是刘某向你赔罪！"

说着话，猛然把手腕一翻，整碗的清水，全都倒在了自家头顶上！

"啊——"整个过程的变化实在太快，众人猝不及防，齐齐低声惊呼。而刘秀自己，却冲着目瞪口呆的马三娘微微一笑，低声道："想救你哥哥，主要还是得依仗你。我觉得，如果没有马武的拖累，你一个人，带着追兵四处溜圈子，再顺手去县衙附近放上一把火，问题不大吧?!"

"这？"马三娘还没从震惊中缓过神来，愣了半晌，才低声道，"当然没问题，接下来需要三娘如何做，请恩公尽管盼咐。"

恨归恨，但眼前这个半大小子，自打她入门以来，说话做事都没按过常理。令她在愤怒之余，心里未免真的涌起了许多期盼。期盼对方真的能拿出妙计，助自己和哥哥逃出生天。

见她已经彻底服了软，刘秀点点头，开始给大伙布置任务，"时间紧迫，我说大概，严光你来补充具体行动细节。朱祐，邓奉，你们一人去走廊里盯着，一个去窗口继续大声读书，同时监视外边的动静。我估计用不了多久，就会有人发现这家客栈的情况不对，带着人来营救那群兵痞！"

读书声重新响起不多时，大门口就传来了一阵人喊马嘶。县宰岑彭，带着县丞阴宣、县尉任光以及捕头阎奉、李秩，数百全副武装的郡兵，举着钢刀长矛和角弓，浩浩荡荡杀到了近前。

"李妙！"早就接到密报的阴宣揣着明白装糊涂，竖起眼睛厉声喝问，"你就这样捉拿要犯！若是放走了马武，今晚这个院子里所有人，都难逃干系！"

"小人冤枉！"屯长李妙立刻滚下胡凳，手脚并用快速爬向阴宣和岑彭，"县宰大人，县丞大人，小的真是冤枉。小的跟他们几个素不相识，却被他们……"

"故济阳令长子,春陵刘縯,见过县宰,见过几位大人!"刘縯对李妙借机逃走的行为视而不见,大大方方地站起身,向岑彭等人抱拳。

"颍川都尉之子冯异,见过诸位大人!"早就知道今日之事不好善了,方脸酒客冯异手按剑柄走上前,与刘縯并肩而立。

"巨鹿县丞之子刘植,见过诸位大人!"刘植依旧是一副满不在乎模样,抓起血迹未干的佩剑,笑着向门口剑拔弩张的众人拱手。

"山谷连率之子张峻……""荆州郡丞之侄许俞……""宛城屈扬……"先前与刘縯并肩作战的豪侠们,纷纷走上前,在院子内站作笔直的一排。虽然人数还不如岑彭身后的兵马一个零头,但身上所流露出来的气势,却堪堪与对方平分秋色。

"尔等、尔等既然都是官宦之后,为何要阻碍郡兵捉拿盗匪?"县丞阴宣心里接连打了好几个突,说话的语气立刻软了下去,"还不速速退在一边,县宰大人和本官可以看在尔等年轻气盛份上,既往不咎!"

"不敢,若是郡兵只是过来捉拿盗匪,我等出手相助还来不及,怎么可能阻拦!"话音落下,刘縯却不退反进,向前跨了半步,"可县丞大人请看,郡兵们手里拿的都是什么东西?这四下里到处冒起的火头,又因为哪般?"

"按大新律例,若有盗匪入室打劫,良家子可仗剑斩之,有功无罪!"冯异也轻轻上前半步,不卑不亢地拱手。

"我等不敢与官府作对,但助官府擒贼安民,却是各自的本分。还请县丞大人明察!"刘植快速站在了刘縯的另外一侧,慢吞吞地开口。

他和冯异两个,都是在职官吏的后人,平素没少听家中长辈谈论司法方面的琐事。耳濡目染,知道该如何自我保护,因此几句话说出来,非但将"阻碍郡兵捉拿盗匪"的罪名尽数摆脱,并且直接拿着真凭实据倒逼了对方一记,对方的气焰顿时又矮掉了一大半。

"李妙,你个蠢货,你就这样带兵的?"县丞阴宣被问得无言以对,只好将气撒在自家爪牙身上。

"大、大人……"李妙满脸鼻涕眼泪,"他、他们几个刚才……"

"给我退到一边去!"县尉任光远比阴宣有担当,走上前,狠狠踹了李妙一脚,大声呵斥,"这么点儿小事都办不好,你还嫌丢人不够么?"

"这,这……是,大人!"李妙被训得面红耳赤,连滚带爬闪到一边。

县尉任光转过身,和颜悦色地补充,"郡兵都是临时招募而来,里边出几个害群之马也在所难免。尔等没有必要跟他们一般见识。赶紧收拾一下,各自去安歇吧!时候不早了,本官回去后,自然会按照律例处置他们,给大伙一个交代。"

对面的几个青年后生都是在职或者致仕的官宦子弟,没有必要为了些鸡毛蒜皮的小事较真。况且即便较起真来,郡兵这边也讨不到好处。几位后辈顶多是被罚些铜,然后由各自的长辈领回家去申斥。而棘阳县这边,恐怕就得有人出来承担郡兵杀良冒功的罪责。

"多谢诸位大人宽宏,我等告退。绑在柱子上的,都是趁火打劫的地痞流氓,也请诸位大人押回去酌情处置!"有道是,伸手不打笑脸人。既然棘阳县的县丞和县尉都主动做出退让了,刘縯和冯异几个也不想把事情闹得太大,相继拱了拱手,笑着送上一份厚礼。

"啊,真的有地痞流氓趁火打劫?"县丞阴宣立刻心领神会,命令身后的弟兄们,去廊柱上解那几个受伤的地痞,同时收拢他们脚下的赃物。等会儿回到县衙,赃物照例要"充公",而地痞流氓们也可以算作马子张的爪牙,把脑袋砍下用泥巴一糊,交上去后还能另外多换回一份功劳。

他和任光两个人的想法很稳当,对面刘縯等人也很"上道",眼看着一场冲突就要化解于无形。然而,先前一直没有说话的县宰岑彭,却忽然开了口,"且慢,任光,你去问问李妙,刚才他到底搜没搜这间客栈!"

"是!"县宰有令,任光不敢不应。拱了下手,快步追到躲进阴影里的李妙面前,沉声问道:"县令问你,到底搜没搜完这家客栈。你如实回答,切莫自误!"

"没、没有,大人,小的还没来得及上楼,就、就被他们给打翻在地了。小的……"李妙瞬间蹦起，扯开嗓子，大声控诉。

他原本以为，县宰岑彭听了自己的话之后，会替自己申冤报仇。却不料县宰只是扭过头，狠狠横了他一眼，就将目光再度转向了罪魁祸首刘𬘡，"刘公子，本官要搜查这间客栈，你是否还要阻拦？"

"不敢，还请大人约束手下，不要借机残民自肥！"刘𬘡被岑彭话语里的杀气，逼得双眉一蹙，随即摇摇头，笑着让开了道路。

冯异等人，也没心思跟官兵开战。各自撇了撇嘴，分头散开。原本被堵得严严实实的客栈正门口，顿时畅通无阻。岑彭板着脸轻轻挥了下手，带领百余名全副武装的郡兵长驱直入。转眼间，就将一层搅了个鸡飞狗跳，随即又饿狼般扑上了二楼，挨个房间翻检。

"几位兄弟勿怪，我家大人做事一向如此认真！"县尉任光做事圆滑，见刘𬘡等人脸色越来越难看，悄悄向大伙递起了小话。

不像天子门生岑彭，他出身于地方望族。对刘伯升的名头早有耳闻。也知道，自古官府都是同气连枝，某些势力不会因为路途太远就够不到棘阳这穷乡僻壤。所以内心深处，非常不愿意跟眼前这位小孟尝发生什么冲突。更不愿意把冯异、刘植等官宦之后，一并给得罪干净。

正寒暄间，忽然听楼上有人大声喝问，"血！你们几个娃娃，速速如实招供，这血迹是哪里来的？"

"当然是鼻子里淌出来的。你们没看见刘三鼻子撮着白葛，头上还被冷水泼得湿淋淋的么？"响起尖细的少年声音，虽然单薄，却不示弱。

"坏了！"刘𬘡和冯异两个齐齐将手探向了腰间剑柄。

就在小半个时辰之前，他们两个可是亲眼看到刘秀脸上的血迹。当时被刘秀几句话给搪塞了过去，现在想起来，那些血迹，还有刘秀先前的读书声，分明是在向大伙暗示，有受伤的客人就藏在二楼，而他们，当时居然个个都听而不闻，视而不见。

就在这危急关头，身后的天空猛地一亮，紧跟着，凄厉铜锣声和叫喊声再度响彻棘阳县城。"走水啦，县衙门走水啦！当当，当当……"

"快跟我去救火!"岑彭猛地回头,撒腿就跑。他是远近闻名的孝子,自幼丧父,完全由母亲一个人拉扯长大。

"救火,快去救火!"县丞阴宣的宅邸,也紧挨着县衙,此刻哪有闲工夫再管马武去了什么地方,带着弟兄们跟在岑彭身后撒腿狂奔。

只有县尉任光,不像岑彭和阴宣等人那样方寸大乱,而是上上下下继续打量了刘縯等人好几轮,直到把刘縯看得手背上都冒起了青筋,才忽然松开了手中刀柄,冲着哥几个微微一笑,飘然而去!

【白虎岂由金锁缚】

"伟卿,替我招呼弟兄们,我去去就来。"目送任光离去,刘縯的脸色迅速阴沉,强忍怒火向邓晨交代了一句,手按剑柄,大步走向二楼。

"伯升……"邓晨生怕刘縯冲动之下直接宰了那四个小子,本能地出言提醒。话到嘴边,忽然又觉得纯属多余。自家大舅哥刘伯升对小舅子刘秀向来视若珍宝,平素擦破个油皮儿都要心疼好半天,怎么可能对其动粗?倒是侄儿邓奉……该打,待此间事了,一定要狠狠给他松松皮!

猛然想到,邓奉先前假作用功读书,实际上也是跟刘秀一起。邓晨的心脏就开始发紧。若是刚才岑彭硬闯进去,在屋内发现什么,今天在场所有人等,恐怕都要被这几个野小子拖入火坑!真的该打,不打烂屁股不足以向弟兄们交代!

正恨得牙根发痒间,耳畔却传来了冯异那敦厚的声音,"伟卿兄,楼上到底出了什么事?可有需要冯某效力之处?"

"不、不用了。几个野孩子不肯用心读书,荒废光阴,伯升要上去打他们的板子!"邓晨的心脏又是猛地一哆嗦,赶紧装出一副云淡风轻模样,"唉,伯升也是,小孩子么,就得有些生气才对。若是天天除了吃饭睡觉之外就抱着书册,那岂不成了书呆子?这辈子哪里还有什么前途可言?"

"是极,书要读,却不能读死书,更不能像某些人那样,读着读着就读没了良心!"冯异早就看出他神情古怪,却也不戳破,"今晚我等携手拒贼,是功劳也好，是过错也罢，已经这样了，肯定每个人都跑不掉。所以，伟卿和伯升兄若是有什么需要帮忙之处，尽管开口。掌中三尺青锋，任凭两位兄台驱策！"

"兄弟齐心，其利断金！"刘植、张峻、许俞、屈扬等人，也顺着冯异的话头，笑着许下承诺。一张张年轻的脸上，写满了骄傲。

"多谢，诸位兄弟！"邓晨听得心头热血上涌，弯下腰，向众人一揖到地，"今后若有用到邓某之处，赴汤蹈火，绝不敢辞！"

"伟卿兄何必如此多礼！"冯异、刘植等人齐齐侧开身子，长揖相还，"楼下有我们哥几个看着，你尽快上楼去吧。告诉伯升兄，不必苛责几个孩子。读书固然重要，但做人更重要的是，不能丢了良心！"

"邓某谨遵几位兄长教诲！"邓晨红着脸，用力点头，转身快步而去，唯恐自己动作稍慢，眼里的泪珠当众掉下来。

不多时，他已经来到刘秀等人的房间门口。伸手用力前推，只听"砰"的一声，紧跟着一串低低的惨叫，"哎呀，我的鼻子，这回真的出血了！"

"怎么回事？"邓晨连忙低头，只见自家小舅子刘秀跌坐于地，两行鼻血，正顺着嘴唇缓缓下流。心中的恼怒和焦躁，顿时全都化作了怜惜，赶紧蹲下身，在刘秀的鼻梁上用力捏了几下。

刘縯一个箭步杀至，抬手推开他，低声数落，"伟卿，你别听他装可怜！今晚的账，必须跟他们几个算清楚！"

"啊？"邓晨微微一愣，赶紧将面孔板紧，沉声附和，"对，你们几个，今晚谁都甭想蒙混过关。伯升，刚才到底怎么一回事？刘秀脸上的血，到底从何而来？"

"你自己去看！"刘縯的脸色愈发阴沉，手指朝床榻奋力一戳，低声断喝，"小小年纪，居然自作主张窝藏起了贼寇。真是不知道死字怎么写！"

"啊！"饶是心中已经有所准备，邓晨依旧忍不住惊呼出声。连忙丢下刘秀，快步来到床榻旁，拉开帐子细看，只见一位身材魁梧的汉子横在床上，双目紧闭，脸色惨白如纸，浑身的血污已凝成黑色，"他，他是马子张？他、他到底死了没有？"

"若换作别人，恐怕早就死透了，这马武的命倒是硬得很。"刘縯冷哼一声，"估计是怕黄泉路上太寂寞，等着我们跟他作伴呢！"

"大、大哥，我们、我们也是被迫的！"刘秀、严光等人听得此言，也知道今天闯下了大祸，皆局促不安起来，手脚都不知道往哪里放才好。"就在、就在郡兵第一次上楼的时候，马、马三娘忽然带着马武闯了进来。我们打、打不过她，也、也看着他们兄妹着实可怜……"

"你们几个小兔崽子啊！"邓晨咬牙切齿，却不知道该怎么责怪。

眼下，哪里是可怜别人的时候？包庇贼寇，按罪当诛，刚才就差那么一丁点儿，自己、刘縯和楼下刚结识的几个兄弟，以及各自的家族，都会陷入一场巨大的无妄之灾中！

想到这儿，邓晨撩起一脚，将自家侄儿邓奉踹倒在地，"明天一早，就给我滚回家去！长安城你不要去了。再去，指不定还闯出什么祸来！"

"叔父，我辈分最小，根本没人听我的啊！"邓奉被踹得好生委屈。

"罢了，回头再找他们算账吧！"刘縯做事极讲道理，不忍继续看邓奉一个人受罚，上前半步，抬手拉住邓晨，"这会儿就算打死他们几个，也洗不清咱们窝藏贼寇、对抗官府的嫌疑！赶紧想办法帮我把马武挪走，否则，万一岑彭去而复返……"

"岑彭肯定不会去而复返！"话音未落，刘秀已经快速接口，"眼下，客栈反而是最安全的地方！"

"小兔崽子，你还长本事了是不？"刘縯忍无可忍，冲过去，抬手便抽，"不会回来！你怎么知道岑彭不会再回来？你又不是……"

"岑彭是个远近闻名的孝子，县衙刚刚失过一次火，他绝不会再放心将老娘交给别人！"刘秀双手高举，一边遮挡，一边朝伙伴们身后躲闪，"第二，岑彭即便心里怀疑咱们窝藏了马武，也不会认为咱们敢把马武留在这里，等着他再次来搜，因此，咱们刚好反其道而行之。第三，我刚才隔着窗户偷偷观察，岑彭那个人心高气傲，又是个外来户，绝对不肯在手下人面前承认，他刚才中了别人的调虎离山之计……"

"你再说，你再说！"刘縯越听越心惊，越听火气越压制不住。双手发力，将刘秀打得抱头鼠窜，"你还真长本事了，都学会算计别人的心思了。你，我今天要不给你长个记性……"

只可惜，他空有一身武艺，却被狭窄的房间所限，根本施展不开。两只大巴掌真正打在自家弟弟刘秀身上没几下，反倒令严光、朱祐二位，吃了不少"挂落"，每个人都疼得龇牙咧嘴。

"伯升，想办法处置马武要紧！"邓晨在旁边看不下去，将刘秀挡在了自己身后，"你刚才说得对，打死他们几个，也洗不清大伙身上的嫌疑。"

"还、还能有什么办法？"刘縯气已经消了不少，停下脚步，扭头看着床上的马武，"眼下我等只有两条路可选。第一，将功赎罪，把马武直接献给官府。那岑彭虽然为人阴毒，但心高气傲，极要脸面。我等如果把马子张交给他，他心中即便有所怀疑，明面上，也不会再继续刨根究底……"

"不能把马子张交给岑彭！"一句话没等说完，又被刘秀红着脸打断，"哥，姐夫，马子张尽管落草为寇，但只斩贪官污吏，从不祸害百姓。咱们将他交给官府，就、就是为虎作伥。你、你们俩的名声，就会臭、臭得逆风飘出好几百里地，从此……"

"你闭嘴！"刘縯竖起眼睛，低声断喝，"再说，我就把你一巴掌拍死！"

"哥，孟子说过，民为贵，社稷次之，君为轻。马子张只杀贪官污吏，很受老百姓爱戴，棘阳到处都是他杀富济贫的故事，这样的人不该死！"刘秀从小到大，都没被自家哥哥如此凶狠对待过，双眼开始发红，"你平素教我，为人不能没骨气，不能为了几斗米就昧了良心。男子汉大丈夫顶天立地，总是要俯仰无愧，对得起……"

刘縯脸上怒色又起。邓晨见状，赶紧从一旁伸手拦住。扭过头，冲着刘秀微微一笑，"蠢小子，你哥是什么人，你还不知道么？他心里这会儿，恐怕早就有了决断。刚才的话，是说给我听的。他是怕连累我，所以先说清楚其中利害关系，让我自己选择罢了。"

"啊?"刘秀这才如梦方醒,"哥——"

先前躺在地上装死的邓奉,也赶紧趁机爬了起来,一把拉住邓晨,紧张得手心满是汗,"那叔你呢?你到底怎么选?"

"还用说么?"邓晨抬手给了自家侄儿一个爆栗,然后笑着摇头,"我当然跟伯升共同进退。"

他又将目光转向刘縯,"伯升,这件事,光咱们俩带着几个孩子不行,得另找帮手。否则,即便能将马武藏起来,也出不了棘阳县城。"

"你是说他们?"刘縯心中一动,他又何尝没有想过请大家伙出手。但窝藏匪寇,罪在不赦,自己跟冯异等人不过是萍水相逢,岂可随便殃及无辜?念及于此,忍不住叹息摇头,"还是算了吧,我们六个人,足矣!"

"伯升尽管放心,公孙兄他们都和你一样,是盖世豪侠!方才任光的举动,他们早就看在了眼里。所以特意在我上楼之际,许下承诺,愿意与咱们共同进退!"邓晨看出刘縯的顾虑,微笑道。

"啊?"刘縯闻听,顿时又是一愣。旋即,欣慰地点头,"好,麻烦伟卿请他们几个上来!这几个朋友,刘某交定了!"

"好!"邓晨点点头,微笑着起身。还没等迈步,"吱呀——"一声,门已经从外边被人轻轻推开。有颗乌眉灶眼的脑袋,试探着钻了进来。

"谁?"所有人顿时都被吓了一跳,纷纷手按剑柄,低声喝问。

乌眉灶眼的主人抬手在脸上抹了抹,露出一张十分俏丽的面孔。不是马三娘,又是哪个!只见她快步钻进房间内,双目含泪,冲着刘縯和邓晨长身而拜,"两位恩公大恩大德,三娘与家兄没齿难忘!"

原来,刚才刘縯和邓晨的对话,都被她听在了耳朵里,一字不落!

【斗转星移动参商】

"不敢当,不敢当,姑娘请起,快快请起!"刘縯和邓晨两个哪里肯受?双双侧着身体闪开,低声说道。

"你怎么受伤了!"朱祐眼尖,看到马三娘左肩殷红一片,吓得一步蹿了过去，抬手便捂。还没等掌心与伤口接触，胳膊已经被马三娘一巴掌拍到了旁边，"不碍事，离开的时候不小心挨了一箭。那人也不好受，迎面吃了我一石头。"

"那就好，就好。"朱祐被拍得好生尴尬，讪讪站到一边，"你赶紧站起来吧，我早就跟你说过，刘大哥和邓大哥都是盖世大侠，绝不会对你们兄妹见死不救！"

马三娘却不肯听他的劝，坚持又给刘縯和邓晨二人磕了三个头，然后才起身，快步走向床榻，"县衙附近的火势已经被控制住了，岑彭恐怕很快就会返回来。恩公帮了我们兄妹这么多，我们兄妹不能继续赖着不走，拖累大伙儿。刘三儿，你帮我去门口把一下风，我这就……"

说着话，便准备抱起自家哥哥马武离去。怎奈肩膀上刚刚受了箭伤，平素的力气使不出两成。接连努力了几次，非但未能如愿，反而令伤口再度撕裂，鲜血淋漓而下。

"你，你不用走！刘三儿说了，岑彭不会再回来了！"朱祐宛若自己受了伤般，疼得面孔扭曲，冲上前，一把拉住马三娘的衣袖。

"的确，岑彭即便怀疑我等窝藏了你们兄妹，也不相信我等不将你们兄妹及时转移。所以，眼下这里反而最为安全！"此时此刻，刘秀也没心思计较别人叫自己的绰号刘三儿了，拉住马三娘另外一只衣袖，低声劝阻。

刘縯原本想先给马三娘一点教训，令其今后不敢再动不动就杀人放火。见自家弟弟和朱祐两个如此不争气，也只好冷哼了一声，板着脸补充道："哼！你还嫌拖累大伙不够么？现在去自投罗网，然后让岑彭将我等一网打尽？他们两个说得对，你如果躲在客栈里，岑彭未必会再度来搜。而你如果走了，说不定就得落到郡兵手里，还得我们大伙一起跟着吃挂落！况且这深更半夜的，城门不开，你还能插翅飞了出去？还不如等到天亮之后，让刘某想办法送你们兄妹走！但普天之下莫非王土，我们救得了你兄妹这一次，救不了第二次。如果此番能顺利逃脱，刘某希望你们兄妹能够金盆洗手，千万别再逞强继续跟官府作对！"

"我们也不想落草,可是这世道……"马三娘根本不同意他的话,但有求于人,只能点点头,带着几分委屈解释。

"这世道怎么了?"话音未落,刘植矮壮的身形已经出现在门口,冯异、张峻四人紧随其后也走了进来。尚未加冠的屈扬走在最后,顺手将屋门紧紧合拢。

马三娘被吓了一跳,单手持刀而立。见她全身戒备模样,刘縯笑着摇了摇头,低声道:"看,这就是我说的结果。你们兄妹所为听起来固然畅快,可放眼望去,举世皆敌。怎么可能畅快得长久?不用怕,把刀放下吧!他们都是我的知交,绝不会轻易加害你们!"

"姑娘不用紧张,我等并无恶意!"冯异笑笑,轻轻向马三娘拱手。

"岑彭今天若是与你们兄妹堂堂正正交手,我等说不定还会为其擂鼓助威。先骗人说招安,然后又关起门来杀人,呵呵……"

"是伯升兄要我把大伙请上来的,就是为了想办法救你兄妹逃离生天!"唯恐马三娘听不进去,邓晨迅速开口补充。

"都少说一句吧,有正经事要做呢。"刘植最后一个开口,却把所有人的话都给憋回了肚子里。

"你们……"马三娘心中又惊又喜,单手攥着刀,两行热泪不知不觉间淌了满脸。今天被岑彭骗入棘阳,重兵伏击,令她对世间所有人都失去了信任。然而,无论是刘秀、严光、邓奉、朱祐,还是刘縯、邓晨、冯异、刘植,都让她忽然发现,原来这世上还是敢作敢当、表里如一的英雄好汉居多,像岑彭那种口蜜腹剑、阴险狡诈之辈,终究不能让大伙心服!

"行了,你先别忙着哭,赶紧去自己包扎一下伤口。朱祐,你帮她去打水!"刘縯见状,心中顿时又多生出几分恻隐,摇了摇头,低声吩咐。

"哎,哎!"没等马三娘接茬儿,朱祐已经连声答应着冲向了木盆。一转眼,整个人就已经冲下了一楼,不见踪影。

刘縯再度被他逗得摇头而笑,笑过之后,又将目光转向冯异、刘植等人,拱手道:"各位高义,刘某拜领了。此番皆是我家小弟闯下了祸,才将各位拖入了天大的麻烦当中。他日若有机会……"

"伯升兄客气了！"冯异憨厚一笑，摇头打断，"地痞流氓是咱们几个一起收拾的，郡兵也是咱们几个一起打的。事已至此，不如痛痛快快放手一搏！况且，那马子张也是个堂堂伟丈夫，怎能死于宵小之手?!"

张峻、许俞、屈扬三人，也各自上前，笑着表态。

刘植年龄比他们几个都大，行事也最沉稳。待众人都表完了态，才摇摇头，低声道："事已至此，说任何废话都是多余。伯升兄，接下来该怎么办，你尽管吩咐便是。"

"多谢诸位兄弟！"刘縯心中感激莫名，再度弯腰行礼。

刘植却又语锋一转，沉声说道，"不过，咱们都是有名有姓之人，在各地还有家业和亲朋，所以刘某以为，此时此刻，我等不宜跟官府直接动武。天亮后如果能跟着百姓一道混出城外去，当然最好。如无法混出去，也应该暂时找地方先将马氏兄妹藏起来，继续寻找恰当时机。"

"那是自然，咱们跟地方官府斗智为上！"刘縯也担心事情闹得太大，拖累众人各自的家族，立刻用力点头。

"还有！"刘植犹豫了一下，将脸一板，再次把头转向马三娘，郑重重申，"这次救你，是看在你们兄妹往日的义举上，并非我等想要跟你们兄妹同流合污。下次再见到，如果你们还是在打家劫舍，就休怪我们要尽国士的本分，将你兄妹擒拿归案了。"

他出身官宦之家，颇通刑名，言谈举止亦带着几分官威。马三娘并非贪生怕死之辈，但毕竟才十五六岁的年纪，眼下又是求着人家的时候，气势不免弱了几分，只好低下头去，默然不语。直到刘植满意地将目光转向别处，才有两行清泪，再度顺着她的双颊缓缓落了下来。

"你、你别哭，他、他说的是场面话！他们这些官宦家出来的，做事之前，肯定要先摘清干系！"刚刚端着水盆回来的朱祐看得心疼不已，一边安慰马三娘，一边对刘植怒目而视。

刘植却拿他当小孩子，看也不看，接着说，"城门卯时才开，现在刚过寅时。该如何出城，伯升，公孙，秀峰，众位兄弟，咱们要仔细合计。"

"那是自然！"刘縯和冯异等人齐声答应，又将目光转向昏迷不醒的马武，"就是不知道，马子张能不能坚持到那个时候！"

"那就得看他的造化了！毕竟，我等也不是神仙。"刘植转身走到床榻之前，信手解开马武的衣服。只见此人健壮结实的胸膛上，缠满了宽窄不一的葛布。有的看上去很新，却仍然在向外渗血。有的看上去破旧不堪，却隐隐散发出一股腐烂味道，熏得人胃肠一阵阵翻滚。

"我哥在下山接受招安前，已经有伤在身。否则，岑彭那两下子，怎么可能伤、伤得到他？"马三娘脸色微红，像护崽的老母鸡般，将哥哥挡在身后，迫不及待地解释。

"不想让你哥死，你就让开！"刘植抬手将她推到一旁，从腰间摸出把小刀，三下两下，将马武身上的新旧葛布统统割断。随即，用干净手帕沾了朱祐刚刚打回来的清水，将大大小小的伤口重新都洗了一遍。先小心翼翼地撒上了自己所携带的金创药，再拿刀子将窗幔裁成细条，将伤口重新包扎。最后，才又用清水将自己的双手洗干净了，摇着头说道，"怪不得他轻易就上了岑彭的当，原来是有伤在身，快支撑不下去了。才想豁出自己一死，好给弟兄们换个好前程。这马子张，心肠倒是不坏。只是他把事情想得过于简单了！"

"先、先生，我、我哥他，他怎么样？"马三娘早就吓得脸色苍白如雪，凑上前，半跪在床榻旁，带着几分期盼询问。

"暂时死不了，但没三两个月，休想再跟别人动武！"刘植冲她翻了翻眼皮，没好气地回应，"如果此番能侥幸逃离生天，你最好劝劝他，暂且找地方休养上一年半载。否则，他这辈子能活到四十岁，刘某姓氏就倒着写！"

"一定，一定，"马三娘如蒙大赦，擦着眼泪，不停地点头，"只要你们能把我哥送出城去，我一定劝他金盆洗手！"

"那就跟我们几个无关了。"刘植分明刚刚给马武治疗包扎了伤口，却依旧摆出副官贼势不两立的模样,冷冷打断了马三娘的话。然后再度转向刘縯、邓晨两人,沉声询问,"伯升兄,伟卿兄,你们和那任县尉认识?"

"不认识。"刘縯和邓晨同时摇头。

"那是我多虑了,临走之际,任光态度好生暧昧,显然是看出了什么,却没说破,可见此人虽在岑彭手下听差,却有一颗侠义之心,并非阴宣、李妙之流。"

刘縯和邓晨,当然还记得任光当时的反应,便也轻轻点了点头,相继说道,"不管他是真看出来,还是假看出来,这份情咱们还是要领。"

"如果咱们……"刘植闻听,本能地就想劝大伙私下里找任光勾兑。然而话刚到嘴边,却被张峻抢先打断,"他是官,马武是贼,他能做到这般地步,已经非常不易。无论如何,咱们都不可以再去麻烦他。"

这句话,显然说得极有道理。任光也许是出于同情,刚才给马氏兄妹留了一线生机。也许是跟岑彭面和心不和,所以故意装作没看出大伙儿刚才露出的破绽。但无论具体原因是哪一种,他都不可能明着放人,更不可能为了救马氏兄妹,搭上他自己的大好前程。

"唉,那就有些麻烦了!"刘植只好把向任光求助的打算放弃。

先前一直没有出主意的冯异,忽然抬起头,低声问道,"马三娘,县衙的火是你放的吧?"

"嗯。"马三娘点头承认,刚要再补充几句,刘縯却抢先替她回应,"唉,家门不幸,那火虽然是马三娘放的,却是受我弟弟刘秀指使。还有这几个野小子,全都是教唆犯!"

他本不必说破这些,但既然别人仗义相助,以他的豪爽性子,自然不会刻意隐瞒任何事情。当下,把刚刚从刘秀等人嘴里审问出来的"犯罪经过",从头到尾介绍了个清清楚楚。

"好!好一条围魏救赵之计!"众豪侠不听则已,一听,个个都忍不住抚掌赞叹,"多亏令弟高明,关键时刻令岑彭乱了方寸,否则,刚才咱们就被岑彭抓了个人赃并获!果然是有志不在年高!"

"几位哥哥过赞了。刘某,小弟愧不敢当!"毕竟还是半大孩子,刘秀在旁边听得心中好生得意,学着大人模样拱了下手,"也不是我一个人的功劳,放火的主意是我出的,不过马三娘临走之前,严光又叮嘱她记得砸掉县衙用来救火的水缸,砍断井绳,这可比我仔细多了。"

"邓奉还建议,直接抓了岑彭老娘做人质,不过被我给否了!"朱祐唯恐自己被落下,挤上前,大声邀功。

"好险,那样,岑彭非疯掉不可!"刘植、冯异等人,同时倒吸冷气,转过脸,不由自主看看窗外红彤彤的天际,心中暗道:老天,这几个都是什么妖怪转世?才十四五岁,就能联合起来,把大人们耍得团团转。日后这天底下,又有几人能制服得了他们?

"得意什么,大伙险些被你给害死!"刘縯抬起手轻轻给了刘秀一巴掌,正色补充,"岑彭虽然回去救火了,但他迟早会回过神来,即便不会再次找上门,也会守在城门,反正棘阳是他的地盘,困也能把马家兄妹困死。"

看着众人忽然都陷入了沉默,马三娘顿时猜到这棘阳城,恐怕是进来容易出去难,心中一急,两行清泪,再度无声而落。

"你不必哭,我刚刚已经想到了一个办法,就是做起来颇为麻烦!"冯异从怀里掏出一块干净的手帕,轻轻递过去,低声安慰。

"什么办法?"朱祐、刘秀、邓奉、严光四人同时跳起,围着冯异,低声催促,"赶紧说,冯大哥,我们知道你刚才问话,必有深意。快说,只要有办法,难度大一些也没关系!"

"都坐下,拿出点沉稳劲儿来!"刘縯眉头轻皱,低声断喝。然后伸手把四个半大小子推到一旁,低下头,看着冯异的眼睛小声催促,"需要什么,公孙兄尽管开口,我等由你调遣。"

"伯升兄不必客气,此计能否成功,主要还是着落在你身上。"冯异微微一笑,"明日一早,我等兵分几路,先是……"

烛光摇曳,照亮一群高高低低的身影。

【故技重施戏尾宿】

八月仲秋，金风瑟瑟，寒意渐生。

卯时才隐约可见到一丝曙光，棘阳城的东西两座城门口，却挤满了早起赶路的人群。无论是郡兵杀掉了义贼，还是义贼干掉了郡兵，都属于神仙打架，与凡夫俗子没有半点关系。

只不过，今日东西两座城门口，跟往日有了很大不同。每座城门洞子前，都堵了足足有两百余名郡兵。刀出鞘，箭上弦，盔甲擦得铮明瓦亮。

"县宰大人有令，打开城门。先进后出，所有出入人等，挨个接受检查！如有违抗或故意干扰检查者，格杀勿论！"一小队精锐兵卒，护着一名身高八尺、白面无须的汉子从马道上走了下来。

在士兵的齐声呐喊中，城门缓缓被拉开。早已在门外等候多时的进城者，立刻鱼贯而入。

县宰岑彭，瞪圆了猩红的眼睛，手按刀柄，目光不停地在陆续入城和等待出城的百姓队伍里逡巡。恨不得立刻抓到前来接应马氏兄妹的凤凰山余孽，当众将他们一起碎尸万段！

小心谋划了三四个月，调动了数千郡兵，却未能留下马氏兄妹一根毫毛。此事传扬出去，自己还有什么脸面继续做天子门生？非但远在长安的皇帝陛下会大失所望，宛城梁属正，还有当地的甄家和阴家，恐怕也会怀疑岑某人的本事，趁机落井下石！

心中恨意难消，岑彭在指挥手下弟兄检查进出百姓的时候，难免就过于仔细了些。而郡兵们当中，向来都不缺拿着鸡毛当令箭的货色。为了讨好县宰，也为了掩饰自己昨天的无能，他们一个个打起十二分精神，将百姓们从头到脚，仔细搜捡。真恨不能连篮子里的鸡蛋都尽数敲开，以免马子张兄妹两个变成蛋黄，躲在蛋壳里边混出城外！

如此一来，时间就耽搁得久了。眼看着太阳就爬上了头顶，而出城的队伍，却排得越来越长，好半晌，都无法向前挪动分毫。

老百姓若是没有点儿要紧的事情，谁愿意终日四下奔波？结果大清早起来排队，排了一两个时辰却依然出不了城，心里头就开始着急。有人仗着自己身材矮小灵活，寻找缝隙朝队伍前头钻。有人仗着自己身强力壮，偷偷推搡邻近的同伴。如此一来，整个队伍瞬间大乱，人挨人，人挤人，在城门口乱成了一锅粥。

"啪!"捕头阎奉大怒，抬起皮鞭，朝着距离自己最近的几名百姓，兜头便抽，"挤什么挤，赶着去投胎啊。都跟我滚回队伍里头去，否则，休怪老子对你不客气!"

此举存心为了拍县宰岑彭的马屁，怎奈玩得实在不是时候。挨了抽的百姓们，一个个抱着脑袋仓皇后退。而后排急着出城的百姓，却根本没受到切肤之痛，兀自努力向前涌。早已乱成了粥的队伍，愈发失去了秩序。所有人你推我搡，各不相让，叫骂声，哭喊声，此起彼伏。

好巧不巧，有辆运送粪水出城的驴车，忽然被推翻在地。刹那间，黄绿色的汁水洒得到处都是。一股恶臭冲天而起，顷刻间席卷整个城门。

"该死的愚民!"那县宰岑彭站得虽远，避免了粪水淋头的噩运。却也被熏得头昏脑胀，只得捏住鼻子屏住呼吸，将两排牙咬得咯吱作响。

"大人，怎么办?再这样下去，肯定要出乱子!"县尉任光竭力控制自己想吐的欲望，手捂鼻孔，大声提醒。

"县宰不要着急，小的去给他们点颜色看看!"捕头阎奉、李秩唯恐岑彭盛怒之下，让自己吃挂落，拎着皮鞭和铁尺，就想朝人群里头冲。

双脚刚刚开始移动，却被岑彭一把一个，从背后拉住了腰带。"不急，粪车怎么可能这个时候来凑热闹，怕是有人故意捣乱。"

"啊!"捕头阎奉、李秩双双打了个冷战，涌在嘴边的狠话，顿时一个字都说不出。昨天郡兵虽然十面埋伏，杀得马子张及其同党措手不及。可自家最后的伤亡，却是凤凰山盗匪的十倍以上。他们两个都算是棘阳县的头面人物，犯不着去以身犯险。

"弓来!"早就知道这两个捕头是什么货色，岑彭也不生气。略一沉吟，沉声吩咐。眼前情况，必须快刀斩乱麻。否则，自己颜面受损事小，万一让那马家兄妹趁机溜走，可就是前功尽弃，后患无穷。

顺手接过一名士兵小跑着递上的弓箭，县宰岑彭双臂用力，将弓拉了个满月，瞄准正前方三十步外一个觉得自己吃了亏、正打着牲口拼命往前挤的车夫，咻的一声将箭射出。

"滚后面去，谁敢再挤，啊！"车夫正大声喝骂，突然觉得脸上一热，眼前世界刹那变成血红一片。抬手一抹，双掌间尽是湿热的血浆！

"扑通！"还没等他搞清楚血是哪里来的，家里最值钱的东西，载着自己整日进出棘阳的青花骡子突然扑倒在地，车辕登时断裂，将此人从座位上掼了下去，摔成了滚地葫芦。

岑彭利箭接连射出，将挤在人群中的几头驮马和骡子先后放倒。"整队，再敢扰乱秩序者，犹如此马！"

嚎哭声，叫嚷声，接连而起。先前还唯恐自己位置不够靠前的百姓们，双手抱头，撒腿就往远离城门处钻。

"来人，给我重新整队！刚才凡是在城门口者，谁都不准走！该进的继续进，该出的继续出！"岑彭收回弓箭，下达最后通牒，"有不肯接受检查，或者再推挤者，直接用刀子招呼！"

"是！"县丞阴宣早就等得不耐烦，带着党羽，就往百姓队伍当中扑。

"你们，上去维持秩序，有不服管教者，给我往死里抽！"县尉任光心中不忍，点起两小队郡兵，让他们尽量拿鞭子说话，不要乱杀无辜。

尖叫声和皮鞭声，接连响起。不多时，城门口除了几个被郡兵们打伤，躺在地上翻滚呻吟的"倒霉蛋"之外，其余的百姓，都被强迫站在了两条新的队伍内。一进一出，秩序井然。

"该死的岑彭！心肠也忒狠毒！"刘秀、严光、朱祐和邓奉四人站在队伍末尾，八只拳头紧握，心急如焚。

尽管先前的混乱并非他们几个策划，大伙为了出城所准备的许多巧妙招数，还根本没来得及施展。但眼见岑彭如此狠辣决绝，他们无法不担心，万一计策失灵，马家兄妹和今天出手帮忙的所有人，将落到怎样下场？

就在这时,忽然一阵热风吹来,大家伙同时呼吸一滞。紧跟着,一股铺天盖地的焦煳味直冲鼻孔。众人惊愕回头,只见三四里外,粗大的烟柱直冲云霄。

"着火啦,着火啦,县衙又着火啦!"慌乱的尖叫声,一浪高过一浪,从城中心直扑门口。正在排队的老百姓们,再度乱成了一团。

【径出棘阳向洛阳】

"县宰,好像又是县衙方向,怎么办!"捕头阎奉、李秩两个,心中方寸大乱,双双扭过头,向县宰岑彭询问对策。

"镇定,这是马子张的圈套!"县宰岑彭的鼻子险些没有气歪,抬起手,赏了阎奉和李秩每人一记大耳光,"让他烧,旧的不去,新的不来!"

贼人居然又来这招!想乱他方寸,然后浑水摸鱼。昨天后半夜,岑彭早已调查清楚,席卷了小半个县衙的大火,乃是马三娘所放。图的是扰乱他的心神,让他没办法集中精力追杀马子张。而这次,县衙再度火起,肯定是马三娘故技重施,试图让自己离开城门,兄妹二人趁机逃之夭夭。

"让他烧!烧完了再盖新的!"想通此节,岑彭跺了跺脚,再度高声补充。贼人故技重施,自己焉能上当?昨夜大火后,自己已将母亲转移至别处,这县衙不过是空壳一座,烧掉又能如何?再建一座新的,所费也不过是一堆木材、几百号苦力而已。

可别人不急,县尉阴宣却变成了热锅上的蚂蚁。昨夜那场大火,烧掉了县衙左侧的数座豪宅和小半个县衙,而他阴宣的府邸恰恰在县衙右边,毫发无损。刚才他心中还为此好生得意,却没想到,催命的火神爷又来了,而这次,十有八九是要换个方向!

想到家里的金银细软和刚刚娶过门的第十二房小妾,阴宣如何还能镇定下来?当即大步走到岑彭面前,弯下腰说道:"县宰英明,这肯定是凤凰山贼人的调虎离山之计,咱们一定要坚守城门,就算抓不到他,困也能把他困死。但、但是,贼人既然在县衙附近出没,说不定还有别的图谋。属下恳请大人准许属下带人前去查探一番，或许可以发现他们的蛛丝马迹！"

岑彭一听，感觉有几分道理，正欲应允，看见阴宣满脸焦灼，心念一动，马上明白了此人肚子里的弯弯绕，于是撇起嘴角，连声冷笑。直笑得阴宣背脊发寒，两腿发软，头低得几乎触到了地上。

"县宰，衙门里不少弟兄，家都在那条街上。"任光看得心里好生不忍，也向前挪了一步，用极低的声音提醒。

闻听此言，县宰岑彭立刻意识到，自己根基尚浅，眼下不应该树敌太多。于是，僵硬地点点头，冷冷说道："既然如此，阴县丞你去县衙附近照看一二。但是，不要带兵走，只带你自己的家丁回去就行了。"

"是。"阴宣听到岑彭这样说，知道自己的心思已被窥破，满脸惭色，不敢抬头，向后微一招手，带着几名家丁匆匆离去。

"哼！"望着阴宣匆匆远去的背影，岑彭冷笑着摇头。

什么时候都只顾着自家那一亩三分地，这群棘阳的地头蛇，吃得再胖今后能有什么出息，也无怪乎被一个区区马子张，就折腾得个个夜不能寐。

忽然间，城内的街道上，又传来一阵急促的马蹄声，吓得城门口的百姓纷纷侧头，人人两股战战，面无血色。

"谁？不要靠近城门！"岑彭双目圆睁，再度擎弓在手，厉声断喝。

只见一个披头散发的男人，骑着匹不知道从哪偷来的驽马，呼啸而至。虽因为距离远的缘故，看不清此人的面容，但其身上的血迹，还有萦绕不去的杀气，却与昨日的马武，几乎别无二致。

"马子张，他是马子张，放箭，快放箭！"捕头阎奉吓得魂飞天外，不待岑彭下令，扯开嗓子大声惊呼。

绝对是马武。除了他，没人敢在棘阳县城内如此嚣张。除了他，没人敢单枪匹马，直冲数千武装到牙齿的郡兵！

众郡兵原本在昨天就已经被马武杀得有些胆寒。听到阎奉的叫喊，哪里顾得上仔细分辨真伪，纷纷弯弓搭箭，朝着来人迎头射去。转眼间，七十步外的街道及两侧，落满了白花花的雕翎。

正堵在城门口的百姓，哪里见过如此阵仗？当即吓得魂飞魄散，一个个丢下扁担、箩筐、鸡公车，沿着城墙根儿四散奔逃。

而那马武，面对从天而降的箭雨，却毫无惧色。不慌不忙地从背后扯下染血的披风，凌空一卷，刹那间，就将射向自己的羽箭全都卷得倒飞了出去，不见踪影。紧跟着，又举起右手，用食指朝着岑彭的面门点了点，大拇指急转而下。冷笑一声，掉头便走。

"追！"李秩见对方居然敢侮辱岑彭，简直比自己受了侮辱还愤怒。举起环首刀大喝了一声，带着数百郡兵一拥而上。

"追！"阎奉不肯让马屁被李秩一个人全拍了，也带领数百弟兄，放慢速度紧随其后。反正自己这边人多，而那马子张又有伤在身，即便绝地反扑，自己凭着千余名郡兵，也足以活活将其累死。

然而，受到敌人当面侮辱的县宰岑彭，却丝毫没有动怒。略一皱眉，将手抬起来，"不要再追了，有李、阎两位捕头和他们带的郡兵，已经足够了，其余人，随我继续死守城门。"

正要起身去捉拿马武的郡兵将领们愣了愣，迟疑着停住了脚步。其他失去了立功机会的士卒们，也茫然回过头。众人一起看着县宰大人，不明白他好端端地为何放着马武不去抓，却偏偏跟一个城门洞子较上了劲！

只有县尉任光笑笑，朝岑彭轻轻拱手，"县宰英明，那人虽然穿着马武的衣服，但身形却跟马武相距甚远，肯定是他人假扮，想要调虎离山。"

"嗯，连环计而已！"岑彭撇了撇嘴，满脸不屑。这么多手下里头，居然还能找到一个机灵点儿的，也真不容易，"伯卿所言甚是。那人的确不是马武，不过，既然有人假扮成他，那必然也是凤凰山的贼寇，因此，本官没有拦着阎、李两位捕头带人去追。"

"县宰不愧为天子门生，果然目光如炬！"任光又行了礼，满脸心悦诚服。

岑彭虽然知道对方是在故意捧自己的场，但心里依旧觉得非常受用，捋了下根本没长出来的胡须，昂着头补充，"目光如炬就算了，本官昨天也没想到区区山贼,居然还懂得围魏救赵之计,差点儿被他耍了个灰头土脸!不过,本官今天倒是要看看,那马子张还能再玩出什么新鲜花样来!"

"县宰英明!"四下里,刹那间马屁如潮。

正拍得兴高采烈之际,对面的街道上又传来一串冷笑,"哈哈哈,威武,的确威武。不敢跟马某对面而战,却用阴谋诡计害人。哈哈,狗屁的天子门生。天子的脸,早就被你岑君然丢光了!"

"啊!"城门口的官兵们心中俱是一惊,马屁声戛然而止!

只见空空荡荡的街道上,不知道什么时候,跑来了一匹高头大马。马背上,有个身高九尺、虎背熊腰蒙面壮汉,扛着把门板宽窄的大刀。而此人的身前,却伏着一名干瘦的老妇,花发垂地,昏迷不醒。

"马武,你、你想干什么?你,是英雄豪杰,就把俺娘放下!挟持、挟持别人家眷,算、算什么好汉?!"县宰岑彭浑身的血液,瞬间凝结成冰。

虎背熊腰的汉子是不是马武,尚且存疑。但马背前横着的那个老妇,正是含辛茹苦供他读书、供他练武、教他做人的老娘。这辈子,他可以放弃一切,却唯一不敢辜负的人!

"英雄豪杰?岑君然,你也配提这四个字?"马背上,蒙面壮汉把刀举在手里,冲着城门遥遥而指,"你假借招安为名,骗马某下山之时,可想过自己是个英雄豪杰?你昨日以数千郡兵围杀我凤凰山三十五兄弟之时,可曾想过自己是不是英雄豪杰?如今,你老娘被马某捉了,你却又突然想起这四个字来!我呸!老子不做英雄了,就要拿你老娘给弟兄们殉葬!"

说罢,钢刀举起,朝着老妇脖颈作势欲砍。把个岑彭吓得魂飞天外,惨叫一声,丢下角弓和羽箭,策马直扑对方,"别杀我娘,有种来杀我!"

"我偏要杀,我今天必须拿她给弟兄们陪葬!"蒙面汉子凄厉地大吼,一拨马头,转身朝城内狂奔。

"放下,把我娘放下。马武,我让你走,让你走!"岑彭心如刀割,声音颤抖,不停地磕打着坐骑,追着蒙面人的背影。

"还愣着干什么,快去保护县宰,杀马武,夺回老夫人!"县尉任光怕岑彭慌乱之下吃亏，大叫一声，挥舞着铁锏快步跟上！

两个大人都去追杀马武了，城门口的郡兵们还有什么可犹豫的？不再去管城墙根下，还有多少老百姓吓得半死不活，上马的上马，徒步的徒步，尾随着岑彭和任光的背影而去。

转眼间，东城门四敞大开，再无任何阻拦。躲在远处的城墙根下，双手抱着脑袋瑟瑟发抖的百姓们，忽然看到了逃命机会，顿时一个个喜出望外，潮水般，从棘阳县的东城门喷涌而出。

"快走！"计已得逞，严光大喜，拉着刘秀、邓奉和朱祐，从靠近城门处一户店铺的屋檐下跳起来，混入人流中，拔腿逃出城外。

"我、我哥还、还在里边……"刘秀一边跑，一边转脸看向身后。生怕扮成黑衣人的刘縯和扮成老妇人的马三娘出了闪失，落入县宰岑彭之手。

"放心吧，我叔有冯大哥、刘大哥他们在。"邓奉狠狠扯了他一把，大声提醒，"咱们留下，只会拖他们的后腿。不如先跑得远远的，抵达会合地点藏起来，然后再想办法探听动静！"

刘秀被他拉了一个踉跄，强压住心中的不安，继续撒腿狂奔。

四个半大小子都练过武，无论速度和耐力，都远超常人。只用了大约两炷香时间，就把棘阳县城甩得不见了踪影。然后稍稍放慢脚步，在距离县城东门口大约七八里的地方，一处废弃的破茶水棚子附近，陆续停了下来。

茶棚子里，既没有做生意的伙计和掌柜，也没有任何旅客。只有三三两两的蒿子，从青石板缝隙里钻出来，在秋风中瑟瑟发抖。

"应该就是这里了，马三娘算是半个当地人，她说的地方没错！"小胖子朱祐早已经筋疲力尽，像只球一般滚过去，坐在一个石头墩子上不停喘气。

"是这里，放鹤亭。当年应该也曾经热闹过！"严光抬起头，在斑驳的牌匾上扫了几眼，叹息道。

棘阳交通便利，物产丰富，原本是个膏腴之地。然而，自打皇帝陛下力推新政之后，民生就每况愈下。城内城外做生意的人，消失了一大半。

曾经供远客临时休息并且供读书人观赏风景的放鹤亭，也彻底荒废，只剩下柱子和房檐上的斑驳彩漆，隐约追忆着此地曾经的繁华。

"唉！"刘秀、邓奉互相搀扶着走进亭子，像两个大人般陪着严光叹气。有道是，行万里路，读万卷书。此地距离他们的家乡虽然才几百里，他们的眼界和阅历，都比以往提高了甚多，年轻的心脏，也加速成熟。

唯有朱祐，从来不知道什么叫惆怅。刚刚坐在石头墩子上把气喘均匀，就一脸陶醉地说道，"三娘人长得漂亮，即便换上老年人的衣服，那身段也好到没得挑。可笑那岑彭，居然连少女和老妪的身材都分辨不出来，一见到衣服，就喊上了娘！"

刚刚死里逃生，严光也不想继续长吁短叹，振作精神，笑着打趣道："那你得感谢刘秀，要不是他让马三娘第二次去放火的时候，顺便偷出岑彭他娘的衣服换上，你可没这福分看到五十年后的马三娘。"

刘秀没心思打闹，又烦躁不安地走了两圈，非常认真地向三名同伴询问，"各位，万一，我是说万一，万一我哥落到岑彭手里，需要杀官造反才能救他，你们三个，跟不跟着？"

"当然！"邓奉想都不想，大声回应，"脑袋掉了，不过碗大个疤！"

"我自幼就住在你家，你们哥俩出了事情，官府怎么可能放过我？"朱祐难得认真了一回，笑了笑，轻轻点头。

只有严光反应最慢，只见他倒背着手，围着放鹤亭转起了圈子。直到把刘秀等人转得脑袋都开始发晕之时，才慢吞吞地说道："不可能出事。第一，郡兵那边，上下各怀心思，根本不可能彼此配合。第二，你哥的武艺，即便比不上岑彭，也不至于三两个照面就被他拿下，更何况还有马三娘，可以杀岑彭一个措手不及。第三，冯大哥和刘大哥他们放完火之后，就会前去接应，咱们是以有心算无心……"

一番长篇大论还没等说完，却看到朱祐像个球一样蹦了起来，"马车，马车！刘大哥、刘大哥他们来了！"

顾不上再理会严光，刘秀和邓奉两个连忙回头。只看见刘植和冯异坐在一辆捂得严严实实的马车上,快速向放鹤亭赶了过来。张峻、许俞和屈扬等人,则骑马举刀,紧紧护卫在马车前后。

"冯大哥,刘大哥,我哥和马三娘呢?!"刘秀又惊又喜冲过去。

"在后面的岔路口布置疑阵,免得岑彭不甘心,又带着兵马追上来。"冯异跳下马车,轻轻摸了下他的头顶,笑着安慰。

"呼!"刘秀心中的石头,终于落地,两脚一软,差点没当场栽倒。

"你这体力可不行!"刘植手疾眼快,赶紧扯了他一把,笑着打趣,"心里的鬼点子再多,身子骨也必须跟得上。否则将来干什么都有心无力!"

"多谢刘大哥指点!"刘秀听得脸色微红,赶紧抱拳受教。

"不客气,你小子,后生可畏!"刘植虽然年纪比他足足大出了一轮半,却丝毫不愿摆架子,侧开身,笑着还礼。

从昨晚的调虎离山,到今天的巧计出城,眼前这个半大小子都功不可没。想着刘秀成年后智勇双全的模样,刘植心里就开始发热,"我有远房表妹,年龄跟你差不多大,长得……"

"刘大哥,我想去看看马武怎么样了!"刘秀的小脸顿时红得几乎要滴下血来,赶紧掀开车厢帘子,装作一副关心模样,探头探脑朝里张望。

见他不肯接自己的话茬,刘植也只好作罢,从后边探进半个脑袋,"应该没大事了,他的体魄远超常人。天生一个武将坯子,只可惜……"

只可惜落草为寇,这辈子都摆脱不了强盗的印记,永远没机会走上仕途!冯异等人知道刘植没有说出的后半句话是什么意思,纷纷叹息着摇头。

官道上,忽然又传来了一阵激烈的马蹄声。刘秀连忙跳上马车,站在车辕上抬头向来时路上焦急地眺望。只见三个熟悉的身影,骑在骏马上如飞而至。正是自家哥哥刘縯、姐夫邓晨,还有勾魂貔貅马三娘。

"哥——"他一个箭步从车辕上跃下,迎着战马张开双臂,年轻的心脏中,涌满了欣喜!

第二章　乱世红颜

【常见秋叶随风舞】

"哭什么，我不是好好地逃出来了么？"看到自家弟弟含着泪迎面跑来，刘縯心中也是一暖，赶紧跳下坐骑，伸手在他头上拍了一把，笑着数落。

"没、没有，我哪哭了！"刘秀在自己脸上胡乱抹了几把，大声反问，却又有新的眼泪淌下来。"风、风吹的。这边风大，尘土迷了我的眼睛！"

虽然此番救人，大部分时间都是有惊无险。但刚才被岑彭追杀之际，刘縯还真有些担心，万一自己失手被擒，这个弟弟和其他家人怎么办。大新朝的律法，对反抗者向来是严惩不贷。而刘这个前朝皇姓，更是被官府视为眼中钉。一旦揪住错处，绝对不会留情！

"小家伙人小鬼大，这次能成功脱险，倒也全亏了他！"见刘縯和刘秀两个兄弟情深，邓晨也跳下坐骑，用手在刘秀肩膀上轻拍。

"的确，有志不在年高，古人诚不我欺！"冯异和刘植等人也纷纷迎上前，当着刘縯的面，对刘秀大加褒奖。

"刘、刘三儿，我哥、我哥他怎么样了？"唯独马三娘，此刻心中只牵挂自家哥哥马武。

"刚脱离险境，我就变成刘三儿了！"实在不习惯马三娘的粗鲁，刘秀回过头，冲她猛翻眼皮，"连声谢谢都不会说，早知道这样，昨夜就该把你们兄妹直接赶出客栈去，让你们自生自灭。"

"我，我……"马三娘瞬间意识到，自己刚才的举动，实在有些过分。

脸色微红，跳下来蹲身施礼，"几位哥哥，刘、刘三哥，多谢、多谢你们的救命之恩。""三哥"两个字一出口，她的脸色顿时红得几乎滴血，后边半句话，声音小得尚不及蚊蚋哼哼。

好在众人都是心胸开阔之辈，没有谁愿意跟她一个小女娃娃计较。纷纷侧身拱手，笑着还礼，"三娘不必客气。快去看你哥吧，他就在马车上，还没有从昏迷中苏醒。"

"多谢各位恩公！"马三娘的心脏忽然跳得厉害，赶紧又低低地道了声谢，撒腿奔向马车。跑着跑着，脚步忽然趔趄了一下，差点一头栽倒。

"这冒失姑娘，居然也能杀出勾魂貔貅的名号？"望着她慌慌张张的背影，刘植忍不住笑着摇头。

"关心则乱。她充其量也就十四五岁，其实年龄和刘秀差不多！"冯异性子比任何人都宽容，笑了笑，主动替马三娘辩解。

"你们来得倒快。"刘植表面镇定，心实则一直悬着，看到刘縯和邓晨，这才放下心来。

此地距离棘阳不远，大伙也不敢浪费太多时间。几句要紧的话交代过后，便又跳上坐骑，赶起马车，急匆匆而去。一上午马不停蹄，又逃出了五十余里，眼看着到了通往宛城和涅阳的三岔路口，才又纷纷拉住了坐骑。

"客套话就不用说了，岑彭那家伙精明至极，等他发现他老娘并没被人掳走，就会追出来，依我看，马三娘你赶紧带你哥走吧。"刘植行事最为谨慎，果断跳下马车，将缰绳和皮鞭都交到了马三娘之手，"不过你要记住，这次我们救你兄妹，是看在你们往日的义举上，若你们不知悔改，下次再见面时，咱们彼此最好装作相逢陌路！"

"是，恩公。"马三娘见哥哥依然昏迷未醒，心中焦灼万分，但知道别人已经对自己兄妹仁至义尽，只能咬着牙接过缰绳和马鞭，然后蹲身行礼。

才驱动马车走了十几步，刘縯却忽然带着刘秀，策马追上前，皱着眉头说道："马姑娘，你打算去哪儿？身上还有钱吗？令兄的伤情，最好花上一些时间去调养，否则恐怕会后患无穷。"

马三娘如何不清楚,自家哥哥马武尚在生死边缘徘徊?然而兄妹两个都是朝廷重金悬赏通缉的要犯,而对方却是良家子、读书人,前程远大。能仗义出手相救,已经是难能可贵。自己跟对方无亲无故,岂能要求更多?

想到这儿,她强压下心中的软弱,咬着牙行礼,"多谢伯升大哥询问,小妹准备绕过宛城,前往博望一带寻找良医。至于钱,我身上还有几件饰物可以变卖,倒也足够支撑几个月时间!"

"嗯!"听马三娘说得硬气,刘縯点点头沉吟。

对于马武的安危,他是一百二十个不放心。然而自己忙着送弟弟去长安读书,刘氏在当地也是数得着的大户,实在不应跟对方往来过多。

"你头上的簪子是木头削的,既没有手镯,也没有耳环,除了手中的钢刀之外,拿什么换钱?"还没等刘縯作出决定,小胖子朱祐已经从冯异的战马上滚了下来,将马三娘的"谎言"直接戳破,"还不如直接跟我们走,我、我把我的盘缠分一半儿给你!"

"臭小子,你倒是仗义!没有钱,看你怎么读书!"邓晨被朱祐的举动,逗得哭笑不得。追过来,俯身给他头上来了个爆凿。

"我,我可以花刘秀、严光和邓奉他们三个的!"朱祐想都不想,抱着脑袋回应,"我们三个是好兄弟,好兄弟有通财之谊。哎呀,别打!我、我借,我借还不行?将来发了财还他们!"

"滚!"实在拿朱祐没办法,刘縯先抬腿将其"踢"到了一旁,望着马三娘,低声发出邀请,"你哥伤势太重,你一个人根本照顾不过来,而且还没钱给他抓药。反正我们也要路过宛县,干脆就再送你们兄妹一程吧!"

"不敢再劳烦恩公。您、您已经替我们做得够多了!"马三娘闻听,立刻滚下车来,含泪下拜,"小妹我有手有脚,不愁赚不到钱来给哥哥买药。您和刘三哥都前程远大,不该被我们兄妹给耽误了!"

这几句话说得情真意切,令刘縯禁不住对她刮目相看。正准备再度发出邀请,就听见坐在自己身前的刘秀笑着说道:"你呀,没钱就不要嘴硬。什么用手脚去赚?恐怕是要重操旧业,用刀子去赚吧?一旦被官府盯上,我们昨晚和今天岂不是全都白忙活了！"

"你、你、你瞎猜。我，我……"马三娘心里的想法，被他猜了个正着，顿时羞得面红耳赤。然而，说来也怪，她有胆子跟任何人拼命，唯独在刘秀面前，却如同遇到了克星般缚手缚脚，只好低下头，双手不停地拿自家衣服角撒气。

"哥，咱们好人做到底，带上他们兄妹，先过了宛城再说！"好在刘秀没有继续穷追猛打，抬起头，望着自家哥哥眼睛提议。

"好！"刘縯原本就有救人救到底的心思，"三娘，不知你意下如何？"

闻听此言，马三娘的眼中，立刻泛起了盈盈泪光。放下鞭子，躬身下拜，"多谢恩公，多谢刘三哥。多谢诸位君子！他日若有机会……"

"这种话就不用说了！"刘縯摆摆手，笑着打断，"既然救了你们兄妹，总不能再眼睁睁地看着你自生自灭。你等等，咱们一会就出发！"

交代完毕，他又拨转马头，对着刘植、冯异等人抱拳施礼，大声说道，"此番与诸位兄弟并肩作战，荣幸之至，永世难忘。"

"我等也是！"刘植接过话头，大笑回应，"见识了伯升兄的侠义和令弟的谋略，才知道天外有天。此行但有昨晚和今日，已经不虚！"

"是极！"众豪侠哈哈大笑，都觉得刘植的话说到了大伙心窝里。

"如此，刘某就不废话了，跟诸君就此作别！"寒暄已毕，刘縯再度拱手，"眼下已经出了棘阳管辖地界，哪怕岑彭追上来，没有真凭实据，也拿我等无可奈何。诸位就请放心各自离去，他日若有机会，刘某必定登门造访，与诸位一醉方休！"

诸豪侠陆续上前，与刘縯、邓晨两个拱手道别。爽朗的话语声和大笑声，透过秋林，震得霜叶簌簌而落，被风一卷，缤纷绚烂，宛若二月落樱。

【谁料霜花逐日开】

目送众豪侠远去，刘縯跳上坐骑，带着大伙继续赶路。邓晨则把坐骑让给了活泼好动的朱祐，自己跳上了车辕，驱赶着马车紧随刘縯身后而行。

至于刘秀、严光和邓奉三个,则全被邓晨强行关进了车厢中,与马三娘一道去照顾马武,以免在路上被多事的人看见,再横生枝节。

原本就狭小的车厢中装了一个大人和四个孩子,空气难免就污浊了些。而马武身上的旧伤又发了炎,不时地散发出阵阵恶臭,令人胃肠为之一阵阵翻滚。好在刘秀、严光和邓奉三个虽然年纪小,却个个都像刘縯一样,生就了一副古道热肠,非但没有嫌马武累赘,反倒不时搭把手,帮助马三娘用盐水替马武清洗伤口,喂汤敷药。

马三娘自打落草以来,平素接触的全是些性情粗豪的江湖好汉,难得遇到同龄人为伴。加之又欠了大伙的救命之恩,很快就抛开了心中那道无形的防线,跟众人熟络了起来。

偏偏邓奉又是个好奇心极重的,总爱打听一些江湖秘闻。有了马三娘这个现成的内行在眼前,岂能不把握机会。因此在路上一有时间,就把自己昔日道听途说来的故事,找后者进行验证。而马三娘也有意向大伙说明,凤凰山好汉并非官府口中杀人越货的恶魔,有问必答,知无不言言无不尽!

如此一来,几个少年人的旅程,倒丝毫都不枯燥。不时就有惊叹声或叫好声从车厢中传出。这可羡煞了小胖子朱祐。想跟大伙一起凑热闹,却隔着一道厚厚的车厢。欲向马三娘献殷勤,却找不到任何人肯跟自己换乘,只急得抓耳挠腮。

"伯升,找个地方歇歇脚,吃点干粮吧。"见朱祐那神不守舍模样,邓晨心中觉得又是好笑,又是不忍。

"也好。"刘縯此刻也觉得口干舌燥,便轻轻拉了下缰绳。

"是到白水河了吗?其实跟咱们家附近的淯水,是同一条。只不过这里是上游,所以名字不一样!"刘秀虽然是第一次出远门,对整个荆州的地理却不陌生,立刻从以前读过的书籍中,给出了答案。

"应该是,你去打些水吧!在官道右侧。我刚才已经听见了流水的声音!"刘縯声音里带上了几分嘉许。自家弟弟身子骨略微单薄了些,但博闻强记,智慧过人。将来定会比自己这个当哥哥的有出息。

"严光、邓奉,你们俩跟刘秀一起去。朱祐,你和马三娘去捡点干树枝,咱们一会儿把水烧开了喝,免得生病!"不放心刘秀一个人去打水,邓晨跳下车辕,大声吩咐。

"哎,哎!"朱祐喜出望外,立刻翻身下马,飞一般冲到车厢门口,伸出一只手去搀扶马三娘,"三、三姐,下、下车。小心路上有石头!"

"敢问朱小哥,男女授受不亲,出自何典?"马三娘迅速躲了躲,同时竖着眼睛低低追问。

"这,当然、当然是《孟子》,《孟子·离娄篇,上卷》!"朱祐被问得微微一愣,旋即圆脸涨了个通红。伸在半空中的手,放亦不是,继续挺着亦不是,整个人变成了一具田间的稻偶。

"走,我们去找刘秀!"严光和邓奉看到他吃瘪,心中觉得好生有趣。摇摇头,撒开双腿冲向了官道右侧的树丛。

不多时,二人与刘秀会合。一边狂笑,一边述说刚才朱祐献殷勤却碰壁的窘态。刘秀听了,对朱祐这个一厢情愿的花痴也颇为无奈,摇着头苦笑了片刻,叹息道:"马三娘和马武,都是官府的死对头。而朱祐和咱们,却是要去长安读太学,然后等着朝廷外放为官。双方注定这辈子要越走越远,唉,我看猪油还是趁早死了这份心为好!"

严光却另辟蹊径,"我不可惜朱祐白发了一次花痴,毕竟他从小到大,就喜欢找个姐姐管着他。我只是奇怪,马三娘刚才居然开口就来了一句《孟子》,并引得恰当好处!"

"是啊!"邓奉这才意识到,马三娘作为一个山贼头目,按常理应该大字不识才对。怎么可能连孟子都能信手拈来。

刘秀没好气地提醒:"男女授受不亲,是她刚刚冲进屋子里逼咱们帮忙隐藏马武之时,严光你亲口说的话。当时她身后背着马武,一只手揽住了你的脖子,另外一只手拎着明晃晃的环首刀。"

"呀,这野丫头,居然懂得现学现卖!"严光立刻知道自己被表面现象所蒙蔽,气得连连跺脚。

"好个马三娘,居然也能做到过耳不忘!"邓奉在懊恼之余,却佩服得连连抚掌。

"没点儿本事,岂能做得了勾魂貔貅?练武也罢,读书也罢,想登堂入室,总得有点记性才行!"刘秀倒不觉得马三娘聪慧过人有什么好奇怪。

"还是你了解她,比朱祐可强多了!倒可拿她做个红颜知己!"邓奉受不了他那副一切尽在掌握的模样,立刻出言相讥。

"滚!我都说了,不是一路人!"刘秀被说得面红过耳,作势欲踢。

"看,恼羞成怒了!"邓奉立刻拔腿逃走,刘秀自觉受到了"污蔑",哪里肯善罢甘休,紧追不舍。害得严光遭受池鱼之殃,不得不加速跟上。

刘秀的体力,原本就不及邓奉,此刻腰间又系着两只水囊,颇为累赘,因此追着追着,就失去了目标的踪影。好在他还记得此行的目的是取水,干脆放慢速度,调整方向,喘息着朝流水声最大的位置走了过去。才又走了二三十步,耳畔却听到了一阵细碎的脚步声。很明显,有人在背后朝自己悄悄靠近。

"这厮,居然学会迂回攻击了!"刘秀听得心中一动,装作毫无察觉,一边走,一边用目光在附近快速扫视。

"啊!蜘蛛!"刘秀心中大乐,掏出方帕,伸手一抄,将那黑蜘蛛卷进帕中,"就是你了,看那灯下黑还有没有胆子搬弄是非!"

虽然从小就被哥哥刘縯保护得密不透风,可毕竟生活在乡间,刘秀对蜘蛛、蚂蚁、四脚蛇之类的东西,都不陌生。仅仅从蜘蛛背上的花纹和个头大小上,就判断出此物空长了一副可怕模样,事实上却没有任何毒性。故而毫不犹豫地将其连同手帕拎了起来,同时竖起耳朵,判断邓奉与自己之间的距离,猛地拧身扬手,"招家伙!"

"啊——"身后之人失声尖叫,挥舞着胳膊快速后退。不小心双腿却被树根绊了下,"扑通"一声,直接摔了个仰面朝天。

"马三娘,怎么是你!"听到声音那一瞬间,刘秀意识到情况不对。

"呃……"尖叫声戛然而止,只见素有勾魂貔貅之称的马三娘,双手双脚僵直，像只木偶般瘫在了地上。先前那双明亮的凤目，此刻却变成了两只斗鸡眼儿，盯着鼻子尖上缓缓爬行的大蜘蛛，不敢移动分毫。

【满川春愁无处诉】

马三娘空有一身武艺，却被吓得手脚发软，根本鼓不起勇气抵抗。千钧一发之际，又一团黑黑软软的物体凌空而至，贴着她的鼻子尖，将黑蜘蛛从侧面击飞出去，撞在树干上，砸得筋断骨折。

惊魂未定的马三娘本能地摸向自己的鼻子尖，只觉得掌心处一片湿滑，紧跟着，一股恶臭就钻进了脑门儿。

"你，你刚才用的什么东西，砸、砸我？"少女一跃而起，一边掏出手帕在鼻子上用力猛擦，一边尖声质问。

"事、事急从权！"刘秀怕她动粗，连忙晃着手臂快速后退。顿时黑水四下飞溅，将自己和马三娘都甩了个满头满脸。

原来他刚才看到黑蜘蛛趴在马三娘俏脸上，心里也着了急。又不敢冒着将马三娘的鼻子一起砸烂的风险，用石头去攻击蜘蛛。只好从地上的臭水坑里抄起一团烂泥丢了过去！如此，险情倒是解除了，马三娘也彻底变成了花脸猫。

"呸，呸！"马三娘恶心得连吐口水，"死刘三儿，我今天跟你没完！"

二人年龄都不算大，骨子里多少还带着几分小孩心性，竟彼此丢起了泥巴，正打得热闹之际，耳畔却传来了惊呼，"三郎，三娘，你们俩在干什么？"原来是严光听到动静，跑过来帮忙。

"你问她！"刘秀找到了评理对象，大声"控诉"。

本以为马三娘会立刻开口反驳，谁料，少女的脸却忽然红到了脖子根，低下头转身便走。

"刘三，马三娘，你们俩怎么这么慢？"邓奉也在河畔兜了个圈子，匆匆折回，看见刘秀狼狈不堪地站在一个臭水坑中，又看到马三娘带着一身烂泥转身要走，愣了。

"我是我,他是他,哪有什么我们?!"马三娘又急又羞,想辩解几句,又不知道该从何说起,两只眼睛里顿时泛起了泪光。

"三娘,他欺负你?"邓奉顿时脑补了刘秀对马三娘无礼的场面,一蹦老高,"好你个刘三,平素看上去像个正人君子,居然,居然……"

双脚还没等落地,耳畔却又传来了马三娘的怒喝,"狗屁,就他那三脚猫功夫,我一只手都轻松拿下!想、想要欺负我,除非、除非……"

话说到一半,猛然意识到自己好像是这场"泥巴仗"大获全胜的那一方,刘秀刚才已经被自己杀得只有招架之功,没有还手之力。顿时不知道该怎么解释心中委屈,脸色又是一红,抬起袖子遮住面孔,撒腿就逃。

严光等人跟在身后喊了几声,却没得到任何回应。只好摇摇头,由着她跑没了影子。

如果有可能,她真的想就此逃走,永不回头。然而,转念想起哥哥马武还昏迷不醒,而自己既不通医术,身上也没半文铜钱,顿时一肚子英雄气,化作了两行清泪。

想救哥哥,最好的选择,就是继续跟刘縯等人结伴同行。可如果自己掉头回返,恐怕又得被人看了笑话。特别是刚才那句,"三郎三娘",喊得人心里直发慌,好像跟那死刘三已经成了一家人般,这辈子难分彼此。

可刚才刘三还亲口说过,自己跟他不是一路人!

谁稀罕!死刘三儿心肠又坏,脾气又差,还是个彻头彻尾的官迷。早晚会沦为跟岑彭一样的货色,不遗余力替狗皇帝卖命,跟自己和哥哥血战疆场。

想到最后总有一天,自己会跟刘秀面对面举刀而战。自己恐怕十有八九会念着相救之恩,下不了杀手。而刘秀肯定会像今天甩泥巴时一样,毫不留情。马三娘心里没来由就又是一阵刺痛。猛地往地上一蹲,双手捂着脸,"呜呜呜呜"地哭了起来。

"给你……"不知哭了多久,头顶上的阳光忽然一暗,有只水袋悬在了她眼前。光凭声音,马三娘就知道来人是刘秀。劈手将水囊夺过,远远地掷了出去,"别管我,假仁假义!老娘才不会束手就擒!"

"你、你这人怎么不知道好歹!"刘秀虽然已经在河水里洗干净了手脸和衣服,但此刻身上潮乎乎的不好受,见自己一番好心,居然又被当成了驴肝肺,顿时少年心性犯了,跳开数步,对马三娘大声叫嚷。

"我不需要你来……"马三娘抬起一双哭红的眼睛,对着刘秀怒目而视。看到对方还没长出胡须的面孔和浑身上下湿漉漉的模样,才忽然想起,刚才自己被此人用各种方法杀了好几十回的"大仇",全都还没有发生。顿时,脸色又红得几欲滴血,垂下头,强忍泪水赔礼,"抱歉,我、我刚才哭魔怔了,不知道是你!"

"啊?"没想到先前还像只刺猬般的马三娘,居然这么快就服了软,刘秀肚子里刚刚冒起的火苗,顿时灰飞烟灭。先愣了愣,然后疾走数步,俯身从草丛里捡起水袋,重新递了过去,"算了,你哥受了伤,你肯定心情不好。刘某乃是男子汉大丈夫,不跟你计较。赶紧把脸洗洗,然后回马车上换件干净衣服。该吃饭了,我哥他们还等着你呢!"

"嗯!"马三娘不敢抬头看刘秀的眼睛,低低回应了一声,接过水袋,默默地洗手、洗脸。她一只肩膀上有伤,做这些细致活,难免有些不方便。刘秀在旁边见了,忍不住又叹了口气,走上前接过水袋,替她倒水。

"不,不用,不用你!"马三娘本能地想要拒绝,但身体一动,肩膀上的伤口处又疼得钻心,只好向现实低头,红着脸,默默接受了刘秀的善意。

直到把整口袋河水用完,才终于洗完。马三娘不愿让大伙看到自己的狼狈模样,以重新去打水做借口,将刘秀先撵了回去。自己又匆匆忙忙跑到河畔,脱下满是泥浆的外衣,在水里揉了个干净。

无意间悄悄低头,却看到河水中,正映出一张粉红色的脸。烟眉微蹙,双目如星,真不知道此刻这满川春愁,该向谁诉。

【却向晓风说将来】

棘阳与宛城同属于荆州治下,彼此之间距离并不遥远。大伙儿歇息之后又走了两个多时辰,暮色中,隐隐已经能看见目的地的轮廓。

因为车中还藏着马武这个"江洋大盗",众人不敢进城去住店,又向东绕了三十几里,赶在夜幕彻底降临之前,在距离宛城东门十里外,找了一家熟悉的道观暂时栖身。

那道观的主事傅俊①,乃为襄城人氏,原本做过一任亭长。因为不甘心替豪门大户一道压榨百姓,才弃了职,跑到道观里修身养性。刘縯跟他原本就有些交情,知道他绝不会给官府帮忙。所以也不瞒他,将车子停稳之后,立刻将昏迷不醒的马武抬了出来。

"此人是谁?怎么浑身上下都被血湿透了,居然还没咽气?"那傅俊饶是胆大,却也被马武的模样给吓了一大跳,连忙凑上前,一边帮刘縯和邓晨朝客房里抬人,一边低声追问。

"凤凰山上那位!"刘縯警觉地抬头四下看了看,压低了声音回应。

"哦,怪不得!贫道今天在城里时听人说,昨夜棘阳那边杀得血流成河!"傅俊恍然大悟,轻轻点头,"伯升兄想要救他?"

"唉,我原本也没打算插手,谁料他逃到了我弟的房间里头!"刘縯叹了口气,用最短的话,将自己的遭遇如实相告,"反正洗也洗不清了,索性好人做到底,带着他们兄妹一道出了棘阳!"

"呵呵,你刘伯升未必真的不想插手吧!"傅俊早就清楚刘縯的性子,忍不住摇头而笑,"否则,只要将马武往门外一推,县宰岑彭即便再不讲道理,恐怕也没法把通匪的罪名扣到你的头上!"

"子卫,话可不能这么说,我们兄弟都是良家子!"刘縯扭头瞪了刘秀一眼,然后苦笑着补充,"这一次,实在是不得已而为之!"

"对,反正官府拿不到你把柄!"傅俊根本不信,撇着嘴继续摇头。

斗嘴归斗嘴,动作却丝毫没有放缓。转眼间,已经将马武抬到客房的

---

① 鬿火猴傅俊,襄城人,云台二十八宿之一,刘秀的铁杆心腹。因随同刘縯起义,全家被莽军杀害。傅俊忠心耿耿、屡立战功,历任骑都尉、侍中、积弩将军,被封为昆阳侯。公元31年(建武七年),傅俊去世,谥威侯。

床榻上放好，然后迅速打来了清水，取出了剪子、短刀和金疮药，开始重新处理伤口。看模样，根本就不是第一次做这种事情，早已驾轻就熟。

马三娘自打昨天下午被岑彭骗入棘阳城开始，全身上下的神经始终紧绷着，片刻没得松懈。今天这一路上，又时时担心马武的安危，早已累得精疲力竭。后半段路，完全是靠一口气在苦苦支撑。此刻看到傅道长那娴熟的医术，顿时就觉得心里一松，双腿一软，整个人朝地面栽了过去。

好在朱祐的目光从没离开过她，立刻伸手拦了一把。

傅俊救治完马武，顺手再救治马三娘。直折腾到后半夜，才终于将兄妹二人身上的伤口全部处理完毕。两个伤号身边，不能缺了人手照顾。而马三娘毕竟是个女儿身，由成年男子喂水喂药，也实在尴尬。无奈之下，刘縯只好把严光、邓奉、刘秀和跃跃欲试的朱祐四个，分成了四班，让他们两个时辰一班，轮流到病房里来照顾病人。

折腾了一个晚上再加一个白天，刘秀其实也累坏了，丢下甘之如饴的朱祐，草草吃了些东西，在隔壁的客房里倒头就睡。直到第二天中午，才很不情愿地被严光推醒，拎着粥桶，去给病号喂饭。

恰好马三娘也从昏迷中恢复了清醒，只是全身都软软的，提不起任何力气。见刘秀拎着一大桶清粥，打着哈欠进了屋，连忙低声问道："刘、刘三儿，我哥情况怎么样了？傅道长呢，他怎么说？"

"放心，肯定死不了！"见马三娘连声谢谢都不肯说，开口就叫自己的绰号，刘秀肚子顿时涌起了几分无名火，把粥桶朝床边一顿，冷冷回应。

本以为这次肯定又能气得对方七窍生烟。谁料，马三娘却忽然转了性子，反而将身体向墙壁缩了缩，怯怯地说道："那、那就好。三、三哥，你、你有空替我跟道长说声谢谢。今日救命之恩，我们兄妹俩，如果将来有了机会，一定会报答！"

仿佛使出全身力气的一拳，尽数砸在了空气当中。刘秀的全身上下，竟没有一处不难受。看着马三娘的眼睛愣愣半晌，才尴尬地笑了笑，低声道："报答就算了，你能有这个心思就好。起来吃一些粥吧，昏睡了大半天,想必你也饿了!"

"谢谢三哥!"马三娘又柔柔地道了声谢,挣扎着坐起来准备吃饭。然而右侧肩膀连同手臂却被傅道长用白色葛布裹得结结实实,根本无法用上力气。只好单手端着碗,举在嘴边一口口地抿。

刘秀终于动了几分恻隐之心,"算了,算我欠你的。你自己拿羹匙舀着吃,我替你把碗端着!否则,没等你吃完,粥就全冷了!"说罢,将一把木头勺子塞给马三娘,径自夺过粥碗,单手托在了掌心。

马三娘的脸色又开始发红,却没有拒绝,拿起木勺,快速吃了几小口,然后将后背靠在墙上,喘息着问道:"刘三儿,刘家三哥,你这次去长安,是、是去念书么?"

"嗯,是念书。皇上下令扩招太学,今年据说要收一万人。所以长辈们花了点儿钱,就给我、邓奉、严光和朱祐,都弄到了官府的荐书。"刘秀不知道马三娘突然问起这些,到底怀的是什么心思,想了想,如实相告。

"是太学啊,跟那狗官岑彭一样!"马三娘脸上隐隐露出了几分苦涩。

"别拿我跟他比,他读书读没了良心,我不会!"刘秀被打击得有些不高兴,冲着她直翻眼皮,"不是每个太学出来的学生,都会像他那样,为了升官不择手段。读书,首先是为了明道理,知道该如何做人做事。其次,才是报效国家!"

"那、那你将来读完书之后,会出来做官么?"马三娘不懂,也不想弄懂他的长篇大论,一句话直指关键。

"做官,也许吧,否则,我岂不是白辛苦一场?"这个问题,问得实在有些太早。刘秀心里头,对自己的未来根本没有任何规划。沉吟了片刻,将碗朝马三娘晃了晃,低声催促,"行了,最快都要四五年才能读完呢,现在哪用得着去想。你还是赶紧吃饭吧,我伺候完了你,自己还得吃呢!"

"嗯!"马三娘低低答应了一声,颤抖着手臂去舀粥。才吃了三两口,便又停了下来,垂着头,继续低声问道:"那、那你将来当了官,如果遇到我跟我哥,我说,万一遇到,你会怎么做?真的像刘植大哥说的那样,将我们兄妹斩尽杀绝么?"

"没想过,哪那么容易就遇上?况且一万多名太学生,也不是谁都能被授予实际官职的!"这个问题,比先前那个还要长远,刘秀摇摇头。

"我是说,万一呢,万一遇到?"马三娘飞快抬起头,看了他一眼,继续刨根究底。

刘秀被她问得满头雾水,忍不住晃晃脑袋,没好气地敷衍,"那就到时候再说。我拿了朝廷的俸禄,总不能再像前天夜里一样帮你。况且,我哪里打得过你们兄妹俩啊,只要你们不主动来找我麻烦,放心,我躲你们还来不及呢,怎么可能打上门去找死?"

一句话落下,马三娘的身体颤了颤,手中的木勺,忽然变得好像有几万斤重。然而刘秀却根本不懂少女的心思,兀自晃了晃粥碗,低声催促,"你又怎么啦?不是说了么,等你们兄妹伤好了,咱们就各奔东西!这样吧,以后我听闻你们马氏兄妹的名字,自己就躲远远的,行不行?咱们这辈子都不再相见,自然就不会有你先前说的麻烦!喂,你今天到底怎么啦?赶紧吃饭啊,人是铁,饭是……"

剩下的话,忽然憋在了嗓子里,一个字也吐不出。素有智计的刘秀,彻底抓了瞎。站在床边,一手托着碗,一手摸着自己的后脑勺,满脸茫然。两行清泪,顺着马三娘腮边无声地流下,转瞬间,就打湿了单薄的衣襟。

第三章　遥望长安

【豪杰初遇须纵酒】

"喂，你别哭，你哭什么呀？我武艺这么差，怎么可能去招惹你们？"刘秀的家境只能算一般，买不起贴身丫鬟伺候，平素的玩伴也都是同龄的半大小子，自然无法理解少女情怀，看到马三娘梨花带雨的模样，顿时急得手足无措。努力想要安慰几句，结果说得越多，马三娘哭得越厉害，最后干脆趴在了枕头上，直接呜咽出声。

"别哭，再哭，饭就凉了！"这下可把刘秀急坏了，放下饭碗，就准备去拉马三娘的胳膊。然而手没等沾到对方的衣角，耳畔忽然传来了一阵风声，"嗖！"有道乌光，直奔他的后脑。

"别哭，啊！"刘秀恰好低头，避过了乌光的必杀一击。就听见"砰"的一声巨响，贴近头皮处的墙壁上，被药碗砸出了一个拳头大的深坑。破碎的陶片飞溅回来，隔着衣服，砸得他胸口和胳膊火辣辣疼。

"小子，敢非礼我妹妹，你找死！"没等刘秀转身查看是谁袭击自己，一个高大的身影跟跄着扑了过来，挥掌直劈他的脖颈。

这一下如果被打中了，刘秀一条命至少得去掉大半条。说时迟，那时快，眼看着手掌就要落在刘秀的脖子上，正在伏枕痛哭的马三娘猛然抬起一条腿，斜向上踹了出去，"轰"的一声，将黑影踹得倒退数步，一跤跌回了对面的病榻。

"啊！"刘秀转身，与黑影同时惊呼。

马三娘则反应最为剧烈,一个箭步跳了下来,冲到对面的病床前,大声哭喊:"哥,怎么是你?你、你醒了?我没伤到你吧!"

"我、我,我没事儿。他、他到底是谁?"重伤在身的马武,力气只恢复了平素的一分都不到。先前挣扎着去攻击"非礼自家妹妹的歹人",已经是怀着玉石俱焚的打算,没想到救人不成,反吃了自家妹妹一记窝心脚,顿时从心口到四肢无处不疼。

"他、他是刘秀,不是歹人。是他和他哥哥刘縯从棘阳城里救出了咱们!"马三娘被问得心里发虚,紧紧抓着哥哥的手,快速回应。

自从马武受伤昏迷以来,她心中不知道有多么害怕,直到这一刻,那种即将失去最后一个亲人的恐惧,才终于烟消云散。一时间,又喜又悲,正要再多说一句,眼泪却止不住流出来。

"刘縯,可是春陵刘伯升,人称小孟尝那位?"毕竟是一位江湖大豪,马武立刻从话中抓到了重点,强压下心中越来越浓的酸涩感觉,沉声问道。

"嗯!"马三娘红着脸点头,然后抹了把眼泪,低声嗔怪,"你醒了,怎么不言语一声,也不问青红皂白,就出手伤人。好在我刚才拦得及时,否则,一旦伤了刘縯的弟弟,咱们兄妹怎么跟人交代?"

"他是刘縯的弟弟?"马武的心中猛地一抽,有种失落油然而生。看向刘秀的目光里,顿时充满了戒备,"反应挺快,身手稀松。我刚才隐隐约约听见你哭,又看他对你动手动脚……"

听到"动手动脚"四个字,马三娘顿时脸色更红,狠狠跺了下脚,大声抗议,"哥,他是帮我端碗。你没见我吊着一只胳膊么?况且人家刚才哭,才不是因为他。人家是因为、因为担心你,才、才一时没能忍住!"

"噢!"马武将刀子一样的目光,从刘秀身上撤回来,装作恍然大悟般点头。姑且算是吧。不过刚才那一记窝心脚,踹得可真狠。马武跟妹妹切磋时,偶尔不小心也会挨上几下,但从来没有任何一次,像今天这般重。

想到妹妹居然为了一个陌生人,对自己痛下杀手。马武的心中,失落感愈发浓烈,嘴里也忍不住发出了一声闷哼,"嗯,嘶——"

"哥，你怎么了？我、我刚才那脚踹到你哪儿了？你、你别吓唬我！"马三娘顿时吓得花容失色。

"没、没事，岔气儿了！"马武咧了下嘴，顾左右而言他，"你别着急，哥哥不会死。这药不错，包扎手法也很老到！此人……"

"昨天给你诊治包扎的是傅道长，还有一位名叫刘植的大哥，替你处理过伤口！"马三娘正巴不得哥哥不再追问自己为了救刘秀却踹了他窝心脚的事情，赶紧仰起头，将之前的事情，挑紧要的大声汇报。

为了避免哥哥情绪波动过大，马三娘尽量只说大致获救和脱险过程，将很多紧张的具体细节主动忽略，当然，也将她劫持刘秀等人不成，反被刘秀逼着打水认错那部分，统统略过不提。

饶是如此，依旧将马武听得脊背发凉。好不容易挨到自家妹妹将话说完，抬手擦了下额头，低声说道："怪我，都怪我偏听偏信，居然以为官府会真心招安咱们！这笔账，咱们早晚跟岑彭算清楚。还有棘阳那群贪官污吏，等我伤好之后，一定要……"

"总得先养好伤再说！"马三娘唯恐哥哥冲动起来自寻死路，警惕地抓紧他的手臂，大声打断。

"当然！"马武刚刚从鬼门关前打了个滚，性子明显被磨平了许多，"君子报仇，十年不晚。三娘，几位恩公现在何处？咱们这就去当面道谢。"

"道谢就不必了。我等之所以救你，乃是不得不为，并非存心出手相助！"话音刚落，刘縯、邓晨和傅俊等人鱼贯而入，冲着马武轻轻拱手。

"你莫非就是舂陵小孟尝？"马武毫不犹豫忽略了刘縯的后半句话，挣扎着单膝跪拜，"救命之恩，马某兄妹两个没齿难忘。今后恩公若有差遣，赴汤蹈火，绝不皱眉！"

"马寨主快快快请起！"刘縯连忙侧着身子避开，然后长揖还礼，"舂陵刘伯升，久仰马寨主大名。"

邓晨、傅俊二人也相继拱手，自报名号，随即上前各自拉住一条胳膊，将马武缓缓扯起，"马寨主切莫再提救命之恩，以你和令妹的身手，即便没人帮忙,那岑彭也休想拿得到你等。"

礼数,三人都丝毫不缺。但壁垒分明的态度,也表达得清清楚楚。

马武听了,心中顿时有些堵得难受。可自己兄妹二人的性命都是对方所救,却是不容置疑的事实。无奈,只好笑着叹了口气,低声道:"几位恩公都是前程远大之人,有些话,即便你们不说,马某也懂。但恩公们施恩不求回报,马某不能做那负义之辈。废话我也不说了,今后有事,但请招呼。哪怕是要马某的命,马某也绝不皱一下眉头!"

"马寨主言重了!"见马武如此明白道理,且恩怨分明,刘缤心中对其好感大增,拱了手,笑着道,"令兄妹平素斩杀贪官污吏的壮举,全天下英雄豪杰,哪个提起来不挑一下大拇指?只是我等身后都有一大家子人,不敢像令兄妹那样肆意纵横罢了。将来若是路过春陵,令兄妹倒不妨来家中小坐。刘某必杀鸡割羊,把酒相待!"

"老道这里,无牵无挂,子张不妨常来常往!"傅俊也是个爽快人,见马武知恩图报,便直接叫起了对方的表字。

邓晨向来唯刘缤马首是瞻,笑着向马武拱手,"其实马寨主真正该感谢的,是令妹。若不是她情急之下,拿刀子逼着刘秀帮忙……"

"我、我那时只是迫不得已!"马三娘先前根本没跟马武提这个细节,听邓晨居然给当众抖了出来,赶紧红着脸开口解释,"刘、刘三儿,刘秀他们几个,也是假装屈服,然后以被逼无奈为借口,跟我一道对付岑彭!"

"原来我还欠了你的人情!"马武的目光,迅速转移到刘秀身上,带着几分歉意拱手,"大恩不言谢,今后但有差遣……"

"不敢,不敢,还望马寨主今后见了小弟,不要喊打喊杀就好!"刘秀刚才差点被马武用喝汤药的陶碗砸烂了脑袋,到现在还心有余悸。

"男子汉大丈夫,心眼却像芝麻一样大,可照着你哥差太远了!"马武也是个老江湖了,如何听不出刘秀话语里的奚落之意,撇了撇嘴,"要不你砸回来好了,反正你手边就有一个碗!"

"哥,你胡说些什么啊?"还没等刘秀做出回应,马三娘已经急得满脸通红，跺着脚，大声抱怨，"刘三儿，刘公子不是那种人。他、他为人向来大度，做事也极讲分寸。你现在有伤在身，他、他怎么可能乘人之危！"

刘秀顿时有些哭笑不得，讪讪地回应，"算了，刚才我说的是气话，马寨主切莫往心里去。反正你也没砸到我，咱们就不用再计较了！"

"是你说不砸的，那这事儿就算揭过去啦！"马武又上上下下打量刘秀，像买货一般，眼神里充满了挑剔。

刘秀被他看得心里发毛，忍不住后退了半步，"马寨主还有什么事情？没有的话，在下可要回房读书了！"

"读书，你叫刘秀，莫非还是个小秀才①？"马武的脸色突然变得有些凝重，朝刘秀拱了拱手，郑重问道。

刘秀笑了笑，轻轻摇头，"那倒不是，我马上要去长安入学，所以需要在路上温习一下功课，免得到时候先生考校！"

这年头，秀才要经过太守以上官员的举荐，才能获得入选资格。春陵刘家早已衰落多年，怎么可能有子弟入达官显贵们的法眼？况且做了秀才，按照惯例直接就可以外放为官，而自己头上戴的只是一块布巾，跟官府中人相差甚远。

不过这些常识问题，当众点出来，未免太伤马子张颜面，所以他只能笑而不提。谁料那马武，此刻心思却是敏感得很，立刻把眼睛瞪了起来，"怎么，都去长安入学了，还不能算秀才么？二者之间莫非还有什么不同？"

"马寨主有所不知，最近两届长安太学的入学门槛放低了许多。"唯恐刘秀再说下去，弄出什么误会，刘缜抢先一步接过话头，笑着解释，"原本太学每届入学人数，都不过百。入学之后只要学有所成，百官自然会争相荐举。所以，能入太学，与被举了秀才，两者原本相差不大。而现在，太

---

① 此时的秀才与后世不同，是汉武帝在位之时下令施行的一种察举制度，着令各州郡察举吏民中"茂才异等"之士，文武不限。通过之后，就可以授官，地位和稀缺程度都远高于孝廉。待遇甚至略高于宋明两朝的进士。

学规模已经超过了万人,哪个学子想再被朝廷看中,像秀才一样相待,恐怕就不那么容易了!"

"噢,原来是鸭子多了不下蛋,太学生多了就不值钱!"马武听罢,忍不住遗憾地摇头。看看刘秀,又看看在旁边脸色微红的自家妹妹,先前胸口挨了一脚的地方,又隐隐开始作痛。

"哥,你到底要干什么呀?赶紧坐下,小心一会迸裂了伤口!"马三娘也被自家哥哥看得心里发虚,走上前,轻轻推了对方一把。

"也罢!"马武吐了口长气,笑着摇头,"伯升兄,有件事想麻烦你!"

"马寨主自管吩咐,只要刘某力所能及。"刘縯被马武弄得满头雾水,非常谨慎地回应。

本以为马武会有什么要紧的事情托付,却不料,他重重朝病床上一坐,"有酒没有?且借马某两坛来?多半日滴酒未进,口干得紧!"

"哥!"马三娘气得花枝乱颤,伸手狠狠拧了他一下。

"别拧,别拧,疼,真的很疼!"马武一边夸张地龇牙咧嘴,一边快速补充,"今日难得与伯升、伟卿和子卫三名豪杰相遇,又欠了他们的救命之恩,岂能不以酒相谢?只不过你哥我的钱都留在了棘阳城里,做不起东道。所以先借上两坛,改日自当加倍奉还!"

【英雄末路且放歌】

"酒倒是有,就是稍淡了些,恐怕难入子张兄之口!"傅俊虽然做了道士,性格却丝毫不改当年的豪爽。

"无妨,只要不是醋就成!"马武迫不及待。

"各位兄长稍候!"傅俊莞尔一笑,转身飘然而去。不多时,带了两个道童,用篮子拎着酒水、瓷碗和几样荤素小菜返回。

既然道观的主人都已经迁就马武,刘縯和邓晨也不再纠结,联手将床头原本用来摆放汤药的矮几拖到屋子中间,又取了几个蒲团丢在地上,便坐下来准备开席。

刘秀、邓奉、严光、朱祐和马三娘年纪小，没资格喝酒，全被打发到旁边一张矮几去喝粥。两个小道童，则不停地出出入入，将时鲜果蔬和刚刚切好的鱼脍①，陆续送到席上。众人你敬我劝，边吃边聊，不多时，便都眼花耳热。

"几位豪杰各有前程，马某乃被通缉的江洋大盗，不敢跟几位称兄道弟。再借一碗酒，谢诸君相救收留之恩！"忽然间，马武长身而起，举碗相邀，带着一股子不平之气，震得窗棂嗡嗡作响。

"马寨主言重了！"

"子张兄如此说，就见外了，小观欢迎贤兄妹常来！"

"马寨主，前尘休提，咱们一见如故！"

刘縯、傅俊和邓晨三个，也连忙站起身，笑着举高酒碗。

两坛子酒很快就见了底，小道童抱来第三坛。邓晨起身接过，正欲拍开坛子口的泥封，马武却猛地伸出手，将酒坛子一把抢了过去，"且慢，天色已经不早了，马某得走了。这坛子酒，就借与马某路上再喝！"

"这——"众人猝不及防，都被马武弄得微微一愣。马三娘吓得一个箭步蹿了过去，大声劝阻，"哥，你说什么？你身上的伤……"

"此处距离宛城不过几步路，咱们怎能拖累别人？"马武将酒坛子轻轻放在脚边，对着自家妹妹摇首而笑，"哥得走了，这点儿伤，路上慢慢养就是！倒是你，唉……"望着脸上露出明显不舍的妹妹，再看看坐在不远处一脸懵懂的毛孩子刘秀，马武眼中露出了一片温柔。

"这个马子张有情有义，真豪杰也！"严光的座位，正与马武遥遥相对，将对方脸上的表情都看在眼里，禁不住心中一热，向刘秀小声赞叹。

"一举一动，随心所欲，不愧是铁面獬豸！"刘秀本就欣赏马武，如今见他比传言中还要豪爽三分，自然以掌拍案，赞叹连连。

二人的话，朱祐一个字都没听见，只管痴痴看向马三娘，想要挽留，

---

① 鱼脍，即生鱼片。中国古代的吃法，后流传到日本被发扬光大。

却找不到任何理由,更鼓不起任何勇气。这也不怪他见色忘友,马三娘本就是一等一的模样,齿白唇红,猿臂蜂腰,又自幼练武,身子骨远比同龄少女长得舒展。先前心事重重,以致愁锁姿色,尚且让朱祐目不转睛,如今心事消解,笑生眉梢,当然更把他看得如醉如痴。

"兀那小贼,你贼眉鼠眼看什么?"正在暗中观察刘秀的马武,早将朱祐的痴呆模样看在了眼里,挥了下拳头,大声喝问。

"我……我也想喝一口酒驱驱寒……"朱祐被马武怒眼一盯,心底打了一个突,急忙给自己找借口。然而,几滴热汗却从额头上缓缓滑落。

"哥,他叫朱祐,也是个好人。你别吓着他!"倒是马三娘,见自家哥哥说着要走,却突然又开始找朱祐的麻烦,赶紧出言劝阻。

"猪油?"马武哑然失笑,"这个名字起得好!怪不得他长得白白胖胖!"

"是朱祐,祐者,助也!"虽然被马武吓得额头冒汗,朱祐却不肯任凭对方拿自己名字开玩笑,站起身,大声纠正,"诗曰,维天其祐之。辞曰,惊女采薇鹿何祐,北至回水萃何喜,都是这个字。"①

这几句话,说得不卑不亢,且引经据典。马武心中顿时涌起几分赞赏,赶紧收起脸上的戏谑表情,抱拳赔罪,"原来如此,朱小哥,请恕马某读书少,出言无状。"

"不、不妨事,不妨事!"能让马武当场道歉,换了别人,恐怕会自豪上小半个月。谁料朱祐反倒越发不自在起来,红着脸摆摆手,"马大哥是跟我开玩笑,我、我知道的。其实刘秀他们几个,平素、平素也叫我朱、猪油!"

"噗哧!"马三娘被逗得展颜而笑,顿时整个屋子都为之一亮。

朱祐被马三娘的笑容照得不敢抬头,红着脸低声补充,"我、我自幼父母早亡,是、是刘大哥他们收留了我,还送我跟刘秀一道读书。我、我现在是一无所有,但、但我也进了太学,并且是郡守亲自考校过学问的。将

---

① 诗曰,辞曰,指的是《诗经》和《楚辞》。

来、将来的前途,未必会太差。"这些,倒都是大实话。他虽然平素喜欢玩闹,看上去没什么正形,但学业方面,在四人当中,却仅次于严光。比刘秀强出了一大截,将最后一名邓奉更是远远甩得不见了影子。

只可惜,此刻马武根本没心思在乎他的学问如何,笑了笑,大声道:"这样啊,将来我妹妹如果也想读书识字,朱小哥不妨教一教她。她从小就聪明,什么都一学就会。是我这个当哥哥的,耽误了她。"

"是,是,马大哥且放心,我、我一定、一定教,包教包会!"朱祐听得心花怒放,小鸡啄米般连连点头。

"哥哥你说什么?"马三娘却从马武话中,敏锐地听到了弦外之音,"我跟他学读书识字,那你呢,你去哪儿?"

"你跟着刘秀他们,先养好了伤再说!"马武转过头,爱怜地看着自家妹妹,"哥哥我以前考虑不周,落草为寇这种事,居然让你一个女孩子跟着我做,实在太过分了!眼下咱们凤凰山豪杰全军覆没,我也暂时不知道去何处落脚。不能再让你跟着我做这种掉脑袋的买卖了!"

"哥,你说什么呢?!"马三娘顿时泪如泉涌,跺着脚,大声抗议,"自打爹娘没了之后,咱们就一直在一起,从没分开过。"

"所以才必须分开啊,三娘,你已经长大了!"马武心中,也是痛如刀割。但想到妹妹替刘秀踢自己那一脚的力度,再想想将来刘秀等人的远大前程,又强行硬下心肠。江湖是条不归路,这次死里逃生,他算看明白了。自己即便做得声势再浩大,早晚也会惨遭官府毒手。而妹妹,她年龄还小,可以隐姓埋名,人都说,女大十八变……

说罢,根本不肯给马三娘反对机会,转过头,冲着刘縯、邓晨二人屈身下拜,"伯升兄,伟卿兄,救命之恩,没齿难忘。只是,马武还有一事相求。我就不卖关子了——我想让我妹妹跟着刘秀,为奴为婢,悉听尊便!"

"啊——"话音未落,众少年全都愣在了当场。特别是朱祐,两眼瞪得溜圆,一张嘴大得简直能塞进鸭蛋。

刘縯先前听马武说要跟自家妹妹分别,心里就有了一些准备。犹豫了一下，低声劝道："马寨主这是哪里话？咱们几个一见如故，你将妹妹留下养伤，我自然会替你尽兄长之责。只是令妹痊愈之后，让她再去与你相聚，岂不更好？况且，我们这里都是男人，她留下未必方便！"

"跟着我，不会有前途！说不定哪天就会横死街头！"马武惨笑着咧了下嘴，用力摇头。

"哥哥，你休要再说！这辈子，我死也不会跟你分开！不要丢下我一个人孤苦伶仃！呜呜——"马三娘拉着马武的手臂，流泪不止。

马武却硬起心肠，不理会自家妹妹的抗议和哀求，"都是男人并不打紧，舍妹随我在土匪窝长大，见过的男人比见过的女人多上数倍，而且她本身也会些功夫，若是有人敢欺负她，那真是自讨苦吃。"

说罢，扭头向朱祐微微冷笑。顿时把朱祐吓得闭上了嘴巴，侧开脸，不敢与他的目光相接。正搜肠刮肚，想找几句合适的话，来表达自己的心意，却又听见马武大声补充道："马某知道这是个不情之请。但马某也实在无人可托。还请伯升兄，念在马某这辈子未曾祸害过无辜百姓的份上，给我妹妹找一条生路！"

"这……"刘縯终于听明白了对方的想法，脸上的表情却更加犹豫。

很显然，马武准备继续去落草为寇，找机会向岑彭讨还血债，却又担心马三娘跟着他会再次受到牵连，所以才临时起了托孤之心。

"既然如此，马寨主你为何不金盆洗手呢，携令妹从此退隐江湖？"邓晨的反应，也不比刘縯慢多少。

"哈哈，金盆洗手？世间若是真的能有金盆，马某当初又何必落草为寇？哈哈哈哈……"仿佛听到世上最荒谬可笑之事，马武抬手擦了一把英雄泪，哈哈大笑，"伟卿兄，你的好心，马某领了。可马某来问你，你们春陵刘氏和新野邓氏，如今还能拿出半年的存粮吗？"

"这……"刘縯和邓晨满脸尴尬，苦笑着摇头。

春陵刘氏和新野邓氏，在当地都不算是小门小户。三代之内，也都有长辈做过朝廷命官。可即便如此，自打新政实施以来，整个家族的日子，也是一天不如一天。甫说拿出半年的存粮,如果今年的田赋不能想办法让官府高抬贵手减免几分,恐怕等不到明年开春,就得典了宅院,贱卖田地。

"你们刘、邓两家,都是地方上有头有脸的大户,日子还过得如此艰难。我们马氏一族,怎么可能还活得下去?"马武冷笑着站直身体,正色补充,"说句实话吧,当日马武若是不宰了那帮子税吏,我马氏一族,冬天时就得饿死一大半。而宰了他,让其余的贪官污吏轻易不敢再向马家庄伸手,则举族之人都可苟延残喘。马某日后被官府捉了去,被一刀枭首也好,被千刀万剐也罢,死的不过是自己一个!而马某当时若不暴起杀人,死的就是全族!用自个一人之命,换全族老少苟活,伯升兄,伟卿兄,傅道长,换了你们与马某当时易位而处,这笔买卖做还是不做?!"

【仰天大笑出东门】

话音落地,整个屋子内,鸦雀无声!

为了证明大新朝取代大汉,是天命所归,登基之后不久,"盖世大儒"王莽就开始了一系列大刀阔斧的改革。按照自己的假想开始复古,试图把整个国家推回传说中的圣贤之治时代,西周!

原本就不充实的国库,短短几年时间迅速见底。而王莽却不认为自己改制失误,而是认为改制不够彻底。于是乎变本加厉,为了改制而改制的手段层出不穷,将上至王公贵族,下到黎民百姓,都折腾得苦不堪言。

"值!以一人之死,换全族之生,马大哥,我佩服你!你是真正的当世大侠。"半晌之后,屋子里忽然响起了邓奉的声音,虽然稚气未脱,却把屋子里其他人说得心潮澎湃,"我不能喝酒,就以这碗粥敬你,为你壮行!"说罢,弯下腰抄起了半碗米粥,"咕咚咕咚"一口气喝了个干净。

"子张兄真勇士也,能与你相交,刘某此生不虚!"刘缜缓过心神,郑重向马武拱手,"你放心,令妹就交给刘某。刘某保证她这辈子衣食无忧!"

"白云观的观门,永远为子张兄敞开。"傅俊端起空空的酒碗虚抿了一口,大声保证。

"子张兄,将来若是有事,随时可以来新野邓家找我!别的不敢保证,只要邓某在,官差轻易不敢进庄子里来撒野!"邓晨说话向来含蓄,也拱起手,微笑着向马武发出了邀请。他先前一直跟着刘縯,喊马武为"马寨主",如今终于换成"子张兄",顿时将彼此之间的距离又拉近一层。

马武听了,心中好生感动,"诸位先前跟马某素不相识,能伸手救下马某兄妹的小命,已经仁至义尽。马某即便再没面皮,也不能给几位恩公招惹灾祸。然而,马某自幼父母双亡,我族中长辈,亦非可托付之人。所以,只能把妹妹托付给伯升兄。不求伯升兄待她如亲妹,只要让她平平安安长大,再嫁入一个良善人家,马某将来即便身首异处,魂魄也愿结草衔环,以报诸位……"

"哥——"马三娘扑了上去,单手抱着他的肩膀嚎啕出声,"我不留下,我跟你走,咱们兄妹俩,死也死在一起!"

马武的眼睛里,滚落豆大的泪珠。但是,他却抬手狠狠抹了一把,然后用力将自家妹妹推得倒坐于地,"荒唐!什么时候轮到你自己作主了!我让你留下,你就留下。救命之恩,咱们不能不报!你留下保护刘秀他们几个,咱们的人情才能还清,你哥我从此才能了无牵挂!"

"大哥……"从没被亲哥哥如此对待过,马三娘的哭声憋在了嗓子里,抬起泪眼,愣愣地看着马武,满脸难以置信。

知道自己刚才临时编造的借口漏洞百出,马武蹲下身,一只手轻轻按住妹妹的肩膀,柔声追问,"三娘,你想让阿爷和阿娘,将来连个上坟的人都没有吗?当年哥哥之所以杀人放火都带着你,就是因为族里那些长辈个个胆小怕事。如果哥哥和你都死了,甭说定期祭奠,拔草添土,就连爷娘的坟都得被族老派人偷偷地给平了,以免让他们受到任何牵连!所以,你不能死。你死了,非但你哥我将来注定无人收尸,爷娘骸骨也要暴露于荒野!"

"哥——"马三娘又发出一声悲鸣,瘫在地上,泪流成河。

看着她哭得浑身发软,刘秀心里也堵得难受。想蹲下去像昨天那样安慰一下,却又怕被马武误会为乘人之危,犹豫再三,低声道:"其实令兄妹暂时分开也好,三娘跟着我哥,马大哥就可以安心去报仇。而只要马大哥经常把自己的行踪,告诉给傅道长,三娘伤好之后,也可以随时去找你团聚。但为奴为婢,就过了。我等当日出手相救,是因为佩服令兄妹平素所为,并没想过什么报答。马大哥先别忙着拒绝,先听我把话说完!我知道你在乎自己的名声,可我们几个,也不想被人骂,挟恩求报!"

正欲表态的马武脸色一红,已经到了嘴边的话,又憋回了肚子里。

"子张兄不妨听刘秀把话说完,他虽然年纪小,做事却一向能出人意料。"邓晨也为自家小舅子刘秀的言行,感到脸上有光。

"如此,请刘公子继续讲,马某洗耳恭听。"马武终于认清了刘秀在这群人中间的分量,惊诧之余,心中顿时又生出了几分期盼。

刘秀早有成竹在胸,不慌不忙,"我父母也早就不在世了,全家以哥哥为长。所以,不妨让我大哥,认三娘为义妹!日后只要买通官府小吏,就能给她换一份户籍,以刘家三娘子的身份,风风光光出嫁。而子张兄,你想妹妹,也可以偷偷来刘家看她,顺便跟我哥哥、姐夫,把盏言欢。我的主意就是这样,三娘,你自己意下如何?"

"义妹?"马武先皱起眉头,随即明白了这样安排的好处,喜出望外,"妙,太妙了!刘三公子,你真是个神人!三娘,还不快拜见你的结义兄长!"

"哥……"马三娘瞪着通红的眼睛,迟迟不能起身。

并非不愿拜刘縯为兄,而是知道,自己一旦与刘縯成为结义兄妹,哥哥马武就可放心离去了,兄妹二人,不知何日才能再见。而刘縯的妹妹,也就是刘秀的姐姐,姐弟两个,这辈子注定……

"这个主意好,三娘,莫非你嫌弃刘某本事差,做不得你哥?"刘縯哪里知道马三娘此刻心中柔肠百结?见她一直红着眼不做声,还以为是女孩子家抹不开面子。主动上前,低声询问。

"我……"马三娘看了看满脸欢喜的哥哥,再看了看满脸迷糊的刘秀,知道自己不能继续推脱，心中暗暗叹了口气，站起身整顿妆容，对着刘縯缓缓施礼，"义兄在上，请受三娘一拜！"

"好，好！"刘縯这回没有客气侧身闪避，而是挺胸抬头，受足了对方三拜。然后弯下腰，伸手虚搀，"三妹，赶紧起来。从此以后，咱们就是一家人。谁再敢欺负你，我打断他的腿！"

"她不打断别人的腿让你赔汤药钱，你就偷偷烧香吧！"朱祐心里顿时又打了个哆嗦，扭头到一边，小声嘀咕。

众人都被逗得咧嘴而笑，心中的压抑感为之一轻。

马武做事向来干脆，见自家妹妹已经有了人照顾，也不多啰嗦。俯身将酒坛子夹在腋下，笑着冲众人拱手，"伯升兄，以后三娘就拜托你了！天色不早了，马某得抓紧时间离开这里，免得引起官府的注意。伟卿兄，傅道长，还有诸位小兄弟，咱们就此别过。改天，马某抢了为富不仁的大户，腰里鼓了，再轮流找你们喝个痛快！"

众人恋恋不舍地送到了道观大门口。

"哥——"马三娘肝肠寸断，跪下去，伏地相送。说是后会有期，这乱世中，人命犹如草芥，谁知道此番分别，是不是就意味着永诀？

"子张兄且慢，我有好马一匹，钢刀一口，且为君壮行！"傅俊忽然从门内钻了出来，手牵一匹铁骅骝，一手挥着带鞘的环首刀，大声呼喊。

马武闻听，停住了脚步，背对着自家妹妹，大声道谢。等傅俊追上之后，接过环首刀，跳上铁骅骝，抖动缰绳，且行且歌。

　　出东门，不顾归。
　　来入门，怅欲悲。
　　盎中无斗米储，还视架上无悬衣。
　　拔剑东门去，舍中儿母牵衣啼：

他家但愿富贵，贱妾与君共哺糜。①
……

众人听到这慷慨悲怆的歌声，个个五内如沸。虽不至于学马武去驰骋万里江山，却再也不觉得在如此荒唐时代，落草为寇是什么辱没家门的事情了。

【魑魅魍魉奈我何】

众人又在道观里休息了五天，直到马三娘肩膀上的箭伤养得差不多了，才又踏上了前往长安的旅程。

民生凋敝，百业凋零，又值晚秋，大伙在旅途当中，难免有些无聊。邓晨见此，便想到了一个解闷的好主意，要求少年们轮流用弓箭射击路旁草丛中跳出来的山鸡野兔，熟悉射艺，也可满足口腹之欲。

话音刚落，刘縯大声赞同，"好！君子六艺，乃男儿安身立命之本。马背和车上颠簸，礼、乐、书、数，肯定是温习不成了，但射和御，却可以边走边练。即便做不到四矢连贯，逐禽车左。至少保证白矢上靶，鸣銮和谐，免得到了长安之后，给自己丢人！"

"这、这怎么可能。五射和五御，我们以前根本没学过。况且自打前朝武帝去世之后，公卿之家已经很少人再把这两项当回事了！"小胖子朱祐距离刘縯最近，顿时就苦了脸，大声抗议。

汉人尚武，以佩剑行走为荣。但前朝汉武帝为了稳定统治，罢黜百家，独尊儒术。故而汉武帝之后，射、御两术，就渐渐不再被重视。很多大户人家的子弟足不出户，懒得练习弓马之术。

"叫你们学你们就学，哪里来如此多废话?!"刘縯早就想到有人会反对，立刻把脸板了起来，大声呵斥，"你们几个，都是白身，有什么资格与

---

① 《出东门》，是王莽执政时期的一首民谣，无名氏所作。

公卿之家出来的孩子比谁更懒？况且那岑彭的身手你也看到过，他可以力敌马武。若是你们几个将来连马子张的一只手都打不过，岂不是给太学丢人？"

若是拿别人做例子，他们肯定不服。而当日岑彭手挽角弓，堵在城门口前箭无虚发的威风模样，却是大伙有目共睹。将来同样作为太学出来的栋梁之才，谁有脸皮比岑彭差得太多。

"五御当中，鸣和鸾、逐水曲、过君表、舞交衢、逐禽左，的确都是车技。但稍作变通，马术也能通用。"见懒小子被刘縯问得说不出话，邓晨笑了笑，低声补充，"至于五射，四矢连贯的'井仪'之技，的确要求高了些。你们几个，只要做到不指东打西就行了。若是谁能偶尔猎一头鹿回来，大伙也都能开一次荤不是！"

"还猎鹿呢，等会别射自己人屁股就好！"刘縯听了，冷笑着撇嘴。

他们两个一人满脸堆笑，温言哄劝；一人板着面孔，冷嘲热讽。彼此配合默契，很快就把沿途练习骑马和射箭，当成每天的必修功课给贯彻了下去。四个少年抗议无效，只能认命，从此跟弓箭和马鞍子较上了劲，日日被逼着苦练不辍。

事实上，刘縯和邓晨两个，自打听了马武的一番话之后，心中对大新朝的未来就有些不看好。然而，为了自家弟弟和侄儿的前程，他们又不能把心里的担忧明明白白地说出来。所以，只能采取迂回策略，借着熟悉"射艺"和"御术"为由，传授少年们一些可以在乱世中保全性命的本事。而他们的一番苦心，也的确没有白费。刘秀、邓奉、严光、朱祐四个，悟性都是奇高，只学了三四天功夫，马背上引弓而射，已经有模有样。

"有道是，射死靶容易，射活靶难。交手之时，傻子才会站在原地等你射。所以提前预判对手的动作、方向，以及身体起伏，就成了关键。此外，满拉弓，紧放箭，也是诀窍。若是能做到箭随心走，看哪射哪，就基本可以出师了！"唯恐少年们骄傲，刘縯略微提高要求，将实战中的射箭技法，应付各种常见兵器的活命技巧，逐一介绍下去，并督促大伙加强练习。

"看哪射哪？也太难了吧！"朱祐第一个苦起了脸表示质疑，"人在动，目标也在动，若是不仔细瞄准……"

话才说了一半，耳畔忽然传来了一声冷哼。紧跟着，便看见马三娘随手从刘秀手里抢过了弓箭，身体上仰，"嗖"的一声，便将前方二十几步外树梢上振翅欲飞的某只斑鸠射了个对穿。

"啊！"这下，不光是朱祐被羞了个面红耳赤，刘秀、邓奉、严光三个，也觉得脸皮热得可以直接用来烤鸡蛋。先前心中那点儿洋洋自得，顿时全都化作了动力，再也不需要任何人督促，争先恐后地操练了起来。

刘縯看得心中有趣，呵呵笑几声，故意刺激道："果然是马子张的妹妹，三娘巾帼不让须眉！老三，朱祐，你们几个可得多下些功夫。否则路上万一遇到麻烦，身为男子汉大丈夫，却要躲在三娘身后，估计不太好看！"

"我们才不会往她身后躲！"刘秀等人心中不忿，却也无可奈何。谁叫四兄弟的射、御本事全加起来，都比不上马三娘一只手呢？

如此一来，刘縯和邓晨更有理由对四个少年严格要求了。每天走在路上，逼着四人练习射艺，停下来休息时，则念念不忘再加一场兵器格斗。四个人每天都累得筋疲力尽，到了晚上，只要脑袋一沾枕头，立刻陷入沉睡状态，连个好梦都没力气去做。

每天都在忙忙碌碌中度过，漫长的旅途，也就显得不那么枯燥了。不知不觉间，大伙已经离开了荆州，正式进入司隶境内的宜阳城，只要再往北走个百十里，就能抵达新安，沿着又宽又平的官道策马直奔长安。

宜阳城在司隶境内，也算个大城。无论气势，还是繁华程度，远非新野和棘阳可比。想到长安城物价奇贵，而四个少年少不得要给授业恩师们挨个送上束脩。刘縯和邓晨一商量，干脆宣布要在宜阳停留两日，恢复一下体力，顺便再购置上一批"地方特产"，以备日后不时之需。

刘秀等人都是少年心性，巴不得能在城里逛逛当地名胜，当即齐声欢呼。然而，刘縯怕他们再惹事端，只带着大伙去吃了一顿饭，便请马三娘做"监军",将四个少年都禁足在客栈之内,自己则与邓晨出门大买特买。

众少年中,朱祐性子最为跳脱,憋得几乎要长犄角。见马三娘好像也百无聊赖,便凑上前,涎着脸说起了好话,以期让她睁一只眼闭一只眼,放自己出去透透风。然而自从哥哥马武离去,马三娘就如同变了个人一般,终日板着面孔,轻易不再跟人交谈。朱祐每次把嘴巴都快说干了,也只能换回她一记白眼。想要偷偷摸摸去闲逛,却是门儿都找不着!

第三天清早,大伙草草地吃了一顿饭,就又踏上了旅途。直行到日至中天,人马俱疲,勒马下车,歇脚吃饭。

"咱们得走快点儿,据说最近路上不太平,不见到村寨,尽量少停下来安歇!"看几个少年疲惫不堪模样,邓晨心中好生不忍。

刘秀四个正值长身体的时候,早已饥肠辘辘,只顾奋力去啃胡饼,耳畔忽然听到一记羽箭破空之声,"嗖——"

"小心!"刘秀嘴里发出一声含混不清的大叫,本能地拉住距离自己最近的朱祐和邓奉,按照先前途中的标准训练姿势朝地面上扑了下去。

"啪!"羽箭贴着刘秀的后脑勺飞过,射中树干,然后软软地掉落于地。紧跟着,又是第二支,第三支,第四支,虽然没有任何准头,却把大伙逼了个狼狈不堪。

"贼子敢尔!"刘縯双目一寒,拔剑跃下战马,在半空中转身环顾四周。而那射箭之人,也紧跟着从不远处一棵老榆树后跳了出来。

"打劫,速速交出马匹细软,饶尔等不死!"为首的强盗头目将木弓一摆,大声断喝。

"衣服、鞋子也都留下,还有那个小娘们!"另外两个满脸横肉喽啰,也各自拎着把环首刀冲了出来,与持弓者站成品字形,蓄势待发。

刘秀等人先是被吓了一大跳,但定神再看,却不由得哑然失笑。只见那三名"好汉",身上的衣服补丁摞着补丁,脚上的鞋子也早就露出了趾头。摆出的攻击阵形看似有模有样,却把防御力最弱的弓箭手推在了正前方。

"三位，我们身上的钱不多，路上还要用，要不，咱们各自行个方便，装作没遇见可好。"刘縯看得直摇头，叹了口气，冷笑着商量。

"不行！"好汉们立刻严词拒绝。自古以来，哪有被抢的人还跟抢劫者讨价还价的！对面那个虎背熊腰的家伙，真是欺人太甚！

然而，正当他们打算冲上去给此人一个教训，却看到对面两个成年男子相继从腰间抽出了三尺长剑。每一把都明晃晃亮如秋水，锋刃处，隐隐还带着几丝殷红。剑是饮过血的，不是样子货！三名拦路抢劫的"好汉"，心里一哆嗦，威胁的话全都憋在了嗓子眼儿，双脚也悄悄地开始向后挪动。

佩剑出行，是大汉朝赋予每个良家子的权力。大新朝皇帝登基后，虽然力行复古，却也没想到把宝剑都收上去，熔为锄头和铧犁。而良家子中，还有一种人以剧孟、郭解为楷模，平素放浪形骸，遇到麻烦之时则挺身而出，持剑维护道义！太史公称之为"侠"。

很显然，今天遇到了硬骨头，可辛苦小半天，却什么都没捞着，"好汉"们觉得心中好生不甘。"咱们大黑山的好汉，替天行道，不伤无辜。但江湖有江湖的规矩，你们几个既然从咱们地盘上过，买路钱多少也得意思一下。"

"咱们只是先锋，大、大队人马，马上就到！"

"那就来一个杀一个！"刘縯岂是能被三两句瞎话吓住之人，听几个蟊贼说得嚣张，持剑便刺。那持弓的"好汉"被打了个措手不及，本能地将木弓当作棍子去格挡剑锋，耳畔一声脆响，弓臂瞬间就断成了两截。

"救命！"持弓的好汉迅速后退，大声惨叫。另外两名好汉不忍眼睁睁看着他被杀死，咬着牙举起了环首刀。还没等用力下剁，手腕处就传来了一阵刺痛。手指一松，两把锯子般的破刀，相继落在了地上，"当啷！""当啷！"

三名好汉见势不妙，果断使出绝招。六只膝盖齐齐下弯，跪倒于地，"大侠饶命，我们家中上有八十岁老娘……"

"噗！"刘縯直接笑出了声音。邓晨也手举滴血的宝剑，哭笑两难。

第四章 人生初见

【蛇虫齐出演盛世】

"滚!"正不知道该如何处理此事,背后忽然传来一声清叱。马三娘抬起脚,一脚一个,将三名拦路抢劫的"好汉"踢成了滚地葫芦:"远远地滚,别再埋汰你老娘!把兵器留下,今后别让我再见到你们!"

"哎!谢女侠不杀之恩!"三位"好汉"喜出望外,翻身爬起,撒腿就跑,连木弓和环首刀都没胆子去捡。

刚刚跑出十几步,身后却忽然传来了一个正在变嗓期的少年声音,"站住,不准跑!大哥,姐夫,小心他们去寻找帮手!"

刘秀仔细回忆了一遍蟊贼们先前的话,认定三位"好汉"还有同伙,所以赶紧提醒,切莫因为一时心软,留下无穷之后患!

三个蟊贼此刻心中想的,恰恰就是如何回山寨搬兵报仇。听了刘秀的话,大吃一惊,顿时跑成了一阵风。然而不多时,就被从背后追上,挨个打翻在地,直接扒下衣服为绳索,捆成了三只光猪。

"哑巴虎,猪油,灯下黑,都过来帮个忙,把他们捆到树林里去。绳扣不要系得太死。如果老天爷想饶过他们,等咱们走远了,他们互相帮衬着,总能找到办法脱身。如果老天爷想杀他们,那他们就只好怪自己命苦,怨不得别人!"

料理完三个强盗后,众人又启程上路。然而,却越走越不安生。还没等到太阳落山,又接连遭遇了四拨剪径的蟊贼。一个个刚开始时都是穷凶极恶,待到发觉踢上了大铁板,则撒腿逃命的逃命,跪地求饶的求饶,把江湖同行的脸都给丢光了。马三娘这位从前的"同行大姐",羞得简直恨不得挖个树洞藏起来,从此再不跟刘縯、刘秀、朱祐等人相见。

好在众人爱屋及乌,知道马三娘心中对蠡贼们念着香火之情,因此动手时都极有分寸。大多数情况下,只将蠡贼们击溃了事。即便抓到了俘虏,也不试图扭送到官府邀功,而是像先前对付第一波俘虏那样,剥光了衣服之后,松松地捆在大树上任其自生自灭。

眼看着这一整天的时间都浪费在了小蠡贼身上,刘縯心中好生厌倦,摇了摇头,低声感慨:"不出门不知道,出了门,才知道所谓太平盛世,根本就是草扎纸糊。此地已经属于司隶境内,只不过山路崎岖了一些,盗匪尚且多如牛毛。如果换作其他偏远所在,岂不是……"

邓晨心中也是这般想法,忙宽慰道,"正是有这种人存在,才有我们试剑的地方……"

"大哥,姐夫,小心!"正叹息间,马三娘忽然又冲到了队伍最前方,皱着眉头低声打断,"有人在跟踪咱们,已经跟了小半个时辰了。你们不要回头,我刚才已经仔细数过了,大约是四到六个。哼,刚才咱们一时心软,没想到却招来了几头白眼狼!等会儿大哥和姐夫带着刘秀他们几个继续朝前走,我绕到背后去堵住他们,这回,绝对不再手下留情。"

她的武艺乃是哥哥马武手把手所教,在凤凰山落草之时,又多次与前来进剿的官兵厮杀,经验极为丰富。回头去抄盯梢蠡贼的后路,当然是手到擒来,不会有任何危险。然而,刘縯听了她的话,却没有立刻回应。先是抬起头朝着四周围仔细看了又看,然后才压低了嗓音,缓缓说道:"如果是刚才被咱们打败过一次的蠡贼,不可能只跟上来四到六个。否则,等于自寻死路。我看周围地势颇为险要,恐怕这会儿已经有贼人绕到咱们前头去了,正准备打咱们一个措手不及。"

"按照出发前看到的舆图,这里是老虎滩,前方就是熊瞎子谷。山谷只在两端各有一个出口,左右全是悬崖峭壁,用来打埋伏最好不过。"邓晨瞬间也提高了警惕。

但百十里山路已经走了一小半,此刻再想往回退,恐怕根本来不及。反而会助涨了蟊贼们的气焰,认为大伙心生怯意,软弱可欺。

"也罢!"前无人马接应,后无援军帮忙,刘縯索性把心一横,信手从腰间抽出长剑,屈指轻弹,发出数声"铮铮"的轻吟。"先前咱们念着群贼乃是被世道所迫,不得已才落的草,方会一时心软。既然人家不肯领情,非要拼个你死我活,那我等也不必太矫情了。等会儿我来开路,伟卿、三娘,你们两个护住马车,让刘秀他们四个藏在车里边不要露头。大伙合力前冲,铁锤砸鸡蛋,管他什么埋伏,一概以力破之!"

【豪杰回马斩熊罴】

"好!"马三娘最讨厌做事瞻前顾后,再加上自己先前一时心软而给大伙招来了无妄之灾而内疚,立刻手拍刀面,大声相和。

"理应如此!"邓晨犹豫了一下,也欣然点头。掉头逃命,未必能逃出生天。而奋力向前,却有希望趁着群贼准备不足,杀出一条血路。

相视一笑,三人就要催动坐骑和马车强行突围。冷不防,车厢口却探出了两颗圆溜溜的脑袋瓜儿。

"有什么鬼主意,你们两个快说。如果是害怕就算了,我刘縯的弟弟,绝不能是孬种。"

"不,不是害怕。我的意思是,与其向前,不如向后!"知道事态紧急,刘秀长话短说,"哥,你别瞪眼睛,我真的不是害怕。我只是觉得,咱不能明知道有大股的贼人可能在前面埋伏,还自己主动往圈套里钻。那样做固然爽快,但战场却是贼人所选,咱们未等交战,就已经先吃了暗亏!"

"是啊,大哥你的办法是以力破巧,却没考虑敌军对地形远比咱们熟悉。即便能成功破围而出,也不能保证他们会不会再绕到前面去,布置另外一个陷阱!"严光也摆着手,跟刘秀默契配合。

"嗯?"刘縯眉头紧锁,手持宝剑,迟迟无法做出回应。

他刚才的打算,的确只能解决一次问题,无法保证山贼们会不会阴魂不散。而听刘秀和严光的意思,却是准备一劳永逸,将群贼彻底杀得胆寒。这个设想不可谓不豪迈,但就凭自己这边区区七个人,其中四人的战斗力还需要打个对折……

正犹豫间,又听见刘秀笑了笑,低声提醒:"大哥,你没发现么,这一路上的贼人,照着马武他们麾下那些弟兄,差了不知道有多远?"

"山贼们没有经过严格训练,藏起来打咱们的埋伏,可能做到一拥而上。但是,如果咱们不主动往陷阱里跳,而是掉头回返,他们肯定会大失所望。然后在追赶过程中,彼此难以相顾!"严光跟刘秀心有灵犀。

刘秀挥了下拳头,两只眼睛里,仿佛有火焰在轻轻跳跃,"所以,咱们不如先主动示弱,假装害怕,掉头往回走。只要自己心里不乱,就能做到想在哪打就在哪打,想什么时候打,就什么时候打!"

"这!"刘縯又是震惊,又是犹豫,习惯性地将头转向邓晨。

邓晨脸上却立刻露出了喜色,用力点了点头,低声道:"大哥,老三说得对,在别人的预设战场作战,咱们胜算太小。而掉头回返,引诱群贼来追,反而容易抢占先机!"

"的确如此!"马三娘的一双秀目紧紧落在刘秀脸上,目光里赞赏意味丝毫不加掩饰,"山路崎岖,贼人如果仓促来追,注定无法保持步调一致。"

"所以我跟刘秀的意思是,咱们假装害怕,先往回跑一段,利用战马和马车的速度,消耗贼人的体力。待其队伍被拉散,彼此不能衔接之时,掉头回扑,挨个消灭!"唯恐刘縯不能接受刘秀和自己的主张,严光从车厢里探出一只胳膊,一边比划,一边做更详细的陈述。

"不错!"刘縯不再犹豫,轻轻点头,"但是,这样做的话,等会厮杀之时,恐怕我和你姐夫就很难分神再保护你们了。而你们……"

"大哥不用担心我们。"仿佛看穿刘縯心中所想,刘秀摇摇头,非常自信地打断,"好歹学了一路,我们四个怎么可能丁点儿长进没有。况且我们还坐在马车里,有车厢板作为遮挡。"

"我们四个，躲在车厢里偷偷下黑手。外边的人很难瞄准车窗，更射不透车厢板。"不愿让刘秀和严光把表现机会全占了，朱祐也硬挤出半个脑袋。

"猪油的话有道理。"马三娘难得没有反驳朱祐，"马车有车厢，能给他们提供一重保护。蠡贼们手中多是木弓，远距离杀伤力甚弱。咱们做出仓皇逃命的模样来，诱骗贼人尾随追赶，然后彼此配合来一招猛虎掉头！"

朱祐顿时大受鼓舞，满面红光地比划，"你们三个做骑兵，我们四个做战车兵。彼此之间互相配合，定能杀贼人一个落花流水。"

"最好找机会擒贼擒王！"严光用力敲了下车厢，"蛇有蛇头，狼有狼首。这么多蠡贼，中间肯定有主事者。只要把他杀死或者生擒，其余的蠡贼就不足为虑！"

此计，明显借鉴了岑彭剿灭凤凰山好汉的一部分故智。马三娘听得心中一痛。然而，眼下却不是计较这些细枝末节的时候，银牙在红唇上轻咬了几下，她缓缓接过话头，"对，我哥说过，但凡是占山为王的队伍，想要做大，都必须有个主心骨。只要把这根主心骨抽掉，队伍就会散架。人数再多，也没有用！"

"子张兄这句话说得甚妙！"刘縯点点头，对马武的话赞叹不已。

"那咱们就争取第一时间把贼王揪出来！"邓晨深有同感，也冷笑着轻拍剑侧，"平掉这伙不知道好歹的蠡贼，也算替过往旅人除了一害！"

七人当中，刘縯勇悍果决，邓晨刚毅稳重，刘秀多谋善断，严光缜密细致，再加上朱祐的狡猾，邓奉的坚韧，马三娘的悍不畏死且武艺高强，队伍虽然小，各方面的实力，却绝对不可低估。在短短半刻钟时间内，就商量出了破敌之策。然后又故意朝着蠡贼们可能埋伏的山谷靠近了几百步，冷不防拨转马头，掉转车身，拔腿便走。

几名悄悄跟在马车后盯梢的"好汉"，哪里想到猎物会掉头？咋咋呼呼想要跳出来拦截，被刘縯、邓晨和马三娘一下一个，转眼就干掉了大半。剩下的见势不妙，连滚带爬逃向了路边山坡。刘縯等人见了，也不赶尽杀绝,哈哈大笑几声,继续策马赶车而去。

堪堪跑出了两里多,背后传来一阵污言秽语。果然有一群蟊贼在先前的必经之路上布下了埋伏,等着大伙自投罗网。如今,群贼发现"猎物"在陷阱的边缘忽然掉头回返,顿时急得额头冒烟。根本不肯用心思去琢磨,就从各自的藏身处跳出,一边破口大骂,一边追赶马车。

然而,纵使在崎岖的山路上,两条腿的人,也不可能跑得过四条腿的马。即便刘縯故意让队伍放慢了速度,一刻钟之后,贼人的队伍亦被拉成了断断续续的十几截。老弱残兵,以及那些意志不坚定者,都落在了半路上。只有最强壮,同时也是最悍不畏死的一小撮儿,依旧在一名骑着马的大当家带领下,紧紧咬住马车不放。

"火候差不多了!"邓晨一边策马"逃命",一边不停地查看周围的地形和身后的敌军动静。

"老三,严光,把马车速度放到最慢,装作挽马体力不支!准备迎敌。注意保护自己,不要逞强!"刘縯冲正在努力驾车的刘秀和严光吩咐。

"哎!明白!"刘秀和严光齐声答应,双双用力拉扯缰绳。随即一转身,跳回车厢当中。

早已跑得浑身是汗的挽马巴不得休息,"咴咴咴"叫了几声,速度迅速下降。正在努力追赶马车的众山贼精锐喜出望外,嘴里发出呐喊,将短斧、投矛、石块,以及各种五花八门的兵器,朝着车厢砸了过去。

"该死!"刘縯和马三娘俱是心中一紧,本能地就要拨马回去保护车厢中的四名少年。邓晨大声提醒,"老榆木板子,没那么容易砸坏。继续往前跑,骗贼头分兵!"

"嗯!"刘縯和马三娘点点头,咬着牙,继续"狼狈不堪"地向前"逃命"。一边跑,一边悄悄地将手中兵器换成了角弓。

追上来的贼军精锐不知中计,果然分成了两拨。一拨由骑着驽马的大当家带领,继续追杀刘縯。另外四五个徒步者,挥舞着环首刀对车厢中人发出威胁,"小子,出来受死。看在你细皮嫩肉的份上,爷爷们……"

"刷——"一道凛冽的剑光，贴着车窗棂射出，正中一名贼人脖颈。

"啊，呃，呃……"鲜血喷涌，中剑的贼人手捂脖颈，在马车旁像醉鬼般摇摇晃晃。一圈，又一圈，终于栽倒，胡子拉碴的老脸上写满了绝望。

【晚霞似火血如酒】

众蓝贼精锐连期待中的肥羊寒毛都没摸到，却先折了一员头领，个个悲愤欲狂，挥刀举剑，哭喊着对准车厢乱剁。

老榆木因为质地坚韧，向来被民间视为最佳切菜板用料。一通乱剁，除了溅起数十点木屑之外，群贼根本没对车厢中的"肥羊"们造成丝毫威胁。反倒是刘秀等人，寻机又从窗口处刺出数剑，将另外一名躲避不及的蓝贼给捅了个肠穿肚烂。

剩余围攻马车的三名蓝贼，退开数步，远离车窗，扯开嗓子请求支援，"大当家，点子扎手。三爷和七爷都冒了。小的这边需要添柴！"

已经堪堪要咬住刘縯等人马尾巴的蓝贼大当家被喊得心烦意乱，猛地回过头，厉声喝骂，"闭嘴，冒就冒！五个大活人破不开一辆马车，老子平素白养了你们。都给我……"

"嗖！""嗖！""嗖！"三支冷箭从马头所对方向飞来，一支正中他的脖颈，一支命中他的胳膊，另外一支直接射中了他胯下坐骑的胸口，深入半尺。大当家的喝骂声戛然而止，与胯下坐骑同时栽倒，溅起大团的烟尘。紧跟在他身边的十几名蓝贼被人血和马血洒得满头满脸，愣愣地停住脚步，茫然不知所措。

"杀！"刘縯收弓，抽剑，拨转坐骑，几个动作宛若行云流水。还没等蓝贼们从震惊中缓过心神，已经风驰电掣般策马杀回。

"嗖！"马三娘在拨转坐骑的同时，又发出了第二箭，将一名披着半件皮甲的蓝贼头目送入了地狱。紧跟着，她也冷静地收起角弓，拔出环首刀，双腿同时轻轻下踩马腹处的挂脚绳①。人和坐骑快速化作了一道闪电,紧紧护在了刘縯的左侧身后。

邓晨的身手比前面二人稍逊,落后了刘縯两个马尾。唯恐自己这边耽搁的时间太长,导致刘秀等人受伤,他干脆扯开嗓子,冲着空荡荡的山坡大声高喊:"弟兄们,收网!不要放走了一个。人头送到衙门里,每颗兑换赏金五千。"

"官兵布下了陷阱!"众蟊贼被吓得寒毛倒竖,本能地往周围山坡上张望。哪里有什么伏兵,只有连绵的树木和杂草,随着晚风上下起伏。

沙场之上,毫厘之失,就可定生死。伴着邓晨的呐喊,刘縯的战马直接冲进了贼群。手中长剑寒光闪烁,转瞬间,就夺走了四名蟊贼的性命。

"啊!"其余蟊贼这才发现上当,挥舞起兵器试图发起反扑。他们的表现,不可谓不勇敢,奈何遇到的是已经杀起了性子的刘縯!只见后者俯身,挥剑,将左侧一名蟊贼劈翻在地。紧跟着猛地一拉缰绳,胯下战马高高地扬起了前蹄,正中前方一名蟊贼的鼻梁。

第三名蟊贼迅速蹲身,试图从下面偷袭战马的小腹。刘縯果断抬起右腿,身体顺着马鞍左侧迅速下坠,手中三尺青锋快若闪电。"噗"的一声,刺入偷袭者的小腹,将此人直接开膛破肚。

"啊——"又一名贼人尖叫着扑上,试图趁刘縯重新翻上马背,无暇他顾的机会,砍断战马的后腿。还没等他将手中的钢刀劈落,一块青石忽然凌空飞至,不偏不倚,正中此人的后脑勺。

"去死!"发完了石块的马三娘果断举刀,将距离自己最近的蟊贼一刀两断。另外一名蟊贼见势不妙,转身就逃。马三娘从背后追过去,手起刀落,将此人的左臂连同小半边身体卸到了地上。

"哗啦——"血如同喷泉般涌上半空,四散溅落,洒得蟊贼们满头满

---

① 据考古学家研究,东汉末年的墓葬中,没有任何类似于马镫的物品。可以推断马镫在王莽执政期间尚未发明。可能只有绳索,或者其他非金属制造的工具,提供类似功能。

脸。周围的螽贼们在失去了大当家之后，原本士气就飞速下降。待发现自己这边所依仗的人数优势，根本起不到任何作用，顿时惨叫着朝着来路亡命而逃。

"哪里走！"刘缜带着邓晨和马三娘，组成一个品字形，策马紧追。三两个呼吸工夫，就跟上了螽贼们的脚步，从背后将他们挨个剁翻。

正在马车旁等待自家同伙前来帮忙的三名螽贼，立刻意识到踢上了铁板，果断放弃等待，撒腿就跑。

躲在马车当中、忍了一肚子窝囊气的四人，岂肯让他们逃得如此轻松。毫不犹豫扯下门闩，推开车门，弯弓搭箭，按照一路上的指点，瞄准逃命者身体最宽阔处，松开弓箭。

"嗖嗖，嗖嗖！"四支箭，有两支放空，两支命中目标的后背，将两名螽贼当场放翻在地。最后一名螽贼吓得两腿发软，一个跟跄扑倒在山路上，双手抱头，大声哭喊，"饶命，各位好汉饶命！……"

"闭嘴！"一路上，同样的讨饶之言，刘秀已经听得耳朵起了茧子。怒叱一声，压低角弓，快步追向求饶者，准备将其生擒活捉。

刘缜有意锻炼自家弟弟的胆色，也不阻止。喘息着拉住战马，抬起衣袖擦拭额头上的血珠。背后的山峰上，斜阳西坠，晚霞被烧得宛若野火。万道流苏从天空中垂落下来，令他整个人宛若天神般威风凛凛。

"接下来的路，估计就安生了！"邓晨喘息着策马跟上前。

"小心！"就在此时，马三娘猛地一抖缰绳，从二人身边急冲而过，环首刀高高举过头顶，叫声又尖又急，"刘秀，小心对面！贼人来了同伙！"

"啊！"刘缜吓得心脏猛地一抽，赶紧再度策动坐骑，一边飞速向刘秀等人靠拢，一边举头观察敌情。

果然，就在距离跪地求饶者不远处的山路拐角，数十名满头大汗的螽贼，簇拥着一名头裹红布的家伙，蜂拥而至。

看到面对面刚刚刹住脚步的少年，群贼顿时喜出望外。嘴里发出一阵鬼哭狼嚎，迫不及待地举起兵器，朝着少年们猛扑过去！

【倚刀四顾意迟迟】

"坏了!"邓晨心脏一抽,整个人瞬间如坠冰窟。

千算万算,终究还是百密一疏。

大伙算到了前路的埋伏,算到了群贼的反应,算到了群贼在追杀过程中会跑得彼此各不相顾,算到了蚕贼们得知大当家被诛杀后,必将分崩离析。却唯独没有算到,从蚕贼大当家被杀到所有蚕贼认识到这个事实,需要很长时间!

如今,新追过来的这伙贼人,根本不知道大当家已经身死,还陶醉在抓到一群"肥羊"之后如何论功分赃的美梦当中。而"四头小肥羊",又恰巧在他们鼻子尖下活蹦乱跳。

说时迟,那时快,就在邓晨已经急得差点儿要发疯的时候,跑在他前方一匹马位置处的刘縯,猛地深吸一口气,舌绽春雷,"住手!你们的头领已经死了。再不投降,一个不饶!"

山里头空间非常闭塞,刘縯这一嗓子,又使出了全身的力气。刹那间,回声激荡,一波接着一波,如滚动的霹雳般,直接砸进了群贼的心底。

正在扑向刘秀等人的众蚕贼,愕然停住脚步,相继扭头,看向刘縯等人身后,刹那间,一个个面如土色。

"快,快抓了那四个小的做人质,否则大伙谁都活不成!"还没等群贼们从震惊中缓过神,被他们簇拥在队伍中央的那名头裹红布的汉子,忽然举起环首刀大声断喝。

"抓住他们,抓住他们,做、做人质!"群贼当中,有人结结巴巴地附和。挟裹着各自身边的同伙,跌跌撞撞跟在了红头巾身后。

红头巾姓沈名富,江湖绰号沈疤瘌。因为见多识广且擅于投人所好,在山寨里,早就稳稳地坐上了二当家的位置,因此,在众人都茫然不知所措的时候,他的话,瞬间就成了指路明灯。

仿佛看到自己做了大当家之后,一呼百应的风光。沈疤瘌浑身发烫,三步并作两步冲到猎物面前,刀尖向下斜指,"跪下投降,饶你……"

"跪你娘!"先前仿佛被吓呆的四名少年,忽然齐声回应。四张空空的角弓猛地变成了四把棍子,从上下左右四个角度,同时向他抽了过来。沈疤瘌被吓了一大跳,本能地收刀格挡。耳畔只听"啪,啪,啪,叮当!",脖颈、肩膀、手腕、胯下,同时传来钻心的刺痛。手中的钢刀,也无力地掉在了脚边的石头上,火花四溅。

"去死!"刘秀俯身,拾刀,挥臂横扫。环首刀紧贴着地面向上,泼出一道冰冷的闪电。

"啊——"沈疤瘌吓得魂飞天外,完全靠着多年厮杀的活命本能,在最后关头双腿拔起向后跳跃,才避免变成跛子的命运。身体落地之时,后背却正撞上麾下一名喽啰的胸口,跟对方一道摔成了滚地葫芦。

"去死,全都去死!"刘秀一刀走空,也顾不上再补第二刀。双手握住刀柄,冲着围拢过来的群贼左劈右剁。

此刻的他,哪里还记得平素学过的武艺?完全是凭着感觉乱挥乱砍。而良好的身体素质和一路上被马三娘追着打的收获,在这一刻尽数得到了体现。一时间,竟杀得群贼纷纷后退闪避,轻易不敢靠得太近。

"投降,否则绝不轻饶!"严光、朱祐和邓奉三个,也知道此时此刻,绝对不能露怯。趁着群贼被打了个措手不及的机会,挥舞着弓臂,护在了刘秀的两侧和身后。四个少年仿佛四头初次下山的乳虎,横冲直撞,毫无畏惧,短时间内,居然稳稳占据了上风。接连将五名招架不及的蟊贼打翻在地,手捂伤口大声哀嚎。

"别留手,死活都要!抓到一个算一个!"二当家沈疤瘌终于从地上爬了起来,面红耳赤。几十个江湖好汉,却被四个小屁孩给打得节节败退。此情此景如果传扬出去,弟兄们以后还怎么在道上立足?哪怕是拼个两败俱伤,也必须先将场子找回来。其他,只能走一步看一步!

"杀了他!"众蟊贼也恼羞成怒,完全不顾越来越近的马蹄声,挥舞着刀剑再度一哄而上。

"当啷!"刘秀手中的钢刀,与一把铁剑相撞,溅起数不清的火星。毕竟还未成年,他在臂力上很吃亏,被震得胳膊发麻,脚步立刻开始踉跄。另外一名蟊贼瞅准机会,挺身扑上,挥刀用力下劈。"当啷!"又是一声脆响,邓奉手中的弓臂在半空中挡住了刀刃,自身也断成了两截。

好个邓奉,危急关头兀自不肯放弃同伴,将下半截弓臂当作短剑,直戳蟊贼的眼睛。持刀的蟊贼不愿变成瞎子,只好抽身后退。刘秀趁机迈步前扑,环首刀顺势来了一记白鹤亮翅!

"噗!"血光喷起两尺多高,喷了周围的人满头满脸。先前手持铁剑的蟊贼惨叫着踉跄后退,两眼瞪得滚圆,满脸难以置信。一道又长又粗的刀伤,从他的左胸处,一直延伸到胯下。更多的鲜血喷射出来,将他体内的全部生机瞬间抽走。

"他杀了老六!""六爷……"群贼们哭喊着,潮水般后退。无论如何接受不了山寨六当家,被一名半大小子阵斩的事实。

被喷了一身鲜血的刘秀,所受到的冲击丝毫不比他们小,手握钢刀,竟忘记了趁机扩大战果。

"投降、投降就、就放过你们!"

"我、我们没、没想杀人!"

严光、朱祐和邓奉三个,紧跟着停住了脚步。劝降声音里,带着明显的颤抖。虽然先前那场战斗中,他们几个也曾经联手杀死了四名蟊贼。可要么是隔着车厢板,要么是远远地在贼人背后放箭,根本看不到死者的面孔,自己身上也没溅到半点血迹。而现在,有个大活人,却在他们眼前,死得惨不忍睹。

沙场之上,这种菜鸟行为,等同于找死。沈疤瘌把握住战机,从身边弟兄手里抢过一把钢刀,高高举起,直奔刘秀头顶,"给六当家报仇……"

"当啷!"一块桃子大的石头,从半空中飞了过来,正中高举的刀身,将钢刀砸得凌空飞了出去,不知去向。

"想死,就自己去抹脖子,好歹还能痛快一点儿!"马三娘满面寒霜,疾驰而至,用战马将刘秀四个与群贼分开。环首刀横扫竖劈,将跟着沈疤瘌一道冲过来捡便宜的蝥贼,无论是否正在后退,全都放翻于地。

"贼子,拿命来!"刘縯和邓晨一前一后,相继赶到。像两头发了疯的猛兽般,在蝥贼队伍里左冲右突。钢刀落处,血光与断肢相继而起,惨叫声不绝于耳。刘秀四人激灵灵打了个冷战,这才意识到,自己刚才差点亲手把小命交给贼人。顿时,一个个羞得无地自容。

马三娘却兀自觉得不解恨,瞪起一双杏仁眼,继续厉声数落道:"发傻,也应该看看时候!不就是杀了个人么,有什么好怕的?他死在你手里,总比你死在他手里强!仔细看着,别扭头。这才是世道真实模样,要么杀人,要么被人杀!"说罢,也不管刘秀等人如何反应,一拨马头,从侧面追向掉头逃命的贼人,手起刀落,砍下一颗颗硕大的头颅。

"三……"刘秀无力地举了下手,嘴巴所发出的声音,却弱不可闻。

马三娘的话没错,与其自己死在贼人手里,当然不如让贼人去死。可那绝望的惨叫,那漫天的血光,却是如此让人感到压抑。压抑得人心脏几乎无法跳动,嗓子几乎无法呼吸!

努力扭过头,用环首刀支撑着身体,他不让自己再去注意正在进行的杀戮。猩红色的夕阳,却又从山顶上照下来,照亮他孤独单薄的身影,在血泊中拉得老长,老长!

【纵狼山林必生患】

马三娘此刻心中可没那么多悲天悯人,纵马挥刀,手下绝不留情!

她心里非常清楚,事情之所以发展到如此险恶地步,完全是由于大伙当初顾忌自己的感受,没有对前后几波被生擒的蝥贼痛下杀手。结果导致蝥贼们探清了大伙的虚实,甚至还认为大伙软弱可欺,成群结队扑上来。

亏得刘縯刚才那一嗓子喊得及时,而刘秀四人虽然武艺平平,胆气却都不太差,联合起来,勉强还有几分自保之力。否则,后果简直不堪设想!

如果刘秀因为照顾自己的感受放过了蝥贼,到头来却被蝥贼所伤,马三娘觉得自己肯定没脸再同路了,只能躲起来,这辈子天各一方永不相见!

众蟊贼的两条腿怎么跑得过战马？被杀得魂飞胆丧，掉头又冲向刘缜和邓晨，试图绕过二人，夺路逃命。马三娘看了，也不屑去追。抬手擦了把脸上的血珠和汗珠，策马又回到了刘秀等人身旁，持刀而立。

"三、三姐！"朱祐的心神，被马蹄声从天外拉回。抬起煞白的小胖脸儿，看向浑身上下溅满了血迹的马三娘，打招呼的声音结结巴巴。

此时此刻，他才终于意识到，"勾魂貔貅"这个名号由何而来。

"别废话，看大哥那边。学学他和姐夫是如何杀贼！"马三娘没注意到朱祐的表情，还以为他又想找机会大献殷勤，杏眼一翻，大声命令。

"啊！是，好！"朱祐心里偷偷打了个哆嗦，赶紧将目光转向刘缜和邓晨。只见四名试图从刘缜身侧强冲而过的蟊贼，在转瞬间，就被刺翻了三个。剩下一个吓得两股战战，想要继续逃命双腿又使不上多少力气，像醉鬼般摇摇晃晃。正跟跄间，邓晨策马如飞而过，手中长剑如镰刀般斜向一抹，借着战马的奔行速度，在此人的后背上抹出了一条两尺长的伤口。"噗——"鲜血蹿起了一人多高，瀑布般落下。蟊贼惨叫着又向前跑了两步，一头栽倒，当场气绝。

"不给咱们活路！咱们一起上，拼一个算一个！"蟊贼二当家沈疤癞又急又怕，挥舞着一把刚刚捡起来的环首刀大声招呼。众蟊贼见逃命无望，也都发起狠，飞蛾扑火般朝刘缜身畔冲。

刘缜和邓晨二人大声冷笑，策动坐骑，挥舞长剑，像割庄稼般，从背后将逃命者挨个砍倒。不是所有的落草者都配被称江湖好汉。大伙已经犯了一次错，绝不会犯第二次。

忽然，沈疤癞脱离队伍，转身朝刘秀等人冲了过去，一边跑，一边将环首刀高高地举过了头顶，朝身后一抛，跪倒在地，大声哀告："三姐救命！我是沈富，我是凤凰山的沈富！"

沈疤癞唯恐马三娘认不出自己，跪在地上，一边磕头，一边大声提醒，"我当年曾经给您牵过马，我脸上这道疤，也是追随三姐你跟官兵作战时留下的！三姐，看在我以前对您忠心耿耿的份上，请救我一救，救我一救！"

"沈疤瘌?"马三娘的脸色变了变,高举在手中的钢刀,再也无法劈下。

在马武被岑彭欺骗下山接受"招安"之前,兄妹两个带领凤凰山的好汉们,曾经跟官府多次交手,虽然每次都能占据上风,但自身的损失也非常惊人。一场血战下来,很多人都长眠不起。也有很多弟兄因为受了伤需要调养,或者意志不够坚定,悄悄地选择离开。对于受了伤需要下山调养的弟兄,马武向来会热心地送上一份盘缠和口粮。对于那些厌倦了刀头舔血生涯,想重新去过安稳日子的弟兄,马武也尽量做到好聚好散,不会过多刁难。

而疤瘌脸沈富,恰好属于两种情况兼而有之。此人脸上挨了官兵一刀,算是伤员,离开山寨找地方休养无可厚非,伤愈之后原本已经归队,但后来又偷偷开了小差,终归是人各有志,无需勉强。只要沈疤瘌不去给官兵带路,日后大伙相见时,依旧算得上是自家弟兄。

然而,让马三娘打破脑袋也没想到的是,沈富离开了凤凰山,并不是去过安稳日子,而是跑到了千里之外,另起了一份炉灶。看模样,好像还混得风生水起。

【为恶过多终有盈】

"三姐,你们认识?"刘秀顾不上再发呆,拎着血迹未干的环首刀走过来,带着几分关切询问。

"算、算认识吧!"马三娘心乱如麻,不敢跟刘秀的眼神对接,侧着脸回应,"他、他原来在凤凰山做事,后来偷偷开了小差!"

"不,不是开小差,是怕、怕拖累大当家和你!"话音刚落,沈疤瘌立刻哭天喊地叫起了冤枉,"三姐你听我说,我当时刚刚养好伤,气血两亏。留在山上只会拖你和马大哥的后腿,所以才一个人悄悄地走了!"

"那马大哥被人追杀时,怎么没见到你?"刘秀立刻从此人的话语中抓到破绽,皱了下眉,沉声追问。

"我,我……"沈疤瘌愣了愣,眼睛又开始骨碌碌在眼眶里乱转,"我、我有个亲戚在这边,所以过来投奔他。谁料他效仿马大哥,也干起了替天行道的勾当。我、我没地方去,只好、只好先……"

"住口,你们也配跟我哥比!"马三娘脸色大变,厉声打断,"我哥在凤凰山,什么时候拦路抢劫了。我哥……"

"我、我说的不算啊!"沈富自己也知道刚才的话漏洞百出,干脆扯开嗓子,大声哭嚎,"三姐,我一个小喽啰,怎么可能做得了山寨的主?发现他们连马大哥一根脚指头都比不上,想要后悔也晚了!他们又不会像马大哥那样,任由我自行离开。三姐,我、我真的后悔,我后悔得夜夜都睡不着觉。我日日夜夜,都想着回凤凰山,想着马大哥和你。三姐,救救我,救救我!"

"闭嘴!哪个用你想?凤凰山没、没你这样的孬种!"马三娘又羞又气,大声斥骂。但手中的钢刀,却再也举不起来。

在半路上养好伤后,她曾经瞒着刘缤等人,从过往旅人嘴里,偷偷打听过凤凰山的消息。却非常痛苦地得知,就在大哥马武和自己被骗到棘阳的第三天,也就是自己在道观养伤的时候,凤凰山老营被狗官岑彭带领爪牙付之一炬。留在山上的老弱妇孺,大部分都被官兵当场斩杀,只有零星几个逃了出去,生死难料。

听闻这个消息后,马三娘在背地里,哭了一场又一场。碍于当初大哥跟自己分别前的交代,不能让爷娘的坟前连个上香的人都没有,才强压下了潜回棘阳刺杀岑彭报仇的冲动,继续跟着刘秀等人向北而行。如今,在远距凤凰山千里之外,忽然看到一个曾经的"凤凰山好汉",纵使此刻对方的行为再卑鄙,形象再龌龊,她又怎么可能下得了狠手?

"不对!"严光忽然走上前,用弓臂指着沈疤癞的鼻子,大声反驳,"你既然无时无刻都想着凤凰山,刚才最开始交手之时,为何没认出三姐?你说你只是个小喽啰,做不了主,我刚才分明听见有人叫你二当家!"

他向来心思缜密,又不会像刘秀那样,念着马三娘的面子,问出来的问题一针见血。沈疤癞被问得接连打了两个冷战,赶紧又扯开嗓子,大声哭喊道:"三姐,我冤枉。刚才被您一路追着砍,我、我哪里有胆子,看看您到底长什么样?至于二当家,这座山中总计有七个寨子,每个寨子里都有十几个当家。我这个伏龙寨二当家,根本连个屁都算不上!"

"三娘,此人留不得!"刘縯和邓晨联袂而归,人的衣服和战马的鬃毛上,鲜血淅淅沥沥而落。大部分蟊贼都被他二人联手杀死。只有三个看起来年龄跟刘秀、邓奉差不多大的,因为长相嫩,又跪地讨饶得及时,被二人当成了俘虏,用长剑押着,走了过来。

"我跟大哥刚才问过了,此人是伏龙寨的二当家。平素自成一派势力,已经能跟大当家平起平坐!"唯恐马三娘心软,邓晨犹豫了一下说。

"姐夫,我知道该怎么做!"马三娘脸色一红,轻轻点头,咬着牙举起环首刀。凤凰山已经不存在了,曾经的凤凰山好汉,也永远成为了传说。沈富这种人,心狠手黑,嘴里头还没有半句实话,如果饶他不死,指不定将来还会生出多少祸端。

"三姐饶命!我、我知道一个消息,一个重要消息!我愿意将功赎罪!"沈富一直在用眼角的余光,偷偷观望周围动静。见马三娘这回刀刃朝下,立刻向远处打了个滚,大声哀告。

马三娘微微一愣,刚刚举起来的手臂,僵在了半空中。

沈疤瘌继续向远处翻滚,"我刚才真的没认出你,但是我知道马大哥的最新消息。你如果饶我一命,我愿意把知道的所有事情都告诉你!"

"啊?"马三娘大吃一惊,扭头看向刘縯,手中的钢刀,更是劈不下去。

"马子张在哪儿?你怎么会有他的消息!"刘縯与马子张虽然只有一面之缘,心中却对此人极为钦佩。

"马大哥数日前与人一道劫了淯阳大牢,把里边那些拖欠官府税金的囚犯,全都救了出去。"沈疤瘌知道这是自己唯一的活命机会,赶紧竹筒倒豆子般,将自己知道的事情全都交代了出来,"然后他们就把队伍拉上了绿林山,据说狗官甄阜带着上万兵马去征剿,都被他打得大败而归。我知道这件事后,曾经劝我们大当家,带着弟兄们去投奔他。但是大当家是本地人,舍不得离开老家太远,不肯听!"

后面几句废话,被刘縯和马三娘毫不犹豫地选择忽略。马武的伤势已经好转了,并且又拉起了队伍,有了本钱自保。这个消息,比一路上听到的任何喜讯,都令人精神振奋。

"三姐,你饶我这一次,我回山寨收拾收拾,立刻带着手下弟兄和金银细软去投奔马大哥。我虽然没啥本事,但能让马大哥那边多一个人,不不,多几车辎重,省得他为了几袋子过冬的粮食,还要冒险去攻打大户人家的庄园!"

如果放在八年前,区区几车细软,绝对无法令马三娘动心。然而,眼下自家哥哥马武重伤初愈,所统带的,又是一群乌合之众。几车细软,就有可能关乎生死,不由得她不仔细斟酌。

"你真的肯去投奔马子张?"刘縯也知道,眼下多一车辎重,就有可能让马武多一分熬过冬天的机会,左手轻轻摩挲着剑锋,沉声追问。

"真,十足的真。大当家和其他头领都被您给杀了,我说去投奔马大哥,绝对没人敢反对!"沈疤瘌松了口气,迫不及待地回应。

"那就姑且信你一次!"刘縯看看满脸犹豫的马三娘,收起了宝剑。

"大哥!"马三娘知道刘縯又是为了不让自己为难,才决定给沈疤瘌一个机会,"您其实不必这样迁就我。我、我……"

"自家妹妹的事情,怎么算迁就?"刘縯笑了笑,转身跳上战马,"我答应过马子张,拿你当亲妹妹!我说话向来算数。走吧,老三、严光,收拾好马车,咱们继续赶路。姑且相信此人一次,他要是不知道好歹,留在这里继续为恶,早晚会死在其他山贼手里,也不用咱们来杀。"

"也对!"刘秀、严光等人齐齐点头,笑着走向马车。

"多谢三姐活命之恩!多谢这位英雄活命之恩。小人这辈子,到死都不会忘!"沈疤瘌自知终于逃过了一劫,趴在地上,不停地磕头。直到马蹄声渐渐消失,才停了下来,双目当中,闪过一缕幽蓝色的寒光。

"二当家,他们、他们走了!咱们去哪儿?"三个少年蟊贼也被刘縯一道放过,见沈疤瘌终于不再光顾着磕头,赶紧低声请示。

沈疤脸阴沉着脸不说话,抬起头东张西望。直到确认刘缜和马三娘等人确实已经彻底走远,才咬了咬牙,冷笑道:"去哪儿?当然是去宜阳报官。你们没看到么?马三娘刚刚路过这里,即将前往长安,行刺皇上!"

"啊?"三名少年蟊贼瞪圆了眼睛,不敢相信自己刚才听到的。

"朝廷有令,抓到马武和马三娘者,赏田千亩,金一斗!举报者,赏格可得一半。敢窝藏收留者,族诛。"沈富朝地上吐了口浓痰,"马三娘跟其余那几个人刚刚路过宜阳,肯定会留下什么踪迹。咱们回宜阳去打探清楚了,把马三娘准备去长安行刺的消息,和他们的模样、来历,一道报告给官府,就能分到五百亩地,半斗金子,从此吃香喝辣。"

"啪!"一支羽箭,忽然从半空中飞了过来,正中沈疤瘌的脑门。

"啊——"三名少年蟊贼吓得魂飞魄散,不敢管沈疤瘌的死活,拔腿就跑。陆续又有三支羽箭飞至,将他们挨个射杀。

【日暮又闻呼声急】

"别怪我下手狠,不能留着你们祸害大哥全家!"马三娘如同灵猫般从附近的山石后跳了出来,背起角弓,一边用环首刀切开蟊贼的喉管,一边喃喃自语。吃亏上当狠了,人就会多长几个心眼儿。马三娘只策马跑过了前面的山路拐弯,就跳下坐骑悄然返回,无声无息地潜伏在了蟊贼们附近。那沈疤瘌的武艺,连粗通都算不上,又正值惊魂未定,哪里会发觉身边已经多了一只勾魂貔貅?

"还有你,丢光了凤凰山的脸!"从最后一名少年蟊贼的脖子上拔出横刀,马三娘走到已经气绝身亡的沈富身旁,手起刀落,砍下了头颅。

心脏中,仿佛有什么东西忽然断裂。她眼前一黑,晃了晃,咬着牙重新站直了身体。从此之后,她马三娘死也好,活也罢,都跟凤凰山、跟山下的马家没有纠葛。她马三娘从此终于可以像哥哥马武希望的那样,只为自己而活,无拘无束,无牵无挂。

一阵清冷的晚风吹过,卷起阵阵血腥。马三娘打了个寒战,一脚踢开沈疤瘌的脑袋。天马上就黑了,她不能让大伙等得太着急。

总计只用了百十个呼吸工夫,马车已经遥遥在望。车厢旁,刚刚换过干净衣服的刘秀等人,听到脚步声响如释重负,不约而同地迎了上来。

"那四个家伙呢,是回到山上去收拾行李了,还是拿誓言当成了屁?"朱祐等得最为心急。

"死了!"马三娘冷冷地说。

"死了?你杀了他们?"朱祐被吓了一大跳,接连后退数步。

"猪油,别嚷嚷了。三姐做事,自有她的理由!"刘秀轻轻扶了他一把,"上车,趁着天还没完全黑,再往前走一段。至少得先过了熊瞎子谷。"

这一句说得甚为及时,既避免了朱祐继续纠缠下去,惹马三娘讨厌。又点明了眼前真正需要注意的关键。几个蟊贼头目虽然先后殒命,但谁也不能保证,是不是还有其他不开眼的家伙,依旧怀着"吃肥羊"的美梦不愿醒来。当即,大伙纷纷点头,匆匆赶路。一边走,一边还小心戒备,以防有蟊贼继续冒险偷袭。

如是又走了一个多时辰,终于在马上就要看不清道路的时候,来到了群山的边缘地带。虽然还没有见到任何人烟,但脚下的土地,却已经平整了许多。夜幕下的田野,也变得渐渐宽阔。

刘縯经验丰富,立刻挑了一处靠近溪流且不太潮湿的土坡,带着大伙去布置夜宿营地。马三娘和邓晨则用绳索、弓箭等,在周围布置陷阱,防止有野兽趁着黑夜来袭,也防止有陌生人悄悄靠近。

刘秀、严光、朱祐、邓奉四个第一次出远门,帮不上什么忙,只能负责打水、生火、热饭。一通忙碌过后,倦意渐渐上涌。几个少年先后在火堆旁铺开兽皮睡去。刘縯和邓晨则分了班次,轮流担任岗哨,警惕周围的风吹草动。

也许是几个头目战死的消息已经传开了的缘故,也许被山路上的同伙尸体吓破了胆子,整整一夜,再没有任何蟊贼的身影出现。第二天吃罢早饭,刘缜带着众人打来冷水浇熄了篝火,再度上路。又走了两个多时辰,终于彻底远离了群山的怀抱。

前朝花费重金修成的官道,就在眼前,又宽又长,两侧树木正在落叶,缤纷满地。官道上,稀稀落落也有了行人和车马,不再是鸦雀无声。

他们几个正值青春年少,又读了一肚子诗书,虽然衣着打扮朴素,却也显得气质超凡脱俗。路上的旅人看到了,难免被吸引。待看到魁梧伟岸的刘缜,沉稳有度的邓晨,英姿勃发的马三娘,愈发心生亲近之意。

刘缜也正急需了解司隶附近的风土人情,以及全天下的传闻掌故,对于主动上前搭腔的旅客,只要看起来不像怀着歹意,便给予热情的回应。如是一天走下来,七个人的队伍,就变成了三十余人。另外二十几位,两拨是要前往长安探亲,两拨是要前往华阴投靠朋友,大伙凑在一起,谈谈说说,倒也解去了许多寂寞。

眼看着大地又要被暮色笼罩,大伙走得人困马乏。正准备去前方找个大一些的村落,租上几间房子歇脚,晚风当中,忽然传来几声清脆的金铁交鸣,紧跟着,便是一阵悲愤的哭嚎,"天杀的狗贼,老子跟你们拼了!"

"有强盗打劫!"刘缜眉头一皱,右手迅速搭上了腰间剑柄,"这都快到弘农了,光天化日之下,居然还有盗匪杀人越货……"

【白袍少年引长弓】

"伯升且慢!我先去打听清楚情况!此处道路平坦,我等人多势众且有车马代步,无论是战是走,都可以从容自如!"邓晨猛地伸手拉了刘缜胳膊一下,随即抖动缰绳,朝着哭喊声传来的方向策马飞奔。

刘缜微微一愣,这才想起来此刻自己身边还有四个少年需要保护,并非单人独骑,不能像以前出行那样路见不平立刻持剑而上。闷哼一声,将已经拔出一半的长剑又插回了皮鞘。

其余旅伴原本已经起了撒腿逃命的心思,听邓晨说得果断自信,又看到五个未成年人脸上都没露出半点儿惧色,而是默不作声地开始整理马匹和弓箭，顿时两颊一热，将原本已经拨歪的马头，又悄悄地拨了回来。

"诸位仁兄勿慌，刘某自问本领还过得去。万一事情不测，便由刘某和伟卿来断后，你等尽管自行离去便可！"刘缤见状，向众人大声许诺。

闻听此言，一众旅伴的脸色愈发惭愧，纷纷手握兵器，哑着嗓子回应道："刘兄这是哪里话？咱们一见如故，理应同进同退，断没有把你一个人留下，我等各自逃生的道理！"

"如此，刘某多谢了！"刘缤双手抱拳，向大伙郑重行礼。随即策马向前跑了二十几步，手按剑柄，全身戒备。

少顷，马蹄声由远及近，邓晨拎着把滴血的长剑，匆匆忙忙返回，将剑身朝大伙举了举，大声示警："快走，有马贼在洗劫村子，就在前方距离官道不足两里远处，绕过了那片树林就是。村子里的大户应该雇了不少刀客，正在跟他们拼命！"

"啊！"众旅伴闻听"马贼"两个字，脸上的惭愧瞬间变成了恐惧。

与其他拦路抢劫的盂贼不同，马贼的作案地点，通常都远离其老巢。因此下手格外狠毒，很少会留下活口。因为有战马代步，一旦被他们盯上，"猎物"很难平安脱身。无论是主动投降，还是丢下财物仓皇远遁，最后结果恐怕都是一样。

"尔等自管先走，刘某和邓伟卿断后。三娘，带着老三他们，跟大伙一块离开！"刘缤当机立断，抽出宝剑，毫不犹豫地去兑现先前的承诺。

众旅伴这才多少缓过了一点心神，纷纷掉转坐骑，准备沿着官道向东逃命。还没等他们加速，耳畔只听"嗖——"一声，一哨身穿青色皮甲的马贼，从右前方如飞而至。

"柱天大将军帐下虎贲奉旨讨贼，尔等速速交出兵器和坐骑，听候甄别处置。否则，定斩不赦！"带队的马贼头目手持长槊，大声威胁。身后六名马贼举刀持弓，将谎言一遍遍重复。

柱天大将军，是前东郡太守翟义起兵反抗王莽时自封的官爵。因为他拥立东平郡王之子刘信为帝，打出了匡扶大汉江山的旗号，因此在民间赢得极大的支持。虽然在王莽的全力镇压下,很快翟义本人就兵败身死,但几乎每一年都有起义者冒称是柱天大将军的旧部,重新竖起讨伐王莽的大旗。这些起义者来历各异,良莠不齐,行事手段也大相径庭。有人的确是只跟官府作对,试图重新建立大汉朝那种相对宽松包容的秩序。有人则纯粹是挂着羊头卖狗肉,嘴里高喊着"讨伐王莽,解民于倒悬",实际上比王莽麾下的大新朝官兵还要凶残。

因此,听得"柱天大将军帐下虎贲",众旅人非但没有老老实实交出兵器,下马投降,反倒咬着牙把防身用的宝剑和佩刀都抽了出来,同时双腿用力狠夹马腹,准备万一逃命的道路被断,就跟马贼们拼个鱼死网破。

那带队的马贼小头目见自己一番大话,居然没把"猎物"们吓得立刻跪地求饶,心中也暗自吃了一惊。然而,看到众人胯下的坐骑和身旁背负着行李的驮马,心中的贪婪之火顿时熊熊而起。端起长槊,就朝官道上距离自己最近的一名旅人扑了过去。三尺长的槊锋寒光四射,恨不得立刻给"猎物"来一个透心凉。

"啊——"那名旅人手中只有一把宝剑,自身武艺也稀松平常,如何挡得住巨蟒般刺过来的槊锋?

本以为自己此番在劫难逃,却迟迟没感到任何痛苦。惊愕中偷偷睁开眼睛,只看到原本该刺中自己的丈八长槊,像死蛇一样掉在了身后不远处的官道旁。而先前凶神恶煞般的马贼头目,此刻则横躺在长槊附近,肋下斜插着一支羽箭,口鼻喷血,四肢抽搐,眼看着就要一命呜呼。

"咱们的人杀了马贼!"不止一名"猎物"看到了马贼头目的下场,一个个惨白着脸,嘴里发出毫无意义的叫喊。

"一起动手,咱们这边人多,杀光他们,免得有人回去搬兵!"一个变声期的嗓音,传入"猎物"们的耳朵。

众人愕然回头,只见逃命队伍最后的马车上,有名少年持弓而立。衣袂飘飘,白袍胜雪,翩然不似凡间人物。

【鲲鹏展翼群山矮】

"好一个少年英雄!"

"这才是我汉家男儿!"

众旅人心中暗喝一声彩,脸上的恐惧再度被惭愧之色取代。

车辕上持弓而立的那名少年,嗓子才刚刚开始变声,真实年纪绝对不会超过十七。面对凶名远播的马贼,心中却毫无畏惧。即便是在暂避敌军锋缨之时,依旧记得放箭保护素昧平生的旅伴。而自己同样面对凶狠残暴的马贼,却只能低着头作鸟兽散。这差距,真是令人无地自容!

"马贼凶恶,大伙与其被追上挨个杀死,不如一道血战脱身!"那白袍少年一边弯弓搭箭,射向其余六名马贼喽啰,一边扯开嗓子大声补充。

"杀了他给王大哥报仇!"六名马贼一边躲闪还击,一边愤怒地咆哮。

"刘秀小心!"马三娘催动坐骑,挥刀击飞凌空射过来的雕翎。

刘縯和邓晨主动留下断后,没想到已经有小股马贼迂回到众人的侧翼,因此都来不及出手相助。现在,只有她一个,承担起了保护四名少年读书郎的任务,担子不可谓不重。然而,此刻的马三娘,心中反而涌起了几分欣然。巴不得马贼们的数量更多一些,让自己和刘秀能够长时间联手拒敌。

严光、朱祐、邓奉三人,哪里肯让刘秀和马三娘两个人去承受所有马贼的攻击?相继从车辕和四敞大开的车厢口举起弓,瞄准马贼迎面而射。

他们的射艺虽然比刚刚离家时有了很大的进步,毕竟火候不足,且缺乏实战检验。匆忙射出的羽箭,要么因为目标正在高速移动而落到了空处,要么因为力道太弱,被马贼们用兵器轻松击落于地。

众马贼见状,越发坚信自家头目的死,绝对是一个意外。忍不住哈哈大笑,高举起环首刀,结伴朝马车发起了倾力一击。

"贼子找死!看箭!"正加速赶过来的刘縯大急,隔着三十多步张弓便射。马背起伏,晚风横吹,他仓促射出的羽箭,同样保证不了准头。除了让群贼的冲锋速度微微一滞之外,没有起到其他作用。

刘縯急得双目欲裂。就在这时,三名正在逃命的旅人,同时怒喝,"狗贼,老子给你们拼了!"拨转坐骑,迎面朝六名马贼冲了过去。

"拼了,杀一个够本儿!"其余旅人身体内的男儿血性瞬间被激发,高高举起的兵器,在夕阳的余晖下耀眼生寒。

汉风雄烈,最顶层的权贵豪门虽然已经迅速腐朽,中下层的良家子们却依旧保持着祖先好武任侠的遗风。而敢前往数百里之外探亲访友者,更是十个里头有八个练过拳脚兵器,且胆气不俗。因此,二十几位汉子结伴拼命,杀气顿时直冲霄汉!

六个正在扑向马车的贼子,哪里想得到"猎物"们居然会联袂反扑?刹那间,就被寒光彻底吞没。待刘縯和邓晨终于冲到自家弟弟和侄儿身畔,哪里还用再跟贼人厮杀?只见六匹遍体鳞伤的战马悲鸣着跟跄逃命,而先前如狼似虎的马贼们,一个个全都被砍得横尸在地,残缺不全!

"南阳①刘伯升,拜谢诸君仗义相救!"刘縯惊魂初定,向众旅伴拱手。

"伯升兄哪里话,若不是你们兄弟,我等今日全都蒙羞而死,魂魄愧见先人!"众旅人摇摆着兵器,侧身闪避,一张张红润的脸上,写满了自傲。

全歼一小队马贼,大伙却毫发无伤。这份战绩,足够成为每个人心中永远的回忆。

"大恩不言谢!客气的话,刘某就不多说了。大伙赶紧启程,咱们结伴绕路。万一再有其他贼人追上来,就联手斩之!"刘縯向来不是一个做作之人,见大伙不肯接受自己的感谢,也不哕嗦,又拱了下手,大声提议。

"接下来该怎么做,伯升兄尽管下令……"众旅人心中热血澎湃。

"好,事不宜迟,咱们现在就走!"见众人士气可用,刘縯点点头,策马走向了队伍的最前方。

众旅伴找回自家的驮马,簇拥在几个少年所乘坐的马车周围,果断向东而去。不一会儿,就走出了三十余里路,空气中再也闻不到血腥气,耳畔也再听不见从那座正在被马贼洗劫的庄院里所发出的呼救声。

---

① 刘縯和刘秀兄弟祖籍南阳郡新野县舂陵乡(现在的湖北枣阳)。

然而，还没等把额头上的汗水擦干，背后却突然又传来了一阵愤怒的喝骂："站住，该死的狗贼！杀了我李硕的兄弟，尔等必须血债血偿！"

【猛虎啸野百兽惊】

追过来的是另外一支马贼，人数大概二十出头。

马贼们平素嚣张惯了，根本没仔细检查自家被杀同伙的尸体，也不在乎眼下自己一方人数跟对手差不多的事实，一边加速狂追，一边大呼小叫。

如果最初那一小股马贼没有被旅人们全歼，如果此刻追过来的这支马贼人数扩大十倍，也许还真有可能把旅人们吓得乖乖束手就戮。然而，此时此刻，一众旅人士气正旺，自信心和自尊心双双爆满，怎么可能被几句废话吓倒？纷纷将目光转向默认的带头大哥刘缜，七嘴八舌地请缨。

"减速，回马，跟我来！大伙别紧张，小心不要互相撞到！"刘缜心中正为不能出手帮助那个被马贼洗劫的庄子而内疚，毫不犹豫地作出了决定。

"是！"众人无师自通，如久经战阵的军队般，齐齐答应了一声。先放缓坐骑速度，然后果断拨转了马头。

刘缜动作最利索，毫不犹豫地冲到最前方。手中长剑高高举起，"杀光他们，为民除害！"说罢，双腿一夹马肚子，如下山的猛虎般，迎着马贼撞了过去。

"杀光他们，为民除害！"邓晨呐喊着紧随，长剑平伸，目光坚定。

"杀光他们，为民除害！"众旅人一个个热血沸腾，高举兵器，策动战马，在邓晨身后跑成了一条曲曲弯弯的横队。

"灯下黑，马车交给你！"刘秀嫌马车跑得慢，丢开缰绳，抄起弓箭，双脚踩住车辕，努力将身体稳稳站起。经历了连续多场血的洗礼，他的心智，像拔节的竹子一样高速成长。再也不会因为贼人的死而心神恍惚，只想紧紧跟在哥哥刘缜身后，拿起武器，保护自己所亲近和所尊敬的人。

敌我双方的速度，很快就都冲到了极致。彼此之间的距离，也随着马蹄的落地声迅速缩短。几支雕翎迎面飞来，被刘缜用长剑一一拨落。两名马贼的身影紧跟着雕翎赶至,一左一右,准备给刘缜来一个双鬼拍门。刘缜挥动长剑向左力劈,将左侧急冲而来的马贼劈得倒飞出去,血溅五尺。紧跟着整个身体侧拧,下坠,鞍外藏身,以不可思议的角度躲开来自右侧的必杀一击。随即,身体快速返回马背,长剑如匹练般从左前方向战马右侧回旋,双腿、腰肢和手臂协调配合,宛若亮翅起舞的白鹤,"噗——"

血光迸射,滚落一颗硕大的头颅。

两名马贼先后战死,附近的其他马贼大吃一惊,本能地纷纷策马闪避,扑向其他目标。刘缜的眼前瞬间一空。猛地深吸一口气,他策动坐骑,将长剑指向马贼中衣着最为光鲜、坐骑最为神骏的那个家伙,大声断喝:"来将通名,无名鼠辈配不上刘某手中之剑!"

作为一个经验丰富的布衣之侠,他心里其实非常明白,此刻自己身边的同伴虽然比对面的马贼数量多,战斗力却根本不能保证。其中大多数人,缺乏严格的厮杀训练,没有任何作战经验,也不具备与马贼死拼到底的勇气和决心。若是一直打顺风仗,大伙儿有可能会勇气倍增,创造出一个又一个奇迹。若是不幸遇到挫折,或者被敌军拖入僵持状态,肯定很快就会被打回原形,整体溃不成军。所以,他只能想方设法激怒对面的马贼头目,争取采用擒贼擒王的方式,速战速决。

"老子是柱天大将军帐下虎贲校尉李硕!"马贼头目哪里猜得到刘缜此刻心中的打算?毫无意外地被其嚣张态度激怒,举刀指着他,开始最后的加速,"小子报上名来!"

"你爷爷南阳刘伯升!"刘缜大声喝骂,话到,马到,人也到。对马贼头目李硕刺向自己胸口的刀尖不闪不避,长身,举剑,力劈华山。

"你爷爷个——"自封为校尉的马贼头目李硕,才舍不得跟一个无名游侠拼命,果断举起环首刀,用力向外格挡。他的臂力惊人,在整个马贼团伙中,罕有同伴能够匹敌。本以为此番能顺利将刘缜手中宝剑磕飞,至少也能令对方的攻势半途而废。然而这次,结果却不幸地出乎意料。

耳畔只听见"当啷"一声巨响,手腕、小臂和肩胛等处传来了一阵刺痛，李硕感觉到，整个右半边身体失去了控制，屁股疼得几乎坐不住马鞍，只能努力用左手狠拉战马的缰绳来保持平衡。

"咴咴咴——"受过训练的战马，对骑手所发出的每一个指令，都会迅速做出响应。感觉到嚼子①处突然传来的刺痛，尽管非常不情愿，依旧嘶鸣着放慢脚步。"啊——"发觉坐骑误解了自己的意图，李硕吓得厉声大叫。赶紧低头，缩颈，将身体靠向马脖子，以防刘缜趁机痛下杀手。

他的补救措施做得非常及时，果然，下一个瞬间，刘缜手中的长剑就紧贴着他的后脑勺扫了过去，荡起半边皮盔和一团带血的头皮。

剧烈的痛苦，令李硕两眼发黑，不得不用左臂抱住战马的脖颈，以免从高速移动的马背上坠落。刘缜的第三剑，却毫无停滞地从他的身后砍到，"咔嚓"一声，带起漫天红光。战马的系臀皮索连同尾椎骨，应声而断。可怜的畜生嘴里发出一声凄厉的悲鸣，后腿一软，轰然栽倒。

"杀！"一击得手的刘缜看都不看，继续策动自家坐骑前冲，翻腕横扫，斩落另一名马贼的胳膊。落下的手臂，恰恰砸中摔下马背的李硕，令其猛然恢复了几分心神。不能躺在原地，否则，即便不被陆续冲过来的其他"猎物"吞没，也会被他自己麾下的弟兄用马蹄活活踩成肉泥。

强忍疼痛和晕眩，他单手支撑着身体爬起来，跌跌撞撞跑向侧翼。被打脱了臼的右臂举过头顶，就像方士手中的白幡一样醒目。

高速冲过来的邓晨立刻注意到了他，策马挥臂，长剑借助战马的奔跑速度用力一扫，"噗！"血如喷泉，李硕的头颅躥起了半丈高！

"呀，呀——"没想到自家头领连一个回合都没坚持下来，就丢了性命。众马贼吓得魂飞胆丧。

跟在刘缜邓晨二人身后的旅人们，却陡然间信心百倍，争先恐后冲上前，将马贼们像打枣子，一个接一个从马背上砍了下去。

---

① 马嚼子，学名衔铁，是马笼头套在马口内的部件。由一根坚固的金属棍、两个小铁环和两个小铁棍组合而成，可以刺激战马的口部，令其感觉到骑手的命令。

【是贼是官两难辨】

晚霞如火，残阳如血，整个世界仿佛都被霞光所引燃，天地间跳动着耀眼的红。二十二名壮士跟在刘縯身后拨转坐骑，冲着剩余的马贼再度加速，每个人的脸上，都写满了骄傲和决然。刚才的第一轮对冲中，有四名旅伴被贼兵打落马下，生死不知。还有七名旅伴身上受了伤，血染征衣。然而，只要还能于坐骑上稳住身体，个个义无反顾。

而挺过了第一轮对冲之后剩余的几名马贼，哪里还有胆子掉头再战？双腿狠狠磕打坐骑小腹，望风而逃。

"哪里跑，受死！"马三娘毫不犹豫地举起环首刀，策马堵住群贼的去路。先前因为马车提速太慢，而她却奉命要保护刘秀等人，所以远远地落在了旅伴们身后。如今，因为双方的方向逆转，她和刘秀等人，恰恰成了群贼必须通过的第一关。

逃得最快的一名马贼绕路不及，只能大叫着朝马三娘挥刀乱砍。马三娘微微一笑，举刀上撩，将贼人的兵器高高地荡起，随即，反手一刀斜劈下去，砍掉了此人半边身体。第二名贼人又冲到近前。马三娘微微侧身，一记干净利落的横扫，将此贼直接扫下了坐骑。

第三名马贼咆哮着，趁机挥刀砍向马三娘肩膀。还没等他手中的钢刀挥落，"嗖！嗖！"侧前方忽然飞来两支冷箭，一上一下，狠狠地扎在了他胯下坐骑的脖子上。

可怜的坐骑连悲鸣都没来得及发出一声，立刻气绝倒地。马背上的贼人顾不得再偷袭，手忙脚乱地跳下雕鞍，以免被自家坐骑压成肉饼。他顾得了脚下，却无法再顾及头顶。马三娘趁势挥刀下切，将此人的锁骨、胸骨和胸骨下的内脏，相继一分为二。

剩余四名早已吓破胆子的马贼没勇气纠缠，纷纷拉偏坐骑绕路逃命。马三娘拨转坐骑追上其中一人，从背后将其杀死。刘秀、严光、朱祐三个则看准机会，在不到二十步的距离内开弓放箭，不射人，只射马。接连数轮齐射，将三名贼人全都掀下了马背。

失去坐骑的贼人不顾伤痛，从地上爬起来，踉跄着继续逃命。马三娘快速追上去，环首刀瞄着跑得最慢的一名贼人的头顶画影儿。

"三娘，留活口！"刘缜第一个策马追了过来，大声提醒。

紧跟着，邓晨和二十二名壮士也终于赶至。抢在马三娘痛下杀手之前，将三名马贼给围在了队伍中央，大声断喝，"投降免死！"

"愿降！""愿降！""愿降！"已经落到了如此地步，三名马贼哪还来胆子负隅顽抗？争先恐后地丢下兵器，伏地乞怜。

"你们到底从哪里来的，一共来了多少人？为何会盯上树林后那个庄子？"刘缜用滴血的宝剑朝贼人头顶指了指，沉声追问。

中原之地不盛产良马，良马价格即便在相对物价低廉的大汉朝也一直居高不下。而能上阵的战马，更是万钱难求。故而，寻常山贼草寇，很难养得起大规模的骑兵。能凑出一百骑，就足以引起地方官府的注意。若是超过千骑，绝对会被当成朝廷的心腹大患，进而引来铺天盖地的官兵。

所以，在朝廷最戒备森严的司隶地区，又是紧邻着官道的位置，光天化日之下忽然冒了一伙马贼出来，此事绝对蹊跷至极。要么是有人私下蓄养，要么就是有人派家奴假扮，无论如何，都不可能跟已故的柱天大将军翟义有什么关联。

"我们是柱天大将军……"一名贼人低着头，大声回应。话才说了一半儿，马三娘手起刀落，直接砍下了他的脑袋。

"再敢撒谎，这就是你们的下场！"马三娘冷冷地补充，手中钢刀再度高高举起，瞄准另外两名俘虏的脖颈。

"饶命，饶命！"两名贼人吓得肝胆欲裂，赶紧扯开嗓子哭喊着招供。

"我们是新安县宰哀牢的家丁，这次出动了整整一百人！"

"我家县宰是当朝美新公哀章的亲弟，兄弟感情甚厚！"

"前日县宰的好友阴固带着家眷路过新安，在他家城外的庄子里借住。他看上阴固的儿媳王氏，就想要娶回家做妾。不料却被阴固拒绝。所以心中就生了气，特地派我等假冒马贼，来抢人！"

"我等也是上命难违!"

"阴固全家今晚都进了前面的赵家庄借宿!"

"我等想借机发一笔小财,就、就干脆把庄子一起给洗了!"

"我等真的不是有意冒犯您啊!"

"都怪那李硕,他说不能走漏了消息,免得丢了主人家的脸面。所以我等才追了过来,才……"

"该死!"刘缅一剑一个,将两名假冒马贼的哀氏家丁送入地狱。

前面官道旁正在洗劫庄园的,根本不是什么马贼,而是新安县宰哀牢麾下的私兵。而那新安县宰哀劳之所以派私兵洗劫别人的庄子,居然是因为看上了老朋友的儿媳妇被拒,恼羞成怒!如此无耻的事情发生于眼皮底下,让人怎么可能不义愤填膺。

更让刘缅和众人义愤的是,大伙当初只是从赵家庄旁边的官道上路过,根本没打算或者没勇气去施以援手,就被新安县宰的私兵视作了眼中钉、肉中刺,千方百计要杀人灭口。如今阴差阳错干掉了那么多新安县宰的家丁,姓哀的岂能跟大伙善罢甘休?站在三名"马贼"的尸体旁,众勇士脸色铁青,额头冒汗,紧握刀柄的手上,青筋根根乱蹦。

怎么办?自缚双手,去向新安县宰请求宽恕;还是去向朝廷告状,告当朝四公之一美新公哀章纵弟为恶,假扮马贼杀人越货?

恐怕无论怎么选,大伙都难逃一死,甚至还有可能连累家人!

没有主意的时候,大伙本能地就会寻找主心骨。于是乎,不约而同,又将目光看向了刘缅。

"事已至此,我等,恐怕只剩下了两条路可走!"感觉到大伙目光所带来的压力,刘缅将滴血的长剑插进泥土中擦了擦,然后深吸一口气,缓缓说道,"第一条,就是悄悄离开。然后祈求那哀县宰发现不了我等身份,永远不会报复上门。第二条,就是干脆一不做,二不休,杀光了哀家的这群爪牙,给他来个彻底死无对证!"

"当然是第二条,哀牢是哀章的弟弟。那哀章靠劝进得官,心肠最是歹毒！"话音刚落，邓晨立刻拍剑回应。

"杀光了这群马贼，装作不知道其身份，一走了之！"

"咱们杀的是马贼，是为民除害。"

"刚才这俩家伙满嘴瞎话，根本不能相信。咱们既然已经把贼人干掉了一半儿，就没有中途收手的道理！"

"还是那句话，伯升兄，我们听您的！"

"对，伯升兄，大伙一起杀马贼，为民除害！"

众勇士连续两度并肩而战，早就起了惺惺相惜之意。又明白至此谁都已经不可能再抽身事外，干脆把心一横，决定跟刘縯继续共同进退。

反正，杀三十几个哀府的家丁是杀，杀一百个还是杀。还不如干脆赌一把，赌大伙今晚能将所有假冒马贼的哀府家丁斩尽杀绝。赌那新安县宰哀牢得知家丁全都死光了之后，心生畏惧，不敢明着承认马贼是他派人假扮，更不敢轻易动用官府力量去追查行侠仗义者的线索。

"那咱们就除恶务尽！"刘縯知道打铁要趁热，点点头，翻身跳上坐骑，"三娘，照顾好他们四个。其余人，跟我来！"

邓晨带着二十二勇士策动坐骑跟上，不离不弃。邓奉则毫不犹豫地抖动缰绳，驱车追赶大伙的脚步。刘秀、严光、朱祐三个从箭壶中抽出羽箭，将其一根根摆放在车厢内伸手可及的位置。马三娘策马持刀，护卫在车厢门口，修长的身影，随着隆隆的车轮前进声上下起伏。

"三姐，你刚才策马杀贼的模样，真、真、真令人钦佩！"走着走着，朱祐忽然就忘记了害怕，抬起脸，结结巴巴地夸赞。

"昨天是谁嫌我心狠手辣来着？"马三娘却没忘记，昨晚得知自己反过头去将沈富等人处死之后，朱祐的表情，白了他一眼，撇着嘴数落。

"我、我、我昨天，没，不，我昨天不是，我，我……"朱祐登时被说得脸色发红，额头见汗。搜肠刮肚好半天，他却发现自己给不出一个完整的理由。再看马三娘，已经策动坐骑走到了马车的前头，只留给自己一个俏丽挺拔的背影。

忽然间，朱祐觉得自己离马三娘是那样的近，又是那样的远。

【是劫是缘说不清】

"完了，今天殷家在劫难逃！"站在赵家庄院墙后血迹斑斑的土台子上，司仓庶士①阴固面如死灰，汗水顺着鬓角滴滴答答往下淌。

外边的"恶贼"正在逼四下抓捕而来的百姓砍伐树木，制造攻城椎。待其吃饱喝足之后，就会发起新一轮进攻。而赵家庄内，自己的好友、辞官回家的讲乐祭酒赵礼已经伤重垂死，赵氏家丁伤亡过半。自己此番随行所带的阴氏家丁也死的死，逃的逃，十不存一。

"秋娘，秋娘，你怎么样了？你说话啊！你别吓我！"凄凉的哭喊声，从脚下传来，令阴固原本就变成了黑灰色的面孔，平添几分阴暗。

是儿媳王氏，这个惹祸精！到现在为止，她居然还只顾着她陪嫁来的贴身丫鬟，对夫家即将遭受的灭顶之灾视而不见！三日前，若不是这个惹祸精耐不住寂寞，非要在借住的庄园里四下游荡欣赏红叶，怎么会被新安县宰哀牢看个正着？！如果不是为了照顾她肚子里的孽障，不得不放慢赶路速度，此时此刻，殷家上下怎么可能被外边的"恶贼"，堵在赵家庄园里？

"恶贼"不是贼！这一点，从贼人们刚刚开始围攻庄园时，阴固就非常清楚。虽然他从始至终，对任何人，包括对已经垂危的好友赵礼都没说破。"恶贼"乃是新安县令哀牢手下的家丁，其中带头的几个，还曾经跟自己照过面！自诩过目不忘的阴固，在第一眼就将对方的真实身份认了出来。

但是，他不能戳破，戳破也没用！新安县宰的哥哥是当朝美新公，当年带头劝进的太学生之首哀章。皇上接受禅让登基之后，所有圣旨都是此人动笔草拟。阴家即便拿到人证物证，把官司打到皇帝面前，也打不赢！

投降？这条路更走不通！如果新安县宰哀牢看上的是阴家的美人、名

---

① 庶士，王莽改制时发明的职位，俸禄一百石，位列诸官之末，等同于小吏。庶士再经历下士、中士、命士三个级别，才能进入元士行列，算是做了官。

马，甚至庄园祖产，阴固肯定都会双手奉上。能让美新公的弟弟出口索要礼物，这是多大的机缘？多少人盼都盼不来，但是，哀牢看上的，偏偏是他的儿媳妇，这个儿媳妇，还怀了三个多月的身孕！

如果把怀孕三个月的儿媳妇当礼物送出去，阴家岂不是成为全大新国的笑柄！他阴固甭说今后在美新公的提携下平步青云，就连阴家族长职位，恐怕都得被愤怒的弟弟们联手撸掉，从此被赶出家门，老死不相往来！

手握剑柄，阴固咬紧牙根，顺着土台侧面的阶梯缓缓而下。哀牢在被拒绝之后，既然恼羞成怒，直接派了麾下家丁扮作马贼前来抢人，攻破庄子之时，自然不会给阴家和赵家所有男丁留下任何活路。而这个惹祸精、贱人，却会带着阴家的血肉，被送上哀牢的床，甚至有可能受到宠爱，因祸得福！此等奇耻大辱，阴固岂能容忍其在自己死后发生，不如干脆……

"秋——"仿佛感觉到了来自头顶的寒意，孕妇王氏的悲泣声戛然而止。抬起手，拉住自家丈夫阴盛的衣袖，身体瑟缩成了暴风雨中的荷叶。

"阿爷，您、您要干什么？"太学生阴盛也被自家父亲魔鬼般的表情吓了一大跳，侧过身子，挡住妻子王氏，结结巴巴地质问。

"盛儿，阿爷问你，咱们阴家，是何人后裔？"面对自己的儿子，阴固又变成了一个慈父，一边缓缓靠近，一边低声考校。

这个问题，阴盛从小到大被问了不下一千次，早就回答得嘴巴起了茧子。所以想都不用想，立刻开口说道："是周文王之后，姬姓，管氏。先祖管子①曾经相齐，辅佐桓公成就霸业，尊王攘夷。孔子有云，微管子，吾辈皆披发右衽矣！"

"今日庄子破后，你我父子必然难逃一死，你妻王氏会落到何等下场，你可猜测得到？！"见儿子并未忘记祖上的荣耀，阴固点点头循循善诱。

---

① 管子，即管仲。辅佐齐桓公，成为诸侯的盟主。帮助燕国，打败北方游牧民族入侵，挫败楚国。孔子认为，没有管仲，大伙就全成夷狄的奴隶。所以在尊王攘夷方面，对他评价甚高。阴氏乃是管仲的后裔。而管仲为姬姓，乃周文王后代。

"这,阿爷,秀姑……"阴盛的心脏一抽,顿时,全身的力气都随着泪水流出了体外。庄子马上就保不住了,好歹也是太学生,这点儿眼力他还有。马贼攻破庄子之后,里边的所有男丁都难逃一死,这点,他心里也很清楚,并且已经打算认命!到时候拼一个够本儿,拼两个有得赚。但妻子会不会落在马贼手里受尽凌辱?他却没顾得上去想,也不敢去想。

"郎君!"王氏也吓得手脚发软,抱着阴盛的胳膊,放声大哭。

"我阴家的媳妇,不能受人羞辱。我阴家的祖先,不能为此而蒙羞!"看着哭作一团的儿子和儿媳,阴盛叹了口气,缓缓举起宝剑,"王氏,你尽管放心去。今后阴家得知此刻之事,定会将你自杀殉节之举,传播天下。"

说罢,举剑便刺。那王氏虽然性子绵软,又岂肯低头等死?侧身闪开数步,"噗通"跪倒,冲着阴固和丈夫连连磕头,"阿爷,郎君,我肚子里怀着孩子,我肚子里还怀着阴家的骨肉!"

"秀姑……"阴盛跪在地上,哭得肝肠寸断,却不敢上前对父亲做任何阻拦。且不说落入马贼之手后,孩子能不能保得住?就凭阴家的儿媳被马贼肆意蹂躏这一条,就足以让列祖列宗九泉之下蒙羞。所以,疼归疼,太学生阴盛只能闭上眼睛,对妻子的哀求不闻不问。反正自己很快也就要死了,夫妻两个在转世的路上还能彼此相伴。

"秀姑,别任性!王阴两家世代通婚,为父也是看着你长大的。若是还有别的办法,为父也不可能舍了你和那未出世的婴儿!"阴固迈步绕过自己的儿子,举剑向自家儿媳缓缓逼近,一边走,一边低声哄劝。仿佛手里拿的不是宝剑,而是漂亮衣服和糖糕。

眼看着王氏就要死在阴固剑下,斜刺里伸过来一根细细的树枝,将宝剑拨到了一边,紧跟着,一个稚嫩的童声,钻入了所有人的耳朵,"慢着,大伯,嫂子不用死,事情还有转圜余地!"

"啊,你说什么,你有办法?"已经闭上眼睛坐等妻子被杀的阴盛闻听,喜出望外,一个箭步窜过去,拉住说话者的衣角。待看清楚了说话者,他的两腿再度发软,跪坐于地,泪流满面,"丑奴儿,你、你懂什么?"

说话的，是他的堂妹阴丽华，小字丑奴儿。今年才十二岁。虽然因为吃得好，长得快，看上去比别人家十四岁的女儿还略高一些。可孩子就是孩子，在这大人都束手待毙的时候，她能想出什么办法力挽狂澜？

"丑奴儿，让开，一会才轮到你！"阴固既然准备杀了儿媳以全家族名声，自然不会放过侄女，皱着眉头大喝一声，再度举剑蓄力。

然而，侄女阴丽华的一句话，却让他彻底握不稳宝剑。

"我知道，外边那些人，根本不是真正的马贼！"少女阴丽华用树枝当作武器，护在自家嫂子头顶，大声叫嚷，"我见过他们其中好几个，就在前几天咱们借住的庄子里头！我也知道他们为什么而来。大伯，哀牢之所以派人来追杀咱们，与其说是惦记嫂子的美色，不如说是因为遭到了你的拒绝，恼羞成怒！如今死了这么多人，他的怒气也该消了。不如送我出去替嫂子服侍他，即便不能换取外边的家丁立刻撤走，至少，在家丁们回去请示的这几天，你们还有机会等待官府的救援！"

说罢，一只手继续举着木棍以防阴固突然发难。另外一只手，缓缓捋顺了额头上的秀发，露出一张无比干净的面孔。

"这……"阴固手中的宝剑缓缓收起，眼神摇晃不定。

侄女虽然乳名丑奴儿，却绝对是个如假包换的美人坯子。否则，自己也不会借着探亲的由头，千里迢迢跑回新野说服弟弟，送她进长安见世面。

所谓见世面，其实整个家族上下所有主要人物都心照不宣。如此美丽端庄的女儿，留在新野，及笄之后顶多嫁给县丞之子，而到了长安，却有机会嫁入二十七大夫甚至九卿之家。为空有数万亩土地和无数财货，却几代没出过高官的阴氏，从此找到一棵乘凉大树，受用不尽！

"多谢堂妹，多谢堂妹！堂妹救命之恩，我们夫妇没齿难忘！"还没等阴固作出决定，阴盛已经拉着妻子，一道向比自己小了十多岁的阴丽华连连磕头。丝毫不去想，以哀牢那种色中恶鬼性子，表妹落到此人手上，最后会是什么下场！

"此计，有可取之处。但你怎么知道，外边的家丁，会就此收手或者派人去向哀牢请示?"毕竟是做官的人,阴固比自家儿子见识"高出"甚多。

"总要试一试,反正不成功,结果也是死!"阴丽华笑了笑,娇小的面孔上,写满了凄然。

刹那间,阴固竟然看得怦然心动,顿时对侄女的提议,多出了几分信心。正准备摆出长辈的模样,做一些"必要"修正。却又听见阴丽华低声说道,"此刻外边的贼人,根本不知道咱们已经到了强弩之末。他们围攻了一天庄子,想必也是筋疲力尽。所以,能有个理由歇歇,他们估计也巴不得。而侄女我出去,则是送上门的理由!"

"好,好!"阴固被彻底说服,搓着剑柄连连点头,"丽华,伯父谢谢你了。咱们阴家,永远不会忘记你……"

阴丽华笑了笑,将后面的废话全部自动过滤。放下手中木棍,轻轻挪动脚步,她独自走向残破不堪的庄园大门。淡蓝色的衣衫倒映着霞光,仿佛一只落入凡间的精灵。

"小姐……"大门附近,几个身负重伤的家丁,将阴固等人的话全听在了耳朵里,忍不住向前爬了几步,伸出手,挣扎着阻拦。

"忠伯,秋伯,柱子哥,你们别管了,这是我自愿的,也是大伙唯一的活命机会!"阴丽华挪动脚步,绕开众家丁的手臂,然后轻轻蹲身施礼,"照顾我嫂子,她肚子里还怀着孩子!"

"小姐……"几个家丁垂首于地,放声嚎啕。哭声中,门被阴固的爪牙们用力拉开了一条缝隙。阴丽华头也不回,加快速度,走了出去。

外边的"马贼"已经吃饱喝足,正准备带着强抓来的百姓,给庄子最后一击。忽然发现里边走出了一个弱不禁风的少女,顿时瞪圆了眼睛。

"我才是你家县宰最想要的人,尔等速速带我去见他!"用力踮高在裙子下的脚尖,阴丽华大声喊道。声音里带着少女特有的清脆和甜美,令人闻之不忍拒绝。"没必要非拼得你死我活,我嫁给他做妾,两家就此罢兵言和,岂不是更好?谁是这里的带头人,速速送我去见哀县宰。多谢!"

说罢,敛衽为礼,同时将手心中的短匕,悄悄地握紧。

即便不能让群贼把自己送去见哀牢,至少也能见到群贼中的主事者。那样,自己就能有一个机会,一个为全庄男女老幼换回性命的机会!在此之前,无论怎么样的磨难,自己都必须承受!

"小丫头,长得的确不赖,胆子也大!"家丁头目蔡一斤缓缓策马上前,带着几分欣赏,点头夸赞。如此胆大的少女,可真不多见。更难得的是,她长得柳眉蛋脸,白白净净,身材高挑。用不了几年,就会出落成真正的绝世之色。即便自家主子看不上,只要带回去调养一番,无论是卖到青楼,还是卖入豪门大户,都是奇货可居。

想到这儿,他心中猛地一热。策动坐骑,就想上前将阴丽华抓上马背。然而,还没等战马走到少女身侧,蔡一斤耳畔处,忽然传来一声霹雳般的断喝,"官兵剿匪,无辜者速速退散!"

紧跟着,一名身材魁梧的壮汉带领二十几名手下,如扑食猎物的狮子般,冲到了马贼们面前,将他们一个挨一个砍翻在地。

"官兵来了!"阴丽华喜出望外,踮着脚,朝壮汉身边张望。脸上的凄楚,瞬间变成了狂喜。

事发突然,群贼根本来不及上马,顿时被杀得东倒西歪,鬼哭狼嚎。而被群贼们强抓来的百姓,则趁机一哄而散。

这下,可把"马贼"们的真正实力彻底暴露了出来。经历了一整天的战斗和两次分兵之后,他们如今剩下的兵力,还不足四十人。不到一个回合,就被从天而降的"官兵"们斩杀过半。剩下的十来名贼人根本没勇气抵抗,撒开双腿,丢下兵器,四散奔逃。

"谁也救不了你!"原本已经拨转坐骑回去跟同伙汇合的蔡一斤,也发现大势已去,猛然又掉头回返,俯身冲着阴丽华张开了黑漆漆的大手,"小娘子,你是我的!"

"啊——"阴丽华毕竟年龄尚小,顿时就被打回了原形。闭上眼,举起短刀,在身前胡乱挥舞。本以为此番自己肯定在劫难逃了,谁料想,耳畔忽然传来一声清啸,"嗖!"紧跟着,马贼头目的惨叫声直上云霄。

有人救了我！是谁？阴丽华惊魂初定，一边后退，一边悄悄地睁开眼睛。本以为能看到一名骑着战马、满脸胡须的彪形大汉。却不料，有一辆马车高速冲到了近前。

车辕上，有名少年白衣胜雪，衣袂飘飘。手中角弓三箭连发，将正伏在马背上惨叫逃命的蔡一斤，射落于地。

"小妹别怕，我来救你！"少年收起角弓，笑着扭头。

第五章　年少懵懂

【救命之恩怎堪谢】

很多年后，被关在新野阴氏庄园小楼上，面对着四角形天空的阴丽华，依旧清楚地记得此刻刘秀所说的每一个字。

她知道，有些承诺，只要做出，就是一辈子。

所以，她无忧，亦无惧。

现在的阴丽华，还不知道自己这辈子跟刘秀会有如此漫长的纠缠。或者是因为绝处逢生带来的狂喜，或者是因为刚才差点死在自家伯父手里所承受的压力，刹那间，她的眼泪不受控制地淌了满脸。

而少女的矜持，却让她努力想在这个好看的陌生人面前表现出自己的坚强，本能地伸手去擦。结果，越擦，脸上的眼泪越多，三下两下，就把自己擦成了一只花脸猫。

"没事儿了，贼人已经败了，不会再来了！别怕，有我们在！"刘秀天生见不得人哭，上次被马三娘给哭了个手忙脚乱，今天忽然遇到一个比马三娘柔弱了三倍、眼泪也多出了三倍的小女孩，更是瞬间不知所措。

"庄子里的男人都死绝了么，让你一个小女娃出来跟贼头讲数？"马三娘更不懂得如何哄人开心，被眼前瓷娃娃般的小姑娘，哭得心里好生烦躁。

话音落下，阴丽华的眼泪堵住了。脸上的委屈，瞬间也被尴尬所取代。庄子里的男人当然没死绝！但是，跟眼前这个手持长弓、箭无虚发的少年相比，伯父和堂兄恐怕太监都算不上，更不配提什么七尺男儿！

好在这种尴尬,没持续太久。就在阴丽华搜肠刮肚,努力想替庄子里的长辈遮掩一下之时,她身后的大门,忽然从里边被人推开。司仓庶士阴固带着太学高材生阴盛,还有七八个心腹爪牙,怒吼着冲了出来。威风好似英布、彭越①,勇悍胜过西楚霸王,砍瓜切菜般,将地上已经死去和受伤未死的"马贼"们,挨个割下头颅。

"住手,他们、他们已经死了!死……"虽然连日来见惯了杀戮,小胖子朱祐依旧被这凶残行为吓了一跳,伸出手,本能地试图阻止。

"恩公有所不知,这种马贼,个个阴险狡诈,必须割下脑袋,以免有人装死逃脱!"事实上,阴固自己一个字都不信。然而,他却必须义正词严地说出来,并且努力将知道真相者的数量,控制在最少。

刚才被假扮马贼的哀府家丁堵在庄子里,完全落了下风,阴固当然不能拿马贼的真实身份说事儿。而现在,情况则完全不同了。无论从天而降的援军,是官府所派也好,自发赶来也罢,在他们的帮助下,阴家反败为胜,已经成为板上钉钉的事实。

如此,主动权就落回了阴固手里。马贼们的脑袋,就变成了讨价还价的筹码。如果哀牢想要跟阴某人重归于好,看在他哥哥哀章的面子上,阴某人自然不会主动拿马贼们的真实身份去做文章。如果哀氏兄弟不肯捏着鼻子吃下一百家丁全部被歼灭的哑巴亏,甚至还继续对阴家和阴家的儿媳妇纠缠不放,这几十个马贼的脑袋,在阴氏的庞大财力运作之下,就会迅速出现于哀氏兄弟的政敌之手。如此,双方至少有机会拼个两败俱伤,而不是像先前那样,阴氏连反咬一口的能力都不具备!

某些游戏,是到了一定层次的人才具备资格下场玩的。司仓庶士阴固懂得其中规则,想必美新公哀章和新安县宰哀牢也懂。至于今天死在"马贼"刀下的无辜者和"马贼"们,不过是编户册子上的百余名字,刮刮就

---

① 英布、彭越,秦末义军中著名的两个勇将,曾经与韩信一道辅佐刘邦击败西楚霸王项羽。后被刘邦和吕后二人挨个冤杀。

干净了①。甚至有不少死掉的人，名字根本就没资格登录在编户册子上，连刮都不用刮。

"这，唉！"朱祐知道自己又滥发了一次善心，摇摇头，低声长叹。

马贼们必须被杀光，即便庄子里的人不冲出来杀，等会刘大哥腾出手来之后，也会带着大伙去补刀。如此，才能将后患降到最低。哪怕今后官府派人前来过问，大伙也能咬定今天杀的是"马贼"，不知道其来历。而无论按照大汉朝还是大新朝的律例，义民出手杀贼，官府都应该给予嘉奖，绝对没有任何官员敢明着替贼人出头！

他的本意，是抒发自己心中的无奈。结果叹息声听在阴丽华耳朵里，却完全变成了另外一番味道。当即，少女再也没有勇气站在恩人面前，继续看自家伯父和堂兄丢人现眼，把身子一扭，掉头逃之夭夭。

"也不知道是谁家女儿，胆子真是大得出奇！居然试图借讲数的机会，刺杀贼酋！"刘秀早就注意到了阴丽华手中的短刃，望着背影笑着摇头。

少女勇气可嘉，但刺杀却根本不可能成功。能做到头目的，武艺都不会太差。而少女年纪顶多十四岁上下，又不像是有武艺在身。即便是出手偷袭，能碰到马贼头目一根寒毛，才怪！

"追上去问啊，你不问怎么能知道?！"马三娘没来由地觉得心里头发堵，冷着脸，大声回应。钢刀落处，身边的半截树桩被砍得碎屑飞溅。

【先攀交情拜刘兄】

"三姐，你怎么了？谁惹你生气了！我帮你揍他！"朱祐被马三娘突然发作的暴脾气给吓了一跳，本能地上前安慰。

他不问还好，一问，马三娘愈发觉得满肚子邪火无处可泄，硬邦邦地回了一句，"要你管?"策马扬长而去。

---

① 指编入户籍的平民。汉代奴仆没有户籍，所以很多做家丁和奴仆的人，名字不会被官府记录在案，生死都不会引起太多注意。

恰好一名阴府的家丁拎着血淋淋的人头四下炫耀，正挡在了战马的必经之路上。"滚开！"马三娘侧过环首刀，一刀拍了过去，将此人连同手中的人头一道拍飞出半丈远。

"哪来的疯丫头？敢伤我阴家的人！你爷娘没教过你如何做人吗？"太学生阴盛甫看刚才对着马贼时窝囊，平素在新野县，也算响当当的一号人物。见自己的贴身奴仆居然被一名女子用刀拍飞，立刻冲上前破口大骂！

马三娘父母早死，自小与哥哥相依为命。而哥哥马武对她虽然好，却不可能照顾得如父母一样周全，更不可能在女孩子成长过程中必须请教的问题上，给予任何指点或者支持。因此，没有父母教这种话，简直就是马三娘的逆鳞。无论是谁触及，都会引发不可预测的后果。

当即，她就被怒火烧红了眼睛，策马抢刀，直奔阴盛而去。可怜阴盛平素养尊处优，偎红倚翠，几曾见过如此阵仗？顿时被吓得全身僵硬，闭上眼睛大声惨嚎，"啊——"

"三姐住手！"好在刘秀反应足够快，几个箭步蹿了过去，抢在环首刀砍在阴盛脑门上之前，用弓臂狠狠敲了一下刀身，才避免了阴盛因为嘴臭被一劈两瓣儿。饶是如此，刀身和弓臂的碰撞声，依旧宛若霹雳。把个阴盛吓得两眼一翻，晕倒在地，胯下有股热流汩汩而出。

"你居然帮着外人对付我？"马三娘眼睛变得更红，拨转坐骑，头也不回地去远。朱祐见状，赶紧从战场上拉了一匹坐骑，叫喊着紧追不舍。数息过后，二人的身影就彻底被暮色吞没。

"唉——"望着马三娘和朱祐两个背影消失的方向，刘秀低声叹了口气，轻轻摇头。虽然年纪尚小，没有多少跟同龄女子打交道的经历，这一路行来，马三娘对自己的心思，他岂能毫无察觉。可不知道为什么，马三娘对他越好，刘秀越是不愿跟她走得太近。总觉得对方仿佛是一把没有柄的魔刀，稍不留神就能将自己割得伤痕遍体。

正感慨间，脚下的阴盛已经幽然醒转。在两名家丁的搀扶下坐起，双手抹泪，哭得肝肠寸断。其余家丁也顾不上再割死人脑袋，纷纷拎着刀围了过来。恰好刘縯等人也结束了对剩余马贼的追杀，相伴而回。看到家丁们仿佛来意不善，立刻从各个方向快速向刘秀靠近。

这下，众家丁又麻了爪，赶紧把刀子丢下，对着刘縯连连摆手，"军爷，军爷，不要误会。我们只是、只是过来看看我家少爷。没、没别的意思，真的没别的意思！"

刘縯早就将家丁们收集死人脑袋的行为看在了眼里，冷笑一声，上前护住自己的弟弟，"马贼已经杀光，老三，此地阴气太重，不宜久留！"

"是！"刘秀四下看了看，挑了原本属于"马贼"头目的坐骑，飞身跳了上去，"大哥先收拾一下，我去把朱祐和三娘找回来。"

说着话，就要抖动缰绳。却看到一名留着短须的中年男子，跌跌撞撞地跑了过来，冲着刘縯用力挥手，"刘伯升！你可是舂陵小孟尝刘伯升？！在下新野阴子虚，这厢有礼了。"

"你是新野人？咱们曾经见过面？"刘縯迟疑着放松战马的缰绳。

"你果然是刘伯升，阴某可算追上你了！"中年男子的脸上，堆出了一团团油腻的狂喜。先装模作样地整顿衣冠，然后长揖及地，"新野阴氏族正阴固阴子虚，见过伯升兄。久仰伯升兄大名，今日得见，真是三生之幸！"

刘縯见对方行止有度，说话礼貌，口音还带着如假包换的故乡味道，不好再拒人千里之外。赶紧翻身下马，长揖相还，"舂陵刘伯升，见过子虚兄。真没想到，千里之外还能听到乡音！"

"追我们，你为何要追我们？"刘秀却敏感地从阴固的话里，听出了不同意思。将弓臂整了整，缓缓横于胸前。

"是啊，阴某原本以为今日被马贼围攻，肯定在劫难逃了，没想到竟然被同乡所救。大恩不言谢，请伯升兄再受阴某一拜！"阴固不肯回答刘秀的话，又对着刘縯一个长揖下去，两只手肘几乎接触到了地面。

刘縯平素所接触的多是豪爽干脆的布衣之侠，很少跟如此多礼的人打交道，顿时浑身上下都不自在。侧身闪了闪，拱手相还，"阴兄客气了，不过是路见不平而已。换了别人，看到马贼谋财害命，也会仗义出手！"

"不是客气！对伯升兄来说，是路见不平。对阴某来说，却是全家性命的死活。伯升兄，请再受子虚一拜！"说着话，又是及地长揖。窘得刘縯跳开数步，连连摆手，"罢了，阴兄，此间事情已了，我还有几个同伴身上带伤，需要救治。就不跟您叙旧了，咱们山高水长，后会有期！"

阴固哪里肯放，紧追上前，一把拉住刘縯的衣袖，"伯升兄慢走，小弟这里有上好的金创药。小弟此番目的地也是长安，与你一模一样。小弟的二弟阴方，就在太学做博士，刚好可以替令弟行个方便！"

"你怎么知道我们要去长安？"刘縯心中的警兆，陡然而生，一甩胳膊摆脱了阴固的拉扯，右手再度按住了剑柄。

【门内有门山内山】

刘縯长得魁梧伟岸，衣服上还带着未干的血迹，含怒发问，杀气顿时蓬勃而出。阴固吓得"蹬蹬蹬"接连倒退五六步，双手摆得像风车一般，大声叫喊："伯升兄不要误会，在下、在下并非是有意打探你的消息。在下的三弟阴宣，乃是棘阳县丞。数日前在客栈里与伯升兄曾经有过一面之缘！他知道伯升兄准备前往长安，也佩服伯升兄的本事，因此特地建议在下追赶伯升兄，一路同行。只是追来追去，没想到反追到了伯升兄前头。"

"阴宣？"刘縯眉头轻皱，立刻想起了当日岑彭身边那个大腹便便的胖子。"原来是阴县丞，草民先前倒是失礼了。子虚兄，咱们后会有期！"

那个与岑彭一道设计坑害马氏兄妹的棘阳县丞阴宣，在刘縯心中可是没落下半分好印象。而之后为了掩护马武脱身，刘縯又与马三娘联手，一把火烧掉了死胖子阴宣的小半个家。如今马三娘就在队伍中，并且此后很长一段时间还要托庇于刘家羽翼之下，试问刘縯怎么可能愿意跟阴宣的弟弟有过多交往？当即甩甩袖子，准备一走了之。

谁料那阴固性子极为无赖，见刘縯始终不肯接自己的茬儿，又追上前满脸堆笑地提议："伯升兄慢走，且听在下把话说完。在下虽然只是个区区庶士，好歹也是个官身，在长安人脉颇广。将来令弟在太学就读，万一有什么杂事需要办,只要派人带句话,在下绝对不会置之不理。况且舍弟阴方在太学里头,也颇负声望。说实话,入太学就读只是第一步,此后的择师,分科,岁末大小考,以及将来能否被朝廷挖掘发现,委以重任,里边曲折甚多。咱们都是新野同乡……"

"还不是空口白牙,就想让我等给你做免费护卫?"邓奉正在附近收集马匹,听阴固越说越玄奥,忍不住开口戳穿。

"不会免费,不会免费!"阴固老脸微红,却继续巧舌如簧,"伯升兄和你身边众弟兄这一路上的吃喝住宿,在下全都包了。几位伤号的求医问药费用,也全归我阴氏负责。救命之恩不言谢,伯升兄今后若是有用到阴家的地方,尽管开口。只要力所能及,我新野阴氏上下,绝不皱眉!"

"嗯!"刘縯皱着眉头,低声沉吟。

说实话,他打心眼里不愿意跟阴固这种人交往,然而对方刚才所说有关入学就读只是第一步的言辞,却让他无法选择忽视。

经过汉代的推恩令和大新朝的各种政策削弱打压,春陵刘家,已经降为地方普通中等大户。每年各种税赋和徭役,像数座高山一样,压得全族的人都喘不过气来。如果刘縯这代再不出一个官员,给家族带来减免赋税和徭役的好处,可以预见,用不了二十年,春陵刘家就会被彻底压垮,变成一个个小门小户,被贪官污吏随便欺凌。甚至有一部分人会失去田产宅院,沦为别家别姓的奴仆。

这也是他说服了族中长辈,千方百计为刘秀、邓奉和朱祐三个,弄来太学就读资格的缘由所在。邓氏和刘氏数代联络有姻,邓奉如果太学读书有成,将来像岑彭那样做了官,绝对不会对刘家的事情置之不理。而朱祐自小受刘家的照顾,读书上学和各种日常开销,全是刘縯带着兄弟姐妹们从牙缝里挤出,以小胖子朱祐的为人,他日一旦有了出息,自然会千方百计给刘氏回报。至于自家弟弟刘秀,那更是全族的希望所在。读书好,头脑聪明,做事沉稳,只要给予足够的空间,早晚会一飞冲霄。

"伯升兄有所不知,圣上扩大办学的初衷,虽然是唯才是举。对《诗》、

《书》、《礼》、《易》、《春秋》五经,也是一视同仁。但人有五指,长短尚且不齐,何况儒门五经之轻重乎?"阴固在官场打滚多年,于揣摩别人心思方面,是何等的经验丰富?稍加察言观色,就知道自己已经找到了刘縯的罩门,赶紧向前凑了两步,口若悬河,"负责传授五经者,虽然都很博学多才,内里却又被暗中分为两国师,四鸿儒,三十六秀才,七十二公车,三百六十韦编。令弟若是熟门熟路,入学便拜入两国师或者四鸿儒门下,日后必将前途无量。若是投错了师门,稀里糊涂找了个'韦编'① 做学问,非阴某故意危言耸听,即便读出来,也就是个白首穷经的命,一辈子难出头!"

"啊?"刘縯被说得倒吸一口冷气,双腿再也挪不动窝,赶紧转过头来,冲着阴固深深施礼,"子虚兄,今日多亏遇到了你。否则,刘某必会稀里糊涂,误了舍弟他们几个的前程!"

"伯升兄不必客气,咱们进门去慢慢说,这太学里边的道道,可多着呢。恐怕三天三夜都说不完!"终于成功抓到了一伙有实力的护卫,阴固心中好生得意,嘴巴上却依旧客客气气,脸上的表情也恭敬有加。

为了家族的将来,也为了弟弟和朱祐等人的前程,刘縯没有资格再清高,只好跟同行的旅伴们打了个招呼,先安排邓晨带着其中几名毫发无伤者,去半个时辰前跟"马贼"交战的地方,收拢战死同伴的尸体。然后带着其余轻重伤号及刘秀、邓奉和严光,迈步走进了阴固所借宿的庄园。

庄园的主人赵礼已经伤重身死,其儿子、女婿们正围着尸体大放悲声。其余战死的家丁、护院尸体,也被惊魂初定的佃户和奴仆们,抬到了空地上,待阴家和赵家庄的新任主事者辨识过身份之后,决定如何下葬,及如何抚恤其身后家人。一群失去了当家顶梁柱的妇孺,则跪在尸体旁,悲号不止。整个庄子,都被笼罩在了一片愁云惨雾当中。

---

① 韦编,穿竹简的绳子,这里代指死读书的书呆子。不管学得怎么样,要看老师是谁,古今做学问,竟有许多地方相似。

阴固全家后半程的安危，全系在刘缜与一众豪杰身上，因此，哪里有功夫再管赵家庄的"闲事"？见自己进了门之后，所有人都只顾着哭哭啼啼，根本没人过来帮忙招待救命恩人，心中便涌起了几分怒意，皱了皱眉，沉声问道："管家阴福在哪儿？"

"老爷，小人在这儿……"一个虚弱的声音传来，从停放尸体的空地旁，走过来一个须发花白的老汉，看年纪足足有六十几岁。满面愁苦，步履蹒跚，胳膊上还扎着一条白麻布，有殷红色的血迹不断向外渗。

"你怎么也受伤了，伤到骨头没有？"阴固皱着眉头看了管家一眼，脸上不快的表情越发浓郁。

"刚才、刚才怕贼人从墙头翻过来，就过去帮了把手！"阴福不敢隐瞒，小声解释，"不小心挨了一刀。还好，没砍断骨头。"

"没事就好。"阴固听得很不耐烦，"咱们家的人，战死了几个，伤了几个？"

"回禀老爷，战死了四十四个，其中二十六名家丁，十八名健仆。重伤十五个，轻伤三十七个。还有六名家丁和十一名仆人不知所踪！"管家阴福刚才一直在忙着统计损失，收集尸体，安置伤号。听阴固问起，如实汇报。

"你去给家中修书，让新野那边给死者家属每人发五吊钱，两石麦子。顺便请三老爷帮忙下海捕文书，捉拿那些弃主逃命的家奴。"阴固眉头一皱，非常熟练地作出处置决定，"至于受伤的，无论轻重，包括你在内，去账上支两吊钱，结伴回新野休养去吧！"

"这，这……"管家阴福愣了愣，脸色瞬间变得一片雪白。

五吊钱，两石麦子，就是一条命！大伙身份低贱，没资格替战死者跟主人讨价还价。那些刚才见势不妙拔腿逃走的家伙，也活该下半辈子活在被官府捉拿的恐惧里。可有伤在身者，无论伤势轻重，每人两吊钱打发回家，这也忒刻薄了些！要知道，此地距离新野已经有上千里路，大伙在路上又要请郎中诊治，又要吃饭住宿，甚至还有可能因为有人伤势加重而不得不停下来照顾。两吊钱，有可能连司隶部都走不出去，便花个精光。剩下的大半程,几百里路,大伙就得一路乞讨,才有机会活着回家!"

"怎么,你没听清楚我的话么?"阴固脸又像棺材板子般拉了下来,瞪了一眼阴福,厉声喝问。

"听、听清楚了。小人、小人,这就去安排!"阴福被吓得打了个哆嗦,赶紧躬身行礼退下。两行泪水伴着血水,重重地溅落在地上,发出刺眼的红。

【大道尽头是长安】

阴固如今成功拉到了刘缜和一群"虎狼之士"做便宜护卫,岂会在乎几个"没用的家奴"伤心不伤心?掉转头,带着刘缜等人进了客房。

先威风八面地找了丫鬟去煮茶,又杀气腾腾地叫来奴仆伺候洗脸更衣,好一阵鸡飞狗跳之后,才拉着刘缜等人分宾主落座,带着几分卖弄大声介绍:"本朝太学与前朝大体一致,都是为了广纳天下贤良之才,着名师加以教导,以期他们能学有所成,日后好替天子牧守一方。然自打圣上登位,天降祥瑞,地生甘泉,贤材璞玉亦如雨后春笋。是以太学一再扩容,学子从原本的三百余人,变成了如今的一万余人,并且来年还要继续扩招!"

"哦——"众宾客张大嘴巴,双目圆睁,不知道该说些什么才好。

有道是鸡鸭多了不生蛋,骡马多了不拉车。太学如此急速扩招,里边的学子质量定然泥沙俱下。也难怪近年来,很少听闻太学出来的人才有所作为!偶然蹦出一半个,要么是以心狠手黑、杀伐果断著称,要么是发现了某个了不起的祥瑞,一路从县郡显摆到京师。真正能替百姓做主,或者能领兵扬威域外的,则闻所未闻!

"教材选取,自然依旧是五经。负责教导学生的名宿,亦如前朝,被授予五经博士和五经教习之职。"阴固猜不到大伙心里的想法,见个个都矫舌不下,还以为众人是被自己的"见识渊博"给镇住了,"有一万多名学生,当然博士和教习的数量也得水涨船高,如今人数高达四百八十有余。其中两国师,指的是嘉新公刘秀、易学大家扬雄,这二人都极得圣上之心。谁要是能拜在他们二人门下，今后甭说被授予高官显职，求学期间出入宫廷蒙圣上亲自点拨，都不是难事！犬子怀让，如今就拜在嘉新公门下。"

"后学晚辈阴怀让，见过各位叔伯！"刚换过一身衣服的阴盛，人模狗样地起身向大伙施礼。

"阴公子不必如此客气！"宾客们赶紧长身拱手相还。看向阴固父子俩的目光，瞬间就变得认真了许多。

阴固一直在留意众人的脸色，见到大伙的表现，心中好生得意。"四鸿儒，指的是《尚书》大家许子威，《周礼》大家刘龚，陛下的族弟王修，舍弟阴方阴子矩，凭借一部《春秋》，也有幸厕身其中。"

"哦！"包括刘縯在内，众宾客齐齐点头。

一个弟弟是太学鸿儒，一个儿子是国师高徒，怪不得这姓阴的行事如此乖张！当即，有两个准备在长安讨生活的，便打定了主意，要跟眼前这位阴庶士多多来往。

"至于三十六秀才么，就差得多了。无非是一些读了满肚子书，却不太懂得学以致用的家伙。拜入他们门下，做学问倒是不愁得不到指点，然而将来想要步入仕途，出路就比跟两国师和四鸿儒差得太多。"阴固越说越兴奋，手舞足蹈，唾沫星子飞溅。

众人闻听，心中便忍不住幽幽叹气。想那各地学子，能凭本事被录入太学，一开始心中该是多么兴奋。本以为从此之后前途一片光明，举族上下都可以跟着受益，谁能想到，真正的门槛还在太学之内，并且一道接着一道。而那两国师四鸿儒，就是每人都生着三头六臂，总计才能带多少门生。

正感慨间，又听那阴固得意洋洋地补充道，"三十六秀才虽然比上不如，但比起七十二公车、三百六十韦编来，还是绰绰有余。好歹他们的名头尚算响亮，教出来的弟子即便无法于长安城内立足，去地方上也能谋一份差事。那些公车、韦编教出来的学生，离开太学之后，前途才是真正坎坷。前几年有个学子姓吴名汉，字子颜！堪称文武双全，长得也是一表人才,每次岁末大考,几乎都稳居榜首。就是因为其授业恩师既没名气又没人脉,结果学成之后,只能去宛城附近做一个亭长。苦熬了这么久,都没机会出头!"

"唉!"话音落下,屋子里又响起了一片叹息。几乎所有人,都在替那高材生吴汉的不幸境遇扼腕。只有刘秀,毕竟年龄太小,没经历过太多风浪,听阴固把曾经让自己心驰神往的太学,说得像个牲口市场般不堪,便有些意兴阑珊。四下看了看,趁着谁也没注意到自己,装作尿急的模样,悄悄溜出了屋外。

天色已经完全黑了下来。清冷的星光照亮周围匆匆忙忙的人影。每一个人的脸上,都带着浓郁的哀伤和化不开的茫然。白天的灾难,发生得太突然,对庄子的打击太沉重。失去了致仕官员赵礼这个顶梁柱,谁也不知道赵家庄还能存在多久,贪官污吏们还有多少时间就会像吃死人肉的乌鸦般找上门来。

刘秀越发觉得周身发凉。抬首西望,只见彤云低垂,峰峦如聚,黑暗中,不知道有多少虎狼熊罴在悄悄地磨着爪牙。

而这条路,他却必须走下去,始终不能回头。

【鸡虫俯首争狗洞】

春陵刘家,已经很久没出过官员了。祖上的余荫,到自己这代已经不剩分毫。大哥刘縯为了入学的开销,跟族中长辈几乎撕破了脸。姐夫邓晨,也放下家中所有事情,不远千里前来相送。如果他不学出点名堂来,怎么有颜面回去见族中长辈,怎么有颜面去见姐姐和大哥?

正呆呆地想着,两名百姓抬着一件东西快速走了过来,故意打了个横,将刘秀撞得跟跄数步,差点儿一头栽进院子中的水坑。"让一让,让一让,好狗不挡道!"挑衅般的提醒声,这才传到刘秀的耳朵里,让他顿时怒火中烧。然而,当他看到所抬之物,心中的火气又迅速熄灭。稚嫩的脸上,涌起了几分悲悯。

一卷草席，两条白色的葛布，里边包裹的，是一具冰冷的尸体。阴家可以对战死的家丁、健仆不闻不问，此地的主人和百姓却不能不给自己的同乡收尸。否则，万一尸体腐烂，惹来了疫气，全庄上下，甚至方圆几十里内的百姓，都在劫难逃。

"假仁假义！"见少年脸上露出了悲色，抬尸体者无法再继续找茬。丢下一句冰冷的话，继续迈步走向后院的祠堂。在那里，他们要先请方士前来招魂，让同族战死者的魂魄与祖先相认。然后才能让死者入土为安。

阴家在这里本是借住，如今庄子的主人伤重身死，作为主人的朋友，把马贼招来的罪魁祸首，阴固居然连慰问妇孺的话都没说一句，就躲回房间里招呼他的客人，行事凉薄如斯，岂能不被庄子里的人厌恶？

恨屋及乌，连带着刘秀这个跟阴固没半点瓜葛的人，都被庄子的百姓、佃户和家仆们当成了扫把星，感觉到周围人身上隐隐散发出来的敌意，刘秀心中愈发不自在。低下头，努力避开所有人，快步走向大门口。原本打算看看朱祐是否把马三娘追了回来，双腿才刚刚踏过门槛，就听见外边有一个柔和的女声低低说道："福伯，我大伯和堂哥两个，以前从来没遇到过如此大的风浪，一时被吓得有些六神无主。见到救命恩人如此勇悍，自然恨不得立刻贴上去，从此寸步不离……"

"嗯，这话倒也有趣！"刘秀愣了愣，摇头而笑，将已经迈了一半的左脚悄悄收了回来，借着两扇破碎门板的掩护，向外观望。

本以为说话者年龄至少得跟马三娘差不多大小，才能替阴固和阴盛二人找出如此"恰当"的遮掩借口。谁料，看到的却是一个熟悉的身影。

正是傍晚时跟"马贼"讲数的少女，充其量十三四岁年纪，素衣如雪，皓腕凝霜。在月光下，一边躬着身体将荷包朝管家阴福手里塞，一边低声补充道："等他们过几天缓过神来，自然知道不该如此对待您和几位忠勇之士。这里边有五颗金豆子，三件首饰，您先拿去换了钱，给大伙路上用。不必太节省，先给大伙找个好郎中处理伤口，才是要紧。"

"小姐，使不得，使不得啊！"管家阴福感激得双手发抖，曲着双膝连连摇头，"这、这都是您辛辛苦苦攒出来的，平素自己都舍不得用。小人、小人不过是个家奴，哪里有资格花您的钱啊！"

"福伯，您别急着拒绝，您听我说！"月光下，素衣少女弯着腰，一只手继续用力将荷包朝管家手里塞，另外一只手努力去托住管家的手肘，"您老起来听我说。谁人都是爷娘生养，命都只有一条。钱再多，还能有人命贵？况且我每年都有压岁钱可拿，不差这一点儿。"

"小姐，老奴、老奴……"阴福胳膊上有伤，不敢用力拉扯，只好重新站稳身体，深深俯首，"老奴多谢了。小姐，老奴命贱，不敢给您许诺什么。愿天上的神明保佑您，长命百岁！"

"愿天上神明，保佑小姐长命百岁！"一众被阴固抛弃的家丁和奴仆，纷纷躬身行礼，含着泪发出祝福。这年头，市面上以铜钱和铁钱为主，银豆子都很少见，更甭提金豆子。有了阴家小姐所赐的荷包，他们活着回到新野的机会至少增加了三倍。

那阴家小姐，却不肯受他们的礼，先侧开身子躲开数步，又笑着道："愿漫天神明保佑你们尽快伤口痊愈，个个生龙活虎！赶紧走吧，到城里去找医生，我看过舆图，最近的一个县城，就在正北方三十里处！"

"哎，哎！小姐保重！待我等养好伤，再跟族老请缨，到长安来伺候您！"管家阴福带领众人，再度躬身行礼，然后互相搀扶着，缓缓走向官道。踉跄的身影，被头顶的月光拉得老长、老长。

如水月光下，少女踮起脚尖，朝着管家等人的背影轻轻挥手，就像送自己的亲人远行般，不见丝毫做作。

"丑奴儿，你又跑哪去了！"一个尖锐的女声，忽然从刘秀身后响起。

紧跟着，有个花枝招展的美妇，带着两名丫鬟，急匆匆从他身边冲过，差点儿把他撞了个趔趄，脚步却丝毫没有停滞，"丑奴儿，你再不答应，我就告诉公爹。到了长安之后，让他下令禁你的足！"

"哎哎，在呢，在这儿呢。我出来送送福伯他们，顺便透一口气！"少女像受惊的白鹤跳了起来，"院子里边血腥味太重，我不喜欢。"

"福伯他们有什么好送的,本事那么差,连马贼都打不过!"美艳少妇挺着肚子,一边拉住少女的手,一边连声数落,"不过是些没用的家奴罢了,哪值得您来浪费心思?有那功夫,不如回去跟我学如何梳妆。你看,嫂子这副妆容是否贵气?你大哥是太学生,到了长安,要带着咱们去以文会友的。到时候,咱们可不能被当成乡下人,丢了他和公爹的脸。"

"不是一家人,不进一家门,此言果然非虚!"刘秀听得心中又一阵烦躁,撇了下嘴,扭头就走。才走了几步,耳畔却传来了少女的声音,还是像先前对待管家阴福时一样温柔、平和,不疾不徐,"嫂子,看你说的,咱们又不是太学生,怎么会丢大哥的人?太学里头,我想应该比的是学问、本领、诗赋文章。如果面子需要靠妻子跟妹妹的妆容来撑,这书,我看不读也罢!"

【少年拔剑月光寒】

"善,大善,看不出来阴家的人,居然有此见识!"刘秀停住脚步,诧异回头。傍晚时他光顾着救人,根本没顾得上仔细看那唤作"丑奴儿"的阴家少女,到底长什么模样。现在赫然发现,少女乳名里头虽然有个"丑"字,事实上,却是个十足的美人坯子,比她那个浓妆艳抹的嫂子强出了不知道多少倍!

正诧异间,又听那个花枝招展的嫂子笑着啐道,"说什么呢?谁说你大哥的面子需要咱们两个来撑了?我的意思是,长安毕竟不是新野,咱们不能被人家当成乡巴佬。况且多认识几个少年郎,对你也没任何坏处。你眼看着就十三岁了,我十四岁已经嫁入了你们阴家!"

"我才不想那么早嫁人!"少女被说得脸颊飞红,跺着脚,低声抗议,"嫂子,你是你,我是我!况且我父母年事渐高,我又没有嫡亲长兄。正应该晚几年再出嫁,在二老面前多尽一些孝道!"

"嘴硬!说得好听!"少妇冷笑着撇嘴。见周围没有外人,她的胆子大了起来,轻轻拉起少女的手,"方圆五百里挨着家数,你见谁家需要女儿来支撑门户的?你听我说,新野那地方小,你没见过几个少年才俊,所以才会觉得嫁人不能太早。若是见到了合适的,真恨不得立刻就让他找媒人登门来说亲,一天都等不得!"

"就像嫂子遇到大哥?"少女眉头轻蹙。对方毕竟是她的堂嫂,此刻说的又是闺中体己话,所以她虽然心中有些反感,倒也不方便拔腿就走。

那少妇神经颇为粗大,丝毫感觉不到少女的疏远态度。轻掩红唇,笑了几声,"当然不完全是。能进入太学就读的少年郎,将来的前途肯定不会太差。你哥哥这两年所结交的朋友,家世又个个一等一。你若被他们看上,咱们阴家……"

"我又不是货物,凭什么要被他们看上?"少女愣了愣,将手抽开,低声反问,"为什么不是我看上了他们?或者他们看上了我,我却一个都没看上?!"

"问得好!"刘秀在黑暗中偷偷握拳。忽然觉得少女跟自己很对脾气!

而门外的少妇,则被问了个目瞪口呆,半晌,才摇着头数落,"你这妮子,还真敢想!你凭什么看不上人家?别人家世好,书读得好,长辈的人脉也极为广阔。学成之后,当年就有可能坐镇一县,成为货真价实的百里侯!"

"那关我何事?"少女懒懒地打了个哈欠,转身准备结束交谈。

少妇却又一把揪住了她的衣袖,"怎么不关你的事情呢,你这妮子,真的是啥都不懂。你以为今天来的马贼,是真的马贼么?那分明是新安县宰派家丁假冒,可我公爹他明知道对方是假冒的,也只能将错就错,绝不敢把对方身份拆穿。这还是咱们阴家,公爹和三叔好歹都是官身。若是换了寻常百姓,只有他扮作马贼来杀你的份,你却连还手都不能。否则,他反倒会诬告你无故行凶杀了他的家人,让你有冤无处诉!"

"原来嫂子也知道马贼是假冒的!"少女回头俯视,目光里充满了鄙夷和失望。

少妇被她看得浑身不自在,硬着头皮回应,"知道又能怎么样?连公爹和你大哥都不敢戳穿，我一介女流那节骨眼上，还能有什么主意？丑奴儿，你听我说，嫂子也是为了你好。咱们阴家不算小门小户，一个新安县宰，就能把咱们欺负成这样。你要是将来嫁给了公侯之子，就只有你欺负别人的份，全天下都没几家人敢欺负到你头上来！"

"可我不喜欢欺负人！"与对方根本没共同语言，少女摇头叹气，再度甩开对方的手，"刚才的话，我不知道是不是大哥让你跟我说的。但是，我给你个确定答复，我不喜欢！大哥他想跟谁结交，是他自己的事情。我是他的堂妹，不是他的亲妹。这次来长安，是奉父母之命来探望祖父和祖母，不是替他来铺路的，他也甭指望踩着我的骸骨，去飞黄腾达！"

几句话，说得虽然不疾不徐，却掷地有声，把浓妆少妇羞得接连后退了好几步，才在丫鬟的搀扶下勉强站稳，"你、你这又是什么话？你大哥和我，还不是为了你？你不领情也就算了，何必如此埋汰人！"

"不劳堂哥和嫂子费心了！"少女脚步不停，声音也毫无停顿，"到了长安之后，你们忙你们的，什么以文会友、吟诗作赋的好事情，切莫找我参加。我就是个乡下丫头，读书少，没见识，可不敢丢了你们夫妻两个的脸！"

"好，说得好！"刘秀今晚被阴家父子的言行，惹了一肚子郁郁之气无处可发，听少女说得干脆，顿时又忍不住连连挥舞双拳。若不是怕人发现自己在偷听，弄得双方尴尬，真恨不得现在就冲出去，替少女呐喊助威。

眼看着少女一只脚就要返回庄子内，浓妆少妇又急又怒，腆着三个月的孕肚追上前来，连声叫嚷，"你、你怎么如此不知道好歹。你大哥的那些同窗好友，学问、长相和家世，哪个不是一等一。甭说你在新野那种穷乡僻壤见不到，就是你在长安城里，也不可能轻易遇上一个！"

"可我不稀罕！"少女懒得跟对方多费口水，果断加快脚步，"我如果喜欢，哪怕他不名一文，也要去嫁。我不喜欢的，哪怕是皇上的儿子，也躲远远的，不去高攀。别在我身上费力气了，谁要是喜欢，你们安排谁去见就是！嫂子，我记得你还有好几个妹妹呢，有了这么大便宜，何必给我一个人留着？多谢了，小妹得回去安歇了。嫂子你慢慢走，小心动了胎气。"

因为年龄小，她的身材还远远未长开。即便如此，也比浓妆少妇高出了小半头。双腿迈动，宛若乳鹿跃涧。浓妆少妇怀着孩子，哪里追得上？转眼间，就落在了后边，双手抚着肚子龇牙咧嘴。

"活该！"刘秀抢在少女发现自己之前，将身体藏在了门板之后。见少妇因为跑得太急，动了胎气，非但不愿同情，反而心中涌起了几分快意！

对于阴固父子和眼前这个少妇，他是半点好印象也欠奉。但对于甩开嫂子匆匆逃走的少女丑奴儿，他心里却有许多惺惺相惜。只可惜不是个男儿身，否则，今晚刘秀真的想拉住对方，找个开阔地方一道开怀痛饮。

他站在门板后对少女欣赏有加，门前的浓妆少妇，却对少女恨得牙根都发痒，丝毫想不起就在今天傍晚，少女曾经舍命相救。捂着肚子呻吟了片刻，又在丫鬟的搀扶下站直了身体，一边磨磨蹭蹭往前走，一边咬牙切齿，"小妮子，不知道好歹！早知道如此，还要你来长安何用？咱们走着瞧。就不信在自己家中，我还拾掇不下一个你！"

"该死！"刘秀闻听，立刻怒火中烧，将手迅速摸向了腰间的短剑。然而，毕竟跟对方无冤无仇，少妇此刻还怀着身孕。最终，他没有将短剑拔出鞘。

"呼——"一阵夜风吹过，带着晚秋时节特有的寒。刘秀打着哆嗦，从门背后走出来，漫无目的走向旷野。秋虫在黑暗处，努力发出最后的吟唱。东一句，西一句，不成调子，却又彼此纠缠，纷乱不堪。正如少年人此刻的心情。

"今天你一共杀了几个马贼？"正漫无目的的走着，耳畔忽然传来了好兄弟朱祐的声音。明显是在没话找话，却令刘秀的精神微微一振，嘴角立刻浮现了几分笑意。

声音有点远，而今晚的月光，远没有亮到可让人看清二十步外人影的程度，很显然，朱祐不是在问他，也不需要他冒冒失失地跑出去回答。

"三个吧，也可能是四个。"马三娘好歹没有拒绝作出回应，"都是被你们四个拖累的，否则，我才不会像鹌鹑般躲在别人身后。"

"我、我们不是、不是刚刚开始学、学着射箭和厮杀么？"朱祐被说得好生惭愧，摆着双手大声辩解，"况且我们也没有马。马车再快，也不如马跑得灵活！"

"那明天呢？"马三娘歪起头看着他，仿佛看着一个无赖顽童。

"明天？"朱祐愣了愣，这才想起来，大伙今天所缴获的战马不止一匹，绝对能做到人人有份。

"不管别人，明天我肯定骑马走在队伍前头。"绝不愿意在喜欢的人眼前跌了份，朱祐咬了咬牙，"哪怕前面是刀山火海，三姐你看着，我一人一剑，都会来去自如！大不了就一条命，拼呗！哪怕拼没了，也不辜负了生为男儿身！"

"好，好，说得好！"刘秀侧过身，悄悄抚掌。随即抢在被朱祐和马三娘注意到之前，快步躲进了树林。

大不了就一条命，哪怕拼没了，也不辜负了生为男儿身！

拔出防身用的短剑，他在树林内缓缓舞动。心中的郁郁之气，随着动作的不断流畅，渐渐排出了体外。从灵魂到肢体，都感觉越来越轻盈。

寒光乍起，几树落叶萧萧而下。

月色渐明，漫天星斗，汇成璀璨银河。

第六章　灞桥西东

【一座灞桥分两界】

接下来十几天，大伙在路上没有遇到半点儿风浪。平平安安地，就从渑池、谷阳，一路来到了弘农。

弘农大尹①、宁始将军孔永，乃为孔子的十四代孙，早年在长安为官时，曾经与阴固的弟弟阴方有过诗赋唱和。因此，将家人安顿下来之后，阴固立刻带着礼物登门拜访故交，顺道将数十颗用白垩粉与盐巴腌制过的"马贼"首级，交与官府处置。

那孔永虽然是孔夫子的后裔，却继承了子路的三分衣钵，绝非一个不食人间烟火的"韦编"。数年前，甚至还与王莽的从弟、大司空王邑一道平定过"翟义之乱"，亲手阵斩敌将五名，夺旗十四面。因此，只是用目光朝着马贼的首级粗略一扫，就知道其中必有猫腻。

然而，他能从大汉朝的中郎将一路升迁到大新朝的宁始将军，岂能不明白哪里的浑水不值得一蹚？命人将"马贼"首级拿去焚掉之后，又说了几句不痛不痒的安慰话，就以"来日还要奉皇命巡视地方秋粮入库情况"为由，着令管家替自己将"贵客"送出了门外。

太学高材生阴盛见此，未免觉得心中好生失落。但司仓庶士阴固，却丝毫不以大尹①孔永的冷淡态度为意。见自家儿子神情郁郁，便找了个僻静

---

① 大尹，即郡守。王莽的新朝力行复古，所以郡守的名字改用了周朝旧称。

处，低声指点道："宁始将军乃陛下心腹，他的府门，岂是随便就可以进的？他能在百忙之中抽出时间来召见我们父子，已经是天大的人情。新安县宰哀牢知道后，想必会在心中掂量掂量，到底应不应该为了一个女人，跟咱们阴家拼个两败俱伤？再说了，今天孔大尹命人将马贼首级一把火烧干净之后，马贼身份，彻底板上钉钉。今后哀氏兄弟即便还想着拿这些首级来反咬咱们，也无从下口！"

阴盛在瑟瑟寒风里张大嘴巴，好半晌都难以合拢。顿时对自家父亲的聪明睿智，佩服得五体投地。唯恐其他人比自己愚笨，误以为父子两个此番大尹府之行毫无所获，回到客栈之后，阴盛又迫不及待地将"大尹已经坐实了马贼们的身份，不日将出马将其犁庭扫穴"的喜讯，说给了周围的人听。惊诧之余，连日来悬在大家心中的石头终于落地。

不用再担心被贪官哀牢找茬报复，再赶路时，大伙儿精神抖擞。接下来小半个月，沿着官道一路向西，每天从早晨走到傍晚，丝毫不觉疲惫。途中又遇到了几伙蟊贼，不待刘缜开口，大伙儿就呐喊着一拥而上，把蟊贼们打得丢盔卸甲，溃不成军。

结果，再也没有不开眼的蟊贼，敢再来打众人的主意。连带着刘缜从长安又回到新野后的两个多月，这段路途上的"江湖好汉"们都战战兢兢。一时间，官道两侧风平浪静，盗匪绝迹，商贾游人无不轻松。不知道实情的，还以为是这大新朝终于出现新气象了呢，这是后话，暂且不提。

越往西走，距离长安越近。脚下的官道，变得日渐宽阔。官道两旁的田舍庄园，也变得日渐整齐。终究是天子脚下，多少能得到点儿皇家恩泽。比起华阴县以东、蓝田县以南、渭城县以西、新丰县以北的全国各地，京兆府[①]可谓人间仙境，一草一木，一亭一台，都透着富足与祥和。

与此间富足祥和景象格格不入的是，官道两侧，总能看到面有菜色的流民，成群结队，连绵不断。虽然时不时就会遭到驱赶，但待郡兵和衙役

[①] 京兆，长安周边地区，相当于如今的大北京市。

们收队离开，流民们立刻又像觅食的蚂蚁般，纷纷从田野中冒出，再度扶老携幼，迤逦向西而行。试图能在天子脚下，找到栖身之所，哪怕是为奴为婢，也好过最后倒在旷野里无人问津。

这一日，大伙儿终于来到了距离长安只有一水之隔的灞陵县内。正准备一鼓作气，把剩余的二十几里路走完，耳畔却忽然听到一片压抑的悲鸣。

众人诧异地抬头，只见不远处的灞水桥头，黑压压不知道堵着多少人。其中九成以上，都是衣衫褴褛、蓬首垢面的流民。而剩余的不到一成人，才是过往的官吏、旅客、商贩，以及外出吟诗怀古的学子。彼此之间，被一道无形的墙隔开，泾渭分明，仿佛根本就不是同类！

"这群贱骨头，越来越刁钻了！"作为半个长安人，阴盛对此景见怪不怪，"知道皇上心怀悲悯，在长安城外开了二十余座粥棚，这群贱骨头就争先恐后跑去吃白食。若不是官府全力维持秩序，每年入冬之前，光挤下灞桥淹死的，就不知道有多少。别管他们了，咱们从左边走。左尊右卑，我等犯不着跟那群贱人往一块挤。"

刘缤等人闻声细看，这才发现，灞桥被人用栏杆分成了左右两半。左侧大概占了八成桥面，供官吏、旅人、商贩和其他衣衫齐整、路引清楚者通行。右侧那两成，才提供给前往长安求几顿热粥果腹的流民。桥下无形的墙，实际上是桥上那道栏杆的延伸。从人的眼前，一直戳入心窝。

刘氏和邓氏，在地方上虽然都算大族，但家道却俱已中落多时。各自的族中子弟，也没资格不问稼穑。往年遇到农忙时节，刘秀、邓晨、朱祐等人甚至要暂且放下书卷，跟在长辈们身后一起下田干活，顺便监督庄客、佃户和奴仆们，以防有人偷懒。因此，几个少年心中，对于人和人之间的尊卑贵贱，分得并不那么清晰。至少，对此刻灞陵桥头的哀哭声，做不到无动于衷！

脾气最急的邓奉低声骂道："这群狗官，纯属没事找事！既然皇上已经命人在长安城外开了多座粥棚，他们何必故意把过桥的通道弄得那么窄？莫非粮食是从他们家出的？还是唯恐别人不会被活活饿死？"

"非也，朱贤弟此言大谬！"阴盛知道刘秀等人即将入太学就读，本能地以同乡学长自居，摆了摆手中马鞭，大声纠正，"左尊右卑，乃为周礼。圣上力行复古，以期重现三代之治。这尊卑贵贱分明，乃是第一要务。你等如果现在心中还不留神，还把在新野时与奴仆一道耕田扶犁的荒唐行径当作日常，将来进了太学之后，肯定有大苦头吃！"

"不过是过个桥，至于么?!"邓奉被说得心里发堵，然而，毕竟马上就来到长安城外，他不敢公开菲薄朝廷的政令，忍了又忍，咬着牙道，"就算是朝廷要复周礼，也没必要非把右边弄得那么窄。你没见到么，左侧的人还不及右侧的一成多，却把桥面占了八成！"

"非也，非也！"话音未落，阴盛做出一副高深莫测模样，继续大声"教诲"，"自古以来，上位者稀，而碌碌者众。但上位者偶发一语，便可辅佐圣上定天下安危。碌碌者每日万言，终离不开柴米酱醋。是以圣明天子，虚席位以待天下英才，施米粮以养碌碌万民。此乃王道也！非无知者可枉自品评！你看，那走在桥左的君子，即便再行色匆匆，哪个不是彬彬有礼，不争不抢？你再看那桥右群氓，为了早日抢到一口热粥，便你推我挤，恨不能打个头破血流。京兆府的官兵，当然要全力控制右边群氓的数量，免得他们一窝蜂全挤到长安城下，把个首善之地，弄得乌烟瘴气！"

"我看，这不是为了什么尊卑秩序，而是要依靠此等手段，控制流民数量，免得长安城外流民太多，丢了大新朝脸面吧！"实在受不了阴盛闭着眼睛说瞎话，严光策马上前，一针见血戳破虚伪的牛皮。

长安乃大新朝的首善之地！首善之地，岂容"下等贱民"玷污。所以，天子的粥棚，不过是做做样子。流民哭号哀求也好，饿死路边也罢，只要将其堵在灞桥之东，皇帝和文武百官就可以闭上眼睛，塞住耳朵，完全装作没有这回事！大实话，向来都是不受欢迎的，即便在"广开言路"的大新朝，也是一样。当即，不光阴盛脸色大变，就连邻近的队伍中，也有几个看上去好似颇有身份的人，扭过头来，对着严光怒目而视。

好在众人先前在"马贼"手中所缴获的坐骑颇为神骏，而刘缤又生得肩宽背阔，不怒自威，才避免了邻近的"英才"们，主动冲过来替朝廷维护尊严。但是，大伙儿也彻底失去了继续谈论的兴趣，一个个侧着头，跟着前面人流，快步走向灞桥左侧的通道。

然而，有些人间惨祸，岂是装看不见，就不会发生？就在阴府女眷的马车刚刚驶上桥头的当口，右侧的流民队伍里，发出一声凄厉的尖叫，"娘你怎么了，娘——"三个不到十岁的孩子，同一个形销骨立的男子，跪在一名女子的尸体旁，放声嚎啕。

"闪开，闪开。死了就抬一边去，别挡道！"立刻有一群饿狼般的兵丁冲上，用棍子朝着大乱的流民一通乱打，将其赶回队伍之内。

那男子没力气反抗，只能跪到妻子尸体旁，将其背上肩头，缓缓向路边爬去。三个孩子放声大哭，跟跄着跟在爷娘身后，不敢多做停留。

"该死！"马三娘看得心如刀绞，跳下坐骑，红着眼走过去，帮男子扶住肩膀上的尸骸。朱祐向来跟在马三娘身后亦步亦趋，也快速跑过去，拉住男子的手臂，努力帮他从地上站起来。

刘秀、严光和邓奉则下马，在桥左众人诧异或者嘲弄的目光中，将三名幼儿送到了父母身侧，顺道各自悄悄塞了一块干粮。

三个孩子也是饿得狠了，吃得太急，被噎得直翻白眼。刘秀等人大惊，赶紧用手拍打后背，给三个孩子顺气。刘缤和邓晨看得好生不忍，心想反正已经离长安没多远，索性将行囊中的干粮全都取了出来，一股脑送到了三名孩子面前。

这下，可是惹了大麻烦。只听"轰"的一声，数以百计的流民脱离队伍，冲着孩子眼前的干粮口袋一拥而上。好在刘缤和邓晨，身手高明且反应迅速，发现情况不对，立刻挥动剑鞘，将冲得最快的数名流民挨个打倒在地。而二十二名同行旅伴，发现情况不妙，第一时间跳下战马冲上前，组成了一道人墙，才避免了兄弟几人连同被他们好心救助的三名幼儿，被蜂拥而至的流民活活踩死！

"叫你等多管闲事，活该！"负责维持桥头秩序的兵丁，对此早已见怪不怪。骂骂咧咧地上前，先将流民们用棍子驱散，然后对刘縯和邓晨一众"乡巴佬儿"，嗤之以鼻。刘縯和邓晨好心救人，却差点拖累被救者一道变成流民脚下的肉饼，尴尬得面皮发紫，无地自容，赶紧将三名幼儿连同干粮口袋一并拖到路边，交给他们父亲。

刘秀、邓奉、严光、朱祐和马三娘五个，也被先前流民们一拥而上的模样，给吓得脸色惨白。迅速看了看，先偷偷朝年龄最大的孩子怀中塞了一串铜钱，又朝那满脸哀恸的父亲手中塞了一把刀子，叹了口气，转身灰溜溜地走向自家队伍。

本以为转过头去，就可以远离这人间地狱。谁料还没等大伙双脚再度踏上桥头，又传来了一阵剧烈的马蹄声，"的的，的的的……"

刘秀愕然转过头去，只见数名鲜衣怒马的少年，如旋风一般从灞陵方向冲了过来。沿途所遇，无论是衣衫褴褛的流民，还是躲避不及的"桥左上等英才"，统统毫无停滞地策马撞翻，不管死活！

【一救再救又相救】

"是王家人，快躲！"不知道是谁扯开嗓子大叫了一声，撒腿逃离了队伍，一头扎进了路边柳林。桥左桥右，"上等英才"和"下等黔首"再难分彼此，不约而同地撒腿向路边逃窜。唯恐跑得慢了，被鲜衣怒马的少年们给撞翻在地，有冤无处申。再看那些先前还凶神恶煞般的兵丁，也相继将身体靠在了灞桥两侧的木头栏杆上，屁股向内，轻易不敢回头，更没勇气检视和阻拦。

眨眼间，先前还拥挤不堪的灞桥变得畅通无阻。除了几辆实在来不及挪开的马车之外，整个桥面上，几乎看不到任何"碍眼"之物。

"哈哈哈！痛快，痛快，让老九他们跟着一路吃土！"冲上桥头的少年们，得意洋洋地挥了几下皮鞭，狂笑着疾驰而去。

"欺人太甚！""早晚被皇上看到，派人抓去正了刑典！"桥头左侧，骂声交替而起，而桥头右侧的"下等黔首"，反而早就习惯了被上位者当作草芥,在兵丁的威胁下,又排成了长队。只求能早点抵达长安城外,从皇家的粥棚里,讨到一口吊命的吃食。

"刚才那帮家伙是干什么的?怎么你们都叫他们'王家人'?大白天的策马横冲直撞,就没有王法管么?"刘秀等人被刚刚发生在眼前的怪事,弄得满头雾水,难得给了学长阴盛一个笑脸,围拢过去,小声请教。

"王法?王法怎么能管得到他们?"阴盛惊魂稍定地朝河对岸看了一眼,手拍胸脯,脸上除了恐慌之外,更多的是羡慕,"王家人到底什么意思?你们几个在长安住久了,自然会知道。刚才过去的那几个人还讲道理,嘴上喊得虽然凶,却不会故意把人往死里祸害。要是遇到'长安四虎'……"

一句话没等说完,通往灞陵方向的官道上,又传来了剧烈的马蹄敲打地面声响。有四名锦衣少年带着二十几个同伴,飞驰电掣而至。

"快躲,否则撞了白撞!"阴盛经验丰富,大叫一声,推开刘秀,一头又扎进了路边树林。刘秀四个不明就里,也赶紧拔腿跳到路边。才刚刚在干枯的草地上站稳身形,新来的这伙锦衣少年已经策马冲上了桥面。一边骂骂咧咧地叫嚷,一边拼命用皮鞭抽打马腹和马臀,把各自胯下战马的后半段身体,抽得鲜血淋漓。很显然,这伙少年人是在跟刚刚过去的那伙人比试骑术,输得有些狠了,所以个个气急败坏。

有了上一轮躲避经验,这次桥面上变得更空。就连负责维持秩序的官兵都远远地逃了开去,以免成为比赛落后者的出气对象。

那第二波陆续冲上桥头的锦衣少年当中,果然有人输红了眼睛。抬头发现已经看不到第一波人的马尾巴,气得扬起手中皮鞭,一鞭子抽向了桥左靠近栏杆处某辆来不及挪走的马车。

"吁嘘嘘!"拉车的挽马被抽得右眼冒血,悲鸣一声,撒腿就跑。身后的车厢瞬间被拖动,飞一样沿着桥面冲向长安城,两只宽大的木头轮子忽高忽低,左摇右晃,包裹在轮辐边缘的护铁,跟路面上的石头相撞,溅起一团团凄厉的火花。

"我的车,我的车!我娘子还在车上!救人,救人!谁来救救她,救救她!"阴盛被吓得魂飞天外,跌跌撞撞冲上桥头,试图追赶马车,被策马而过的另外一名少年挥鞭抽倒在地,摔了个头破血流。

"娘子,娘子……"他手脚并用向前爬了几步,大声哭喊,眼睁睁地看着自家马车冲过了灞桥,越跑越远。

"啊——"马车中传来两个凄厉的女声。不光阴盛的妻子王氏,阴丽华也在车中。事发突然,两个力气单薄的女子,根本无法从车厢里跳出来逃生,更没有可能翻到车辕上,去重新控制住拉车的挽马。

锦衣少年们一个接一个嘻嘻哈哈地从失去控制的马车旁冲过,谁也不肯出手去救人,反而故意挥舞皮鞭吓唬挽马,看看到底什么时候马车才会散架。眼看着,一场车毁人亡的惨祸就要出现,桥东众百姓纷纷红了眼睛。

王家人,顾名思义,便是王氏家族的子弟,大新朝皇帝的至亲。加上同族兄弟的子侄,林林总总,生活在长安城内的王氏子弟如今已经有数百之巨。众王氏少年横行惯了,根本不在乎自己这番玩闹之举,会不会给两个"草民"带来灭顶之灾。

忽然间,身后传来了几声清脆的弓弦响,紧跟着,最靠近马车处几个少年胯下的坐骑,相继失去了控制,撒腿甩开马车逃之夭夭。

正在怂恿车内女子跳车的王氏少年们大惊失色,想要重新控制住战马,哪里做得到?只能惨白着脸松开缰绳,俯下身躯,双手紧紧抱住马脖颈,以免被战马甩落在地,摔得筋断骨折。

"老十七,二十二郎,你们怎么了!"跑在不远处,先前挥鞭抽瞎了驮马眼睛的鲜衣少年听到身后的声音不对,吃惊地回过头。

说时迟,那时快,还没等他看清楚自家兄弟的坐骑为何而失控,有名身穿素袍、虎背熊腰的良家子,策马如飞而至。双脚发力,纵身跃上失控的马车,一只手奋力扯动缰绳,另一只手缓缓拉紧绳索控制轮衡[①],"吁

[①] 轮衡,横在车轮前的木棒,中央系有绳索,从车尾绕向车前,拉紧后可加大木棒对车轮的摩擦。作用类似于现在的刹车系统。

——"瞎了一只眼睛的挽马，发出十数声委屈的悲鸣，终于在缰绳和车衡的双重控制下，缓缓停住了脚步。双轮马车的车轴，也彻底到了支撑极限，几乎在挽马将四蹄慢下来的同时，"喀嚓"一声，从中央折为了两段。

车厢坠地，借着惯性向前滑动。车辕上的刘縯翻身落地，躲开三尺，然后猛地转身，跨步，发力，嘴里同时爆出一声断喝："嗨！"连里边的人在内，足足有六七百斤重的车厢，被推得晃了晃，稳稳停在了挽马的后腿旁，再也无法向前滑动分毫！

"好！"灞桥两侧，喝彩声宛若惊雷。这一刻，他们不分左右。

"里边的人没事吧！"刘秀等人收弓下马，快步冲到车厢前，七手八脚拉开车门。

"哇——"刚刚从鬼门关前走了一圈的王氏和阴丽华，乍见阳光，哪里还记得什么男女大妨？在车门被拉开的瞬间就扑了出来，趴在救援者的怀中，放声大哭。

马三娘怀里抱着孕妇王氏，推也不是，不推也不是，满脸尴尬。

求援般将目光转向刘秀，谁料却看到，当初在赵家庄被大伙救过一次的美丽少女，正将头伏在刘秀的胸口处，哭得梨花带雨。而小秀才刘三儿，此时此刻，脸色却红得宛若熟透了的柿子。双手和双臂也绷得紧紧，像两根多余的树枝般僵在身侧，不知到底该安放于何处？！

【难救腰杆软如酥】

刹那间，有股又酸又冷的滋味，从心底直冲上马三娘的鼻梁。然而，还没等她想清楚自己到底该怎么面对，就听见背后传来一记锐利的皮鞭破空声，"呜——"

"啪！"久经战阵的人，很多反应都成了本能。根本不需要考虑，马三娘单手抱紧王氏小娘子，一个侧步躲开了来自背后的皮鞭，拧身，回头，右手从腰间抽刀上撩，所有动作宛若行云流水，"喀嚓"一声，将皮鞭齐根儿切成了两段。

"哪来的一群野狗,敢……啊!"叫骂声戛然而止,先前抽瞎了挽马一只眼睛的锦衣少年,手握半截黑乎乎的鞭子柄,两眼圆睁,满脸难以置信。

锦衣少年将鞭子柄狠狠朝地上一掷,顺手从马鞍下抽出一把明晃晃的宝剑,分心便刺。

朱祐见对方居然敢在光天化日之下动手行凶,立刻毫不犹豫地冲上去,挥动弓臂,反手外撩。

"当啷!"宝剑侧面被弓臂砸中,发出一声脆响,荡起半尺多高。没等锦衣少年变招,朱祐握弓的手臂顺势回抽,"啪"的一声,正中锁骨。

若是将木弓换成了刀剑,这一下,足以将锦衣少年直接送回老家。好在朱祐没有生出杀人之心,只是给了对方一个小小的教训。饶是如此,那锦衣少年也被打得半边身子都失去了知觉,手中宝剑再也把握不住,"当啷"坠落于地。人也跟着一歪,像块朽木般从马鞍上掉了下去,四脚朝天。

"九哥!""来人啊,有人当街行刺皇族,赶紧将他们几个拿下!"锦衣少年的同伴一拥而上,手握宝剑,将朱祐、马三娘、邓奉、刘秀,以及惊魂未定的王氏和阴丽华围在了中央,大声怒喝。

负责看守灞桥的官兵看得满脸发苦,想要拒绝少年们的命令,却又担心被上司们秋后算账。只好先将良知丢进水里,拎着刀矛蜂拥而上,一边小步慢跑,一边大声咋呼,"大胆外乡莽夫,居然敢当众袭击公侯之后。速速下马就擒,否则,必让尔等后悔来世上一遭!"

实在弄不清几个外乡人的路数,当值的军官,也不愿意将浑水蹚得太深,所以故意放纵手下弟兄们报出锦衣少年的身份,以求几个外乡人看到势头不妙赶紧策马逃走。从今往后,是亡命天涯也好,是找人送礼物说情取得公侯之子们的原谅也罢,都与自己无关。

谁料,他们不咋呼还好,一咋呼,马三娘的眼睛顿时开始发红。果断将怀中王氏,朝刘縯身畔一推,拨马,举刀,冲着距离自己最近的少年兜头便剁,"杀的就是你们这群王八蛋,受死!"

"啊——"那少年虽然身材与马三娘相若,岁数也不相上下,但平素只懂得仗势欺人，几曾认真练过武艺？见环首刀亮如闪电，顿时吓得手脚发软，大声惨叫。

"三娘住手！不要惹祸！"好在刘缜及时喊了一嗓子，让刀光在最后关头歪了歪，贴着王姓少年的肩膀斜劈而下，无声无息，带起一片暗红色的衣衫。

"孬种，闭嘴！"马三娘最看不起这种窝囊废，侧过刀身，朝着少年脸上轻轻拍了拍，大声喝令。

少年的惨叫声戛然而止，两眼一翻，当场昏了过去。

其他王氏少年也被吓了个魂飞魄散。一个个手举宝剑，策马前冲也不是，转身逃命也不是，进退两难。

"不要打，不要打，这全都是误会！"一个充满惊慌的声音，从桥头东侧响起。紧跟着，阴固带着儿子阴盛，连滚带爬地冲了过来。

"少公爷，这是误会，误会！"双手从地上搀扶起被朱祐打下马背的王姓少年，交给儿子搀稳，阴固躬身及地，"我的几个同乡担心我侄女和儿媳受伤，所以才策马前来相救。误会，误会，少公爷息怒，下官曾经在令尊帐下做过事情，知道您刚才只是顺手开了个玩笑，绝不会伤害我的侄女和儿媳分毫。还请少公爷念在下官曾经在令尊帐下奔走的份上，饶恕同乡们这一次！"

"你是我阿爷的手下？"被朱祐打下马的少年，原本摔得就不重，先前没勇气爬起来，只好闭着眼睛在地上装死。如今，见对方有人主动出来服软求饶，立刻精神大振，把眼皮一翻，沉声反问。

"曾经，曾经！"阴固不敢怠慢，继续弯着腰向"少公爷"行礼，"下官司仓庶士阴固，见过少公爷！"

阴盛也赶紧将双手松开，先不去管自家娘子是否动了胎气，斜着身体转过半个圈子，与阴固并肩下拜，"后学末进阴盛，见过师兄。"

唯恐别人认不出自己的高贵身份，在距离长安还有一百多里远的时候，阴盛就把特制的书生冠和儒袍穿戴了起来。所以"少公爷"只是拿眼睛匆匆一扫，就看出了阴盛是自己的同窗，顿时心中的怒火和勇气又暴涨了一倍，冷着脸，不理睬正对着自己施礼的阴固，只对着阴盛厉声质问："你也是太学生？哪年入学的，师从何人？"

"末进阴盛，字怀让，乃是前年入学，侥幸拜在嘉新公他老人家门下，久闻子安师兄大名！"阴盛正愁跟对方搭不上关系，赶紧又行了个礼，老老实实地回应。

"噢，那你倒是我的师兄了！""少公爷"王子安不阴不阳地回应。

"不敢，不敢，学无止境，达者为先！"阴盛哪有胆子做王家人的师兄？

"呵呵，你倒是聪明，你说，刚才的事情，咱们怎么了结？"

"但凭师兄一句话，我父子莫敢不从！"阴盛没丝毫勇气跟对方讨价还价，一边作揖，一边觍着脸回答。

"但凭少公爷一句话！"甫看一路上阴固在刘缜等人面前装得有模有样。此刻来到真正的高门子弟面前，立刻现了原形。垂首齐膝，任凭对方宰割！

"不知死活的东西，可惜了这身太学袍服！"当值的军官恰好慢吞吞地走近，听到阴氏父子跟"少公爷"的对话，偷偷冷笑着摇摇头，转身带队撤到了一边。

他心里非常清楚眼前这几个王家人的路数。正在装腔作势盘问阴家根底的"少公爷"，名字唤作王衡，表字子安。而被吓昏过去的那名少年，名叫王固。这二人，与先前马屁股中箭、不知道被坐骑带往何处的王延、王麟，俱出身于王氏皇族，并称"长安四虎"。平素仗着皇家血脉横行无忌，从来没吃过任何亏。无论是谁不小心得罪了他们，即便有官职在身，如果不够显赫，也难保会身败名裂。

如今，阴家父子居然不知道好歹，主动自报家门，岂不是提着脑袋瓜子往猛兽嘴里塞吗？那"长安四虎"，摸不清楚他们的根底，过几天也许还有可能忘了今日之事，提不起精神来掘地三尺。此刻既然知道了他们一个是司仓小吏，一个正在太学就读，连人带老巢都摸了个通透，怎么可能会轻易放过。

【士临绝境唯拼命】

果然,没等他走出十步之外,就听见王衡冷笑着给出了条件:"也罢,既然你父子已经知错,本公子也不为难!这两个小娘子嗓音不错,刚才叫得颇为动听。就送给我和舍弟二十三郎为婢,以显你父子赔罪的诚意。阴师弟,不知你意下如何?"

"郎君!"王氏立刻被骇得泪不敢流,蹿到自家丈夫阴盛身侧,扯着衣袖苦苦哀求,"郎君不要,妾身怀着你们阴家的骨肉!"

"你想得美,我宁可一死!"阴丽华早已从刘秀怀里离开,闻听此言,也顿时大惊失色。从腰间拔出一把短刃,毫不犹豫地横在了自家喉咙前,"堂哥,伯父,别听他的,我宁死亦不受此辱!"

那太学高材生阴盛,却远不如自家堂妹有骨气。一把将妻子甩到旁边,双膝跪地,冲着王衡连连叩头,"师兄饶命。此女乃是末学的发妻,正怀着身孕,又蠢又笨,怎堪送去伺候师兄。还请师兄高抬贵手。"

"高抬贵手?好啊,谁让你是王某的同窗呢!"王衡原本也没看上王氏,只是想先羞辱他们父子一番,然后再慢慢将其杀死。"不过,你堂妹还没嫁人吧?送入本公子府上做个丫鬟如何?"

"这……"阴盛迅速扭头,看了一眼满脸悲愤的阴丽华,猛地咬了咬牙,"师兄能看上堂妹,是堂妹的福气……"

"要去送你亲妹子,别攀扯我。否则,我拼将一死,也让你身败名裂!"阴丽华毫不犹豫。

阴盛果断拉了王氏一把,朝着阴丽华不住磕头,"堂妹,咱们全家生死,都在你一念之间!"

"丑奴儿……"王氏心领神会,也双膝跪倒冲着自家小姑放声大哭。

"侄女,伯父也给你跪下了!"唯恐遭到拒绝,阴固也不顾身份,冲着阴丽华连连叩头。

这一招,果然厉害,顿时把阴丽华逼得两眼发红,正准备咬着牙先答应下来,待救了家人再自我了断。却不料那王衡忽然哈哈大笑,"罢了,罢了,当街逼迫你等交出侄女,若是传到皇上耳朵里,本公子岂不是要被推出去严正刑典。这种事情,说说而已,本公子绝对不会做。"

"你们先别着急谢我,本公子可以放过你家小妹,但还有一个条件,你等必须答应。否则咱们就去长安衙门,把今日之事交给官府秉公而断。"

阴固和阴盛父子立刻双双叩头,"但凭小公爷吩咐,我等莫敢不从!"

"好!"王衡笑了笑,施施然点头,"今日之事,本公爷只想跟你们开个玩笑,下手自有分寸,绝对不会伤到车里人分毫。然而,却有那鲁莽之辈,突然从身后下手,先射伤了几个兄弟的坐骑,让他们跑得不知去向,又悍然向本公子和二十三弟出手偷袭,这个仇,本公子若是不报,岂不是丢尽我祖父的脸面?你们父子两个过去,把出手之人,每人砍一只胳膊下来谢罪,今日之事,咱们就算彻底了清,过后绝不再追究!"

"啊?!"阴固、阴盛回头看了一眼手握兵器、严阵以待的马三娘等人,目瞪口呆。

借他们一百个胆子,他们也没勇气向刘縯、马三娘这样的万人敌下手。可他们更畏惧皇家的莫测天威。犹豫再三,终于抢在王衡彻底翻脸之前,咬着牙走向刘秀等人,再度双膝跪地,泪流满面,"伯升,三郎,你们几个怎么如此鲁莽?小公爷先前根本没有伤人之意,却不料被你们……"

先前王衡一直没针对自己,刘縯也就选择了冷眼旁观。反正人已经得罪了,求饶也未必有用。且看阴固会不会记得他沿途吹嘘的那些话,在长安城内有的是人脉可用,手眼通天。谁料此人竟然孬种如斯!居然打起了让大伙自己献上一条手臂,以助他们父子脱难的主意!是可忍孰不可忍?当即,刘縯双目一瞪,大声断喝,"阴子虚,你没长心吗?刚才是谁哭喊着求刘某出手救人?"

阴固被问得老脸发紫,却坚决不肯承认自己曾经主动求救,"伯升,你我乃是乡亲,照理,这个时候,我该帮你。然而,国法在上,容不得丝毫人情。你和令弟等人鲁莽出手,冲撞了……"

"放屁!"马三娘忍无可忍,策马直奔阴固,"忘恩负义的狗贼……"

"小公爷救命!"阴固曾经亲眼看到过马三娘如何杀人,吓得夺路而逃。

"小公爷救命!"阴盛眼珠一转,也扑上前,双手抱住了王衡的大腿。

王衡原本的打算,就是看这些冲撞自己的人自相残杀。非但不救,反而抬起脚,直接将阴盛踢到了马三娘的刀下,"你杀了他,本公子就饶……"

他的话没等说完,就卡在了喉咙里。

先前将他击下马背的朱祐,不知道什么时候悄悄地靠了上来,用弓弦缠住了他的脖颈。而马三娘,却策马跳过了软骨头阴盛,将环首刀直接横在了他的耳朵岔子上。

【兵行奇招见祸福】

"大胆刁民,尔等要造反么?放下我九哥!"没想已经亮出了皇族身份之后,"乡巴佬"们居然还有胆量动刀子,几个王氏少年再度大惊失色。策马挥剑,就准备冲上前抢人。只可惜他们的身手不够看,相继被打下了马鞍。一个个抱头捧腿,躺在冰冷的桥面上,痛不欲生。

"住、住手!"桥上当值的军官李威,被惊得魂飞魄散,带领麾下兵卒一拥而上。

"站住,否则咱们鱼死网破!"事情到了这种地步,刘缜把心一横,从地上拉起一名惨叫打滚的无赖少年,将宝剑架在了此人脖子上。

"狗官,你再动一个试试!"马三娘也将环首刀下压,直接在王衡耳根处压出了一道细细的血线。

"不要过来!千万不要过来,啊!"王衡不用任何人逼,就扯开嗓子大声阻止。

李威无奈,将原本就不情不愿的弟兄们拦在了身后,哑着嗓子,结结巴巴地对刘缜叫嚷:"壮、壮士,切、切莫冲动。把人放下,咱们有话好说。他们、他们几个都未成年,官府、官府定罪时肯定会网开一面!"

"都别冲动。皇家的人,你们、你们根本惹不起!"众兵丁也满脸苦涩,挥舞着刀枪不停地嚷嚷。

"狗屁！"没等刘縯回应，马三娘破口大骂，"又使这招，先骗我等放下兵器，然后再翻脸不认账。老娘我早就见识过了。才不会上当！"

"老三，猪油，灯下黑，带上俘虏，咱们走！"刘縯深吸一口气。

既然已经惹上了皇族，书是不用再想读了。干脆杀回老家去，接上族人，一道去绿林山投奔马武算了！只是不知道，等自己返回新野之时，此番在灞桥所做的事，传没传回当地官府耳朵。刘、邓两姓，到底有几人能逃出生天？

"走！"刘秀和邓奉、朱祐三个，虽然考虑得没有刘縯那么长远，但听见大哥连自己的名字都不敢叫，各自心里就将其中用意猜了个八九不离十。每人押起一个王氏无赖子，相继跳上了马背。

"刘家三哥，带上我！"阴丽华抬手抹了一把眼泪，快步跟了上来。自家伯父和哥哥都是软骨头，如果此时不走，过后说不定会有什么耻辱的结局在等着自己。

"我也会骑马！"阴丽华唯恐遭到拒绝，牵了王固的坐骑，翻身跳了上去。双脚根本够不到绊腿绳，暗红色的鹿皮小靴子，在半空中晃晃荡荡，"我不会拖累你们，如果被官兵追上了，我、我自己抹脖子！"

"带上她！"刹那间，马三娘仿佛看到了当年跟在哥哥身后苦苦哀求的自己，眼睛一红，扭头冲刘秀命令，心中再也感觉不到任何酸涩！

刘秀知道阴丽华留在阴氏父子身边，肯定落不到好结果。想了想，咬着牙点头。然而，还没等大伙开始策动坐骑，灞桥东岸，忽然又传来一阵激烈的马蹄声。随即，道路上烟尘大起。有群武装到牙齿的侍卫，簇拥着几辆银装马车如飞而至。转眼间，就将下桥的道路，封了个严严实实。

桥东口看热闹的旅人和流民们，几曾见过如此阵仗，纷纷作鸟兽散。桥西口手足无措的众官兵，也立刻又来了精神，不待李威吩咐，摆出阵势，将西侧下桥的道路，也堵了个水泄不通。

刹那间，整座灞桥上，就只剩下了刘縯、刘秀等人，阴氏父子夫妻和几名王氏无赖子，各怀心事，谁也不知道该如何化解眼前的危局！

"大胆刁民，光天化日之下，竟敢劫持皇族！速速放下兵器就擒，免得祸及全家！"桥东侧的护卫中，很快就冲出一名白白胖胖的首领，用又尖又细的声音发出威胁。

"竟然是个中官！"刘缤闻听，心脏瞬间沉到了水底。

中官乃是皇家的奴仆，银装马车，也非公卿之下的官员能用！车中人物的身份，可想而知！

然而，劫持凤子龙孙已经是死罪，就不必再惧怕什么冲撞真龙。猛地把心一横，布衣之侠刘缤高高举起宝剑，"桥下的人听着，速速让开道路。否则，刘某只好先杀了这群纵马伤人的无赖子，然后再与尔等决一死战！"

没想到桥上的"刁民"死到临头了，居然还敢骂皇家子侄为无赖子。桥东口统领亲卫的中官，一时间竟不知道该如何是好。

众列阵待战的侍卫，有不少是王衡等人的亲随。先前因为不敢打扰凤子龙孙们比试坐骑脚力的雅兴，才拖在后面悄悄地偷了个懒。没想到，竟然惹出了泼天大祸。不敢再等中官决策，纷纷张开嘴巴，大声叫嚷："大胆刁民，居然连皇族服色都分辨不出！赶紧下马受缚，念在尔等愚昧无知的份上，也许可以饶过一死！"

"刘某今日，只见到纵马肆意冲撞百姓取乐、当街掠人妻女的无赖，没见过什么皇族！"大难临头，刘缤早把生死置之度外，"尔等置国家律法于不顾，非要冤枉刘某，那咱们就只能拼个鱼死网破！"

说罢，单手拎起一名俘虏，像拎小鸡一般举在半空中，另外一只手横过宝剑，作势欲割。把对面的侍卫们，吓了个魂飞魄散，"别，别杀我家少主。咱们有话好好说！"

"刘某跟尔等，还有什么废话好说?!"刘缤又是失望，又是鄙夷。拎着被吓晕过去的王家无赖子，大声冷笑，"今日，要么放我等离开，要么他们死，尔等任选其一。"

"别、别伤我家少主。咱们、咱们有话、有话好商量！好商量！"几名侍卫叫喊着跳下坐骑，冲到中官面前连连作揖。

自家少主如果被桥上的外乡莽汉给杀了，他们几个谁都难逃一死。而放任莽汉们离开，过后如何追捕，却是官府的事情，与他们几个再不相干。

"这个叫咱家怎么做主！"中官皱眉扁嘴，满脸为难。

正犹豫间，忽然听到路边不远处的树林里，有一个稚气未脱的童音，大声喊道："姐夫，今天这事儿真奇怪！分明是有人纵马伤人、强掠民女在先，怎么官兵反而要抓那些制止恶行的仗义出手者？莫非这长安的律法，跟大新朝其他地方都不一样？"

"住嘴，别给自己惹祸。皇上以身作则，当年连自己的亲生儿子都不肯网开一面。长安城的律法，怎么可能跟其他地方不一样！"一个浑厚的男声，紧跟而起，字字如刀。

中官顿时被羞了个面红耳赤，本能地扭头，却看到不远处的树林内，仍有数十名旅人，兀自徘徊着，迟迟不肯离去。很显然，是准备亲眼见证，今天的事情到底如何收场？

"大新律，当街纵马伤人者，杖四十，囚三个月！官宦子弟敢抢掠民间女子者，斩，其父兄削职为民！"那说话的少年躲在旅人身后不肯露头，声音却又传了过来，清晰而又洪亮。

"有拦阻惊马者，赏金十贯！出手擒贼者，赐予铜钱与匾额，以荣耀其邻里！"朱祐在桥上听得真切，立刻大吼着补充。

桥下大声申明律法、干扰敌将判断的少年，是一直没露头的严光。那个跟他一问一答者，则是刘秀的姐夫邓晨。有他们二人在桥下策应，大伙脱险的希望，无疑又多了几分。当即，刘秀、邓奉、马三娘等人，个个精神大振，手握兵器，眼睛看着刘縯，等待最后的决战命令。

"有拦阻惊马者，赏金十贯！出手擒贼者，赐予铜钱与匾额，以荣耀其邻里！"不断有人加入，声音越来越高，转眼就变成了愤怒的咆哮。没有跑远的旅人，把多年来心中所积累的失望和愤懑，化作了怒吼。

想当年，王莽为了塑造绝世大贤形象，曾经亲自逼迫违法的次子王获服下毒酒。后来又因为长子王宇在家里摆弄鬼神之物,将其也按律处决。所以,无论内地里如何徇私舞弊,至少表面上,大新朝的律法甚有威严,哪怕王子犯法,也与民同罪!

这,是期许,也是承诺!

虽然从来没有落于简牍,但王莽接受刘氏禅让,所凭借的民意支持便来自于此。他登基之后力行复古改制,威望至今还没有被折腾干净,所依仗的基石也是此。公然违背,等同于毁约,后果显而易见。

见旅人们忽然拿律法来说事儿,当众打皇家的脸。领军的中官方寸大乱,把眼睛一瞪,就准备下令亲卫们冲入树林抓人,却听到身后的马车中,响起了一个愠怒的女声,"王宽,算了,放桥上的人离开,别再继续追究!父皇的脸面与江山,经不起尔等如此折腾!"

中官王宽命令众侍卫们让开一条窄窄的通道,然后扯着嗓子,朝着桥上所有人大喊,"兀那乡下来的莽夫,念在尔等粗鄙无知的份上,室主命令放尔等一条生路。速速留下几位少公侯,自行离开,休要一错再错,枉自误了性命!"

绝处突然逢生,非但刘秀、邓奉、朱祐和马三娘四个无法相信自己所听到的内容,万人敌刘縯,也有点儿接受不了人生如此大起大落。

"壮士小心,千万别误伤小公爷。黄皇室主①的身份是何等尊贵?她说出来的话,绝对没人敢违背!"灞桥西侧带队封堵刘縯等人去路的军侯李威,也怕桥上的"莽汉"不知道好歹,情急之下再做出什么狠事来,干脆丢下兵器,空着手跑上前大声提醒。

"站住!"马三娘何等警觉?立刻回首举刀,制止他继续向大伙靠近。又皱紧眉头低声追问,"黄皇室主是什么官儿?难道比皇上还大么?"

"这个……"刘秀把嘴巴一咧,哭笑不得地回应,"三姐,小声些。室

---

① 黄皇室主,即西汉末代孝平皇后,名王嬿,新朝开国皇帝王莽与其皇后王静烟所生的长女,是汉平帝刘衎的皇后。

主是皇上的女儿,没皇上大。但、但她的身份很是特殊!"

马三娘不明就里,茫然张望。见到刘缤已经放下了手中昏迷不醒的人质,邓奉也把宝剑从几个王家无赖子的后心处悄悄撤开。只有朱祐,兀自不放心别人的承诺,用捡来的宝剑比着王衡腰眼,一边策动坐骑押着此人向前走,一边低声威胁,"继续跟我们走,放谁也不能先放你这个罪魁祸首!什么时候我们都彻底安全了,什么时候再放了你!"

"你、你把剑拿稳些,别、别捅我。我、我姑母从来不骗人!"王衡早已被折磨得气焰全无,带着哭腔,像个马童般,委委屈屈走在坐骑之前。

马三娘觉得好生解恨,平生第一次,主动冲着朱祐笑了笑,轻轻点头,"猪油,还是你最仔细。他们这种人,说话像放……"

"三姐,咱们赶紧走!免得夜长梦多!"朱祐被她吓了一大跳,立刻出言打断,"别辜负了室主一番好心!"

到了此时,马三娘才终于意识到,银装车里那名让太监俯首帖耳的室主,恐怕身份真的不简单。吐了下舌头,策马跟在了大伙之后。

不多时,大伙就已经下了桥,在上百道刀子般的目光中,缓缓穿行。眼看着就要跳出牢笼,身背后,却又传来几声气急败坏的叫嚷,"伤了我们的坐骑还想走,天底下哪有如此便宜的事情!来人,给我统统拿下!"

却是先前马屁股上中箭的那几名王家无赖子,不知道什么时候终于控制住了坐骑掉头返回。看到刘秀等人的背影,问都不问就命令桥头东口的亲卫们动手抓人。

刘缤、刘秀和马三娘几个,原本心中就暗存戒备。听到来自背后的叫喊声,立刻又纷纷握紧了兵器。就在此时,身边不远处被侍卫们重重保护着的银装马车里,又传来了黄皇室主愤怒的声音,"谁在发号施令?!王宽,我的话,难道没人听了么?"

"不敢!奴才不敢!"中官王宽额头冒汗,"启禀室主,是几位小公侯。他们刚刚跑过来,不清楚情况,奴婢这就命人拦住他们!"

"姑母,姑母!"几个王家无赖子急得眼睛发红,"他们射伤了侄儿的坐骑。姑母,千万别上了他们的当,这群乡巴佬,侮辱了咱们王家的脸面!"

"咱们王家的脸面,早就被你们几个丢尽了!"车厢中,忽然爆发出一声怒叱,"老老实实滚回家去,否则,休怪我带你们去见父皇!"

众侍卫见黄皇室主发怒,也都没胆子再去拍几个无赖子的马屁。纷纷拉紧坐骑,将离开长安的道路放得更宽。

"王宽,拿一张我府上的腰牌,赐予那位仗义拦阻惊马的壮士!"将众侍卫的表现看在了眼中,车厢中的黄皇室主知道自己还是低估了族中晚辈们的"胆子",叹了口气,沉声吩咐。

"是!"中官王宽不明白那个不远处的外乡莽汉,到底走了什么狗屎运,竟令黄皇室主如此青睐。从身边侍卫腰间扯下一块玉牌,快步送到了刘縯面前,"拿着,室主赐给你的。从此,天下关卡,你都畅通无阻!"

"这?多谢室主!"刘縯先是微微一愣,随即接过腰牌,躬身向马车内行礼。"春陵刘伯升,多谢室主厚赐!"

"你姓刘?"车厢内的声音一变,带着几分惊诧。

"是!"刘縯被问得一愣,忽然想起有关车中这位黄皇室主的过往,福至心灵,又躬身行了个礼,用很小的声音补充道:"劳长者问,草民乃前朝长沙王之后,家道早已中落多年,在春陵务农为业。今年幸得圣上开恩,令太学广开大门,才欣然送舍弟前往长安就读。本指望他能学有所成,将来报效皇家。谁料阴差阳错,唉——"

银装车中的黄皇室主,竟然也跟着幽幽叹了口气,"原来如此,唉!也罢,好在你今天遇到了我。王宽,你去跟我那几个不争气的侄儿说,今天的事情,谁也不准再去找茬!否则,一旦被我得知,绝不放过!"

"是!"王宽暗暗咋舌,低着头大声答应。

正感慨几个外乡人鸿运当头,闯出如此大的祸事,居然都能逢凶化吉。又听见黄皇室主柔声说道:"我乃无福之人,不敢给你等过多庇护。但你尽管送令弟去太学就读,只要本室主尚在,应该没人敢节外生枝。"

刘縯又是吃惊,又是感动,红着双目拱手作谢,"多谢室主,室主大恩，草民没齿难忘！"

"什么恩不恩的，算是本室主，给几个不争气的侄儿赔罪！"黄皇室主又幽幽地叹了口气，唯恐王家几个无赖子再生是非，竟然吩咐王宽将他们全都集中到一处，由侍卫贴身"护送"，与自己一道迤逦过桥而去。

刘縯手握玉牌站立于灞水河畔，一直到完全看不见马车的影子，依旧无法相信，居然平安逃过了一场大劫！那些先前被严光鼓动，壮着胆子帮他们说话的旅人们，也都一个个望着长安城的方向，翘首张望。

只有司仓庶士阴固，此刻又恢复了他平时的模样。大摇大摆走到刘縯面前，满脸堆笑地拱手，"恭贺伯升，有黄皇室主替你撑腰，这一关，咱们算是彻底过了。你放心，令弟等人入学之事，包在阴某身上。"

"子虚兄客气了！"刘縯强忍心中厌恶，侧身还礼。要不是念在此人有个弟弟阴方位列四鸿儒之一，今后有可能影响到刘秀的前程，真恨不得现在就一拳砸过去，将此人打个满脸开花。

阴固心里也明白，今天自己做事非常不地道，但他相信日后刘縯会理解自己的"苦衷"，将头又转向刘秀等人，"犬子比你们几个早入学两年，有什么不明白的事情，你们尽可以找他这个师兄。大家都是同乡，有事互相帮个忙，是……"

"多谢了！"刘秀等人一抖缰绳，不待阴盛上来套近乎就逃之夭夭。

短短二十几里路，一冲而过。巍峨的长安城，很快就出现在大伙眼前。

太学，终于快到了。

第七章　有教无类

【长安秋雨浥轻尘】

"春风得意马蹄疾，一日看遍长安花"，用这句七百年后唐代大诗人孟郊的诗来形容此刻刘秀等人的心情，最是恰当不过。

长安城内楼台高企，画栋连绵。往来百姓衣着整齐，神态悠闲。东西两市店铺鳞次栉比，货物琳琅满目。更有峨冠博带的才子，跨马狂歌而行。花枝招展的西域歌姬，倚楼轻挥红袖。顿时有一种劫后余生、从地狱一步踏上了天堂之感。

唯一美中不足的是，城内不能纵马，结果让阴固一家又跟了上来。阴盛那乌鸦一般的聒噪，也在大伙耳畔萦绕不散，"圣上在前朝就有圣人之称，乃是当世第一大儒。应天命接受禅让之后，更大力弘扬儒学，倡导以经治国，力求野无遗贤。并在太学之外，又兴建明堂、辟雍两处治学之所，广纳天下向学之士。还出巨资为远道而来的学子，建造了馆舍万间，提供晨昏两餐，定时发放衣物，让他们安心学问，以期将来成为国之栋梁。所以才有了我等的造化，远在新野，却可到长安来聆听大贤教诲！"

"陛下圣明！"不想将阴家得罪太狠，刘縯瞪了一眼自家弟弟，笑着朝皇宫方向拱手。刘秀四个敷衍地抱了抱拳，目光又转向路边的碧瓦飞檐。

马三娘更是连敷衍都懒得敷衍，板着脸，蹙着眉，全身戒备。这一刻，长安城内的所有繁华和热闹，都与她好似没有任何关系。仿佛随时有人会冲过来将自己索拿下狱，严刑拷打之后乱刃分尸。

阴丽华心细，见这位在路上纵马杀贼都眉头不眨一下的"刘氏"三姐，忽然变成了一只受惊的狸猫，就主动策马凑上前，低声跟她说话。很快，二人就凑成了一对，不再理刘秀等人，自顾自在一旁小声叽叽喳喳。

大伙谈谈说说，不知不觉走到了城北孔庙附近。那阴家颇有财力，宅院就买在距离孔庙不到两百步的位置。房屋建造得也极为讲究，既不逾制，却又处处透着奢华。让人一眼看去，就知道里边住的不是寻常人物。

早有管家带着数十名奴仆等在门口，见众人到来，急忙迎上前，"呼啦啦"跪了小半条街。刘秀等一众少年，虽然算不得出身贫寒，却也从没见过如此阵仗，顿时惊得拉住了坐骑，不敢继续策马向前。而那阴固和阴盛父子，要的就是这种效果，立刻就像吃了半斗五行散般，满面红光地发出邀请："伯升兄，伟卿兄，还有各位兄台，一路上承蒙照顾，阴某感激不尽！请先进来稍事休息，待阴某换过衣衫后，再带着全家老少当面拜谢！"

"不敢，举手之劳，子虚兄用不到客气！"刘縯脸色微变，笑着拱手。

"天色不早了，我等也得去找地方安顿，就不打扰阴庶士了！"邓晨干脆摇了摇头，直接拒绝。

其他同行的旅人，向来以刘縯和邓晨两个马首是瞻。又看到阴家如此不作掩饰地露出了豪门气派，即便先前打算跟他们父子多相往来的，此刻心中多了几分隔阂，纷纷跟在刘縯身后，笑着拱手谢绝。

阴固一招得手，立刻又笑了笑，"既然如此，那阴某就不强行相邀了。大伙随时可来，阴某届时必奏乐相迎，盛宴以待！"

"一定，一定！"刘縯含笑答应，然后众人拱手与阴氏一家作别。

阴丽华年纪小，心思单纯。见刘秀等人连家门都不进就要走，本能地策马追了上去。才追了不到十步，就被两名膀大腰圆的仆妇，冲上来拉住了马缰绳，一个牵马，一个抱腿，连声责怪道："小姐，到了自家门口，怎么不先去给老太爷磕头，反而要跟着外人一起走？这事情被老太爷知道，岂不会伤透了心。大老爷要你现在就回去。小姐，你别乱动，否则我们两个不好向大老爷交代！"

阴丽华无奈，只好先进门去拜见自家祖父。临转过身前，却又念念不忘向刘秀和马三娘招手，"三哥，三姐，有空到我家中坐啊。我自己有个小院子，自己会烹茶，保管不会让你们觉得扫兴！"

"一定，一定！"刘秀听她说得有趣，赶紧笑着回头答允。

"等我安顿下来，便去找你！"马三娘也笑着向阴丽华挥手，待转过身，却忽然冷了脸，冲着刘秀低声奚落，"做不到的事情，就不要答应得那么满！这阴家的大门，恐怕你今后连台阶都迈不上。"

刘秀听得心里好生困惑，本能地就将目光转向了自家哥哥。只见大哥刘縯摇着头道："三娘的话，有道理，但是只说对了一半儿。我等将来再去阴家，若是提着礼物，进门倒也不难。若是两手空空，恐怕即便踏上了台阶，也是门口等待通禀的结果，没有任何机会迈过门槛。"

"怎么能这样？"刘秀越听越糊涂。

"他在路上和城中跟咱们谈笑晏晏，那是做给外人看的。"邓晨苦笑着替刘縯解释，"让外人，特别是黄皇室主的人，看到他跟咱们同来同往，有始有终。但跟咱们关系走得太近了，他又怕惹得王家人生气。所以表面功夫做足，然后偷偷安排人去通知家中早做准备，摆出豪门大户架势，让咱们明白高攀不起。如此，里里外外，他就都做圆润了。"

"啊——"刘秀听罢，忍不住叹息出声。这才明白，外边的世界，比自己已经一再提高了警惕的，还要复杂十倍！

惊愕之余，忍不住又回过头，向阴家大宅怒目而视。却看到阴丽华不知什么时候摆脱了仆妇的羁绊，策马追到了自己身后。此刻正仰着头，看着自己和众人，白生生的小脸儿冻僵在夜风中，上面满是泪水。

忽然间，刘秀觉得心口闷闷地疼。"不关你的事情，丑奴儿！"他大声安慰，"我大哥和姐夫是瞎猜的，不一定对。即便对，也不关你的事情！"

"对，也许是我们几个多心了！你，你别哭。这不关你的事情！"马三娘也不愿意落井下石。

阴丽华既不替自家伯父辩解，也不掉头离开，只是抬起手，迅速在脸上抹了一把,然后强笑着问道:"三哥,三姐,等你们安顿好了之后,我、我还可以去找你们吗?"朦胧的泪眼里,充满了期待。

"可以,当然可以!"刘秀哪有勇气拒绝,立刻用力点头。根本不去考虑对方一个十二岁的小女孩,没有家人陪伴的话,怎么可能满长安乱跑。

"安顿下来之后,欢迎你随时过来!"马三娘犹豫一下也笑着答应。

"那我回家去了,你们都多保重!"阴丽华艰难地朝所有人行了个礼,迅速掉转了坐骑,逃命一般,奔向了阴家的大门口。

刘秀望着她失魂落魄的影子,好生难过。心里就涌起了一种冲动,追上去,一道浪迹天涯。然而,下一个瞬间,他又苦笑着连连摇头。

正恍恍惚惚地走着,前面已经响起了姐夫邓晨的声音,"就这儿吧!一会就该宵禁了。大伙在这里凑合一晚上,其他事情等天亮了再说!"

"好,这就好!"众旅伴个个人困马乏,立刻纷纷答应着跳下坐骑。早有一群热情的店小二冲到,先给每个客人送上一块热乎的葛布巾子擦脸,又七手八脚将牲口牵到了后院,将行李帮忙抬进了大堂。

第二天一大早起来,刘縯和邓晨先将旅伴们分别送走;然后从行李中拿出干净衣衫,让大伙换好,把几个少年自头到脚收拾了个干净整齐;最后才将马匹寄存在客栈里,带领众人,徒步走向了太学。

他们两个早年四处游历,曾经多次来过长安,所以对城内的街巷和建筑,倒也不太陌生。不多时,已经来到了太学的大门口。正准备询问到哪里去投递荐书和名帖,却看到大门旁边不远处,有一道队伍,沿着墙根,迤逦排出了二十几丈长。队伍中,每一名少年都双手捧着一叠薄绢,踮起脚,不停地向前探头探脑。

"老三,去看看大伙为何而排队?"刘縯微微一愣。

"好!"刘秀点点头,其余三名少年按捺不住心中好奇,也主动快步跟上。四人都长得眉清目秀,文质彬彬,一看就知道是前来入学的少年才俊。所以,正在排队的同龄少年们,也不故意对他们隐瞒。

"排队当然是投卷啊!你不知道要先投了自己所写的文章,给老师们挑选点评,然后才会被老师们决定是否收入门下么?"

"虽说师父领进门,修行在个人,可是,谁不想挑一个好的师尊?"

"投卷好,比往年全靠父辈们的面子强多了!"

"我倒不指望拜在两国师和四鸿儒门下,能有个秀才肯做授业恩师,就心满意足!"

……

【明堂辟雍气象新】

刘秀四人匆匆向指点迷津者道了谢,豁出钱财,买了上好的白绢和笔墨,将各自这辈子最得意的作品誊写了一份,在阳光下晒干之后,再度折回太学排队投卷。

如此来回多耽搁了些功夫,待轮到他们四个时,队伍已经变得短了许多。那负责收卷的小吏核对完了荐书和路引之后,信手翻开四人的卷子,见上面的字个个写得端端正正,遒劲有力,心里就先叫了声好。再看内容,竟不是少年人常见的伤春悲秋,多少涉及民间疾苦,忍不住又多看了数眼。

邓晨在旁边见状,连忙将身体朝前探了探,借着少年们的胸口遮挡,将两块薄薄的银饼压在了卷子上,"舍弟四个乃是外乡末进,初次来到长安,什么都不懂。卷子上若有缺失之处,还请长者多多指点!"

"好说,好说,这四份卷子,不敢说一定都列在甲等,至少乙等里头往前头数!"那小吏见邓晨如此"懂事",眼睛立刻笑成了一条缝。大袖一挥,如会"五鬼搬运"之术般,瞬间就将银饼变没了踪影。"阅卷大概需要五天时间,待所有卷子排出了大致档次,才会由国师和鸿儒复审,以确定最后的名次。你等如果想远远地瞻仰一下我朝国师风采,不妨五天后再来!"

"多谢长者指点,晚辈没齿难忘!"邓晨心领神会,又深深地给小吏行了个长揖,才拉着满头雾水的刘縯、刘秀等人,施施然离开。

到了僻静处,大伙再也憋不住心中好奇,围住邓晨刨根究底。邓晨先四下看了看,"这太学虽然是书香之地,其实也跟天底下其他衙门没啥两样。我刚才偷偷观察，好些人都在卷子下夹带了礼物。所以干脆下一记猛药，别人给铜钱、绢布，咱们直接给银饼。别让你们四个，一进太学的门，就落在别人身后！"

"这——多谢姐夫！"刘秀向邓晨拱手施礼，内心深处，却觉得自家姐夫此举未必真的有什么效果。想那两国师、四鸿儒和三十六秀才，俱是何等惊才绝艳人物？心中自然应该有一股浩然正气在，怎么可能为了些许贿赂，就连最基本的公平和公正都不顾，胡乱评判文章的优劣？更何况，收钱的都是底下的小吏，现在就忙着送束脩，未免太急。

邓晨知道自家这个小舅子向来想法多，见他道谢时的敷衍模样，顿时就猜到他心中不服。于是，又笑了笑，非常认真地解释道："自古以来，都是官做得越大，看上去越和蔼可亲。而越到底下的小吏，越是凶狠刁滑。此为何理？不过是官做得越大，你平素越见不到，所以给你个好脸色，对他来说又有何难？而底层小吏，却是真正做事的，我想，既然世道如此，这太学虽然是清雅之地，未必能够免俗。"

刘秀等人无言反驳，只能瞪圆了眼睛苦笑。

看到少年们满脸单纯模样，邓晨继续低声补充道："这几天，前后足足有三四千学子来太学投卷，如果一份份看，早把国师和鸿儒们给累死了。肯定是先由小吏筛选一遍，选出比较出色的几十份，然后再交给国师和鸿儒们评定名次，优中选优！所以小吏这关，尤为重要。否则你文章写得再好，送不到国师、鸿儒和秀才们面前，他们怎么可能慧眼识珠？！"

"哦！"刘秀四人终于恍然大悟，齐齐钦佩地点头。

马三娘却气得连连撇嘴，冷笑道："连太学里头，都需要花钱买路。将来到了官场上，还不是一个比一个捞得狠？！我看，这种书，不读也罢！免得学问没做好，一个个全都黑了良心。"

"不读书，我们将来出路在哪？总不能都去打家劫舍？"邓奉听得不顺耳，忍不住翻了翻眼皮，大声反问。

"你？"马三娘被他戳中了心中痛处，顿时眼睛里就见了泪光。朱祐见了,少不得又要帮她去向邓奉"讨还公道"。几个少年人走一路吵闹一路,倒也省得寂寞。待回到客栈之时,已经又和好如初。

接下来四天,刘缤和邓晨,一边替少年们置办各种生活所需,一边带着大伙游览长安城内外的风光名胜,日子几乎是一晃而过。到了第五天,又起了个大早,将全身上下收拾干净,迫不及待地朝着太学赶去。

早有另外一些消息灵通的学子,在当初投卷的房子前等待。大伙儿彼此相视而笑,心照不宣地继续对着屋门发呆。

大约等到上午巳时前后,太学正门外,忽然传来一阵清脆的马蹄声。紧跟着,有一辆四匹栗色骏马所拉的高车,沿着青石板铺就的道路,徐徐而入,直奔院子深处一座看上去甚为巍峨的殿堂。护送马车的随从自外边拉开车厢,铺好脚踏,将一个峨冠博带、仙风道骨的长者搀扶了下来。

那长者双脚落地之后,立刻甩了下衣袖,转身冲着跟随过来的众学子微笑点头,嘴里发出一声低低的"唔",倒背着手,缓缓踏上了殿堂的台阶。五缕长髯,被秋风一吹,飘飘荡荡,不惹纤尘。

【书山有路狗当道】

"他一定是嘉新公。你们看这辆马车,绝对是驷驾,非公侯不得乘坐!"

"当然是嘉新公他老人家!"立刻有人不屑地撇嘴,"这还用你说,两师四儒里头,只有他老人家才封了公。"

原来刚才那位仙风道骨的长者,正是两国师之一,嘉新公刘歆。无论学问还是做人的本事,在当朝都数一数二。早年间,为了避大汉哀帝的名讳,特地将自己的名字改成了刘秀。如今大新朝取代大汉已有多时,他却依旧没有改回原名。当朝皇帝王莽知道后,非但没怪他心怀前朝,反而亲口赞其"忠直",将他的封爵一路高升,最终位列大新朝四公之一。

"也不知道今年嘉新公他老人家,肯收几个弟子?要是能聆听他的教诲,哪怕天天用戒尺打我的手心,我都甘之如饴!"惊叹之余,有学子做起了白日梦。

"想得美，沈定，就你那两笔臭字，嘉新公看一眼就得熏晕过去。"

"嘉兴公收徒，看的是学问和人品，又不是看字！"……

"呔！你这白首穷经的腐儒，休要信口雌黄！若《说命》为伪，《尚书》当中，还有几字为真？总不能我等治学一辈子，用的却是一部假书！"

众学子被吓了一跳，顾不上再议论打闹，却见殿堂的大门被人用脚奋力踹开，刚刚进去没多久的嘉新公刘秀，铁青着脸匆匆而出。五缕长髯卷了两缕，另外三缕扛在了肩膀上，也顾不得去捯，很显然被气得不轻。

而紧跟在他身后，则是一名五十岁上下、头发斑白、面带愁苦的老学究，一边追，一边义正词严地补充："子骏，我辈治学，去伪存真乃为第一要务。岂能因为怕损了《尚书》的完整，就拿伪作来滥竽充数。那非但有愧于先贤，而且终将误人子弟。到头来，世人都以伪为真，真正的古圣遗篇，反倒被当成伪书了！"

"那也不能随便拿几份旧竹简来，就号称真书！"嘉新公大声驳斥。

"孤证为伪，群证可论。况且我手里这些，乃是从先秦墓葬中所出，里边的礼器，皆有年代可考！"头发斑白的老学究，显然是个认死理的。

二人你一句，我一句，各不相让。将台阶下的学子们，听了个目瞪口呆。原来，国师也有跟人吵架的时候，并且风度全无，就差没有捋胳膊，挽袖子，互相饱以老拳。

"你休要强词夺理，刘某今日被你突然袭击，无力驳斥你的歪理邪说。且回去找足了证据，再让你知道今日之言，如何大错特错！"忽然意识到门外还有一大堆学子看着，嘉新公不想再继续争论下去，径直上了马车。

"这人是谁啊，居然把嘉新公给气跑了！"刘秀看得好生有趣，轻轻拉了拉距离最近的学子，低声请教。

"许夫子呗，四鸿儒之首！除了他，谁敢如此对待嘉新公?!"

"哦！"刘秀一边轻轻点头，一边偷眼打量许夫子。不料想，许夫子的目光刚好朝他这边扫了过来，与他的目光恰恰对了个正着！刘秀觉得自己的心脏坠了一下，头皮紧跟着一麻，赶紧将目光侧开去。

"哼！"那许夫子在人群里找不到对手，余兴难尽，冷哼了一声，仰起头，大步走回了屋子。

大堂前再无名师可供仰视，众学子又等了一会儿，便三三两两回到了太学门口当初大伙投帖的屋子前，继续等待放榜。

直到临近傍晚，才有七八个小吏，捧着数块巨大的红色绢布姗姗来迟。随便用了些糨糊，将写有学子名姓的绢布朝屋子外的墙壁上一贴，就宣告完事。

"走，看看我们拜在了哪位夫子门下！"刘秀和一众学子们没有工夫去计较小吏的态度，纷纷叫喊着围拢到红色绢布前，寻找自己的名字。

不多时，朱祐第一个跳了起来，"找到了，我的名字在甲榜第十二位，追随刘龚，啊，是刘夫子，主修《周礼》。"

四周围顿时响起了一片祝贺之声。

"我排在甲榜二十三位，恩师竟然是阴方。主修《春秋》！"严光也很快找到了自己名字，兴奋得大喊大叫。

刘龚和阴方位列于四鸿儒，教出来的弟子日后出路虽然未必及得上两国师，却也是前途一片光明。

邓奉的排名稍稍靠后，列在了甲榜的最末。所以找起来多少花费了一些时间，老师也不再是四鸿儒之一，而是一名姓周的秀才。即便如此，依旧让周围许多连乙榜都没挨上的学子们，羡慕得眼睛发红。

找完了自己的名字之后，朱祐、严光和邓奉三个，就开始在榜上寻找刘秀两个字。以他们四个人平日的切磋结果，刘秀的水平即便比不上朱祐，至少跟严光能保持齐平，绝不在邓奉之下。谁料，从甲榜的榜首，一直找到了丁榜最末，却始终不见任何一个"秀"字！

眼看着天色渐黑，众学子或兴高采烈，或垂头丧气，但都已经有了师门，唯独自己一个人被遗漏在外，刘秀心里着了急，来到一名前来发榜的小吏身前，先行了个礼，然后低声请教："敢问长者，所有学子的名字都在榜上吗？怎么晚辈找不到自己的名字？"

"有这事儿?"小吏被问得微微一愣,"你叫什么名字,可在卷子上写过什么违禁之词?"

"没有!"刘秀犹豫了一下,用力摇头,"晚辈姓刘,单名一个秀字。晚辈可对天发誓,绝不敢信笔胡写!"

"那就怪了。照理,既然有了地方上的荐书,就已经被太学录取。充其量,授业恩师名气差一些而已!"小吏眉头紧锁,同样百思不得其解。

这时,旁边另外一名小吏忽然回过头,厉声问道:"你再说一遍,你叫什么名字?"

"晚辈刘秀,见过长者!"刘秀有求于人,不能计较态度。

"我记得你的名字!"小吏侧了侧身子,面沉似水,"不用再找了,你被黜落了,回家去吧!明年改了名字之后,再想办法重头来过!"

"啊——"仿佛晴天里打了个霹雳,刘秀被惊得身体僵直,目瞪口呆!

【施教无类鼠封门】

"敢问长者,刘秀他犯了什么错,为何要单独将他黜落?"

"你们有什么资格向我问理由。小小年纪,管那么多闲事做什么?莫非你们三个也不想入学了?还不速速退下!"那小吏脾气甚大。

"你……"邓奉、严光、朱祐毕竟年龄还小,也都知道求学机会来之不易,红着脸,敢怒不敢言。

马三娘却不管那么多,弯腰从地下抄起一块秤砣大的石头,直奔小吏的面门拍了过去,"恶贼,敢坏刘三的前程,找死!"

好在刘縯反应足够快,冲过来托了一下她的手腕,那小吏才没有被石头开了瓢。但其头顶两尺高的砖墙,却被石头砸出了一个三寸深的大坑,碎砖屑夹杂着火星四下飞溅,转眼间就将他头顶的儒冠染成了灰绿色。

"杀人啦,杀人啦!"那小吏吓得双手抱着脑袋蹲在了地上,惨叫连连。周围的其他小吏见状,立刻一拥而上,将刘氏兄弟、马三娘和邓奉等人,围了个水泄不通。又一名士吏①带着三十余名当值的巡街兵士拎着刀矛赶到，在不远处迅速结成一个方阵，朝着圈子内的刘縯等人虎视眈眈。

"小妹一时情急，差点出手伤到长者，死罪，死罪！"刘縯虽然心里跟马三娘一样怒火万丈，毕竟年龄长了几岁，知道今日之事绝非武力所能解决，赶紧躬身下去，冲着正在惨叫的小吏行礼谢罪。

"我家小妹性子野，刚才一时情急，想吓唬长者一下。死罪，死罪！"邓晨也紧跟着躬身下去，将一个装满铜钱的荷包，递到了小吏手里，"这点钱，您老拿去买杯水酒压惊。还请念在舍妹年幼无知的份上，别跟她一般见识。三妹，愣着干什么，还不赶紧过来给长者赔罪？"

马三娘心里岂会服气？然而，当着这么多人的面，她却不好让刘秀的姐夫下不了台。于是乎，委委屈屈地上前一步，冲着小吏敛衽为礼，"长者在上，民女刚才一时情急，还请长者不要跟民女计较！事实上，民女也没想这就砸死您老，否则，这么近的距离，绝对不可能失了准头！"

"你……"那小吏被吓得又打了个哆嗦，一只手死死抓住邓晨所给的荷包，另外一只手捂着脑袋站起身，掉头就朝人群外走，"老子不跟你们一般见识！这都是上头的决定，你们把气发在老子身上算什么本事？哼，一群粗痞，还想学别人沐猴而冠，真是不看看自己什么模样？！"

"长者慢走！"邓晨手疾眼快，闪身挡住又要发作的三娘，冲着小吏的背影深深俯首。

"多谢长者宽宏大量！"刘縯也强压怒火，躬身相送。唯恐小吏继续拿头顶上的砖屑做文章，让刘秀被太学黜落的事情，彻底失去了转圜余地。

众太学小吏，原本就有些心虚。见事主都选择拿着赔偿走人了，自然也不愿意再蹚这份浑水。一个个朝着刘縯兄弟几个撇撇嘴，相继离开。

---

① 士吏，底层军官，低于当百（百人长），高于什将（十人长）。王莽反复改制，其军制颇为复杂。通常认为次序是前、后、左、右、中共5名大司马，其下另有大将军、偏将军、裨将军、校尉、司马、侯、当百、士吏、什将。地方郡兵与中央部队，还有所区别，与士吏大致相同的为屯长。

听到动静赶来弹压的官兵们，却不敢怠慢，依旧刀出鞘，箭上弦，严阵以待。直到刘縯兄弟几个拉着刘秀，一道耷拉着脑袋出了太学大门，才悄悄松了一口气，在当值士吏的带领下收队离开。

那万人敌刘縯，先花费了不菲的钱财替自家弟弟弄到了入学荐书，又千辛万苦将刘秀等人送到长安，岂肯就这么稀里糊涂地看着刘秀被太学除名？一边放慢脚步，一边偷偷回头，待看到巡逻的兵士们已经走远，立刻停住脚步，低声说道："老三，你先不要难过。待我和你姐夫去打听清楚，太学到底为何要把你除名，然后再想办法。咱们刘家三代没出过匪类，相信老天爷不会让好人没了活路！"

"三弟，听你哥的。此事从头到尾透着古怪，应该有解决办法！"唯恐刘秀想不开，邓晨也停住脚步，手按刘秀的肩膀安慰。

此刻的刘秀，不过是个初出茅庐的少年，骤然挨了当头大棒，哪里还有什么准主意？"行，我听大哥和姐夫的。也别太为难了，反正，邓奉他们三个已经入了学，将来有他们三个在，我入不入学其实都一样！"

"你能够看得开就好！"邓晨见刘秀小小年纪如此懂事，心中一酸。

"放心，凡事有哥在！"刘縯又朝着刘秀的肩膀上按了按，转过身，与邓晨大步流星再度杀回学校。

这回，兄弟俩多了个心眼儿，没专门去找人争执。而是等在张贴红榜的屋子附近，悄悄地查看动静。不多时，果然看到一名小吏带着两个随从，信步从里边走出。兄弟两个立刻凑上去，深深地行了个礼，满脸堆笑地问，"在下新野刘縯（邓晨），有一事不明，想向长者当面求教！"

"你们?"恰巧这名小吏，就是最初收刘秀等人卷子的那位，心里对他们的银饼子印象颇深。见二人突然从阴影里冒了出来，被吓了一哆嗦，皱着眉头呵斥，"你们两个，送完了子弟入学，不马上回家，还赖在这里做什么？小心被巡街的兵士当作无赖子抓去修河堤，死了变成孤魂野鬼！"

"长者有所不知，并非故意逗留不去，而是舍弟入学之事，忽然遇到了一些麻烦。舍弟刘秀，自幼读书用功……"见对方是熟悉面孔，刘縯赶紧又行了个礼,将刘秀被太学除名的事情,从头到尾以最简单的话语说清楚。

"这、这是上头的决定,我哪敢随便打听!"小吏闻听,顿时脸色大变,摆摆手,转身就走。

刘縯和邓晨两个,哪里肯放,齐齐追了上去,一人拉住小吏的衣袖躬身苦求,另外一人赶紧又从口袋里掏出原本预备用于回乡路上的部分盘缠,偷偷塞进了小吏衣袖当中。

那小吏是个收礼的行家,仅凭着温度、形状和重量,就知道今天自己所得不菲。于是乎,迅速朝周围看了看,压低了嗓子提醒,"你们两个当兄长的,也真是糊涂!刘秀这个名字,岂是随便取的?嘉新公他老人家乃太学祭酒①,名姓里带一个秀字。你弟弟居然敢跟他同名同姓!没等入学,就不把祭酒放在眼里,对师礼轻视如斯,哪个博士敢收你入门?"

"这……"刘縯和邓晨两个,只知道要避皇帝的讳,哪里想到,连太学祭酒的讳,都冒犯不得。又是惊愕,又是后悔,额头上冷汗滚滚而下。

"回去改了名字,明年再来就读吧!"那小吏丢下一句话匆匆转身。

光是今年给刘秀和朱祐两个买荐书的花销,就让刘縯跟族中长辈们差点吵翻。如果今年的钱财打了水漂,明年族里岂肯再做第二次投入?况且那南阳令尹衙门,又不是刘家所开,入学的荐书怎么可能说拿就拿?

想到这儿,刘縯和邓晨两个,双双挡住小吏的去路,不停地打躬作揖说好话,请对方帮忙看看是否还有转圜余地。那小吏见二人实在模样可怜,压低声音迅速点拨,"避讳这事儿,说轻也轻,说重也重。你们哥俩与其跟我在这里纠缠,不如赶紧想办法托人向祭酒去讨个情面。如果祭酒他老人家自己都不在乎,别人怎么可能再拿令弟的名字做文章?!"

"啊!多谢长者!"刘縯和邓晨都是老江湖了,立刻就从小吏的话语里,听出了双重含义,赶紧双双躬身施礼。

---

① 祭酒,就是校长。战国时荀子曾三任稷下学宫的祭酒,晋代开始正式有国子监祭酒这一常设官职。

"唉，赶紧去想办法吧，趁着太学没正式开学，最后名单还没报到皇上面前。否则，你们做什么都晚了！某是看在令弟文章颇佳，读书不易的份上，才多几句嘴。尔等切莫再胡搅蛮缠下去，徒耗时间！"

刘縯和邓晨相视苦笑，终于明白，所谓冒犯了太学祭酒嘉新公的名讳，不过是个借口而已。中间肯定有人故意坏刘秀的前程。

【霾雾岂能遮旭日】

正如常言所说，钱到用时方恨少，官大一级压死人。此时此刻，终于得知事实真相的刘縯和邓晨，除了哀叹命运对自家弟弟不公之外，竟做不了任何事情！双双垂头丧气走出了太学，正不知道该如何去安慰刘秀，耳畔却忽然听到了一声尖酸刻薄的公鸭嗓儿："哎吆，有人自不量力想附庸风雅，却被太学扫地出门喽！就是不知道此番回乡下去之后，是继续扶犁耕田呢，还是杀猪屠狗？"

抬头看去，不是当日灞桥之上被马三娘用刀身轻轻拍昏过去的那位王家二十三郎，又是何人？只见此子，迈着四方步，在五六名身强力壮的家丁卫护下，堵在了必经之路上，一双洗不干净的三角眼里，充满了身为"上位者"的傲慢。

"你好生卑鄙！"一众少年何等聪明，立刻就猜到刘秀今天被太学黜落，一定是王二十三郎在背后捣鬼。

"卑鄙？你们几个敢说预先连太学祭酒的名姓都没打听过？既然知道嘉新公的名讳，还觍着脸叫刘秀？！既然他心里头连一点儿尊师重道的概念都没有，岂不是活该被扫地出门？"

这番歪理邪说虽然胡搅蛮缠，却并非一点谱儿都不占！竟然把刘秀等人都给问住了，只能气红了脸，指责王二十三郎欺人太甚。

"呵呵，欺人太甚？小爷我今天就欺负你们了，你们能怎么着？"王二十三郎撇着嘴，满脸洋洋得意，"有本事再去我姑母面前告我的状啊？知道我姑母住在哪儿吗？我叔祖父心疼她自小没了丈夫，一直把她养在皇宫里头，地位与其他未出嫁的公主等同！"

众少年闻听，愈发怒不可遏。其中脾气最爆的马三娘和邓奉干脆直接抡起了拳头，准备让王二十三郎知道知道什么叫国士之怒。

谁料那王二十三郎前几天在灞桥上吃了一次大亏之后，早已学了乖。察觉马三娘眼神不对，果断将身体一缩，快速藏在了自己的家丁背后，"动手啊！当街殴打皇族，看谁还能救得了你们！"

"呔！尔等休得对小公爷无礼！"六名家丁拉出了一个偃月状临战阵形。

为了表示对师长的敬意，众人最近几天出门时根本没有佩剑，立刻就处在了下风。

"大哥，姐夫，你俩照顾他们四个就行，不用管我！我今天拼着千刀万剐，也要拉姓王的蠹贼陪葬！"马三娘红着眼睛大喊一句，绕过刘縯和邓晨，直扑被家丁团团护在核心处的王二十三郎。

她一个妙龄少女，即便武艺再高，在手无寸铁的情况下，也不可能突破六名持剑家丁的防线去杀掉后面的人。然而，王二十三郎心中却仍有余悸未散，听她喊得凶狠，竟然顾不上想就本能大声叫道："拦、拦住她！别、别让她过来。救命啊，有人刺杀皇族了！"

"三娘住手！"刘縯和邓晨哪敢真的让马三娘去拼命？果断各自拉住了马三娘的一只胳膊，"这里是长安，谁都得讲王法！"

"走吧，算了，好鞋不踩臭狗屎！"刘秀低声提醒，"此刻就算打死他，也于事无补。犯不着为了替我出气，把大伙的前程和性命全都搭上。"

"也罢！就放过他这一回！"刘縯愣了愣，忽然想起即便刘秀被扫地出门，邓奉、朱祐和严光三个，却仍要在太学里苦熬数年时光才能出人头地，叹了口气，断然转身。

邓晨和三个少年，心里都知道好歹。听刘秀说得理智，顿时鼻子都隐隐发酸。咬着牙压下了心头怒火，准备先回到客栈之后再一起想办法。

唯独马三娘，自小被其哥哥马武带在身后于刀丛中快意纵横，直来直去惯了，心中忍不下隔夜仇。临被邓晨强拉着转身之前，忽然又扭过头断喝:"姓王的,你听好了!我不姓刘,无父无母,跟他们几个也都不是一家。要是刘秀最后入不了学,我一定要割了你的脑袋!哪怕最后被你们王家千刀万剐,也是一条命换你一条命,看谁吃亏!"

"哇……"小公爷王二十三郎长这么大,几曾受过如此威胁?当即吓得嘴巴一歪,放声嚎啕。

"孬种!"马三娘不屑地吐了一口吐沫,被邓晨和刘縯硬生生拖走。

当她的身影渐渐去远,脚步声彻底微不可闻。先前正在哭号的王二十三郎,猛地一个高跳起来,指着刘縯等人的背影大声咆哮,"反了,全都反了。逆贼,此仇不报,我就不姓王!去找我堂叔王济调兵,把那女的给我抓来。我王固今晚要让她在床上求生不得,求死不能!"

还没等他们挪动脚步,一卷竹简劈头盖脸地砸了下来。

"混账,一群混账东西。圣上苦心孤诣,不惜冒天下之大不韪,以古制教化万民,以求三代之治重现。尔等却在长安城内倒行逆施?!"老学究手持书简,将众家丁连同被他们所保护的王固,一道打得抱头鼠窜,"搬兵,我叫你再去搬兵。等会儿老朽亲自去五威中城将军面前问问,是谁给了他胆子,不去弹压匪类,反而为虎作伥?!"

"行了,许老怪,再打下去,当心皇上颜面不好看!"老学究身边,还有一个头顶青冠、凤目蚕眉的中年儒士,笑呵呵走上前,低声劝解。

"皇上要知道有人仗着是他的血脉至亲,在长安城内横行不法,更是饶不了他们!"此人正是上午把嘉新公刘秀气得拂袖而去的许夫子。单名一个"商"字,表字子威。曾经官拜中大夫,跟王莽同殿称臣,彼此之间诗赋唱和,相交甚厚。王莽登基之后,知道他学问功底颇深,特地把他请到了太学指点学子。

然而许子威跟王莽虽然私交不错,对其哄骗无知小儿禅让帝位之举,却不甚赞同。所以在太学里只教几天书,便告辞回了老家。谁料造化弄人,他的小女儿却在八岁那年不幸夭折。巨大的打击之下,许子威性情大变,看哪个都不顺眼,跟谁一言不合都敢开骂。地方官员不敢治他的"妄议"

之罪,只敢不断地写奏折向皇帝诉苦。王莽也不愿意许子威这么大一个贤才流失于野,损害自己的圣名。干脆把事情交代给了太学副祭酒,国师扬雄,勒令三个月之内必须将许子威请回。

国师扬雄被逼无奈,灵机一动,借着周易解命的由头,"算"出许子威与他的小女儿尘缘未了。而重续父女之缘的地域,却应在京畿四周。结果,那许子威明知道扬雄可能是在撒谎,却不敢放弃最后的希望,竟日夜兼程赶回了长安。然后就一头扎进了太学内,一边教书育人,一边静等女儿"重生"。他如此不把朝廷和太学当一回事,太学的祭酒嘉新公刘秀当然看他不会顺眼。二人非但在学术上撕扯,在俗务上也每每对着干。害得副祭酒扬雄终日替二人做和事佬,被折腾得苦不堪言。

被这样一个蛮横、固执、疯癫且跟自家叔祖父相交莫逆的"怪老头"抡着书简砸,王固哪里有胆子还击?哭喊着哀求了几声,趁着许老怪不注意,从地上爬起来,撒腿就跑。

"好了,正主儿都跑了,你打底下的家丁有什么用?"跟许子威同行的青冠儒士,笑着又劝了一句,望着落荒而逃的王固连连摇头。

这种人,居然也身负皇家血脉。真是龙生百子,子子不同。不过那个名叫刘秀的学子却非常有趣,分明年纪轻轻,却已经懂得了制怒。为了保住三个好友的前程,竟然硬生生压下了心头仇恨。

这样的年轻人,如今世间可不多见。若是能收到门下亲手教导一番,恐怕将来的成就不亚于范蠡和张良。只可恨那竖儒王修,居然为了小孩子们之间的胡闹,就豁出去脸皮下令,剥夺了此子的入学资格。还假装是在替嘉新公刘秀打抱不平,宣称维护师道尊严!

正笑呵呵地想着,许老怪已经打出了一身大汗,悻然停手。一边弯着腰喘粗气,一边大声数落,"扬子云,你休要在一旁看老夫的笑话。刚才若不是你心血来潮,非要拉着老夫出门透气,老夫怎么可能看到这等无聊的事情?还有,王修那竖儒,今天分明是假公济私。你身为副祭酒,难道就真的不闻不问,由着他胡作非为,把干净的读书之地,弄得乌烟瘴气?"

"呵呵，天机不可泄漏！"国师扬雄诡异一笑，手捋胡须，摇头晃脑。

"你！"许子威被他故弄玄虚的模样，气得火冒三丈，立刻手举书简，作势欲扑。那国师扬雄身手何等敏捷，一个斜向滑步躲开去，又在五尺之外站定，笑着反问，"既然是无聊之事，你为何要管？并且出手那么重！头几下，都砸在了无赖小儿的脸上！常言道，打人不打脸……"

"老夫就是打了他的侄孙，他又能怎地？"许子威受不得激，立刻大声怒吼。然而，吼过之后，全身的力气却又一泄而尽，双目含泪，用力摇头，"子云，我看到了，我今天上午就看到了，他身边那个女娃儿……三娘已经过世整整七年了，如果三娘还活着，恰恰，恰恰跟她一样大……"话说到一半，缓缓蹲了下去，双手掩面，泣不成声。

【焚尽虚妄始见真】

"谁？你说的可是刘秀身边的那个女娃？"扬雄被许子威通红的眼睛吓了一哆嗦，本能地开口追问。

"不是她还能有谁？你看她跟三娘多像！还有她的名字，恰恰也是三娘。我听那个大个子喊了她不止一次！"许子威语无伦次。

"我，实不相瞒，我真的没看出来……"扬雄哭笑不得。

"她就是三娘，你再仔细想想。三娘小时候跟我一起到你府上做客，你抱过她，你抱过她！"许子威大急，一把揪住扬雄的脖领子，连声提醒。

见许子威一副随时准备跟自己拼命模样，扬雄无奈，"好好，我想，我想，小时候我的确抱过令爱，还记得她当时的模样。可女大十八变……"

"万变不离其宗！"许子威另外一只手捏成拳头，在身边用力挥舞。

今天跟在刘秀身侧那个坏脾气女娃，眉眼之间，竟和六岁时的许家三娘，隐约有四分相似。四分相似不算太多，却足以让一个思念亡女成魔的父亲，彻底失去理智！聪明博学的扬雄，心中确定，此三娘并非彼三娘！然而，他却丝毫鼓不起揭开真相的勇气。

那最后一份重逢的期盼，正是支撑老朋友许子威不沦为疯子的唯一寄托。如果自己将这份寄托也狠心抹除,扬雄清楚地知道,接下来等待着老朋友许子威的,将会是什么结果!

"你想起来了吗?她是不是三娘?是不是三娘!"许子威追问。

"这……"扬雄同样不敢冒"指鹿为马"的风险,"我、我不确定啊。是有几分相似,但当初你带着令爱去我家拜年时,她才六岁。而白天抡石头砸人的女娃,却已经及笄!"

为了一点点把许子威从误会中拉出,他故意将"抡石头砸人"的画面大声强调。本以为借此可让好朋友察觉到,今日三娘和昔日许家三娘两人在性格上的天壤之别。

当即,许老怪就跳了起来,瞪圆眼睛大喝:"废话,都七八年过去了,三娘能不长大么?至于拿石头砸人,这才是我许某人的女儿,跟我一样嫉恶如仇!可惜没有砸中!否则,出了事情,老夫正好可以替她收拾残局,再找机会父女相认!"许子威忽然又叹了口气,满脸遗憾。

"现在你也可以啊,她身边那个姓刘的小子今天被王修给除了名,你只要出手帮忙,她定然对你感激不尽!"实在无法跟上一个疯子的思路,扬雄只能顺着对方的想法出主意。

"要去你去,你是副祭酒,许某不敢越俎代庖!"许子威却竖起眼睛,"况且进了太学又如何?到最后,还不是为了自己升官发财,就变成残民自肥的混账王八蛋?!"

这一棒子,攻击范围可太广了,扬雄身为副祭酒,本能地皱了下眉头,就想开口反驳。谁料,还没等他组织好自己的说辞,却又看到许子威那张满是沧桑的脸上,露出了如假包换的舐犊之情。"子云老兄,你帮我出个主意。我如何才能接近三娘,让她慢慢认出我来,不至于把我当成一个不知廉耻的老色鬼!你学识渊博,又素通权谋机变。你教教我,我下辈子变成牛马来报答你!"

"我说子威兄,你再着急,也得先确定她到底是不是你女儿吧?!"扬雄被逼得实在没了办法,只好婉转地将话挑明。

许子威非但丝毫没有理解他的本意，反而猛地拍了下自家脑袋，"对啊，你说得对，子云，你精通易经，当年就算出我们父女定然能在京畿重逢。快，你赶紧再算一算，她到底是不是三娘转世还魂！"

扬雄又一次被许老怪的怪诞想法，惊得矫舌不下。"子威兄不要逼我。在下对《周易》的理解，也是皮毛。绝对不能以盲导盲！"

"子云兄是嫌我平素对你多有不敬，故而不肯出手相帮?!"许子威的脸色顿时一黯，"我向你叩头谢罪。子云兄在上，请念在许某思女成疾的份上，不要跟小弟一般计较！"说罢，双膝一屈就要跪倒磕头。

扬雄跟他相交多年，岂敢受他如此大礼？立刻弯下腰去，双手用力搀扶，"子威兄，切莫如此，我算，我算就是！"

"多谢杨兄！"许子威含着泪俯身。

"也罢，你且随我来，咱们去凤巢，借助地势勾动天机！"扬雄又无奈地叹了口气。

那凤巢山，乃是当年太学扩建之时，挖出来的泥土堆积而成。原本只是个高大的黄土堆，上面生满了各种杂草，只待施工结束移出长安城外。然而，就在太学即将落成之际，却有工匠报告说，于半夜里，看到一双凤凰翩翩舞于山上，且歌且鸣。新朝皇帝王莽闻之大喜，认为这是天降祥瑞，非但厚赐了"凤凰舞于太学"的唯一目睹者，并且将黄土堆以凤巢为名。

不多时，二人来到凤巢之顶。借助傍晚的霞光，以石块、泥巴以及梧桐树枝等各类物品，开始推算两个三娘之间的关系。

那扬雄在最初之时，态度还有些敷衍，权当是在帮老朋友开解心结。然而算着算着，他却脸色大变，双眉紧锁，额头见汗，双目深邃如渊。

许子威见状，知道推算到了关键时候，本能地退开数步，双拳紧握，双膝微曲，不知不觉间，整个人就紧张得大气都不敢出。

就在他即将因为呼吸不畅而晕倒的时候，扬雄迅速抬头看了他一眼，"子威，你家三娘当年可曾取名，是就叫三娘，还是有别的称呼?"

"啊？取了，更正式的名字，叫作小凤儿。"听扬雄问得郑重，许子威不敢怠慢,先做了个揖,然后弯着腰大声回应。

话音刚落,二人头顶的晴空当中,就炸响了一声,"轰隆!"

紧跟着,地动山摇!二人猝不及防,被震得双双跌倒于地。猛抬头,恰看见西方的晚霞,像烈火般翻滚了起来。

有一只巨大的火焰凤凰,在落日之侧,徐徐张开了翅膀。

"三娘,三娘,果然是你,为父终于把你给等回来了!"许子威身子一歪,瘫坐于地,放声嚎啕。

再看扬雄,比他受到的惊吓更大。竟趴在地上,手脚并用,将推测之物划拉得一片大乱。随即,抬头拱手,对空而拜,"苍天在上,无知小子擅自测算天机,死罪,死罪。请念在小子是不忍看老友伤心欲死,饶恕小子这一回。小子发誓,此生再也不敢随意替人起卦。如有下次必不得善终!"

说来也怪,那火凤展翅的奇景出现得突然,结束得也极快。就在扬雄话音刚刚落下的刹那,整个西方的天空,也跟着恢复如初。

扬雄见了,心中更是忐忑。双手从地上拉起哭成泪人的许子威,低声恳求,"子威兄,今日之事,你知,我知,不可再大肆宣扬。否则,你还不如直接一刀砍了杨某的脑袋!"

"我懂,子云兄,救命之恩尚未报答,许某岂能故意害你性命?!"

也不怪二人装神弄鬼,若是他们两个再晚出生一千余年,自然就会知道,晴天响雷是冷空气与热空气急剧对流所产生的正常反应。而晚霞不过是反射了一部分日光的云气而已,根本不可能着火,也不可能从里边诞生出凤凰。然而,在他们所生存的年代,鬼神和各类灵异之说却大行其道。一部《周易》,更是被视为沟通天地的无上宝典。连英明无比的大汉文皇帝,半夜召见大名士贾谊之时,都"不问苍生问鬼神",更何况普通人?

于是乎,今日三娘乃为许家三娘转世涅槃而来,在扬雄和许老怪二人心中,便成了不容置疑的事实。至于扬雄先前所说的假话却变成了真实的原因,无他,一语成谶而已!二人一个思女成魔,一个惊魂难定,双双站在凤巢山上发了一会儿呆,便互相搀扶着走下了山,少不得又一起商量,该怎么在不泄漏今晚推算之秘的情况下，让"三娘"与许老怪这个父亲相认。

"这样吧，我看令爱与那刘家兄弟关系颇近。咱们不妨送那姓刘的小子一个人情，废了王修的乱命，让他顺利入学。然后再一点点接近他们，让三娘想起她自己到底是谁？"扬雄小心翼翼地说道。

许子威心里头恨不得现在就将"三娘"接回家，却也知道此事不能操之过急。否则，一旦让"三娘"心里生出误会，恐怕就要弄巧成拙。犹豫再三，轻轻点头，"也好。只是不能将人情送得太便宜了，让那姓刘的小子觉得我们就该帮他。"

"那是自然，先让他急上几天！反正最后的名单，还得老夫与嘉新公一道用了印，才能报到圣上那边。"

第八章 刘秀拜师

【少年拜师辟蹊径】

刘秀急得整整一夜没睡,第二天早晨起来,两只眼眶全都青里透黑。

刘縯这个大哥,如何能舍得让刘秀回家去做一辈子农夫?无奈之下,只好去买了份颇为贵重的礼物,与邓晨一道强忍屈辱前去阴家拜访。本以为至少能求得阴固这个地头蛇指点迷津,结果,在门房里喝了一整天白水,却连阴固的影子都没见到。

刘縯不肯放弃,第二天,再度忍辱负重去叩阴家的门环。这回,待遇更差。居然连门房都没给进,直接被一个叫阴寿的管事给顶下了台阶。

唯恐刘縯拿昔日的救命之恩说事,那阴寿低声道:"你这莽汉,怎么一点儿都不懂事?你们在路上杀的马贼到底是真是伪,莫非心里一点路数都没有?我家主人这几天,为了替你们摆平此事,上下打点,已经是焦头烂额。哪有力气再去管你弟弟能否上学?切莫再来纠缠。"

刘縯早就知道阴固无耻,却没想到对方无耻如斯,然而,看看高大巍峨的建筑,再看看不远处匆匆而过的巡街士兵,终究还是压下了怒气,跺了跺脚下的泥土,大步离去。

回到客栈,众人在痛骂阴家无耻之余,免不了又是一番长吁短叹。唯独马三娘,非但脸上不带半点着急,反倒敲了下桌案,大声说道:"大哥,姐夫,不读就不读呗,读成岑彭那般模样,有什么好处?还不如去找我哥,大伙一道反了。或者像傅道长那样,一辈子自在逍遥。"

实在跟这凤凰山女寨主没话可说，刘縯和邓晨只能咧嘴苦笑。马三娘却兀自不肯消停，"其实你们真想让小秀才入学，也不是没办法。许老色鬼跟嘉新公两个互不服气，咱们想办法去求他，说不定，他肯出手帮忙！"

"这，这怎么可能！"

"怎么不行？"接连两个提议都被否决，马三娘大急，红着脸低声叫嚷，"你们都看到了，许老色鬼与嘉新公势同水火，而那嘉新公早已改名为刘秀，咱家三郎也叫刘秀。若是三郎能成为老色鬼的弟子，就相当于是刘秀成为他的弟子。在外人面前，许老色鬼一口一个刘秀，无论是捶腿，还是捏肩膀，甚至厉声呵斥教训，都可以理直气壮。而那嘉新公刘秀听了，却好像是在教训他，岂不是得活活气死？！"

"妙，妙！"朱祐、邓奉拍案叫绝，看向马三娘的目光里，瞬间写满了崇拜，"三姐之计甚妙，如果我是许夫子，也会借此恶心嘉新公。"

冷不防，刘秀站了起来，紧皱着眉头抚掌："大哥，姐夫，我看三姐的话，未必毫无道理。那许博士高居太学四鸿儒之首，照理说，应该是满腹经纶，不该控制不住自己脾气。他那天能当面让嘉新公下不了台，并且一路从明堂里追杀到马车旁，丝毫不管周围有多少人在看热闹，可见性情已经怪异到了极点。非常之人，必行非常之事。所以，咱们不妨去许夫子府上试试，反正即便被赶出来，结果也不会比现在更差！"

许子威虽然在太学教书，未必不是"大隐隐于市"，这种高人的心性最是难懂，自己岂能以普通人的心态度之？长长吐了口气，刘縯低声道："老三，是哥哥没用，哥哥对不起你，平素总觉得自己本事通天，谁料想真的遇到了麻烦，却连求人都找不到门，哥哥……"

"哥，你说什么呢？你已经为我做得够多啦！"

"是啊，刘世伯，这一路上若没有你，我们早就被土匪给绑了去！"

话说得都没错，却始终无法令刘縯释怀。当夜，他竟然发起了高烧。

刘秀和邓晨等人被吓得失魂落魄，医生来了之后，说了一大堆谁也听不懂的术语，大笔一挥，开了十几味安神补虚的药，让邓晨去买来煎制。

大伙又忙活了大半天，眼看着到了下午未时，才勉强让刘縯的身体，不再像火炭般滚烫。而刘縯的神智稍微清明之后，也不出意料地，立刻催邓晨带着刘秀去许夫子家，登门拜师。

"姐夫留下照顾大哥吧！"刘秀摇摇头，"既然是拜师，我这个做弟子的亲自去，才显诚意。有姐夫跟着，反而会被许夫子看低。"

"是啊，伯升，拜师的事情，让老三自己出马，比让大人带着他好！"邓晨心里，对刘秀能拜入许子威名下，根本没抱希望，"他年纪小，即使许子威猜出了咱们的用心，也不至于做得太过分。而我留下照顾你，等你尽快养好身体，咱们俩还可以试试能不能走通黄皇室主的门路！"

"我今天陪刘秀去见那许老怪！"马三娘大声说。

"行！你陪刘秀去拜师，记住，不能再叫别人老色鬼！"

"不叫，不叫！"马三娘小声嘀咕，"他那天像只苍蝇般，围着我转了至少六圈，还自以为做得缜密！哼！若是他敢不收刘秀入门……"

"三娘！"邓晨忍无可忍，大声呵斥。

"我去换衣服，刘秀你们几个等我！"马三娘吐了下舌头，夺门而出。

那许子威曾经做过数任上大夫，如今虽然已经躲进太学里埋头教书，不问政治，可宅邸的规格，却依旧比阴家大了数倍。少年们一见这阵仗，为之一挫。然而，已经"兵临敌军城下"，岂有退缩之理？

"吱呀"，还没等冲在最前面的邓奉手指和门环接触，侧门已经从内部被人拉开。一颗圆圆的脑袋探了出来，"你们是什么人？可曾与我家主人有约？我家主人已经致仕多年，向来不见生客！"

刘秀等人被吓了一跳，赶紧躬身施礼，"后进晚辈刘秀仰慕许师贤名，特来登门请求指点。还请小哥帮忙通禀！"

"你也叫刘秀？有趣，居然跟嘉新公重名。你等着，我去问问，我家主人有没有心情指点你！"说罢，也不安排少年们到门房暂且安歇，转身便走。

不一会儿,许家平素专用来迎接贵客的正门,居然被四名健壮的家丁奋力拉了个全开。紧跟着,前朝上大夫、今朝太学四鸿儒之首、名满天下的尚书大家许子威,在那圆脑袋的搀扶下,颤颤巍巍地出现在大门口。两只发红的眼睛直勾勾地看着刘秀身后,用颤抖的声音说道:"三、三位,你、你们来了?快快进来。老夫正、正、正愁,唉,老夫睡得糊涂了,说话语无伦次,几位贵客勿怪!"

"是够糊涂的,把五个人愣数成了三个!"马三娘偷偷抿了下嘴,跟着刘秀等人迈步入内。她自幼在乡野长大,又做过好几年无法无天的女山大王,自然不懂得诸多礼节。走在她身前的刘秀四个,心里却警兆徒生。

那许子威肯定是中午吃多了"五行散"①,非但言谈举止乖张,眼神也极为可怕,并且十眼当中,至少有七眼是落在刘秀和马三娘两人身上,对另外三个少年,权当是添头,基本上不屑一顾。

待走入许家正堂,重新见过礼,分宾主落了座,情况变得愈发令人诧异。只见四五名仆妇,像走马灯般,一盘接一盘将瓜果点心往上送。甚至还有几样水果,刘秀等人甭说以前没机会吃,连名字都叫不出来。

马三娘纵然胆大包天,也被许老怪的举止和眼神,弄得浑身发毛。勉强陪了一会儿,就偷偷用手指捅了捅刘秀的腰,小声催促,"三郎,赶紧把事情说完,我、我肚子不舒服!"

却不料许老怪耳朵灵,隔着一丈远,居然听了个清清楚楚,火烧屁股般跳了起来,"怎么了?是果品没洗干净,吃坏了肚子么?阿福,赶快去请郎中!阿忠,去看刚才是谁偷懒没洗干净果蔬,给我拖出去狠狠地打。"

"不用!真的不用!我、我刚才只是岔了气,岔了气!"马三娘赶紧也站了起来,用力摆手。

"三、马姑娘,你、你真的没事?"许老怪的脸上,明显露出了轻松之

---

① 五行散,古代中国方士炼制的仙药,据说服用后能成仙。有兴奋作用,相当于后世的毒品。因服用五行散而死的名士,屡屡见于史书。

色，关心地看着马三娘，小声询问。仿佛唯恐自己说话的声音稍高，将她像小鸟般吓飞，从此一去不归。

"南阳末学刘秀，久仰许师之名，今日特地登门请求指点！"刘秀见状，上前转移其注意力。

"我知道了，你跟刘歆那个马屁鬼同名！"许子威此刻眼睛里只有自己的"女儿"，哪有功夫再去看别人？

没想到许子威第一句话，就把自己的名字与嘉新公后来改的新名字联系到了一起。刘秀肚子里原先预备好的计划和说辞，顿时被打得七零八落。

好在严光反应快，立刻走上前深深向许子威行礼，"许师果然目光如炬，刘秀并非有意要冒犯刘祭酒。而是其父母赐名在先，刘祭酒改名在后。"

"是啊，许师，太学不讲理，把刘秀除名了。您老德高望重，又素来照顾晚辈。岂能看到如此荒唐之事发生？"

"许师，我等知道您不会畏惧权势，才斗胆前来相求，请务必替刘秀主持公道！"邓奉、朱祐两个，也相继上前帮腔。

"你们这几个娃儿倒是很讲义气！"许子威皱着眉头不置可否。

"晚辈因为不小心犯了刘祭酒的讳，被太学拒之门外！"刘秀终于缓过来一口气，"但晚辈的文章做得并不差，也得到老南阳大尹的荐书。所以，斗胆想……"

"我知道了，不就是想入学么？小事一桩，阿福，现在就带着他去太学重新报名。"许子威根本没把刘秀入学的事情放在眼里，没等他把话说完，就挥了下衣袖，大声吩咐。

"是！"书童阿福大声答应着，"走吧，刘公子，你尽管跟我去报名就是。有了我家主人这句话，谁也不敢再拿你的名字做文章！"

"这……"事情解决得太容易，不光刘秀一个人无法相信自己的耳朵，严光、邓奉、朱祐三个，也都愣住了，一时间，居然谁也没对书童阿福的邀请作出回应。

只有马三娘，心中原本没把太学看得多重，又巴不得离"老色鬼"越远越好，立刻跳了起来，一把拉住了刘秀的胳膊，"三郎，老三，小秀才，你欢喜傻了？赶紧去太学报名，趁着今天太阳还没落山！"

"啊，呃，噢！"接连扯了两三下，刘秀才从惊愕中缓过了心神。双手抱拳，对着许子威长揖及地，"多谢许师成全，刘秀感激不尽！"

【浴火方知慈父情】

出了许家大门，来到熙熙攘攘的街道上，刘秀等人被扑面而来的红尘之气一冲，这才缓过了心神，扭头相顾，都在彼此眼里看到了几分茫然。

正感慨间，耳畔忽然听到一个清脆的声音喊道："前面可是刘家三哥？"

"丑奴儿？"刘秀猛地回头，带着几分惊喜张望。

是丑奴儿阴丽华，坐在一辆马车内，素手推着车窗，探出笑脸，"刘家三哥，你入学事情我已经知道了。你别着急，我求了我三叔，他已经答应去替你斡旋！他叫阴方，严光就被他收在了门下！"

"多谢你，丑奴儿！"尽管这份帮助来得稍迟了些，并且未必能够兑现，刘秀还是站直了身体，笑着向阴丽华拱手。

阴丽华的脸色却顿时红成了一颗大苹果，摇摇头，带着几分扭捏说道："你、你跟我这么客气做什么？如果不是为了救我和嫂子，你们怎么会被王家的人盯上？算起来，还是我拖累了你。三哥，我伯父是我伯父，我是我，这句话我早就想告诉你，希望你不要因为讨厌他而讨厌我！"

说罢，猛地将头往车厢里一缩。放下车窗，再也不敢跟刘秀对视。

"这！绝对不会！"刘秀抬手，笑着冲马车轻轻挥动，目送其越走越远。

"那小女娃对你动了心！"朱祐从侧面挤了他一下，带着几分促狭眨眼。

"你别缺德行不行，她才十二岁！"刘秀狠狠瞪了朱祐一眼，"况且我们两家门不当户不对。"

"你到底是跟我去太学报名，还是等阴博士的援手！"一个略带醋意的声音忽然在耳畔响起。

"啊，当然是跟小哥您去报名！"刘秀知道自己没有不受"嗟来之食"的资格，赶紧赔了个笑脸。

"这就对了！"圆脑袋书童阿福撇嘴挤眼，满脸不忿，"那阴方怎么跟我家主人比？虽然他也名列四鸿儒之内，平素见了嘉新公却毕恭毕敬，连大气都不敢出。哪像我家主人，每次都杀得嘉新公落荒而逃！"

"噗！"眼前忽然出现了嘉新公当日被许老怪从大堂内追杀出来，毫无还手之力的情景，四少年忍不住都摇头而笑。

"你们不信么？刘秀，你想投在哪位博士门下，一会儿尽管说，除了两国师和四鸿儒之外，其他老师，你尽管挑！"阿福还以为少年们不相信自己的话，顿时被激起了好胜之心。

"真的？"闻听此言，刘秀再也无法保持镇定，年少的脸上写满了惊喜。"能拜在某位秀才门下，刘某已经喜出望外。不敢挑三拣四！"

"好说，就周博士门下好了，刚好跟你兄弟凑作同门！"

刘秀连忙再度躬身道谢，邓奉和朱祐也一口一个"福兄"，将那书童阿福夸得天上少见，地下无双。只有严光，在四人当中最为仔细，心思也转得最快，忽然笑了笑，"阿福兄真厉害，居然知道邓奉拜在了周博士门下。"

刘秀等人心中顿时一凛。那书童阿福却带着几分炫耀回应，"这算什么，红榜出来的第二天，我就知道了。名单还是我替我家主人抄录的呢！包括刘秀的文章，都是我亲手从废料堆里捡回来的！"

"是许师派你去捡回来的么？阿福哥真是我们几个的福星！"严光不动声色，顺着阿福的口风往下追问，"你家主人对刘秀也是恩同再造。就是不知道刘秀他积了几世的福，居然能得许师如此垂青？"

"当然是我家主人派我去的！"阿福毕竟年龄小，阅历浅，哪里是严光这种"人精"的对手，被连夸带捧，立刻竹筒倒豆子，"我原来也不知道主人为什么会关心你们几个，直到今天主人开了正门，才发现原来跟在你们身边的，乃是我家失散多年的三小姐。主人是因为三小姐才爱屋及乌！"

"三小姐？哪个三小姐！"刘秀等人齐齐被吓了一大跳，异口同声追问。

"当然是三娘了，你们……"

误会！天大的误会！今日在许家遇到的怪异之事，瞬间有了答案！

"我家三小姐七年前生病不治，下葬之后第二天，坟墓却被天雷击垮，遗体从棺材中不翼而飞。我家主人一直认为，三小姐是昏迷中被下葬，然后被某位奇人异士救了去……"

刘秀等人越听越吃惊，不知不觉间，一个个将嘴巴张得老大。

惶急间，众人本能地朝许家方向回头。却愕然发现，不知道什么时候，身背后已经浓烟弥漫。有团猩红色的火光正从许家的位置扶摇而上。

"是我家，主人有难了！"阿福吓得魂飞魄散，转过身撒腿就跑。

刘秀、邓奉、严光和朱祐四个，也赶紧迈动双腿，跟阿福一道朝来路上跑。许老怪并非老色鬼！许老怪对刘秀有恩，无论其出于什么目的，这份恩情都实实在在，大伙不能眼睁睁地看着他家化作一团灰烬。

早有五城军兵赶到，在当值将领的指挥下，拆除附近院落和建筑，以免火势向周围肆意蔓延。赶回来救火的所有人，包括阿福和刘秀等少年在内，都被兵丁们拉开绳索隔离在数百步之外，以防他们冲进去帮倒忙。

浓烟和烈火中，不停有呼救声和哀哭声传出，但是，谁也没办法冲进去施以援手。木制建筑起火，蔓延极为迅速，往往好心冲进火场里的勇士没等救出别人，自己就会被烟雾熏得全身发软，将性命也白白搭上去。

"主人……"阿福在侥幸逃脱的邻居当中，找了半晌也没看到许子威，急得两眼一翻，当场晕倒。

"许博士——唉！"刘秀等四位少年，红着眼睛相顾扼腕。

就在此时，周围的人群中，忽然爆发出一阵呐喊，"有人，还有人在里边救人！英雄，英雄，加把劲儿！快，快拉他出来！"

只见一个熟悉的身影，背着个白发苍苍的老头，在烈火中左冲右突。忽然奋力一跃，像展翅高飞的凤凰般，从两团烈焰之间冲了出来，衣角发梢青烟萦绕，脚步却不做丝毫停顿。

"三姐！"四个少年齐齐越过官兵拉起的隔离绳，不顾一切冲向救人者，将她连同背上的老者,一起架着冲出烈焰的边缘。脱身的瞬间,两栋建筑在不远处轰然而倒。

"拿水来,拿水来!"不知道是谁喊了一嗓子,周围的百姓们纷纷拥上前,用清水迎头乱泼,瞬间就将大伙身上的火星全都浇灭。

"三姐,你怎么会在里边?"惊魂稍定,刘秀立刻大声追问,声音里充满了他自己也察觉不到的紧张。

"还不是被这老色鬼给害的!"马三娘顾不上擦脸上的水,从背后解下昏迷不醒的老者,大声抱怨,"我走在后面,恰好看到有人朝他家丢火把。我阻拦不及,只好大声示警。没想到他居然不朝外边跑,而是跑回屋子里去收拾细软!"

刘秀等人定神细看,这才发现,获救的正是老怪物许子威!只见他双目紧闭,满脸惶急,双手却抱着一幅卷轴,死死不放!

"死到临头却舍不得一幅破画,差点被你给害死!"马三娘也终于看清楚了,许子威舍命去拿的,不是什么细软,而是一幅卷轴。愈发觉得气儿不打一处来!蹲下身,将卷轴夺下,随手丢向了脚边的水坑。

卷轴失去控制,在半空中徐徐展开,一个七八岁女娃的身影缓缓出现。眉眼间,依稀与马三娘有五分相似!

"啊!"马三娘眼尖手快,一招野鹤渡江,把绢布画轴抄了起来,一张俏丽的面孔在身体重新站直的同时,也迅速变得苍白如雪。

画面上的那名女娃,分明就是小时候的她!然而画中的衣服和首饰,她小时候甭说穿戴,甚至连摸都没资格摸上一次。

正惊愕间,耳畔却传来了一声怒喝,"哪里来的野丫头,竟敢在火场中乱闯?这场大火是否与你有关联,速速跟我回衙门接受查问!"

"放你娘的狗屁!"马三娘正为画像之事而心烦意乱,本能地扭头怒骂。

"你,你竟然敢侮辱朝廷命官?来人,给我把这放火的女贼拿下!"怒喝她的人是一名校尉,这辈子几曾被平头百姓给骂过?顿时火冒三丈,挥舞着手中宝剑,大声喝令。

立刻有五威中城府的军兵上前，试图将"纵火嫌疑犯"捉拿归案。刘秀等人岂肯眼睁睁地看着马三娘被人捉走？也弯腰从地上捡起木棒石头，在马三娘周围并肩而立，"住手！你们哪只眼睛看到火是她放的？莫非救人还救出错来了?!"

周围百姓先前亲眼看到马三娘背着老者在火场中左冲右突，差点把命搭上。如今却又看到负责维护长安秩序的五威中城府校尉非但不奖励救火的英雄，反而要颠倒黑白将她当作纵火犯抓走，齐齐大声鼓噪。

那校尉是受人暗中指使，要将马三娘抓走，才故意找茬诬陷她纵火。"闭嘴！你们怎知她不是纵火犯的同党，故意假装救人，以混淆视听？你们谁认识她？"

"这……"周围的百姓顿时被问愣了。

此时的长安城，虽然是天下第一大国都，也不过才二十余万户。有资格住在许子威这个前任上大夫家附近的，更是千里挑一。经常在同一街巷进进出出，彼此之间即便没打过招呼，记忆里多少也会有些印象。而救火女英雄和她身边的四位少年，却是陌生面孔，谁都不知道其来历如何！

"他们是我家主人的客人！"正狐疑间，却有七八个惊魂未定的家仆大声喊道，"我家主人是太学博士许公。校尉切莫胡乱猜疑！"

那校尉理屈词穷，心中好生恼怒！想要发狠下令动手抓人，却又在百姓们身后，看到了四五个峨冠博带者，正在朝着自己微微冷笑。顿时愣在原地不知所措。

就在此时，不远处的街道拐角后，忽然有人大声提醒："客人就可以洗脱放火的嫌疑了吗？谁知道他们是不是求人不成，恼羞成怒放火烧屋！"

"王二十三，你血口喷人！"马三娘立刻辨出了说话者的声音，紧握拳头就要找其拼命。

"给我拿下！"那校尉却再度找到了主心骨，把宝剑一横，带着兵丁挡住马三娘的去路，"你，何方人氏，姓甚名谁？可有路引？"

"你管我是谁！"马三娘被问得一愣，"火不是我放的，人却是我所救。

我就不信，长安城这么大，就没人长着眼睛？"

表面上，她的气势丝毫都没有输，但内心深处却是焦灼万分。

路引那东西，她一个通缉要犯怎么可能有？从棘阳到长安，大伙都叫她三娘，也故意模糊了她姓马还是姓刘！如果不遇到刻意盘查，她当然可以永远模糊下去，反正官府的通缉文告上，把马三娘画得山鬼一般，与她本人毫无相似之处。然而，万分不幸的是，她今天被王固这条毒蛇给盯上了，并且误打误撞，一口咬了个正着！

"听你口音不似长安人，路引何在？速速拿出来让本校尉查验！"那校尉虽然为人奸恶，却是个办案的行家。见马三娘居然主动停住了脚步，立刻察觉出事情有异，挥舞着宝剑大声命令。

"我们是太学生！"

"她是我姐姐，特地送我来入学！"

"路引在客栈里，三姐，你且回去拿！"

刘秀等人不肯让马三娘被校尉抓走，相继上前，将其挡在了背后。

眼看一场恶战在所难免，忽然响起了阿福的稚嫩声音："住手！我家主人是上大夫许子威！谁敢动我家三小姐，主人就让他吃不了兜着走！"

"上大夫"三个字，比起"许博士"，威力大了何止十倍？顿时，众兵丁全都停住了脚步，眼巴巴地望着自家校尉不敢寸进。

上大夫位列三公九卿之下，没有什么实权，却可以在皇帝面前弹劾任何官吏，每年仅仅俸禄就高达两千石。而中城校尉虽然权力颇大，却只是个五百石的中下级官吏，平素连皇帝的面都没资格见！奉校尉之命去抓上大夫的女儿，傻瓜才会冲在最前头！

那校尉骑虎难下，挥舞着宝剑，亲自上阵，"是前任大夫，不是现任。都已经致仕许多年了！给我上，惹出来麻烦我一人承担！"

话音刚落，一个冷冷的声音响起，"噢！原来不在任的大夫，就可以任由尔等折辱了！还好老夫这个中大夫还没有卸任，来来来，尔等干脆把老夫也一起抓走！"

"你，扬、扬大夫，您老怎么会在这儿?!"校尉打了个趔趄，差点当场栽进泥坑。

"许大夫的家被人放火烧了，老夫岂能不过来看看?"国师扬雄狠狠瞪了校尉一眼，走进人群，蹲在许子威身侧，替老朋友活血顺气。

许子威长吐一口气，缓缓睁开眼睛。第一句话却是，"三娘，为父终于找到你了！你不要走，为父有画像为证，这就拿给你看！"

"啊！她果真是许博士的女儿！"周围百姓又惊又喜，在旁边大声议论，指指点点。

那校尉惊惶地回过头去，却不幸地发现，先前暗中指使他抓走马三娘的王固，早已不知所终！正进退两难间，却又听见扬雄大声喝道："你这女娃，还不上前见过令尊！莫非你身上有什么宝贝，值得我们两个老头子联合起来，冒认亲戚么?"

马三娘虽然是个直心肠，却并非傻瓜。在被官兵抓去验明正身和暂时将错就错蒙混过关之间，很快就做出了选择。转过头，缓缓走到许子威身边，敛衽施礼，"您真是我阿爷？请原谅女儿不孝，对小时候的事情，丝毫都不记得了！"

"三娘，阿爷这些年，找得你好苦！"许子威一把抓住马三娘的胳膊，老泪纵横。

"阿爷！阿爷莫哭！阿爷，我真的不记得了！阿爷——"马三娘从小父母早丧，根本没感觉过什么父爱。最初还是小声地敷衍、安慰，转瞬间，却是心头一酸，也跟着泣不成声。

"原来是女儿偷偷回来找父亲相认！"

"怪不得许博士这些年来一直疯疯癫癫的，原来是被人拐走了女儿！"

"那没长眼睛的校尉呢，这回，看他还怎么说！"

周围的百姓被许子威和其"女儿"相认的情景，感动得无以复加。

那中城校尉把心一横，走到许子威面前，躬身施礼："许博士，在下张宿，祝贺你与令爱父女重逢。火灾的起因，在下还得仔细勘查，就不打扰你们了。请容在下就此告辞!"

【将错就错拜鸿儒】

那许子威思念爱女成癫,如今终于"得偿所愿",哪有功夫跟一个中城校尉去较劲儿?稍微缓过一口气来,就要带着"女儿"回家。

然而,他哪里还有什么家?偌大的许博士府连同周围的四五栋深宅大院,早就被烧成了一堆残砖碎瓦,侥幸活下来的邻居们相抱痛哭。

好在国师扬雄财力丰厚,见众人可怜,便将自己在长安城内两座空着的院落拿了出来。一座暂时借给几户受灾人家共同安身,另外一座宅院,干脆就送给了许子威,算是庆祝他们"父女重逢"的贺礼。

许子威与扬雄相交多年,知道他生财颇为有道,也不跟老朋友客气。

刘秀等人今天肯定来不及去太学报名了,又担心一会儿误会解开之后,马三娘被许老怪怨恨,互相看了看,也跟去了许子威的新家。

早有扬雄提前留在这里的奴仆们迎上,伺候他们各自收拾。待大伙都擦洗干净之后,又将所有人领到正堂,摆宴压惊,去除晦气。

到了此时,马三娘确信自己已经平安脱险,不忍心再继续将错就错。先倒了一杯酒,双手捧着送到许子威面前,蹲身致歉:"夫子,先前我不想被官兵当纵火犯冤枉,就顺势冒认是您的女儿。事实上,我姓马,不姓许,画上的女孩,也不可能是我。冒犯之处,还请夫子原谅!"说着话,毕恭毕敬将酒水举过了眉心。

"三、三娘,你、你不、不肯认我啦?!"许子威大惊失色,刚刚恢复了生机的脸孔,迅速变得灰败不堪,"我知道你是怪我稀里糊涂,就把你当死人给入了葬。我对不起你。可我、可我真的不是故意的啊,我……"

"我没资格怪你,夫子,真的没资格!"马三娘抬起头,惨笑着打断,"那画卷上的女娃,真的不是我。我像她那么小的时候,连饭都吃不饱,更甭提穿绸缎衣服,戴金锁子!不怕您老笑话,我之所以练武,最初就是为了能顺利抓到兔子和野鸡,能跟全家吃上一口肉汤。"

"三娘,你受苦了,为父当年对不起你!"许子威哪里听得进去,只是一厢情愿认为,女儿被别人捡走之后,没吃没喝。却主动过滤掉了马三娘话语里所说的年纪。

任由马三娘说了一条又一条,直到把嘴巴都说干了,他却依旧坚持认为女儿是因为当年被他"活埋",而故意在骗他。最后马三娘终于气得忍无可忍,猛地用手拍了下矮几,大声断喝:"你不信就算了,反正我不是你女儿!你若觉得自己的性命还值一点儿钱,明天就去太学里替刘秀说句公道话。你若是像姓阴的那样翻脸不认人,那也随你,我就当今天又瞎了一回眼!"说罢,转身招呼刘秀等人,就要一道告辞。

扬雄见了,心中大叫一声不好。赶紧一边连连向许子威使眼色,一边站起身,大声喊道:"三娘,且慢!老夫还有一件事不明!"

"火不是我放的,信不信随你!我到他们家附近的时候,火头已经起来了。一帮蒙着脸的坏人丢完了火把正在四散逃走!"马三娘以为扬雄想从自己这里追查烈火的起因,头也不回,大声解释。

"老夫岂是那黑白不分之辈?"扬雄被说得脸色微红,"三娘你误会了,老夫早就知道放火者另有其人。否则,老夫刚才也不会主动出面把你从那校尉手里救下来!"

"多谢了!"马三娘还记得先前自己差点儿当街跟官兵发生冲突的场景,停住脚步,转身向扬雄轻轻拱手。

扬雄老脸再度发红,很是为自己刚才故意表功的行径感到羞耻,"不用谢,你冒死救了我这老友的性命,我岂能眼睁睁地看着你被人冤枉?!"

"也不算冒死,我是练武之人,耐力比常人好,憋气也能憋得久一些!"

"这就是老夫的疑问所在,不知三娘师从何人?居然练就了如此高明的身手?"扬雄立刻打蛇随棍上,继续干笑着问。

"我不能告诉你。你知道了也没任何好处!"马三娘当然不能直说,我的武艺是跟我哥学的,我大哥叫马子张!

若是换作平时,有人拿这种态度相待,扬雄肯定立刻拂袖而去。但是今天，他却用无与伦比的耐心，继续笑脸相陪，"噢，原来是个不能说名字的世外高人。失敬，失敬。但是，三娘，你那师父武艺虽然高，却有些不食人间烟火。居然连户籍或者路引都忘记给你弄，让你今后如何一个人在外边行走？不如这样，你帮我一个忙，我帮你弄一份长安上等人家女儿的户籍，方便你今后自由来去，如何？"

"真的？"马三娘立刻两眼发亮。

"两份，一份给你，一份给你师父，或者你指定的任何人！"唯恐诱饵的分量不够，扬雄迅速举起两根手指，大声强调，"老夫是陛下亲口封的国师，正式官职为中大夫。这点小事，还不至于说了不算！"

"那你想让我帮你什么忙？"马三娘眼中，早已闪现出哥哥马武跟自己一道以正常人身份在长安街头闲逛的情景。

"嘘——"扬雄将手指竖在嘴边，故作神秘状，"小声！你到我跟前来说！你看，我那老友因为思念女儿，早就变得疯疯癫癫。你今日如果不顾而去，我敢保证，半月之内，他就会绝望而死。三娘，不如你救人救到底，委屈一下，做他的义女如何？这样，我这老友不会因为绝望而死。而你在长安城内也有了落脚地，还能再得到两份上等人家的户籍。咱们各取所需，谁都算不上吃亏！"

说是小声，事实上，这几句话却让在场所有人都听得清清楚楚。那许子威的脸上，顿时就又有了血色，手扶着面前矮几，身体因为过度紧张而微微战栗。而刘秀四个，虽然觉得扬雄此举有些乘人之危，但既然许子威对马三娘并非色心大发而是舐犊情深，他们也觉得没必要出言阻止。

"可以，但是，我还有一个条件！"马三娘做事永远都干脆利落，迅速看了刘秀一眼，发现他脸上并没有反对之色，立刻就给出了准确答复。

"三娘请讲！"扬雄立刻满口答应，"只要能做得到，老夫绝不推辞！"

"甭说一个，多少个都行，只要你不走，即便不叫我父亲都没关系！"许夫子红着眼睛，结结巴巴地补充。

"你收刘秀为弟子，亲自教他。我可以既做你的义女，也做你的女弟子，跟你学如何读书写字！"马三娘狠狠剜了故作可怜的许老怪一眼，大声给出最后的答案！

"不可！"刘秀的脸，瞬间涨成了猪肝般颜色，不顾一切地大声否决。

他不反对马三娘拜许夫子为义父，因为此事对马三娘有百利而无一害。但是，他却不能容忍马三娘以此为条件，替自己谋取亲传弟子资格！这关乎他少年人的自尊，也关乎他刘秀的立世原则！

然而，在此刻的马三娘心里，少年人那孱弱的自尊和原则，远不如生存重要，扭头瞪了刘秀一眼，"你别乱插嘴，这回必须听我的！指使人放火烧毁许家大宅的人，十有八九便是王二十三。你若是投到其他教书匠门下，即便这次能顺利入学，将来也免不了再遭到别的暗算。还不如直接拜了许夫子，好歹他能镇得住场子，让姓王的不敢明着对付你！"

"三姐！我、我怎么能……"刘秀拒绝的话顿时卡在了嗓子眼儿。

"你怎么能什么？莫非嫌弃老夫学识差，教不得你这个小秀才么？"许子威忽然拍了下矮几，冲着刘秀怒目而视。

他坚信只要把三娘留在身边，假以时日，肯定能证明自己这个父亲并非"冒认"。至于刘秀本人此刻的想法和感受，则根本不需要考虑。

"这，夫子误会了，晚辈、晚辈不是这个意思！"刘秀即便再心高气傲，也没胆子说四鸿儒之首不配做自己的老师，只好红着脸，躬身解释，"晚辈只是觉得自己才疏学浅，能进太学读书已经是万幸。绝对不敢……"

"那你先前带着束脩来我家做什么？"好不容易才将三娘留下，许子威岂肯让刘秀节外生枝，冷冷一笑，沉声质问。

刘秀顿时语塞。

"提着束脩登门，然后又另投他人，莫非你小子先前是想故意羞辱老夫！"见到刘秀满脸窘迫模样，许子威心里大乐。一张老脸上却依旧阴云密布，仿佛随时准备跟少年人拼命模样！

"没、没有！晚辈、晚辈不敢！"刘秀哪里知道许子威在故意吓唬自己，脸红得愈发厉害，摆着双手，小心翼翼地解释，"晚辈、晚辈的确曾经想过拜入您老门下。但、但是您老当时命令阿福兄带着晚辈去太学……"

"老夫是想考验一下你的心性！"许子威老脸一红，大声打断，"连这点儿考验都经受不起，将来怎么成得了大器?!"

读书多的人胡搅蛮缠起来，更是花样百出，黑白颠倒！刘秀再度失去了语言能力，愣愣地看着许子威，额头上热汗滚滚。

"好了，子威兄，既然误会已经揭开了。你就不用继续考验他了！"好在扬雄心软，"刘秀，你也别抹不开面子！你的投卷老夫看过，无论见识和文笔，都堪称一流。无论拜在谁门下，都不算幸进！也不用觉得欠了三娘的人情！"

刘秀知道自己先前的小心思，一点儿都没能逃过别人的眼睛，红着脸不敢抬头。

扬雄见此，索性好人做到底，"况且三娘刚才说得也没错，许宅之火，十有八九是王固派人所放！以报复他当日被子威兄用竹简痛殴之仇！他既然连许宅都敢烧，太学里头，还有哪个夫子保得住你？与其去拖累别人，还不如直接拜在许夫子门下，好歹子威兄做过上大夫，当年跟陛下也颇有些交情，这长安城内，谁也不敢明着对付他！"

"多谢国师指点，晚辈茅塞顿开！"刘秀知道扬雄的话句句在理，终于放下了少年人的自傲，红着脸道谢。

"孺子可教，扬某先恭贺你终于找到名师了！"扬雄笑着受了他一拜，然后轻轻还了个半揖。

严光、朱祐、马三娘相继点头而笑，都为刘秀的入学问题最终得到圆满解决而感到高兴。只有邓奉，依旧眉头紧皱，非常不合时宜地插了一句，"国师，既然您也知道大火是王二十三派人所放，难道就不能将其绳之以法么？您老可是在任的中大夫，有权力弹劾文武百官！"

"这，呵呵！"扬雄被问得好生尴尬，"捉贼捉赃，更何况对方是皇亲国戚？况且即便抓到是王家的家丁动手放火，王固也可以推说是底下的家奴私自行事。随便交几颗人头上去，案子就能彻底了结。"

"可、可陛下当年，连亲儿子都杀，只是为了维护律法尊严！"邓奉听得心里好生不是滋味。

"此一时，彼一时也！"扬雄满脸遗憾地摇头，"陛下再英明，也终究是一个人。刑不上大夫，却是持续了千年的传统。以一人之力，挑战千年传统，一时半会儿，怎么可能定得下输赢？况且王固终究姓王，除了陛下亲自动手之外，谁又能真的将他怎么样？！少年人，这长安城里的水深着呢！你们就慢慢学，慢慢看吧！"

"你又扯这些没谱之事！有那功夫，还不如替我去准备一下，让刘秀正式拜入师门！"许子威急不可待地大声催促。

到了现在，他总算看明白了。想拴住三娘，就必须先拴住刘秀。所以父女相认这事情可以暂且不提，跟刘秀的师徒名分却必须尽早确定下来。

"你这老货，多等一天会死人么？既是拜师，总要请上几个饱学鸿儒做见证，并且让刘秀的家人也在场才好。"扬雄佯装发怒，笑着回敬。

许子威一愣，旋即明白，扬雄是准备以这种方式，"委婉"地向外宣告，刘秀从此归许某人来教导了。请先前拿刘秀名字做文章的家伙自行收手，免得双方真的正面起了冲突，彼此都不好看。于是乎，欣然点头。

"三娘，反正都要请人来观礼，不如把你拜老怪物做义父的事情，安排在刘秀拜师的同一天，如何？"扬雄做事向来滴水不漏。

"晚辈但凭长者安排！"马三娘蹲身施礼。

"那就好，且让老夫来算算，哪天是黄道吉日！"扬雄大笑着抚掌，不多时，便算出来三天之后，正是百事皆顺的上上吉日。

当晚返回客栈，刘秀将自己拜入许子威门下的消息一说。刘縯的病顿时就好了大半。待第二天刘秀被许子威的书童阿福拉着去正式落了学籍，刘縯身上剩下的那一小半儿病情，也迅速缓解。结果，到了以刘秀和马三娘二人共同的大哥身份，正式去许家新宅观礼那天，刘縯的病竟然不治而愈，整个人都重新变得生龙活虎。

许子威虽然已经卸任上大夫之职多年，但因为其学识高深，在儒林当中，影响力丝毫都没有减弱。扬雄作为中大夫和太学副祭酒，人脉更是不可小瞧。所以观礼这一天，许府宾客云集，非但两国师和三十六秀才齐至，其余三鸿儒也来了两个，只有先前下令将刘秀踢出太学门外的鸿儒王修，因为"临时有事"，不能来贺。但是也派奴仆送来了一卷绝世古册，算是给了许子威和扬雄交代，暗示自己不会再继续拿刘秀的名字做文章。

席间自然有宾客有意或者即兴考校刘秀的学问，刘秀也不肯给许子威丢脸，抖擞精神，有问必答。虽然不至于每一次都语惊四座，但九成半以上回应大抵相合，并且每每有一些"童稚"之语，令闻者耳目一新。

众宾客听了，心中愈发觉得鸿儒王修当日胡闹，差点儿就毁掉了一名少年英才的前程。对许子威不畏权势，替刘秀出头的举动，也愈发地感到佩服。除了扬雄这个知情者外，竟然谁都没有想到，刘秀这个弟子，不过是个添头。许老怪的真正心思，其实全都放在了接下来要认的义女身上。

热热闹闹一直折腾到日落，拜师礼和认女礼才宣告结束。刘縯、刘秀和马三娘等人，都精疲力竭。但心中的石头，也总算落地。从此之后，刘秀就有了许博士亲传弟子身份，再也不用担心被人从太学扫地出门。马三娘也在长安有了固定居所，不至于在刘縯走后，还继续住在客栈里，不伦不类。至于马三娘的户籍，对扬雄和许老怪来说，更是举手之劳。根本不用二人亲自出马，门下随便一个弟子或者书童跑一趟长安县衙，就可以把户籍文书带回来。

第九章　笼中虎豹

【朔风乍起晚来急】

眼看着开学日期渐渐临近，刘縯和邓晨开始着手准备返乡时的干粮和物品。刘秀第一次离家，当然心中对大哥十分不舍。只要不去学校，就终日跟在刘縯身边，亦步亦趋。刘縯自小把几个弟弟妹妹带大，真的做到了长兄如父，猛地要跟最有出息的弟弟刘秀分别，心里也好生割舍不下。

这一日，刘縯特地买好了礼物，叫上刘秀，去拜会一名意气相投的老友。准备替自家弟弟多找一个照应，以免将来在长安遇到麻烦，连个可以帮忙的人都寻不到。"待会儿我带你去拜见的人，是长安最著名的游侠，千里追鹰万谭。我前年外出访友，曾与他在洛阳附近，携手对付过一帮盗贼，算是曾经生死与共。先前之所以不去求他，是弄不清他在官府里，人脉究竟有多深，也不想拖累他去得罪王家。如今你入学的问题已经解决了，今后在长安城里，再遇到一些许夫子不方便出面的事情，尽管去找他。以万大哥的本事，大部分麻烦，应该都能顺利帮你摆平！"

兄弟两个谈谈说说，不多时，便来到了城南。从两排桂树中间，策马徐徐穿过，踏着清冷的余香，来到一处幽静的巷子。只见不远处，几所干净素雅的宅院，连接成排。院门前青石铺地，落叶满街，平添几分安宁。

"最里头一家，应该就是万府了。万兄亲口跟我说过地址，叮嘱我如果哪天有空来长安，一定到他府上喝酒！"带着几分自豪，刘縯用马鞭指着巷子深处最大的一座宅院，"万大哥父亲，跟咱们的父亲一样，也做过一任县令。后来家道中落,万大哥就做了游侠,从官府领捉贼的赏金养家。这些年仗着三尺青锋和满腔热血,不知斩了天下间多少盗匪的项上人头,这才在长安城里站稳了脚跟,不仅买了三进的大宅子,名下还有间百雀楼,位于长安城内最热闹处,每天从早到晚,都是一座难求!"

"百雀楼,我知道,阿福说那是长安城内最好的饭馆,许夫子经常去。还答应带着我和朱祐去开眼界!"

"原来许博士也知道百雀楼!"刘缜闻听此言,愈发为好友万谭而自豪,"原本我打算带着你直接去楼里找他,后来转念一想,你若去了,他少不得又要为你专门摆酒相贺,实在太麻烦了。耽误他的生意不说,还累得你凭空欠了许多人情!"

"大哥想得周到!"

"江湖中人虽然豪爽,但若要人人都把你当朋友,必须时时注意,莫失了分寸,否则散漫惯了,久而久之,朋友们都当你是愣头青,这关系也就逐渐疏远了。"临别在即,刘缜恨不得把所有本事,都倾囊相授。

刘秀一边听,一边扭头东张西望。

"大哥,这巷子,怎么如此安静?大白天的,竟然家家大门紧闭,未见有任何人来往……"刘秀眉头紧锁,满脸狐疑。

"这……"刘缜一经提醒,也迅速感觉到巷子里安静得实在太过分,果断将手按在了腰间的剑柄之上。

"吱呀——"就在兄弟二人全神戒备之际,巷子深处的万府大门,忽然被拉开了一条缝隙,有一个满脸是血的老汉,跌跌撞撞从门内出来,一边手脚并用向前爬,一边撕心裂肺大喊,"救命啊,救命啊!各位高邻,请救万家一救。有贼人欺门赶户,夫人和少爷都被贼人堵在了里边!"

四下里,立刻响起了数声狗吠。但是,很快狗吠声就被喝止。所有人家的大门牢牢紧锁,谁也不敢出来。

两个恶汉紧跟着冲出万府,揪住老汉的后脖领子,用力往院子里拖去,同时嘴里不干不净骂道,"老东西,闭嘴,我家的事情,哪个敢管!回去劝那娘们签字画押,画了押,自然会放了你!"

"住手!"刘缔实在看不下去,大喝一声,飞身下马。

"哪来的野狗,敢在长安城里乱吠?!"恶棍听刘缔不是当地口音,立刻抬起头,大声斥骂,"识相就滚远些,切莫自误。否则,打死你,也不过是两吊钱的事情!"

"我就不信长安城里,就真没了王法!"刘缔刚才还在自己弟弟面前,满脸自豪地介绍万大哥,转眼却看到万府被恶棍打上门来,毫无还手之力。这份落差和屈辱,如何还忍得下?毫不犹豫地将佩剑连鞘举起,对着两个恶棍的手臂抽了过去。

"啊——你、你敢打我。你、你找死!"两个恶棍大怒,再也顾不上殴打地上的老汉,从腰间拔出短刀,就要跟刘缔拼命。还没等贴近刘缔身前半尺之内,膝盖处就相继传来一阵剧痛,摔成了滚地葫芦。

"老丈,这里可是万府,千里追鹰万谭可在里边?"刘缔收剑,俯身,从地上搀扶起口吐鲜血的老汉,大声追问。

"这里、这里当然是万府。公子,请、请速速报官,再晚一些,万家所有人,都死无葬身之地!"老汉一边大口吐血,一边语无伦次地求告。

"三儿,你去报官!老丈,万谭在哪儿?他到底怎么了?"

"万谭早就死了,咱们这就送你去见他!"恶棍冲着他的后背,高高地举起了尖刀。

"砰!"刘缔一个神龙摆尾,将恶棍踢进了路边排水沟。一双虎目愣愣地看着老汉,"老丈,万大哥、万大哥到底怎么了?谁、谁害了他?"

"好汉啊,您来晚了啊!"老丈放声嚎啕,"我家主人的百雀楼被西城的魏家看上,他、他不愿出让,被官府以窝藏贼人的罪名给抓了去,第二天,就、就没了啊———"

纵使刘缔心里已经有了一些准备,依旧被惊得眼前阵阵发黑,脚步踉跄不稳。千里追鹰万谭死了!只是因为舍不得将辛苦了半辈子才攒下来的百雀楼转让给别人,就稀里糊涂死在了狱中。他那一身精湛武艺,他积累了半辈子的人脉，没起到半点作用！

"你有几颗脑袋，敢管咱们西城魏家的闲事？"正惊怒交加之际，耳畔却又传来了一声嚣张的质问。抬起头，恰看到一名恶少在十余名家丁的簇拥下，从万府的大门走了出来，站在台阶上，如石鲮俯视着蝼蚁。

"大路不平有人铲！"刘缤放下正在呕血的老丈，长身而起，剑鞘落地，手中三尺青锋泼出一片秋水。

一步，一剑。五步，五人。眨眼之间，从台阶下杀到了大门口。

"杀人啦，有人当街杀人啦！"剩下的七八名家丁惨叫一声，四散奔逃。

心中念着自家弟弟刘秀，刘缤不敢下死手，因此剑锋所刺，要么是大腿，要么是肩窝，没有一处致命。饶是如此，依旧令台阶上染满了红。先前俯视他的那名恶少也给吓得魂飞天外，尖叫一声，转身就朝院子里逃。

"欺门赶户的狗贼，哪里跑！"刘缤恨此人歹毒，举剑快步追上。双脚刚刚迈过门槛，便看到有七八名恶奴，手举棍棒砍刀，迎面扑将上来。

似这种为虎作伥的货色，刘缤以前不知道放翻过多少，哪里肯给他们包围自己的机会？三下五除二都放翻在地。

"我大哥是魏宝关，是茂德侯府的二管事！我姐姐是茂德侯的第十三房小妾！"那恶少双手抱着脑袋，边跑边喊。

"我管你是茂德侯还是缺德侯，谋财害命者，死！"刘缤急怒攻心，提着宝剑追上去，就要让此人血溅当场。

"恩公，使不得，使不得啊！"横向里却蹿过来一个苍老的身影，恰恰挡在了他的必经之路上，放声大哭。

"你！"刘缤差点把自己闪了个跟头，对跪在地上的老汉怒目而视。

"恩公，我家主人虽然已经被害死了，可主母和小主人却还在，您这一剑下去固然痛快，甄家追究起来，她们孤儿寡母可怎么办啊！"

"你这老窝囊废，刘某刚才真的不该管你！"刘缤被问得两眼冒火，然而，骂归骂，他却知道对方说得有道理。自己一怒之下杀了姓魏的恶少，固然解恨，可过后自己的弟弟刘秀，万谭的老婆孩子，恐怕都得被官府给抓了去,像万谭本人一样,死得不明不白。

只见偌大的院子里,除了魏家的恶奴之外,只剩下两名女仆、两名男仆和脚下的老汉,个个鼻青脸肿,浑身是伤。而正堂门口的台阶上,则有一名全身缟素的少妇,与一名七八岁的幼儿,相拥而哭。

如此悬殊的实力对比,若是他现在转身不顾而去,少妇母子两个,肯定又得成为恶少的板上之肉。想到这儿,刘缜猛地吸了一口气,绕过拦路的老汉,三步两步追上正在试图翻墙逃走的恶少,从背后一把拎住此人脖领子,像老鹰抓兔子般,给提了起来。

那恶少平素仗势欺人,哪里遇到过如此狠角?被吓得身体一抽,两行热尿顺着裤腿儿淋漓而下。

刘缜嫌他肮脏,随手将其丢在正堂门口,然后放下宝剑,冲着缟素少妇拱手施礼,"前面可是嫂子?此贼该如何处置,还请嫂子示下!"

"整个长安城,都没人敢接我家的状子,我还能如何处置于他?"那缟素少妇哀哭一声,"壮士,你的好意,嫂子领了。嫂子不敢给你万大哥报仇,只求他拿了百雀楼和这处院子之后,放我们母子离开,我就心满意足!"

"这个人渣,我剁了他!"刘缜原本以为,那魏姓恶少只是想抢百雀楼和万谭的宅院,却万万没想到,非但谋财害命,还打起了万谭遗孀的注意。顿时又被气得两眼发红,伸手就去抓地上的宝剑。

"饶命,不是我要你,是、是茂德侯家二公子看上了你。我、我只是替他出来跑腿的!"那魏家恶少胆子虽然小,反应却一点儿都不慢。

那茂德侯甄寻,官居侍中,兼京兆大尹。其父亲甄丰官拜大司空,其叔父甄邯官拜大司马。万谭的百雀楼被甄家看上,却不肯拱手相送,怎么可能不人财两空?!

【怒火难平哭声哀】

耳畔忽然传来了一阵凌乱的马蹄声。只见一男一女,如飞而至,在万府门前跳下坐骑，快速冲入门内。

"老三，你怎么来了，不是叫你报官么？"正在举棋不定的刘缜迅速抬头，见来人是刘秀和马三娘，忍不住皱起了眉头。

"若是官府肯管，早就有差役冲过来了，哪里还用等到现在？"刘秀撇了下嘴，不屑地摇摇头。

"那、那你也不该再回来！"刘缜被说得眼神一暗，垂下宝剑，低声数落。如果不是怕牵连到刘秀和家人，他真想现在就一剑下去，给魏姓恶少来个透心凉。然后再杀到那个"缺德侯"府邸，仿效当年聂政①刺杀侠累，仗剑自大门长驱而入。那样，自己最后即便当场战死，也不枉与万谭相交一场，也不辜负江湖朋友们所赠"小孟尝"之名。但是现在，他却像落入牢笼的虎豹般，徒生了铁爪钢牙，却丝毫动弹不得！

"我原本打算回去找杨祭酒，不料半路上刚好碰见三姐和阿福，就把三姐拉了过来。阿福已经知道这事儿，马上去找夫子想办法！"刘秀怕的，就是哥哥一怒之下暴起杀人，赶紧笑了笑，低声补充。

"义父让阿福带着我去挑些衣服和首饰，没想到会在半路上遇到刘秀！"马三娘脸色微微发红，"万大哥的事情，刘秀已经跟我说了。是哪个狗贼谋财害命？让我来收拾他！大哥您别脏了手，让我来！先杀了他，然后再跟他家人去长安县衙打官司！"

"三娘，休要给夫子惹麻烦！"刘缜豁得出去自己，却不愿意拖累他人，立刻苦笑着摆手，"这厮说他只是个跑腿的，正主……"

话才说了一半，门外忽然响起了一阵凄厉的铜锣声，墙头上看热闹的邻居们，全都像鹌鹑一般将身体藏了回去。其中有人心好，低声示警："好汉，快跑！官兵来了，他们跟当官的向来都是一伙儿。你可千万别指望能有地方说理！"

---

① 聂政，春秋战国时著名刺客，刺杀韩国宰相侠累。仗剑从大门入，杀数人，然后杀侠累于阶下。随即自己毁容，自尽，以免被认出身份，连累家人。

"救命啊——"没等刘缜作出反应,那姓魏的恶少猛地一翻身,像只辘轳般再度滚出了两丈多远。藏在自家恶奴腿后,扯开嗓子大叫,"救命啊,有强盗杀人了。官爷,有强盗杀人啦!啊——"

呼救声戛然而止,却是马三娘手疾眼快,捡起半块砖头丢将过去,砸飞了他半嘴的牙齿。

官兵们只是站在大门外,非常谨慎地劝阻道:"姑娘,还请注意分寸。打死别人家奴仆,即便你占足了道理,也要罚金十贯!"

"我先打死了他们,然后付钱!"马三娘先是一愣,旋即满脸狂喜。带鞘的宝剑高高举起,劈头盖脸打了个痛快。

众恶奴终于明白遇到了"恶人",一个个吓得魂飞魄散。不敢再蹲在地上卖惨,哭喊着跳起来,四散奔逃。转眼就被马三娘从背后追上,剑抽腿踹,挨个放倒!那带着官兵赶来的中城校尉看了,居然只是抱着膀子,在旁边看起了热闹!

"三姐,小心溅身上血!"倒是刘秀怕马三娘下手没轻没重,真把某个恶奴打死,大声提醒,"刚买的新衣服,为他们弄脏了不值!"

这句话,比直接劝马三娘住手效果好过十倍。顿时,少女就想了起来,自己身上如今穿的是苏绸而不是粗麻[①],果断向后撤了半步,低声抱怨:"你怎么不早点儿说。老怪如果看到了血迹,肯定又要数落我不顾斯文。"

"等会儿找阿福拿些钱,偷偷买身新的。这身先藏起来,然后找仆妇把血迹洗掉!"刘秀强忍笑意,低声给马三娘出主意。

倒在地上的众恶奴听了,一个个更是欲哭无泪。平素仗着魏家的势力横行霸道,如今被人狠狠"欺负"了一次,他们才终于明白,受尽屈辱却求告无门,究竟是何等滋味!

那校尉笑着向马三娘抱拳,"三小姐,在下张宿,没想到今天又遇到了

[①] 粗麻,汉代没有引进棉花,百姓通常穿麻布和葛布衣服。中等以上人家才穿得起丝绸。而苏绸自古便是绸缎中的上品。

您！你们之间，是不是有什么误会？能不动手，还是尽量不要动手为好。否则，若是有人跑去报官，在下也不能不管！"

"我跟他能有什么误会?!"马三娘对这个校尉印象颇为深刻，眉头紧锁，沉着脸回应，"他害死别人的丈夫，霸占别人产业，还连孤儿寡母都不放过。你们这些当官的，就全是瞎子么？"

"这，下官只管维持城中治安，不管审案啊！"中城校尉张宿，当然知道魏姓恶少今天因何会出现在万谭家，否则他也不会故意来得这么晚。然而，他心里更清楚的是，官场上的许多道理和规矩，跟眼前这急脾气少女根本讲不通，也不该把这些台面下的规矩，传到许子威和扬雄等"清流"耳朵里。所以，干脆苦着脸装起了委屈！

"那此事到底谁管？长安城到底还有没有说理的地方?!"马三娘仿佛一拳砸在了丝绵包上，浑身说不出的难受。

谁料那万夫人闻听，却猛地抹了把眼泪，用力摇头："不告了，姑娘，谢谢你的好心，我不告了。亡夫命中，也是该有此劫。我们娘俩现在只求转让了这栋宅院，平安回扶风老家就行了。不想再给任何人添麻烦！"

"你，你这……"马三娘哀其不幸，怒其不争，气得柳眉倒竖。

"他刚才也说过，看上百雀楼的是甄家。亡夫和我千不该万不该，最不该的是没有尽早把百雀楼卖出去，赚到了无福享受的钱财。告他，我既没物证也没人证。告甄家，更是痴心妄想。姑娘，多谢您了，我认命了！"

马三娘气得直哆嗦，刘秀默默地从身后走了过来，拉了一下她的衣袖，低声道："三姐，我看师父不是个喜欢多事的人，你就别给他老人家惹麻烦了。还不如听万大嫂的，先保住她们母子平安返回故乡！"

"你、你居然也跟她一样想法?!"明知道刘秀说得对，马三娘依旧无法甘心，跺着脚，低声咆哮。正懊恼间，却看到大哥刘縯默默地走到了门外，一剑刺向了魏姓恶少的大腿根。那恶少没想到刘縯当着官兵的面依然敢对他下狠手，躲闪不及，惨叫一声，当场疼得昏了过去。

"刘某无能！"刘縯将剑刃在伤口处拧了个圈子，咬着牙说道，"无法替万大哥报仇,但是,谁要是敢再打孤儿寡母的主意,刘某即便拼着性命不要,也会让他血溅五步。"说罢,猛地从伤口中抽出血淋淋的宝剑,朝着头顶奋力一挥。只听"喀嚓"一声,半个树冠应声而落。百炼精钢打造的宝剑,也从正中央断成了两截!

【老柱欲擎将倾厦】

"呀——"众官兵眼望刘縯,个个倒吸冷气。

这世间真的有聂政、豫让一样的猛士存在!谁若是惹急了他们,纵使每天身边上百名侍卫环绕,也一样寝食难安!

"嫂子,我会每天都过来看您。您尽管派人联系牙行去卖掉宅子。等拿到钱,我立刻送你们母子回扶风!"刘縯的声音愤怒中透着凄凉与无奈。

"叔叔只需要等一天,明天咱们就走!"万夫人早把长安视作龙潭虎穴,先前是被魏家的奴仆盯着,才迟迟无法逃离。只是,一天时间,哪里够卖掉这么大一座宅院?分明存的是折本的心思,能卖多少就算多少。

刘縯听了,忍不住又双拳紧握,怒火中烧。就在此时,门口忽然有人大声说道:"不用联系牙行了,这宅子老夫买了!"

众人齐齐扭头,只见一名身高八尺、鬓发斑白的老者,带着四名亲随,大步流星走了进来。校尉张宿像三孙子般佝偻着腰,跟在此人身后。

"舂陵刘伯升,敢问老丈名姓?"刘縯见老者气度不凡,先拱手施了个礼。

"老夫孔永,官拜宁始将军,你们在路上砍下来的马贼首级,都是由老夫派人查验并登记在册!"老者稍稍侧下身体,大模大样地回应。

"原来是宁始将军,草民刘縯,见过将军!"刘縯听得心中一凛,赶紧退开半步,再度躬身施礼。

外人也许不明白,他心里却非常清楚。那批所谓的马贼,全是新安县宰哀牢派人假冒。而孔永将"马贼的头颅"查验登记,就相当于坐实了贼人的身份。任凭哀牢再门路通天,也无法公然说出马贼是他的手下,更无法明目张胆地替马贼们报仇!

此乃一份天大的人情,虽然并非刘缤所欠,他却是直接受益者。所以,不能不对孔永表示感谢。而宁始将军孔永,也的确与刘缤平生所见的任何大新朝官员都不一样,明知道刘缤只是草民一个,却不肯再受他的拜见。而是笑着又侧开了身体,以长辈身份,拱手还了一个半揖:"罢了,老夫今天穿的是便装,你不必如此拘束。老夫当日还奇怪,以阴固的本事,怎么可能在马贼手里逃出生天?今日终于明白,不是他长了本事,而是他运气实在太好!"

"晚辈当时只是路过,却被马贼围住要杀人灭口,不得已,只好拔剑自保。晚辈跟阴庶士虽然为同乡,以前却从无往来,更不知道他当时被马贼困在庄子里边!"刘缤不想再跟阴家产生任何瓜葛,笑了笑解释。

"老夫就知道,姓阴的蠢材交不到真正的豪杰!"宁始将军孔永眼睛里闪过一丝赞赏,笑着颔首,"此宅院内外三进,占地两亩半,老夫就占万家一个便宜,以五十万钱买了,壮士意下如何?"

"这……"刘缤对长安城的房价一无所知,犹豫着将目光转向万谭的遗孀,"嫂子,您意下如何?"

那万夫人虽然家中遭了难,却不肯平白占仗义援手者的便宜,轻轻抹干眼泪,放下孩子,冲着老者敛衽施礼,"多谢老丈,但此宅位于城南下间,顶多能值三十万钱。民妇急着携子返乡,您给二十八万钱就足够!"

"那老夫岂不是与姓甄的成了一路货色?"孔永愣了愣,笑着摇头,"这院子里的亭台都是半新,根本无需再收拾。五十万你不肯收,老夫与你四十万好了,切莫再争!否则,老夫就不敢买了!"

"民妇多谢长者恩典!"万夫人知道对方是个有底线的人,不敢再多谦让,垂泪拉起儿子,向老者叩头道谢。

万家小儿年纪尚幼,根本分不出四十万钱与二十八万钱的多少,更分不清早走一天与晚走一天有什么差别。见母亲忽然对老者跪倒,也紧跟着跪了下去,哭泣俯首。

宁始将军孔永看得心里好生难受,又叹了口气,从腰间解下一片玉玦,轻轻按在了幼儿手里,"老夫不白占你家便宜,这块玉,就送你做个护身符。孔双,你回去找管家取钱,换银饼,不要大布和大泉①。孔奇,你今天就留在万家,免得有什么蛇鼠之辈再来啰嗦,弄脏了老夫的宅院!"

这,可是的的确确的护身符!万夫人闻听,抱着儿子,再度给孔永叩首。孔永却不肯受她的礼,闪开半步,叹息着道:"老夫只是从你手里买了处院子而已,不值得你如此感激。你速速去收拾吧,别再耽搁了。这长安城内,蛇虫太多,老夫虽然有心管上一管,却未必顾得过来!更保不住某些人会铤而走险!"

万夫人知道他说的是实话,又坚持磕了三个头,起身抱着儿子走入后宅。宁始将军孔永目送他们母子背影消失在门内,才又扭过头,将目光转向若有所思的马三娘,笑着摇头:"你这女娃,可是真能惹祸!老夫跟你们只是走了个前后脚,没想到短短几天功夫,你就把能得罪的、不能得罪的人,全都给得罪个遍!许老鬼今后是有得头疼了,居然找回了你这么一个女儿!"

"晚辈见过长者!"马三娘从孔永说话的语气上,隐约判断出此人与许老怪的关系,皱着眉头,上前施礼,"不知道您老跟我义父……"

"三小姐,孔将军跟主人是同门师兄弟,主人早年曾经拜在孔将军父亲的门下!"书童阿福从门外飞快地窜进来,带着几分得意大声表功,"我去找主人的路上,刚好看到孔将军,就直接拦住了他老人家的车驾!"

"侄女小凤,见过世伯!"马三娘虽然性子野,却并非不知道好歹之辈,立刻再度敛衽下拜。

"好,好,好!"孔永手捋胡须,含笑点头,"你居然也叫小凤儿,这真

---

① 大布、大泉,都是王莽改制后,所颁行的新货币。官方规定,大泉一枚,可值原有铜钱五十枚。大布一枚,可当原有铜钱五千枚用。导致货币严重贬值。但这两种货币因为数量少,在后世收藏价值都很高。

是冥冥当中，自有天定！以后打人时，记得多少问一下对方的来路。长安城里的官员比王八还多，有些人你父亲惹得起，有些人，你父亲和老夫绑在一块儿，也不够人家一只手指头。"

如果他摆起长辈架子，直接教训马三娘不要惹是生非，马三娘还真未必听得进去。而直接实话实说，告诉马三娘自己和许老怪的大腿不够粗，马三娘反倒觉得这位世伯和蔼可亲，赶紧红着脸点头："世伯教训得是，以后侄女打架时，先让对方通名报姓，惹得起就打，惹不起就跑！"

"这就对了，哈哈！"孔永被马三娘的话，逗得展颜大笑。笑过之后，又将目光转向刘缜，"我看你身手不错，到老夫帐下做个侍卫如何？此番陛下招老夫回来，是想发兵剿灭各地悍匪。你跟在老夫身侧，也好杀敌立功，博个封妻荫子！"

如果这个提议在三个月之前，刘缜肯定会当场下拜谢恩。然而今天他却拱手婉拒，"多谢长者厚爱，但草民还有老母在堂，不敢轻易投军！"

两个多月来，他已经看清楚了大新朝的官员是什么模样。更看清楚了所谓"反贼"，是何等的慷慨豪迈。而以孔永的身份地位，能让皇帝亲自点他为将前去征讨者，名气肯定不会输于翟义、马武。在刘缜心目中，这些人都是响当当的英雄好汉，自己虽然不愿跟他们为伴，却也不屑拿他们的脑袋去换功名。

"那，老夫也不勉强，只是，可惜了你这一身武艺！"没想到刘缜竟然拒绝得如此干脆，孔永脸色微变，然后笑着摇头，"也罢，随你。反正老夫未必还能管得了几年事。你先送万夫人返乡，路上如果改了主意，尽管再来找老夫。老夫跟三娘的父亲是师兄弟，你找到他家，自然就有人把你带到老夫家门口！"说罢，也不管刘缜是答应还是拒绝，又摇头苦笑了几声，转身大步离去。

【人心散尽不复来】

"恭送侯爷！"中城校尉张宿带领众兵丁，齐齐向孔永的背影施礼。直到马蹄声彻底消失不见，才敢再度将身体挺直，不知不觉中，大伙儿看向刘缤的目光里，就带上几分惋惜。他恐怕根本不知道宁始将军是什么来头！更不知道，他刚才错过了多大的机缘！！

要知道，孔永这个宁始将军，可不是那种拿一份俸禄，然后养在长安城内混吃等死的摆设！而是手握数万精锐，随时可以替皇帝征讨的实权大将。如果他想要全力栽培某个人，甭说是区区校尉，就算偏将军，也是抬抬手的事情，根本不用耗费太多力气。

此外，这孔侯爷还是正根正叶的圣人后裔。全天下的读书人，只要还自认为儒门子弟，就会对他礼敬有加。而大新朝，上到皇帝，下到乡间的亭长，十个官员里头有八个是儒家弟子！大新皇帝之所以能毫无阻碍地从汉末帝手里接过皇位，也仰仗儒林甚多！

与普通士兵不同的是，此刻张宿心里除了羡慕、嫉妒和惋惜之外，还多出了几分畏惧。上一次受王固的指使污蔑三娘，已经引起了中大夫扬雄的反感。谁料今日又惹上了崇禄侯！

"我先送舍弟和许家姑娘去许夫子家，免得他老人家担心。稍微晚些时候还会过来看一眼。既然孔将军已经出钱将宅子买下，就麻烦您老组织人手尽快把行李收拾好。咱们尽量赶在明天中午之前，启程离开长安！"

正急得火烧火燎间，耳畔又传来了刘缤的声音，却是将万府管家拉到了一边，带着几分忧虑大声叮嘱。

"刘大哥尽管去忙，小弟今天就带人守在这里。您放心，只要小弟还剩一口气在，谁也动不了万大嫂母子半根寒毛！"忽然间灵机一动，校尉张宿大声表态。崇禄侯走了，他身边的亲信孔奇却留了下来。此刻不赶紧选边站队，更待何时？

"有劳校尉了！"刘缤明白张宿的"良苦用心"，也不说破，笑着拱手。

"应该的，应该的！"张宿瞬间眉开眼笑，"这本来就是下官分内之事！下官今天之所以来得晚了些，是因为上头临时有差遣，并非有意耽搁。"

这话，同样是说给孔奇听的。刘缤听了，忍不住又笑着摇头。不过，这样也好。他原本就没打算在长安逗留太长时间，干脆决定第二天上午就动身离去。

回到客栈，刘縯把自己的打算跟邓晨一说，邓晨毫不犹豫地表示了赞同。刘秀和邓奉自然非常舍不得，但是，他们却不能置万家母子的安危于不顾。在客栈里陪着收拾了一晚上东西，第二天，含着泪送出了长安城外。

众人一番惜别，刘縯尤其放心不下弟弟。

"你将来真的做了官，也切莫仗势欺人。像甄家和王家那种官，表面上的确威风，暗地里，却不知道伤了多少阴德。万一哪天遭了难，恐怕全长安的人都会拍手称快。落井下石者，更是不知凡几！"

"嗯！"刘秀抹了把眼泪，挺直胸脯，双手抱拳，"大哥尽管放心，我这辈子，都不会做那种你看不起的人！"

"还有，没事尽量少出门，你终日不出太学，别人总不能到学校里找你麻烦！夫子收了你为门生，一方面是看了三娘的面子，另外一方面是想传承学问。你切不可认为有夫子撑腰，就能在长安城里招摇过市！咱们刘家不出那种纨绔子弟，家中长辈也时时刻刻关心着你的前途！"

"知道，大哥，您放心好了！"刘秀红着眼睛郑重点头，心里暗暗发誓，一定不辜负大哥和家族对自己的殷切期盼。

谁料，刘縯把话锋一转，用极低的声音快速补充道："还有，学业和前程固然重要，却什么都不如你的小命重要。记住，如果将来真的惹上了惹不起的麻烦，你什么都不用多想，直接跑回春陵就是。回家，有哥在，谁也不能把你怎么样！"

"哥……"刘秀心里猛地一暖，低下头，瞬间泪流满面。

第十章　寒潮将至

【三更灯火五更鸡】

很快太学就正式开学，各位老师对学生的要求都颇为严格，刘秀等人的注意力，才从别离之苦转移到了读书求知的乐趣当中，心情一天比一天开朗。

大新朝的太学继承汉制，主要教授五经，但是为了让学生将来能为国家所用，一些并非儒家的典籍，如兵家的《三略》《六韬》《吴孙子兵法八十二篇九图》《齐孙子八十九篇》[①]等，也在传授范围之内。甚至连《周髀算经》《九章算术》《汉律》《法经》[②]等杂学，都有老师专门开课讲解。只是后面这些学问不属于岁末必考科目，所以感兴趣者不多而已。

转眼到了冬天，天空中飞舞起雪花。新野虽然位于长江之北，气候却比长安温暖许多，往往接连数年，都看不到半点儿雪色。因此，四人特意在某天傍晚相约到太学内著名的凤巢山上，欣赏雪景。

大雪正在飘落，天地间茫茫一片。站在凤巢山顶举目四望，只见长安城内所有亭台楼阁顶部，都是一片素白。再也分不清哪处是司空司徒所住

[①]《吴孙子兵法八十二篇九图》、《齐孙子八十九篇》，即《孙子兵法》和《孙膑兵法》，后世大部分失传。

[②]《法经》，中国历史上第一部比较系统的封建成文法典，成文并非最早，但对后世各朝律法影响最大。制定者是战国时期著名的改革家李悝。萧何制定《汉律》时，对其多有参考。而后面各朝代的律法，又多参考《汉律》制定。

的雕梁画栋，哪处是平民百姓所住的草舍茅屋。走在风雪里的行人，一个个也变得影影绰绰，难分差别！

"昔我往矣，杨柳依依。今我来思，雨雪霏霏。行道迟迟，载渴载饥。我心伤悲，莫知我哀！"四人之间，以朱祐最为多愁善感。看到飘飘雪落，很自然地就吟诵了一句《诗经》里的名句。

"很不应景啊！"邓奉素来喜欢打击朱祐，"首先，你这厮最近像吹了气般发胖，可看不出载渴载饥模样。其次，心里伤悲，要淌眼泪，我在你脸上却只看到了鼻涕。第三，昔日咱们离开家时，树叶子已经开始落了，哪里来的杨柳依依？"

"这是对仗，对仗你懂不懂？！"朱祐被他说得胖脸一红，"我最近发胖，并非吃得多，而是忧国忧民，导致抑郁成疾！"

"知我者，谓我心忧，不知我者，谓我何求。悠悠苍天！此何人哉？悠悠苍天！此何人哉？悠悠苍天！此何人哉？！"朱祐接连三问，闻之若杜鹃啼血。

刘秀和严光两个，被他老气横秋模样，逗得哈哈大笑。邓奉却愈发地不服，弯下腰朝雪中狂吐唾沫，"呸，呸，呸！酸死我了。显摆你记性好是不？有本事，你把《诗经》里关于雪的句子全抖搂出来？"

"那有何难，你且听着！"朱祐最近读书进步神速，正愁找不到人夸奖自己，"雨雪瀌瀌，见晛曰消。莫肯下遗，式居娄骄。雨雪浮浮，见晛曰流。如蛮如髦，我是用忧。"

这几句，出自《诗经·角弓》，因为全诗意境消沉，喜欢读的人非常少。能像朱祐这般信手拈来者，更是寥寥无几。当即，刘秀和严光两个，就收起了笑容，冲着朱祐大挑拇指。邓奉却气得"火冒三丈"，弯腰抓起一团团白雪朝着朱祐当胸砸去，"你才如蛮如髦，莫肯下遗，你才式居娄骄！"

笑闹间，一记暗器破空声直传耳底，"嗖——"

"小心！"刘秀这些日子虽然一直在用功读书，却因为马三娘的拳脚"督促"，练武也没敢偷懒。听到风声不对，立刻俯身屈膝，同时大声示警。

一团白花花的冰球贴着他的后脑勺，疾飞而过，正中不远处邓奉的鼻梁。打得他鼻孔喷血，惨叫一声，仰面朝天栽倒。

"哪个王八蛋拿冰块砸人?!"

回答三人的，是更多的冰块。偷袭者仿佛早有预谋，一言不发，只管将收集来的冰块朝三人头上猛砸。饶是刘秀、严光和朱祐三个身手不错，每人也又挨了好几下，疼得深入骨髓。

这下，刘秀可真的被激怒了，一个箭步跳下树桩，弯腰从雪地里捡起对方先前掷过来的冰块，狠狠丢还回去。不偏不倚，正中一名偷袭者的面门。严光和朱祐也毫不犹豫捡起冰块，与刘秀一道朝偷袭者发起了反击。转眼间，三人就牢牢占据了上风，将对手砸得抱头鼠窜而去。

"抓个活口，我倒是要看看究竟是谁如此无聊?!"刘秀已经被砸出了真火，踩着积雪冲过去，盯住其中一名头戴绿色风帽的偷袭者紧追不放。

那绿帽子看上去比刘秀高了半头，身体却虚得厉害，才跑出了十几步，就一个跟跄栽进雪窝子里，像只狗熊般滚出了老远。

刘秀也被闪了个趔趄，好在下盘功夫已经入门，才迅速稳住了身体。随即一弯腰揪住绿帽偷袭者的脖领子，将此人直接从雪地上拎起，"你这狗贼，为何拿冰块朝爷爷头上丢?"

"误会，误会，我们商量好了傍晚时打雪仗，所以把你当成了另外一伙人！"那绿帽少年自知不是刘秀对手，赶紧赔着笑脸解释。

打雪仗居然要用到预先准备好的冰块！这简直是侮辱刘秀的智力！然而，还没等刘秀出言拆穿，邓奉却用一团雪捂着红肿的鼻子走了过来，摇摇头，瓮声瓮气地说道："刘三儿，放他走吧，这人我认识，是我的同门师兄。刚才的事情应该是个误会！"

"看，我说是误会了吧！"那绿帽少年如蒙大赦，立刻挣脱了刘秀的掌控，然后装模作样朝邓奉施礼，"小邓，刚才大伙下手重了，实在对不住。我们刚才想要伏击的目标，真的不是你！"

"算了，苏师兄你们也是无心之失！"邓奉侧身，抱着被染红的雪团还了一揖，强笑着摇头。

既然他这个苦主自己都不愿意深究，刘秀冷笑让开道路。

"怎么就这样让他走了，灯下黑，你什么时候变得如此好说话?!"

"是啊，即便是同门师兄，也不能如此欺负人。灯下黑，你不会是有什么把柄落在此人手里吧！"

"算了，我自己目前还应付得了！"邓奉却不肯多解释，"无非是在先生面前争宠罢了！我的学业虽然不如你们三个，但上个月和这个月先生给的考评，却也都是上上。他们这群人年龄比我大，入学比我早，眼睁睁地看着我这个学弟后来居上，心里能舒服……"

"那他们也不该拿冰坨子砸你！"刘秀越听越憋气，忍不住大声打断，"更不该这么多人联合起来，欺负你一个！"

"走，咱们去找周博士，同门相残，莫非他就看不见么？如果他不管，咱们就去找嘉新公。"朱祐更是愤怒，拉起邓奉，就要找地方去说理。

邓奉淡然摇头，"不是不管，而是无能为力，这厮的叔叔是四品官，太学即便将其除名，下次开学，还会再被家人送进来。这样的人，太学里头还有许多，分为好几伙！互相之间争斗不断。今天咱们碰到的这伙，已经是其中最有人样的了。若是碰到其他几伙，恐怕没这么容易善了。"

"这……"另外三人语塞。

见三人不再坚持要去替自己讨还公道，邓奉松了口气，"今天咱们遇上的这些人，只有姓苏的跟我是师兄弟，都拜在周师门下。反正每人家里头都有些背景，只要他们几个不在太学里杀人放火，夫子们也只能睁一只眼闭一只眼！"

刘秀最近两个月来除了读书就是练武，还真没怎么留意过太学里的各方势力。严光和朱祐二人的情况也跟他差不多，两耳基本不闻窗外之事。因此，尽管心里头都不赞同邓奉的处置决定，一时间，却连知己知彼都做不到，更拿不出什么太好的解决办法。

邓奉知道三个好朋友在担心自己，故作大气地挥臂："不遭嫉妒是庸才。我书比他们读得好，也更得周博士欣赏，他们气愤不过，才出此歪招。可越是这样，我越瞧他们不起。毕竟太学是个读书做学问的地方，不是市井帮派。大伙比的是谁学问深，精进快，而不是谁能拉起更多的同伙打群架！现在暂且让他们得意，待四年之后，咱们再看谁笑话谁！"

"善，此言大善！现在暂且让他们得意，他年再看谁笑话谁！"刘秀、严光和朱祐，都用力抚掌，心中虽然依旧觉得今天遇袭之事蹊跷，但郁闷的感觉却一扫而空。

恰恰一阵大风吹来，将树梢上的积雪吹得簌簌而落，与天空正在降下的雪片搅在一处，翻翻滚滚，宛若银色巨龙御气而行。四人的目光迅速被雪龙吸引，居高临下，看向长安城外。

只见山舞银蛇，原驰蜡象，整个世界宛若玉砌。更有两只勤快的雏鹰，冒雪展开双翅，借着风力扶摇直上，欲与头顶的彤云一争高下。

大雪压不断雏鹰的翅膀，彤云也无法将日光遮得太久。

风雪中，四名少年不约而同地将拳头握紧。

【燕雀不知鸿鹄志】

下山后，邓奉因为鼻子出血太多，有些头晕，便早早回了馆舍休息。严光当晚跟同门有约，很快也告辞而去。剩下刘秀和朱祐两个，觉得难得放松一次，便沿着太学又走了一大圈。然后在校门口找了家汤水铺子，一边烤火，一边吃米酒暖腹。

"我原本以为，皇上乃当世大儒，他老人家脚下，官员应该比别处更清明一些。太学里头，也可以安安静静读书，没那么多是是非非！"朱祐抓起陶碗狠狠喝了一大口，大声感慨。

外面的世界，只有在想象中才更美好，正如眼前雪景，干净、宏伟、素雅、高贵。然而等积雪一化，遍地污泥马粪。权贵们日常所居的高门大院和普通百姓所栖身的草庐茅屋，立刻泾渭分明！

朱祐酒劲上头，拍打着桌案，大发宏愿，"将来我如果有机会出仕，一定想办法，让外边的世界干净一些。至少让恶人作恶之时不能再肆无忌惮。否则、否则还真不如采薇深山，终生与书为伴。"

"刘某自当与君同往！"带着几分安慰，几分期待，刘秀笑着举盏。

话音未落，旁边不远处的座位上，忽然响起一声冷笑，"嗤！两个黄口小儿胡吹，真不怕被寒风冻住舌头。想管别人的闲事，还是先给自己谋个能安身的营生再说吧！别以为太学出来就是天子门生了！一母之子，还有人受宠有人不受待见。天子门生那么多，他老人家能记得你是谁？"

"你！"刘秀和朱祐愤怒地转身看去，只见一名身高臂长、满脸愁苦的书生，端着一碗酒，正在鲸吞虹吸。其面前的桌案上，十几个同样大小的陶碗，摞得像根柱子般，摇摇欲坠。

"此人姓吴，名汉，字子颜，当年在太学里头，可是数一数二的高材生。眼睛都快长到百会穴上去了。结果呢，呵呵，得罪了不该得罪的人，被人一巴掌拍飞，发落到了宛城附近去做亭长。不到一年就因为做事没分寸，又被上司给革了职，只好灰溜溜地返回长安，再四处求人寻门路找事情做。你想，就他那副穷横模样，谁敢冒险帮他？"

"这种人，活该倒霉一辈子！"

四下里，有知情者议论纷纷。

【尤向泥坑觅虫饲】

尽管对醉鬼吴汉并无太多好感，二人仿佛也从对方现在，看到了自己的未来。顿时俱失去了继续饮酒的兴趣，默默地站起身，结账走出小铺子。

"轰隆隆，轰隆隆！"双脚刚下木头台阶，耳畔就传来了一阵隆隆的车声，也听到有人大声叫喊，"马惊了，马惊了，大伙小心——"

"小心！"刘秀不及细想，单手拉住朱祐，纵身回跳。双脚刚刚离开地面，眼前就是一阵寒风刮过，有辆双马拖拽的大车，贴着二人的脚尖冲了过去。像滚动的巨石般，一路带着雪沫与冰渣，撞向了太学的大门口。

"啊——"二人这才想起来害怕，寒毛根根倒竖。

如此沉重的马车，在雪地里根本不可能刹得住。先前若不是哥俩儿反应足够快，今晚就得命丧于车轮之下！

正值天色将黑，许多学子从讲堂里抱着书简走出。发现大难临头，纷纷撒开双腿踉跄着躲避。转眼间，书简、书包和儒冠、鞋子掉了满地。

那马车，速度却丝毫不减，长驱直入。两名学生搀扶着一名夫子见状，赶紧掉转身形，跌跌撞撞躲进路边的一座木楼。却不料，拉车的挽马早已疯狂，居然不知道拐弯儿，拖着沉重的车厢，直奔木楼而去。

说时迟，那时快，眼看着马车就要与木楼相撞，玉石俱焚。斜刺里，忽然丢过来一只佩剑，不偏不倚，正卡在了左侧的车辐之间，"咔嚓"一声，当场折成了两段。

车厢顿时一滞，然后借着惯性继续向前滑动，整个车身快速向右倾斜，转向。拉车的挽马嘴角冒血，悲鸣不止。千钧一发之际，有名少年双手抱着棵树干横向狂奔而至，猛地一弯腰，将树干塞进左侧的车辐间。

"嘎嘎嘎……"树干被车辐折成了一张巨弓，少年也被树干扫出了半丈之外，一个跟头摔进了雪窝子当中。倾斜着高速向前滑动的马车，在树干的羁绊之下恢复了平衡。车轮贴着雪地继续向前滑动，拐弯，速度缓缓下降。最终，"轰隆"一声，贴着木楼的边缘翻倒，散架，两匹挽马则双双跌出三丈之外，血流满地，前腿、后腿等处，白惨惨的骨头破肤而出！

"好！"众学子先是呆呆发了一会儿愣，随即，对着最后一刻用树干卡死车轮的少年用力抚掌。

那少年刚刚从雪窝子里爬起来，摔得额头乌青。听到周围的抚掌欢呼，顿时红了脸，双脚和双手都不知道该向何处安放！

众学子被少年的羞涩举止逗得展颜而笑，这才看清楚，此人不过十三四岁年纪，个子也比大伙至少矮了半头。居然在所有同学方寸大乱之际，独自一人找到了化解危机的办法，并且独立付诸实施！

"这个人叫邓禹，追随三十六秀才当中的陈夫子修《周易》，我曾经在李夫子的《兵法》课上见过他！"朱祐与刘秀急匆匆赶来，定神看了看少年英雄模样，低声向刘秀介绍。

"我听说过他，好像来自新野，跟咱们算是同乡！没想到年龄居然这么小！"刘秀笑着点点头，低声回应。

"半岁乳虎能狩熊，百年老龟上餐桌！"朱祐低声补充了一句，拉起刘秀的手臂，就准备上前跟邓禹打招呼。然而，还没等二人挤进人群，对面不远处，忽然有几名油头粉面的家伙，拎着短棍横冲直撞而入，分开人群，将邓禹堵了个正着。

"姓邓的，谁缺你来动咱们的马车？！"当先一个头戴绿色风帽的家伙，用木棒指着邓禹鼻子尖，厉声质问。

"咱家的马都是久经训练的，根本不会撞到人！谁要你来多事？！"

"咱们的挽马是大宛良驹，每匹价值十万钱。马车也是公输大师亲手打造，万金不换！"

"赔钱，赔钱！"另外数名油头粉面的恶少，也挥舞着短木棒，大声叫嚷，要给重伤的惊马"讨还公道"。

众学子听得忍无可忍，纷纷开口反驳："苏著，你又欺负人！分明是你的马车差点撞倒了明德楼，邓禹为了救人才断然出手。"

那绿帽子恶少脸皮极厚，面对百夫所指，居然面不改色。把嘴一撇，大声反驳："撞人？你们哪只眼睛看到我的马车撞到人了？分明是姓邓的多管闲事，弄翻了我家的马车，害死了我家的宝马！"

"撞到谁了？自己站出来！站出来！"其余恶少纷纷起哄，气焰一个比一个嚣张。众学子被气得脸色发黑，却无可奈何。毕竟刚才情况虽然异常危险，因为大伙躲闪迅速，邓禹应对得法，马车从始至终，没对太学里的人和建筑，造成任何实质性伤害。

苏著见大伙被自己问住，顿时气焰又高涨了三倍。抬起手，狠狠推了邓禹肩膀一把，大声威胁："姓邓的，别以为有人替你说话，你就可以蒙混过关。今天你要是不赔小爷的马车和挽马，咱们就去见官。看官府相信你，还是相信爷爷的说法！"

"见官，见官！"众恶少纷纷帮腔，仿佛已经赢定了官司一般。

少年邓禹虽然反应机敏，智勇双全，毕竟年纪太小，居然被逼得连连后退，一双明亮的大眼睛里，也迅速涌满了泪水："我、我是看到马车要撞上明德楼，才、才不得不出手的。我、我没、没钱给你！"

"没钱你就自卖自身，给老子做家奴！"苏著早就知道邓禹不通世故，大笑着提出条件，"或者现在就跪下，给老子磕头赔罪！马车和挽马共值四十万钱，一个头一万钱，老子不占你便宜！"

少年眼中，几乎都要喷出火来。然而他却势单力孤，乳虎难敌群狼。周围的学子一个个义愤填膺，但是，顾忌到苏著及其身后那群恶少的实力，也无胆子出手帮忙，只能紧握双拳，对着恶少们怒目而视。

"磕头，磕头！"众恶少气焰越来越嚣张，干脆围拢上前，去拉扯邓禹的手臂，按住肩膀强行用力下压。邓禹想要奋力挣脱，却已经被压得青筋乱冒，步履蹒跚。

"住手！"眼看着邓禹就要被恶少们按跪在雪地上，刘秀和朱祐怒不可遏，分开人群，联袂杀至，"此乃斯文之地，尔等休要欺人太甚！"

那苏著眯缝着眼睛，被吓得心里头一哆嗦，立刻脚下打滑，"扑通"一声，摔了个四脚朝天。

"苏师兄！"众恶少见状，再也顾不上欺负邓禹，赶紧冲过去，伸手相搀。那绿帽师兄被摔得七荤八素，两眼发绿，大声怒喝："姓刘的，老子今天已经放过了你一次，你居然敢又欺负到老子头上来！给我打，打出毛病来我全力承担！"

"打！"众恶少拎着木棍，一拥而上。周围的学子手里只有书简，被恶少们打得仓皇后退，转眼间，刘秀、朱祐和邓禹三个，就陷入了重围。

"马车是我弄翻的，与他们两个无关！"到了此刻，邓禹依旧不肯牵连无辜。刘秀和朱祐，岂肯让他独自面对众恶少？明知道敌我众寡悬殊，依旧挥舞着拳头与邓禹共同进退。不多时，三人身上就都挨了好几棒，被打得立足不稳，来回踉跄。

"姓刘的，先前马车没撞死你，你居然又自己主动送货上门！"绿帽师兄咬牙切齿，两眼当中寒光迸射。抽个空档，悄无声息闪到刘秀身后，高举木棒，冲着他的后脑疾挥而落！

【山有木兮木有枝】

"砰！"说时迟，那时快！半空中，忽然一个足有五斤重的雪球呼啸而至，不偏不倚，正中绿帽师兄的鼻梁。

雪软，不足以伤人。巨大的力道却将苏著砸得倒飞出去，一个屁墩儿摔了个四脚朝天。手中木棒顿时不知去向，眼睛鼻子嘴巴一片模糊。

"啊呀——！"众无赖少年顾不上再围殴刘秀、朱祐和邓禹，赶紧转身营救。还没等他们赶到绿帽师兄身侧，斜刺里，有一名披着猩红色大氅的高挑女子已经快速杀至，长腿如鞭，将众恶少一个个踢成了滚地葫芦。

"好——"四下里，欢声雷动。

只有身在福中者不知福，居然转过头，愣愣地问道："三姐，你怎么会在这儿？夫子今天给你布置的大字写完了？"

马三娘自己，对刘秀的反应，却早就习以为常。脸色只是稍微变了变，就冷笑着说道："我怎么就不能在这里了？下雪天，做女儿的来接义父回家，不行么？要不是我恰好路过，你现在已经变成了一具死尸！"

说罢，猛地又一转身，长腿如鞭横扫，将试图从地上爬起来逃走的两名恶少，再度踢进了雪窝子里。然后用脚踩住其中一人后背，厉声质问："说，刘秀跟你们有何怨何仇？你们为何要合起伙来谋杀他？"

"女侠饶命，我们真的没有谋杀！"那恶少挣扎不得，脸贴着雪地大声哀告，"我们只是想让姓邓的赔马车，没有刻意埋伏刘秀，真的没有！"

"不说实话是吧？让我看看你到底有多硬气！"马三娘的脸色瞬间如冰，蹲下身，揪住对方胳膊迅速后拧，"没有？大雪天，你们手里为何还拎着棍棒？没有？你们几个的靴子上，为何提前绑好了防滑的麻绳？没有？你们事先排演了这套小偃月阵法，又是为了针对谁？"

"啊呀，女侠饶命，我真的不知道！"那恶少疼得满脸鼻涕眼泪，却依旧只管讨饶，坚决不肯承认。

"三姐，正主在这边！"刘秀到了此刻，也终于意识到，今天所发生的一连串事情，实在过于蹊跷。从地上捡起一根木棍，快步走到绿帽师兄身边，用棍梢指着此人的鼻梁，大声说道。

"误会，误会！"那苏著原本打算装死蒙混过关，听到刘秀的话，立刻吓得睁开了眼睛，手脚并用向后快速爬动，"刘秀，这次真的又是误会。我们、我们只打算逼邓禹投靠我家，真的、真的没有刻意打你的埋伏！"

"没有？"朱祐举起捡来的棍子，毫不犹豫地打在了绿帽师兄的脚踝骨上，"你以为我们傻么？谁家马车受惊，既没有车夫也不见车主？"

"原来你们蓄意用空车杀人！你们到底想杀谁？居然下如此大的本钱！"邓禹也顶着满头青包蹒跚着赶到，因为惊愕，喊得特别大声。

"啊——"众学子迅速将头扭向翻倒的马车，倒吸冷气。

双马所拉的高车，根本不是普通人家所能供养得起。御马的车夫，必然经过严格训练。而车厢中的乘客，通常也非富即贵。但是今天，冲进太学的这辆马车上，却既没有车夫，也没有乘客，从一开始，就是空空如也！

空车是从距离太学大门二百步远的汤水馆子门口冲过来的，最终翻倒位置是太学内距离大门只有一百五十步远的明德楼。这三百五十步的范围内，马蹄和车辙的印迹都清清楚楚！马车所蓄意冲撞的目标，刚才也必定曾经出现在这道不长不短的印迹附近，范围瞬间缩小到十几个。

大新朝的文官，多少还要点儿脸面。能被太学录取者，草包肯定有，但傻子却没有一个。邓禹"无意"间的惊呼，迅速唤醒了梦中人。瞬间惊愕过后，十几个差点葬身车轮之下的少年学子大吼着冲上前，对苏著乱拳齐下。

即便屡经扩招，能进入太学读书者，也以现任官宦的子侄辈居多。像刘秀、朱祐、严光和邓奉这种平民子弟，只占了不到十分之二。先前马车从太学门口长驱直入，沿途受到惊吓者数以百计。

这上百学子，先前只以为挽马是真的受惊冲入太学，事不关己，又不愿意跟抱团的恶少们正面冲突，所以才选择了冷眼旁观。如今得知自己很可能就是苏著谋杀的对象，立刻忍无可忍，坚决果断报仇雪恨。

"没有，我真的没有针对你们！"绿帽师兄知道自己犯了众怒，不敢抵抗，双手抱头，将身体缩成一团，大声喊冤，"马车是我借来的，刚刚把车夫赶走。我们几个只是想驾车去看雪景，真的没有想针对谁，哎呀，饶命。打死人啦，打死人啦……"

众学子哪里肯信？凡是曾经跟绿帽师兄有过节者，都觉得今天的谋杀极有可能是针对自己，不拷打出真相，誓不罢休。如此一来，反倒让刘秀这个真正的被谋杀对象，失去了刨根究底的机会，苦笑着退出身来，跟马三娘、邓禹、朱祐等人，面面相觑。

【心悦君兮君不知】

那绿帽师兄苏著平素也是为恶太多，被如此多的同学围起来痛打，居然没有任何人上前帮忙拉架。倒是有不少曾经挨过他欺负的，也趁机凑上去拳脚相加。直打得此人翻滚挣扎，痛不欲生。

"你到底跟他结了什么梁子？"马三娘虽然心地善良，却不会同情这种蛇蝎之辈，自顾将刘秀拉到一旁，低声询问。

"今天他用冰块砸邓奉，被我抓住收拾了一顿，除此之外，根本没有过任何往来！"刘秀眉头紧锁，越琢磨，越感觉一阵阵后怕。

若不是自己和朱祐平素一直在马三娘的督促下练武不辍，若不是在即将走下台阶的刹那，有人及时喊了一嗓子，要不是马三娘刚才来得及时，此刻躺在地上的，恐怕就是自己。

"不行，我得去问问邓奉，他到底有什么把柄落在别人手里？"朱祐也猛然打了个哆嗦，转过身，拔腿就走，"我不信他会跟姓苏的串通一伙害你！他不是那种人，绝对不是！"

"灯下黑不是那种人，他肯定另有苦衷！"刘秀的心脏，也是一阵阵抽搔，却快步追上去，再度拉住朱祐，大声替邓奉辩解，"他跟姓苏的乃同门师兄弟，平素几乎日日相见。而以他的性子，即便被姓苏的欺负了，也只想自己找回面子，轻易不会求别人帮忙！"

"咱们不是别人！"朱祐的眼睛越来越红，泪水不知不觉就淌了满脸。

他自幼父母双亡，也没有兄弟姐妹，完全靠大哥刘縯仗义收留，才总算没有变成荒野里的一具饿殍。所以，在他心中，从小一起长大的刘秀和邓奉就是自己的亲生兄弟。无论失去任何一个，都会痛彻心扉。

"要问，也得从绿帽师兄口中问！"看到朱祐落泪，刘秀的鼻子也是一酸，"灯下黑要面子，你现在去逼问他，不会问出任何结果！"

"嗯！"朱祐抬手在自己脸上抹了一把，咬着牙跟上刘秀的脚步。

然而，还没等兄弟俩把围殴绿帽师兄的学子们分开，身背后，却已经传来了一声怒喝："住手！都给我住手！光天化日之下围殴同窗，你们到底把太学当成了什么地方?!"

"他、他故意用马车撞人！"正在殴打绿帽师兄的众学子们甚不服气，一边继续抬脚向下猛踹，一边大声抗辩。

站在外围看热闹的学子们，却已经认出了怒喝者身份，纷纷躬身下去，大声问候："王主事①安好，弟子这厢有礼了！"

"主事叫你们住手。再不住手，就把你们的名字记录下来，按校规严办！"跟在主事身后的，还有十几名校吏，也齐齐扯开嗓子，大声威胁。

正打得痛快的一众学子，这才发现来人是太学主事王修，顿时被吓得脸色发白，纷纷收回拳头和大脚，快速后退。转眼间，就把被打得鼻青脸肿的苏著给暴露了出来。

"你、你们小小年纪，怎么能对同窗下如此狠手？"王修被苏著的惨样吓了一哆嗦，停住脚步，冲着周围的学子怒目而视，"此事是谁带的头？自己主动站出来认罪！否则，王某一定不会让他轻易过关！"

---

① 主事，全名太学吏主事，古代太学官职名，相当于现在的大学学生处主任。

众学子们摇头摆手，坚决不肯站出来充当英雄。

先前已经假装死去的苏著，猛地从雪窝子里坐了起来，手指前伸，大声控诉，"是刘秀带头袭击我，还、还冤枉我故意拿马车撞人！主事，您老可算来了！您老可要为学生主持公道！"

"哪个是刘秀，自己站出来！"王修的眼睛里，迅速闪过一丝嘉许。

刘秀只能硬着头皮上前，向王修行礼，"后学晚辈刘秀，见过主事！"

"你小小年纪，为何心肠如此歹毒？今日若不是王某来得及时，他的性命，都要交代在你手上！"王修的目光，瞬间变得像刀子般锋利。

"启禀主事，学生不知歹毒二字，由何而来！更不知道，他故意放纵马车撞人犯了众怒，与学生有何关联！"刘秀被问得心口发堵，却强忍怒气，沉声回应。马车失控得蹊跷，太学主事王修也出现得过于"及时"。缺乏足够证据，刘秀无法判断，绿帽师兄跟王主事，是否暗中勾结。但无论如何，他都不会选择坐以待毙。

那主事王修，乃是皇帝王莽的族弟，在太学里的地位仅次于两位祭酒，影响力却还有过之。平素无论针对博士还是学生，都想怎么拿捏就怎么拿捏。万万没想到，一个刚入学不到两个月的新丁，居然对自己公然顶撞，顿时，怒火直冲顶门。

"差点把同窗师兄殴打致死，这种心肠不叫歹毒，还有什么配得起歹毒二字？"抬手指着刘秀鼻子尖，主事王修的咆哮声宛若惊雷，"至于放纵马车撞人，如此大风雪天气里，马车失控再平常不过。你有什么证据证明就是他故意而为？没有证据，却栽赃陷害同门，你、你这种凶残歹毒之辈，王某怎么能容你继续留在太学带坏他人？！"

"我、我没有！"刘秀毕竟年龄还小，听王修一味地颠倒黑白，顿时委屈得额头青筋根根乱蹦，梗起脖子道，"那么多双眼睛都看到了，他的马车直接冲进了太学，差一点儿就撞死了人！他带着一伙爪牙，围攻邓禹。我只不过看邓禹被打得可怜，才出手相救，怎么就成了殴打师兄？王主事，您想把我从太学赶走，就尽管明说。何必费如此大力气，变着法子朝我头上栽赃！"

"你居然敢说王某栽赃？"王修被气得不怒反笑，"王某身为你的师长，尚不能博得你半点儿敬意。更何况是你的同门？好，今天王某就让你心服口服。你说很多人都看到他的马车差点儿撞死了人，谁能出来作证？只要能找到五个证人，王某就向你叩头谢罪！谁愿意给他作证，尽管站出来！"

最后一句话，他是向着周围所有学子喊的，声色俱厉。众学子被喊得心里头直打哆嗦，哪个敢带头站出来跟主事大人对着干？纷纷低下脑袋，静默不语。"没有么？那好……"王修早就料到学子们不敢替刘秀张目，冷笑着宣布自己的决定，"刘秀，你品行不端，栽赃嫁祸同学于先，聚众围殴学长……"

"王主事，且慢，我能证明，刘秀学长所言句句属实！"还没等他把话说完，人群后，响起了一个稚嫩的声音。

"谁？"没想到太学里头还真有傻大胆存在，王修怒目而视！

"学生邓禹，见过主事！"顶着满头青包的邓禹缓缓上前，不卑不亢地向王修施礼，"学生先前遭到苏学长及其爪牙的围殴，多亏刘秀学长仗义相救，才逃过了一场大劫。学生证明，刘秀学长所言句句属实。如有虚假，学生愿意跟刘秀学长接受同样的处罚！"

"学生朱祐，也可以证明刘秀所言，句句属实。如有虚假，愿意接受任何处罚！"朱祐快步上前，与邓禹并肩而立。

"学生卢方元，也亲眼看到苏学长故意放纵马车在太学里横冲直撞！"看到有人带头，第三名学子也快步上前，红着脸为刘秀作证。

"学生……"也许是忽然之间热血上头，也许是无法面对良知，更多的学子相继挺身而出，不多时，就在王修面前站成了厚厚一堵人墙。

"反了，反了，你们这群不知天高地厚的东西，莫非还想仗着人多，威逼师长不成？王某、王某今天无论如何，都不能助长此歪风！来人……"王修被惊得目瞪口呆，随即恼羞成怒挥舞着胳膊，大声咆哮。

"有！"一众学吏大声答应着冲上，准备将学子们的名字一一记录在案，然后挨个收拾。

不远处，却又传来了一个浑厚的中年男声，不算高，却异常清晰。"且慢！王主事，且容阴某也来凑个热闹。阴某可以作证，刚才的确有一辆失控的马车差点撞倒明德楼。黄夫子受了惊吓，至今还站立不稳。而马车的主人，过后非但不向大伙赔礼道歉，反而带领七八名同伙围殴冒险弄翻了马车的同学。这才犯了众怒，惹得大伙一拥而上围殴之！你若是不信，阴某尽可以带你去问黄夫子，当时还有陈夫子、赵夫子和孙夫子，也在明德楼附近，他们都可以证明阴某所言非虚！"

"阴方，你又来乱蹚什么浑水？"王修大声抱怨。

阴方位列太学四鸿儒之一，底气远非寻常学子所能相比。"阴某并非乱蹚浑水，阴某只是不想冷了学子们心中的热血而已！陛下兴办太学，是为了培养国之栋梁，而不是为了养出一群唯唯诺诺的羊羔。如果他们今天因为心存畏惧，就不敢说出真相，将来出仕为官，也必然是一群只懂得阿谀奉承、欺下瞒上之辈！届时，你我为人师者，还有什么颜面，去面对圣上的责问？王主事，你说，阴某的话，是否有几分道理？"

"阴博士，你……"王修被问得额头见汗，最后，只能将大袖一拂，厉声说道，"就算他们是气愤不过，也不该将同学伤得如此之重！对同学尚且下得了如此狠手，将来怎么会善待治下百姓？一群残民而肥的酷吏，和一群唯唯诺诺的羔羊，未必前者就好于后者！"

"届时，自有国法约束之！"阴方微微一笑，目光里不带半点软弱，"而眼下，你我身为师长，却必须处事公正。不能以一己好恶，就颠倒是非曲直。王主事，你意下如何？"

"谁不知道你阴博士辩才无双！"王修心虚，不敢继续胡搅蛮缠，"此事，就交给你处理，且看你如何公正公平？"说罢，转过身，扬长而去。

"尔等莫非书都白读了么，还不恭送主事？"阴方心中暗笑，脸上却作出一本正经模样，对着众学子们大声呵斥。

"恭送王主事！"众学子笑呵呵作揖，对着主事王修的背影，挤眉弄眼。

阴方对学子们的小动作,视而不见。又将头转向躺在地上装死的绿帽师兄苏著,沉声问道:"两条路。第一条,你自己起来回家请郎中看伤,然后派人把马车和伤马也弄走。今天的事情,阴某就当什么都没发生。第二条,你继续躺着,阴某现在就搜集人证物证,然后把证据交给两位祭酒,请他们理清整个事情的来龙去脉,秉公而断。到底何去何从,你自己选!"

"学生选第一条,学生选第一条!"苏著果断从地上爬起来,一瘸一拐地仓皇逃命。身背后,留下一串幸灾乐祸的笑声。

刘秀也终于松了口气,咧开嘴,跟大伙一起摇头而笑。忽然间,却感觉脸上一阵火辣辣地疼,抬手摸去,掌心处立刻黏黏冷冷一片。

将手撤到眼前再看,他这才发现,自己的脸不知道什么时候被划破了,手背、手腕等处,也布满了一块块淤青。所有伤势都不算重,却实在有些狼狈。又摇头苦笑了两声,抬起胳膊,准备用衣服擦拭血迹,目光所及处,却忽然出现了一片干净的白绢。一尺宽窄,表面绣花,暗香淡淡盈袖。

"刘家三哥,给!"一个略显稚嫩的女声,伴着暗香出现,近在咫尺。

刘秀脑海中,忽然亮起一道闪电。扭头望去,只见飘飘白雪中,有一张粉雕玉砌的面孔,正含笑对着自己。熟悉,而又陌生。

【祝融至兮百雀飞】

他想要说几句客气的话,却又好像失去了语言能力。讷讷半晌,才终于冒出了一句:"丑奴儿,你怎么也在这儿?"

"我叔叔是太学里博士,我上次跟你说过,你忘记啦?"阴丽华眉头轻蹙,明亮的双眸中,隐隐露出了几分失落。但是很快,这种失落就变成了害羞,低声道:"手帕是给你擦血迹的,刘家三哥,你、你怎么往怀里塞!"

"啊?哦!多谢阴小姐!"刘秀这才终于缓过神,匆忙用手帕在脸上抹了抹,又讪讪地将其还了回去。不待阴丽华伸手来接,忽然又觉得把染满了血迹的手帕还给人家不太合适,赶紧又将手臂迅速缩回,"脏、脏了。我,我洗干净了之后再还给,不,改日我买了新的赔给你吧!"

"啊!"阴丽华毫无防备,被手帕带了个趔趄,差点一头栽进他的怀中。下一个瞬间,二人却又不约而同地松开手,仓皇后退,任手帕飘落于地,在白雪上缀起一朵殷红。

刘秀顿时窘得脸颊发烫,愣愣地收住脚步,不知道该说些什么好。短短两个多月不见,阴丽华好像就长成了大姑娘。宛若一朵含苞未放的红莲,全身上下的青涩迅速褪散,代之的是一种无法掩饰的秀丽。

阴丽华明亮的眼睛里,此时此刻,也再度映满了刘秀的身影。挺拔、高挑、书卷气十足却又棱角分明,站住飘飘白雪中,嘴角带笑,双目如星。

两声低低的咳嗽,将这美丽的画面,搅得支离破碎。刘秀的脸立刻红得几乎要滴血,弯腰捡起手帕,然后规规矩矩地抱拳施礼:"多谢小姐赐巾裹伤,他日刘某自当登门奉还!"

"刘兄不必客气!你我乃是新野同乡,在来长安的路上,我阴氏一家,亦承蒙您的照顾甚多!"阴丽华红着脸,大大方方地还礼。

如此一来,倒显得冷哼者多事了。马三娘气得狠狠跺了一下脚,转身便走。阴方则笑着上前,将自家侄女阴丽华挡在了侧后,又轻轻向刘秀拱手:"太学博士阴方,多谢令兄弟在路上对家兄一家仗义相救。"

"不敢,不敢!"刘秀此刻的身份是学生,哪敢受老师的礼?先一个侧步退出去三尺有余,然后长揖及地,"后学晚辈刘秀,见过阴师!晚辈在乡间之时,就久闻阴师大名。今日得见,实乃三生之幸!"

"嗯!"阴方满意地哼了一声,笑着摆手,"罢了,刘公子不必多礼。你我既然是同乡,不妨日后多多走动。在太学里有什么为难的地方,也尽管来找阴某。某日常授课,就在终始堂。平素不授课时,也多在其二楼读书温书。你尽管来,上楼时跟学吏说我的名字就是!"

这已经是摆明要拿刘秀当半个弟子相待了,但同时也杜绝了刘秀真的去阴府"纠缠"自家侄女的隐患。既报答了刘縯对阴固一家的救命之恩,又划清了彼此之间的界限,真的是"算无遗策"。

有道是,响鼓不用重槌。刘秀只是稍稍错愕,便又笑着躬身,"能向阴师当面求教,晚辈荣幸之至。"

"嗯!"阴方又轻轻颔了下首,带着几分告诫意味,笑着吩咐,"像苏著那种无赖,不过是仗着父辈余荫混个文凭①而已。你能不搭理他,就尽量不要跟他发生瓜葛。待卒业之后,双方各奔东西,一辈子都不会再有往来。犯不着把大好光阴全浪费在这种无聊的人和事情之上!"

亲眼目睹过万谭一家的惨祸,刘秀早就明白,长安城不是个讲道理的地方。想必太学也不能例外。于是乎,又笑着躬身受教。

阴方见他如此聪明,又如此知道进退,心里便又多了几分惜才之意。"令师许博士的学问见识,俱是阴某三倍。你与其终日捧着书本苦读,不如多在他面前走动走动。他随便指点你几句,就足以让你终生受用不尽。太学里的某些二世祖,即便想找你麻烦,也没胆子到他面前胡闹。你是聪明人,有些话无需我多说。好自为之,先用功读书,学成之后再出仕报效圣恩,这才是正路,其他,不必多想!"

"多谢阴师!"无论赞同不赞同对方的观点,念在其并无恶意的份上,刘秀再度躬身下拜。

阴方笑着受了他的礼,又轻轻看了自己的侄女一眼,转身飘然而去。阴丽华不敢惹自家叔父发怒,轻轻吐了下舌头,快步追上。临转身前,却又偷偷向刘秀摆了摆手,用极低的声音说道:"手帕我不要了,三哥,你洗干净了收起来吧。千万别扔了,否则我会很生气。猪油,烦劳转告三姐,我很羡慕她!有那么一身好武艺,无论想去什么地方都可以随心所欲!"

"哎哎,我知道了。我一定把话带到!"朱祐正不知道该怎么去哄马三娘开心,闻听此言,立刻满口答应。

刘秀忍不住摇头而笑,望着阴丽华的翩跹背影,心底由衷地为对方的人小鬼大而赞叹。还没等他将目光收回,耳畔却传来了邓禹更加稚嫩的童音,"不好了,刘师兄,你这回可惹下大麻烦了!"

---

① 文凭,旧时官府颁发的各类凭证,包括学历证明。

"哦?"刘秀微微一愣,迅速收回心神,转身向邓禹大气地摆手,"没什么大不了的,最近天天跟麻烦为伴,我早就习惯了!况且,刚才姓苏的那一伙人原本就是冲我而来,你只是遭到了池鱼之殃!"

"刘师兄的救命之恩,邓某不敢言谢!"邓禹也愣了愣,随即,似模似样地向刘秀躬身施礼,"但师兄你误会了我的意思。我刚才是说,好像有两位姑娘都对你青眼有加。你选了其中一个肯定会得罪另外一个,这才是真正的麻烦。至于苏某,一条癞皮狗而已,根本不值得师兄放在心上!"

周围看热闹的学子们放声大笑。刘秀刚刚恢复了正常的脸色,瞬间又红中透紫,丢下一句"休要胡说",匆匆逃离。众学子笑得愈发大声,直到他整个人都消失在风雪之后,才揉着发酸的肚皮,各自散去。

这世间,容易逃避的,是他人的目光。无法逃避的,却是自己的内心。当晚在静安楼夜读,刘秀难得没有读进去。捧着一卷书简,痴痴半宿,却不知书中所云。眼前被灯光漂白的墙壁上,总是闪现出两个修长的身影,一动,一静,一大,一小,一炽烈如火,一似水温柔。每一个仿佛此刻都伸手可及,然而,他却不知道该如何选择。

"她今年才十二岁,是因为自家伯父和哥哥太龌龊,才把我当成了英雄。等到及笄①估计早就把我给忘了!"少年人自我欺骗,每一条理由,都找得甚为充分,"况且她叔叔说了,只准去终始堂找他,不准登阴府的大门。我跟她,一年里连面都见不了几回,胡乱寻思这些没用的做甚?!"

如是想着,心神倒是渐渐安定了下来。隐隐约约,却又有一种刺痛油然而生。阴博士是怕自己穷小子高攀,才故意那么说。可俗话说,莫欺少年穷。不知不觉中,他握在书简上的手越来越紧。读书、出仕、光耀门楣,对出人头地的渴望,在少年人心中,从没有一刻,如今天这般强烈。

也不知过了多长时间,忽然一股焦煳味儿,直冲口鼻。外面传来了一阵嘈杂的锣鼓声,"走水啦!走水啦!快起来,莫让火势蔓延!……"

---

① 及笄,《礼记》写"女子十有五年而笄",意味着可以成亲嫁人。

迅速放下书简，刘秀用力推开窗户。朱祐等人也一跃而起，齐齐冲向窗口。只见西北方向浓烟滚滚，有栋三层高楼，像只巨大的蜡烛般烈烈而燃。半边天空都被烧得通红！

"是百雀楼！"朱祐眼神好，哑着嗓子道。

一股寒风夹着雪花破窗而入，几个少年人同时身体一凛，惊愕忘言。

【主事怒兮殃池鱼】

"烧得好，让他巧取豪夺，让他谋财害命。这回，真是报应不爽！"邓奉的声音忽然从身侧响起，说出了刘秀的心里话。

"姓魏的这次麻烦大了。借着茂德侯府的势力谋得了百雀楼，他至少得拿出一大半收入去孝敬甄家。如今百雀楼重新装潢之后开业还不到半个月，就被祝融君一把火卷了个精光。姓魏的即便不当场被烧死，恐怕也得债台高筑，没三年五载缓不过元气来！"朱祐兴高采烈算起了明细账。

只有严光，在四个人当中心思最为缜密，轻轻拉了一下刘秀的胳膊，用微不可闻的声音问道："大哥和姐夫去扶风需要走几天？会不会是他们又路过长安，顺手……"

"不可能，你别乱说！"刘秀被吓了一大跳，赶紧一把捂住严光的嘴巴，警惕地四下观望。同一个房间内的其他学子，此刻注意力也都被火光吸引。一个个围拢在不同的窗户前，对着"大蜡烛"方位指指点点，根本没有人顾得上听刘秀等人在说什么。

"扶风距离长安没多远，我哥他们应该早回家了，不会再专程来长安一趟，更不会来了长安不见咱们！"确定周围没有人偷听，刘秀终于松了一口气。

话虽然说得无比肯定，内心深处，他却没半点把握。孔永身为朝廷高官，如果豁出去得罪甄家，想要捏死"西城魏公子"，犯不着派人半夜去放火。大哥和姐夫担心拖累自己和邓奉，当时没有动手，这次也不知道会不会专程折返回来替万谭报仇。

猛然心脏一哆嗦，刘秀眼前出现了当日自己指点马三娘去棘阳县衙放火，对方茅塞顿开的面孔。下一刻，他的脊背处，就被冷汗湿了个透。棘阳乃地方小县，马三娘又是大名鼎鼎的女匪首，当日即便明知道大火是她所放，岑彭也没能力调动全天下搜寻她的踪影。而今夜这把大火，却烧在长安城中，烧在大新朝皇帝的眼皮底下，烤焦了茂德侯甄寻、广新公甄丰和大司马甄邯的脸，若是万一被甄家发现蛛丝马迹……

正惶恐不安之时，背后忽然传来一阵急促的脚步声响。紧跟着，房门被人从外边用力推开，十多名学吏鱼贯而入，挑着明晃晃的灯笼，照亮屋子内每一张惊诧的面孔。

"数仔细了，有几个人，都有谁在，把名字一一记录在案！"太学主事王修的声音，紧跟着在楼梯口响起，听起来宛若毒蛇在黑暗中狂吐信子。

"是！"众学吏大声答应着，开始清点人数，记录名姓。根本不屑向学子们解释他们这样做的理由。

"你们几个，也不用再熬夜了，早点儿回馆舍休息！"王修看到刘秀居然也在挑灯夜读，脸上明显现出几分诧异。又摆出一副不怒自威模样，"最近天干物燥，容易走水。从今天起，一更之后，各楼堂就必须熄灭灯火。谁也不得再擅自逗留！免得一不小心碰翻了灯盏，将整个太学都付之一炬！"

"主事，我等即将卒业，最近功课颇重！"立刻有几个年龄稍长的学子求告，"若是回到寝馆，人多手杂，反而更容易将油灯碰翻。还不如……"

"寝馆那边，最迟一更半，也必须熄灭火烛，谁也不准再挑灯夜读！"话音未落，主事王修就厉声打断，"平素白天多花些心思读书就好了，没必要非把功课拖到晚上。万一引发火灾，你自己一人性命难保事小，波及整个太学，你就是千古罪人！赔上全家性命，也难赎万一！"

众学子闻听，顿时心急如焚。一个个上前围住王修，连连作揖。

"主事，卒业大考在即，还请多给学生一点读书时间！"

"主事，我等自当小心谨慎，绝不敢让四周溅出半点儿火星！"

那王修身为皇族子弟，哪里理解寻常学生的难处。猛地把袍袖一挥，大声道："以前没有，不等于今后没有。老夫必须防患于未然！太学的规矩，也不能为尔等区区几人，就随便更改。此事就这么定了，尔等速速熄了灯火，回去睡觉！如果有人胆敢偷着点灯，无论是在楼堂，还是寝馆，只要被学吏逮到，立刻驱逐出太学，绝不宽恕！"

"呼——"袍袖带起的冷风，将邻近的两盏油灯同时扫灭。

房间里猛地一暗，同时暗淡下去的，还有数名学子的眼睛。

【悔前倨而后恭兮】

此时的太学生中，虽然以官宦人家子弟居多，但是像刘秀这般出身于普通人家的孩子也不算罕见。更有很少一部分学子，家境甚至比刘秀还差，吃住全靠学校供应，平素也没有余钱去买灯油。而主事王修的"禁止灯火令"一下，等同于将他们蹭学校油灯的读书机会剥夺了一大半，这让大伙如何能继续忍气吞声？

当即，就有人上前大声抗辩道："主事，近来风雪交加，连馆舍里的被褥，都湿得几乎要拧出水来，何来天干物燥之说？您老担心失火烧了太学，我等读书时多加小心便是，何必连灯火都一并禁掉？须知陛下之所以大兴太学，乃是期许我等能早日成为国之栋梁。如果我等不到两更就睡，日上三竿才起，那和市井闲汉还有什么分别？将来怎么可能担当大任，怎么回报陛下的……"

"住嘴！"王修根本没耐心听几个毛头小子"胡说八道"，将三角眼一竖，厉声打断，"老夫禁止尔等一更半后再点灯，又没禁止尔等读书！尔等若是真的有心向学，星光、月光还有地面上的雪光，如何就利用不得？况且老夫只是禁止尔等在楼堂和寝馆里点灯，外边野地里，凉亭中，凤巢山上，凡是空旷之处，哪里不能点灯？"

这就有些不讲理了。眼下外边飞雪连天，哪里来的月光和星光？至于旷野里点灯读书，且不说寒气彻骨，根本不是身穿单衣的学子所能承受，就算人能扛得住冻,只要风势稍大一些,灯火也随时会被吹熄。

"空旷之处随便点灯火,学生愚钝,不知道如何能让油灯不被寒风吹灭,还请主事指教!"

那王修岂能容忍一群毛孩子对自己肆意调侃?猛地从学吏手里夺过用来挑灯的木棍,朝正说得高兴的学子们,劈头盖脸打了过去,"叫你们熄灯就熄灯,哪里来的那么多废话?再不滚,老子奏明皇上,将尔等全都革出太学,让尔等一辈子都休想出头!"

太学生们被打得抱头鼠窜而出。待来到外边的空地上,心里头却愈发愤懑,"没本事的杀才,也就会欺负我们这些软柿子。有种你去打一下功成公和功崇公?也算对得起你皇上族弟的牛皮?"

功成公王康和功崇公王方,都是王莽的亲孙儿,白天也在太学就读。论辈分,二人都算是主事王修的侄儿。但论地位,王修这个太学主事,可比两位国公差了不止十万八千里,平素上赶着拍马屁还来不及。

"呵呵,我呸!"有一名胆大的学生,干脆掀开了王修的老底,"他出身于河东王氏,陛下出身于河北王氏,根本就算不得一王!只是仗着自己能写几篇诗赋,乱认祖宗,才跟陛下攀上了亲戚。也就是陛下怜他有才,能让他借着皇家的名义在太学里招摇撞骗。"

"按他的算法,老子还姓田①呢,倒推五百年,岂不跟皇上也沾亲带故?""是极,是极,倒推三千年,我等都是皇亲国戚!"

大伙只顾着发泄心中不满,却没料到,主事王修居然从背后悄悄跟了上来,逮住"皇亲国戚"的话头,立刻大发淫威:"站住,你们这群狂生,眼里还有皇上么?!谁是皇亲国戚?站出来让老夫看看,站出来?!"

冒认皇亲,可是抄家灭族之罪。众学子即便胆子再大,岂肯自己跳出来找死?王修找不到发落对象,被怒火烧得眼睛发绿,绕着众学子转来转

---

① 田姓,最早出于妫氏,乃齐桓公后裔。楚汉争霸时,一部分子侄为了避祸改姓王。而妫氏作为舜帝一脉,衍生出来的姓氏极多。所以倒推三千年,学子们都可能是王姓的亲戚。

去，猛地将脚步一停，手指刘秀，大声喝问："刘秀，是不是你？你不要急着否认，老夫年纪虽然大了些，耳朵却没有聋！"

"主事明鉴，学生最近嗓子有疾，说话时疼得厉害，所以刚才一言未发。"刘秀不知道到底怎么得罪这位王主事了，强忍愤怒哑着嗓子辩解。

他正处于变声期，听起来特色鲜明。王修闻之，立刻就知道自己抓错了目标。然而却又不甘心让刘秀如此轻松过关，眉头皱了皱，厉声道："傍晚跟人打架时，怎么没见你嗓子疼？这会儿，想疼就突然疼起来了，欺老夫不通岐黄是不是？反正刚才乱攀皇亲的家伙，就在你们这伙人中间。刘秀，老夫限你三日之内，把此人找出来，否则，老夫只有拿你是问！"

"这……"刘秀气得两眼冒火，真想直接给老匹夫来一记黑虎掏心。

让自己出面去抓刚才那个乱认皇亲的人，不是等同于把自己直接推向了所有学子的对立面？三天后，无论交出哪个，自己都将成为众矢之的。而不交人，自己就得背起"乱认皇亲"的黑锅，同样会死得惨不忍睹。

"啊！"众学子也被王修的"阳谋"给吓了一大跳，纷纷侧身避让，怕刘秀胡乱攀扯一个人来做替死鬼。

"尔等还不快滚，难道还要留下来给他出谋划策么？"王修要的就是这个效果，心中好生快意。

众学子如梦初醒，纷纷夺路而逃。只留下邓奉、朱祐、严光、邓禹和其他两三个平素与刘秀走得较近者，在风雪中面面相觑。

王修这招实在歹毒。当晚聚集在刘秀的寝室里，大伙儿摸着黑商量了半宿，也没想出一个妥当的对策。

刘秀自己，也不知道该如何是好，昏昏沉沉睡了过去。待第二天早晨醒来，天光已经大亮。正欲起身洗脸更衣，就听到耳畔有人献媚地喊道："学长醒了？学长需要洗漱么，小弟早就打来的热水，一直在炭盆里给您温着呢！学长慢动，鞋子、袜子在这边，都是小弟今天早晨特地去买来的，是城里老瑞坊的新货，您穿上试试，合不合脚？"

"你是？"刘秀从小到大也没过过使奴唤婢的生活，迟疑着集中目光。

只见一个顶着熊猫眼的胖子,半弯着腰跪坐于榻前。双手捧着崭新的鞋袜,满脸讨好。

"你是苏著?"刘秀用力揉了好几下眼睛,才终于分辨出来,对方就是昨天试图用马车撞死自己的绿帽师兄。立刻戒备地双手握拳,膝盖弯曲,手肘和脊背同时贴近床板。

来长安途中与群贼作战所打磨出来的杀气,立刻透体而出。把绿帽师兄吓得打了个哆嗦,身体后仰,一跤坐倒,双手却依旧紧紧抱住新鞋新袜,大声哀告:"刘师兄饶命。小的再也不敢了,真的不敢了。小的昨天是猪油蒙住了心,才被别人当了刀子使。小的知错,请刘师兄念在小的没有真正伤到你的份上,饶过我这一回!"

"你、你是专程来向我谢罪的?"刘秀刚刚睡醒,头脑有点跟不上趟。

四鸿儒之一阴方昨天已经暗示得非常清楚,姓苏的是个如假包换的二世祖。只要不把天捅出窟窿来,太学就无法将其开革。而仅仅隔了一个晚上,此子居然主动登门谢罪?并且唯恐自己这个苦主不肯宽恕!

"师兄慧眼如炬,小弟的确是专程前来谢罪的。小弟才六更天,就、就从家中匆忙赶了过来。小弟别无他求,只想让师兄明白,小弟也是受了坏人利用,并非故意要坑害师兄!"从刘秀的表情上,苏著知道自己很难取信于人,赶紧爬起来跪好,双手将鞋袜举到眉间,毕恭毕敬地解释。

"受了坏人利用?谁还能利用得了你?"刘秀将信将疑。

"师兄你何必明知故问?!"苏著立刻又打个哆嗦,含着泪磕头,"小弟知道自己昨天做得实在过分,还请师兄念在小弟好歹也是邓公子的同门师兄份上,饶过我这一回。将来师兄叫小弟往东,小弟绝不敢往西!"

闻听此言,刘秀愈发觉得头晕脑涨,沉下脸色,正准备喝令对方把话说清楚。屋门却被人猛地推开,小学弟邓禹带着两脚雪沫子跑了进来,"刘秀师兄,我想到对策了!反正昨晚黑灯瞎火,看不清都有哪个在场,你只要把绿帽子……啊!你,姓苏的,你怎么也在这儿?"

苏著被问得一咧嘴,放声大哭,"邓禹,我、我知道昨天不该欺负你,可、可你也不能把我朝绝路上推！我已经知道错了，我已经给刘师兄当面道歉了。你、你、你小小年纪，心肠怎么如此黑?!"

邓禹今年才十二岁，虽然人小鬼大，但设计坑人被目标抓了个现行，顿时窘得面红耳赤。

刘秀见状，突然好像弄明白了姓苏的为何今天对自己如此恭敬，苦笑着摇摇头，大声呵斥："行了，别装孙子了！许你昨天带着那么多人打他，就不许他报复回来？"

"行了，刘某虽然恨你，却也不屑拿你去顶缸！"刘秀最看不起这种癞皮狗，"但是，你也必须说清楚，到底是谁指使你害我？否则，我有的是办法让你求生不得，求死不能！"最后一句话，他是故意咬着牙说的。

苏著闻听，又打了个哆嗦，带着几分诧异追问："师兄真的不知道是谁指使我害你？那、那昨夜百雀楼的大火……"

"大火关我何事？我昨天前半夜在静安楼读书，才会被王主事抓了差，去帮他查找背地里胡乱跟皇上攀亲戚者。哪有功夫离开太学？更甭提跑到百雀楼去放火！"刘秀恍然大悟，知道与苏著说到两岔去了，懊恼不迭。

"那魏公子和他手下弟兄，也不是师兄杀的？"苏著也终于明白，自己好像白白担惊受怕了一场，带着几分迟疑，喃喃追问。

"我赤手空拳，怎么可能打得过那么多人？你把我当什么了，再世聂政么？"刘秀的心脏猛地一沉，却继续装作满脸茫然。

"呼——"苏著长出一口冷气，跌坐于地，失神地摇头，"那、那是谁，杀、杀了魏公子？二十几个随从，个个都是练家子，结果被人一口气杀了个干净，连求救声都没来得及发出。脑袋也全挂在了街边大树上。尸体与百雀楼一道，烧得连块囫囵骨头都不剩！"

"你问我，我去问谁？"刘秀摇摇头，糊涂依旧写了满脸。心里头却愈发坚信，能杀光魏公子及其爪牙而不惊动周围邻居者，必然是自家大哥、姐夫和马三娘两方之一。

正为三人如何平安脱身而忧心忡忡之时，却看到邓禹猛地冲上前，一把揪住苏著的脖领子,"师兄,切莫再给他机会继续害你,把他交给王主事,治他乱攀皇亲、大不敬之罪!让他也知道,什么叫恶有恶报,天道好还!"

【雪尽风止彤云平】

"师兄您不用担心我,除了我,没人更适合去顶缸了。我二姐嫁给了南安县侯王治,二姐夫的祖父是皇上远房的堂弟,我说我是皇亲国戚,不算冒认。王修佬儿绝对不敢去大宗正面前跟我对质!"唯恐刘秀不给自己"将功赎罪"的机会,绿帽师兄仰着脖子,大声补充。

他算得很清楚,自己跟刘秀之间的恩怨,全因"魏公子"所起。原本就没到不死不休的地步。如今"魏公子"葬身火场,百雀楼的干股也随着昨夜的大火化作了灰烬。自己再跟刘秀斗下去,就是故意拿着玉圭碰瓦片了!万一把刘秀逼急了,拍拍屁股一走了之,然后派遣死士盯着苏府,自己就是每天带一百个护卫,也难免有百密一疏的时候。还不如送对方一个人情,彼此握手言和。

刘秀哪里知道,绿帽师兄心里已经把自己当成了某个江洋大盗的儿子,正在"大隐隐于市"。见此人居然把顶罪之后的退路都找好了,不觉哑然失笑:"苏兄,那王修可是皇上的族弟。他之所以难为我,恐怕背后还有长安四虎的影子!"

"没事儿,他这个族弟,跟皇上的关系比我还远!"苏著用力拍了下胸脯,大包大揽,"至于四虎,跟我苏某人平素还有些交情。断不会因为这点儿小事就翻了脸!"

听他说得豪迈,刘秀也不再客气,本着多一事不如少一事的原则,笑着点头允诺:"也罢,如此就委屈苏师兄了。待过了此劫,改日刘某单独摆酒向苏师兄致谢!"

"应该的,应该的!"苏著立刻欢喜地一跳而起,"应该我来请刘秀师兄和邓禹师弟才对,咱们三个,算不打不相识!"

刘秀才不愿意跟此人"不打不相识"，笑着婉言拒绝。苏师兄却是个热乎膏药，上前一把拉住他的手，"刘师兄千万别跟我客气，小弟平素最喜欢听你们这些江湖好汉快意恩仇，不，最喜欢听一些江湖上的奇闻逸事！我家还开着一座百花楼，全长安的好汉都经常去找里边的姑娘玩。好多人在里边赌输了钱，连佩剑都输掉了。我家的管事非但不会逼债，甚至还白送一份马车钱，让他们顺利回家！"

还是个包娼庇赌的！刘秀心中偷偷嘀咕了一句，借着系腰带的机会，将手轻轻挣脱，"多谢苏师兄了，小弟改天有了空，一定去叨扰师兄！"

"那就说定了！"苏著喜不自胜，见刘秀好像依旧不太感兴趣，犹豫了一下，又压低了声音，满脸神秘地说道，"小邓喜欢的那个叫猫腻的女娃，是我们百花楼一直当作头牌养着的，轻易不会许人！我上回说他若敢惹我，我就把那女娃卖到西域去，是吓唬人的，绝对不会当真！师兄放心，我回去后就告诉老鸨，不准让任何人梳拢猫腻。一直给小邓留着，直到他成家立业之后，派马车来接！"

"你说什么，邓奉喜欢上了你们百花楼的头牌？"闻听此言，刘秀比今早听闻"魏公子"被人割了脑袋，反应还要剧烈，"什么时候的事情？我怎么不知道？他、他怎么会去赌博？还、还逛妓院！"

"师兄你居然不知道？"苏著也被弄了个满脸愕然，"刚刚开学那会儿，我们几个同门师兄弟聚会，硬把小邓给拉上了。他一下子就喜欢上了猫腻。后来我见他几乎无法自拔，就、就开始用猫腻来威胁他……"

说着说着，苏著自己也觉得有些不好意思，赶紧拍了下胸脯，大声保证："师兄放心，既然小邓是你的兄弟，我不再骗他就是！把猫腻一直给他留着，等他可以成家之时，送给他做个美妾！让他左拥右抱！"

第十一章　雪尽风平

【少年直抒胸中臆】

"你既然如此慷慨，何不现在就将那位猫腻姑娘的卖身契给了邓奉？还用等什么他将来成家立业？"邓禹虽然年纪小，主意却来得比任何人都快，大眼睛滴溜溜一转，就点明苏著先前的允诺只有口惠而没有实至。

"呵呵！"苏著被说得脸色微红，干笑了几声，"师弟有所不知，这长安城里的富贵人家，哪能真的亲自出马去操持贱业？读书人的脸面还要不要了？清流们弹劾烦不烦？所以大伙都是心照不宣地找一些忠仆，让他们或者他们的家人出面去打理。遇到好生意也不能自己吃独食，还得掰许多干股出去，让其他人睁一只眼闭一只眼。所以百花楼虽然主要被我家掌控，我却不能自称是其少东。若是寻常女子随便送人也就送了，像猫腻这种头牌，从小到大培养所费之资，早就超过了她的重量。怎么可能我随便一句话就做得了主？能让管事扣住她四年之内不被别人梳拢，已经是极限了。况且现在把她送给邓奉师弟，不是我说，邓奉师弟也保不住她，反而给师弟招灾惹祸。总得等邓奉师弟卒业之后，授了官职，然后投入某个实权大吏门下，让人看到他有拉拢价值，股东们才愿意破财与他结交。而那些原本盯上小猫腻的人，才会悻然罢手！"

这番话，算得是"掏心窝子"了。非但有理有据，并且将长安城内诸多明暗规则，一一罗列了个清楚。刘秀和邓禹两个见识虽然都不算差，可小门小户出来的孩子，平素怎么可能接触到如此"高端机密"？只听得浑身发凉，额头见汗，愣愣半晌，才终于缓过一口气来，喟然而叹。

直到早饭的钟声响起，刘秀和邓禹的"人生大课"，才终于告一段落。借着吃饭的机会摆脱了苏著，二人手里握着馕饼，嘴里嚼着盐渍桔梗和茱萸，却觉得一切都索然无味。

昏昏然熬到了下午申时，连哺食①都没顾得上吃，刘秀就急急忙忙跑到了许子威府上。许子威今天恰好没课，仆人们对这个家主的亲传弟子，没用通禀就直接放了进去。只是在入门之后提醒了一句：家主正在书房会客，请勿直接往里闯。若是需要见三小姐，则请通过书童阿福相邀。

刘秀郑重答应，怀着满腹心事，低头小步快行。原本打算先让阿福把马三娘约到前院，问一问昨夜百雀楼的大火，到底是何人所为。然而还没等靠近许子威日常所居的正堂，就听见一串激动的话语，从书房的窗口传了出来："子威兄精研《尚书》，自然也知道如今所传《尚书》，并非全本。并且许多文章靠耳口相传再誊抄得来，疏漏错误比比皆是。刘某所崇尚之复古，正是为了去伪存真。将圣人之言，圣人之意，重现于当世。拨暴秦以降三百年之浑噩，复上古……"

"是嘉新公！怪不得仆人们提醒我不要乱闯！"刘秀眉头立刻皱紧，脸上也浮起了几分警惕之色。

嘉新公乃太学祭酒，原名刘歆。后来为了避大汉皇帝的讳，改作刘秀。此人有过目不忘之才，自幼跟在其父身后校对皇家藏书，见识极为广博，半生阅尽诸子百家。照理说，如此一个博学多识的人，应该懂得兼容并蓄才对。然而事实却恰恰相反。嘉新公学术上的主张，不仅继承了董仲舒的"罢黜百家，独尊儒术"观点，而且更进一步，力求复古！认为当世所传学术著作，大部分都曲解了古圣本意，必须根据古本，大力斧正，才能确保圣人之言不失，圣人之道再度大行于天下。

这种观点，自然遭到了很多人的反对。然而当时汉朝的辅政大臣王莽，

---

① 哺食，古人每日两餐，第二餐一般在下午申时前后，叫做哺食。

却如获至宝，力排众议，授予此人河内太守的显职。在大新朝取代大汉之后，又封其为国师。国师主张学术复古，皇帝主张尽复古制，这一臣一君，最近几年倒也配合得相得益彰。只是本届大新朝的百姓实在"不行"，体会不到皇帝和国师两个的良苦用心。随着古制和古学的不断推进，怨言越来越多。更有甚者，居然落草为寇。还出现了"出东门，不顾归……五去为迟，白发时下难久居！"这种"大逆不道"的乡谣！

所以圣明天子王莽，为了三代之治重现，一方面着令严尤、王寻等名将率领大军，四处"安抚"百姓。另一方面，则令嘉新公带领饱学之士著书立说，阐述"复古"的深远意义，以求那些误入歧途者能幡然悔悟。

严尤、王寻两位将军都身经百战，对付那些手拿菜刀、竹竿的愚民，当然捷报频传。但嘉新公这边的战绩，就相形见绌了。一系列为复古摇旗呐喊的大作，非但未能得到乡野愚顽的认同，就连长安城内也屡屡出现质疑的声音。这些质疑的声音宛若蚍蜉撼树，伤害不了复古大业的根本。但蚍蜉如果太多，也实在有碍观瞻。故而嘉新公急需盟友出面相助，就把主意打到了已经致仕多年的许子威头上。

许子威这人油盐不进，早年还跟王莽交情颇厚。嘉新公无法强行邀请他出山，只好采取迂回策略，先说动了老好人扬雄，打着探讨《尚书》的名义，前来登门拜访。怎奈百密终有一疏，嘉新公知道许子威对当世所传《尚书》有颇多质疑，全力投其所好。却忘记了中大夫扬雄也是个书痴，平素为人八面玲珑，一涉及学术，就开始死较真。非但在《尚书》的真伪上，处处跟他针锋相对，并且很快将战火烧到了别处，除《诗经》外，儒门其他三经，《周易》《春秋》《周礼》，竟无一幸免！

嘉新公拉扬雄来，是为了给自己帮腔，岂能允许其"临阵倒戈"？很快就忘记了初衷，跟扬雄战了个不亦乐乎。而许子威反倒成了中间派。

"以往总觉得扬祭酒为人处世圆润，却没想到，他还有如此死板的一面！"刘秀在窗外侧着耳朵听了一会儿，觉得老头吵罗圈架十分有趣，忍不住在心里嘀咕。正准备悄悄离开，就看见马三娘拎着一个巨大的铜壶，快步走了过来。阿福双手捧着一盘子点心，亦步亦趋。

"你怎么来了？在太学里又被人欺负了？"马三娘全然忘记了昨晚的不快，看到刘秀，目光立刻开始发亮，"先等我一会儿，我请义父、扬伯父和刘伯父喝点儿茶汤，吃点儿点心，免得他们吵得太辛苦，气力不济！"

"嘘！"刘秀将食指竖在唇边，哭笑不得地连连摇头。

见过拉架的，却没见过火上浇油的。三娘这种做法，不是唯恐天下不乱么？然而，马三娘却没给他说话的机会，大步流星闯了进去，单手将铜壶高举，滚热的茶汤带着白气飞流直下，"三位老将军，请稍事休息。用罢战饭，再重新披甲执戈，亦不为迟！"话落，水止。书案上隔着老远的三个茶盏，竟然在眨眼间被一一斟满。而黄褐色的茶汤，却半滴未洒。

三位正吵得不可开交的老儒，先是被热茶汤吓了一大跳。待看完了马三娘神乎其技的表演，又听清楚了她半文半白的奚落之语，顿时个个老脸通红，再也吵不下去，端起茶盏来大喘粗气！

没想到马三娘居然也学会了用激将法，刘秀佩服得直挑大拇指，也赶紧从阿福手里抢过托盘，快步走入书房之内，笑着向许子威等人劝道："祭酒、世伯、师尊，请用些点心。眼看着酉时就到了，莫饿伤了身体！"

"你们两个小娃，倒也有趣！"嘉新公早就知道许子威新认了义女，并且收刘秀为弟子之事，脸色更红，尴尬地笑了笑，伸手取了点心果腹。

"茶不错，就是香料略放多了些，反倒遮住了茶叶的清香！"扬雄讪讪转换话题。

似许子威这般高门大户，家中自然不缺丫鬟仆妇。由义女和弟子端茶倒水，原本不合规矩。但此时此刻，两个国师哪里还顾得上拘泥于小节？

许子威这个家主，却有意在外人面前给刘秀争脸面，笑了笑，大声道："祭酒，这就是我的关门弟子，年龄虽小，但学问、胸怀与眼界，都是上上之选。就是名字没有取对，竟然不小心犯了您老人家的讳……"

话音未落，嘉新公已经跳了起来，单手掩面，大声抗议："是王修那小人故意拿老夫的名字当刀子用，老夫知道后，已经跟他大闹了一场。子威兄切莫再拿此事来打老夫的脸!"

"刘秀,还不赶快谢过祭酒?!"许子威要的就是嘉新公这句话。

刘秀也是个机灵鬼,立刻放下装点心的托盘,上前郑重给嘉新公行礼,谢过对方不怪自己冒犯名讳之罪。嘉新公窘得几乎无地自容,红着脸咬了半晌牙,最后长叹一声,喟然摆手:"罢了,罢了,老夫早知这样,当初就把名字改回去了,也省得今后被许老怪当弟子呼来喝去!"

"你现在位高权重,除了陛下之外,哪个敢当面直呼汝名?"许子威笑了笑,轻轻撇嘴。

嘉新公知道他说得在理,也笑着摇头。又将目光转向刘秀,和颜悦色地问道:"你今年多大了,可曾有了表字?"

"回祭酒的话,学生今年十六岁,尚未取字!"刘秀可不敢对太学祭酒怠慢,又行了礼,大声回答。

"嗯,才十六岁,果然是后生可畏!"见他态度始终彬彬有礼,嘉新公嘉许地颔首。又将目光转向许子威,笑着问道:"我见你这弟子不错,想越俎代庖为他取个表字,你意下如何?"

"你是怕子威兄喊刘秀时,自己不舒服吧?"不待许子威回应,扬雄就一语戳破了嘉新公的真实动机。

嘉新公无言自辩,只能尴尬地点头。许子威见状,也不好拒绝,想了想,低声道:"也行,反正他还要在太学读四年书,表字早晚得取。祭酒如果肯赐予他一个,当然是荣幸之至!"

"嗯!"嘉新公手捋胡须,低声沉吟,转瞬间,便有了主意,"我看过他的学籍。在家中排行老三,他哥哥表字为伯升。伯仲叔季,他自当从叔字。而他又随你许老怪主修《尚书》,《尚书》有云,依类向形,故谓之文。干脆,就叫刘文叔好了!"

"甚佳,阴阳二气演化天地间致理曰文,年少早达为叔!文叔两个字,的确取得好!"没等许子威表态,扬雄又抢着点评。

扬雄精通《周易》,善推演命理。他说"文叔"两个字取得好,许子威当然不会再有什么异议。于是乎，又笑着提醒刘秀谢赐字之恩。

刘秀相信许子威此举必有深意，红着脸再度给嘉新公行礼。后者终于避免了再给许子威当"弟子"的风险，心情甚佳，笑着伸手将刘秀的胳膊托起，带着几分拉拢的意味说道："老夫既然给你取了表字，今后你便算老夫的半个亲传弟子。老夫的课，要常来听，切莫一辈子跟你师尊那样，死抱着一本不知道是真是假的《尚书》不放！"

"祭酒放心，学生自当努力！"刘秀这才明白，许子威是怕一个人保不住自己，又顺手拉了嘉新公这个实权人物的大旗。心中感激不尽，再度躬身下去，大声回应。

嘉新公自己聪明过人，也欣赏聪明练达的同类。见刘秀一点就透，心中便涌起了更多的提携之意，"文叔，你和三娘既然联袂进来给我们三个老怪物拉架，想必已经知道我们之间的争执因何而起了吧？不妨你也来说说，到底是复古，厘清并遵从圣人本意为好；还是从今，人云亦云，随波逐流为佳？"

"这……"刘秀万万没料到，初次见面，太学祭酒居然拿三位当世大儒都争论不出结果的难题来考校自己，顿时额头冒汗，扭头看向许子威。

谁料许子威却对他这个关门弟子放心得很，居然笑着鼓励道："但说无妨，大道之前，没有师徒。纵为君臣父子，也必须以理服人！"

"你尽管说，即便说得不对，我们三个老家伙，也不会笑话你！"扬雄也对刘秀颇为看重，笑着在一旁帮腔。

"是！"刘秀原本是个谨慎的性子，但是到了此刻，也只好嚣张一回。又向三位老儒作了个揖，稍作斟酌，朗声答道，"圣人所言、所书、所得，在传承中多有缺失遗漏，至今恐怕已经偏离原貌甚远。所以，弟子以为，做学问之时，厘清圣人本意，杜绝以讹传讹，甚为重要。"

"嗯！"嘉新公看看扬雄和许子威二人，得意地点头。

扬雄和许子威却不急着争一时风头，只管捏着茶盏慢条斯理品味。

"然而完全遵从，就不必了。圣人所在之世，与现在大不相同。一味从古，反而有削足适履之嫌！鞋子的确穿上了，而足上的血迹，外人又怎么可能看得见？"刘秀继续，英俊的面孔上，带着与年龄毫不相称的凝重。

从春陵一路走到长安，沿途他看到的灾难太多了。朝廷的诸多复古措施看似完美，但执行起来，却完全不是那么回事！而皇帝和朝中诸公却坚信，这些不过是暂时现象，只要不断加快、加大复古力度，将复古进行到底，就可以凭空画出一个传说中三代之治那种盛世来！

嘉新公原本是抱着玩笑的态度，想用刘秀这个懵懂晚辈来当一回裁判。许子威和扬雄则是为了让刘秀在太学祭酒面前表现一下，卒业时能有个好前程。三人谁都没有料到，少年人嘴里居然会说出如此针砭时弊的话！

当即，许子威和扬雄手捂嘴巴，咳嗽不止。而嘉新公则将眉头皱起，沉声质问道："文叔，你的话，似乎除了治学之外，还另有所指。莫非你觉得如今朝廷力行古制，有什么不足之处？要知道，是前朝之政已经走到了穷途末路，今上登基后，才决定恢复古制和古法，并非事出无因！"

许子威和扬雄两个，咳嗽得愈发大声，但是，他们却再一次低估了少年人的胆气和执拗。只见刘秀向嘉新公行了礼，大声说道："祭酒考校，学生不敢藏拙。学生窃以为，学术归学术，治国归治国。学术务必求实求真，正如吾师刚才所言，大道面前，并无师徒父子。而治国……"

深吸一口气，他眼前迅速闪过赵氏和万谭一家的惨，阴固父子的刁，以及长安四虎和西城魏公子的恶，"复古也好，革新也罢，必须立意在民。如果不闻不问民间疾苦，所谓复古与革新，都不过是当官的换着帻子残民自肥而已，彼此没有任何分别！与圣人之道，更是半点关系都没有！"

【疑有铜壶作剑鸣】

"竖子，你才多大？居然也敢学着别人的样子胡说八道？！"许子威被吓得长身而起，以与年龄毫不相称的敏捷，一个箭步跨到了刘秀面前，大声斥骂。又迅速转身，将刘秀挡在背后，冲嘉新公长揖而拜，"子骏兄，许某平素对弟子管教不严，这才导致他口无遮拦。这种小孩子话，根本作不得真，还请你切莫跟他一般见识！"

"是啊，狂悖之言，不值一哂，子骏兄没必要跟他较真！"扬雄也赶紧站起身，讪笑着打圆场。

嘉新公的脸色黑了又红，红了又黑，短短几个呼吸时间，彻底变成了灰白色，手扶书案，喟然长叹："唉——子威、子云，刘某在你们两位眼里，人品就如此不堪么？切莫说他刚才那番话，乃是刘某要求他所讲，好歹作为太学祭酒，刘某岂会蓄意去坑害自己的学生？！"

"这……子骏兄这话从何而起？"许子威和扬雄明责暗护的小心思被人当场戳破，尴尬得面红耳赤。

嘉新公又横了他们二人一眼，苦笑着摇头："俗话说，童言无忌。正是因为其无忌，才几近于真。老夫又何尝不知道，陛下竭力恢复古制，给了许多贪官污吏残民自肥的借口，可若不恢复古制，末帝在位时，国政混乱到何等模样，你等又不是没看到。萧规曹随，依旧是死路一条！"

"子骏兄所言非虚！当时的情况，的确如此！"扬雄和许子威都是饱学鸿儒，可以保持沉默，却不愿闭着眼睛颠倒黑白。

"继续因循下去是死，复古改制，好歹还能看到一线生机。"嘉新公抬手抹了一把笑出来的眼泪，摇头而叹，"子威、子云，这些年来，你们只看到刘某佞，看到刘某顺着皇上的意思说话，为复古而奔走鼓吹。却不想想，如果换了另外一个人坐在刘某的位置上，是否就能让皇上改弦易辙？有刘某在，好歹改制还有迹可循。若是连古制这个依据都没了，由着皇上的意思随便来，尔等可曾想过，那将是什么后果？！"

许子威和扬雄悚然而惊，再度无言以对。

以他们两个多年来对大新朝皇帝王莽的了解，他可不止是一个当世大儒，对韩非之术、鬼谷之术，也涉猎极深，甚至还兼通墨家、阴阳家、道家、兵法家的盖世绝学，对机关、占卜、符命亦了如指掌。

这样一个博学多才的绝代英杰，若说他真的对古制痴迷成癫，肯定是自欺欺人。唯一的解释，恐怕就是他想将自己的诸多奇思妙想，通过"复古"的借口付诸实施。所谓复古,只是为变着花样革新寻找借口而已!如此,古制,便成了堤坝和牢笼。一旦连古制这个借口都不再需要了,以王莽那种天马行空的行事习惯,恐怕接下来便是洪水肆虐,猛兽横行。

"你这小子,有胆量,有见识,还难得有一副古道热肠!"见许子威和扬雄都被自己说成了哑巴,嘉新公终于出了一口恶气,大笑着站起身,对刘秀说道:"可也需记住,刚极易折,月满则亏,想要济世救民,光是知道仗义执言可不成,还得懂得迂回进退,先达其位,再谋其政。否则,到头来即便不身陷囹圄,也会变成只会指天骂地的腐儒,这辈子都一事无成!"

"学生谨受教!多谢祭酒指点!"确信嘉新公对自己无任何恶意,刘秀郑重躬身施礼。

"谢我,倒不必了,你今后别闯出让我这个祭酒也担待不起的祸事来,刘某就感激不尽了!"嘉新公侧开身子,"子威兄,你也不用给你的弟子使眼色了。老夫既然先前说过拿他当半个弟子,自然不会食言而肥。至于你,出来不出来帮忙无所谓,不带头跟老夫对着干就好!"

说罢,又笑着冲许子威和扬雄两个摇摇头,扬长而去。

许子威和扬雄未从震惊中缓过心神,竟忘记起身相送。直到嘉新公的脚步声彻底听不见,才互相看了看,苦笑着说道:"唉,今天你我可是被刘佬儿结结实实地打了脸。今后半年之内,见到他都无法再高声说话!"

"谁知道他刚才是不是在撒谎骗人?!"在场众人当中,只有马三娘心神没有受到嘉新公之言的影响,松开已经握出了汗水的铜壶柄,大声猜测。

"三娘,休要以小人之心度君子之腹!"许子威立刻皱起了眉头,低声喝止,"至少,刘秀今天不会因言获罪!"

"是他让刘秀说的,刘秀要是因此获罪,他也是同谋!"马三娘吐了下舌头,满脸不服。事实上,刚才她也被吓得魂不守舍。甚至已经准备拿铜壶当武器,一旦听到嘉新公吩咐随从进来抓刘秀,就直接砸烂他的狗头!好在嘉新公虽然官大,却没有丢了良心。否则,今天在场所有人的结局,恐怕都很难预料!

许子威已经委托扬雄偷偷派人打探过马三娘的情况，知道她曾经被江洋大盗马武带入过"歧途"，身上杀气极重。也不敢指望短短几个月之内，就能将她重新变成大家闺秀。带着几分纵容的意味说道："你以为这是在县衙里打官司呢，还会有人问问案情经过，分清主犯从犯？就凭他是国师、嘉新公和太学祭酒，就可以一句话决定刘秀的生死。哪个吃饱了撑的，才会为了一个普通学生，去找当朝国师的麻烦！"

　　"扬伯父不也是国师和祭酒么，还是中大夫！"马三娘心里发虚，嘴巴上却依旧死撑到底。

　　"我这个国师，可跟嘉新公比不起。他是皇上的左膀右臂，而我，在皇上眼里，跟街头算命的方士大抵相似！"扬雄赶紧起身，笑着摆手，又冲许子威笑了笑，抱拳告辞而去。

【凛冬将至难行路】

　　对于这位连宅院都随手相赠的至交好友，许子威可不敢像对待嘉新公一样轻慢，赶紧领着弟子和义女，起身相送。待目送对方的马车渐渐远去，吩咐仆人关好院门，脸色立刻阴沉了下来，脚步声也变得异常沉重。

　　刘秀见状，还以为许子威是在恼恨自己口无遮拦，赶紧从背后追了几步，小心翼翼地赔罪："师尊，弟子知道今天说话鲁莽了，请夫子切莫生气，弟子愿意领任何责罚！"

　　"不关你的事！"许子威的脚步一缓，低声长叹，"为师是在担忧，从此天下又要多事了。这一回，不知道哪些人又要稀里糊涂地青云直上，哪些人又稀里糊涂地身死族灭？"

　　"啊？"刘秀目瞪口呆。

　　"你可知刘子骏今天为何而来？"见关门弟子一副懵懵懂懂的模样，许子威循循善诱。

　　"不是想请您老出山，跟他一道替皇上大力恢复古制而奔走鼓呼么？后来见实在说服不了您和扬师伯，就退而求其次，只请您老别带头反对就好！"刘秀沉吟着总结。

"真要这么简单就好了！老夫已经致仕多年，即便跳出来跟他对着干，又能有多大作用？顶多是螳臂当车！你只猜对了一半，他最开始想请老夫出山相助是真，而最后那句话，不是退而求其次，而是在警告老夫，切莫被人当了刀子使，做了那出头的椽子。皇上恐怕不想再听到任何反对改制的声音了，而消灭反对之声的最简单办法，就是杀一儆百！"

"啊！"刘秀脚下一滑，差点没当场栽倒。无论如何想象不到，先前一副宽厚长者模样的嘉新公，居然在话语之外，藏着一把锋利的钢刀。

"我就知道，那老家伙没安好心？嘴上说的是一套，转过身去做的又是另外一套！刚才一壶热茶就该浇在他脑袋上！"马三娘柳眉倒竖。

"他对我没有恶意！这回，三娘你又错了！"许子威摇摇头，叹息着补充，"要杀人的更不是他，而是皇上。刘子骏拉我出山不成，顺手就给我提个醒。免得我自己稀里糊涂撞到刀口上，让皇上将来难做。毕竟，皇上没登基之前，跟我也算有过一番交情。如果接下来我非要强出头，不杀我表现不出皇上要加速复古的决心。而杀了我，皇上难免要背上害友之名，有损千古一帝的形象！"

"啊——"马三娘的嘴巴，大得简直能塞进一个鹅蛋。与此刻书生意气的刘秀相比，她的头脑更单纯，也更无法理解大新朝朝堂之上那些复杂吊诡的弯弯绕。居然因为意见相左就要杀得人头滚滚！杀不杀一个人，居然不是因为他是否有罪，而是因为他的死，能否有助于达到某种目的或者表明某种态度！

"所以，你们两个从今天起，尽量少出门，少惹事，能闭嘴时，就尽量别乱说话！否则，老夫难免有时候会相救不及！"

"是！弟子一定牢记恩师教诲！"刘秀郑重躬身行礼。

马三娘却觉得浑身上下都不得劲儿，苦着脸，小声抗议道："整天憋在家中，那岂不是要活活闷死？况且我什么时候主动惹事了，每次都是……"

"闭嘴，今天的二十张荷叶写满了么？"许子威眉头一竖，怒目而视。

"我、我刚才不是怕你被气坏,给你解围去了吗?"马三娘像受惊的鸟雀般瞬间跳出老远,"行了,你别瞪眼睛!我知道错了,我这就去写,多大个事儿啊,用得着吹胡子瞪眼……"话音未落,踪影不见。只留下许子威和刘秀,站在呼啸的寒风中,大眼瞪小眼。

"老爷,刚才的点心,是三小姐亲自下厨盯着厨娘做的。您老累了一整天了,多少吃一些吧!"阿福赶紧上前笑着恳求。

"吃!撑死好过被气死!"许子威作悲愤状。内心深处,却隐隐有几分得意。

刘秀在旁边心中偷笑,脸上却摆出一副小心翼翼模样,上前搀扶着许子威的胳膊,将老夫子送回书房。师徒两个分宾主落座,就着茶水和点心,先吃了个半饱。"少年人,要的就是一股子锐气。若是像个老头子般,无论做什么事情都瞻前顾后,反而失了本性。所以,你今天的所作所为,不能称之为错。顶多是没有弄清楚说话的对象是谁而已!"

"师尊说得是,学生今后一定会牢记于心!"刘秀抱拳拱手,真心受教。

见自家关门弟子一点就透,许子威老怀大慰,"你向来老成持重,为师还担忧你锐气不足。今天才发现,原来你还有如此犀利的一面!最近是不是又看到了什么乌七八糟的事情?还是在太学里,又有人找你的麻烦?不妨说出来,为师虽然年迈,我的弟子,却也不是哪条野狗都随便能欺负!"说着话,腰杆缓缓挺直,有股无形的杀气透体而出!

"找麻烦的人肯定有,不过已经无须恩师您亲自出马,有人今天早晨答应去替弟子顶缸了!"刘秀笑了笑,带着几分感激回应。

"顶缸?"许子威听得满头雾水,带着几分不安低声追问,"是三娘拿刀子逼着此人去的?"

"事情最初是这样的,昨天下午弟子贪玩,与邓奉、严光、朱祐他们三个去凤巢赏雪,半路上遇到了邓奉的同门师兄苏著……"唯恐许子威看出端倪,刘秀主动把昨天晚上直到半夜所发生的事情,都主动告知。

"那阴方倒也精明,几句话,就把你们兄弟对阴固一家的救命之恩全抵了!"许子威听得直撇嘴,"俗话说,采药看地,择女看家。他家的女儿,呵呵,恐怕长大之后也不是个好相与的。谁要是真的迎回家中,后宅恐怕一天也甭想安宁!"

"师尊此言差矣!"尽管话出自老师之口,刘秀闻听,依旧觉得如鲠在喉,辩解之言不假思索地脱口而出,"据学生所知,阴家丽华,并不是阴固的女儿,为人也跟阴固父子大不一样!"

"那是她年纪还小吧!"许子威老脸微微一红,"算了,老夫不跟你争论这些。只是随口一说而已。那王修既然盯上了你,恐怕不会轻易罢休!"

"的确!昨夜弟子在静安楼读书,忽然看到外边烧红了半边天,紧跟着,王主事就冲了进来⋯⋯"为了避免马三娘被怀疑,他故意含糊了起火的地点,将话头又扯到王修身上。谁料,许子威虽然终日埋头学问,却并非两耳不闻窗外事的书呆子。听刘秀只用了半句话,就将昨夜震惊长安的那场大火一带而过,立刻就猜到了这个弟子的真实用心。

他摆了下手,大声打断,"你是怀疑三娘做的吧,老夫肯定不是她。昨晚老夫嫌她又跟人打架,罚她写了一百张荷叶。今天早晨过来跟老夫学习新字的时候,她累得连胳膊都抬不起来了,哪里还有力气偷着去烧百雀楼?!"

"噗——"想起马三娘提笔比提刀还重的模样,刘秀不禁哑然失笑。随即,又为自己的小心思被恩师看破,而羞了个满脸通红。

女大不中留,三娘的那点儿心事,许子威岂能看不出来?可自家弟子心里,对三娘却只有姐弟之情,没有男女之欲,这让他这个做父亲和老师的,又如何去从中撮合?

许子威静静地听他讲述完整个事情的经过,笑着说道:"王修那厮昨夜又是奔着你去的,没想到,反而成了你与百雀楼大火毫无关系的证人,所以他过后气得像疯狗般四下乱咬,也情有可原。"

"啊!"刘秀又是一愣,"弟子真不知道什么时候得罪了他,他竟然如此不顾身份,非要置弟子于死地!"

"不是他,是王固、王麟等人!"许子威轻声点出幕后真相,"你和你哥在灞桥上让四犬颜面尽失,如果不从你身上找回来,他们今后在长安城里众纨绔子弟当中,说话的分量就会小一大截!所以,当初阻碍你入学,昨天颠倒黑白,昨夜故意让你成为所有在场学子的敌人,都是同一性质。而你,却把事情想得太简单了。苏著这臭小子我知道,坏事没少干,却天生兔子胆儿,他才不敢过分得罪长安四犬。况且即便他这次替你去顶了缸,王修也会再找别的办法来害你,终究不肯让你安宁!"

刘秀听得心中一紧,好不容易才轻松起来的心情,再度落入了低谷。

"莫非这点儿小麻烦你就怕了。当初想利用老夫去对付嘉新公的那股机灵劲儿哪里去了?!"许子威笑着瞪了他一眼,大声数落。

刘秀被羞了个无地自容,赶紧站起身,老老实实地恳求,"师尊,小徒这次真的无计可施了,还请师尊指点迷津!"

"有什么可指点的,你是老夫的弟子,他王修想动你,还不够分量!"许夫子撇嘴冷笑,连连拍案,不怒自威。"非但是他,即便四犬背后的家长联袂而至,老夫不点头,他们也甭想动你一根寒毛。你尽管回去,该干什么就干什么,老夫倒是要看看,他王修还能折腾出什么新花样来!莫忘记了,为师当年可是清流之首!专门给别人鸡蛋里挑骨头。呵呵,为师虽然多年不操此业,却也不能容忍别人挑骨头挑到自己弟子头上!"

"多谢师尊!"刘秀被许子威的说法逗笑,再度躬身郑重施礼。

【以笔为剑不染血】

主事王修却难得耐住了性子,居然一直按兵不动。到了第四天早晨,众人聚集在刘秀寝室门口,耳畔忽然传来一阵聒噪,扭头细看,只见一伙学吏在王修的带领下,气势汹汹地走了过来。

"老夫听闻昨夜有人不顾禁令,在寝馆中点灯读书直到深夜,特地前来查证!老夫倒是要看看,何人如此大胆,居然把自家读书的事情,看得比整个太学还重!"

"主事明鉴,我等昨夜都是按时入睡,并未置禁令于不顾!"刘秀等人听得心中一紧,连忙大声自辩。

"口说无凭,要查过才能知道!"王修一边冷笑,一边发狠,"带几个人进去,挨个屋子搜。看看哪个灯油最少、灯芯最短?将灯主的名字记录下来!"

"是!"十余个校仆长驱直入,转眼间翻得一片狼藉。

众学子气得两眼发红,却都无可奈何。刘秀的屋子内,忽然传来一声惊叫。紧跟着,学吏拎着两根手指长的蜡烛,快步跑了出来,将"物证"朝王修高高举起,"主事,在下于刘秀的房间里,发现了这个!"

"不可能,你栽赃嫁祸。蜡烛那么贵,刘秀怎么可能用得着起?"邓奉大急,立刻跳起来大声抗辩,"指鹿为马,也不过如此!"

王修栽赃的手段,也忒不高明!他自己平素用蜡烛用习惯了,却不知道,此物价格乃是灯油的二十余倍,一般人根本用不起。而刘秀的家境,怎么可能奢侈到点蜡烛读书的地步,并且一买就是两支?①

"刘秀他们家穷,肯定买不起这东西!"朱祐与邓奉并肩而立。

"学生怀疑有人故意栽赃!"严光叹了口气,紧随朱祐之后。以他的性子,本不愿正面跟主事王修起冲突。但是,既然对方根本没打算给刘秀任何活路,他只能选择跟弟兄们并肩而战。

"学生在太学里从没见有人用过这种蜡烛!"见有人带头,其他一些平素跟刘秀多有往来的同学也纷纷站了出来,据理力争。

没想到学生们居然如此胆大,王修本已经涨紫的脸,迅速开始发黑,猛地一咬牙,冷笑着道:"好,好,你们有本事!刚入学没几天,居然敢勾结起来,一道对抗师长。老夫今天若是不……"

"且慢!"忽然传来一声低沉的怒喝,许子威单手拄着一根拐杖,晃晃悠悠走了过来,身后还跟着副祭酒扬雄和祭酒刘歆(秀),脸上写满了讥讽。

"许大夫,你怎么有空到寝馆这边来了?莫非,你要干涉王某处理不守

---

① 古代没有石油工业,蜡烛通常用蜂蜡、虫蜡或者鲸蜡熬制,无论哪一种,造价都颇为昂贵。

规矩的学生么?"王修心里一哆嗦,硬起头皮大声质问。

"王主事言重了!你是主事,许某一个教书先生,如何敢对你分内之事指手画脚?"许子威也不生气,"至于为何到寝馆来?当然是来看老夫的关门弟子了!许某好不容易才捞到一个看着顺眼些的弟子,万一被人给弄没了,许某岂不是追悔莫及?"

"你……"被许子威夹枪带棒的话语气得两眼发蓝,王修冷笑着道,"你还说不会指手画脚?这次肇事者,恰恰就是刘秀!他故意违背灯火禁令,在床下私藏蜡烛,半夜挑灯夜读。王某今天将他拿了个人赃俱获……"

"且慢,赃物呢,拿给我看看?"许子威用拐杖朝地上重重一戳,再度沉声打断,"这小子昨天还跟老夫哭穷,说连双暖和点的靴子都买不起,今天居然就有钱买了蜡烛?真是欺人太甚!刘秀,过来告诉为师,你从哪里弄来的钱?!"

"师尊,弟子没钱,蜡烛也不是弟子所有!"

"我这弟子说蜡烛不是他的,王主事,你可听清楚了?"

"他在说谎,蜡烛分明是从他床下搜出来的!学吏都可以为证!"

"从刘秀床下找到的蜡烛!"学吏硬着头皮上前,举起一对上好的香蜡。

"真是暴殄天物!此等上好的蜂蜡,居然有人舍得拿来读书!"许子威看了一眼"物证",冷笑着摇头,"非但刘秀用不起,即便老夫,恐怕都不舍得一次点两支。林教习,你说是不是?"

"卑职、卑职不知!"

"不知道是否有人栽赃陷害老夫的徒儿,还是不知道老夫用不用得起蜂蜡?"许子威却不肯放过他。

"不知……您老别、别跟卑职开玩笑了,您老怎么可能用不起蜡烛?"

"不瞒你说,我还真用不起!这种蜡烛可贵了!"许子威语调忽然放缓,"市面上还经常缺货,有时候买都买不到。老夫的话对不对?"

"不、不知道,应该、应该吧!"

"那你知道在哪儿买么?"许子威忽然瞪圆了眼睛,厉声喝问。

"城西段家，肯定有，我、我不知道，我也没有、没有买……"学吏被吓了一哆嗦，本能地大声回应。话说到一半，才忽然发现自己被许老怪带进了坑中，再想改口，却已经来不及。

"哈哈哈……"周围的学子们，个个笑得前仰后合。

王修被气得眼前金星乱冒，飞起一脚，将学吏踢了个仰面朝天！"蠢货，老夫让你帮忙追查昨夜是谁违反禁火令，挑灯读书，谁让你公报私仇？滚出去，别让老夫再看到你！"

"多谢主事开恩！"学吏有苦说不出，只能连连给王修磕头。

"我这弟子，据说大前天夜里曾经对你不敬，带头说了许多混账话，你难道不打算再追究了么？"

"算了！不过是小孩子……"王修急于脱身，然而看到不远处冷眼旁观的两位祭酒，又咬牙说，"虽然王某不能确认是谁说的疯话，但令徒却身在其中。刘秀，老夫问你，三天期限已过，你可找到了当晚的罪魁祸首？"

"学生记得……"刘秀心中恼怒，想把绿帽师兄丢出去，看王修如何收场。左脚却忽然被许子威用力踩了一下，立刻心领神会，"学生无能，愿领主事责罚！"

王修冷哼一声，"既然如此，罚你去将馆舍周围的积雪清理干净，刘秀，你可愿意？"

"弟子愿意，多谢主事宽容！"

"王主事且慢，如此薄惩，实在是太便宜了他！知道的，是你王主事宽宏大量，不知道的，还以为是老夫护短，逼着你不得不对老夫的徒儿网开一面！"

"嗯？"王修弄不清楚许老怪葫芦里到底卖的什么药，"那按你说，本主事该如何处罚他？"

"不尊师长在先，办事无能在后，不严惩，不足以令其引以为戒！"许子威忽将笑脸一收，"打扫积雪这种小事，三两下就干完了，根本没任何威慑力。依老夫之见，要么不罚，要罚就让他好好长个记性。老夫前日去藏书楼查阅典籍，发现里边的书简缺失损毁甚多，而管理藏书楼的学吏，根本修不过来。既然如此，不如就让刘秀每天课余，都去里边帮忙修理书简，当天任务不完工，便不得再踏出校门半步！"

"这……"王修愣愣半晌，太学藏书楼里的书简，恐怕有数百万斤之多。历年来虫咬鼠嗑，根本修不胜修。而馆藏书简，还不能像寻常所用的书简那样，只是拿毛笔把字写在竹片上了事。待墨迹干涸之后，还得再拿小刀子将每个字的一笔一画，都刻得清清楚楚。如此，才能有效避免因为日晒、潮湿或者磨损，所导致的字迹难以辨认问题。

换句话说，修书简这事儿，既消耗体力，又消耗心神，还考验人的耐性。太学里的老师和学吏们，个个都视其为苦差，避之唯恐不及。如果有人主动提出参与，王修求之不得，怎可能将其拒之门外？想了又想，也没猜出许子威的居心到底何在，王修索性顺水推舟。"好，既然你这老师都不肯放过他，王某又何必滥发善心？刘秀，从明天起，你课余就去藏书楼帮忙修书。无论任何理由，都不得逃避。你好自为之！"

"学生遵命！多谢恩师，多谢主事！"刘秀心里头乐开了花，脸上却装出一副苦不堪言模样，有气无力地躬身施礼。

数百万斤书，大部分都是市面上有钱都买不到的经典！免费的灯油，不需要考虑禁火令，想点到什么时候就什么时候！还有免费的炭盆、笔墨、书刀、空白竹简！自己如果在里边不修上三四年书，怎么对得起恩师的一番良苦用心？而四年后，当自己从藏书楼里走出来，天高地阔，又有何处不能去得？

"王主事还请稍待！"

"许、许博士，王某看在你年纪和资历的份上，已经一再退让，你切莫得寸进尺！"

"老夫只是有个小事想烦劳王主事而已，你又何必如此心虚？"

"谁心虚了！王某平素跟你毫无往来，你的忙，恐怕求不到王某头上！"

"王主事这话可就差矣，今冬甚寒，老夫家里的炭烧光了，不找你这主事帮忙,还能找谁?"

"王某下午就派人给你府上送两千斤精炭过去。王某今天还有别的事情,不再奉陪……"

"且慢!老夫心中有一惑不解!"许子威忽然收起了脸上的疲懒,正色说道,"按理,老夫身为太学四鸿儒之一,每年除了薪俸之外,还有米粮和柴薪按季发放。而老夫这两年却发现,柴薪越发越少,米粮成色也越来越差。特别是今冬,明明该领八千斤上等精炭,居然只到手了六千出头。老夫年纪大,扛不住冻,所以想请教主事,这一千八百多斤精炭,到底去了哪?是光老夫一个人的分量缺了两成多,还是太学里头所有博士、教习和小吏,都没有领到足额?"

刹那间,王修的脸色大变,额头上冷汗滚滚而下。

俗话说,车不抹油轮不转!放眼长安城内所有衙门,有哪个掌管钱粮的官员不中饱私囊?历任太学主事,有哪个不在老师和学生的米粮、柴薪、灯油等物上暗中抽润?太学里的夫子们,也都自视清高,谁有功夫去称量那根本不值钱的柴炭?

然而,没人计较,不等于就合理合法!除了两位国师没人敢动手脚,四鸿儒、三十六秀才、七十二韦编,再加上万余学生,每个人头上"节省"一点儿,折算成铜钱,就足以将整座明德楼生生填满!

"老夫记得陛下在扩建太学之初,曾经亲口说过,他希望十年之后,天下牧民之官,半数出自太学!言传终不如身教,如果为人师者贪赃枉法,损公肥私,教出来的学生,又怎么可能把陛下的期望放在心上?到头来,一个个争相残民自肥……"

"够了!"王修猛地跳了起来,双手作鹰爪状,抓向许子威面孔,"许老怪,你、你血口喷人!王某乃陛下族弟,怎么可能看得上这点儿小钱?"

许子威一改先前老态龙钟模样,竖起拐杖,剑一样指向王修的胸口,将他逼得连连后退,"怎么,王主事欲杀老夫灭口么?老夫虽然致仕多年,朝堂上,好歹还有几个旧交在,绝不会看着老夫死得稀里糊涂!"

"你,你……"王修气得眼前阵阵发黑,这才想起来,许子威曾经是前朝的上大夫,清流之首,前半辈子做的都是弹劾别人的勾当!而现在,他想要后悔,却哪里来得及。

"唉!"相对叹了口气,副祭酒扬雄和祭酒刘歆(秀)快步上前,挡在了许子威和王修二人中间,相继说道,"子威兄,王主事,二位暂且息怒。朝食时间堪堪将过,学子们不吃饭,哪里有力气读书?"

"二位刚才的话,扬祭酒和刘某都听到了。太学乃为国家培养栋梁之地,这种事情,肯定是越早查清楚越好。王主事你不要着急,许大夫也不要动怒。刘某这就让人封了账目,彻查此事到底是何人所为,及早抓到真正的贪污挪用者,也好还王主事一个清白!"

毕竟是祭酒和副祭酒,他们两个的话不能不理。而当着众多学生的面折腾,也的确有损太学的形象。因此,王修和许子威二人虽然都恨不得当场生撕了对方,却只能暂时偃旗息鼓。

嘉新公动作极快,当天下午,就彻底查明了粮食和柴薪被克扣的真相。一共十六位涉案的教习、学吏,被太学开格,交付有司查办。太学主事王修因为"驭下不严",主动引咎辞职,只留下了一个鸿儒的名号,继续教书育人!很显然,这次王修的"皇家血脉",又发挥了作用。

在感慨"王家人"的强大之余,众师生难免也把话题转到了这场冲突的另外一位当事人许子威身上。赫然发现,这老怪虽然已经致仕多年,当年的本事,可依旧炉火纯青!

刘秀的处境,大为改善。非但以往几个受了王修指使暗地里给他小鞋穿的教习和学吏大为收敛,就连太学里的一些纨绔子弟都对他礼敬有加。谁都不想为了替别人出头,把自己和身后的家长拖累进来,成为许老怪下一次攻击的靶子!

对于周围众人态度的变化,刘秀当然能感受得到。然而,他的内心却没有涌起太多波澜。首先,他原本就是沉稳宽容性格,对于外人的态度,并不是太在意。其次,他清楚地知道,大伙尊敬和忌惮的不是自己,而是恩师许子威。

于是乎，"低调做人，用心读书"八个字，在接下来的日子里，成了刘秀的座右铭。除了每隔半个月被马三娘以"考校武艺进境"为由，拖到许府后花园"痛殴"一顿，他平素很少再出太学大门。课余时间几乎都花在了藏书楼中，一边帮助管理藏书的学吏们修补书简，一边发奋苦读。

邓奉、朱祐、严光三个，起初本着有难同当的想法，一抽出时间，就跑到藏书楼来帮刘秀修补典籍。到后来，发现这差事辛苦固然辛苦，却有数不完的书籍可读，用不尽的灯油可用，偶尔做得好了，还有赏钱可拿。一个个就如同老鼠钻进了粮仓里，谁都不肯再轻易离开。负责管理书楼的学吏见他们年少好学，又都"师出名门"，便对三人浑水摸鱼的行为，选择了睁一只眼闭一只眼。

第二个学年，悄然而至。更多的学子，如过江之鲫般涌入了太学，经过初步评定之后，被分入各位鸿儒、秀才、公车、韦编门下。太学里边越来越热闹，太学外边，也越来越拥挤。

经历了九个多月时间，百雀楼的大火已经彻底被人遗忘。真凶据说是城南的一群地痞，春天时被官府捉获归案，羁押到秋末，悉数砍了脑袋。但明眼人都知道，这群地痞只是官兵们无奈之下，胡乱抓的替罪羊。

说来也怪，四人把心思都放在了读书上，非但未曾被同学们视为异类，身边的朋友，反而越聚越多。

有的人，如绿帽师兄苏著、一个叫周昌的纨绔子弟，是由于误解，认为刘秀的背景深不可测，才有意跟他亲近；有的人，是认为四兄弟如此努力，并能持之以恒，未来的前途可期，提前开始结善缘；有的人，是受了四兄弟的照顾或者恩惠，如邓禹、牛同等，感激之余，自愿追随。更多的人，则完全出于佩服、欣赏或者投缘，觉得跟四兄弟在一起时，永远不用担心被欺负，遇到学业上的疑问，也总能群策群力，快速找出最恰当答案。

在不知不觉中，太学里传起了"书楼四俊"的名号。相比之下，"长安四虎"、"凤巢五霸"、"北城七雄"之类的绰号，反而没多少人再提了。

第十二章　书楼岁月

【又是一年朔风起】

　　长安距离南阳郡颇为遥远，往来一次极为耗时。刘秀、邓奉、朱祐、严光四个，也都不是出于富裕人家，因此，第二年冬休，四人谁也没有提回去探亲。只期待能早日完成学业，披锦而还，让各自身后的家族，摆脱任人宰割的命运。倒是四人各自的授业恩师，不忍心看到自家得意门生读书太辛苦熬坏了身体，在除夕后，陆续派人将四学子叫回家中，打了好几顿牙祭。

　　朱祐的老师刘龚性子在四鸿儒里头最为随和，见刘秀等人个个长得玉树临风，便在酒席间开起了玩笑。说皇上正在给其二女儿建宁公主王嬅择婿，长安城内未婚世家子弟，无不踊跃自荐。然而，王嬅虽然生为女儿身，却继承了皇帝陛下大部分才气和眼光，对送上来的备选名单不屑一顾。直到被皇帝催急了，才借着与其长姐黄皇室主出门赏雪的机会，邀请了求婚者们一道赴宴，当场出了三道题目，考校众人的学问。结果，竟无一人能全部答对。宾主双方，失望而归。论本事，"书楼四俊"不在世家子弟之下，不如也把题目找来做做，说不定能娶个公主回家，瞬间名满天下！

　　"弟子一直视文叔为兄。兄长亲事未定，弟子不敢争先！"朱祐推刘秀出来当挡箭牌。

　　刘秀闻听，立刻窘得面红耳赤，举着酒盏嗫嚅了半晌，才讪讪答道："刘师有所不知，学生家境甚贫，太学一行，几乎将兄长的积蓄花了个精光。所以学生在入学第一天就已发下宏愿,卒业之前,不敢心生旁骛!"

严光和邓奉也赶紧放下酒盏摆手。唯恐拒绝得慢了,被老好人刘龚当作候选驸马上报皇家。能娶公主为妻,乃是众多少年读书郎的美梦之一,刘秀等人也不能例外。而建宁公主王嬿,非但天资聪慧,相貌据说也不输给黄皇室主。只可惜,建宁公主的年纪,比四人略长一些,早在十二年前就已经及笄。其前任夫婿也与黄皇室主的夫婿一样命薄,没等来得及理解男女之别,就急匆匆地"跨凤而去"①。

此际奉行早婚,大户人家的女儿虽然十六岁才及笄待嫁,平民百姓家的女儿,十二岁成亲、十四五岁做娘的比比皆是。刘秀四人虽然都想出人头地,但是也不愿娶一个比自己大了整整一轮的公主,借此平步青云。那样,功名富贵虽然来得容易,恐怕永远会被太学的同窗们不齿!百年之后,在史册上可能也会留下笑柄!

他们这些心思,当然不能明说,只能胡乱找借口搪塞。好在鸿儒刘龚也只是随口一说,并未认真。饶是如此,少年们在酒宴过后,依旧心有余悸。相约今后这样的酒席,一定能推就推,千万别再自投罗网。

一天之后,许子威派阿福驾马车来接,四人依旧欣然前往。酒宴间,许子威也未能免俗,笑呵呵地说起了建宁公主出题择婿的掌故。但是重点却没有落在四人是否应该前去碰碰运气上,而是兴致勃勃地点评起了题目本身。

"淮阴领兵一千五,战罢归来六成余。三人一排多出二,五人一队末为四;若是七人各成列,最后一列尾缺一!"带着几分考校意味,许子威笑着将题目如实背出,"问战殁者几?实归者几?"

"一千另四十九!"说来也怪,四人当中学业最好的朱祐尚在抓耳挠腮,居然严光脱口而出。

"善!"许子威稍稍一愣,立刻大笑抚掌,"这第一题,当日用时最短者,据说也算了足足一炷香功夫。如果子陵在,根本无需再考第二题,此

---

① 秦穆公的女儿早夭,后人讹传其被神仙看中,与夫婿一道成仙。一骑龙,一乘凤。

题过后,高下已分!"

"学生只是喜欢算术,熟能生巧尔!"严光脸色发红,笑着起身行礼。

"子陵且坐,今日乃是家宴,无需那么多礼节!"许子威从来不在自己看好的晚辈面前摆架子。

"谢恩师!"严光红着脸跪坐于矮几之后,目光炯炯。

"下一题,考的东西就多了。穆公有女弄玉,善奏笙。其婿善奏箫。子知笙、箫何为而作?始于何时?今箫古箫,有何异同?"知道少年人争强好胜,许子威也不让四人多等,将第二道题如实转述。

秦穆公的女儿弄玉和女婿箫史因为音乐而相知相恋,最后双双成仙的故事,在民间广为流传。建宁公主以此典故为题,很显然,一是以弄玉和箫史的婚姻为例子,申明未来的夫婿,必须跟自己志同道合。二则,想要考校求婚者知识的广度,免得嫁给一个不学无术的纨绔子弟,或者白首穷经的书呆子,后半生过得索然无味。

"笙者,生也;相传为女娲氏所作,义取发生,律应太簇。箫者,肃也;相传为伏羲氏所作,义取肃清,律应仲吕。古有'雅箫',编二十三管,长尺有四寸;又有'颂箫',编十六管,长尺有二寸。总谓之箫管。其无底者,谓之'洞箫'。后世厌箫管之繁,专用一管而竖吹之。又以长者名箫,短者名管。今之箫,非古之箫矣!然其所奏之乐,却毫厘不差。盖去繁就简,人之本欲也!若弃一管而重回二十三编,则非但奏者不胜其力,闻者亦难免头晕脑涨!何苦来哉?"[①] 这回,却是刘秀抢了先。

话音落下,许子威竟忘记了抚掌,愣愣半晌,才喟然长叹:"善,大善。非但前面答得毫厘不差,最后两句,更是切中时弊,令为师耳目一新。只可惜,当日公主出题之时,你不在场。否则,此言能经公主之口,传入陛下之耳,明年冬天时,也许就可以少冻死许多人!可惜,真是可惜!"

[①] 这几句话,引自《东周列国志》,有改动。前面的韩信点兵之题,是古代数学名题,出自《孙子算经》。

【寒梅如雪绽谁家】

"弟子昨天若是在场,肯定答不出来!"刘秀被夸得有些不好意思,"弟子今天早晨,听过这三道题。刚才坐车的时候,一直在琢磨答案……"

"好啊,刘文叔!原来你早就知道了题目,却不告诉我们!"邓奉立刻跳了起来,作势欲扑。

"想必第一题你也早已经解了出来,刚才只是故意没有回答,让我空欢喜了一场!"严光的性子远比邓奉沉稳,却也微笑着抗议。

"没有的事!"刘秀闻听,赶紧摆着手解释,"第一道题并非我所长,直到刚才,我依旧没算出结果。第二道题出自刘祭酒父亲所著的《列仙传》上卷,我前几天刚刚修理了其中两条破损的竹简,当时看着觉得有趣,就一下子记在了心里!"

"你又故作谦虚!《列仙传》里,只涉及了一段典故。但公主所出的题目看似简单,却涵盖了《春秋》《雅乐》和《礼记》。非熟读此三经者,很难一下子就给出详尽答案!"大伙终日朝夕相处,彼此之间也算知根知底。若论聪明机变,朱祐当数第一。若问细致多谋,则严光高出其他人不止一头。而若论见闻广博,则刘秀将大伙全都甩出老远。毕竟他是最早进入藏书楼博览百家之书的,平素学习也最为用功!

却听到三娘用筷子重重地敲了下桌案,"行了!你们再夸他,他也要乘龙上天了!文叔,你快说,第三道题是什么,你是否已经想到了答案!"

"三姐你太高看我了,我这里一点儿头绪都没有!"刘秀摇摇头,笑着回应,"第三道题,听起来更为复杂。国之大事,在祀与戎,周有武冲大扶胥,四马引之。马披革衣,车护铜甲。天寒雪厚,如何驱之而战?答题者可口述,亦可演示,切实可行者,便算过关!"①

"倒!先是数,然后是礼、乐,这回又考到御了!"朱祐闻听,立刻两眼翻白,作眩晕状。

---

① 武冲大扶胥,周代大型战车,见于《六韬》。

"这位建宁公主哪里是挑选丈夫，分明是替皇上挑选秀才！"严光摇着头，连连苦笑。礼、乐、数、书四艺，大伙在太学里头都有条件研究琢磨。射箭之术，也勉强可以在马三娘的指点督促下，偶尔练习。然而"御"道，除了时间、精力和悟性之外，却需要大量的金钱来做支撑。长安物贵，居之不易。为了购买笔墨书籍，大伙把当初沿途缴获的战马，都委托阿福找牙行去换了铜钱。平素哪里有机会摸到战车？即便豁出脸皮去找人借，也找不到合适的场地练习！

唯独邓奉，拿着筷子和酒盏在自己面前的矮几上摆弄了片刻，忽然笑着抬起头，大声说道："依我之见，你们都被建宁公主捉弄了。她知道皇上力行复古，所以就拿武王伐纣所用的四驾战车来做障眼法。无论是谁听了之后，肯定首先想到的是御者如何掌控如此沉重的马车，主将和戎右如何相互配合？事实上，在冰天雪地中，这种战车能不翻就已经要感谢神明庇佑了，怎么可能冲锋陷阵？"

"那岂不是说，这道题根本没有答案，公主她根本不想嫁人？"马三娘听得满脸兴奋。有那么多青年才俊竞相求娶，还有机会自己挑三拣四，最后还谁都没看上，出难题让所有求婚者知难而退，这建宁公主，真是女中豪杰！如果哪天自己能遇上，一定将她拉回家中，同饮三百大杯！

"答案肯定有，只是那些公子王孙，如何能想得到？"邓奉却不肯配合她的心思，摇摇头，带着几分傲然回应，"冰天雪地，战车所面临最大问题便是路滑，自身又庞大笨重，容易翻倒。但我看百姓在大雪天里卖柴炭，个个都唯恐牛车上拉得少，担心雪下得不够厚，却从来没有人担心牛车太重容易翻掉……"

"牛车和战车如何能比？"没有耐心等他把话说完，马三娘就大声打断。

"当然不能比，但道理却是一样！"邓奉又笑了笑，"卖柴炭的百姓，遇到上坡，就先把车轮卸下来，然后让牛拖着走。凭着车底下的两根木条，便可以滑上滑下。而人在后面，反而要想办法拉紧车身，免得其滑动太快！

根本不用担心翻车，因为车身原本就贴着地面！"

"噢——"众人恍然大悟，看向邓奉的目光中，立刻充满了佩服。

"善，大善！"许子威也再度连连抚掌，"道家有云，大道无形，生天育地；大道无情，运行日月；大道无名，长养万物。细细想来，此言诚不我欺也。车身已经贴在了地上，自然就不容易再翻。而积雪既然容易将人马滑倒，当然也利于车身滑行。这些道理肉食者不知，卖炭者却早已身体力行多年，真是妙哉，奇哉，令人感悟良多！"说着话，居然一下子就陷入了某种玄妙状态，老脸发红，头颅后仰，手掌交替拍案不止。

马三娘对此早已见怪不怪，很熟练地叫仆妇取了两个塞满羊毛的靠枕，摆放于自家义父身后，免得老人家因为亢奋过头而仰面朝天栽倒。然后举起酒盏，向刘秀等人晃了晃，低声道："让你们几个见笑了，他老人家一直是这样，突然想起什么事情来，就会物我两忘。来，咱们几个难得一见，让我这个做姐姐的，敬你们一杯！饮盛！"

"饮盛！"刘秀等人见她说话斯文大方，浑然没有当初那动不动就抡刀砍人的狠辣模样，都忍不住心中偷笑。表面上却一本正经，大声答应着举起酒盏，一干而尽。

"那个，做驸马的事情，你们四个，就真的一点儿没有想法吗？"马三娘满脸促狭，一边点手示意仆妇继续给大家斟酒，一边带着几分鼓励询问，就像贤惠的姐姐在替即将成年的弟弟操心终身大事。

如果不知道她以前的根底，四俊当中肯定有人会上当。然而当年浑身是血提刀推门而入的形象，在大伙记忆里实在太深刻了，让人无论如何都不会相信，不过是写了一年毛笔字，她就能脱胎换骨。当即，四少年相继摇头，异口同声地回应，"三姐休要拿我等开玩笑，公主虽然是窈窕淑女，然而我等却生得太晚了些，实在不敢奢求！"

"我呸！还嫌人家年纪大？人家还没嫌你们年纪太小，屁也不懂呢！"马三娘立刻装不下去，将酒盏朝面前矮几上一顿，大声反驳。

"嫌也好，不嫌也好，反正我等是不会往上凑！"看到马三娘原形毕露，刘秀笑得连连摇头,"况且那三道题,真的很难回答。我今天早晨想了整整一路,才只琢磨出了第二个……"

"那种问题,回答出来又有什么好得意的。况且她就是故意在难为人,你要是当场回答出三个问题,她说不定还会出第四个、第五个,反正什么时候把你吓得知难而退,什么时候才会作罢!"

"三姐高见,小弟佩服!"没等刘秀回应,朱祐抢先挑起了大拇指。

"油嘴滑舌!"马三娘今天心情极好,只是轻轻白了他一眼。

朱祐却心中一荡,本能地就想再贫上几句。然而眼角的余光看到在旁边始终彬彬有礼的刘秀,打住了话头,又叹了口气,轻轻摇头。

"大过年的,叹什么气?小心变成小老头儿!"马三娘知道他身世凄苦,连忙用玩笑话打岔。

朱祐心神又是一黯,看看马三娘,又用眼角的余光看看刘秀,强笑着敷衍:"我是叹气,这三道题目,几乎将君子六艺,礼、乐、射、御、书、数,全都包括了进去。寻常人家的子弟,平素连马车都摸不到几次,更何况是作战所用的武冲大扶胥?"

他原本是在随口编造理由,以免让人看出来自己到底是因为什么而难过。却不料,马三娘立刻就当了真。"这有什么好叹气的?如今行军打仗,战车根本就是摆设,你要是真的想学,我帮你找机会就是。孔师伯家在城外有座园子,平素根本就没人住。而他现在手握重兵,借辆观礼用的战车出来玩玩,总不会太难!"

"三姐、三姐,我只是随便一说!"没想到马三娘会如此热情相待,朱祐窘得面红过耳,连忙坐直了身体,用力摆手。

"我看此事可行!"先前一直神游天外的许子威,忽然又返回了人间,手拍桌案,大声决定,"战车和场地,我去找孔师兄想办法。君子六艺,你们四个绝不能找借口不努力修习。礼、乐、射、御、书、数,虽然将来未必都用得上,但圣人将六艺并列,自然有他的道理。如今天子力行复古,说不定哪天,就会把君子六艺全拾起来,当作选拔评判人才的准绳!"

"这？师尊，我等、我等……"刘秀等人又是惊诧，又是感激，不知道该说什么才好。

许子威带着几分关切补充，"三娘生来喜动不喜静，老夫关了她整整一年，眼看着她一点点变了模样。老夫欣喜之余，却又总是惶恐不安。怕把她关得狠了，又要突然消失得无影无踪。所以，你们师姐师弟平素抽空去孔家的园子里，学习一下射、御二技，好歹也都能透一口气，活动活动筋骨。没必要终日陪着我这老头子，弄得你们一个个也都像好几十岁的人一样。这样不好，失了天性，年轻人，就该有年轻人的样子！"

"原来您老是怕三姐憋出病来！"众少年恍然大悟，笑着连声答应，"去，一定去，学生绝不辜负您老的良苦用心！"

【运来青云可平步】

假期很快就结束了，返校的学子们，带回了各式各样的美食和天南地北的奇闻逸事，令太学迅速变得热闹非凡。然而，所有美食和奇闻，都不如一个消息对学子们的吸引力来得更大。那就是，有人在解出了建宁公主所出的三道难题之后，又接连通过了公主新增加的六道难关。最终，赢得了公主的芳心和皇帝陛下的赏识。

此人的名字，叫做吴汉！

对于吴汉，大伙可是一点都不陌生。吴汉当初因为跟了一个韦编做弟子，空夺下青云榜榜首，卒业后却只混了个亭长的"惨烈"过往，也令人不胜唏嘘。至于吴汉为何连亭长的位置都没保住，大伙儿就不太清楚了。地方官难做，几乎是全天下人的共识。

"那青云榜，到底是什么来头？我好像听说过很多次？"朱祐好奇心重。

"入学这么久了，你居然不知道青云榜为何物？可真是个书呆子！"快嘴沈定立刻接过话茬，大声奚落。

"小弟也不知道，还请沈兄指点迷津！"严光也凑上前，笑着拱手。

当初他和刘秀等人在棘阳所面对的县宰岑彭，也跟吴汉一样，做过青云榜的榜首。此人的武艺、智谋以及处理事情时候的狠辣果决,都给大伙留下了非常深刻的印象。

沈定肚子里,向来藏不住任何秘密。"青云榜,顾名思义,当然是平步青云。当初太学设立此榜,乃是为了激励学子们发奋读书,勇于争先。所以,只要能位列榜内者,卒业后前程都不会太差。"

"那岂不是跟岁末大考没了分别?"严光听得微微皱眉,故意哑着嗓子往歪里理解。

快嘴沈定果然上当,立刻笑着摇头:"此言大谬。岁末大考,一年一次,考的永远是儒门五经,凭一张考卷定输赢。而青云榜,却要求礼、乐、射、御、书、数,六艺精通。向来不是死读书简就能如愿以偿的。想位列榜上,比岁末大考不知道难了多少倍!并且每隔数年,才评定一次。只要入榜,就注定名扬天下!"

严光听得暗暗咋舌,又忍不住低声追问,"那吴子颜,为何连个亭长的职位都没保住?按理说,他才华出众,名气又那么大,应该能让别人有所忌惮才对?我听说他回到长安已经好几年了,为何竟然没有人帮他?"

"那还不简单,他当初得罪了王……"快嘴沈定话说到一半,果断又将下半截儿吞回了肚子,警惕地四下看了看,低声补充,"当然是得罪了不该得罪的人。不过,有本事的人,终究不会困死在浅滩上。这不,吴汉师兄竟连过九关,赢得了公主的芳心。今后,看谁还敢故意坏他的前程!"

众人恍然大悟,在羡慕之余,对吴汉这些年来的遭遇,也充满了同情。

既然此人出身于太学,大伙在提及他的时候,难免就会把自己代进去,然后钦佩、感慨进而觉得扬眉吐气。在建宁公主与驸马成亲的当天,许多学子还特地请了半天假,去街上看新郎官跨马迎亲。据说,那吴汉一改昔日在校门口酒馆里的落魄模样,看上去风流倜傥,宛若宋玉再世,子都[①]重生。

然而,刘秀在人群里,却分明看到一张涂满了脂粉的脸。僵硬,冰冷,

[①] 子都,春秋第一美男子。当时有云,不见子都之美者,谓之心盲!

无喜无悲!

"吴师兄并不满意这桩婚事!"刹那间,刘秀悚然而惊。

吴汉师兄看中的,既不是公主的渊博睿智,也不是公主的美貌大方。他看中的,仅仅是建宁公主这个身份。换句话说,经历了一连串打击之后,吴汉终于"大彻大悟",连闯九关,最终把自己"嫁入"了皇家!

从此之后,大新朝又多出了一位吴姓皇亲。文武双全,杀伐果断!

那一瞬间,刘秀心中没有涌起分毫洞彻某种秘密的得意。相反,此后接连好几天,整个人都恹恹的,无论做什么事情都提不起精神。

好在身边还有邓奉、朱祐、严光三个,发觉他状态不对劲,虽然无法问清楚缘由,却及时找到了解决办法。那就是,将心情不好的人拖到城外的孔家庄园里头,骑马、射箭、驾车、比武,直接累个半死!等一身臭汗出透,洗过了澡,再痛痛快快大吃上一顿,无论什么烦恼,都可以迅速抛到九霄云外。

恢复了精神的刘秀,读书愈发用功。不知不觉,大伙交谈的话题,又回到了"儒门五经"上。岁末大考又来了,五经都在必考之列。

在岁末大考前一晚,刘秀等人特地没有温书,而是打着修理典籍的名义,躲进了藏书楼里,对灯品茗。这是第二场岁末大考,两年来的寒窗苦读,非但丰富了四名少年的知识,而且在不知不觉中,将他们的气质也改变了许多,每个人都不复当初刚来长安时的青涩模样。

邓奉最近借着同门师兄苏著的支持,终于跟百花楼的头牌歌女猫腻互换了信物,因此春风得意,从头到脚都透着一股子不加掩饰的自信。

朱祐因为经常被刘龚带出去应酬,体态愈发"丰盈",为人处世也愈发老成圆润。说出来的话,要么诙谐要么热情,让每个人听了都如沐春风。

刘秀则愈发沉稳厚重,大部分时间不开口,只要开口,往往一语中的。

而严光,最近半年则迷上了《周易》和《算经》。即便在喝茶之时,手指也总习惯性在桌面上屈屈伸伸。

"孙子曰:多算胜,少算不胜。子陵既然如此沉迷易理和数术,何不算算,明天第一场考题为何?"作为后加入队伍的小跟班儿,邓禹被手指敲桌子声吵得头大,忍不住站起来笑着打趣。

谁料严光闻听,非但没有将手指停住,反而"咚咚咚咚"敲得宛若急雨。直到把所有同伴都敲得站了起来,准备给他一点儿"教训",才忽然笑了笑,用力拍案,"有了,诸位且慢,明日第一场考试,必然与井田相关!"

"井田?"邓禹等人满脸惊愕,"明天第一场,不是考春秋么?"

"井田是周礼上的内容,怎么会放在春秋经的试卷上?"

"谁说井田与春秋经没有关系?"严光收起笑容,缓缓坐直身体,"半月之前,嘉新公忽然心血来潮,在课堂上讲了好一阵子《春秋穀梁传》,你们可记得?"

"当然记得,当时听得我差点睡着了。朱祐还被嘉新公点将,当场背诵了一段!"邓奉警觉地皱起眉头,小声回应。

"古者三百步为里,名曰井田……"刘秀将当时的提问内容复述出来,皱着眉头补充,"此前我记得嘉新公还讲过一次《孟子》,也是关于井田制的内容!而扬祭酒也在课堂上,专门讲了田、夫、里、同的换算方法!"

刹那间,所有质疑声都消失不见。大家愣愣地看着严光,钦佩得五体投地。两位祭酒,不会无缘无故讲起井田,而当今朝廷的复古改制,正进行得如火如荼。再联系到春秋时,鲁国率先推行按亩缴纳税赋,开毁弃古法之先河,考《春秋》直接考到井田制上,简直是板上钉钉!

"观一叶而知秋,古人诚不我欺!"半晌之后,朱祐忽然长叹,"当今天子崇尚复古,宰相借机提议重兴井田。最近又有人上本,天下之田尽归于公。今年岁末大考,不考井田还能考什么?子陵,你不光是神算,简直就是铁嘴钢牙!就是端着空茶杯,也能啃下块陶土来。"

众人被朱祐逗得捧腹大笑,心中惊愕尽去,代之的,则是对明天考试的信心。既然已经猜出考题十有八九与井田相关,众人便不再闲聊,聚精会神讨论起书中关于井田制各种记载来。不总结不知道,一总结,居然发现非但《春秋》中有多篇记述与井田相关,《周礼》《易经》《尚书》都不例外。甚至《诗经》内,也有"雨我公田,遂及我私"之语,隐隐与其他各经关于井田的内容暗合。

这下,大伙终于有了明悟,纷纷从各种角度讨论破题及解题的可能。为了彼此之间不至于雷同,还特地制定了"臧否"策略。约定一旦遇到类似题目,有人负责正面称颂,有人主动担当反方。一定做到有理有据,言之有物。一直讨论到子时,众人才带着几分雀跃各自散去。第二天早晨,又起了个大早,重新温习了一遍相关知识点,抖擞精神,奔赴考场。

待展开卷题,刘秀愣了愣,险些当场以掌拍案。只见绢布做的卷面上,赫然藏着两个大字,井田。其余几个字无需看得太仔细,答案就在笔尖喷涌而出。大约一个多时辰之后,他将卷子反复检查了三遍,确定再无遗漏,便交卷出了考场。恰遇上邓奉和严光从别的考场走出来,三人相视一笑,一起等候朱祐、邓禹的佳音。

不多时,朱祐和邓禹也答完题目,仰首而出。此刻距离考试正式结束尚有半个时辰,其他学子正在抓耳挠腮。众人见此,得意之余,心中又暗道一声"侥幸"。看向严光的眼神,愈发充满了佩服。

接下来几日,其余四经的考试,也一一进行。果然又如严光所料,全都是围绕着井田制的沿革、优劣、划分办法以及恢复可能来展开。其余学子毫无准备,每场考试结束,都痛苦得捶胸顿足。书楼四俊和邓禹则信手拈来,答得无比轻松。

随后半个月有余,所有博士和教习们,集中在一起为过万学子批改试卷,根本无暇上课。众太学生就撒了鹰,呼朋唤友四下赏雪,而刘秀等五人依旧缩在藏书楼中,手握毛笔刻刀,耕耘不辍。又过数日,试卷判完。太学墙壁上贴出了一张金色榜单。这一年大考榜首,居然是年龄最小的新野邓禹。严光、刘秀、朱祐和邓奉,则分别位列二到五名。

一时间,五人名声大噪,走到哪里都有人对他们目呈羡色,更常有人打着求教之名,提着礼物到五人的寝馆拜访。言谈之中,毫不客气地亮出了各自家世，希望能将五人当中一到两个，拉入自家门墙。

汲取当年吴汉的教训，对于前来拉拢者，刘秀一概交给朱祐应付。而朱祐表面上看起来肥头大耳，却生了一颗九孔玲珑心。收了礼物之后，跟来者东拉西扯半晌，逗得对方笑逐颜开，但是直到最后，对方却什么承诺都得不到，只能揉着笑疼的肚皮怏怏而去。

"几位切莫着急，现在上门的，其家族实力都只能算作一般。等第三场岁末大考之后，才会有真正的公卿之家出手。"快嘴沈定跟五人关系走得近，怕他们过早地被拉拢者预订，找了个机会悄悄地提醒。

"多谢沈兄！"刘秀等人知道对方出自一番好意，齐齐拱手道谢。

【古来英雄多年少】

并不是所有前来示好者，被婉拒之后都知难而退。其中一些自恃家族实力庞大的妄人，见刘秀等居然"不识抬举"，便悍然发出了威胁。这个时候，就轮到苏著出马了，只见他先动嘴巴，再动拳头，实在不行就直接亮家世跟对方比谁的靠山更硬。

如此七八天过后，非但把朱祐给累得嘴角开裂，苏著也被累出了一对黑眼圈。大伙个个筋疲力尽，干脆直接躲进了藏书楼。发誓风头不过，就再不出来见人。谁料，话音刚落，楼门外就传来了一个阴恻恻的声音，"邓禹、严光、刘秀、朱祐、邓奉，你们五个都在楼上么？赶紧去诚意堂，钦差正在那里等着你们！"

"哪里来的钦差？我们又不是朝廷官员？"刘秀等人长身而起，快速走向楼梯口。低头下望，恰看见鸿儒王修那张僵尸脸。

"胡乱打听什么？难道老夫还能欺骗尔等？！才考好了一场岁末试，就如此张狂，平素的修心功课都做到什么地方去了？"王修劈头盖脸一顿呵斥。

邓奉被训得两眼发红，本能地打算开口反驳。朱祐却从背后走上去，用力将他挤开。然后隔着扶栏，居高临下地俯身施礼，"劳您老久候了，我等现在就去。只是我等都没见过什么世面，万一在钦差面前说错了话，岂不是给您老丢人？是以，还请您老点拨几句，让我等心里多少有个准备。免得见了钦差之后，手足无措！"

"嗯！你倒是懂得礼貌，不枉刘夫子苦心栽培了一回！"王修终于找回了做师长的尊严，满意地捋了捋山羊胡子，"你们几个运气好，试卷被调过去御览了。陛下为了鼓励太学的其他学子也奋发向上，特地赐下了笔墨书砚等物。钦差已经在诚意堂等着了，你们去了之后，记得不要乱说乱看。否则，惹怒了钦差，祭酒也救不了你们！"

"多谢夫子！"众人闻听，赶紧跟朱祐一道躬身。

王修看这几个，怎么都不顺眼。尤其是刘秀，让他每每怒火中烧。再度板起面孔，大声说道："好自为之，别忘乎所以！天下之大，绝非你们几个井底之蛙所能知晓。"说罢，一甩袖子，径自扬长而去。唯恐再多看众人几眼，就被肚子里的无名业火活活烧死。

刘秀等人偷偷吐吐舌头，赶紧快步下楼。不多时，便来到了太学内最宽敞的一栋建筑诚意堂前。通往大堂门口的台阶上，早已挤满了闻讯赶来的学子。一个个看着即将入内接受皇帝奖励的五兄弟，满脸羡慕。

刘秀等人正目不斜视地往前走，耳畔忽然传来了一声柔柔的呼唤，"三哥，你真厉害。我早就知道，他们都看低了你！"

"丑奴儿！"刘秀的眼神顿时一亮，脚步瞬间停滞。然而，来自身边的咳嗽声，却又让他立刻意识到此刻自己身在何处。连忙笑着向少女挥了下胳膊，然后紧紧跟上邓奉和严光。

鸿儒王修在里边等得正急，见五人终于来到，立刻起身迎上前，带着他们走向坐在主位上的一个白面无须官员，"还不见过欧阳中使？让中使等这么久，尔等真是好大的架子！"

"不知中使驾到，学生等迎接来迟，失礼，谢罪！"听出了话语里隐藏的毒针，刘秀等人却没心思计较，站成一排，向欧阳中使抱拳躬身。

那中使倒是很好说话。"都不必如此客气了，咱家当年，也曾经奉陛下之命,在太学读过几个月的书!细算起来,应该是你们几个的学长。所以,也没什么失礼不失礼的!"

"多谢欧阳师兄!"朱祐为人机灵,立刻带着大伙再度俯身。

欧阳中使满意地点头,"尔等的试卷,陛下都一一调阅过了。虽然文字上有许多疏漏和错误,立意也颇为青涩。但能够做到言之有物,也令陛下心怀甚慰。"

"多谢圣上施惠太学,我等才能有机会到此读书!"朱祐心思剔透,立刻代表大伙大声称颂。

欧阳中使闻听,脸上的笑容愈发亲切,点了点头,"你倒是个知道感恩的,也不枉陛下昨晚阅卷到深夜。你叫什么名字、哪里人士、师从何人?"

"启禀师兄,学弟姓朱名祐,南阳春陵人士,师从刘鸿儒,恩师赐表字仲先!"朱祐恭恭敬敬地回答。

"原来是刘鸿儒的亲传弟子,怪不得小小年纪,便如此出类拔萃!"欧阳中使敏锐地从朱祐的表字来历上,猜出了刘龚对这个门生的器重。

"中使别抬举他,这小子就像个猴子般,侥幸考好了一场,就已经把尾巴竖了起来。再抬举,就一个跟头蹿到天上去了!"坐在侧面绣墩上的鸿儒刘龚顿时觉得脸上有光,笑着摆手谦虚。

欧阳中使知道此人交游广阔,爱屋及乌,命随从取来一套毛笔,亲自起身送到了朱祐面前,"你的文章,师兄也拜读过。果然得了鸿儒真传。这套笔,乃陛下当年亲手所制,特地命师兄赐给你,望你今后能继续认真修身,早日成为我朝栋梁!"

"谢陛下!!"饶是朱祐平素圆滑老练,此刻也感动得语无伦次,赶紧双手接过毛笔,伏地冲皇宫方向跪拜叩头。

这回,欧阳中使没有喊他免礼,而是在旁边监督他毕恭毕敬地叩首三次,才俯身将他拉了起来,笑着勉励道:"令师的文章学问和本事,都屡得陛下赞赏。等你卒业之后,想必成就也不会太差。届时师徒两个同列朝堂,朝夕奏对,定是一桩美谈!"

朱祐闻听，赶紧再度躬身相谢。他的老师刘龚脸上也兴奋得满是红光。师徒两个对着欧阳中使，又说了大半车客气话，才小心翼翼地到一旁落座。刚将身体坐稳，就看到欧阳中使快步走到了邓禹面前，笑着问道："这里顶数你年纪小，想必就是新野邓禹吧！九岁入太学，十一岁名列大考第一。也只有我大新朝，有圣人一样的天子在位，民间才能生出你这样的英才！"

邓禹被夸了个猝不及防，慌忙红着脸作揖，大叫惭愧。欧阳中使见他身上稚气未脱，也不过分为难他，笑着摆了摆手，命人取来一方砚台，大声说道："这是陛下亲手所制的紫泥砚，全天下不超过十块。陛下吩咐师兄我亲手颁发给你。希望你再接再厉，将来做本朝之甘罗！"

甘罗十二岁为相，代表大秦出使数国，惊才绝艳。而王莽的口谕中，居然将邓禹比作此人，可见其对邓禹的欣赏。当即，在场四名鸿儒个个惊讶得合不拢嘴巴。而邓禹的授业恩师陈老夫子，竟然激动地蹲在地上，双肩颤抖，满脸是泪。

倒是邓禹本人，虽然也激动得小脸通红，却依旧没乱了方寸。先双手接过砚台，然后屈膝跪地，向皇宫而拜，"太学末进邓禹，多谢陛下。承蒙陛下圣明，大兴太学，草民才有机会来长安读书。此番赐砚之恩，永生不忘！"

欧阳中使见他小小年纪，却比大人还要稳重，心中立刻又对他高看了数尺。待应有的礼节走完，便俯身将其搀扶起来，笑着鼓励："陛下求贤若渴，向来不问出身。你文章写得好，书读得用功，小小年纪又懂得感恩。将来成就肯定不会太低。说不定，甘罗都不及你。到那时，可千万记得提携师兄！"

邓禹被夸得脸红欲滴，连忙再度躬身道谢。欧阳中使笑呵呵又勉励了他几句，亲自将其送到了陈夫子身边。随后，缓缓走向了严光。

严光所长在于谋划全局，待人接物远不如朱祐机灵，年龄又不似邓禹那般幼小。因此虽然在岁末大考中名列第二，此刻被前两人一比，却显得才干平平。那欧阳中使便勉励了他几句，代表皇帝赐下一卷亲手抄录的《论语》，便走完了过场。

接下来，便轮到了邓奉。见此人长得唇红齿白，玉树临风，欧阳中使的眼神迅速发亮，待交谈了几句，发现邓学弟非但皮囊生得好，学问见识也很不错，愈发觉得此子值得自己高看一眼，便又像先前对朱祐和邓禹二人一样，颇费了些心思鼓励，做足了师兄的样子。

他平素在皇宫里闷得无聊，难得找机会出来透一次气，也不在乎浪费时间。但旁边观礼的老师们，却都烦闷了起来。最为烦闷的，当然还属刘秀。从进门之后一直站在大堂中间，既不敢跟人说话，又不敢随便走神儿，渐渐就觉得腰酸背痛，两眼发直。

就在这时，欧阳中使忽然放开了邓奉，将脸色一板，大声问道："哪个是刘秀？圣上让咱家问你，你在答卷上非上古而崇暴秦，将井田制说得一文不值，可是出于本心？好好想想再回答，陛下可是要咱家带你的说辞回去复命！"

【老蟹衔姜向剡行】

刹那间，堂内堂外，一片死寂。

谁也没有想到，王莽这个日理万机的大新天子，居然跟太学的考卷较起了真儿！将学子们为了应付考试而写的文章，当成了对朝政的品评！

很显然，刘秀在考卷上，没说井田制任何好话。如果被引申为妄议政事，恐怕圣人天子也不忌惮再仿效一次儒门祖师爷，直接因为胡乱说话而诛杀了他这个"少正卯"！

"刘文叔，恢复井田，乃是经天子首倡，九卿共决，自六国一统以来的第一善政，你哪来的胆子，竟然在考卷上大放厥词?！又是谁指使你，将暴秦之政当作万世楷模？"就在众人为如何替刘秀脱罪而心急如焚之际，鸿儒王修却猛地跳了出来，指着刘秀的鼻子大声质问。

"王子豪，你也忒无耻！"作为刘秀的老师，许子威岂能眼睁睁地看着别人坑害自家的得意弟子？用拐杖朝地上奋力一戳，长身而起。"我是他的师父，他的本事都是我教的！你想栽赃嫁祸，就冲着我来！"

"子豪,过了,过了!"太学祭酒刘歆(秀)虽然平素跟许子威有诸多不睦,此刻也看不惯王修身为太学鸿儒,却想方设法将学生朝死路上推。

而那王修,两年前就是因为刘秀、许子威师徒才丢了太学主事之职,今天好不容易得到了报复机会,岂肯善罢甘休?随即把脖子一梗,拱手四下抱拳,"祭酒,诸位同僚,非王某挟私报复!这刘秀自入学的第一天起,就拉帮结派,上欺老师,下辱同学。两年多来,受其祸害者不计其数。如今,他又为了博取虚名,故意将陛下力推的复古之政贬得一文不值。如此刁钻狡猾、心术不正之辈,王某岂能容他再继续荼毒同门?今日,刚好当着中使的面,将他逐出门去,还我太学读书清静之地!"

"喔——"门外看热闹的同学听得直犯恶心,跺着脚大声鼓噪。

许子威也被气得直哆嗦,抄起拐杖,就要跟王修拼命。一直坐在他旁边没说话的副祭酒扬雄,却忽然伸手拉住了他,微笑着轻轻摇头,"子威兄,稍安勿躁!陛下是让中使前来找刘秀问话的,刘秀本人还没开口,其他人岂能越俎代庖?"许子威被他说得一愣,皱着眉头停住了脚步。

"说!你若是如实招供,陛下看在你年纪小的份上,说不定还会饶过你。"王修也听到了扬雄的话,顿时心里头有些发虚,但表面上,却依旧声色俱厉,"你若是继续执迷不悟,王某今天就算拼着得罪所有同僚,也必须替太学清理门户!"

"够了!"实在受不了王修如此给太学丢人,祭酒刘歆(秀)猛地一拍桌案,大声怒喝,"王子豪,本次大考的试卷都是老夫命人所出,最后的名次排定,也是老夫和扬祭酒两人拍的板。刘秀所答,虽然与老夫出题的本意不合,却有理有据,言之有物。作为文章来说,当然是上上之选。你要是非得给他栽一个妄议之罪,来来来,先把老夫扭送去有司。题是老夫出的,优等是老夫给的,老夫就是那个背后教唆他的罪魁祸首!"

"噢——"诚意堂外,顿时欢呼声四起。

或臧或否,乃是写文章的基本技巧。春秋经考试时那道关于井田利否之辩,几乎有三成以上学子都采取了否定策略。大伙这么做,并非真的就觉得井田制毫无可取之处，而是为了考试而考试，根本没想过把自己的理论应用在现实当中。

如果刘秀因为在考卷上否定井田制而获罪，那其余上千名跟他选择了同样"战术"的学子，岂不个个都是同犯？如果刘秀因为妄议朝政被扫地出门，其他上千名"同犯"，试问谁能独善其身？所以，即便平素对刘秀不服气，大伙此刻也必须站在他这边。否则，非但有出卖同门之嫌，还会引火烧身！

王修已经骑虎难下。"是非曲直，自有陛下圣裁。刘祭酒，王某绝非针对你。中使你也看到了，这刘秀在太学里，是如何纠集同党，横行无忌！"

他原本以为，自己只要顺着皇上的意思说话，即便站在全天下人的对立面，皇宫里来的太监也得全力给自己撑腰。谁料，这一次话音刚落，欧阳中使立刻皱起了眉头，"王博士，原来你还知道是非曲直需要圣裁。咱家以为你已经替圣上拿好了主意呢？！"

"不敢，下官不敢。"王修被吓得打了个哆嗦，额头上冷汗滚滚而落，"下官、下官刚才、刚才是怕中使您被此子、此子蒙蔽，所以才……"

"有劳王博士费心了！咱家还没糊涂到那种地步！"欧阳中使用力一挥袖子，"让开，别耽误功夫！咱家问完了话，还得向圣上启奏呢。刘秀，你回答咱家，你写在考卷上的那些胡言乱语，是出自本心，还是单纯为了应付考试？"

出乎所有人意料的是，明明欧阳中使已经把话替他说了出来，刘秀却丝毫没有领情，兀自像个傻瓜般拱起手，如实汇报："启禀中使，考卷上所答，的确是学子心中所想。井田制弊端甚多，而大秦虽然残暴，商鞅变法，却功在当代，利在千秋！"

"你！"没想到自己一番苦心回护，全都给了倔驴，欧阳中使气得眼前直发黑，"好你个糊涂虫，莫非，你是急着以死求名么？！"

"中使明鉴，老夫早就说过，此子仗着有几分小聪明就肆意妄为！"王修跳起来，大声帮腔。

"中使明鉴，学生并非沽名卖直！"刘秀却不慌不忙地看了他一眼，再度向欧阳中使拱手，"学生以为，朝堂决策，自有圣上、宰相、三公九卿和文武百官定夺。无论学生在答卷上如何胡言乱语，都影响不到朝政分毫。以圣上之英明，也只会对学生的胡言一笑了之。而如果学生因为心存畏惧，就故意跟中使说了假话，便等同于欺君！比起在老师和圣上面前露怯，学生更怕欺君！"

"你……"王修脸上的喜色，瞬间又被冻成了冰疙瘩。

"啊？哈哈哈哈……"欧阳中使愣愣半晌，放声大笑，"你这小混账，原来心里早就有了主意，亏咱家这个做师兄的，平白替你担心了一场，好，好，比起露怯，你更怕欺君！若全太学的师弟们，都像你一般对陛下忠心耿耿，也不枉陛下每年花费那么多钱财，来支持你们读书！"

说罢，先抬手擦了擦笑出来的眼泪，示意随从取来最后的赏赐之物，亲自送到了刘秀面前，"这是一把尺子，也是陛下亲自指点匠人所制。望你今后努力向学，莫辜负了陛下的栽培！"

"谢陛下鸿恩！"刘秀上前，从中使手里接过一把青铜打造的量具，然后朝着王莽平素所居住的方位叩首。

欧阳中使依旧像先前对待别人一样，静静地等着他三叩结束，然后亲手将他拉了起来，笑着问道："皇宫大内，除了陛下之外，最初任何人都不知道其到底怎么使用。你天资聪明，不妨现在就猜猜，此尺到底可以量哪些物件，与平常之尺有何不同？"

刘秀闻听，心中顿时也涌起了几分好奇。赶紧将铜尺举到眼前，仔细查验。整个诚意堂内，再度鸦雀无声。

只见那青铜尺，与寻常百工或者裁缝所用之尺，毫无相似之处。上下竟然多出了两对卡口，一大一小，彼此错开半寸。而尺身，也分为内外两层，中间开着空槽。边缘处，则簪着密密麻麻的量标。[①]

[①] 传说这是王莽时代最奇怪的一个物件，考古学家也被弄得满头雾水。

这哪里是尺子？分明是有人异想天开，胡乱制造出来的大号玩具！可天子金口玉言，说它是尺，谁有胆子直斥其非？！

【都道高处不胜寒】

"学弟愚钝，还请师兄指点迷津！"出乎所有人意料，刘秀这一回，终于以先前在他身上从未曾看到过的圆滑，笑着求恳。

"你真的看不出来这尺子怎么用？"欧阳中使脸上立刻流露出来几分失望，眉头轻皱，低声询问。

"学弟、学弟平素一直闷头读书，见识、见识不多。还请师兄见谅！"刘秀被问得脸色微红，非常惭愧地摇头。

"也不怪你，陛下智慧如海，我等如何能及！"欧阳中使擅长察言观色，知道他没有说假话，笑了笑，带着几分遗憾低声讲解，"就是师兄我，如果没有陛下亲自指点，也不知道这是一把尺子。你看，这上面两个角，可以抵住孔洞边缘，测量内部大小。而下面两条腿，则可以夹住物件，测其外部长短粗细……"

刘秀听得两眼发直，对皇帝陛下的智慧由衷感到钦佩。在场其他人，也抚掌赞叹不已。欧阳中使干脆又命人拿来了铜钱、筷子、弹丸等物，当场演示了起来。诚意堂内外的师生们，虽然有不少出自寒门小户，可基本上谁都未曾操持过百工营生。一个个看得眼花缭乱，惊叫连连。直到铜尺重新回到刘秀手里，才纷纷恋恋不舍地收回了目光。

欧阳中使有任务在肩，不敢在外边逗留时间太长。又命人将本次岁末大考的第六到第十名学子也叫了进来，代表皇帝赐予了每名学子一套衣服、一双鞋袜，并且温言鼓励了几句，便起身告辞。

此时的长安城，只有二十多万户人家，规模远不如后世庞大。马车从太学开动，前后不过小半个时辰，便已经返回了皇宫。当双腿一踩上宫内的地砖，他的气质立刻大变。像一只觅食归来的豹子般，无声无息地，飘到了王莽日常处理奏折的函德殿门口。

守在门口的侍卫们立刻入内代为通报。短短二十几个呼吸之后，另外一名平素被王莽器重的太监快步跑了出来，小声吩咐，"走吧，陛下让你现在就进去。怎么去了如此之久，陛下已经批了一百多斤奏折了！"

"有个蠢货从中捣乱，所以才耽搁了一点儿时间！"欧阳中使撇了撇嘴，冷着脸回应，"陛下让他去太学就职，原本是为了让他替陛下收天下英才归心。他却好，整天不是想着害这个，就是坑那个，唯恐不招人恨！"

"是王子豪那厮么？陛下早就知道那厮不堪大用，只是碍着彼此算是同族的份上，赏他一碗安稳饭吃而已。要不是其他族人皆有要紧事做，一时无法替代他，陛下恐怕早就……"

"不提这个妄人！免得陛下生气！"欧阳中使很有分寸地打断话头，快步走入殿门。隔着老远，就跪在了地上，请王莽治自己办事拖拉之罪。

王莽虽然平素在群臣面前不苟言笑，对身边的几个得力太监，态度却极为友善。立刻从堆成了山的奏折上抬起头，"行了，装什么装？你明知道朕不会处罚你。平身，到近前来说话。事情办完了么，那几个学子成色到底如何？"

"奴婢恭喜陛下，那五人假以时日，必成国之栋梁！"欧阳中使郑重下拜，"大考头名邓禹，今年才十一岁。反应机敏，且少年老成。若非圣人当世，民间定生不出如此英才！"

"他年少有才，是他自己聪明好学，且遇到了个好老师。关朕什么事情？"王莽根本不相信这些马屁，非常清醒地摇头，"况且年少时聪明过人，长大后却越来越平庸的，世间也不少见。只要他能用功读书，将来别变成废物，朕的钱财和心血，就算没白费！"

"奴婢可以拿性命担保，此子将来定成大器！"偷偷看了一眼王莽的脸色，欧阳中使迅速补充。

闻听此言，王莽脸上终于露出了几丝欣慰之色。"这句话，朕记下了。如果他将来真的成了大器，你就是他的伯乐。反正也用不了几年，等卒业之时，你的判断准不准就见分晓！"

"奴婢不敢贪功，学子们也不会准许奴婢冒认伯乐。今天奴婢去替陛下颁发赏赐，学子们都说，亏陛下圣明，下令大兴太学，他们才有资格入内读书！"

"嗯！"王莽听得脸上一喜，"小兔崽子，你这拍马屁的功夫，倒是愈发娴熟了，废话少说，其他几名学子成色如何？"

熟悉王莽的做事风格，欧阳中使不敢再啰嗦，"启禀陛下，据奴婢观察，严光谨慎多谋，朱祐能言善辩，邓奉见识不凡，都是难得的少年才俊。至于那个刘秀，则各方面都占了一点儿，并且心思剔透，将来的成就，恐怕还在其他四人之上！"

"嗯，居然是剔透！你且说说，怎么个剔透法？朕的铜尺呢，你可赐给了他，他当时表现如何？"王莽对刘秀格外重视，皱了皱眉头，沉声追问。

"陛下容奴婢细细道来！"欧阳中使心里一紧，连忙放弃了提携学弟一把的主意，躬着身子，实话实说，"最初，奴婢问他……"不确定王莽的态度，他也不敢再妄作定论，尽量简单地将当时对话经过完整描述。

王莽开始听得兴致勃勃，待听到刘秀说：朝政大事自有皇帝陛下来裁定，比起因为害怕而说假话，更不敢欺君。他的脸上就露出来几分失望之色。又听到铜尺赐下之时，刘秀等人个个满脸茫然，失望之色更浓。

欧阳中使见此，更不敢再替任何人说话。只管将自己看到和听到的情况，如实汇报。连同两位祭酒和许子威的表现，还有王修当时的言行，都毫无遗漏和遮掩。

王莽耐着性子，听欧阳中使汇报完整个经过，随即懒洋洋地打了个哈欠，摇着头道："他也看不出那尺子何用么？唉，朕见他考卷上的观点标新立异，还以为他跟别人有什么不同呢！原来就是为了混个优等，所以另辟蹊径罢了！唉，白费了朕一番期待，真是无趣得很！"

"他、他只不过个很寻常的学生而已，此番能考个五门全优，恐怕运气成分多一些。"欧阳中使闻听，也赶紧顺着王莽的话头改口，"肚子里未必有什么真才实学。即便有，也无法及得上陛下一根脚指头！"

"呵呵，你这货，越来越会说话了！"王莽被逗得咧嘴而笑，随即，又满脸遗憾地叹气，"朕的一根脚指头，真的有如此高么？你可知道，站在高处之时，四顾无人，究竟是何等滋味？算了，说了你也不懂。朕终究是空欢喜了一场！你去一边喝汤吧！朕还有许多奏折要批！"

"谢陛下赐汤！"欧阳中使听得心中好生忐忑，不知道自己这番出去办差，到底是办砸了，还是甚合圣心。赶紧躬身下拜，然后一边倒退着走，一边偷偷观察王莽的脸色。

只见这位大新朝皇帝，无所不能的圣明天子，一手握着书简，一手握着毛笔，半晌，都没有落下半个字。已经不再年轻的面孔上，此时此刻，竟写满了落寞与孤独！

【却见蚍蜉立云端】

就在当天下午，皇帝亲自调阅岁末大考试卷，并且钦赐笔墨书砚和铜尺给前五名考生的消息，就传遍了整个长安。紧跟着，在一双双无形之手的推动下，那具谁也不知道怎么用的铜尺，也被画在了一张张价值不菲的白绸上，迅速走上了许多达官显贵的案头。

"皇上对某些人尸位素餐不满，准备从五经博士中启用贤才了！"

"皇上恼恨复古改制进度太慢，要抽调学生去各司帮忙！"

"皇上有意给太学中品学兼优者赐予绣衣[①]，前往各地督查田亩归公事宜！"

无数流言，不胫而走。文武百官们忐忑不安，地方望族也都急成了热锅上的蚂蚁。太学里的老师和学生们，更是一个个人心惶惶。然而，让所有人始料未及的是，除了当日派身边太监欧阳朔去太学走了一遭之外，大新朝皇帝王莽，没有再做任何其他安排。仿佛那件事从未发生过，或者只

[①] 绣衣使者，汉武帝时的一种荣誉。被赐予绣衣的人，可以替皇帝体察民情，监督政令实施，弹劾地方百官。

是自己一时心血来潮，做过之后，便提都不再愿意提。

很快冬假开始，家距离长安较近的学子纷纷返乡探亲。随后除夕来到，皇帝和文武百官开始冬沐。人们的注意力转移到别的地方，喧嚣声也越来越低，最终，随着"噼里啪啦"的爆竹声①，所有流言消失得干干净净。

刘秀、邓奉、严光、朱祐、邓禹五个，也终于松了一口气。不再整天为被卷入漩涡中而提心吊胆。长安距离新野颇为遥远，假期长度不足以走个来回。所以，大伙继续躲在藏书楼中，终日与竹简为伴。

他们的老师，当然不会忘记自己的得意门生。除夕之后，便陆续邀请五名学子到府上赴宴。包括严光的老师阴方，念在自家弟子年前曾经给自己挣足了面子的份上，也勉为其难地请了一回客，并且让严光把刘秀也一起叫了过去。

这种彼此之间都很勉强的家宴，当然不可能吃出什么味道。刘秀在阴家，甚至连阴丽华的面都没见着，又被阴盛以学长的身份好一通教训。勒令他今后低调行事，切莫再乱出风头，以免连累师门。顺便，又隐讳地告诉他，如果没有足够的靠山，即使连年岁考都名列前茅，也未必能混到太高的官职。而像阴家这种"豪门"，绝不会跟一个九品下吏联姻。

邓奉勃然大怒，当场就起身打算拂袖而去。倒是刘秀自己，假装没听出阴盛的话外之意来，硬拉着邓奉坐到了酒宴结束，给严光撑足了面子，才礼数周全地起身告辞。

回到太学，严光心中负疚，少不得要向大伙赔罪。刘秀却笑了笑，"脸都是自己争来的。想要人看得起，咱们今后作出点模样来就是，何必计较这一时短长？把功夫和精力都浪费在这种妄人身上，太累，也不值。"

"你倒是想得开！"邓奉在旁边忍不住又出言讥讽。然而，不满归不满，他却也知道，眼下大伙的确没有跟阴家平起平坐的资格。所以，当晚一个人居然读书读到了后半夜，直到鸡叫声响起，才趴在桌案上沉沉睡去。

---

① 爆竹，这里指的是古代爆竹。即用火烧竹子，发出爆裂声来辟邪。

第二天中午，却是许子威安排了家宴。少年们一改昨日的拘束，在许家谈笑风生。只是许子威年纪大了，无论精力和体力都远不如前两年。才陪着大伙吃了一小会儿，便让三娘出来招呼师弟们，而他自己，却由阿福搀扶着回了后宅。

"老师最近怎么了？莫非是天气太冷，染上风寒了么？请过郎中没有，怎么说？"刘秀看得揪心，趁着仆妇们不注意，悄悄向马三娘打听。

"没啥，就是年纪大了，精力不足。郎中看过，也开不出什么好方子。我给他找了一套可以慢慢打熬筋骨的拳法，希望他练了之后，能起到一些作用！"马三娘对许子威的身体状况也非常担心，勉强挤出几分笑容。

刘秀等人闻听，立刻没心思再吃饭。七嘴八舌地讨论起来。

倒是马三娘自己，毕竟做过山大王，定力远比几个毛头小子强。"你们不懂，就别瞎操心了。能把学业弄好，再考一个前五回来，义父肯定比啥都高兴。至于他的病，我已经跟孔师伯说过了，想开春后送他老人家回故乡休养。义父老家那边天气远比长安暖和，说不定他回去之后，就能立刻好起来！"

"也对，师父这是离开故乡久了，所以才伤了肠胃。回去吃些家乡菜肴，说不定就能好转！"刘秀立刻来了精神，擦拳摩掌，"什么时候走，我去请了假，跟你一起送师父。说不定顺路还可以回春陵一趟！"

"想得美！"马三娘轻轻白了他一眼，苦笑着摇头，"义父名气太大了，皇上肯不肯让他走还都不一定呢。孔师伯答应帮忙去找皇帝说，却没保证他的话能管用。至于你，如果义父知道你为了他要耽搁学业，肯定立刻会打消回乡的主意！"

刘秀听得心里发烫，愈发想早日送恩师返乡。扭过头去，正准备悄悄跟严光商量个让许子威无法反对的办法，耳畔却已经传来了老人爽朗的笑声，"都在担心我这老头子么？多谢了，我这不是病，人老了，精力自然就会不济。睡睡就好，谁都不用担心。这不，才睡了小半个时辰，我已经容光焕发！"

"师父！"刘秀赶紧站起身，搀扶着许子威重新入座。老人家却摆摆手，笑着道："不必了，我胃口弱，即便入席，也吃不下什么东西，反而让你们觉得拘束。有几句话，我刚才去睡觉前忘了说。现在想起来了，赶紧说给你们听。否则，也许一会儿就又忘了！"

"老师请明示，我等莫敢不从！"猜到许子威肯定是想起了什么要紧的事情，少年们纷纷起身，拱手肃立。

见大伙一脸严肃模样，许子威笑了笑，摇着头道："不必如此，其实你们已经做得很好了，只是老夫不放心，所以才再多费一番口舌。前段时间太学和长安城内那些乱七八糟的流言，想必你们也都听到了一些。虽然与你们关系不大，但是无风不起浪！你们几个接下来，一定得多加小心。"

"弟子谨记师父教诲！"刘秀等人想了想，纷纷点头。

"长安城内，蛇鼠成群。太学位于长安城中，自然也不可能是什么清静之地！老夫猜不出陛下厚赐你们几个的用意，但老夫却能猜到，很多人已经嫉妒得发了疯。还有很多人，会想方设法拿皇上厚赐你们的事情，来做文章，以达成他们自己心中所愿。前一段时间的流言蜚语，就是明证！"

"多谢师父，弟子今后一定小心谨慎，不给别人可乘之机！"刘秀脑中突然出现王修那双阴毒的眼睛，拱了拱手，大声保证。

"你知道就好！"许子威看了他一眼，满意地点头，"你们几个，名声已经足够响亮，没必要再跟人争一时短长。皇上这次，也许是无意中将你们几个放在了风口浪尖上，也许是有意而为，君心难测，他到底是怎么想的，老夫猜不到，也就不去费心思猜了。但只要你们稳得住，安安心心做学问，任何事情都不多掺和。那些人，自然也找不到足够的理由把你们牵扯进去。等他们折腾累了，就会换个目标折腾。届时，你们再出来展现各自的才华，也不为迟！"

"是，弟子回去之后，就闭门读书。轻易不下书楼半步！"知道许子威是真心为了自己好，刘秀拱起手，再度郑重许诺。

许子威就是喜欢他这份稳重劲儿，"光躲在书楼里苦读，也不妥当。该出来透气，还是要多出来走走。长安城里未必安全，但孔家庄园里，总不会有什么问题。世道越来越不太平，你多花些力气练武，将来万一遇到麻烦，好歹也能有自保之力。再者，三娘能经常跟你们几个在一起，也不至于活活憋死！"

"义父——"没想到许子威说着说着，就又把话题引到了自己头上，马三娘羞不自胜，拖长声音抗议了一句，落荒而逃。

许子威看着她匆匆远去的背影，再看看满脸通红、却忽然变成了闷嘴葫芦的刘秀，忍不住在心里悄然叹气。

刘秀见状，心里不免涌起了几分负疚。但与此同时，阴丽华的影子，在眼前却愈发清晰。好在邓禹和朱祐两个足够机灵，察觉屋子里气氛尴尬，立刻想办法转移了话题，尽欢而散。

时光忙碌中过得飞快，眼看着又来到了初秋。许子威的"乞骸骨"表章，依旧没获得皇帝的恩准。刘秀怕老人烦闷，去许家越来越勤。许子威见他孝顺，愈发觉得自己这个关门弟子收得值！虽然无法让他做女婿，也不再藏私，将平生本事倾囊相授。

这一日，刘秀在许家开完了小灶，匆匆返回太学。才在寝馆里换了衣服，正准备继续去藏书楼苦读，快嘴沈定带着满身的怒气，一头闯了进来。

"怎么了，沈兄，谁惹到了你头上？"

"太过分了，他们怎么能吃相如此难看！青云榜以后就彻底成了耻辱榜，沈某的名字，今后也彻底跟那几头臭蛆一道，烂了大街！"

"青云榜？"自打吴汉做了驸马，刘秀很久没听人提起过这三个字。

"你一直躲在藏书楼里，两耳不闻窗外事，当然不知道！"沈定看了他一眼，咬着牙挥舞拳头，"即便知道，估计你也不会在乎。毕竟皇上那里，你已经留下了名字，不像我们这些人，日日想着如何能扬名立万！"

"到底怎么回事？沈兄，我怎么越听越糊涂了！"刘秀被弄得满头雾水，忍不住低声抱怨。

"青云榜终于重开了。大伙日日盼着这个榜，希望能在上面留下自己的名字。所以每次切磋，都倾尽全力。结果呢，这次上榜十人，王麟、王固、王璋、王恒他们，就占了前八。只把第九和第十，留给我和苏著！这他妈的哪里还是什么青云榜？分明就是耻辱柱！沈某大好男儿，却被他们偷偷拿去填了茅坑！"

第十三章　脚踏青云

【鱼目混珠终虚妄】

　　数年才开一次的青云榜，居然毫不客气地被内定了前八。而沈定和苏著明显是被拉进去充样子的，只为了向外界证明，这个榜单非常"公平"。这不是欲盖弥彰么？整个太学，谁不知道"长安四虎"是什么货色？他们的名字能位列榜上，那本届青云榜的存在还有什么意义？还不如直接告诉大伙儿，本届青云榜，已经变成了皇亲国戚的专属之物，凡血脉不够高贵者，一律不在统计范围之内！

　　"以往几届青云榜，虽然谣传也有舞弊之举，但至少第一、第二名，还都货真价实！顶多在第三名到最后一名之间，偷偷摸摸塞进一两个后台硬的，还唯恐被大伙发现。可这次，竟直接拿走了前八。真不知道他们到底是不知羞耻，还是蠢到以为全天下的人都是睁眼瞎？！"

　　"可能有所凭仗，所以才肆无忌惮吧！"刘秀从陶壶中倒了一碗温水，轻轻推到沈定面前，"沈兄没必要太生气，先喝口水润润嗓子！既然大伙都知道这个榜单是自欺欺人，名字在不在上面，意义恐怕都不大！"

　　"怎么不大！"沈定一拳砸在桌子上面，震得水花四溅，"明白人，知道沈某是倒了大霉，才被他们把名字列在青云榜上凑数。不明白的，还以为沈某跟那八个家伙，是一丘之貉呢！今后提起青云榜的笑话，肯定会提起沈某，让沈某跳到黄河里头都洗不清这一身肮脏！"

　　"沈兄，息怒，息怒，真的没必要介意这些！沈兄你是什么人，大伙还不清楚么？有道是路遥知马力，时间久了，误会自然就烟消云散。况且本届青云榜，有八个是假货，只有你和苏著师兄是凭着各自的本事杀进去的。去掉那八个，你们俩就是第一和第二！"

"你可真会安慰人！"沈定被夸得有些不好意思，收起拳头，红着脸道，"我再有本事，也不可能比得上你和邓禹。苏著恐怕这会也不知道在哪儿发傻呢！说实话，严光你们几个都不在榜上，这青云榜还有什么意思？这青云榜……唉！竟硬生生被老贼王修给毁了！"

"前几届，不是出过吴汉和岑彭两位师兄么？"刘秀笑了笑，继续温言抚慰，"你这么想，将来你只要做出一番事业来，别人就会把你跟吴汉和岑彭两位师兄名字放在一起。至于其他人，说实话，这么多届青云榜，我也只记住了吴汉和岑彭两个名字，其他人谁还有空去翻？"

"那倒也是！唉！沈某只好尽量往好里想了！"沈定的满肚子屈辱之火，终于慢慢熄灭，叹了口气，轻轻点头。但是很快，他就又将头抬了起来，非常好奇地上下打量刘秀，讶然惊叫："你、你居然一点儿都不生气？文叔，你这份定力，可是全太学都找不到第二个！"

"我为什么要生气？"刘秀皱起眉头，低声反问。

"因为、因为我、我们都觉得，你应该排在本届青云榜第一才对！"沈定脸色又是一红，讪讪解释，"即便不是第一，前三名肯定也有文叔你一席之地。而能列在你前面的，只可能是邓禹和严光！"

"我哪有那么大的本事？"刘秀笑了笑，轻轻摇头，"沈兄你太看得起我了。况且青云榜的评定，是靠五经博士们的公议，而不是靠一张考卷。公议，难免就会受博士们的个人好恶影响。"

"那是，王修老贼最近一直在叫嚣，不能只凭岁末大考来判定是否有真才实学！原来弯弯绕全在这里呢！居然还有蠢货，跟着他一道叫嚣。"沈定皱着眉头沉吟了片刻，满脸佩服地点头，"我终于明白你为何不去参与切磋了，原来算准了王修老贼会故意打压，所以根本不给他这个机会！"

"倒也不是因为王修，而是最近读书入了迷，懒得下楼！"刘秀当然不会说自己之所以不去参加切磋，是得了许子威的指点，不想树大招风，干脆拿读书上瘾来做借口。

沈定脸上的佩服之色愈浓，又接连点了好几下头，"师兄你就是厉害，连不小心读书读入了迷，都能歪打正着避过王修佬儿的荼毒。不像我，居然傻乎乎地送货上门！"

"我不出招，他如何破之？"刘秀笑着说了句俏皮话，"不提这些了，徒惹自己一肚子不痛快，何必。沈兄你吃哺食没有，如果还没，不妨一道去门口汤水馆子小坐一会儿！"

"气都气饱了，哪里顾得上吃饭！"沈定悻然回应，"走吧，我请你。我是长安人，算是地主。自己家门口，没有让你这个南阳人请客的道理！"他知道刘秀家境清寒，所以拿二人的籍贯当借口，坚持要做东。刘秀知道此人是个小富翁，也不跟他争。

"早知道是这样的结果，我也不参与得那么积极了，这下好，没博到一个好名声，反而沾了一身臊臭。师兄你可不知道，以往几次切磋，都是祭酒亲自主持。可祭酒和副祭酒两个，最近都在朝堂上忙得脚不沾地。这主事之权，就稀里糊涂地落在了王修老贼手里。他拿着鸡毛当令箭……"

"就他一个人么？按理说，阴博士和刘博士也应该有份！"刘秀有一句没一句地追问。自己的老师许子威最近身体有恙，肯定没精力和体力出面主持学子们之间的切磋。但阴方正当壮年，刘龚岁数也不算大，按理说，有他们两个在场，那王修的吃相，应该无法如此难看才对。

"唉，文叔有所不知！"沈定摇了摇头，低声长叹，"那刘夫子在朝廷那边有个绰号，叫刘油球，这辈子从没跟任何人发生争执。虽然朱仲先是他的学生，只要不涉及身家性命，他不会去力争。而阴固，那厮胆子比老鼠还小，更不会轻易得罪王家！"

刘秀听闻此言，只能苦笑着摇头。

正默默地感慨着，忽然间，身后传来了一阵凌乱的脚步声。"刘秀师兄，你快去看看吧！朱祐和严光两个，跟长安四虎打起来了。四虎那边帮手多，你再不过去，朱祐肯定会吃大亏！"

"在哪儿？为什么打起来的？"刘秀大惊失色。

严光做事一向低调，朱祐待人也素来圆滑。他们两个跟长安四虎正面起了冲突，绝非双方一言不合那么简单！

"藏书楼下！到底为啥，我也不清楚！"前来报信的学子弯下腰喘起了粗气，"据说是因为王固要朱祐跪地谢罪，朱祐不肯。双方就打了起来！"

"该死！"顾不得问得更仔细，刘秀低声骂了一句，拔腿直奔藏书楼。

前后将近三年的时间里，他和朱祐、严光、邓奉四个，几乎把藏书楼当成了"老巢"。平素除了上课、吃饭和睡觉之外，大多数情况下都会躲在楼中埋首苦读。四虎肯定是早有准备，弄不好，是专门带领着爪牙堵在了楼门口，就等着看"书楼四友"谁先自投罗网！

"文叔小心。我、我去找刘祭酒出面仲裁！"沈定追了几步没追上，大声提醒，"长安四虎跟王夫子向来一个鼻孔出气，你小心他们联手害你！"

"知道了！"刘秀哑着嗓子答应，脚步片刻不停。才跑出了三十几步，又看到小胖子牛同满头大汗地冲了过来，"四虎全都疯了，根本不讲道理。苏著师兄去拉架，被他们一通乱拳打进了臭水沟。"牛同伸手拉刘秀一把，却没有拉住，把心一横，干脆跟他并肩狂奔。

"啊？"没想到绿帽师兄苏著，在关键时刻居然没有做缩头乌龟，而是站在了自己这边，刘秀心中大感意外，"他伤得重不重？我说的是苏师兄。到底怎么打起来的，你知道原因么？"

"不、不重，苏师兄家里好歹也有人在朝中为官，四虎不敢对他下死手！"牛同一边跑，一边喘息着回应，"你问打架的原因，我也不太清楚。好像是今天青云榜颁布，长安四虎还有另外几个高官子弟占了前八。然后他们就自封为青云八义，招摇过市。有人心里不服，就去跟朱祐抱怨，朱祐顺口说了一句，什么青云八义，照我看青云八蚁还差不多。结果这话不知道怎么回事，转眼就传到了长安四虎耳朵里。于是乎四虎就带着另外四个青云榜上的人，一起堵在了藏书楼门口……"

"该死，欲加之罪，何患无辞?!"刘秀又低声骂了一句，头脑愈发清醒。这件事，表面上是因为朱祐话多，侮辱了青云八义而起。骨子里，却是新出炉的青云八义，想踩着自己四人立威。毕竟，在本届青云榜出炉之前，学子们提起自己和朱祐等人，便以书楼四俊或者书楼四友称之。若是能一举将书楼四友踩在脚下，青云八义自然就成了响当当的金字招牌。

只是，书楼四友所以成名，凭的是连续两次岁末大考。而想凭着打群架，就将书楼四友的招牌打垮，这伎俩未免太幼稚了些！即便长安四虎愚蠢到像一群无赖顽童，暗中帮其出谋划策并提供支持的王修，其头脑也不会如此简单！刘秀的脚步开始变慢！不对，打群架只是一道开胃汤，图的是先把冲突挑起来，吸引到足够的关注。而王修和长安四虎那边，肯定还有其他招数紧随其后。

想到这儿，他赶紧压低了嗓子，快速追问道："青云八义，除了四虎之外，另外四个人是谁？他们今天是一起来寻衅，还是在旁边袖手旁观？"

"有昆阳顾华，是王修的亲传弟子。还有一人名叫甄莼，是茂德侯的侄儿，授业恩师是阴方。第三个名叫阴武，师从刘祭酒。还有一个也姓王，名叫王珏！是四虎当中王恒的亲哥！"

"原来是他们四个！那顾华、甄莼和阴武，倒也不算无名之辈！"刘秀心中顿时闪过四张不算陌生的面孔。

"他们四个都没出手，但也没旁观。而是在一边拉偏架，并威胁其他同学，不准大伙上前给朱祐帮忙！"牛同想了想，又快速补充。

那显然就是另有准备了！刘秀心中暗道，既然还有后招，就不会现在对朱祐痛下杀手！以朱祐和严光两个的本事，联起手来，对付七八个王固那种货色应该没问题。想到这儿，他心思稍定，不多时，就来到藏书楼下，只见楼前专门供马车装卸竹简的空地上，密密麻麻挤满了人。在场的大多数学子，都面孔涨红，义愤填膺。

"退后，退后，谁也不准帮忙，这事儿是我们青云八义和他们书楼四俊之间的恩怨。谁敢出头，就是跟我们八义为难！"一个毛驴脸儿瘦高个子少年，站在人群内侧偏北，不停地叫喊。每一句都声嘶力竭，唯恐周围的学子们听不清楚。

而太学里另外一支纨绔团伙的首领苏著，则被几名同伴搀扶着，满身泥水站在人群外一个水坑旁，一边哭，一边大声数落，"王珏、甄纯，你们这些丧尽天良的，把上月吃我的酒水吐出来！呜呜，当初答应过我，不再找刘文叔他们几个麻烦的！你们说话不算数，呜呜，你们算什么英雄！……"

"你少掺和，再掺和，就连你一块儿揍！"毛驴脸儿少年嫌他翻旧账翻得闹心，猛地分开人群，直扑而至，"别以为你阿爷是……啊——"

还没等他的手触到苏著面颊，斜刺里，忽然飞来一支长腿，将其撩了起来，凌空飞出半丈多远，"扑通"一声，栽进了泥坑中央。

"刘文叔，你敢打小公爷，你真是吃了豹子胆！"先前在人群内与毛驴脸儿一道"维持秩序"的七八名家丁大惊失色，纷纷冲出人群，直奔水坑旁的刘秀。

"青云八义就是这等货色么？以多欺少，还要搬出长辈做靠山?!"刘秀毫无畏惧，又飞起一脚，将正在企图从背后抱住自己的毛驴脸少年，再度踹回了水坑，然后从容挽起书生袍下摆，冷笑着大声质问，"有本事，就自己上，尔等先前不是说，此乃青云八义跟书楼四友之间的恩怨么？咱们都不是小孩子了，别动不动就搬家中长辈做靠山！否则，刘某真的要怀疑，你们八个在青云榜上的名次，也是完全靠家人暗中运作而来！"

【锦帽貂裘换青衫】

"问得好！"四下里，喝彩声宛若雷动。先前积压在学子们肚子里的怒气，刹那间被彻底引爆。

"什么青云榜，应该叫王家榜才对，除了王家人，谁也上不得！"

"青云八义，呵呵，朱祐说得没错，青云八蚁还差不多！"

听着周围惊涛骇浪般的叫喊声，顾华、甄莼和阴武，个个脸红得几乎要滴血。而王家的家丁，也因为学子们的蓄意阻挡，跑成了前后四段。

被马三娘狠狠"捶打"了三年多的刘秀,主动迎上前去,两条长腿左扫右踢,将陆续冲过来的家丁,全都踢进了身后的水坑。

众学子纷纷为刘秀大声喝彩。先前处于劣势的朱祐和严光,所承受的压力也顿时一松,立刻挥舞双拳,向对手发起了反击。

顾华、甄纯和阴武联袂冲上。他们三个,武艺还不如那几波家丁。转眼间,纷纷被踢进了水坑,从始至终,连刘秀的衣服角都没碰到。

"青云八义就这等水平么?"隔着好几道人墙,看不清朱祐那边的情况,刘秀故意扯开嗓子,大声挑衅,"已经有四个躺进水坑里了。另外四个呢,还不快快过来跟他们凑作一堆?!"

"另外四个,交给我们!"耳畔忽然传来一声熟悉的断喝,好友邓奉和邓禹带着十几个青布蒙脸的学子,分开人群,扑向长安四虎及其爪牙。

原来他俩先前之所以迟迟没有赶到,是回寝馆那边去搬救兵了。而大伙此刻穿的全都是一模一样的书生袍,彼此之间年纪相差无几。只要蒙了脸,长安四虎今后想要报复,都不知道谁是"仇家"。

这一下,可算是一把火点燃了干草垛。周围先前被王珏、甄纯等人威胁,敢怒不敢言的学子们,瞬间全都开了窍。一转头撕下衣袖,再一转头,就变成了蒙面大侠。三个一群,五个一伙,冲向了长安四虎,乱拳齐挥。

弹指间,形势就彻底逆转。

"小心别打出人命来!"刘秀站着人群外,大声提醒。可一片混乱当中,谁还会听他的话?动手的学子很快就打红了眼睛,下脚越来越没有分寸。

眼看着,长安四虎就要大难临头。刘秀救也不是,不救也不是,进退两难。就在此刻,藏书楼的窗口,忽然传来一声怒喝:"住手,同学之间打架,岂可伤人性命?你们眼里,到底还有没有王法!"

一个锦帽貂裘的青年武将,已经从窗口飞身而下。半空中双腿不停交错,将围攻王麟、王固和王恒的学子们踢得接二连三栽倒了一大片。

"速速退下——"那青年武将双腿着地,迅速将一枚腰牌举起,大声断喝,"骁骑都尉吴汉在此,尔等休要再故意滋事。速速退下,否则,休怪做师兄的大义灭亲!"附近两座建筑中,也有上百名身穿暗红色皮甲的军汉鱼贯而出,将环首刀高高举起,"骁骑营在此,尔等休要张狂!"

众学子宛若兜头被泼了一整桶冰水,瞬间就恢复了理智。互相看了看,赶在身份没被正式记录下来之前,一哄而散。只留下刘秀、朱祐、严光、邓奉和邓禹五个"罪魁祸首",站在原地,错愕相顾,苦笑摇头!

看到刘秀等人居然没有趁乱一起逃走,吴汉眼睛里闪过一丝意外。随即板起脸,冷笑着质问:"你们几个无赖顽童,胆子倒是不小?聚众殴伤同学,居然还不逃跑?莫非你们几个有恃无恐,算定了吴某这个师兄奈何不了你们?"

"后进学弟朱祐,见过吴师兄!"五人当中,朱祐头脑最为灵活,也最为能说会道,立刻主动上前,代表大伙儿回话,"师兄有所不知,我们五个平素不上课时,都在书楼里修理竹简。师兄您刚才跳出来的窗口,正是我们平素干活的地方。而师兄您现在堵住的位置,正是藏书楼的大门!"

吴汉愣了愣,哑然失笑,"哈哈,有点儿意思!怪不得吴某刚才在楼上,闻到一股烤竹子味儿。这么说来,你们五个根本不是留下来认罪,而是觉得打人有理,还想像没事儿人一样进藏书楼干活!哈哈,吴某自认为心大,却也没心大到如此地步!"

"师兄明鉴,这不是心大!"朱祐不卑不亢地拱手,"您刚才既然偷偷躲在了二楼,想必已经看到了整个事情经过。藏书楼相当于我等的家,朱某和好友严光,是在自己家门口被王恒带人围着打。如果不是仗着身体灵活,此刻弄不好已经一命呜呼。而后来王恒他们几个自己过于嚣张犯了众怒,被同学们一拥而上打翻在地。朱某等人也并未趁机落井下石。"

几句话,看似平平淡淡,实际上却机锋暗藏。欺门赶户,在大新朝律法中是一条重罪。无论诉讼双方之间的冲突以前因何而起,堵着对方家门去打架的,肯定会被官府判作理亏。而以重凌寡,也向来不被律法所容,朱祐和严光两人先前硬扛王恒、王固等二十余个,到底是谁欺负谁,不问自明!至于后来王恒、王固等人被同学们蒙着脸痛扁,根本与朱祐五个无关。即便有人硬要朝他们头上栽赃，顶多也只能谴责他们见死不救！并且还有一个救援来得及来不及的问题可供争辩！"

吴汉的眼睛里，再度闪过了一丝惊诧。皱起眉头，先上上下下反复打量了朱祐好几遍，才缓缓说道："你倒生了一张苏秦之口，却不知道是哪位先生门下，能教出你这样的学生？"

"回师兄的话，学弟师从太学四鸿儒之一刘夫子，主修周礼。"

"原来是刘夫子，你倒没枉了他言传身教！"吴汉苦笑着连连摇头，"看来吴某今天想要治你等聚众闹事之罪，恐怕会有些难度了！"

"我等原本就没有聚众，师兄又何必勉强为之，自毁名声？"朱祐的反应极为机敏，立刻朗声回应。

"师兄我居然还有名声？"吴汉竖起眼睛，冷笑着发问。

"青云榜之首吴汉吴子颜，太学里哪个不知？与岑彭师兄一道，都是我等后学末进激励自己上进的楷模！"朱祐收起笑容，郑重补充。年轻英俊的面孔上，看不出半丝虚伪之色。

吴汉的眼睛中，第三次闪过一缕惊诧。虚张着嘴巴，若有所思。

"吴师兄千万别上他的当。许多人都亲耳听到了，他将青云榜贬得一钱不值！"阴方的弟子甄莼忽然冲了过来，顶着满脑袋的泥浆，大声控诉。

"朱某看不起的是你们这些仗着长辈势力硬挤进青云榜内的蚍蜉，而不是青云榜，更不是吴师兄！"朱祐厌恶地看了此人一眼，"况且青云榜的声誉，也不是朱某所能诋毁。算起来，真正毁了它的，反而是你们！"

"你、你、你，你胡、胡说！"无论学问还是口才，十个甄莼加在一起，也比不上一个朱祐。直气得他语无伦次，浑身战栗。

吴汉看看这四只泥猴儿，再看看地上躺着的四头乌眼猪，心中忍不住暗暗叹气。这种废物，八个加一起，都比不了朱祐一个。亏得王修和阴方等人，还有脸将他们硬朝青云榜中塞！而自己此番受王恒的父亲所托前来替他儿子撑腰，恐怕不会太容易！

正犹豫间，却看到鸿儒王修带着十七八个学吏，满头大汗地跑了过来。

对现场的情况看都不看，将手朝朱祐等人一指，大声断喝："刘秀，光天化日之下，你敢聚众围殴同学，谁给你的胆子？来人啊，把他们五个给我拿下！王某今日若不能替受害者讨还公道，就白戴了这顶五经博士冠！"

"是！"学吏们狐假虎威，一拥而上。五人碍于师道尊严，根本不敢反抗，眼看着就要被架住胳膊，集体拖走。吴汉忽然把眉头一皱，低声冷哼，"嗯?!"周围的骁骑营士卒，立刻抽刀出鞘，对着学吏们怒目而视。

众学吏赶紧松开手，灰溜溜看向王修。

"吴都尉，你什么意思？莫非你要干涉王某处置几个顽劣学生？"

"吴某什么意思，不需向王博士汇报。王博士若是觉得吴某做事欠妥，不妨行使五经博士之权，向陛下上书弹劾吴某在太学里横行不法！"

"你……"王修的脸色迅速由红转黑，却无可奈何。五经博士不光是个教职，还有资格直接向皇帝上书，参与国家决策。若是得到机会外放，最低都是刺史。然而，这些权力和前途，都是写在书简上的。看得见，摸不着。只要他王修一天没有外放，在五品骁骑都尉吴汉的面前，就嚣张不起来。而吴汉此刻的官职虽然算不得多高，却是实打实的帝王嫡系，日后的前途不可限量！

"聚众斗殴的话，就不必再说了！"一个硬钉子顶回王修，吴汉心中多少舒坦了些，"以近乎十倍的兵力，拿不下对方五人，你们也好意思?!"

"吴子颜，你——"长安四虎气得一骨碌爬起来，大声咆哮。

"住口！"吴汉一声怒喝，将他们后半截质问，全都憋回了肚子里，"吴某做的是陛下的骁骑都尉，不是尔等的家奴！吴某如何做事，用不着你们几个白丁来指手画脚！"

喝住了王恒等人之后，他又深吸一口气，将目光转向朱祐，"打架之事，吴某可以不问。毕竟吴某今日只是奉命前来太学巡查，不宜对学生之间的争斗干涉过多。然而，你对青云榜出言不逊，吴某却不能充耳不闻！"

"学弟并非诋毁青云榜，而是看不得别人……"朱祐听得心中一寒。

"说过的话，难道你还想否认？"吴汉又是一声怒喝，将他的话也硬憋回肚子内,"吴某只看事实,不问本心。好心杀人,也是杀人,与持械逞凶没任何差别。"

"师兄!啊——"朱祐听得大急,挥舞着手臂试图高声抗辩。刘秀却悄悄从后边走了过来,轻轻捏住了他肋下肥肉。

朱祐因怒而生的气势,顿时被掐断。低下头,不再做徒劳挣扎。

吴汉眼睛里,第四次闪过一股浓浓的诧异。"都是同门师兄弟,你们双方,没必要为了些许意气之争,就斗个你死我活。这与陛下大兴太学的本意不符,也会令尔等的师长伤心。既然本次纠葛,是因为书楼四俊看不起青云八义而起,你们之间,不妨就来一次公平对决。十天之后,书楼四俊在诚意堂,迎战青云八义。无论输赢,都不得再继续互相仇视。如此,谁高谁低,自见分晓。太学当中,还能留下一段佳话!朱祐,王恒,你们两个意下如何?"

"但凭师兄做主!"朱祐知道这已经是最好的结果,断然拱手。

"当然可以!"王恒顶着一脑袋青色的大包,咬牙切齿,"但是不能比五经,那只是书简上的东西,算不得真本事。"

"干脆比谁更懂吃喝嫖赌算了,你准赢!"邓禹立刻冷笑着嘲讽。

"住口!"吴汉对这个师弟甚为忌惮,立刻出言喝止,"青云榜之所以不同于岁末大考,就是因为其不参照儒门五经。圣人云,君子六艺,礼、乐、射、御、书、数。就这六项,你们双方每项任选一人出战。十天之后,吴某亲自来诚意堂做见证!看看我的这些师弟们,到底成色如何?"

【锥处囊中脱颖出】

"也罢,如尔等所愿!十日之后,一决高下!"刘秀不知道对方到底从哪里来的自信,笑了笑,轻轻拱手。

"那就定在十日之后,这期间任何人不得再擅自向对方寻衅,否则,算自动认输!"吴汉见双方都不反对,作出了最后的裁决。

刘秀和王恒代表各自一方,相继向吴汉施礼,带领各自的伙伴散去,彼此之间，谁都没兴趣再多看对方一眼。

待太学祭酒刘歆（秀）被沈定领着匆匆赶到，冲突已经宣告结束。书楼四俊十天后将在诚意堂应战青云八义的消息，也像长了翅膀般传遍了整个校园。听闻双方即将比试的项目为君子六艺，并且提出之人乃是骁骑都尉吴汉，祭酒先是愣了愣，旋即摇头而叹。

吴汉终于放弃了他的骄傲，一心一意投靠了王家。表面上，他对王修等人不假辞色。暗地里，却将青云八义推上了不败之地。要知道，君子六艺，可不同于儒门五经。礼、乐、射、御、书、数，六项里头至少有四项需要拿财货来堆！想那普通人家出身的学子，平素能买了竹简和笔墨抄书，就已经是一种奢侈。哪里有更多的钱财，去聘请名师指点礼、乐？而想要学御，还得买得起战马和马车！想要习射，木弓竹箭练出来的身手，怎么比得上终日角弓铁镞为伴？

将儒门五经列为太学必学科目，乃是前朝汉武帝亲手所定。在那之后，历届皇帝和太学祭酒，不是看不到死读五经的坏处，更不是不知道，光凭着五经培养不出真正的栋梁之才。然而他们之所以不废五经改六艺，就是因为心里非常清楚，一旦做出了这种更改，不出二十年，文武百官将再无一人出身于普通人家。届时，那些失去了通过读书改变命运希望的寒门学子当中，谁能保证不出几个陈胜、吴广？[①]

明白人不止祭酒一个，太学里大多数五经博士和教习听说了比试项目，都相信王恒、甄莼等人胜券在握。内心深处对吴汉的手腕，佩服不已！

正式比赛的这一天，诚意堂前，人山人海。而吴汉当初之所以选定诚意堂做比试场地，看中的就是不但内部空间广大，门口的空地也足够宽敞。待比试完了礼、乐、书、数，就可以在门口的空地上，继续比试射、御二艺。当然，能让王恒等人在众目睽睽之下将书楼四俊击败，也是其中一重

[①] 陈胜、吴广在起义时，将写了字的布条塞进鱼肚子里。而二人起义前所说的那些话，也不似出于文盲之口。

考虑。只是这一重考虑有些见不得光,所以知情人都心照不宣!

为了避免时间耗久了,场面混乱出事,祭酒刘歆(秀)草草地讲了几句场面话,再度申明师兄弟间的切磋乃为激励所有人奋发上进,胜者勿骄,败者勿馁,就宣布了第一场竞技的考题,宾礼。

宾礼乃五礼之一,专门应用于国与国之间的外交。题目要求,参赛双方假设自己为大新朝的治礼郎①,分别出马,接待匈奴和高句丽的使臣。而两位外邦使臣,则由骁骑都尉吴汉和五经博士崔发暂且假扮。

"我来,我跟刘夫子学了三年周礼,还没用上过一次。这回,总算捞到一个学以致用的机会!"朱祐毫不客气地主动请缨,第一个下场竞技。

青云八义那边,出场的则是王恒的亲哥王珏。为了今天的比赛,他特地在脸上敷白粉,又换了一身大红锦袍,看上去比新娘子还要光鲜。以为凭着以往跟在父辈身后多次观摩朝廷接待外邦使臣的经验,肯定能力压朱祐一头,结果切磋开始之后,刚刚文绉绉地对着"匈奴使节"说了几句场面话,耳畔就忽然传来了一声断喝:"蛮夷之邦,地不过一州,民不足百万,安敢妄自尊大?若继续虚言狡辩,当心我天朝雷霆之怒!"

"啊?"不光门口处观战的同学们都愣住了,同为"使者"的王珏也目瞪口呆。他自问平素在长安城内,也算横行人物。可自己欺凌的对象,都是平头百姓。几曾将外邦使节,像奴仆一般呵斥?!这哪里是礼?分明就是仗势欺人!

而那朱祐,却丝毫不觉得离谱。没等假扮高句丽使节的五经博士崔发将回答的话说完,居然又猛地向前跨了一步,再度居高临下厉声断喝:"汝如此执迷不悟,是作死耶?找死耶?抑或与汝主有仇耶?速去,告知汝主,要么奉命行事,要么提兵来见。陛下仁慈,许高句丽二选其一!"

"好!"距离门口最近的同学带头大声喝彩,兴奋莫名。稍远处的同学虽然听不清朱祐在说什么,却见他儒冠布袍,像春秋时的国士一般,居高

---

① 治礼郎,古代外交官,隶属于大鸿胪。汉代定额四十七人,专门负责应对外国使节。

临下怒斥"外夷",顿时就把自己代入了进去,刹那间,掌声如雷!

"这小子,还真有几分急智!"朱祐的老师刘龚手捋胡须,左顾右盼。先前听了题目,他还偷偷为自家弟子鸣了几声不平。毕竟王珏出身于公侯之家,见过的大场面,是朱祐的上百倍。他却万万没想到,朱祐应变能力竟如此强悍,发觉情况对自己不利,果断扬长避短,放弃对礼数细节方面的深究,直奔主题。

"这小子,再长几岁,世间还有谁治得住他?"祭酒的眼光,却比刘龚又高了不止一筹,隐约猜测出了朱祐的真实企图,惊诧之余,苦笑着连连摇头。

王修、王恒、王固等人心中则暗叫一声不妙,纷纷努力给王珏使眼色,暗示他不要受竞争对手干扰,尽力一展所长。而刘秀、严光等人,则悄悄地击掌相庆,乐不可支。

只有跟朱祐同场竞技的王珏,根本看不出来朱祐此举的深意,还以为对方在毫无目的地胡闹,顿时忍无可忍,跳将过来,指着他的鼻子大声呵斥,"朱仲先,我大新乃礼仪之邦,岂能……"

"王兄,汝大新人耶?高句丽人耶?"朱祐笑呵呵地退开半步,低声打断。

"你……"王珏被他问得微微一愣,这才想起来,朱祐是在模拟大新朝的礼官,与高句丽使者交涉。哪怕做得再出格,自己也没有当场喝止他、助长高句丽使者气焰的道理。

想明白此节,他本能地打算采取措施补救,然而,为时已晚。只见朱祐又笑了笑,"王兄,你奉命与匈奴使节交涉,忽然将其晾在一边,是何道理?莫非故意拆朱某这个同僚的台,比你所承担的任务还重要十倍?还是你又一时旧疾发作,把礼宾当成了儿戏!"

"哄!"诚意堂内,所有师生都忍不住连连捧腹!

本场竞技考的是礼宾,论表现,朱祐这个治礼郎到现在为止,的确有些过分慢待异族使节。然而,他却同时大扬了上朝天威,可谓功过参半,彼此可以相抵！而王珏先是将匈奴使者丢在一边不理，又公然替高句丽使者说话，丢人现眼不说，还有损国荣！若是真的发生于现实当中，被皇帝下令直接推出去砍了脑袋，都不会有人替他喊冤！

【士别三日刮目看】

"不算，重来！他要赖，他要赖！"哄笑声中，王珏终于意识到了自己的错误，挥舞着手臂大声叫嚷。

倒是他的同伙王恒，颇有几分眼力。知道继续让王珏胡闹下去，青云八义形象就彻底掉入了泥坑，果断站了起来，向担任本场裁判的副祭酒扬雄拱手："扬大夫，这场我们认输！"

"胡说，我没输！"从小到大没栽过什么跟头的王珏哪里肯接受失败？红着眼睛转过头，大声咆哮，"九弟，我没输！他故意使诈乱我心神！"

"走吧，下去休息片刻，胜败乃兵家常事！"扮作匈奴使者的吴汉没心思陪着王珏一道丢人现眼，将他连拉带劝，拖向观战席。

扬雄先用戒尺拍打桌案，将哄笑声压了下去。然后站起身，大声宣布："本轮比试，朱祐表现过于嚣张，得分中下。王珏多次忘记本职——无分！"

"且慢！"王修和刘龚同时拍案，大声抗议。

扬雄一愣，"子豪兄，孟公，莫非你们认为扬某的裁定有不妥之处？"

"当然不妥！"王修红着脸，梗着脖子，"我大新乃是天朝上国，讲究的是以德服人。即便藩属之国行为有错失之处，也素来以怀柔为主，怎能动辄以武力相要挟？朱祐刚才所为，分明是把他平素欺凌弱小的那一套，又照搬到了宾礼当中。非但曲解了宾礼的本义，而且有失国格！扬大夫给他打分中下，实在过于照顾！依王某之见，顶多是一个下下，甚至跟王珏一样无任何分数，才算中肯！"

诚意堂门口立刻爆发出了一阵低声窃笑。

而担任本轮比试裁判的扬雄，却丝毫不以王修的胡搅蛮缠为意。笑了笑，又将目光转向了刘龚，"孟公，你的意思是？"

"刘某也以为过于不公!"刘龚撇撇嘴,大声回应,"刘某不明白,朱仲先的表现,有什么不妥当之处,你居然才给他打了个中下?我大新既然是天朝上邦,就得有上邦的威严。皇上是如何对待匈奴和高句丽的,莫非扬祭酒已经忘了?"

"你……"没等扬雄作出回应,王修已经跳了起来,手指刘龚,额头上青筋根根乱蹦。然而,愤怒归愤怒,他却一句反驳的话都说不出口。

原因很简单,以德服人,那是书本上才有的事情。大新朝皇帝王莽,从来不跟小国讲什么以德服人!前段时间他老人家给匈奴和高句丽下旨,命令这两个国家的首领改王为侯,对方不从。他老人家一句废话没说,立刻派遣大军打上门去!当着如此多人的面,王修就是再胆大包天,也没勇气说大新朝的皇帝有失国格!①

先前因为刘龚也站出来指责扬雄评判不公而震惊的学子们,这才明白过来,一个个笑得前仰后合。

而鸿儒刘龚,则收起了怒容,笑呵呵向着自家弟子朱祐招手,"仲先,坐到为师这里来。为师向来讲究与人方便,与己方便。可某些人得了方便,却不知足,还想踩到你的头上。为师就只好让他不再方便了!过来,咱们看你那几位好友,如何横扫残敌!"

"算了,子豪,你先退下,不要耽搁比赛时间。"还是祭酒刘歆(秀)不忍心看着王修继续丢一众五经博士的脸,微笑着摆手,"分数就按扬祭酒刚才说的打,他是本轮切磋的仲裁,有一言而决之权,任何人都不要再争!"

"也罢!咱们且看下轮!"王修多少还知道一些好歹,咬着牙点头。

第一场比试,就此宣告结束。几名校吏很不情愿地将比分写在了白色葛布上,然后用竹竿高高地挑起,挂于诚意堂外。中下比无分,书楼四俊以"微弱"的优势,"勉强"拿下了第一局。

---

① 王莽在位之时,非但内政肆意而为,对于周边各国,也极不友好。跟他口头所宣称的儒家理念完全背道而驰。一言不合,就发兵攻打,从不讲究以德服人!

第二轮切磋，很快就在"友好热烈"的气氛下，拉开了帷幕。由五经博士崔发担任裁判，要求书楼四俊和青云八义双方各出一人，切磋乐技。

按照周礼中对乐的描述，习乐者，需要掌握三项基本技能才算学有所成。乐德可以陶冶品行情操，让人做事中和、祗庸、孝友。乐语可以锻炼技能，让人通过音乐来兴道、讽诵、言语。而乐舞，则是综合技能，用于祭祀祖先、礼敬鬼神及在国礼上招待诸侯。经过秦末大乱，乐舞基本失传。而乐德向来无法当场展现。所以六艺中的乐，基本上简化为单纯的音乐谱曲和演奏了。

皇帝王莽乃当世第一大儒，其同族晚辈，无论亲疏远近，都以其为楷模。故而这乐技，便成了每个皇族子弟从小的必修之课。在他们当中，只有造诣深浅的差别，绝对不会出现一个乐盲。

因此，第二场切磋刚开始，二十三郎王固就先声夺人，摆开伯牙之琴，十指翻飞，铮铮之声脱弦而出。时而如同潺潺流水，时而犹如江河直下，弹到尽兴处，身体亦随着乐律轻轻摇摆，宛若不食人间烟火的神仙，在用乐曲诉说知音难寻的孤独。门外的学子们最初还面带嘲笑，听着听着，脸上的笑容渐渐变成了惊诧。不多时，惊诧的表情又相继变成了佩服、感慨、遗憾、伤怀，一个个目光无比凝重。

"仓啷！"数弦齐颤，宛如裂帛，琴声戛然而止。绕梁的余音中，王固怀抱古琴，起身优雅地向崔发俯身，"弟子献丑，请恩师指点！"

崔发先是半晌没有回应，直到王固再次俯身致意，才终于从迷醉状态缓过些许心神，以手轻拍桌案，低声点评道："好，好，琴乐一道，你已登堂入室，老夫自问未必能及，又如何出言指点？上上之评绝不为过！"

"多谢夫子！"王固第三次俯身，然后收起谦卑，挺直脊背，骄傲地向刘秀等人发起挑战，"小弟献丑，还请对面的几位师兄下场赐教！"

"这王固，也不单单是个二世祖！"刘秀低声感慨。却见邓奉已经捧了一把不知道从哪里借来的古琴，越众而出，"王学弟莫要自谦，你这一曲，的确听得人浑身通泰！愚兄不才，且以一曲相酬。"

说罢,也不管王固如何回应,径自走到场地中央坐下。横琴于膝前,信手拨动,"咚咚,咚咚",短短几下,竟令屋内所有人,头皮为之一乍。

担任仲裁的五经博士崔发,心里大吃一惊,肃然地倒吸冷气。他先前给了王固那么高的评价,其中的确有故意扬名的成分在,但更多的则是真心实意对他的水平感到佩服。然而,行家一伸手,就知有没有。邓奉只是短短弹了几个音符,表现出来的琴乐造诣已经不在王固之下。

琴声忽然一变,从金鼓交鸣,变成了铠甲铿锵。

战场上,敌军壁垒森严,人数庞大。将士们却毫不犹豫地向这刀剑丛林发起了冲锋。马蹄在血浆中翻飞,流矢在半空中呼啸,更有一员无敌猛将,持铁槊,跨乌骓,所向披靡!须臾猛将沥血而归。将士们紧随其后,无怨无悔。挽歌声起,战马悲鸣,乡愁如雾,在头顶萦绕不散。

诚意堂内的师生有近半数人,已经泪流满面。

"这厮,从哪学来的本事,看模样竟然不在王固之下!"刘秀努力保持着理智,扭过头,低声向严光询问。

严光满脸凝重地摇头。邓禹眼含泪花,用力摆手。

倒是坐在众人身后观战的苏著,挥舞着拳头,将牙齿咬得咯咯作响,"好,就这样弹。让他们不给我面子。让他们知道知道,什么叫天外有天!"

【曲惊四座人自去】

兄弟四人都没有余钱礼聘名师指点乐技,但兄弟四人当中,却不是谁都没机会接触名师。长安城内数一数二的妓馆百花楼中,就有一个高超的乐师,名为猫腻,色艺双绝。平素轻易不弹琴,偶尔一曲弹罢,便可得红绡无数。长安城内,成百上千的锦衣公子,想要与她亲近,都没有机会进入她的香闺,唯独邓奉,出入随意,想在里边待多久就待多久!

有这么一个师父手把手教,邓奉学不出点名堂来都难!更何况他一没钱,二没势,想俘获美人的芳心,也只能在"才"和"艺"两个字上下功夫。而学问做得再好,猫腻未必看得见,也看不懂。乐学到极致,不论双方学问、地位和人生经历差距有多大,琴声一起,自然闻弦歌而知雅意!

只是百花楼的歌姬猫腻,虽然早已对邓奉倾心相恋,邓奉的肩膀,却未必担负得起这份美人重恩!三年前彼此年纪都小,还未体味出世道艰难,总觉得将来的日子里充满了希望。而如今邓奉的太学生涯已经过去了七成半,猫腻也从怀春少女变成了倾城红优,这两个的将来……

正愣愣想着,耳畔的琴声,忽然变得无比凄凉。仿佛眼睁睁地看着美玉坠地,繁花凋零,却来不及也没能力做任何改变。刹那间,刘秀鼻子一酸,两行热泪夺眶而出。

还没等他去擦,琴声忽转高亢,画角峥嵘,铁骑齐奔。半空中,绝世猛将的身影虎目含泪。乌骓马上,依稀还有一个绝世美人,香消玉殒。

背后那缕目光已经不在,纵横扫千军又如何?纵力能拔山,又如何?大江在前,白浪滔天,孤舟如飞而至。回首处,一片残山剩水,不见故人。于是乎,那武将弃了乌骓马,沉了夺命槊,将美人尸骸推上孤舟,任其随波而去。自己仰天长啸,横剑颈前,灰白色的天地间,猛地溅起耀眼的红!

"铮!"弦断,曲尽。邓奉呆坐于地,十个手指的指套不知道何时已经尽数磨破,鲜血淋漓染满琴身,被透窗的日光一照,妖异夺目。

而此时此刻,竟没几个人注意到那染满了鲜血的古琴,诚意堂内外,大部分学子和老师都以手掩面,落泪无声。

许久,许久。骁骑都尉吴汉忽然缓过神来,抚剑长叹:"霸王解剑,吴某还以为,世间早就无人再能弹奏此曲。却没想到,士载师弟竟得了真传。此曲一出,天下乐师,几人还敢与你争锋?!"

众学子这才陆续从乐曲的意境中被惊醒,个个抹着通红的眼睛,低声赞叹。一时间,竟然没有人想起来比较,邓奉和王固在乐技上谁高谁低。

在场的众位老师,也个个失魂落魄。一边偷偷用袖子擦掉脸上的泪痕,一边交头接耳,"不愧为书楼四俊之一,某原以为邓士载是凭着同乡关系才被勉强列入其中。如今看来,却是某看低了他!"

"琴为心声,这邓士载平素看起来与世无争,恐怕骨子里骄傲得很!

"没有几分傲骨，怎么演绎得出当日的西楚霸王？"

只有刘秀、严光、邓禹、朱祐四个，心神没有完全沉浸在绕梁的余韵当中。不约而同走入了场内，或抱起古琴，或搀扶起目光呆滞的邓奉，或用干净的葛巾擦拭包扎流血的手指，无暇他顾。

这种举动，对裁判来说，多少有些失礼。然而，担任本轮切磋裁判的崔发却不愿追究，唏嘘着点评："先前那一曲流水，技臻化境。而这曲霸王解剑，却技近于道。老夫不才，不敢擅自评判孰优孰劣，还请祭酒亲自定夺！"

"老狐狸，你都技近于道了，还用老夫再定什么优劣！"太学祭酒刘歆（秀）在心中偷骂，脸上故意装出几分为难，"这两首乐曲的弹奏水平，的确很难分出高下。总体上王固弹得更为娴熟，而邓奉却占了曲子自身的便宜，并且能做到心与琴通。所以，老夫就来做个恶人，这一局，邓奉小胜，得分上上。王固惜败，得分上等！你们二位切磋者，以为如何？"

"但凭祭酒定夺！"王固虽然不甘心，却知道彼此之间的差距，恐怕不止一点半点。继续纠缠下去，只会让同学们看笑话。

邓奉的心神，依旧沉浸在霸王自刎乌江的悲壮气氛中无法自拔，竟没有回应祭酒的话。忽然从邓禹怀中夺过古琴，用裹满葛布的手抱在胸前，夺路而去。只留下满堂张大的嘴巴，梁间隐隐的乐声。

【师徒机关皆算尽】

"这、这，对师长的裁定结果不满，居然扬长而去，这种学子心里，怎么可能有半分乐德?！"王修忽然像被马蜂蜇了屁股般跳了起来，"祭酒，就凭他目无尊长这一点，将他的得分降为下下也不为过！"

"祭酒，邓士载并非故意失礼，而是刚才弹琴过于投入，伤了心神！"邓奉的老师周珏不肯让自己的弟子吃亏，硬着头皮站起来，向祭酒刘歆（秀）拱手，"得罪之处，还请祭酒念在他此刻神志不清的份上，原谅则个！"

事先没有想到书楼四俊的本事如此强，居然毫无悬念地接连拿下了礼、乐两场比试，骁骑都尉吴汉此刻也心急如焚。如果青云八义今天扬名不成，反而被对手踩进了烂泥坑，他的承诺就会彻底落空。届时，即便有公主在背后撑腰，他也难免要被王淑和甄寻等人折腾个"鼻青脸肿"。

猛地一推面前桌案，咬着牙，吴汉缓缓站起来，向祭酒刘歆（秀）拱手，"祭酒，学生有个建议，不知道祭酒可愿一听？"

"子颜不必客气，你今日是仲裁之一，不再是太学的学生！"

"那学生就僭越了！"吴汉再度躬身施礼，"先前两轮切磋，虽然精彩纷呈，却俱安排在诚意堂内进行。我等在旁边观战时久，难免觉得气闷。而外边大多数学弟都看不清楚比赛过程，等得也百无聊赖。所以，依照学生之见，祭酒不妨将切磋的顺序调整一下，接下来先进行五射和五御，待双方切磋完，再回到屋子内继续进行六书和九数。如此，张弛有度，非但参赛双方都能保证良好状态。堂外的学弟们，也不至于等得太枯燥！"

"这，数日之前早就定好的过程——"祭酒心中叹了口气，眉头轻皱。

还没等他把反驳的话说出口，王修抚掌赞叹，"好，子颜不愧为当年青云榜首，一语就说中了要害。做事讲究张弛有度，始终憋在屋子里，青云八义和书楼四俊，恐怕都发挥不出真正实力。"

"祭酒，子颜虽是太学的学生，但他同时也是骁骑都尉，奉陛下之命巡视长安。今日切磋之事，既然是他所首倡。他的想法，咱们这些做师长的，不能不多少考虑一二！"博士阴方也上前大声帮腔。

他是严光的师傅，知弟子莫如老师。如果第三轮切磋六书，青云八义当中，恐怕无一个是严光对手。而接连输掉三场之后，青云八义肯定方寸大乱，士气一泻千里。所以，第三和第四轮切磋，无论如何都得选青云八义最擅长的，才有希望挽回颓势。否则，非但青云八义真的变成了青云蚂蚁，他们这些决定本届青云榜的人，也同样会成为笑话！

以祭酒的睿智，如何猜不出吴汉等人临时提出更改切磋项目顺序，乃是给青云八义创造挽回颓势的时机？然而，他却不能为了四名普通学子，过分得罪王家、甄家和如此多的同僚。更何况，新出炉的青云八义当中还有一人是他的亲传弟子，如果输得太难看，他这个师傅脸上也会黯然无光。"也罢！五射和五御，原本就排在六书和九数之前。扬祭酒，麻烦你带几个人去疏导学子，腾空诚意堂前的场地。一刻钟之后，双方切磋射艺！"

"祭酒！"还没等扬雄答应，刘龚已经拍案而起。然而，刘秀的反应却比他更快，抢先一步躬身下去，朝着祭酒长揖及地，"多谢祭酒成全，我等这就下去准备。刘师，邓禹最近习射颇有所得，您一会不妨当场考察他的进境！"

"这？"刘龚诧异地看向只有十二岁的邓禹，满脸难以置信。

阴方从刘秀的话语里听出了几分不对，本能地开始怀疑，自己是否帮了倒忙。正迟疑间，对面的王恒已经跳了起来，大声抗议道："邓禹是谁？他是你们书楼四友之一么？今天说好了是书楼四友和青云八义切磋，关他何事？如果随便拉一个就可以代替自己下场，我们这边直接请吴汉师兄好了，他一个人，保证打垮你们四个还绰绰有余！"

"子安，休得胡言！"吴汉立刻扭过头去，大声呵斥。随即，又转向刘秀，笑着说道："王恒的话，虽然有失礼貌。但八义与四俊之间的切磋，的确不该由外人登场。文叔师弟，你还是换个人为好！"

"对，邓禹不是四俊之一，不能下场！"王修的反应也不慢，果断帮腔。虽然不知道邓禹的射艺到底如何，但是前面两场切磋中，朱祐和邓奉二人的优势实在太明显了。所以，他和吴汉、王恒等人本能地认为，邓禹肯定是刘秀身边射箭本事最好的一个。如果想在第三场切磋中锁定胜局，无论如何都要避免此人下场。

"夫子和两位师兄有所不知，我们这边只有四个人，各自参加一项，就差了两项！"刘秀无奈，只好拱起手来大声解释，"如果不准邓禹登场，接下来的切磋，弟子、朱祐和严光，就肯定得有人独自参与两轮才成。"

"无妨，无妨！"王恒熟读兵法，知道田忌赛马的典故。只要能让对手的"上驷"无法登场，不在乎"中驷"和"下驷"反复参加比赛。

吴汉、阴方和王修三个，也愈发坚信邓禹射艺非凡，果断选择了支持王恒。"无妨，你们四个参加六艺切磋，原本就得有人同时参加其中两门。只要登场者出自你们四人中间就行，不在乎是谁！"

"既然如此，第三场切磋，刘某就只好自己勉强为之了！"刘秀向满脸愕然的邓禹投过去抱歉的一瞥，"一旦输得太难看，还望两位夫子和吴都尉不要见笑才好！"说罢，低着头，叹着气，转身萧瑟而去。

"唉！吴子颜表面上没给王恒等人帮忙，事实上，却又在上下其手！"堂内观战的众位博士和教习见状，心中忍不住涌起了几分同情。

只有熟知刘秀根底的扬雄，流露出几分怜悯。"本事不济，纵使把机关算尽又能如何？可惜了，吴子颜不跳出来横生枝节，也许八义还不至于输得太惨。呵呵……"

【难算白虹裂长天】

一刻钟匆匆而过，切磋双方，都将书生袍换成了箭袖短打，再度返回诚意堂前。这一次，代表青云八义出场的乃是茂德侯甄寻的侄儿甄莼，手持一张朱红色的猎弓，发誓要力挽狂澜。

"这厮居然把血蛟弓拿了出来。不算，这是作弊！"没等担任本场裁判的五经博士阴方宣布比赛规则，苏著已经抢先一步跳起来，大声抗议。

其他学子不识货，但甄莼手里所持血蛟弓，却逃不过他的眼睛。此物乃大新朝皇帝刚刚接受禅让那年，西海羌人所献，一共才三把。据说弓身乃是用昆仑山上数百年才能长成的一种血蛟树的树心所造，通体血红，莹润如玉。无论弹性、力度还是柔韧性，都远非寻常角弓所能匹敌。射出去的箭又快又稳，几乎不需要太多练习，就能随心所欲。

皇帝陛下得到血蛟弓后，圣心大悦，当场就给献宝的西海羌人首领赐了姓氏并封爵。在此后几次平定叛乱的战争中，此弓据说每每大发神威。分别被安新公王舜、大司空王邑和茂德侯甄寻拿着，射杀强敌无数。今天，甄莼居然把皇帝赐给甄家的血蛟弓带了出来，足见其志在必得。

而反观刘秀，手里拿的却是一张军中最常见的角弓。弓臂上下两部分都已经旧得看不出颜色,弓附处,也只是简单地缠了几道破麻绳!双方如果以这种状态交手,甄莼未战之前已经锁定了大半胜局!

然而,他的抗议,却根本没收到任何结果。非但裁判阴方直接装聋作哑,比赛的当事人刘秀,也只是友善地冲着他笑了笑。

"他、他拿的是宝弓,宝弓!"苏著又气又急,挥舞着胳膊向严光求援,"至少能比角弓省三成力气,并且还能保证一百五十步外的准头!"

"苏师兄稍安勿躁,再好的弓箭,也得由人来使!"严光却是胸有成竹。

"角弓太硬。最难持稳!"以为严光不理解自己的意思,苏著继续大喊大叫。军中日常所用角弓,都是由朝廷组织工匠批量制造。虽然都经历了"冬天剖析弓干,春天治角,夏天治筋,秋天合拢诸材"等一系列严格的工序,单张角弓通常耗时三年才能制造完成,但每一张弓的性能,却大不相同。弓臂的稳定性,也随着季节和天气的变化而不断变化。射出的箭力道是足矣,准头却很难控制。哪怕是军中专职弓箭手,也只能保证七十步之内十中五六,百步之内十中二三。不经常练习射箭的普通人,能保证不把羽箭射到天上去,就已经非常难得了!

白白嚷嚷大半天,苏著依旧没收到半点效果,反倒把前面的比赛规则介绍平白地错过。待他终于垂头丧气地准备接受现实的时候,第一轮箭术切磋已经开始。只见距离刘秀和甄莼二人七十步远的地方,分别放了一张成年人高矮的箭靶。随着阴方一声令下,二人同时拉动弓弦,白羽和雕翎交错,转眼间,就各自射出了五箭。

"甲号靶,五箭皆中靶心!""乙号靶,五箭全中靶心!"

裁判阴方立刻命令学吏将靶子挪到了一百步远。

二人居然又是五箭皆中红心,第二次战了个旗鼓相当。

"好!"喝彩声,涌潮般响了起来。

"刘文叔,好样的!拿角弓对血蛟弓都照样赢,兄弟我送你个大写的服!"苏著喊得尤为大声,唯恐学子们分不出血蛟宝弓和寻常角弓的差别。

叫喊声落在甄莼耳朵里,比针扎还要难受。因此,不待阴方宣布二人再度战成平局,他猛地扭过头去,冲着刘秀大声发出邀请:"刘文叔,光对着死靶子射,显不出你我的真本事!甄某想换一种射法,你可敢接招?"

"愿闻其详!"角弓太硬,接连射了十箭,刘秀膀子早已发酸,借着跟甄莼说话的机会,悄悄地舒缓筋骨,恢复体力。

听到刘秀的回应声里隐隐已经带上了喘息,甄莼心中为之一定。"两军阵前,哪里有死靶子可射?咱们要比,就比真本事,射飞靶!将一个草人用绳子吊在一百二十步外,你我两个每人发三矢,上靶多者为胜!"

"好!"刘秀原本还以为是什么新鲜玩法,听对方说的居然是自己两年前就已经练习了不下百次的射稻草人,立刻满口答应。

"那就换靶子!夫子,我要跟他悬空射草人!一百二十步!"唯恐他反悔,甄莼立刻向阴方提出了要求。

不多时,一个金灿灿的稻草人,被绳索吊在了一百二十步外树梢上。

甄莼向刘秀做了个邀请的手势,随后,拉开血蛟弓,凌空而射。

"嗖,嗖,嗖!"竟然是三箭连珠,呈品字形相继而进。一箭正中草人胸口,一箭射中草人肩窝,最后一箭,贴着草人胯下飞过,带起了一连串金黄色的碎屑。

"好,连珠箭,三箭全中!"青云八义中另外七人,同时跳了起来,带头欢呼。

"只中了两箭,还有一箭歪了,歪了!"苏著、沈定、牛同等人则大声纠正,毫不客气地将没有留在草人身体上的羽箭剔除在外。

那青云七义哪里肯答应?立刻冲过去,"据理"力争。苏著恨王恒等人前几天不给自己面子,也毫不犹豫地针锋相对。眼看着双方就要大打出手,邓禹却冷笑着站了起来,不屑地说道:"急什么,刘文叔不是还没开始射箭么?等他射完了,你们再争甄莼到底射中了几支也不迟!"

"那也是三支,我就不信,刘秀还能把草人上的箭,再给射下来!"王恒气得两眼冒火,把嘴巴一撇,大声叫嚣。

话音未落,耳畔就听见一声巨响,"啪!"随即,喝彩声宛若雷动。

王恒吓得一哆嗦，赶紧扭头看场内。只见稻草人小半边身子，连同肩膀上所中的羽箭，都不知去向！

说时迟，那时快。还没等只剩半边身体的稻草人在空中停下来，刘秀的第二箭已经脱弦。"啪"，又是一声霹雳般的巨响，草人脖颈以下部分，被撕了个粉碎。

"神射，神射！"诚意堂前，喝彩声和掌声，一浪高过一浪，连绵不绝。

"铲头箭，他用的是铲头箭！"旁观者中，有人终于看出关键所在。

"啊，居然是铲头箭！"骁骑都尉吴汉也长身而起，愣愣地看着正在将第三支箭抽出来的刘秀，满脸愕然。作为新晋的领军武将，他对铲头箭这种利器一清二楚。此箭乃军中特制，专门破坏敌方将士的铠甲。箭镞呈铁铲形，锋利异常，只要命中，就能将皮甲切出一条巨大的豁口。然而，因为铲头形状的铁镞不利于破空，此箭想要命中标靶，不知道比寻常箭矢难了多少倍。甫说在一百步外箭无虚发，能做到三十步内十中一二者，都足以博得神射美名。

正不知道该不该替甄苾感到悲哀的时候，晴空中，忽然有一道白虹贯日而过。"刷"地一下，将蔚蓝的天空切成了两半。

"夫专诸之刺王僚也，彗星袭月；聂政之刺韩傀也，白虹贯日……"《国策》上的名句，出现在大多数人的脑海。白虹贯日，天下缟素！到底预兆着哪位壮士又要一怒拔剑？

异象出现得快，去得也快。转眼，头顶的天空恢复正常，白虹消失不见。带着几分困惑和惶恐，众人缓缓低头。耳畔猛然传来"嗖"的一声轻响，第三支羽箭，已经脱弦而出。

只见一道寒光凌空飞出一百二十多步，"啪"的一声，正中剩下的稻草人头颅！锐利的箭镞带着半截箭杆儿贯靶而出，后半截箭杆儿连同箭羽，却稳稳地卡在了稻草头颅里，不肯再多向前移动分毫！

【诚意堂外草如烟】

诚意堂前,万籁俱寂!秋风习习,吹动金黄色的稻草,如烟般丝丝飞舞。

烟云过处,五根羽箭交替躺于地面。却仍有一支横亘在空中,与稻草头颅一道,来回摇摆。

良久,才终于有人梦呓般发出一声呻吟,"这、这、这怎么可能?!"

"好——"山崩海啸般的喝彩声,将呻吟和质疑,全都吞没得无影无踪。三箭连发固然精彩,可比起一箭碎靶,就成了小儿科。

切磋双方的水平高下,再度不需要任何人来裁定,便已分明。和先前礼、乐两项比赛一样,彼此之间差距宛若天堑!

"多谢各位夸奖!"刘秀一改平素谦谦君子模样,笑呵呵朝四下抱拳。褪了色的角弓与洗得发白的短打相衬,愈发显得超凡脱俗。

终于从震惊中缓过神来的甄葧,则如丧考妣。忽然将价值万金的血蛟弓狠狠丢在了地上,张牙舞爪地扑向了刘秀,"你、你要赖!你射掉了我的箭,你要赖!这轮切磋不能算!"

以刘秀此刻的身手,怎么可能被他扑到?只是轻轻侧了下身体,就躲了开去。随即迅速勾了下脚,"扑通"一声,将他绊了个狗啃泥!

欢呼声,转眼就变成了哄堂大笑。

"别笑了,有什么好笑的,刘秀用铲头箭,的确有作弊的嫌疑!"王修忽然疯子般冲进了场地内,大声咆哮,"这轮切磋不能算……"

"你怎么不说甄葧用了宝弓呢?"

"喂,血蛟弓还在地上扔着呢,王夫子,你小心踩到!"

"王夫子,本轮裁判是阴博士,不是你!"副祭酒扬雄拍案而起。

"子豪,退下!是不是作弊,自有阴博士判断!"祭酒黑着脸补充。

"妈的,都输得露出屁股了,我还能把皂绔捡起来给他套脸上?"阴方气得眼冒金星,却不得不硬着头皮出马给自家弟子甄葧找场子。"刘文叔,刚才王夫子的话你可听到了?你可有解释?"

骁骑都尉吴汉也快步走了过来，冲着刘秀摇头而笑，"好箭法，师兄当年，不如你甚多。可射艺不仅仅要求准确，还需通晓射礼。子曰，射者，仁之道也。文叔两箭碎靶，固然赢得畅快，却未免过于不留情面！"

这纯属胡搅蛮缠。场外又响起了一片哄闹之声，无数正义感尚在的学子不客气地将嘲笑声"献"给了曾经心目中的楷模。

然而，明知道自己的做法让人瞧不起，吴汉却不得不咬着牙继续死撑。借切磋来扬名立万的主意，是他所出。如今"八义"非但没能如愿踩着刘秀等人肩膀上位，反而输掉了裤子。过后非但王家和甄家的某些人会死追着他吴汉不放，皇上和某些实权大臣恐怕也会认为他徒有虚名！

"铲头箭，乃是军中专用的三种破甲箭矢之一。学生家贫，买不起箭矢。所以弓和箭都是昨天临时从崇禄侯府上借来的。当时没仔细看，不知道箭镞都是铲子形状。待今天上场后，想换已经来不及！"仿佛早就料到有人会鸡蛋里挑骨头，刘秀拱拱手，不慌不忙地回应。

"你说哪个崇禄侯?!"阴方心里顿时一紧，立刻哑着嗓子追问。

"回夫子的话，崇禄侯是家师的同门师兄，官拜宁始将军。请恕学生不能直呼其名！"

五经博士阴方的心脏又是一紧，眼睛里的怒气迅速烟消云散。

许子威已经病入膏肓了，自然无法对他构成威胁。可崇禄侯孔永，却是实权在握的宁始将军，眼下又圣眷正浓。如果刘秀真的已投在了此人门下，今日之事……不比王修和吴汉，二人好歹都算皇亲国戚。五经博士阴方，身后可没任何靠山。只见他和颜悦色道："噢，我明白了。想必你这一身本事，也是孔将军所授。你说你一时心急，拿错了箭矢。莫非你今天用的，全都是这种铲头箭?"

"正是，夫子不妨让人将靶子抬过来亲手检验！"刘秀轻轻点头。

这句话，听在内行人耳朵里，却比周围的抗议声还要响亮十倍。吴汉亲自带着一小队骁骑营士卒，快步将四张木靶扛了回来。

只见甄莼先前所用的靶子上，十根名匠亲手打造的精良箭矢，这会儿已经自行掉落了七支。还有三支羽箭虽然没有掉下，却也被风吹得歪歪斜斜，随时都可能与靶心脱离。而刘秀先前所射出的十根羽箭，却全都结结实实插在箭靶上，每一根都深入盈寸。

"我不信，我不信！"甄䘏一个骨碌爬起，猛扑到刘秀所用靶子跟前，抓住箭尾，用力外拔。你刘秀以为自己是谁，难道是养瑶基①吗？那你还在太学里蹲着作什么，早去投军，拜将封侯了！

众目睽睽之下，第一支羽箭被他缓缓拔离了靶心。居然真的是铲头镞！镞锋处，因为与木靶剧烈碰撞，已经隐隐发白。

第二支，第三支，第四支，相继被拔出。全是一模一样的铲头镞。

"呜呜，呜呜……"甄䘏无力地蹲在了地上，双手掩面，肩头耸动。

【骏马轻车舞翩跹】

"师弟神射，吴某这个做师兄的自叹不如！"半晌之后，吴汉终于决定接受现实，咬着牙冲刘秀点头。

"多谢师兄夸奖！"刘秀再度礼貌地拱手，"只是运气稍好了一些而已，不敢自鸣得意！"

"师弟在兵法一道，想必也登堂入室！"吴汉忽然展颜而笑，漂亮的丹凤眼里寒光四射。

"略通一二，但是比起师兄，恐怕还有所不如！"刘秀笑着摇头，态度谦和而平静。

"能做到百二十步依旧箭箭命中，师弟应该不是第一次用破甲镞吧？"

"平素练习之时，一般借到什么就用什么，没资格挑剔！"

"他日若有机会，吴某也想跟师弟切磋一二！"

"师兄若是只为切磋而来，小弟自然奉陪！"

"那，吴某先恭喜师弟赢了这一局！"吴汉终于摇摇头，笑着转身。

---

① 养瑶基，传说中的神箭手，百步穿杨说的就是他。

"师兄客气,祭酒先前曾经说过,同门之间的切磋,胜负都是家常便饭!"刘秀冲着他的背影,轻轻拱手。

从始至终,二人都没说一句出格的话,彼此之间谈笑晏晏。

只是,在旁边听完了整个对话的阴方,却忽然间后悔莫名。

一整壶的箭都是铲头破甲镞,自然不能说最后那三支箭,是存心挑选出来,专门用于作弊。

铲头破甲镞以力大、迅猛和难以控制著称,连特别加厚的皮甲,都能直接切出一条整齐的口子。射碎了稻草做的飞靶,更是理所当然。

所以,吴汉关于射礼缺失的指责,成了吹毛求疵。

至于最后那一箭为何恰恰卡在了头颅中,用运气解释就可以。反正对手的箭都已经坠落于地,这最后一箭彻底将胜局锁定,谦虚一点,没任何坏处。

吴汉能看得出来,刘秀在故意羞辱对手。然而,他却无法论证刘秀是故意。所以,吴汉夸完了刘秀的射艺之后,立刻将话题转向了兵法。

而刘秀的回答看似谦虚,却直接点明了吴汉先前更改六艺切磋的进行顺序,同样是在使用兵法。

紧跟着,吴汉以切磋为名,发出威胁。刘秀则直接告诉对方,不要自以为做得聪明,他替王恒等人上下其手的行为,早就被大伙看得一清二楚。

吴汉被戳到了痛处,气得含羞而走。刘秀却又追着告诉他,双方今后打交道的情况不止这一次。继续纠缠下去,谁会笑到最后,还不一定。

"夫子,可以宣布本轮切磋结果了吗?"

"啊——"阴方愣了愣,红着脸举起一面角旗,"第三场,刘文叔得分上上。甄莼得分,中上。刘文叔胜!"

"噢——"早已等得不耐烦的学子们,再度发出欢呼。

王恒、王固、顾华、阴武等人,个个垂头丧气,按照目前这种趋势,真不如主动认输,好歹还能留下些许颜面。然而,还没等他们几个把心中的想法付诸实施,长安四虎中的老四,过山虎王麟忽然长身而起,三步两步冲到场内,大声向刘秀发起了挑战,"接下来该比御术了,书楼四俊派谁登场?小爷就不信,你们四个六艺皆精!"

"当然还是刘某!"刘秀毫不犹豫地放下角弓,拱手回应。

"刘文叔,你刚才已经上过一次场!"

"我们那边只有四个人,先前邓禹要上场,已经被各位拒绝。阴博士、王博士和子安师兄,也亲口说过,不在乎我们当中一人出场多次!"早就预料到他们会拿这种情况挑刺儿,刘秀笑了笑,不慌不忙地提醒。

刘秀是故意的!先前他假装要让邓禹替书楼四俊出战,就是为了骗对方说出不在乎四俊多次登场的话。而事实上,邓禹的射艺未必真的出色,他刘秀本人,才真正有必胜的把握!

山崩海啸般的欢呼声中,第四轮切磋的裁判刘龚,命人取来了两辆双挽战车,将其并排放在了诚意堂正门口。为了避免双方有作弊嫌疑,无论车还是挽马,这回都由太学提供,谁都没资格挑剔。

随后刘龚猛地挥落手中角旗,宣布切磋正式开始。

欢呼声戛然而止,学子们站直身体,踮起脚,眼睛一眨不眨。唯恐错过某个激动人心的精彩画面。他们当中绝大多数人,甭说摸,平素连战车的模样,都只是在绢布画册上才看到过。

这种曾经煊赫一时的沙场利器,早在战国后期,就已经被骑兵淘汰。留下来的,基本只能做主将点兵、观礼用的仪车,根本没机会再一展身手。直到本朝,鸿儒皇帝力行复古,才又将此物从武库的角落里翻了出来。

平素见都见不到的东西,寻常人不可能无师自通地驾驶着它飞奔。然而,"寻常人"却不包括王麟。身为王家人,哪怕不怎么受宠的旁枝子弟,也比普通学子见多识广。更何况,家族上下为了对皇帝表示支持,特意将驾驶战车作为年轻晚辈的必修功课,专门请了名师对他们手把手指点!

"驾!"双手抖动挽绳,王麟催促着挽马疾驰如飞。车轮滚滚,泥浆四溅,短短几个呼吸时间,就沿着预先画出来的场地边缘跑了一个整圈儿。

这是他平素从未发挥出来的最好水平,速度自问无人能及。

骄傲的笑容,迅速涌了满脸。王麟在车上站直了身体,衣袂飘飘,长发飞扬。他坚信,那个南阳来的乡巴佬,无论如何都不可能比自己更快。他根本就没听见对方的车轮声和马蹄声。

断然回首,他决定狠狠羞辱一下刘秀,为前几轮输掉的同伙出一口恶气。下一个瞬间,他却僵在了战车上。两眼发直,嘴巴迟迟无法合拢。

在他惊愕的目光中,"南阳乡巴佬"刘秀,优哉游哉地驱动着车马,沿着场地的边缘徐徐而行。一会横拉车身向左,一会斜驱挽马向右,车身与战马动作整齐划一,车轮和车铃声彼此相和,翩跹宛若白鹤当空起舞!

"唉——"吴汉不忍再看,以手掩面大声长叹。

驱车狂奔!你以为这是在长安闹市纵马呢,谁先跑完了全程便要享受别人的顶礼膜拜!但凡读书稍微上一点心的人,都应该知道,"五御"跟速度没半点儿干系!驾驶仪车之时,要求车轮行进节奏与马的铃铛声交相呼应,车辆能控制自如,不过分颠簸,对自己地位高的人,能表示出足够的礼貌谦让。而驾驶战车之时,则要求在狭窄的通道中进退自如,战场上能给车左的持弓者和车右的持戟者创造杀敌良机!

周围的学子们,一个个也笑得前仰后合。他们平素虽然没什么机会学习驾驭战车,可眼睛却都不瞎。场中两个人的御术高低,大伙不用仔细看,也能分辨得一清二楚!

更何况,此刻在大伙身旁,还有一个唯恐天下不乱的苏著师兄,不停挥舞着胳膊,高声"鼓励","好,再来一圈,二十七郎,再来一圈你就彻底赢了!别听他们的,他们不是在笑话你!真的不是在笑话你!"

瞬间错愕之后,王麟终于明白自己错在了何处,脸色一下子变得比锅底还黑。刘秀现在展示的那些优雅风姿,他不是没学过。如果从一开始就认真做,他自认为不会比刘秀此刻做得差。可刚才急着找回场子,他竟然鬼使神差,将以前师傅所教的东西丢在了脑后,直接把平素跟王固等人赛马的套路拿了出来,从头到尾,完全不在状态。

"乡巴佬今天一定是使了妖法,才让我们兄弟没完没了地丢丑!"有些人在输急了眼时，本能地就会寻找借口，过山虎王麟恰恰就是其中之一。对付妖人，办法只有一个。猛然间，王麟心中发狠，掉转车头，直扑刘秀。两条挽绳交替起落，将挽马的肋下和屁股，抽得鲜血淋漓。两头挽马饶是肉厚，也疼得大声悲鸣。八只蹄子奋力张开，拖起沉重的战车，像一头洪荒巨兽般，朝着刘秀撞了过去。

"不可！"吴汉一跃而起，扯开嗓子大声劝阻。

"快，快拦住他。"众老师和学子们大惊失色，纷纷开口大声喝止。然而，王麟早已输红了眼睛，根本不去考虑撞死人的后果。

眼看着马车距离刘秀越来越近，师生们没有能力阻拦，只能痛苦地闭上了眼睛。然而，预料中的撞击声，却迟迟未至。只有挽马的悲鸣声和沉重的车轮声，在空旷的场地上来回激荡。

"没撞到，没撞到！"苏著声音尖利如刀，却令所有人心情为之一松，"王二十七你真不要脸！刘文叔，离开这里，王二十七疯了！"

刘秀驱赶着马车来回躲闪，就像一头受到惊吓的野鹿。而王麟和他的马车，则彻底化作了一头疯狗，不把目标撕得粉身碎骨，绝不罢休。

"骁骑营，你们就眼睁睁地看着么？"

"王麟，停下。你伤了他，陛下肯定会降罪于你！"吴汉急得两眼冒火，然而，却迟迟没做出任何有效行动。想要让王麟的马车停下来，唯一的办法是放箭射死挽马。可这样做，无法保证高速飞奔的马车不会倾覆，更无法保证王麟本人的安全。

而那王麟，即便血脉再淡，也是皇帝陛下的族孙！谁要是敢伤了他的性命，无论是不是故意，本人和身后的满门老小，都在劫难逃。

说时迟，那时快，眼看着王麟的马车，已经第四次冲了过来。一直在全力躲避的刘秀，终于听到了来自严光等人的提醒，猛地一拉挽绳，掉转车身，朝着先前为了方便战车入场而特意留出的通道如飞而去，一边驾车，一边还不忘大声示警，"让开，躲远些，当心王麟撞到你们！"

"哪里跑！"王麟驱赶着马车，紧追不舍。

马车上没有任何兵器，刘秀根本没办法自卫。可太学内建筑众多，他一边躲闪着来自身后的偷袭，还要一边避免撞到楼堂馆舍，时间长了，难免会左支右绌。只听得"轰轰"两声，脚下战车竟被撞得摇摇晃晃。

邓禹等人已经被甩得不知去向，吴汉和他麾下的骁骑营将士，也彻底鞭长莫及。来自背后的车轮声，却一次比一次更清晰，一次比一次更疯狂。

"完了！"刘秀心脏迅速下沉，视线被汗水彻底模糊，前方一片昏暗，手臂也酸得渐渐失去了力气。没有人能过来帮忙，而因为身份的巨大差异，他甚至不能主动驱车回撞。这样下去，也许下一次撞击，便是……

"三哥，往凤巢山上跑！"就在他即将被绝望和疲惫击倒的刹那，一声焦急的叫喊，忽然凌空而降，"山上多树，马车又重又宽！"

刹那间，云开雾散，前方变得光芒万丈。

第十四章　帝王家事

【有幸又逢室主赐】

原本已经透支的身体，蓦地竟又生出一股怪力，刘秀猛地一拉挽绳，驱动战车，绕过身边的小楼，直奔凤巢山。凤巢山不算高，也不算陡峭，却足够让马车减速。此外，山上还有足够多的树，每棵都足够粗！

"刘秀，有种你别跑！"王麟狂笑着驱车紧追，恨不得立刻将刘秀连同其脚下的战车撞个粉碎。经过多次碰撞，他已经发现，刘秀心中有所顾忌，不敢主动向自己发起反击。

沉重的撞击声接连不断，每一次，都让马车解体的危险加重数分。刘秀没有办法阻止对方，只能咬紧牙关，继续加速奔向凤巢山，表面包裹着一层铁皮的车轮，在石板铺成的道路上，碾起一串又一串火星。

终究还是技高一筹，马蹄刚刚踏上山路几百步远，他就重新跟王麟拉开了距离。然而就在此刻，几辆银装马车，却忽然出现在前方不远处，将原本就狭窄曲折的山路，挡了个严丝合缝！

"快躲开，后面追来一个疯子！"事发突然，刘秀根本无暇辨认对方的身份，本能地扯开嗓子提醒了一句，直接将自己脚下的战车，拉向了山路旁的土坡。马蹄在土坡上带起无数泥土草屑，车轮隆隆，将杂草灌木撞倒，碾碎。站在车厢中的刘秀被震得摇摇晃晃，随时都可能飞出车外。但是，他却咬紧牙关，尽力控制住挽绳，避免战马与周围的大树相撞，避免车身倾覆，每向前多奔行一步都危险万分。

"停下,若是惊了……"身背后,尖叫声与呵斥声响成了一片,银装车旁的随从和护卫们一个个全都将心脏提到了嗓子眼儿。

追过来的王麟,却对这些声音充耳不闻,将挽绳一扯,驱动马车脱离山路,继续紧追刘秀不舍。

在没有道路的山坡上驱车狂奔,作为追赶者,他要比前面的刘秀省力太多。根本无需考虑前面的树木和山坡的起伏,只需要紧盯着前面的马车!双方之间的距离,再度迅速拉近。王麟面露狞笑,抖动缰绳,让马身稍稍偏离前方留下的车辙数尺,车辕再度从侧后方加速撞向前车的车身。

"蓬!"前方的马车躲避不及,被撞了个结结实实。一道巨大的裂缝,紧跟着在前车的车厢上出现,破碎的木板交替而落。站在前方马车上的刘秀,身体失去平衡,左摇右晃,站在后车上的王麟却依旧不解恨,再度抖动挽绳,抽打着挽马的屁股加速,从侧后方又狠狠撞了过去。

"蓬!"又是一声沉闷的巨响,刘秀的马车裂出更多的缝隙,而刘秀本人,也被撞击带来的巨大力量,冲得蹿起老高,在半空中缩成了一团,大声惨叫着,向附近一棵合抱粗的柳树砸了过去。

"哈哈哈……"王麟顿时如饮琼浆,仰头发出一串疯狂的大笑。如此高的速度,那么粗的树干,刘秀一头撞上去,即便不当场死掉,也得彻底变成残废。有此前车之鉴,从今往后,看谁还敢叫青云八义为青云蚂蚁?

然而,下一刻,他的笑声卡在了喉咙当中。只见正缩成球的刘秀,猛地将修长的手臂和双腿伸开,在半空中,如同一只成了精的猿猴,搭着树梢一拉,一绕,再一盘,居然转眼就卸掉了身上的劲道,贴着大柳树的树干,稳稳滑落于地。抬起头,看向自己的目光充满了嘲弄。

"又上当了!"王麟心知不妙,赶紧将全部精力集中回手臂,努力控制自家的战车。然而,一切为时已晚!

只见十步远的山坡上,凭空忽然长出几棵更粗的柳树。刘秀那辆空车,因为分量轻,在千钧一发之际被挽马拉着偏了偏,蹭树而去。而王麟自己脚下的战车,却根本来不及改变方向,如同长了眼睛般,继续朝着柳树隆隆疾驰。"啊——"王麟大声惨叫着闭上了双眼!

"轰!"车身与树干相撞,瞬间四分五裂。挽马悲鸣着在山坡上翻滚,白惨惨的骨头,直接刺出了皮肤表面。过山虎王麟,像稻草袋子般,从车厢里飞出了十几丈远,一头摔进了灌木丛中,昏迷不醒!

"便宜了你!"刘秀确定对方没有当场摔烂脑袋,随即迈开双腿,追向自己的战车。失去了主人掌控的战车,又跑出了一百多步远,才终于在几个石头墩子旁停了下来。拉车的挽马浑身是汗,鼻孔中不停地喷出水汽。

虽然有些心疼,刘秀却不敢让挽马休息。匆匆检查了一下车厢的情况,就拉着挽绳,徒步返回了另外一辆马车倾覆的位置。王麟还没有恢复知觉,衣服被荆棘撕成了烂布条儿,一道道地搭在周围的灌木上。白花花的脊背和圆滚滚的屁股上,也扎满了木刺,一颗一颗乱冒血珠。

"喂,你到底死了没有?"刘秀蹲下身,翻了翻王麟的眼皮,又伸出手指把了把脉象。他恨对方试图用马车谋杀自己,却不愿见死不救。因此,虽然没有得到王麟的回应,迅速检查了一遍之后,依旧将他从灌木丛里抱了出来,轻手轻脚放上了自己的破马车。破碎的车厢被压得一歪。昏迷中的王麟,屁股被木刺又狠狠扎了几下,疼得瞬间恢复了清醒,哑着嗓子大声呻吟。

"活该,谁让你撞坏了我的马车,真是自作自受!"刘秀回头看了一眼,不屑地撇嘴。该下山了,吴汉和他手下的骁骑营将士应该追过来了。不知道他们看见倒下的不是自己,而是王麟,脸上该是什么表情?

先前一直忙着逃命没注意,下山时,刘秀才发现自己刚才冒了多大的险。好几处车辙都是从两棵大树之间堪堪穿过,更有几处车辙贴着土沟的边缘,只要自己先前稍有不慎,也许就是车毁人亡的结局。

不过危险终究没有发生,王麟也成了自己的俘虏。想到自己连手都没还,就让对方自己摔了个半死不活,少年人心中不禁涌起几分自得。一边拉着马车小心翼翼地往山下走,一边低声哼起了歌。

才哼了几句,却呼啦啦招来了一大群全副武装的壮汉,像狼群一样将他结结实实围在了正中央。"你们要干什么？"刘秀被吓了一大跳，本能地用身体贴近挽马，大声质问。

"小子，你居然问咱家干什么？你自己闯下了滔天大祸，居然一点都没察觉到吗?！"壮汉身后，传出一串剐蹭碎陶片般的声音，一个面白无须、五短身材的中年官员缓缓走了过来。

刘秀觉得此人好生面熟，松开挽马缰绳，向前迎出数步，长揖及地，"南阳学子刘秀，见过王中涓①。多年不见，没想到中涓风采更胜往昔！"

"你、你居然认识咱家？"中年官员愣了愣，两只金鱼眼立刻眯缝成了一条线。

"当年灞桥援手之得，晚辈没齿难忘！"刘秀笑了笑，再度躬身下拜。

如果他没认错人的话，对方应该是黄皇室主门下的宦官头领王宽。当年他和哥哥刘縯、姐夫邓晨等人因为阻止长安四虎纵马伤人被陷害，多亏黄皇室主出面斥退了四虎，还赐下侍卫腰牌一面，供大伙暂时防身。虽然三年多来一直没有用过那面腰牌，但是当日的回护之恩，刘秀却从未敢忘。

"你就是当初灞桥上痛打王恒和王固的那个野小子？噢，咱家记起来了，你哥哥当初送你到长安，就是来太学读书的！你这小子，难得有机会就学，怎么不肯好好用功？反倒学那纨绔子弟，大白天赛起车来？"

"中涓容禀，晚辈方才并非跟他在赛车。而是被他追得慌不择路，才跑上了凤巢山！"唯恐对方把自己当成不学无术的堕落分子，刘秀赶紧又行了礼，大声解释，"今日按照骁骑都尉吴汉将军的安排，晚辈跟长安四虎中的王麟切磋御术。结果他输急了眼，驱车直接向晚辈发起了冲撞。当时在场同学太多，晚辈怕殃及无辜，只好掉头冲上了凤巢山。原本指望借助山势，将双方的车速都延缓下来，没想到室主正好也在山上。惊驾之罪，不敢推诿。还请中涓念在学生是被人追杀，慌不择路的份上，宽恕一二！"

说罢，低下头，静待对方决断。他原本就生得英俊清秀，在太学里三

---

① 中涓，早年指的是天子近臣，后来演化为对宦官的一种尊称。

年多来日日与铸剑书卷相伴，让人越看越觉得气度不凡。

王宽听他答话条理清楚，举止沉稳有度，眼睛里便先涌起了几分欣赏。再联想到当日在灞桥附近黄皇室主回护他的理由，心中也有了计较。"宽恕两个字，就甭提了。那需要室主亲自决定，咱家可不敢越俎代庖！不过，你先前虽然没认出室主的车驾，却懂得主动绕行，并且还念念不忘提醒咱家注意危险，可见心地善良，不愿拖累无辜。咱家会如实把自己看到的情况和你刚才的说辞汇报上去，不至于让你稀里糊涂地被从严惩处！"

"多谢长者厚爱，晚辈没齿难忘！"刘秀赶紧躬身致谢。

王宽笑着受了他的礼，迈动脚步之前，却又回过头来询问："刚才咱家分明看到王麟在追你，怎么你自己拉着破车下山来了，王麟去了哪儿？"

"他追得太急，撞上了大树，把自己摔晕了。晚辈怕他一个人留在山上危险，就把他抱到了车上！"

"噢，原来如此！"王宽留下了一个意味深长的眼神，摇头而去。

刘秀不敢离开，站在原地目送对方的身影走回了山路上。

"刘文叔，你怎么样了？""王麟，刘文叔如果今天有个三长两短，朱某拼了性命不要，也会让你血债血偿！"却是严光、邓禹、朱祐、沈定等人，徒步追上了凤巢山。一个个跑得气喘如牛，满头大汗。

刘秀心中顿时一暖，赶紧在重围中踮起脚，"子陵、仲华、仲先，我在这儿，一切平安！"

"刘三儿，我就知道你吉人天相！"朱祐耳朵最灵，立刻雀跃着跳起来。

"文叔，你……他们为何要围着你？王麟哪里去了？"

还没等陆续赶到的众人声音落下，吴汉已经带着一大群弟兄蜂拥而至。隔着老远，就厉声喝问："刘秀，怎么只有你一个人在？王麟呢，你把他怎么样了？"

"启禀都尉，王麟不小心撞到了大树，把自己撞晕了！"刘秀轻轻叹口气，沉声回应，"不信，都尉可以去斜上方五十步远的大树下查验。王麟的战车残骸就留在树下，学弟一动未动！"

"你胡说,分明是趁着没人注意,使用诡计谋害了他!"还没等吴汉回应,鸿儒王修也气喘吁吁地狂奔而至,遥遥指着刘秀鼻子。

"他先前策动战车追着我撞,可是有目共睹!"刘秀冷冷地强调。

"那是在山下,后来你跑到了山上,可没人看见发生了什么!"听刘秀竟敢嘲讽自己没长眼睛,王修愈发怒不可遏,分开周围的侍卫,大声咆哮,"你把王麟藏哪里去了?他今日如果伤到一根寒毛……"

"哪里来的乌鸦,瞎叫唤个没完!"一记冷冰冰的声音忽然出现。

"谁敢侮辱老夫?有种你就站……"王修气得火冒三丈,立刻掉过头去厉声喝问,却整个人愣在了原地,两只三角眼差一点就掉出了眼眶。

只见中官王宽,小心翼翼地领着一名衣衫华贵的女子,缓缓走了过来。"咱家站出来了,王夫子,你还要继续教训咱家么?"

"不、不敢!"王修的嚣张气焰一扫而空,俯身讪笑着赔罪,"先前不知道室主在此,下官、下官失礼了。"

"你退到一边去!"黄皇室主看都懒得看他,来到刘秀身边,非常和蔼地道谢,"先前要不是你及时示警,本宫就真的被某个疯子撞到了。有功不能不赏,你想要什么?不妨直接说出来!"

"多谢室主厚爱!他的目标是学生,原本就不该殃及无辜!"刘秀立刻听出了黄皇室主话里的回护之意,连忙躬身施礼,"出言示警,乃是学生分内之事,晚辈无功,不敢受赏!"

"嗯,你倒是个懂道理的,比某些睁眼瞎强多了!"黄皇室主笑了笑,"不过,本宫却不能不领你的人情。王宽,将他的名字记下来,汇报给陛下。就说本宫看中了一个少年英才,请陛下多加留意!"

"是!"中官王宽迅速向刘秀使了个眼色,大声答应。

"多谢室主!"刘秀心领神会,紧跟着躬身。

黄皇室主轻轻抬手,示意刘秀免礼。"你不必谢我,三年前赐给你们兄弟俩腰牌的事情,本宫一直记得。虽然你们兄弟俩有志气,不愿意前来打扰本宫。但若是有人敢故意找你的麻烦,本宫知道后,也绝不会装聋作哑!

走吧,本宫今天是来凤巢山看风景的,不想被人扫了兴。你既然遇到了,干脆就给本宫做个向导!"

"学生遵命!"刘秀大声答应着施礼,快步走到了王宽身侧。

"启驾——"王宽扯开嗓子高喊,一手拉住刘秀,一手指挥着众侍卫,簇拥起黄皇室主,扬长而去。从始至终,都没仔细看王修和吴汉一眼。

【无情最是帝王家】

黄皇室主是妻子的姐姐,前朝大汉皇帝的遗孀,本朝皇帝的嫡亲长女,无论拿他当亲人还是敌人,都足以让吴汉自傲。而选择无视,则极大地伤害了他的自尊。

数百步之外,被他嫉妒的刘秀,同样满头雾水。黄皇室主想要替自己主持公道,留下刚才那几句话就足够,没必要直接将自己救走。

然而困惑归困惑,刘秀却不敢主动追问黄皇室主这么做的原因。只能老老实实跟在室主身后,亦步亦趋,随时准备迎接对方的询问。

"我姓王,是当今皇上的长女,八岁时嫁给前朝平帝为妻。那年他九岁,成亲当晚因为摆弄我的凤钗,被我一拳打破了鼻子!"信步来到凤巢山最高处,黄皇室主忽然伸了个懒腰,缓缓说道。

"啊、啊,室主您行事真出人意料!"刘秀愣愣半晌,才结结巴巴地回应。新婚之夜打破丈夫鼻子这种事情,即便寻常百姓之家,也不会轻易告诉外人知晓。

"第二年,皇帝就去世了,我成了皇太后,还没弄明白妻子和皇后的意义,父亲就从外边抱来一个刚满周岁的孩子,让他管我叫娘亲!"背对着刘秀,黄皇室主声音里很少有情绪波动,仿佛在说跟自己毫不相干的故事。

"皇上恐怕、恐怕也是一番好心。怕您伤心过、过度!"

"是啊,父亲怕我伤心过度,第三年,干脆自己直接做了皇帝,让我又做回了他的女儿!"黄皇室主摇头而笑,满头珠翠在日光下耀眼生寒。

刘秀不敢再接话茬了,警惕地扭头四下张望。王莽接受禅让之事,牵扯实在太多。私下里谈论这个话题,简直是寿星佬上吊,自己嫌命长!

侍卫们都被王宽留在了百步之外,而王宽本人也非常知趣地躲出老远。空荡荡的山顶上,如今只剩下黄皇室主和他两个人。

"你在看什么,怕被人听了去么?"黄皇室主笑着扭过头。

虽然做过皇后也做过太后,但她的真实年龄却不算大。由于保养得当,锦衣玉食,皮肤看上去吹弹可破。一笑之下两眼含泪,竟露出某种说不出的娇柔味道,令刘秀的心里,顿时生出一种保护的欲望。他赶紧主动将目光移开,盯着不远处的树梢讪讪回应,"不、不是怕,是、是不知道……"

"不知道我为何跟你说这些陈芝麻烂谷子么?"黄皇室主见他脸红,忍不住凑近半步,大声逼问。

刘秀的身高和她相似,看上去年纪也好像只小她一点点,被迎面而来的青春气息一扑,顿时脸色变得更红,连忙后退了几步,用力摆手,"不、不是。室主、室主聪慧过人,想必不是无的放矢。学生愚钝,若有能效力之处,还请室主明示!"

"你说错了,我还真就只想找人说几句废话而已!"黄皇室主莞尔一笑,将身体退开,"况且你一个学生,自保能力都没有,又如何帮得了我?!"

"室主这话从何而来?"刘秀顿时觉得热血上头,将胸脯一挺,"所谓寸有所长,尺有所短。学生虽然没有自保之力,却未必帮不上您的忙!"

"呵,你倒是个小男子汉!不错,还有点儿刘家人的模样!"黄皇室主微微一愣,被逗得莞尔,"只可惜,你太小啦,什么都不懂。"

"室主不说,怎么知道学生不懂?"刘秀心里一阵阵发虚,却咬牙死撑。

"如此说来,你真的想要帮我?"黄皇室主继续笑着摇头,目光之中,却隐隐地涌起了几分重视。

"滴水之恩,当涌泉相报,况且室主您帮晚辈不止一次!"刘秀后退拱手,郑重施礼。

"你,倒是个有担当的!"黄皇室主又愣了愣,终于收起了笑容,长长吐气,"可你不知道我面对的是谁,也不知道这件事难度有多大!"

"刀山火海,亦不敢辞!"刘秀又行了个礼,朗声承诺。

并非他不知道天高地厚,而是黄皇室主的确对他有恩。如果这时候退缩,他这辈子内心都无法轻松。更何况,黄皇室主还是皇帝的女儿,天底下没几个人真敢伤害她。

"刀山火海倒不用你!父皇要我嫁给成新公的儿子孙豫。我不喜欢,你既然能不着痕迹把王麟摔个半死,就替我也想个办法,让姓孙的知难而退!或者,想办法让他去死!"

刘秀心中暗吃一惊。可刚才已经把大话说了出去,他只好硬着头皮,又给黄皇室主行了个礼,小心翼翼地劝道:"您既然看不上那姓孙的,为何不直接跟陛下说明。以陛下的仁德,想必也不会……"

"你怎么知道陛下不会?"黄皇室主的脸色立刻沉了下来,双眉倒竖,"若不是父皇逼得太紧,我怎么天天躲在外边不敢回宫?他想让我屈服,有的是办法,根本不用痛下杀手!"

饶是刘秀素有急智,也不知道该如何回应。

"我明白了,你刚才是故意哄我开心!"见他迟迟不发一言,黄皇室主转怒为笑,惨然摇头,"也是,你不过一介学子,怎么可能有胆子插手皇帝的家务事?是我自己太心急了,见到个熟悉的面孔,就拿他当张良陈平!"

"室、室主,不是学生胆小无谋!"刘秀青春年少,怎么愿意让自己尊敬的人失望,"而是您老问得太急,学生预先又没做准备。学生甚至连孙豫是谁都不知道,却忽然要谋划刺杀他,未免、未免有些下不去手!"

黄皇室主想起先前刘秀虽然被王麟追杀,最后却将昏迷不醒的王麟搬上马车,声音陡然转暖,"原来你还是个心地善良的小家伙,这年头,可真不多见!"

"若是他非要死缠着室主不放,杀也就杀了。可学生从没见过他,也不知道他是不是也跟室主一样,是父命难违,稀里糊涂杀了他,未免、未免会心里愧疚!"刘秀被笑得面红耳赤,却梗起了脖子,大声补充。

黄皇室主说让孙豫去死,只不过是随口一句气话。听了刘秀的话,虽然心里头不高兴，却也意识到用杀人来解决问题，手段过于激烈。"的确，杀了他，动静太大。过后难免会把你也搭进去！你刚才说姓孙的自己未必愿意娶我，也是，他年龄比吴汉还小，怎么会想娶我这个糟老太婆？！"

刘秀讪讪地笑了笑，"如果他自己主动拒婚，不，不行……"

"怎么不行？"黄皇室主忍不住皱起眉头。

"他怎能有胆子拒绝皇家？即便他不喜欢这桩婚事，他父亲也不会准许他拒绝。得想个办法让皇上主动收回成命才好！"

"只要我一天不改嫁，就依然是曾经的大汉皇太后。虽然这个皇太后，也是当初他硬要我做的！"黄皇室主眼睛里的光泽一点点变暗，对着空荡荡的天空说道。这，才是王莽要她改嫁的真正原因。不是因为怜惜女儿年幼丧夫，至今还无依无靠，也不是看中了孙豫的才干和品行。只是希望割断女儿跟前朝的所有联系。

刘秀心中对黄皇室主的遭遇充满了同情，快速踱了半个圈子，咬着牙道："杀了孙豫，肯定不是办法。皇上说不定又把您下嫁给张豫、李豫。如果您不愿意嫁给这些人，最好的办法是让皇上没理由再逼您，或者让谁也不敢娶您！有了，您乃是前朝皇太后，命格高贵无比。寻常凡夫俗子，根本配不上您！"

"这话说了等于没说！"黄皇室主的眼神一亮，旋即再度变暗，"父皇如果愿意，可以将天下最蠢的人，都捧成第一才子。"

"如果准备娶您的人，都无缘无故大病一场，或者总是遭遇飞来横祸呢？"刘秀的心思越转越快，"或者每次皇上逼婚，你立刻就生病，他总不能逼着您带病嫁人！一个随时都可能病故的前朝皇太后，还能对本朝产生什么威胁？"

刘秀看似胡闹的点子，成了一道闪电，瞬间照亮黄皇室主脑海。

当年她父亲王莽为了将她嫁入皇宫，对外宣称的理由之一就是，她的命格奇贵无比。而现在外边一些心怀前朝的人之所以对她念念不忘，也是因为相信借助她的非凡命格，可以让大汉朝起死回生。既然如此，她为何不自己因势利导,避免眼前这桩不满意的婚事?

"不愧是书楼四俊之首,这点子的确可行!"想到这儿,她再度展颜而笑,浑身上下仿佛忽然洒满了阳光,"我这就回去,准备生一场大病。孙豫那边,就交给你!如果你这次做得好,我保证,有生之年,王家没有任何人敢再找你麻烦!"

"如果找麻烦的是皇上本人呢?"刘秀在心中偷偷嘀咕了一句,然后认真地拱手,"遵命,学生一定竭尽全力,不让室主失望!"

"行了,别装了!"黄皇室主略作犹豫,亲手从腰间解下一块玉珏,递给刘秀,"收好,关键时刻拿出来,就可证明你是替我做事。孙豫是内秘府校书,经常会被刘歆请到太学讲课。你应该有很多机会见到他。拿出你先前坑王麟的劲头,坑他一次未必很难!"

"是,学生遵命!"刘秀接过玉珏,眼前闪过若干年轻教习的影子。

"以后在我面前,你也别自称为学生。按辈分,我应该是你的婶娘!"

【又见白鹤舞落霞】

因为推恩令的缘故,刘秀和哥哥们早就被踢出了贵族行列,从小到大,他从没把自己当作前朝皇室之后。而黄皇室主一句话,却等同于主动宣布他是大汉平帝的侄儿[①]。瞬间将他从一个普通刘姓学子,变成了前朝皇帝的继承人之一,也瞬间将他推进了一个深不可测的漩涡当中!

她是想跟她父亲争夺江山,还是仅仅想要拉近我跟她之间的关系,好让我更卖力做事?她手中一无兵马,二无钱粮……

一阵银铃般的笑声忽然传来,搅碎了刘秀纷乱的思绪。蓦然抬头,他发现黄皇室主居然像个刚刚及笄的少女般,蹦蹦跳跳走向了山下。不在乎此刻站在山顶的自己,是何等的惊惶!

[①] 历史上,刘秀的辈分比汉平帝高。只是在演义中,才成了汉平帝的后人。本书是小说,参考演义。

一股受到捉弄的恼怒涌上了刘秀的心头。下一个瞬间,他又无可奈何地叹气:"算了,谁叫我欠了你两度相救之恩呢!努力帮你解决了被皇上逼婚的麻烦,从此就算两清!"

直到对方的车驾彻底走得不见了踪影,刘秀才缓缓下山。

战车已经被太学的学吏们收走,王麟也被家人接了回去,王修和吴汉都不敢再找他的麻烦。一路上顺顺当当,他很快就返回了自己的寝馆。

御术切磋的结果,早已公布。随后的两场切磋,以王固等人单方面弃权草草了事。在苏著、沈定等人的暗中推动下,"青云蚂蚁"的绰号,很快就传遍了整个校园。

成新公孙建的权势虽不像承新公甄邯那样炙手可热,却也不是寻常百姓所能招惹得起。况且他的儿子孙豫还担任着内秘府校书之职,随时都可以见到王莽本人!

四兄弟再加上一个邓禹,聚在刘秀的寝室里商量了大半宿,也没商量出一个稳妥的计策来。第二天下午,大伙继续在藏书楼中冥思苦想,沈定兴冲冲地闯了进来,迫不及待地喊道:"文叔,孙、孙夫子在楼下等你。就是孙豫,成新公的儿子,平素在新生那边教授《乐经》!"

"孙夫子,找我?"毕竟刘秀今年只有十八岁,刚答应了黄皇室主要帮忙对付她的未婚夫孙豫,转眼就被孙豫找上门来,难免有些心虚。

谁料见了面,孙豫却根本没提黄皇室主的茬儿,反而笑吟吟地询问刘秀是否有空,去门外的汤水铺子小酌一杯。刘秀顿时像一拳头砸在了棉花包上,说不出的难受。而那孙豫,却不管他是否答应,竟微微一笑,掉头便走。峨冠高耸,大袖飘飘,举手投足间,充满了士大夫的孤高。

"文叔,莫忘了当年那辆马车。"怕刘秀因为冲动而中了对方的激将法,严光赶紧在旁边拉了他的衣袖一下,小声提醒。

"即便去,也是咱们四个一起。彼此间好有个照应!"邓奉性子骄傲,也知道刘秀不会轻易示弱,提出了一个"联手拒敌"方案。

然而,刘秀却不愿被孙豫小瞧,更不愿意把好兄弟们也拖进漩涡。稍稍犹豫了一下，笑着摇头，"长者赐，不敢辞。此人好歹也是太学的夫子，他的宴请，我无法拒绝，带着你们一起去，也不成体统。"

"昨天黄皇室主跟我交代任务之时，旁边根本没有第三个人听见。孙夫子此刻顶多对我心怀不满，却不至于想要我的小命。况且以他的家世，完全可以派遣心腹家丁，趁我不注意时偷袭。没必要亲自动手，并且在太学门口给人看见！"后两句话，确确实实说在了点子上。也就是"长安四虎"这种永远长不大的二世祖，害人时才喜欢自己冲在前头。

严光等人无法反驳，只好看着刘秀跟在孙豫身后大步而行。

与这三人忐忑不安的心情不同，刘秀却本能地感觉到，孙豫先前看向自己的目光当中，好像没有包含敌意，甚至隐隐约约，还带着几分期盼和欣慰。怀着见招拆招的心态，刘秀从始至终，都没再表现出半点迟疑。

这般干脆利落的表现，显然也超出了孙豫意料，脸上的笑容变得真诚了许多，点点头，主动解释道："孙某今天叫你出来，没任何恶意。孙某只是听闻你甚得黄皇室主欣赏，想跟你打听一些消息而已！"

"夫子恐怕要失望了！"刘秀刚刚放下去的戒心，迅速又涌起来，轻轻拱手，"室主殿下昨日只是看不惯王麟等人败坏皇家声誉，才不得不出面阻止他们继续为恶。救了学生，只能算顺手而为，并非对学生青眼有加！"

"哦？"被刘秀拒人千里之外的态度弄得眉头轻蹙，但是很快，孙豫白净的面孔上又写满了笑容，"你这小子，倒是谨慎。没等孙某开口，就先把路全堵住。也怪不得室主殿下会对你另眼相看。放心，孙某借一百个胆子，也不敢对室主殿下有丝毫恶意！"

孙豫等了好半天，也没听到刘秀的回应，只好尴尬地笑了笑，"孙某手无缚鸡之力，肚子里的才学也非常有限，唯一拿得出来的，就是字写得还凑合。所以听闻皇上准备将室主下嫁，真的不胜惶恐！"

"恐怕是开心得都要飞起来！就像吴汉当初那样！"刘秀继续在肚子里嘀咕，依旧不肯接话茬。

然而，接下来孙豫的表现，却令他大吃一惊。只见此人忽然将身体挺直，向自己长揖而拜，"孙某明白了，是孙某的错，不该跟你绕弯子！文叔，请帮孙某一个忙，想办法让殿下知晓，孙某并非趋炎附势之徒！孙某和她一样，这几天也愁得团团转。如果殿下不愿接受皇上的安排，尽管放手施为。孙某愿意全力配合她，绝不会有一句怨言！"

这回，刘秀的反应速度彻底不够了。张着嘴巴愣愣半晌，迟疑着道："你、你知道室主殿下不喜欢，这桩婚事？你自己其实也不……"

"室主殿下也不是没跟皇上拒绝过，只是拗不过皇上意思而已。孙某的发妻虽然亡故多年，旧情却时刻未忘，勉强迎娶了室主，也很难真心相待。所以，所以，唉——"话没有说完，孙豫忽然长声而叹。白净清秀的面孔上，透出一股子说不出的萧索。

"那、那你为何不直接跟皇上拒绝？"刘秀看得好生不忍，随即，又恨不得狠狠给自己来一巴掌，"抱歉，学生失言了，夫子勿怪。"

"天威难测！"孙豫摇摇头，满脸苦笑，"你高看孙某的胆子了。如果敢拒婚，孙某又何必绕着弯子，托你给室主带话？文叔，我听闻殿下曾经两度出手救你，想必，你也不愿意看到她稀里糊涂嫁给孙某，受尽冷落和委屈。帮忙替孙某给殿下带句话，可好？事成之后，孙某另有重谢！"

说罢，再度跪坐直身体，长揖而拜。浑身上下，不带一点儿虚伪。

【大雪飘飞孤树斜】

本能地身体向后躲了躲，一天之内，刘秀第三次不知所措。

孙豫端起茶盏抿了一口，笑呵呵地摇头："不敢相信么？但孙某发誓这是实话！不是每个人都想平步青云！也不是每个人都终日想着互相坑害，至少，孙某不是！"干净的峨冠，被阳光镀满了淡淡的金。

刘秀忽然明白了，为什么自己第一眼看到孙豫，就觉得此人与众不同。干净，不是一般的干净，此人浑身上下，居然不惹纤尘！

"孙某在十多年前，也是青云榜首。孙某的父亲，还是当朝国公。孙某想要做官，凭家世和本事都足够了，不必高攀室主！"孙豫的话隔着水雾，就像隔着一团浮云,"更何况,孙某连做官的兴趣都没有,只喜欢弹弹琴,写写字,画几幅山水而已!"

"青云榜上,出一个吴子颜就够了!"水雾翻滚,在阳光下浅呈七色,孙豫的模样,就像传说中的神仙一样,卓然不群,"眼下长安城里,也足够热闹了,孙某没必要再去推波助澜!"茶盏落于桌案,发出轻轻的碰撞声。水雾瞬间消散,露出孙豫干净的面孔。

猛然端起自己面前的茶盏,刘秀双手将其举到眉间,然后一饮而尽。

孙豫又陪着他饮了一盏,然后笑着起身结账离开。再也没有多说一句废话。有些话,放在心里,就已经足够。

数日之后,令人震撼的消息,迅速传遍了整个长安。

皇帝陛下亲自为黄皇室主挑选的未婚夫婿内秘府校书孙豫,居然半夜时中了邪,从睡梦中一觉醒来,竟忘记了自己到底是谁,满嘴胡言乱语。而原本年底就要下嫁孙豫的黄皇室主,也忽然染上了恶疾,高烧不退,且半边身体无法动弹。几乎与二人生病的同时,前朝平帝的陵前,四十多棵半尺粗的柳树,全都被积雪压垮,横七竖八倒了满地。长安南郊的祭天场所,更是无缘无故地冒起了浓烟,持续数日都不消散。

满朝文武错愕,这才忽然想起来,黄皇室主当年成亲之前,曾有方士预言,她的命格奇贵,非青龙白虎不得为偶。而内秘府校书孙豫虽然身为国公之子,命格比普通人贵了不少,照着青龙白虎,却差得实在太远!

如此算来,一个无福高攀,一个命贵难嫁,继续勉强这桩婚事,肯定会惹怒苍天!于是乎,成新公不敢再提迎娶儿媳过门之事,圣明天子每日忙着处理朝政,也"没工夫"再让人推算女儿出嫁的最吉利日期。一场由皇帝亲自撮合的婚姻,最终不了了之。

【寒梅开时百花杀】

"你小子啊,连皇上都敢糊弄,胆大得真是没边了!"就在皇帝和满朝文武一起装傻充愣的时候,许子威却将刘秀叫到病榻前,笑着数落。

"弟子不是受了公主的两度相救之恩,没法推辞么?"刘秀信手从阿福手里接过汤药,吹了吹,轻轻送到许子威的嘴边,"并且孙夫子也不愿意娶室主为妻,即便弟子不帮忙从中穿针引线,以他们两个的本事,想必也能找到别人!来,师傅,先喝药。事情已经过去了,皇上即便有所怀疑,也不会怀疑到弟子身上!"

"你倒是想得轻松!"许子威顺从地低头喝掉了汤药,"皇上要真的那么好糊弄,当年就不可能未费一兵一卒,便取了大汉的江山。他现在不刨根究底,要么是有更重要的事情,一时半会无法分心,要么是心疼女儿,不想跟室主殿下反目成仇。"

"师傅,您说皇上会心疼室主?"刘秀不敢苟同许夫子的意见,"他当年,可是毫不犹豫地逼死了自己的长子!"

"那是王宇自己找死!"许夫子却忽然脸色大变,一把推开药匙,喘息着大声强调,"皇上千错万错,唯独诛杀隐太子之举,一点儿错都没有!你已经在太学里读了三年书,怎么还跟着人云亦云?!"

"是,弟子知错了,师傅您老人家请息怒!"从来没见过许子威发这么大的火,刘秀赶紧低头认错。马三娘听见了屋子里的动静,也赶紧冲进来,坐在床边轻轻给老人捶背。姐弟两个费了好大的力气,才终于让老人消了火。然而,屋子里的气氛,却不再像先前那样温馨。

"文叔,老夫这身体,恐怕是熬不到下一个冬天了。也不可能再像先前一样,终日手把手地教你!"见把刘秀和马三娘吓得脸色灰白,手足无措,许子威自己也觉得有些后悔。

"师傅您这是什么话?您老不过是偶感风寒而已!"刘秀闻听,赶紧跪在床边,低声出言安慰。马三娘心里虽然着急,也迫不及待地在一旁帮腔,"是啊,义父,刘三儿他刚才胡乱说话,等会儿我把他拖出去打屁股,您老可千万不能自己咒自己!"

"偶感风寒会一躺小半年么?"见两个孩子对自己如此关心,许子威顿时觉得好生满足,"我自己的身体什么样子,自己知道。老夫读了一辈子圣贤书，难道还看不破生死么？"

刘秀和马三娘不知道该怎么再安慰老人，齐齐红了眼眶，抬头抹泪。许子威却又笑了笑，继续低声道："老夫毕生所学，差不多都传授给了文叔。他这三年来，又跟三娘你一道练武不辍，身手即便达不到万人敌，寻常十多个壮汉，肯定奈何他不得。如此文武双全人物，老夫这辈子，就见过两个。一个是文叔，另外一个就是当今圣上！"

顿了顿，不待刘秀和马三娘回应，又补充，"文叔，你切莫小瞧了天下英雄！皇上似你这般年轻之时，绝对不比你差。而几十年翻手为云，覆手为雨，让他更变得高深莫测！"

"是，弟子一定牢记在心！"刘秀端端正正跪直身体，大声保证。

如果许子威刚才的话，在十多天前说出来，他即便嘴巴上答应，心里也未必太当回事。那时他刚刚将"青云八义"打成了"青云蚂蚁"，心气正高。随后跟孙豫在太学门口的汤水馆子里匆匆一晤，他才豁然发现，原来自己是坐井观天。青云八义也好，骁骑都尉吴汉也罢，都只能代表太学里极少的一部分人。而像孙豫这种心志高洁、行事不拘一格的俊杰，其实长安城里还有很多。只是一贯低调，不那般嚣张而已！

许子威嘉许地点头，很高兴刘秀能理解自己的良苦用心。"你知道就好。你跟孙豫两个联手施展的那些计谋，骗文武百官可以，想连皇上一块儿骗过，真的是高估了自己。只要他愿意，绝对不会查不出！"

"弟子明白。弟子今后尽量不再胡乱给人帮忙！"话头既然绕回了原点，刘秀也不愿再生枝节。

而马三娘却不太理解许子威的苦心。"义父您总说皇上厉害，他到底厉害到什么程度？"

"皇上在文叔这般年纪时，师事沛郡陈参。不到三年，五经皆通。无论是从哪卷书简里抽出一句话，他立刻能接上下一句！"

"那也不过是好记性罢了！文叔差不多也能做到！"

"大汉丞相孔光听闻，以为有人帮忙作弊，亲自拟题目，邀请四名五经博士，与今上同场答卷。连考五场，今上场场夺魁！"

"文叔也力压青云八义！"

"其兄生病，需要服用鹿茸补气血。而长安城内恰恰那段时间鹿茸缺货。今上只身一人，策马持弓出城，半日不到，就生擒野鹿三头，射杀两头，个个头上茸角未硬。"

"啊——"马三娘低低发出一声惊呼，满脸难以置信。

以她自己的本事，半天功夫射死两头野鹿也不会太难。但生擒三头活鹿回来，却无论如何都做不到。由此可见，王莽年轻时候的身手，远在她之上。甚至比起她最崇拜的哥哥马武，都毫不逊色。

"王家当时已经权势通天，一门九侯，五司马。王家子弟大多迷恋声色犬马，唯独今上，行为严谨检点。对外结交贤士，对内侍奉诸位叔伯，无论自家长辈和兄弟，还是同事同窗，谁都挑不出他丝毫错失来！更难得的是，今上出仕之后，无论被委派到什么地方，都很快将手头事务打理得井井有条。短短几年时间，就获得了上司们的交口称赞！职位也迅速从黄门郎升到了光禄大夫，不到三十岁封侯！"许子威早年间跟王莽相交甚笃，后来虽然不愿意再多来往，但内心深处，对其才华和本事，依旧钦佩至极。

马三娘却撇了下嘴，追问道："既然皇上什么都会，什么都精，做官时也无比英明。怎么做了皇上之后，反倒还不如以前了呢？"

"皇上啊，他……他……"这个问题，实在有些难以解释。许子威眯缝着眼睛，搜肠刮肚，试图找到一个恰当答案。然而，不多时，他却被倦意吞没，头一歪，轻轻打起了呼噜。

"又这样，关键时刻就睡着！"马三娘嘀咕着站起身，小心翼翼给许子威拉上被子。

"三姐别这么说师傅，他估计也不知道该怎么回答你！"刘秀一边揉着发麻的大腿，一边小声替许子威辩解。

"还不是念着跟皇帝的旧交！"马三娘撇撇嘴，对刘秀的说法很是不以为然。在她看来，自己这个义父什么都好，就是对皇帝太愚忠了。

这种轻蔑态度,可是触了刘秀的逆鳞。在他心目中,许子威是这世界上最值得尊敬的人,隐隐已经超过了他去世多年的父亲。因此,立刻皱起眉头,哑着嗓子反驳道:"师傅如果一味念着旧交,当初就不会辞官不做。现在,也不会一心在太学里教书!他、他其实是不愿意敷衍你。你刚才问的问题实在太难,他、他一时半会儿很难回答!"

"吆——你还涨脾气了!"马三娘杏眼一瞪,立刻把矛头对准了刘秀,"你倒是说说,圣上是不是个糊涂虫?他如果真像义父说的那样什么都会,怎么就不能当一个好皇帝?"

"这……"同样给不出恰当解释,刘秀只能苦笑着摇头,"我说不好。但我知道,师傅不会故意骗咱们。尤其不会故意骗你!"

作为一代大儒,孔门嫡传子弟,让许子威亲口承认,周朝的那些典章制度,只是在书简中显得很完美,其实早已不适合现在,太难了!那等同于毁掉他坚持了一辈子的信念。比起梦想的破灭,承认王莽是个糊涂虫,反而更容易一些。

【岁末春风忽又至】

转眼又临近冬假,这一日,刘秀几个正在藏书楼里翻看竹简。忽然听到楼下传来了一阵急促的号角声。

"是集结号!快下楼,免得去晚了又被找麻烦!"

不多时,大伙就赶到了诚意堂前空阔处,抬头细看,只见对面青石台阶上。王修、吴汉和一名太监并肩而立,彼此的脸上,都写满了得意。

"数日之前,洛阳忽降暴雪,压塌房屋三千余座。陛下怜惜百姓,明日将亲自前往南郊祭告上苍。我们太学的子弟,都深受皇恩,不能不报。所以,沿途洒扫之事,要主动承担……"

"下雪压塌了房子,派人拨发钱粮,购买柴炭救灾好了。人力能及,何必还要求告老天爷?"邓奉听得眉头紧皱,侧了下头,低声议论。

"你不要命了,小心有人举报。"朱祐被他的举动吓了一大跳,赶紧压低了声音劝阻,"许夫子不是告诫过咱们么,少说多看!"

邓奉吐吐舌头,赶紧闭嘴。严光却在旁边幽幽地叹了口气,哑着嗓子感慨:"恐怕是府库里头,已经拿不出救灾的钱了吧!大雪不可能只落在城里,洛阳城内被压塌了上千间房屋,那郊外呢,恐怕不计其数!"

"啊,还、还能这么干?"邓禹最聪明,瞪圆了眼睛,喃喃着摇头。

"祭天,当然比发钱发粮节省。如果老天爷不肯垂怜,也是老天爷的错。皇上已经给老天爷跪下了,咱们天下百姓,还能要他怎么样!"牛同气得两眼发红,咬着牙低声数落。

这天,是祭奠给老百姓看的!

正郁闷间,王修已经在宦官的支持下,开始给各级学生分派任务。有人被安排去清理积雪,有人被指派去用黄沙铺路防滑,还有人负责穿得整整齐齐展示盛世百姓风貌。甚至连见到皇上车驾之后,大伙该怎么欢呼,怎么表达感动与忠诚,都已经提前定了下来,谁都不准别出心裁。

待所有事情都安排妥当,天色已经擦黑。王修却不肯让大伙立刻散去,而是先假模假式地向宦官请示了一下,然后才大声盼咐:"好,大伙记住各自的任务,就可以回去休息了。但是,今年岁考的前二十名请留下,骁骑都尉有其他事情,需要你们从中协助!"

"姓王的又想折腾咱们?他丢人还没丢够吗?"朱祐心头警兆顿生。

"见招拆招吧。"刘秀苦笑摇头,满脸无可奈何。

为了避免过于引人注目,这次岁末大考,他与朱祐、严光等人约定,故意犯了一些无关痛痒的小错,没蝉联前五名。本以为如此就能多过几天安生日子,谁料想,王修居然还像头癞皮狗般扑了上来。

果然不出大伙预料,吴汉很快就接过了王修的话头,以品学兼优为名,让刘秀等二十名岁末大考成绩出色的学子,明天负责站在骁骑营的将士背后,"引领疏导"百姓。以免有那愚夫愚妇,承受不了皇恩浩荡,头脑发懵,惊扰圣驾。换句话说,长安城中数万百姓,如果里头出现一个胆敢冒死阻挡皇帝车驾的,刘秀等人必须第一时间发现并阻止。

如果做不到，哼哼，结果何须再问！

【漫卷红旗拥高牙】

邓奉的脾气在众人当中最为暴烈，回到寝馆之后，立刻破口大骂，"王修这厮，根本不配做人师！还有吴子颜，还真做狗做上瘾了。王家让他咬谁，他就咬谁！"

"就是！"邓禹接着说，"顾华那厮也是前二十名，怎么不见踪影？"

朱祐插嘴道，"今天早上就没来，请假在家养着呢。"

"果然都是算计好的。"严光苦笑道，"我就说青云蚂蚁怎么吃了偌大的亏，居然不急着找回颜面，原来这些日子一直在想别的招数！"

众人越想越生气，然而，骂归骂，对方扯着皇上的虎皮做大旗，他们没法硬抗，只能见招拆招。

翌日卯时不到，太学的学吏们就拼命敲锣，将所有人吵醒，然后给大伙发工具、衣服、旗帜，像耍猴一样带到街头，空着肚子履行使命。

此时的长安城人口只有二十几万户，规模远不如后世庞大。从皇宫到南郊的官道，也不过五六里长短。在上万学子的齐心协力之下，一会儿工夫，长街就被打扫得干干净净。随即，铺上干净的河沙，满街金黄。

皇帝王莽的车驾却没有立刻出现，只有数百个小宦，拎着各色绸缎匆匆赶来，将沿途树木全都装扮成早春模样，姹紫嫣红，分外妖娆。紧跟着，又有数千名侍卫，手持红旗，快步而出，彼此之间相隔五步，沿着街道相对站成了两排。清晨的寒风极为猛烈，吹得旗面来回招展，宛若一团团野火，照亮周围所有人的眼睛。

除了另有任务者，大部分刚刚扫完街道、端完河沙的学子们，连气儿都没来得及喘，就被收走了工具，由专人领到街道旁，在手持红旗的侍卫们身后，面对面排成长长的两道人墙。刘秀和其余十九名"品学兼优"的高材生，则每人手里发了一根包裹着红绸的短棍，负责跑来跑去维持秩序。

起初，太学生们热情高涨，拼命往里挤，的确给刘秀等人带来不小的压力。但足足等了两个时辰，所有人都饿得前胸贴后背了，皇帝的车队却依旧迟迟没有出现，大伙就渐渐懈怠了。一些胆子大、意志不够坚定的家伙，甚至开始偷偷溜走，打算先去吃顿饭，然后再回来为陛下"效忠"。王修见此，立刻破口大骂，强迫刘秀等人追上去，一个个给撵回来坚守岗位。结果，刘秀等人非但比其他同学更饿、更累，还处处遭人白眼。

"完了，老子三年多时间积累下来的好名声，被姓王的一早晨就败光了！"朱祐饿得眼前阵阵发黑，强打精神，低声抱怨。

"还有那些赶过来看热闹的小商小贩，定是恨我们恨得要死。"严光苦笑着摇摇头，"这些人倒是挺会做生意，事先预备好了食物，在附近等着开张。咱们这样一弄，可就挡了人家的财路，只怕以后出去买吃的，饭碗里都得被偷偷吐口水！"

"可不是么，也不知是谁给王修出的主意，这次，可是坑得咱们一点招架之力都没有！"邓奉拎着木棒在二人身侧飞快跑过，扭过头附和。

一阵清脆的铜锣声，又一阵虎啸龙吟般的号角声，卷着满天寒气，吹入人心底。刘秀等人赶紧抖擞起精神，跑回各自事先被指定的位置。挥舞起手中包裹着红色丝绸的短棍，示意同学们让开足够宽的通道。

学子们哪里肯听，一个个虽然饿得头晕眼花，却拼命往前挤。唯恐离得太远了，看不清皇帝陛下的马车是什么颜色。就在刘秀等人被挤得东倒西歪之时，数十匹高头大马，排成八列纵队，忽然飞奔而至。马背上，盔明甲亮的猛士们，手持朱漆长棍，威风如樊哙英布，骁勇若西楚霸王，劈头盖脸，将靠近街道中央的学子们，打成了滚地葫芦。

这下，不需要刘秀等人再提醒，街道瞬间就变宽敞了。众学子既不敢怒，亦不敢言，抱着脑袋仓皇退向路边。紧跟着，雄壮的鼓角声又起，数百名手持红旗的武士大步走过。旗面如火，烧亮满天阴云。

在红旗武士身后，则是二百名身着金甲的近卫，手里或者持钢叉，或者持斧头,还有人倒提着巨大的金葫芦,看上去既稀奇古怪,又庄严肃穆。① 而他们胯下的战马,则通体雪白,肩高腿长,每一步迈出去,都是四尺,毫厘不差。

金甲侍卫身后整整二十步处,有一名身材高大、面如冠玉的将军,手持金光闪闪的权杖,策马徐徐而行。猩红色的披风,被吹得猎猎飞舞,当空化做一道流云。而其胯下,则是一匹桃红色的大宛汗血宝马,四蹄交替落于刚刚铺好的黄沙上,宛若仙人在云间飘飘起舞。

"执金吾严盛……"长安百姓识货,立刻有人在学子们背后叫喊起来。执金吾原本的官职名称为中尉,执掌御林军,年俸两千石。每当皇帝出行,必手持金色权杖,导行于御辇之前。因此,这个官职,对身高、体型、相貌、仪态的要求都极为严格,非年少有为、武艺高强且受皇帝信赖者,不得出任!

还没等周围的欢呼声落下,五百名重甲卫士,已经铿锵出场。在他们的团团保护下,一座由三十二匹骏马拉扯的木质宫殿,终于缓缓出现在道路的尽头!宫殿中,丝竹声阵阵,若有若无。更有渺渺青烟,围着宫殿萦绕不散,隔断人的视线,让谁都看不清楚宫殿内,此刻坐的到底是凡人还是神仙。

事实上,也没人敢仔细往殿车里头看。正所谓仰面视君,有刺王杀驾之嫌,那可不是闹着玩的。因此无论龙辇走到哪里,人们都纷纷屏住呼吸,或者俯身,或者低头,甚至屈膝下拜,等跟在龙辇后面的乐手也走得远远的,才敢重新抬起脖子,长吐一口浊气!

刘秀等人知道最关键的时刻来了,一个个在躬身行礼之余,都打起了十二分精神。眼睛不敢左顾右盼,耳朵却竖起来,倾听四面八方。

除了号角声和管弦声,周围几乎没有任何杂音。帝王的威严的确重如

---

① 钢叉、鎏金镫、斧头、开山钺、金葫芦、金瓜锤。以上都是皇家仪仗里的器物,学生们饿晕了,所以故意认错。

泰山，压得周围无人敢用力呼吸。

"看来是虚惊一场！"用眼角的余光，发现御辇即将远去，刘秀忍不住偷偷松了一口气。然而就在此时，耳畔的丝竹声，忽然出现了一丝停顿。紧跟着，在他身侧大约二十步的位置，忽然有五六个灾民模样的百姓，冲开太学生组成的人墙，高喊着朝皇帝的殿车扑了过去。"冤枉啊——陛下——"

据说圣明天子，生有重瞳。尘世间任何鬼怪伎俩，都瞒不住他的眼睛。

灾民们狂奔、高喊、踉跄的身影，在漫卷的红旗之间，显得格外醒目。皇帝的马车停了下来。开路的近卫们也停了下来。

执金吾拨转马头，手中权杖高高举过了头顶。刹那间，万籁俱寂。

"护驾！"龙辇当中，忽然发出一声断喝。

守护在龙辇附近的持戟甲士立刻毫不犹豫地将铁戟向外攒刺，将灾民们单薄的身体撕得四分五裂。

猩红色的血雨先喷向天空，又缓缓回落。

学子们今早刚刚亲手铺好的黄沙之上，血如鲜花般绽放，绚丽夺目！

【浪高谁肯迎潮立】

那些持戟甲士都是百战精兵，又谨守护卫之责，任凭血雨洒落，自是面不改色。更有人在将领的指挥下，向内迅速收缩，如同龟壳一般，将龙辇护在队伍的正中央。

执金吾身前，那二百名开路的金甲近卫，则迅速放下仪仗，抽出腰间兵器。一时间"仓啷啷"声不绝于耳，明晃晃的剑光耀眼生寒。

太学的学生和看热闹的百姓们，被地上的鲜血和碎肉吓得魂飞胆裂，尖叫着四散奔逃。转眼间，秩序大乱。

大家伙儿你推我，我挤你，唯恐跑得不快。身体稍微单薄一点的，便被推翻在地，随即踩上无数大脚，惨不忍睹。而小商小贩们兜售的水果、糕饼之类，更掉得到处都是，顷刻间便被踩成一团团烂泥。

"别挤,别慌,不是刺客,没有刺客!"邓奉被周围的同学们推得站立不稳,却依旧扯开嗓子大声高呼。

"大家不要乱跑,不要靠近御辇!"邓禹虽然年纪小,头脑却冷静异常,也跟着踮起脚,用力挥舞手中包裹着红布的木棒。

"谁再推我不客气了!"邓奉情急之下,双腿齐齐发力,顿时像老树般站得稳稳,把接连撞向自己的三名学子,全都给反推了回去。他身边顿时一空,所有慌不择路者都果断绕行。而邓禹却没有如此强的自保之力,个头又小,被几名学子一挤,像葡萄架一样翻倒在地。

眼看着,数只大脚就朝着他的胸口踩来,偏偏他却躲无可躲,只好双手抱头,缩成一团,听天由命。就在此时,人群内忽然传出一声断喝:"让开,书全读到狗肚子里了么?君前失仪,你们是不是嫌自己命长?!"

"啊!"众学子被吓了一跳,动作本能地出现停滞。断喝者猛地用肩膀向前一顶,硬生生从人群中分出一条通道,捞起邓禹,稳如泰山。

"文、文叔师兄!"自以为在劫难逃的邓禹睁开眼睛,恰看到救命恩人那熟悉的面孔。

"站稳,靠紧我,别挡其他人的路!"刘秀笑着冲他点了点头,大声叮嘱,"这当口儿,大伙什么都听不进去。你别招惹他们,反而最好!"

"文叔兄说得对!"严光拉着朱祐,跌跌撞撞挤了过来,与刘秀和邓禹两人,背靠背站成了一个小方阵,"咱们先顾自己,再顾别人!"

"刘文叔,刘文叔!"看到刘秀和严光等人已经有了自保之力,邓奉赶紧叫嚷着向他靠近,"沈定、牛同,到刘文叔这边!"沈定、牛同等学子,正被挤得六神无主,听到邓奉的呼唤,也努力向刘秀的位置靠拢。七名青年学子,转眼凑成了一座礁石,在慌乱不堪的人群当中,显得格外醒目。

"大伙跟我一起喊,镇定,镇定,不要惊了圣驾!圣明天子在此,无人敢胡作非为!"发现大伙都已经转危为安,朱祐立刻想起了王修强加在众人头上的任务。这一招虽然有些"无耻",但比起事后被王修和吴汉两个借题发挥,丢脸绝对算不得大事。顿时,刘秀等人心有灵犀,齐齐扯开嗓子,大声重复:"镇定,镇定,不要惊了圣驾!圣明天子在此,无人敢胡作非为!"

越是混乱不堪的情况下,大伙越是需要主心骨。周围的百姓和学生,正在争相逃命。忽然听到有人高呼天子在此,忍不住猛然回头。

常言道,法不责众。过后有司不可能挨个追究大伙君前失仪。但是,在一片混乱之际,若有人能够挺身而出,努力维持秩序。想不让皇上看见都难,过后肯定会平步青云!

能进入太学读书者,智力通常不太差。众学子当中一些反应机敏者,果断停住了脚步,抱团维持秩序。一时间,"冷静"、"勿慌"、"我等当报效皇恩"、"君前不可失仪"的叫嚷声,此起彼伏。不多时,混乱的人流,渐渐停止了涌动。

"奶奶的,都是人精!"邓奉忍不住撇着嘴数落。

"没事儿,咱们不求有功,只要不被王修和吴汉两个找茬就好!"刘秀倒是很知足,抬手擦了下额头上的汗水,笑着安慰。

话音刚落,耳畔忽然传来一串诡异的呼啸。他迅速扭头,只见数支闪着乌光的破甲锥凌空而至,直奔不远处的御辇。"有刺客!"刘秀瞬间吓得汗毛倒竖,本能地将包裹着红布的木棍掷向半空,试图阻挡破甲锥。

"真的有刺客,先前那几个灾民,极有可能是受人指使!"大脑在高度紧张的情况下,立刻就推断出了事情的真相。然而,手上的动作却依旧慢了半拍。丢出去的木棒只击中了一根破甲锥的尾部,将其砸得歪了歪,掉头射进了甲士队伍。另外数支破甲锥,全都准确命中了御辇,破窗而入。

"抓刺客!"执金吾严盛立刻带领金甲侍卫们,扑向了破甲锥飞来的位置,刀剑齐挥,将来不及让路的学子和百姓,全都砍翻在地。

"啊,刺客,真的有刺客——"先前想趁机邀功的几伙"少年英杰",也都瞬间被打回了原形,惨叫着四下逃窜。

"别动,咱们站在原地,免得被当作刺客误伤!"唯独刘秀所在的这支小队伍,果断互相拉扯着,高声提醒,"别跑,都不要跑,刺客要的就是大伙先乱起来!"这个选择无比机智,等同于救了大伙儿的命。急红了眼的甲士们横冲直撞,见到可疑的人就乱刀齐下。唯独绕开了七名始终原地不动的学子,不将他们视作刺客的同党。

眼看至少三十几名同窗无辜惨死,刘秀等人却无能为力,只好闭上眼睛,默默向上苍祷告。希望混乱快点儿结束,惨祸不要继续蔓延。

天下之事,向来祸不单行。耳畔忽然传来了一个无比熟悉的声音,"三哥救命!"刘秀吓得魂飞天外,扭头张望,恰看见阴丽华那惊慌的面孔。

所有理智,立刻不知去向。刘秀一纵身跳起,掠过数名同窗的头顶,凌空扑向阴丽华。二人之间的距离足足有三十多步,除非插上翅膀,他根本来不及赶到阴丽华身边。然而,那已经变了调子的怒喝,还有凌空而起的身影,却立刻将周围甲士们的注意力,全都吸引了过去。

刹那间,所有高高举起的刀剑,争先恐后向他集中。

双脚落地之后,他立即俯身捡起一根别人丢下的扁担,左拨右挑,将阻挡在自己前面的障碍,挨个清除。眨眼就来到了阴丽华前。

"嗖——"一支利箭贴着他腋下飞过,带起一串殷红的血珠。

"别射!他是太学生刘秀!他在救人,他不是刺客!"

更多的羽箭凌空飞至,恨不得立刻将刘秀射成筛子。背对着禁军将士的刘秀,却好像后脑勺长了眼睛般,身体迅速左右摇晃,让开大部分羽箭。紧跟着单手将阴丽华从地上拉起,护于左臂之下。右手拎着扁担迅速转身,凌空扫动,将最后几支羽箭击落于地。

"他不是刺客!他刚才替皇上挡过箭!"邓禹等人急得两眼冒火,争先恐后扯开嗓子大声喊叫。

然而,禁军将士哪里肯信,更多的羽箭瞄准他和阴丽华。

眼看二人就要被射成一对同命鸳鸯,御辇之内,终于传出了一个低沉的声音:"住手!一群废物,都没长着眼睛么?"

众禁军将士吓得一哆嗦,赶紧松开弓弦。差一点儿就变成刺猬的刘秀如梦初醒,跟跄了几步,放下扁担,拉着阴丽华对御辇躬身下拜,"学生刘秀，多谢陛下救命之恩！"

"罢了！你先前做的事情，朕都看到了。朕还没老，也不是瞎子！"御辇的门，被轻轻推开。一个脸色苍白、身材高大的老者，缓缓走了出来，脚步平稳，动作坚定，丝毫不在乎，周围是否还有其他刺客！

【运来皆添锦上花】

"万岁，万岁，万万岁！"刹那间，御辇附近的甲士齐齐单膝下拜，欢呼声宛若山崩海啸。距离御辇位置稍远的其他侍卫，发现王莽毫发未伤，瞬间有了主心骨。从四面八方杀向先前施放破甲锥的刺客们，将其杀得节节败退。众学子和百姓听到欢呼声，心中的恐惧也瞬间减轻了大半。有人趁机绕过堵路的官兵，四散逃命。也有人回过头来，躬身屈膝，向大新朝皇帝施礼。

"免礼！"王莽镇定地四下看了看，轻轻抬手，"全都免礼。顺子，给朕拿一张绣墩下来！"

"是！"小宦官大声答应，抱着一个绣墩，乖觉地摆在王莽身后。

"嗯！"王莽满意地点了点头，缓缓坐稳。仿佛一名统率千军万马的百战名将般，镇定自若。

执金吾严盛、骁骑都尉吴汉等武将见状，连忙跑上前来，用身体替王莽充当肉盾。王莽却不耐烦地摆了摆手，冷笑道："尔等不去捉拿刺客，围着朕做甚?！让开，别挡朕观看勇士杀贼！"

严盛、吴汉等人又羞又惧，连忙齐齐躬身谢罪。王莽却又摆了下手，"刺客要谋害朕，又不会事先告知尔等。既然朕毫发无伤，尔等就没有罪过。赶紧去捉拿刺客，朕在车里闷了，出来透口气。待尔等清理完刺客，咱们立刻就走！"

短短几句话，既安抚了将士们忐忑的心脏，又鼓舞了大伙的士气，把严盛、吴汉等人听得浑身热血沸腾。不顾甲胄笨重，单膝跪地，先给王莽行了个大礼，然后转头冲向刺客们据守的路边酒楼。

不多时，刺客们被擒的擒、杀的杀，全军覆没。武将和文臣们争先恐后跑到御辇前告罪。王莽这才冷笑着站起身，一边掉头向御辇内走，一边大声说道："区区几个刺客，就想坏了朕的大业，真是白日做梦！司马，此事交给你去查，无论刺客跟谁有过瓜葛，都给我一查到底！"

"末将遵命！"大司马严尤上前半步，答应着俯身。

"司空，你带人去抚恤百姓。今日凡是被误伤者，无论是伤于刺客之手，还是伤于朕的侍卫之手，一概按将士们沙场伤亡之例，从优从厚！"大司空王邑也躬身领命，带领属下去清点百姓的伤亡情况。同时将陛下刚才的旨意，大声宣告。周围还没来得及逃走的百姓们听了，顿时觉得皇恩浩荡，又纷纷跪倒在地，对着御辇三叩九拜！

王莽又命令麾下官员带领太医，为受伤的将士治疗；责令长安县的地方官，对路边受损的房屋店铺，酌情补偿。同时还交代有司，年底之前，给长安城内每家每户，下发铜钱一千压惊。林林总总，事无巨细，直到把能想起来的所有问题都当场解决完毕，才又迈动脚步，缓缓踏入御辇之内。门缓缓关闭，将御辇内外，再度隔绝成两个世界。

"刘祭酒，刚才那个替朕挡箭，又奋不顾身救人的少年才俊，你明天带他到宫里来见朕。朕要亲自酬谢他的功劳！"马车刚刚开始加速，王莽的声音忽然又透窗而出，不高，却让周围所有人听了个清清楚楚！

"微臣，遵旨！"正在为学生们今天的表现而忐忑不安的祭酒刘歆（秀），顿时喜出望外，追着御辇跑了数步，躬身施礼，"谢陛下隆恩！"

"谢陛下隆恩！"扬雄、王修、阴方等一干有职位在身的太学夫子们，也又惊又喜，纷纷对着马车的背影长揖而拜。

虽然皇帝准备嘉奖的，只是刘秀一个人，但荣耀无疑属于整座太学。而皇帝陛下在最后一刻，公开表明要给予某个太学生嘉奖，也意味着他不打算再追究太学师生们护驾不力、危急关头争相逃命的"罪责"。如此，今天带领太学生们沿街恭迎圣驾的几个主事人，包括祭酒刘歆（秀）、副祭酒扬雄、五经博士王修，就都功过相抵，不用担心皇帝秋后算账；

因此，不待马车走得更远，刘歆（秀）就带领着阴方、王修等夫子掉转身形，分开人群，将被同学们围在马路中央道贺的刘秀叫到了一边，大加赞赏。

而刘秀，到此刻还有点不相信自己入了皇帝的慧眼，竟有点神不守舍。直到一众师长们轮番将夸赞的话说了个遍，才非常僵硬地回应道："祭酒、各位恩师，学生能有今日，都、都是各位的功劳。学生、学生见了陛下该如何行事，还、还请各位恩师不吝指点！"

"唉，这话从何说来。若论栽培之恩，当然首推你的师傅许夫子！"祭酒刘歆（秀）客客气气地搀扶住他的胳膊，大声表态，"不过，既然许博士卧病在床，明天该如何拜见圣上，老夫只能越俎代庖了。一会儿回到太学，你先去用了饭，然后到诚意堂找老夫。老夫慢慢跟你细说！"

"皇上对于你今天的表现甚为赞赏，你明天只要不胡乱说话，应该不会有任何麻烦！"扬雄几乎是亲眼目睹刘秀从一个懵懂外乡少年，成长为太学翘楚，此刻心中甚感欣慰。

朱祐的师傅刘龚向来喜欢扶植后辈，见刘秀听了两位祭酒的话之后依旧满脸忐忑，便笑了笑，低声点拨，"圣上日理万机，说是要当面酬功，也不会拉着你没完没了地问话，更不会考校你的学识如何。所以，你大可不必紧张。记得多听少说，别不懂装懂就行了。以圣上的仁德，即便你言谈举止偶有失当，他也不会深究！"

"多谢祭酒、师伯，还有夫子！"刘秀的心脏，终于不再跳得那么剧烈了。想了想，再次认认真真地朝三人行礼。

刘歆（秀）、刘龚都冲他微笑点头，扬雄则笑着叮嘱，"别急着回太学，你先抽空去你师傅家一趟，说不定他一开心，身体就会好起来！"

"是！"刘秀的眼睛里，立刻就有了光彩，迫不及待地向众人行了礼，转身便走。临行之前，又忽然想起了阴丽华，柔声叮嘱，"阴夫子在，我、我就不送你回家了。你自己、自己保重！"

"三、三哥，多谢你又救了我一次！"阴丽华羞红了脸，客客气气地蹲身致谢。

朱祐等人见状，立刻促狭地大声狂笑。阴方今天也难得没有为两人走得太近而恼怒，反倒主动追上前来，笑着说道："文叔，你跟子陵情同手足，当初还救过家兄全家的性命。但古语云，天欲降大任于斯人，必先苦其心志，劳其筋骨。你身为许博士的关门弟子，原本起点就比寻常学子高了许多。老夫真的不敢再对你多加照顾，让你心生骄纵之意！"

没想到忘恩负义这种事情，在阴方嘴里，居然能说得如此冠冕堂皇。刘秀有些无法相信自己的耳朵。但毕竟是阴丽华的叔叔，他不能让此人过于难堪，犹豫了一下，强笑着拱手，"弟子明白，多谢夫子用心良苦！"

"你明白就好！"阴方的脸立刻笑成了一朵喇叭花，"当初你年纪小，老夫即便欣赏你的才华，也不敢让你分心，坏了前程。如今你已经年满十八，下一个秋天就可卒业。平素不妨到老夫家里，多多走动。咱们都是南阳人，彼此也算知根知底！丑奴儿的父亲也曾经说过，她的将来，全凭老夫做主。"

这简直就是要当众表明态度，拉刘秀做阴家的女婿了。顿时，阴丽华羞得双手掩面，飞快地逃向自己的马车。而刘秀也脸红得几乎要滴出血来，赶紧后退了几步，"家师、家师卧病在床，学生得去给他喂药。将来的事情，家师病好之后，会替学生做主。夫子，祭酒，请允许学生先走一步！"说罢，也不敢再多停留，掉过头，逃一般走出了人群。

【前倨后恭为何事】

匆匆忙忙赶到许子威家，匆匆忙忙听了老师的一番叮嘱，匆匆忙忙又返回太学向祭酒刘歆（秀）求教，直到傍晚时分，刘秀才终于有机会躲在寝馆里松了一口气。然而，还没等他把气儿喘匀，屋门就又被人推了个四敞大开。一大堆熟人，带着浑身的冷气冲了进来。

"刘文叔，你胆子真大，上午在陛下面前，居然还能说得出话！"

"救驾呐！这回，你可真的要平步青云了！"

"至少六品起吧，皇上向来赏罚分明……"

"诸位,你们平素的养气功夫都哪里去了?"刘秀被众人吵得头大如斗,站起身苦笑摇头,"御辇那么结实,即便我不出手,羽箭也伤不到皇上。"

"关键是你出手了,而别人当时都吓得不知所措!"朱祐摇摇头,大声反驳,"这事往简单了说,是你眼力、见识和胆气都远超常人。往复杂了说,就是忠字当头,为了保护皇上不惜牺牲性命。皇上如果给你封官封得小了,岂不是说他自己的性命……"

"胡说!"实在受不了朱祐满嘴跑舌头,刘秀赶紧去关上了屋门,大声打断,"你别胡乱猜测,小心祸从口出。我只是当时站的那个位置,距离御辇较近而已!看到羽箭射了过来,根本来不及多想。换了你们当中任何一个,恐怕也会做得跟我一样!"

"可我们没有你运气好啊!"朱祐丝毫不掩饰自己的羡慕,继续夸张地大叫,"运气也是实力的一部分。唉,大伙一道被王修老贼坑,只有你因祸得福,反而得到了陛下的青睐!我看阴博士那意思,明显是想把侄女嫁给文叔。而三姐呢,又是许夫子的义女。文叔将来娶了阴丽华,跟许夫子没法交代。娶了三姐,就会让阴博士怀恨在心。唉,真是左右为难呐——"众人被朱祐逗得哄堂大笑。看向刘秀的目光里,却没半点儿嫉妒。

正笑闹间,门外忽然传来几声轻轻的咳嗽。随即,屋门被人轻轻叩响。

"谁?"刘秀发现平素走得近的同学都在屋内,立刻警惕地大声询问。

"管他是谁,你现在已经入了陛下的眼睛,谁还敢来找你麻烦!要么是来贺喜,要么是来锦上添花的!"邓奉笑着,用力拉开屋门,"请!王、王夫子……您有事?"

后半句话,语调极速转冷,明显是不打算让来访者入内。而冒昧来访的王修,却一改平素张牙舞爪模样,非常客气地说道:"怎么,这么快就不想认我这个老师了?刘文叔呢,明早他就要入宫见驾,我这个当老师的,有些注意事项,得提醒他!"

邓奉只好苦笑着让出一条缝隙,请对方入内。"文叔正准备休息,我们也正打算离开。毕竟天色已经很晚了,万一他过度劳累,大伙怕他明天早晨会君前失仪！"

"嗯，你们几个想得仔细，他今晚的确得早点休息！"王修装作听不懂邓奉话语里的驱赶之意，硬挤进屋子。

"子曰：满招损，谦受益。文叔你虽然立下了大功，但切不可自满。须知朝堂不比太学。太学里，即便彼此之间有什么争执，也是同门师兄弟间互不服气而已。外面的人通常不会插手。而陛下，也一直认为这种竞争会让人奋发上进，不会怪尔等蔑视皇家！"

这倒基本上是大实话。三年来，刘秀非但在太学里见过王固、王恒等皇族旁枝，就连王莽的亲孙儿也见到过好几个。每次只需要点下头，叫声师兄而已，从来不需要行叩拜大礼。而考试和切磋之时，大伙儿也难免会跟皇孙同时下场。从来不需要考虑将皇孙驳得哑口无言，会不会犯下不敬之罪。

由此可见，太学是长安城乃至整个大新国最特殊的地方。在皇帝王莽的有意照顾甚至放纵下，这里的规矩，跟外边任何地方都不一样。同理，太学里的做事方式，拿到外边，大多数情况下也行不通。如果不及早调整准备，难免会遭受挫折。

"多谢夫子提醒！"难得没被王修刻意打压，刘秀一时间真的很不适应。

"你知道就好！为师平素对你稍微严格了些，其实也是为了你好。怕你在太学里头过于骄纵，将来走上仕途，不被上司和同僚所容……"

"夫子用心良苦，学生铭刻五内！"刘秀强忍恶心拱手道谢。

"不必，你明白老夫并非心存恶意就好！"王修满意地摆摆手，"就像这次，若非老夫指派你等维持秩序，你哪里有机会立下如此大功。古语云，锥处囊中，才能脱颖而出。文叔你呢，就是那个锥。而老夫不断给你创造机会，就是希望你早脱颖而出……"

"咳咳咳……"朱祐大咳特咳。

刘秀依旧保持着最基本的礼貌，"夫子所言极是，弟子拜谢！时候已经不早了，弟子需要养精蓄锐，不知道夫子您……"

"没事了，没事了！"王修一边摆手，一边缓缓后退，"我只是不放心你，所以特地过来叮嘱一番。你明天见了皇上，千万别忘记替太学的几位鸿儒，感谢陛下的知遇扶植之恩。陛下仁厚，见你饮水思源，定会圣心大悦。你切记，哎呀！"没留神脚下，他不小心踩到了一只靴子，摔了个四脚朝天！

第十五章　世态炎凉

常言道，雪中送炭者少，锦上添花者多。今天皇帝那句"朕要亲自酬谢他的功劳"，已经等同于当众宣布，刘秀飞黄腾达在即。有心人此刻不来拉关系套近乎，更待何时？

当晚刘秀的寝馆，竟比过年时还热闹十倍，足足折腾到了后半夜，才不再有"贵客"登门。他累得筋疲力尽，草草洗漱了一下，立刻进入梦乡。第二天早晨起来，两只眼眶都黑了大半圈。同车前往皇宫的太学祭酒刘歆（秀）见状，少不得又唠叨了一路。

差不多正午，曾经在诚意堂内替皇帝颁发奖赏的欧阳公公，亲自将刘歆（秀）和刘秀师徒带进了未央宫。又在青砖铺就的甬道里，走了足足有一刻钟之久，才来到了宫内一座小门前，将二人又交给另外一名年轻宦官。

刘秀来长安求学之前，连县衙里边什么样都没看过，更何况是皇宫？走着走着，就感觉到有一股雄浑之气，穿透了自己的外袍，皮肤，再透过血肉骨骼直扑心脏。这是他祖先曾经居住过的地方，一砖一石，一草一木，隐约都带着某种神圣的气息。掠过屋檐的北风，似乎也在发出暗哑的呼唤，呼唤着深藏于他灵魂深处的骄傲，深藏于血脉深处的尊严。

长安原本是秦朝一个乡，大汉高祖五年，丞相萧何奉命，在一片废墟之上筑城。大汉高祖七年，造未央宫。同年大汉国都由栎阳迁移至此。高祖曾经亲历秦末战乱，因此借用长安乡的名字，将都城也取名为长安，寓意长治久安！此后经历近百年时间，才将长安城和大汉皇宫，打造成现在的规模!

"文叔,为师记得,你的两个哥哥都务农为业吧?他们家书中可曾说起,南阳那边,今秋收成如何?"隐约感觉到刘秀呼吸越来越重,祭酒刘歆(秀)忽然笑了笑,仿佛很不经意地问道。

"还、还好!今年收成不错,因为弟子在太学就读,县里还免了家中部分赋税!"刘秀心中一寒,瞬间眼神就恢复了清明。祖先们曾经的荣耀,早已成为了过去。如今,这座皇宫属于大新。而自己,正走在前去接受大新皇帝召见的路上。如果应对得当,也许今天就能被赐予官职,从此家族不必受税吏欺凌逼迫之苦。如果自己还念念不忘祖先的荣耀,不但本人不可能活着走出皇宫,远在舂陵的家族,也必定受到牵连!

"也就是本朝,才会对教化如此重视。你能从南阳来长安就读,也多亏了陛下!"

"学生明白,学生不敢忘记陛下鸿恩!"

"刘祭酒,陛下召你入内问话。和你同名的学生暂且在外边等待!"

怎么是单独召见?刘歆(秀)暗暗吃了一惊,却不敢提出任何异议。

"他已经知道我叫刘秀,恰恰跟祭酒同名!那他记不记得,去年赐给我青铜尺子的事情?他知不知道,我曾经不止一次,当众打了王固和王恒等人的脸?"一阵北风卷着残雪,从房顶横扫而过。纷纷扬扬的雪沫子,吹了刘秀满头满脸。

"陛下有旨,宣太学生刘秀觐见——"

激灵灵打了个哆嗦,刘秀收起纷乱的思绪。学着先前祭酒的模样,先朝着黑洞洞的屋门行礼,口称:"学生刘秀,谨遵圣命",然后小步急趋入内,恰恰与告退出门的太学祭酒擦肩而过!

因为是寒冬腊月,御书房没有开窗。由水晶和蚌壳磨成的窗叶,将寒风牢牢地挡在了屋外,也挡住了大部分阳光。这使得屋内的照明非常差,即便是在大中午,许多侍卫的面孔也模糊不清,仿佛是一群土偶。而从铜鹤嘴里喷出来的渺渺青烟,则于昏暗之外,又平添了几分神秘。

唯一明亮处,便是皇帝的御案附近。九盏水晶琉璃灯,将御案、胡床、奏折,以及胡床后绣在黄绢上的九州舆图,照得纤毫毕现。而坐在胡床上,埋首批阅奏折的圣明天子王莽,则与堂下的侍卫们,形成了鲜明的对比。仿佛一座高高在上的神祇,正自身发出光芒,泽被周围璀璨星辰。

"来者何方人士,还不上前拜见圣人!"还没等刘秀的眼睛适应御书房内的明暗落差,已经有宦官扯开嗓子,开始大声唱礼。

"南阳学子刘秀,叩见圣皇,祝圣皇龙体安康,泽被苍生!"刘秀心里又激灵灵打了个哆嗦,赶紧按照预先准备大声问候,随即跪倒在特定的软垫上,恭恭敬敬地向王莽叩首。

"免礼,你起来说话,这里是御书房,不是金銮殿,用不到如此麻烦!"王莽从小山一般的奏折上抬起头,向下看了看,低声吩咐。

"学生……"刘秀一愣,迅速向唱礼的太监脸上观望,希望能得到一些暗示。然而,后者果断又变成了土偶,嘴唇紧闭,两眼空洞,僵硬的面孔上不带任何人间温情。

按照昨天的准备,此刻宦官应该继续唱礼,刘秀则拜足三次,才能表达出对帝王的尊敬。而第一轮叩拜刚刚结束,唱礼声却戛然而止。继续拜下去,算不算抗命?立刻站起来,算不算失礼?忽然间,少年人发现自己走到了悬崖边,无论向前还是向后,都有可能一脚踏入万丈深渊!

"朕叫你起来,你就尽管起来!"王莽的声音从头顶缓缓下落,仿佛带着无穷的魔力,"你们不要戏弄他。他只是个学生而已。"

"奴婢遵命!"书房内,迅速响起一片低低的回应声。刹那间,所有土偶的面孔,都生动起来。负责唱礼的太监,微微俯下了身,柔声提醒:"刘秀,还愣着做什么,还不赶紧向圣上谢恩?"

"谢陛下!"刘秀恭恭敬敬对着王莽叩首,起身肃立。

"你是南阳人,据朕所知,南阳那边,像你这么高个子的,可真不多!"王莽轻轻放下紫毫笔,笑了笑。

这又是刘祭酒和许夫子预先没想到的话题。刘秀再度被"打"了个猝不及防。然而，毕竟是太学里头一等一的青年才俊，他拱手向王莽行了常礼，实话实说，"学生原本长得也不高，最近三年来在太学里吃得饱，又日日练武，所以向上窜了一大截！"

"哦，这么说，还是朕的功劳了？"王莽眼睛里涌起一抹笑意。

"是，陛下。学生昨晚入睡之前，受了许多人的嘱托，请学生今日一定要当面向陛下致谢！"

"哦？还真有人记得朕的好处！朕还以为，太学里都是些端起碗来吃饭、放下碗就骂娘的白眼狼呢！你且说说，有多少人托你向朕当面表达谢意，他们都怎么说？"

还真有人直接问别人怎么夸自己的？"回、回圣上的话。主要是太学里的师长，还有学生的几位同窗！其他人跟学生不熟，不敢把如此重要的话托付学生转达。"

"噢！"王莽轻轻点头，脸上带着几分意犹未尽。

"老师们看得远，主要是想感谢陛下大兴教化，泽被万世。同窗们就想得比较简单了，觉得要不是陛下全力支持太学，很多人根本没机会到长安读书。"刘秀敏锐地察觉到了对方的期待，斟酌了一下言辞，大声补充。

他虽然对王莽即位以来的许多政令，心中颇有微词。但对于大兴太学的举动，却极为赞赏。以亲身体验得出来的结论最为真实，不加夸张修饰的言语，也最能打动人。王莽眼睛里的笑意更浓，点点头，带着几分自得说道："泽被万世就算了，能泽被三世，朕就心满意足。太学里的老师是想讨好朕，才故意说得如此夸张。倒是你的那些同窗，心思还都单纯得很，知道饮水思源！"

"学生不敢妄自揣摩师长的本意，但他们对陛下的感激，却是货真价实！"感谢的话，是王修等人说的。他答应将话带给皇上，已经做到。至于王修等人的名字，既然皇上没问，他当然也不能硬说给对方听。

"嗯，你很知道进退！"见刘秀对答如流，不像寻常官吏在自己面前战战兢兢，王莽心中很是满意，"你是许大夫的弟子？他最近身体如何？"

这个问题，倒是没脱离许子威的预测范围。刘秀心里立刻踏实许多，拱起手又给王莽施了个礼，恭恭敬敬地回答道："回圣上的话，家师半年之前偶感风寒，身体一直时好时坏。但总体上说，目前还不妨事。圣上赐下的药品和补养之物，家师也一直在服用。每次服药，都会想起圣上的恩情！"

"这话，是许老怪教你的吧！他不骂朕就不错了！"

遇到这么一个不按常理说话的人，刘秀除了红着脸谢罪，不知道该如何应对。而王莽却一下子来了兴致，"你那师傅，什么都好，就是生就了一副混账脾气。朕拿他当至交好友，他却总是想学伯夷叔齐。要是他真的能采薇而食，朕也认了。就是怕他稀里糊涂，反而做了别人手中之刀，然后死个稀里糊涂！"

刘秀愣愣半晌，才苦笑着回应，"学生不敢虚言相欺，家师的确在学生面前，多次提起陛下的恩德！"

"那是因为，他怕影响了你的前程！"王莽苦笑摇头，然后长长叹气，"他如果真的还念朕的好处，就不会把话说得如此生分了。算了，这是朕跟他之间的事情，你不懂，也没必要懂。你只需要明白，朕将你师傅留在长安，绝非心存忌惮，更没任何恶意！"

"弟子知道，弟子谨遵圣命！"知道这是王莽的心病，刘秀不敢怠慢，立刻大声回应。

"嗯，你知道就好！"王莽收起笑容，沉吟着点头，"朕不会害他，但也不会任他由着性子胡闹。换了别人，已经不知道死多少回了。虽然他从来不感谢朕！"

说罢，忽然意识到自己如此说话，有损帝王之威，迅速板起脸，"就像这天下，不知道多少人恨不得朕立刻就死。朕不跟他们计较，朕所做的事情，寻常凡夫俗子，又怎么可能看懂?！"

凡夫俗子看不懂，但知道挨饿受冻的滋味！刘秀低着头偷偷腹诽，脸上的表情却毕恭毕敬。

"你刚才说,进入太学之后才吃饱饭。难道你从前在家之时,总是挨饿么?"王莽的心思,远非常人所能揣摩。

刘秀的额头上,瞬间就涌出了几滴汗珠。迟疑半晌,终于还是决定实话实说,"圣上容禀,学生家里人丁颇多,但土地却只有百十来亩。风调雨顺之年,自然衣食无忧。遇到干旱、冰雹或者洪涝,就会饿肚子。而官府的税吏,却只管征收税赋,不问灾年还是荒年。所以族中长辈,只能选择细水长流,期待能多存一些粮食,随时支应官差!"

"可恶!"王莽用力一拍桌案,震得书简乱滚,"朕早就下过圣旨,荒年酌情减免税赋。朕的大新律里,也写得清清楚楚。来人,给朕去查,南阳的大尹是谁?替朕传口谕给五司①,立刻将其革职查办!"

"是!"当值的太监答应一声,转身便走。

刘秀被王莽的果断给吓了一大跳,赶紧又拱起手,小心翼翼地补充,"启禀陛下,大尹、大尹公务繁忙,恐怕未必管得了如此仔细。也许是……"

"朕不管是谁,既然大尹受命牧民一方,朕就拿他是问!"王莽狠狠瞪了他一眼,"怪不得呢,朕去替洛阳百姓拜祭上天,居然灾民不肯领情,反倒跟逆贼串通起来想要谋害朕。原来是有人不听朕的旨意,在下面胡作非为。这种臣子,朕留他何用。晚革掉一天,不知道多少百姓遭其所害!"

"学生、学生代南阳百姓,拜谢陛下!"刘秀无奈,只好拱手向王莽致谢,心中对因为自己一句话就丢了官职的南阳大尹好生同情。

"你不用谢朕,是朕失察,养了一群害民之贼!"王莽用力摇头,又长长叹气,"一群鼠目寸光的东西,朕给了他们如此高的俸禄,他们居然还不知道珍惜。既然如此,朕就让他们把吃下去的,全都给朕吐出来!"

刘秀见他余怒未消,不敢再接茬。垂下头,心中悄悄嘀咕,看样子,他倒是个心怀百姓的明君。按理说,不该弄出一大堆敲骨吸髓的政令来才对?照这种尺度,天下各郡大尹,恐怕全部满门抄斩,都没有一个冤枉!

---

① 五司,王莽改制,设司恭大夫、司徒大夫、司明大夫、司聪大夫、司中大夫。负责监察官吏。

正愣愣地想着，耳畔又传来了王莽的声音，很低沉，隐隐还带着几分孤寂，"一个个在朕面前，都忠肝义胆，忧国忧民。到了地方上，就如狼似虎。到头来，百姓却把他们做的恶事，全算在了朕的头上。朕这个皇帝，当得也真无趣！"

刘秀不知道该怎么回答，只能继续低着头三缄其口。

周围的太监和侍卫们，也不敢火上浇油，再度做起了泥塑木雕。御书房内的气氛，立刻变得无比压抑。窗外的寒风呼啸声，瞬间也大了起来，仿佛无数孤魂野鬼在哀嚎。而御案旁边的水晶琉璃灯，则亮得扎眼。

"朕之所以力行恢复古制，就是因为汉制过于粗疏。只可惜世人目光短浅，宁愿守着千疮百孔的汉制等死，也不愿意跟朕一道铲除积弊。"

"昔日商鞅变法，也阻力重重。但商君之后，秦国的实力，却一跃成为六国之首。"刘秀不敢再沉默下去。

王莽好像瞬间找到了知音，满意地连连点头。"嗯，你说得对，昔日商鞅变法也一样受到了百官质疑。商君有秦王支持，朕却根本不需要秦王！"

"陛下圣明！"侍卫和太监们齐齐开口称颂。

"圣明不圣明，自然有后世史家评说。来人，给刘文叔赐座，赐茶！"

"学生谢陛下厚恩！"刘秀被王莽瞬息万变的态度，弄得浑身上下都不自在，赶紧跪倒于地，小心翼翼地叩首。

王莽却笑了笑，非常和蔼地说道："你平身吧！心里尊敬朕，不叩拜又怎样？肚子里恨不得朕立刻死，每天磕一百个头也不见丝毫忠诚！"

刘秀接不上话，讪笑着起身落座。王莽端起太监们拿来的茶水，自己先抿了几口。"扯远了，朕今天找你来，说好了是要当面谢你救命之恩的！"

"学生不敢！"刘秀连忙将茶盏放到了地上，起身拱手，"当时即便没有学生挡那一下，羽箭也伤不到圣上分毫。学生不敢贪功，更不敢……"

"你挡了就是挡了，朕看到了，自然就得领情！"王莽大气地挥了下手，"朕由此，可以看到你的本心！"

"学生能入太学就读，受圣恩甚多。"刘秀无奈，只好躬身补充。

"知恩图报，你是个有良心的！也不枉许大夫的多年教诲。朕听说，你在太学，连续三年岁末大考都未掉出过前十，可有此事？"

虽然话头转移得非常突兀，但是这个问题，刘秀却预先有所准备。"学生是许夫子的亲传弟子，起点原本就比其他同学高，岁末试考得稍好一些，才是正常。况且刘祭酒、扬祭酒平素也对学生指点颇多，学生不敢不努力，辜负了他们的栽培！"

"嗯，名师出高徒。这话着实不虚！"王莽对刘秀的态度和回答都很满意，点点头，"你追随许大夫主修《尚书》，得了他几分真传？"

这个问题，也未出昨天的框架。"学生所学，不及恩师一成。正应了那句话，夫子步亦步，夫子趋亦趋，夫子驰亦驰，夫子奔逸绝尘，而学生瞠若乎后矣！"

"你想做颜回？"王莽学识渊博，立刻就听懂了刘秀所引用的典故。

"学生不敢。学生只知道自己跟夫子之间的差距，丝毫不亚于颜圣之于孔圣！"刘秀再度低声自谦。

王莽被他的话逗得莞尔，就起了考校学问的念头。开始出的题目都非常简单。不多时，他就被刘秀的学识所震惊，悄悄地增大了难度。到最后，考校竟隐隐朝着探讨方向发展，并且双方在许多地方都不谋而合！

这下，耗费的时间可就久了。太监们连续添了四次茶汤，悄悄给刘秀使了七八次眼色，都未能成功将考校打断。到最后，眼看着日暮将至，而皇帝陛下连哺食都没顾上用，赵姓左监门只好硬着头皮凑上前，小声提醒："圣上，外边又送来三百斤奏折，您看……"

"啊，这么多！"王莽本能地抱怨了一句，意识到自己浪费了太多时间在一名寻常学子身上，站起身，笑着盼咐，"都给朕送到书房来，朕连夜批阅就是！刘文叔，你非但身手高明，学问的确也是一等一。朕的那几个晚辈，输给你，一点儿都不冤枉！"

"学生并非有意冒犯皇族，还请圣上宽恕学生失礼！"刘秀的思路有点跟不上王莽的变化，讪讪地起身赔罪。

"甭说是朕的族孙,就是朕的亲孙儿,进了太学,也得凭真本事出头。否则,我王氏家族,岂不要一代不如一代?你做得好,朕的儿孙,就得如此磨砺,才会懂得天外有天!"

"谢陛下鸿恩!"刘秀松了一大口气,对王莽的心胸佩服得五体投地。

"朕不会管太学里边的事情。但是出了太学之后,你可要好自为之。毕竟国有国法,家有家规。出了太学,朕的儿孙,便是朕的脸面,不能随便被人羞辱!"

"是!学生谨遵教诲!"

"你品学兼优,昨日又立下大功,朕理当厚赐于你,让学子们以你为楷模,让乡里百姓也以你为荣耀!"

"学生不敢,是刘祭酒、扬祭酒和家师平素栽培之功……"该说的谦虚话,必须得说。

"他们是他们,你是你!朕当然不会忘记了他们!"王莽又欣慰地大笑,忽然很不经意地询问道,"你既然姓刘,祖居南阳,父亲还做过一任县宰,莫非也是前朝宗室子弟?刘祭酒竟然与你同名同姓,也真是凑巧了。不知道你们两个,是否出于同族?"

【引弦未发却已发】

"呼——"狂风透窗,令人感觉到彻骨的寒。

短短半个呼吸时间,已经有无数念头,闪过少年人的脑海。自己是长沙定王之后,定王是大汉景帝的第六子,而景帝的父亲是文帝刘恒,祖父则是大汉高祖刘邦!另外一个刘秀,曾名刘歆,乃是大汉高祖同父异母兄弟楚王刘交的后裔。虽然地位比南阳平民高了不知道多少倍,论血脉,二人却是如假包换的同族!

"刘秀,陛下在问你话,你为何不回答?"赵姓左监门偷偷看了一眼王莽的脸色,哑着嗓子大声催促。

"回圣上的话!"刘秀激灵灵又打了个冷战,"学生没打听过祭酒的出身，所以一时无法推算出跟他算不算是同族！"

"不急，谁都不会把族谱带在身上！"王莽忽然笑了起来，苍老的面孔在灯光的照耀下，显得高贵而神秘，"他是大汉楚王的嫡传后裔，不过年少时行事孟浪，已经被宗老从族谱上除名！后来幡然悔悟，才改名为刘秀。所以，他这一支若修族谱，只能从他自己而起！"

刘秀的心脏猛地一坠，瞬间明白了王莽到底想要一个怎样的答案。

皇上不是随口而问，他先前的许多作为，也并非随意而行！包括他下旨将南阳大尹革职法办，恐怕根本不是因为此人纵容小吏搜刮民脂民膏，而是因为他"昏庸糊涂"，居然将一个大汉高祖的嫡系子孙送入了太学！

他需要的根本不是事实，他是希望刘某人亲口说出，自己跟前朝宗室没任何关联！如此，他才能放心大胆提拔，就像他当初提拔刘歆！

当年哥哥花了巨大代价送自己来太学，是希望自己用功读书，他日为官一方，光耀门楣！自己在藏书楼里日夜苦读，也是为了出人头地，让整个家族摆脱下坠的态势，重新回到富贵门墙！

如果自己实话实说，非但这次被皇帝召见的机会将白白浪费，将来的前途恐怕也会步步坎坷。而如果自己顺着皇帝的意思说……

烛火跳动，照亮御书房的廊柱与画梁。这是刘氏祖先从废墟上建立起来的未央宫。现实的富贵荣华，像一块金锭，在刘秀脚下闪闪发亮。而祖先的荣誉，则像一块寒冰，沉重地压住了他的肩膀。是低头捡起金子，还是继续挺直腰，扛着祖先的荣誉跟跄而行？这种选择，对一个刚刚长大的少年人来说，真的是无比艰难！

"刘秀，你可考虑清楚了再回答！"赵姓监门的话像刀子般，切割着少年人的心脏。

王莽的要求很简单，只要刘秀亲口否认跟前朝的关系，就会立刻论功行赏！这考察的不是学问、能力和反应速度，而是考察态度。

是选择荣华富贵，还是选择尊严？这个问题很难，其实，也很简单。

当初，在棘阳城中，哥哥和他，其实已经做出过一次选择。

是交出马武,换取官府奖赏,还是豁出去性命,保护马氏兄妹离开?

当初,在灞桥上,哥哥和他,曾经选择过第二次。

是眼睁睁地看着王氏和阴丽华被掠走,装聋作哑直奔太学,还是挺身而出,制止凤子龙孙的胡作非为?

大哥曾经带着他,毫不犹豫地拔出了布衣之剑。

如今,大哥不在身边,他需要自己来选择。

有股浩然之气,忽然注满刘秀的全身。再度躬下身体,他用颤抖的声音,认真地回应,"启禀圣上,学生不敢欺君!学生是前朝高祖的九世孙,景帝第六子长沙定王之后。跟没改名字之前的刘祭酒,算是同族!"

【做官要做执金吾】

众侍卫齐齐按住剑柄,只待皇帝一声令下,就将御书房内这不知道死活的少年人拖出去,乱刃分尸。

许久,许久,大新朝圣人皇帝王莽忽然笑了笑,缓缓问道:"不敢欺君?这话朕好像听说过一次。刘文叔,上回你先在文章中把上古之制菲薄了个遍,又以一句不敢欺君,妄图蒙混过关?"

"启禀圣上,学生不敢!"既然已经豁了出去,刘秀的心态反而不像先前一般紧张,不卑不亢地向王莽抱拳施礼,"学生不敢欺君!去年岁末大考,学生只为了答卷而答卷,并未考虑时政。而学生以为,时政自有陛下和三公九卿定夺,学生区区一份考卷,传播不到朝堂之上,也不足以影响您和百官的决断!"

在场众人,都忍不住轻轻摇头。

然而,大新天子王莽的反应,再度出乎所有人的意料。只见他先盯着刘秀上看下看,仿佛在欣赏一件绝世奇珍,又曲起手指,在御书案上缓缓敲动,直到所有人都头皮隐隐发乍,才忽然带着几分嘉许轻轻颔首:"也对,以诚事君,总好过谎言相欺!你,回去继续用功读书吧!"

没想到王莽居然大度地放过了自己,刘秀有些措手不及。但是很快,他就调整好自己的心态，俯身长揖，端端正正地向御案施礼，"学生告退，恭祝陛下万岁，万岁，万万岁！"

"免了，世间哪有万岁的帝王！"王莽摇摇头，"来人，传旨，刘文叔事君忠诚，好学上进，当为太学诸生表率！赐钱五十万，以嘉其才华品行！"

刘秀又惊又喜，再度俯身下拜，"学生谢陛下鸿恩！"

对方纵有千般不是，至少这份胸襟与气度，让他心悦诚服。

"你下去吧，好好读书，莫辜负了令师的期待！"王莽将目光转到了小山般的奏折上，开始翻拣批阅。直到刘秀的脚步声彻底在书房外消失，也没有再次抬头。

"阿嚏！"走出未央宫大门，被迎面而来的寒风一吹，刘秀喷嚏连连。

天色已经擦黑，原本约好用马车顺路载他返回太学的祭酒刘歆（秀），已经先走一步。他今天在御书房内，足足逗留了两个时辰！

"圣眷甚隆！"想到有些人可能会产生的误解，刘秀摸着自己的鼻子苦笑。惶恐、喜悦、期盼、紧张、愤怒、绝望、震惊、钦佩……十数种心情，走马灯般过了一个遍，让他现在回忆起来，恍如隔世！

大新朝皇帝是准备封他做官的，刘秀相信自己的判断没错，并且官职还不会太低，前提是他肯像祭酒刘歆（秀）那样，果断与前朝宗室划清界限。然而，不知道为什么，他却突然犯了倔，偏偏要亲口强调自己是大汉高祖的嫡系子孙。虽然，他早就成了一介布衣！

现在回想起来，刘秀自己也不知道为何要那样做。其实平素的他，内心深处也充满了封妻荫子的渴望。前朝宗室的血脉，祖先们的荣耀，在他眼里，其实早就成了过眼云烟。可当王莽逼着他亲口否认自己的血脉之时，刘秀却鬼使神差地在乎起来！想要以性命捍卫姓氏的尊严。

"也许，是受了皇宫内帝王之气影响吧！"走在寒风中的刘秀，苦笑着给自己寻找借口。官是当不成了，五十万钱，不知道皇上会不会兑现，也不知道最后发下来的是当五十钱的大泉，还是面值五千钱的金错刀？更不知道，这些钱经过七扣八扣之后，最终会有多少落在自己之手。

而远在舂陵的刘家，还等着自己出仕，换取免交赋税的资格呢！阴方虽然答应将侄女下嫁，但长安城中随便一处像样的院落，价格也在二十万钱以上。卒业之时，如果皇帝已经忘记了自己的名字，拿出一些钱来打点，再搭上恩师的面子，也许还有机会混个一官半职。但是，像岑彭那样直接去做县宰就甭指望了，能像吴汉当年那样被丢到穷乡僻壤做亭长，已经是烧了高香……

正默默地想着，前方忽然传来了一阵哭声，随即，喝骂声、哀求声和皮鞭打在身体上的脆响，接踵而至。"谁吃了豹子胆，在皇宫旁边就敢欺负人？"刘秀愣了愣，本能地抬起头，向前张望。

只见昏暗冷清的街头，忽然走过来一大群灾民。老的老，小的小，个个衣衫褴褛，满脸绝望。而在他们身边则有同样数量的骁骑营兵卒，提着粗大的皮鞭，不停地抽抽打打，"走快点儿，别磨蹭。今晚必须出城，谁都甭想赖着不走！惹急了老子，直接将你们推到城墙根底下，一刀一个！"

"各位，圣上向来仁厚。昨天还亲自前往南郊替百姓请求上苍垂怜！尔等怎能在皇宫门口，随便殴打圣上的子民？！"刘秀现在手无寸铁，也没有一官半职，能依仗的，只有"圣上仁厚，关爱万民"这张大旗。

"小样儿，还挺能说！"带队的"当百"①眼睛一瞪，打量刘秀，"太学生？大晚上的不回去读书，在皇宫前乱晃什么？滚，休要多管闲事！"

"太学生刘文叔，见过将军！"被瞪得头皮发麻，刘秀却强撑着一步不退，"寒冬腊月，城内尚且经常看到冻僵的尸体。您老把他们往城外赶，不是催着他们去死么？万一有司知晓奏明圣上，您老恐怕很难逃脱责罚！"

"百将小心！"旁边一名小卒低声说，"他是刘文叔，昨天替皇上挡箭的那个！"

"将军，上苍有好生之德！"发觉自己没有被授予任何官职的消息还未传开，刘秀索性狐假虎威。

---

① 当百，就是百人将，又叫队正。

"这……""当百"田酬咧了下嘴,脸上的表情好生为难,"刘上官您有所不知,昨天有灾民受刺客指使,冲击御辇……"

"我当时也在场,那些都是成年男子,而你抓的,除了老人就是妇孺!"既然被当成了皇帝的宠臣,刘秀索性一装到底,"放了吧,你的上司……"

"谁在管我骁骑营的闲事?!"话才说到一半,骁骑都尉吴汉骑着一匹通体雪白的骏马,在二十几名亲兵的前呼后拥下,缓缓走了过来。

"学生刘秀,见过吴都尉!"刘秀强忍怒火,主动向对方拱手,"这些百姓老的老,小的小……"

"原来是刘学弟,敢问学弟如今官居何职?"吴汉冷笑着打断。

"你……"刘秀顿时就被问愣了,两眼喷火,却迟迟说不出一句完整的话。他没有被授予任何官职,所以他管不到骁骑营的头上,更管不到皇帝的女婿吴汉。他依旧是一个穷学生,甚至连前途也黯淡无光!

正愤怒间,耳畔却传来了一声响亮的怒喝:"他没有一官半职,管不得骁骑营的闲事。严某官居执金吾,也看不惯骁骑营的作为。不知道严某,有没有资格替百姓向吴都尉讨个人情?!"只见一名头顶金盔、身披锦袍的武将,骑着一匹汗血宝马缓缓而至。手中金色节钺,寒光四射。

吴汉的冷笑,也立刻冻在了脸上。

来人姓严名盛,官拜执金吾,奋武将军!年俸两千石,掌管京畿各部禁军。帝王外出,执金吾策马持节杖,行于御辇之前,以宣威仪。帝王回宫,执金吾巡视宫城及都城,捉拿宵小之徒,弹压不法!

严盛将手中象征着权力的节钺举了举,"吴都尉,见了上官该如何行礼,莫非你从戎之时,没有人教导你么?"

吴汉强忍羞恼,翻身下马,拱手肃立,"骁骑营都尉吴汉,参见将军!"

"罢了!"严盛又将节钺向上举了举,算是还礼,"陛下让你整肃城内治安,谁叫你把老弱灾民全都赶到城外去的?眼下正值寒冬腊月,年轻力壮者在寒风中冻上一宿,都难免会生场大病。你把这群老弱妇孺赶到长安城外去,不是等同于直接杀了他们?"

吴汉怒火中烧，却不得不装出一副毕恭毕敬模样，拱起手，大声回应道："将军有所不知，卑职已经掌握了确凿证据，昨日那群刺客，曾经与灾民们混在一起，同吃同住。甚至还拿出过钱财，购买粮食，收买灾民为其所用！"

话音刚落，四下里就响起一片喊冤之声。

执金吾严盛听了，心中立刻有了计较。"那证据呢，拿来我看！如果人证物证俱在，无论谁跟刺客有过接触，都立刻捉拿入狱。然后顺藤摸瓜，寻找刺客背后的主谋！"

"这……"吴汉的脸色白了又黑，黑了又白，迟迟给不出回应。

他所谓的证据，不过是捕风捉影而已。而将灾民不管男女老幼，一并驱逐到城外自生自灭，则是一种最省事的措施。既让刺客的同谋无法继续混在灾民中躲藏，又可以还长安城一个清静，免得有灾民饿急铤而走险。

"将军恕罪！卑职、卑职只是耳闻！没有人证和物证！"吴汉官职不如别人大，只好拱手认错。

看在建宁公主的面子上，严盛不想让吴汉过于难堪。"放了他们吧！放他们一条活路。陛下素来爱民如子，绝不愿看到你如此对待老弱妇孺！"

"是，卑职遵命！"吴汉肚子里，把严盛的祖宗八代问候了个遍。行动上，却只能选择顺从。

"你当年是青云榜首，想必书读得不差！"严盛知道他心中不会痛快，温言告诫，"应知'仁者爱人，有礼者敬人'的道理。况且你我今日都是陛下爪牙，一举一动，都事关圣上声名。你把百姓朝城外一赶了之，自己倒是落了个清闲。而过后百姓冻饿而死的罪名，却全都要落在陛下身上。陛下对你我都有知遇提携之恩，我等如此相报，过后岂能心安？"

吴汉闻听，愈发无言以对。只能红着脸，拱起手连连称谢。在旁边偷偷看热闹的刘秀听了，心中也对严盛油然生起了几分敬意。冷不防，却发现对方将目光转向了自己，大声问道："喂！那胆大包天的书呆子！当街妨碍骁骑营执行公务，你莫非嫌自己活得太舒坦了么？"

"学生刘秀,见过执金吾!"刘秀被问了个措手不及,赶紧红着脸上前数步,长揖及地,"学生刚才并非有意妨碍公务,而是见灾民们哭得可怜,想要替他们讨个人情!"

"只是想讨个人情?你这小子,倒是机灵!"严盛又看了他一眼,笑着点头,"机灵且好心肠,难怪有人要托严某照顾于你。走吧,马上就要到宵禁时间,你自己走,一路少不得被巡夜士兵盘问。严某今天干脆就好人做到底,直接把你送回太学!"

"这……"刘秀愣了愣,再度躬身,"多谢严将军!"

"什么谢不谢的,家父与令师是同门,咱俩其实还算师兄弟!"与先前面对吴汉时判若两人,严盛笑呵呵地跳下汗血宝马,将节钺和缰绳都交给跟上来的亲信侍卫,然后笑呵呵地走到刘秀身边,与他并肩而行。

"如此,学生就恭敬不如从命了!"刘秀听得满头雾水,却知道此刻不是刨根究底时候。

正憋了一肚子气的吴汉,同样被严盛对待刘秀的态度弄得莫名其妙。愣愣半晌,直到二人的身影彻底被夜幕吞没,也没想明白,为何姓刘的运气如此之好。分明刚刚惹怒了皇帝,眼看着就要破鼓众人捶。转眼间,却又冒出来个执金吾,主动替他撑腰!

另一边,严盛正低声数落,"大汉高祖的后人又怎么样?大汉高祖当年还不是一个亭长?要是都按照血脉论尊卑,当今天子就该姓姬[①]!"

"严将军!"刹那间热血上头,刘秀猛地停住了脚步,大声怒吼。

"大胆!"不仅严盛本人被吓了一跳,愕然停住了脚步。跟在不远处的严氏亲兵们,也纷纷高喊着围拢了过来。

"严将军想必误会了!"想到对方刚刚才替自己解过一次围,刘秀深吸一口气,将声音降低,"刘某从没指望凭着姓氏和血脉获取什么,但是,人却不能见利忘义,更不能数典忘祖!若是为了谋取官职,刘某连自己都不

[①] 姬,周天子的姓氏。

认，那刘某才真的是禽兽不如！若陛下指望驾驭一群数典忘祖之辈来实现三代之治，恐怕陛下也是在缘木求鱼！"

"大胆！执金吾面前，也敢满口胡言乱语！"众亲兵手按刀柄大声呵斥。

"退下，没你们什么事情！"严盛却喝止了自己的亲兵，笑了笑，上下重新打量刘秀，"你这个小子，的确有点儿意思！不但胆子够大，肚子里还很有一套！你就不怕严某将你刚才的话，汇报给皇上？……"

"严将军不是那种人！"刘秀拱了下手，沉声打断，"如果严将军是，刘某只会怪自己有眼无珠！"

他终于明白自己为何不肯顺着王莽的意思说话了。那股浩然之气，其实一直养在自己心里。因此，哪怕是换一个时间地方，自己依旧会做出同样的选择！虽然选择之后，自己也会因为错过一场富贵而感觉惋惜！

被扑面而来的骄傲熏得面孔发烫，严盛愣了愣，仰天大笑，"有意思，的确有意思。如今长安城里，像你这样有意思的人可真不多。来，拿去！"

说着话，他从怀里摸出一块带着体温的玉玦，用力按在了刘秀胸口，"这是严某的随身之物，你带着它。将来万一被人欺负得狠了，就亮出来，说不定还能救你一命！太学到了，严某不送了，咱们就此别过！"

"这，多谢将军！"刘秀根本没有拒绝的机会，只好捧着玉玦，向严盛的背影拱手。这不是他收到的第一枚玉玦。在寝馆床头的箱子里，还放着另外一块！

"请他帮我的人，不会是……"灵光乍现，刘秀再度停住脚步，迅速回头。严盛的身影已经消失不见，黑漆漆的长安街头，只有几点朦胧的灯火，照亮巡夜人的眼睛。

"瞎想什么，室主可是救命之恩！"刘秀转身朝太学走去。

下一个瞬间，他却又想到，严盛说过，他父亲严尤跟王莽当年乃是同窗。严家有了儿子，王家有了女儿，当时王莽还没接受禅让，两家门当户对，子女们多有往来，两小无猜……

那皇帝怎么不肯将室主下嫁给严盛?

答案接踵而至。严尤是大司徒，严盛是执金吾，父子两个，一个手握重兵，一个坐镇禁军。如果黄皇室主再嫁入严家，以王莽那种多疑性子，怎么可能还睡得着觉?!只可惜黄皇室主，打小就被父亲当作工具。第一任丈夫死去多年之后，依旧要被无情地牺牲。只可惜执金吾严盛，明明每天都与喜欢的人擦肩而过，却不能表明心迹，更没有任何可能相约白头。

【娶妻要娶阴丽华】

刘秀浑浑噩噩走到寝馆的门口，发现除了平素跟他走得近的好友与同窗之外，狭窄的寝室内，还有两张与学子们格格不入的面孔，一个是王修，另外一个，赫然是五经博士阴方。

"文叔，你可回来了!"邓奉第一个跳了起来，"你可真有本事!第一次被皇上召见就能说上整整一个下午!"

"是啊，我阿爷还说，皇上日理万机，无论召见谁，都不会超过一炷香工夫!"苏著也老气横秋地补充。

"你的官服和印信呢，赶紧拿出来让我们开开眼界?"

"我刚才跟人打赌，至少是正五品。否则不足以酬你舍身挡箭之功!"

"此事、此事说来话长!"刘秀被问得好生尴尬，红着脸，轻轻摇头。

还没等他想好该如何解释自己空手而归的事情，门帘再度被人用力拉开，王修和阴方大步走了出来。

"文叔，你的马车呢?皇上居然没有赐你官车?"

闻听此言，刘秀的脸色愈发尴尬，连忙作了个揖，"启禀夫子、世叔，学生是自己走回来的。皇上赐予学生五十万钱，说是过几天派人送来!"

王修是何等的"聪明"，立刻意识到，刘秀这次恐怕是空手而归了。有阴方在侧，他不方便当场追问刘秀到底在皇上面前做了什么蠢事。"雷霆雨露，俱为君恩。五十万钱不是小数，省着花，足够你一辈子吃喝不愁。阴博士找你还有事，老夫就不多打扰了!"说罢，抬脚就走，唯恐撤得慢了，沾染了一身晦气。

阴方是有名的谦谦君子，察觉刘秀居然依旧是个布衣，笑了笑，安慰道："常言道，天欲降大任于斯人也，必先苦其心志，劳其身形。皇上没有赐予你官职，恐怕是担心你磨砺不够。过上几年，肯定还会想起你来，另有重任。今天天色已晚，老夫就不打扰你们了。早些休息，明日别耽误晨课！"

刘秀心中，顿时一凉。但想到对方昨天的承诺，忍不住追了两步，试探道："皇上赐给学生五十万钱，学生想在长安城内，先置办一所小点的宅院。世叔能不能帮我给丽华带句话，问问她喜欢住在什么地方……"

"她喜欢住的地方，自然是成贤、辅仁、乐政这些街巷！"阴方脸上的笑容一扫而空，皱着眉头，大声打断，"这些地方，岂是用钱所能买到？刘文叔，你居然如此不知上进，有了钱，不想着孝敬长辈，买书苦读，居然一味地只顾享乐，真是叫老夫失望！"

没想到阴方翻脸也如此之快，刘秀愣住了，双拳在腰间握得紧紧。

阴方被他身上的杀气吓了一大跳，迅速后退了两步，大声说道："怎么，一言不合，你就要杀师么？刘秀，你好大的胆子！"

"学生不敢！"瞬间意识到自己的失态，刘秀强压下心中的怒火，躬身道歉，"学生只是忽然想起几段往事，有些走神而已。夫子请回，学生此刻心乱如麻，不能远送！"

"往事？"阴方愣了愣，还以为刘秀又提当年的救命之恩，冷笑着摆手，"的确，老夫昨天也说过，家兄一家老小，还有丽华，当年都是你们兄弟所救。大恩不能不报。五十万钱，在长安城内也买不到什么像样住处。老夫改天派人给你再送二十万钱来，也好让你卒业之后，在长安有个落脚之地。以后别去打扰丽华了，她福薄，配不上你这种少年才俊！"

"你……"一股无名业火，再度烧红了刘秀的眼睛，他忍不住就想冲上去，将阴方那张脸打个稀烂。哥哥刘縯当年曾经跟他说过，救助阴家只是出于心中的侠义之气，绝非为了钱财。一旦收了对方的钱，就等同于对方雇用的刀客和家丁，地位立刻低了一等。而阴方此时所言，分明是把他们兄弟当成下人一般看待，这让刘秀如何能够忍受？

"文叔，休要冲动！"好在严光反应快，发觉情况不对，立刻侧身挡在了他和阴方之间，"这里是太学，夫子好歹对严某也有授业之恩！"

"文叔，不值得！"邓奉和朱祐也快步冲上，用力拉住了刘秀的胳膊，"不值得！有所为有所不为！"

理智又返回了刘秀身体。他知道，朋友们都是出于一番好心。今天自己如果痛打了阴方，无论打得有没有道理，这辈子都会背上辱师的污名。而王修、王固、吴汉等人，正找不到坑害自己的理由！

"怎么，你还想打我？"阴方接连后退了数步，发现刘秀被严光等人拦了下来，大声冷笑，"如此不忠不孝之徒，也难怪陛下不肯用你。刘文叔，你好自为之。钱，阴家给了。其他的，想都别再想！"

刘秀被怒火烧得两眼发红，转念想起阴丽华正托庇于阴固、阴方两兄弟门下，难免遭受池鱼之殃，斟酌了一下，沉声说道，"当年之事，不过是举手之劳而已。回报之言，阴博士也无须再提。若是府上钱多得使不完，不妨去开个粥棚赈济灾民！"

"对，开个粥棚，积些阴德。免得哪天遭了报应，全长安的人拍手称快！"马三娘的声音紧跟着从黑暗中传来，又冷又硬。

这下，轮到阴方怒火攻心了，飞快地转过头，对马三娘大声喝骂，"哪里来的刁蛮女子，一点家教都没有！这里是太学……"

"你说对了，我就是刁蛮女子，没半点儿家教！"马三娘猛地一纵身，抢在所有人作出反应之前，跳到阴方身侧，劈手就是一记大耳光，"啪！"

"啊——"阴方被打得一个趔趄，惨叫着摔倒于地。严光见状，赶紧上前阻拦，却被马三娘一记腿鞭送出了两丈多远。

"我没家教，读书少！却懂得什么叫救命之恩！"又一个箭步跨到阴方身旁，马三娘俯身，对准阴方的脸孔一下下猛抽。

"却懂得什么叫言出必践！"

"却懂得不拿自己的家人当蒲包去换取功名富贵！"

可怜那阴方,如果是被刘秀给打了,过后还可以控告他"辱师"。被马三娘打了,却连报复的机会都没有,只能凭本事自保。偏偏今晚他最初目的是送货上门,将刘秀和阴丽华的婚事订下来,所以身边并未带任何随从!

"三姐、三姐住手,他是我的师傅!他毕竟是我师傅!"好在严光心软,多少还念着师徒名分,从地上一个轱辘爬起来,舍命相救。

"他这样的人渣,也配做你的老师?"马三娘不屑撇嘴,终究还是停住了手,"他帮青云蚂蚁对付你的时候,可曾想过你也是他的弟子?!"

这个问题实在太扎心,严光没有办法反驳,也没有脸面反驳。只能用自己的身体护住阴方,默默地拿出手帕替他擦拭鼻孔里冒出来的血水。

谁料阴方却不肯领情,一把将他推了个趔趄,手指马三娘破口大骂:"妖女,有本事你今天打死老夫!否则等许老怪病死,老夫一定要你好看!"

"你们都听到了,是他自己犯贱叫我打的!"马三娘听他咒许夫子早死,不怒反笑,"我不能不帮这个忙!"

说罢,一个跨步上前,劈头盖脸又给了阴方四个大耳光,这一次,可是用了十足的力气。当即把阴方打得满嘴是血,眼皮一翻就昏了过去。

"三姐,别打了。打出问题来,又给孔师伯添麻烦!"刘秀虽然恨阴方无耻,却更担心马三娘闯祸。

马三娘被刘秀轻轻一拉,顿时气焰全消,柔声解释:"是他诅咒义父在先,我才给他一个教训。如果今天孔师伯亲自到场,也绝不会轻饶了他。不过,你说得对,犯不着为这种无耻之徒去给师伯添麻烦。严子陵,你马上带他走,今晚千万别让我再看见他!"

"多谢三姐!多谢文叔!"严光知道自家师傅理亏,抱歉地拱了下手,俯身背起阴方,逃之夭夭。

"这种师傅不如不要!"马三娘冷笑摇头,又皱了皱眉,换了一种温柔的语气,"不管他了,等他吃足了苦头,自然会醒悟。倒是你,今天到底在皇帝面前说错了什么话,怎么连个庶士都没捞到?"

"肯定是我说错话了!"刘秀却没心思向大伙解释太多,简单地回应了一句,"三姐,你怎么知道我没被授予官职的?还有,阴方今天到底怎么得罪了你,让你下如此重手?"

"我就知道你会有此一问。"马三娘白了他一眼,没好气地回应,"不是他得罪了我,是他们阴家从上到下就没一个好鸟,当然,你的丑奴儿除外!"

"你去阴家了?丑奴儿怎么了?三姐,你怎么会去见丑奴儿?!"刘秀闻听,顿时头皮一阵发紧,追问的话如同连珠箭般脱口而出。

马三娘勃然大怒,"我为什么就不能去阴家?我又为什么不能见丑奴儿?当年救她一家性命的,可不只是你一个!"

怒过之后,却忽然眼睛一红,"你放心好了,丑奴儿没事。只是因为顶了她伯父几句嘴,被阴家给禁足了。连带着我也遭了池鱼之殃,被阴家给赶了出来!"

"禁足?"刘秀心里愈发着急,却不敢再得罪马三娘,犹豫了一下,"原来三姐下午去探望了丑奴儿。刚才是我没想明白,三姐不要生气,小弟给你赔罪了!"

马三娘被他彬彬有礼的模样,气得胸口发堵,却不知道到底该不该发作,更不知道如果自己此刻拂袖而去,将来还有没有机会回头。愣愣半晌,终于惨笑着咧了咧嘴,柔声回应:"自家姐弟,你客气什么?我是听说阴方这个老不要脸的,昨天当众替你和丑奴儿做媒,赶过去恭喜她的。谁料才说了没几句话,就听到院子里乱成了一团。然后,丑奴儿的伯父阴固和堂兄阴盛就闯进了她的闺房里,说你得罪了皇帝,被赶出了宫门,你和丑奴儿的婚事也就此作罢!"

"恭喜?才怪!"邓奉等人知道马三娘的脾性,在一旁连连摇头。心中对阴丽华的遭遇,充满了同情。

昨天刚刚被阴方当众许给了刘秀,今天听闻刘秀没有平步青云,又立刻反悔。阴固、阴方两兄弟的脸可以不要,少女自身将来又如何在长安城内立足?将来无论嫁于谁家,恐怕都会有人在背后指指点点,说终于卖了个好价钱。根本不会考虑阴丽华本人到底能做得了几分主,悔婚是出于无奈还是自愿！

"此事不怪丑奴儿！她、她寄人篱下，根本、根本身不由己。"刘秀的努力装出一副平静的表情，柔声说道，"三姐，多谢你告诉我这个消息。如果、如果你将来还去见丑奴儿，就替我转告她，不怪她，是、是刘某今生无福！"

自己终究跟她有缘无分！一颗心，刹那间千疮百孔。在双脚迈出皇宫的刹那，刘秀以为自己可以坦然面对所有结果，到现在才忽然发现，有些结果，真的令人无法承受！

"刘文叔，你如果这样就放弃了，怎么对得起丑奴儿！"原本还想再让刘秀着急一会儿，看到他脸色惨白、失魂落魄模样，一股热浪瞬间涌上了马三娘的脑袋。猛地从怀中掏出一方手帕，一把摔向刘秀。

"啊！"刘秀被摔了个猝不及防，本能地将手帕抓回了眼前。

众人齐齐低头，借助寝馆内透出来的灯光，恰看见一双未绣完的白鹤，在手帕上交颈而舞。

是丑奴儿绣给刘某的！丑奴儿依旧在等着刘某！刹那间，刘秀就明白阴丽华的心意。胸口处痛得钻心，又幸福得几乎要炸裂。

"丑奴儿是不肯听从她伯父的话，才被阴家禁了足。但临走之前，丑奴儿却偷偷把这个塞在我手里，让我带给你。"马三娘的眼睛里，忽然涌出大颗大颗的泪水，怎么擦，都擦不干净。

望着痴痴呆呆的刘秀，她银牙紧咬，用尽全身力气补充，"她还、还托我带给你一句话！山无棱，天地合，乃、乃敢与君绝！"

说罢，一顿足，双手掩面，狂奔而去！

"三姐，三姐！"朱祐看得好生难过，拔腿欲追。寒风中，却又传来了马三娘的声音，哀怨中透着决绝，"刘秀，你将来如果辜负了丑奴儿，我拼着性命不要，也会将你碎尸万段！"

朱祐的双腿像灌了铅一般，再也迈不动分毫。扭头再看刘秀，也仿佛被人当胸打了无数拳一般，脸色煞白，嘴角青灰，望着马三娘离去的方向，呆呆发愣。

第十六章　梦想不死

【祭酒设宴荐贤士】

这次打击，不可谓不重。接下来一连五六天，刘秀都有些精神恍惚。抄录竹简时连续出错，跟人交往时，也经常神不守舍。

他进宫面圣结果毫无所获的消息，在某些人的刻意推动下，很快就传遍了整个太学。先前主动凑上前来，希望他发迹之后能提携自己一把的同窗，纷纷掉头闪避，唯恐躲得不够及时，被沾染了一身晦气。先前一些自称对他有过传道之恩的秀才、公车和韦编，也毫不犹豫地将他"开革"出门。甚至还有一些同学，认定了他永无出头之日，主动向青云八义靠拢，随时准备落井下石。

人心易变，邓奉、朱祐和严光三个，早在三年多之前就从阴固身上见识过了，所以也不觉得有何奇怪。只是悄悄提高了警惕，约好几个老友，大伙儿轮番陪着，坚决不让刘秀落单，以防万一遇到事情相助不及。

这天，快嘴沈定带着一身雪花闯了进来："文叔！文叔，快来！文叔哪里去了？"

"在藏书楼，苏著和牛同在那边陪着他！"朱祐对沈定的印象一直不错。

"怎么又去抄竹简了，他不是刚刚得了三十多万钱么？"

"是价值三十万钱的大泉！总计才六千枚，连座能住人的院子都买不到！"

"只经过了两次手，就少了三成半！好在这还是天子脚下……"

沈定却没心思听他们抱怨，"少就少，早晚都能赚回来！你们眼睛不要那么小！走，咱们赶紧去找文叔！"

"找他，你自己去不就行了么，你又不是没去过藏书楼。"朱祐等人都是穷鬼，顿时被沈定视金钱如无物的"潇洒"态度气得发堵，不约而同地向后躲了躲。

"怎么一个个变得如此婆婆妈妈？"沈定丝毫没意识到三人的态度变化，"刘祭酒在诚意堂设宴，为刚刚剿匪凯旋的大司徒庆功，要今年岁考的前二十名作陪。文叔，我，还有你们几个，都在陪客之列！"

"祭酒设宴给大司徒庆功，关我们何事？"

"哎呀，你们三个真是读书读傻了。刷脸你们懂不懂？就是让咱们几个有机会先给大司徒留个印象。明年夏天就该卒业了，大伙儿能否出仕，今后仕途走得是否顺利，不能全指望一张文凭。先在朝堂上几位重要人物面前，留下一个印象，到时候主动去投帖子也好，坐在太学里等待有司征召也好，总归比谁都不知道你强！"

"哦！多谢沈兄！"三人终于恍然大悟，齐齐向沈定道谢，"要不是有你，我们三个，今晚非闹笑话不可！"

"都是自家兄弟，你们跟我还客气什么？"沈定一边迈腿往外走，一边连珠箭般回应，"赶紧去找刘文叔，大司徒跟圣上有同门之谊，如果他肯帮忙说情，皇上肯定也会对文叔先前做过的傻事一笑了之。快去，别耽误了。咱们已经迟了，人家青云八蚁，数日之前就跟在自家长辈身后，带着鸡鸭鱼肉迎出城外了。咱们今天无论如何都得亡羊补牢，否则，好事全被他们八个占尽了！"

【典乐举徒巧绸缪】

朱祐、严光等人，这几天也一直在为刘秀的安全和未来发愁。听沈定如此一说，立刻大步冲出门外，轻车熟路，很快就在藏书楼里把刘秀揪了出来。然后大伙从头到脚仔细收拾了一番，联袂赶往诚意堂。

虽然他们的动作足够利落，抵达时里边已经挤得满满当当。专门用来摆放菜肴和果蔬的矮几，以大门和主位为轴，在两侧密密麻麻摆了三大排。加起来足足有一百多个位子，远远超过了沈定先前所说的数量。

"那八个蚂蚁是提前得到消息，在半路就接上了严司徒。还有一些是家里提前打过招呼的，祭酒也不好不给他们机会！"唯恐有人说自己不识数，沈定脸色微红，压低了声音快速解释。

"明白，哪回不是这样？早就见怪不怪了！"邓奉撇撇嘴，脸上露出了明显的不屑，"咱们能进来，就不错了！"

"管他，既然已经来了，先找个地方坐下再说！"朱祐踮起脚朝堂内看了看，"我看右侧最后一排，好像还空着几张矮几！"

话音刚落，耳畔却传来一声低低的呼唤，"子安，文叔，士载，还有你们几个岁考名列前茅的，跟上我。祭酒把你们安排在了左首第一排！"

众人迅速扭头，恰看到五经博士崔发那圆圆的面孔，皱纹里都带着笑。

"崔夫子，您老、您老也在？"沈定被吓了一跳。在他印象里，眼前这位崔博士平素对谁都不假辞色，却不知今天怎么主动下场当起司仪来？

"老夫怎么就不能在了？"崔发今天心情不是一般的好，"老夫如果今天不来，以后再想凑这种热闹，恐怕就难喽！皇上给老夫专门下了圣旨，等明年开春，老夫就要去典乐①履新……"

"恭喜夫子！"没等对方将话说完，刘秀等人已经齐齐躬身道贺。

在校三年多，他们早就不再是对官场情况一无所知的白丁。心里头都清楚，像崔发这种五经博士，如果继续留在太学里教书，这辈子只是空顶着一个博士的虚名，捞不到半分实权。而回到朝堂之上，却最低都是一任大夫。如果运气更好些，直接出任典乐卿都有可能！②

---

① 典乐，原为鸿胪寺，后改为大鸿胪，王莽改制，改为典乐。有典乐卿、典乐大夫等职位。
② 典乐卿，为鸿胪寺的主管，属于九卿之一。新朝中央官制，有三公、九卿、二十七大夫、八十一元士。九卿属于极高的官职，每人负责一个要害部门。

"同喜，同喜。你们几个努力，如果卒业后不嫌典乐那边清闲，可以直接向老夫投帖！"崔发轻轻拱手，满脸得意地发出邀请。

沈定和刘秀等人不是他的嫡传弟子，平素又跟他没太多交往，当然不会将这种邀请当真，笑呵呵地客套了几句，跟在崔发身后快步入席。

汉代以左为尊，主人的左侧，从对面看恰恰是右侧。所以作为今天的主宾，大司徒严尤的席位被安排在了右手第一。而他的正对面，左手第一排，是专门为二十名岁考成绩出色的学子留出来的位置。

看到崔发带着沈定等人落座，在场的若干学子，眼睛里顿时露出了羡慕的光芒。谁都知道，能坐在大司徒的对面，被留意的机会将大大增加。

刘秀刚刚恢复了一些元气，忽然间又成了数十道目光的关注对象，顿时就有些不自在。顺手从面前的矮几上抄起一盏茶水，正欲低头喝上几口，耳畔忽然又传来了一声高呼："大司徒到，诸生起身恭迎！"

"恭迎大司徒，大司徒万胜，万胜，万万胜！"刘秀连忙放下茶盏，与众学子一道站起身，向门口长揖下拜。同时，将头悄悄抬起了一些，偷偷打量来人的模样。

只见一名五十多岁的老将，在祭酒刘歆（秀）和副祭酒扬雄的引领之下，昂首阔步而入。在其身后，跟着六名心腹属下，个个都穿着整齐的武将常服，足蹬高帮鹿皮战靴，举手投足之间杀气四溢。

"不愧为本朝第一名将，连手下的爪牙，个个都是如假包换的万人敌！"被扑面而来的杀气刺激得身上一紧，刘秀忍不住在心中暗道。

"大司徒当年跟圣上是同学，读书时就精研兵法。后来领兵征讨高句丽，一战灭其精兵六万多人，杀得汉江都变了颜色。"快嘴沈定的声音从身侧传来，"班师途中，他又顺手抄了鲜卑人的老巢。让辽东二十余部，从此对我大新俯首帖耳！"

"跟在他身后第一个，是前将军陈茂，盖马山之战，阵斩高句丽二十余将，自己一根寒毛都没被敌人碰到！"不远处也传来了牛同的声音。

"还有轻车将军赵休！一箭射瞎了肃慎单于眼睛的就是他！"

"最后那个是卫将军钱宏，曾经带五百轻骑，直捣匈奴单于庭！"

"看到北岳将军了。据说这次出兵剿灭叛匪，是他第一个杀上华山！"

大司徒早就习惯了被万众瞩目，所以也不介意学生们的失礼。快步走到自己的席位之后，笑呵呵地向大伙拱手，"诸君请坐，今日乃刘祭酒的私宴，不必拘礼。否则，尔等没心思吃饭，严某自己也吃不痛快！"

众学子愣了愣，随即爆发出一阵哄堂大笑。

严尤自己也笑了起来，冲着身边的心腹爱将们轻轻摆手，"你们几个也赶紧落座，学生们肚子里没油水，扛不得饿。再耽误下去，肯定有人会偷偷抱怨老夫饱汉子不知道饿汉子饥！"

"是！"陈茂等武将齐齐肃立拱手，然后各自跪坐于预先安排好的席位之后，依旧面色凝重，腰杆笔直。周围的学子们，却愈发笑得前仰后合，心中对大司徒严尤的畏惧，也都化作了对长辈的尊敬。

须臾，作为主人的刘歆（秀）清了清嗓子，起身向客人致辞。酒宴宣告正式开始。学吏们带着奴仆鱼贯而入，将热气腾腾的菜肴和血色的葡萄美酒，摆在了每个人面前的矮几之上，更有一队花枝招展的歌姬，移动莲步缓缓而至，在管弦的伴奏下，于诚意堂中央翩翩起舞。

严尤和陈茂等百战老将，显然欣赏不了这种软绵绵的东西，碍着主人的面子，勉强应付了片刻，便开始专心致志地大快朵颐。

受好友邓奉的影响，刘秀的乐理和乐艺都相当有功底，鉴赏能力也不错，默默地看了片刻，就看出歌舞中的门道。是取自"清乐"中的"相迎"，表达将士凯旋，百姓主动带着肉食酒水相迎于道，虽有讨好之嫌，却非常符合今天的场景。

正举着酒盏慢慢品味之际，忽然，跪坐在一侧的朱祐捣了他左肋一下，低声提醒道，"王固在大司徒身后，刚刚一直偷偷地瞪你。"

刘秀抬眼看去，正遇上王固那藏着刀子的眼睛，心中涌起一丝警惕。王固却已经站起身，快速走向门外，仿佛从此对他不屑一顾。

"我都被皇上打入另册了，你还想怎么样？"刘秀轻轻摇头，笑容里顿时带上了几分苦涩。这几天,关于他"入宫面圣,却得意忘形,最后惹得天子发怒,被赶出宫外,空手而归"的流言,已经传得沸沸扬扬。这背后,没有人推动才怪!而王固虽然最近几天不在太学之内,却未必置身事外!

正无奈地想着,却又感到自己对面不远处,有一道怨毒的目光。待扭头细看,却发现博士阴方手里握着一把短刀,正对着一块羊肉"努力"。转眼工夫,就将本已煮熟的肉块,切成了一团碎碎的肉糜。

"这老东西肯定恨我恨得要死!也罢,那晚三姐是替我打的。他有什么本事,尽管冲着我来!"刘秀对自己的前途已经不抱太大希望,索性豁了出去,冲着阴方摇头冷笑。直到把对方笑得心里发毛,自己低头闪避,才慢慢收起笑容,重新欣赏场中的歌舞。

歌舞,却已经到了尾声。歌姬们齐齐蹲身,向大司徒等人行了礼,迅速离去。

主动请缨担任司仪的五经博士崔发站起来,满脸堆笑地抚掌,"大司徒乃百战名将,如此软绵绵的歌舞,怎会对您的胃口?来人,换战鼓和铙钹,且由崔某的劣徒亲自下场,舞一曲封狼居胥,以助大司徒酒兴!"

众人正诧异间,耳畔忽然传来一阵闷雷,八面牛皮大鼓,被八个彪形大汉奋力擂响。地面被鼓声震得上下抖动。

酒盏中的葡萄酒上下跳跃,宛若燃烧的火焰。

崔发的亲传弟子王固从门口飘然而入,手中长剑奋力挥舞,当空泼出一簇簇雪浪!

【师兄巧言戏纨绔】

那王固虽然人品极烂,但长相却着实不错。这些年来,在剑术上也下了许多功夫。因此,才刚刚舞了几下,就博了个满堂彩,"好——"

"崔夫子收了个好弟子!"虽然心里明白,王固下场舞剑是崔发的刻意安排,这几套舞姿和鼓乐,也是事先早就已经演练纯熟,大司徒严尤依旧将头转向了崔发,笑着夸赞。

崔发顿时两眼放光，拱起手"自谦"："严司徒过奖了。劣徒仰慕您的赫赫战功，今天非要亲自下场向您表达敬意。您别笑话他班门弄斧就好！"

"夫子这是哪里话？严某观他身随剑动，脚步灵活，进退都与鼓韵相合，便知他武艺早已登堂入室。将来军中稍加历练，恐怕就是一名万人敌。你这个做师尊的虽然学富五车，将来想要史书留名，恐怕还要仰仗于他！"

崔发要的就是这句话，立刻举起酒盏，向严尤郑重致谢。

"我辈男儿，自当封狼居胥！"诚意堂内，喝彩声不绝于耳。战鼓也越敲越急，震得人头皮隐隐发乍。顾华、阴武、甄莼等人，坐得距离严尤很近，明知道王固已经如愿以偿，依旧带头大喊大叫。唯恐坐在对面第一排的刘秀和严光等人看不到今日自己这边是如何风光。

"得意什么，有本事不靠家人帮忙，就让大司徒主动将你们招揽于麾下！"邓奉性情最急，明知道对方是有意挑衅，依旧忍不住大声奚落。

好在堂中的鼓声足够响亮，他的话才没有传到对面。却把坐在他旁边的严光给吓得寒毛倒竖，赶紧用力扯了他一把，"士载，疯了，连这么简单的激将法都看不出来？一旦你刚才的话被大司徒听见，他绝不会认为你是不平而鸣！"

邓奉咬着牙低声嚷嚷，"先故意安排一场软绵绵的歌舞，让大司徒心生厌倦，然后转向金戈铁马。只要姓王的不是根木头，肯定能令大司徒耳目一新！"

"是又怎么样，今天这场酒宴的司礼由崔夫子负责，他顺势关照一下自己的嫡传，谁也说不出什么来。"严光急得在桌子下连连跺脚，哑着嗓子低声反驳，"况且即便他不刻意给王固制造机会，王固数日之前，就已经陪着家长去军中犒师，那时早已经进了大司徒的眼睛！"

"的确，今日之举，不过是锦上添花而已！"邓禹在邓奉另外一侧，也叹息着摇头，"士载你也别看不惯，好歹咱们几个，还有机会坐在大司徒对面。你往前后左右看看，满满一屋子人，除了咱们几个，还有谁的父母都是平民百姓？"他年纪虽然小，目光却极为锐利，几句话就说到了问题的关键。

邓奉听了,顿时哑口无言,满肚子怒气瞬间化作了冰水。而坐在邓禹另外一侧的朱祐听了,却笑呵呵撇嘴,"坐进来又怎么样?光有机会,没有本事,也未必就能如愿以偿!你们看着,这王固今天一定会丢个大脸!"

"仲先,休要胡闹!"严光和邓禹一看朱祐脸上的笑容,就知道他又在憋坏水,赶紧扭过头去,低声劝阻。

"这种场合,我怎么敢胡闹?哎呀,刚才水喝多了,我先去如个厕。几位兄弟见谅!"朱祐撇撇嘴,笑着起身。

严光和邓禹大急,立刻将目光转向刘秀,期待他能劝住朱祐,却赫然发现,刘秀根本没注意大伙刚才在争论什么,甚至都没看场中的剑舞和对面的挑衅,只顾抓起酒盏,自斟自饮。须臾间,就将面前的一整觚酒给喝见了底儿。

"文叔,喝慢一些,今天的宴会估计会很长!"严光看得心里一抽。

"没事,反正我今天只是坐在这儿!"刘秀笑了笑,轻轻摇头。

他平日并不善饮,更怕酒醉误事,荒废光阴。而眼下前途一片昏暗,阴丽华又遥不可及,这杯中之物,顿时就变得可爱了起来。三杯下去,心中块垒"融化"过半,三杯又三杯,浑然忘记了自己此刻身在何处。

忽然间,鼓声戛然而止,却是王固已经献舞完毕,收剑转身,双手搭在剑柄上朝四下致意。

四下里,喝彩声也宛若雷动。

"当!"还没等雷鸣般的喝彩声告一段落,突然掺入了一声破锣!却是有人用筷子敲起了酒觚,"好,好,真的好。手柔,腰软,身段媚!"

喝彩声戛然而止。所有人都朝声音来源处望去,满脸惊愕。敲打酒觚的人,却丝毫不觉得自己煞了风景,缓缓站起身,冲着王固长揖为礼,"王师兄的舞姿,比起百花楼里的当红歌姬来,也不遑多让!"

"噗——"有人将满满一口葡萄酒喷到了矮几上。

四下里狂笑声轰然而起。学子们看向王固的目光里,充满了戏谑。

说话者不是别人,正是王固前一阵子狠狠得罪过一次的苏著,也是不折不扣的皇亲国戚。王固知道他是故意搅局,将自己比作以色侍人的舞伎。顿时火冒三丈,猛地将宝剑一提,剑锋遥指苏著的鼻子尖,"苏师兄可是瞧不起王某的身手?不妨下来,王某愿请教当面!"

"来就来,苏某怕你不成!"苏著将酒觥朝矮几上一丢,空着两手就走入了场内。先抱拳向严尤等人行了个礼,然后朗声说道:"苏某并非有意拆王师兄的台,只是觉得,大司徒之所以能百战百胜,首先凭的是知己知彼,算无遗策。其次凭的是能得将士们倾心拥戴,沙场上人人死不旋踵。像这般挥着把宝剑四下乱砍,只配庆功时给大司徒助兴,却未必能派得上用场。否则,当年战国时统领大军的就该是聂政、豫让,而不是孙武、乐毅。一统六国的就是太子丹与荆轲,更没始皇帝和王翦将军什么事情!"

没想到苏著这个纨绔子弟嘴里,居然也能说出如此有理有据的话来,众人脸上的笑意和愤怒,瞬间有一大半变成了佩服。

"住嘴!不要胡说!你、你到底是上来跟王某比剑的,还是专门上来卖弄口舌?!"眼瞅着主动权迅速向苏著倾斜,王固急得眼睛发红。

"我已出剑,莫非王师兄没看到么?"苏著笑着退半步,不屑地摇头。

"出剑,你的剑在哪儿?"王固听得满头雾水,瞪圆了眼睛四下搜寻。

正诧异间,却看到苏著大笑着拍手,"别找了,你只懂得匹夫之剑,当然看不到!苏某平素所修,乃诸侯之剑。以知勇士为锋,以清廉士为锷,以贤良士为脊,以忠圣士为镡,以豪桀士为夹。此剑直之亦无前,举之亦无上,案之亦无下,运之亦无旁。上法圆天以顺三光,下法方地以顺四时,中和民意以安四乡!"①

四下里,大笑声又起,紧跟着,就是雷鸣般的喝彩。

"苏师兄好一个诸侯之剑!"

王固两眼发直,好半响才隐约想起,苏著的话似乎出自某一卷杂书。

---

① 出自《庄子·说剑》。

而书的名字是什么，作者是谁，他却无论如何都想不起来。

"此剑一用，如雷霆之震也，四封之内，无不宾服而听从君命者矣！"苏著的做人信条里，从来没有"留情"两个字，"与此剑相比，王师兄你的匹夫之剑，无异于斗鸡。看似威风八面，一旦上了战场，结果必是丧师辱国，其罪百死莫赎！"

【少年壮志不言愁】

作为即将卒业的太学生，只要在过去的三年多时间里稍微用点心，就不会错过《庄子·说剑》这样的名篇。而王固却从始至终，都没弄清楚苏著的话到底出自何处，恰恰验证了他胸无点墨这个事实！

"姓苏的，休要逞口舌之利。有本事，你就跟王师弟当场切磋！"

"王师弟，他在拿庄子的话诓你。别跟他废话，直接手底下见真章！"

王固这才终于发觉自己丢了大丑，顿时气得两眼冒火，把宝剑向前一递，直奔苏著肩窝，"我管你练的是什么剑！能赢，才是好剑！"

苏著没想到对方在大司徒面前也敢下狠手，顿时被逼得连连后退，"且住，你已经输了。苏某刚才说过，你这种剑术无异于斗鸡！你、你真的敢往我身上刺！"

苏著眼看着要真的血溅当场，忽然传来了一声霹雳般的怒喝："够了！都给老夫住手。同门相残，算什么本事？！"

"住手，都给老夫住手！"祭酒刘歆（秀）也气得满脸铁青，拍着桌案大声怒斥，"贵客面前，你们两个还嫌丢人不够么？！"

"学生刚才一时怒火攻心，惊扰了大司徒，不敢求饶，愿领任何责罚！"王固还剑入鞘，喘息着朝严尤行礼。

"小子行事孟浪，还请大司徒见谅！"苏著眼珠一转，干脆跟王固站成了一排。

"唉——你们两个无赖顽童，彼此同窗多年，平素父辈日日相见，何必闹得如此水火不容？都退下吧，下不为例！"严尤心中对王固好生失望，却碍着其父亲和叔叔的面子,不方便当众斥责。叹了一口气,淡然挥手。

"谢大司徒!"王固怏怏地又拱了下手,低着头,快步返回座位,两眼不知不觉间又充满了怨毒。

"学生记住了,下次绝不再犯!"同样是被斥退,苏著笑呵呵地给严尤作了个揖,然后像凯旋的将军般,高高翘起下巴大步往回走。

严尤把二人的表现都看在了眼里,忍不住又轻轻摇头。

今天他接受邀请前来赴宴,目的就是检验一下本届即将卒业的学子成色,顺道从中挑选几个真正的人才。谁料先跳出来一个王固,表面光鲜,肚子里装的却全是干草!后跳出来一个姓苏的纨绔,巧舌如簧,眼睛里头却没有半点大局。

如果本届学子都跟王、苏二人一般成色,今天这顿酒宴,就没有继续吃下去的必要了。想到这儿,严尤干脆主动长身而起,"不光是他们两个,在座诸君都是太学里的翘楚,应该懂得,陛下重金聘请名师教导尔等学问,并为尔等提供衣食,绝非提供一个地方让尔等争强斗狠,更不会愿意看到尔等手足相残!"

"是,我等谨遵大司徒教诲!"众学子不敢怠慢,纷纷站起身,在各自的矮几后朝着严尤长揖而拜。

很满意众人的态度,严尤的脸色缓了缓,轻轻点头。"能不能记住,不光看嘴上说,还看将来如何相处!老夫麾下,如果有人胆敢互相倾轧,因私废公,老夫定将其军法处置!"

众学子听得心中一哆嗦,连忙又纷纷拱手。严尤忍不住又越俎代庖,替刘歆(秀)强调了一番做人和做事的基本道理。然后才双手下压,示意大伙自行落座,同时带着几分期许道:"陛下矢志重现三代之盛,是以大兴太学,以举国之力,养天下贤才。尔等当中,日后必然有人出将入相,成为国之栋梁。切莫把大好光阴,浪费在彼此之间的争风上。两只井底之蛙,打破脑袋,又能赢到多少好处?携手跳出井外,才能看到天高地阔!"

众学子被他说得脸上发烫,讪笑着再度拱手称谢。严尤笑着还了个半礼，缓缓改换话题，"老夫今日没太多时间，挨个让尔等一展所长。故而，干脆在这里问尔等一句，太学何以为太学？尔等终日在太学里埋首苦读，究竟又为了何事？"

众学子冥思苦想了好一阵，才陆续有人起身回应，"太学，乃天下学堂之冠。五帝时为成均，夏时为东序，商时作右学，周则称其为上庠。待到前朝，董圣献计于汉武，兴太学，置名师，以养天下之士，此后，太学之名方才固定下来。"

"太者，大也。大学之道，在明德，在亲民……"有人干脆直接照搬《礼记·大学》，以免多说多错。还有人则引经据典，力证太学乃一国文教之源。太学兴，则文教兴。太学衰，则其国运与文教也必然凋零。

严尤耐着性子，又听了片刻，摆了摆手，笑着提醒："老夫曾经也在太学就读，对太学的来历，也略知一二。诸君刚才说得都很有道理，但是，诸君却都只回答了老夫第一问。第二问，为何至今没有一人为老夫解惑？"

诚意堂内，热闹的气氛立刻转冷。众学子你看我，我看你，谁也不想第一个开口。严尤见此，手指坐在第一排的朱祐，"既然没人带头，老夫就随便指了。这位小兄弟，你可否解老夫心中之惑！"

朱祐没想到自己居然被第一个点到，紧张得满脸通红，然而心思却照样转得飞快。"禀大司徒，学生在此读书，一是为了谋取出身，二是为了将来能报效国家。您老刚才也提到过，陛下以倾国之力养我等太学子弟，我等应该饮水思源，学好本事，替君分忧！"

"说得好！"严尤闻听，立刻笑着抚掌，"你能如此想，也算没辜负陛下的良苦用心。你叫什么名字？师从何人？"

朱祐得到了鼓励，精神大振，作了个揖，继续大声回应："学生朱祐，字仲先，师从鸿儒刘夫子。师傅名讳，请恕学生不敢直呼！"

"原来是孟公的弟子啊，怪不得如此机变！"严尤对太学极为熟悉，立刻从鸿儒两个字上，推断出了朱祐的师承，笑了笑，将目光转向刘龚，"孟公，你教出了一个好弟子！"

刘龚年龄跟他差不多，却是严尤的晚辈，急忙起身，笑着拱手，"大司徒过奖了，仲先生性跳脱，还需严加磨砺，方堪大用！大司徒切莫因为他口舌灵活，就以为他真的学有所成！"

话虽然说得谦虚，脸上却露出了如假包换的得意之色。

严尤爱屋及乌，遇到徒孙辈的朱祐，难免顺手提携一下。"仲先，你既然准备学成之后报效国家，将来可有什么打算？"

"这小子，运气好得没边！"学子们一个个眼睛发亮，都对朱祐如此轻松地引起了大司徒的关注羡慕不已。

而朱祐本人，犹豫再三，才非常认真地回应："启禀大司徒，学生原本想将来如同家师一样，入太学做博士，教书育人，为国家培养栋梁。"

"不错，你且坐下。"严尤手捋长须，欣慰地点头，"若非圣人当年有教无类，也没后世儒学之大兴。你的志向不错，但想要达到令师的高度，还需更加努力才行。"

"是！"朱祐拱手受教，红着脸欲言又止，"不过、不过学生……"

严尤一愣，低声鼓励道："男子汉大丈夫，但说无妨。"

"是！"朱祐心中顿时有了勇气，挺胸拔背，大声补充，"不过学生见了大司徒之后，却突然有了弃笔从戎之念。所以现在心中十分迷茫，不知将来该如何选择。"

这几句话，半真半假，却让严尤心里极为受用。"你小子啊，这花花肠子，也得了令师的真传。依老夫之见，将军和鸿儒，却可以得兼。你甚至可以先投笔从戎沙场立功，等上了年纪之后，再回太学传道授业！"

"多谢大司徒指点！"朱祐大喜过望，躬身下拜。耳畔却又传来了严尤的声音，很坦诚，隐隐还带着几分告诫之意，"只是无论做将军还是做鸿儒，都需要有些担当才行。不能老怂恿别人往前冲，自己却在背后坐享其成！否则，早晚得吃大亏！"

"啊？哈哈哈哈！"众学子先是一愣，随即恍然大悟。怪不得先前苏著能将王固"打"得毫无还手之力，原来背后还有朱祐在偷偷支招！跟书楼四友比谁读的书多,那王固输得可一点儿都不冤!

"是,弟子谨遵大司徒教诲!"朱祐面红耳赤,讪讪落座。

严尤又笑着鼓励了他几句,才将目光转向周围众人,"尔等不妨也都说说自己的志向。仲先旁边这位小友,你且起来,说说将来的打算?"

"啊!"朱祐闻听,顿时脸色发苦。从他的角度看,严尤第二个点到的,分明就是刘秀。而刘秀却早就喝得醉眼惺忪,万一又说错了话……

正不知道该不该掐刘秀一把的时候,在他另一侧的邓禹突然站起来,先作了个揖,随即朗声道:"启禀大司徒,学生邓禹,志向乃是读万卷书,行万里路,斩万人敌,封万户侯!"

他此言一出,满场哗然。严尤更是惊诧莫名。他的本意,是想将朱祐身边那个醉醺醺的太学生拎起来,好好醒醒酒。岂料邓禹却主动出面,替同窗遮风挡雨。此番豪言壮语一出,再加上他稚嫩的声音,顿时诚意堂内的气氛为之大变。众学子个个擦拳摩掌,跃跃欲试。

严尤大笑着夸赞,"好志向,好气魄!雏凤展翅恨天低,说的恐怕就是仲华这种。老夫记下你的话了,老夫日后在军中等着你!"

此言一出,等同于直接将邓禹招到了麾下。顿时,周围的学子们全都羡慕得无以复加。一个个心中暗道:原来这就是借酒言志,说错了没什么惩罚,一旦说得好,就能被招揽到大司徒帐下。早知道这样……

"启禀大司徒,学生顾华,字仲夏,志向是如同前朝张良张子房一般,辅佐明君,运筹帷幄之中,决胜千里之外。"想得快不如做得快,还没等众人反应过来,王修的弟子顾华已经长身而起。

不等严尤点评,阴武亦站了起来,双手抱拳,朗声说道:"学生阴武,字止戈,志向乃是提数万精兵,直捣单于庭,封狼居胥!"

他的话音未落,阴方的弟子甄莼已经一跃而起,"学生甄莼……"

这几人争先恐后,谁也不愿意说得晚了,失去表现机会。严尤虽然听得心里头不太舒服,却只能将头转过去,对他们的志向挨个点评。

趁着这个机会,朱祐长舒一口气,双手拉住刘秀胳膊用力摇晃,"文叔，醒醒，你怎么能把自己灌醉？好不容易才有这么一个机会……"

"嗯，什么机会？皇上都不给我机会，谁敢跟皇上逆着来？他、他莫非嫌自己官做得太安稳么？"刘秀先前喝得有点儿急，再加上酒入愁肠，隐约听到有人在自己耳朵旁大喊大叫，顺嘴就回了一句。

"你，小声点。我的老天爷，你怎么醉成这样！"朱祐被吓得魂飞魄散，"赶快醒醒，一会儿大司徒肯定还得问到你。下次，可没人替你遮掩了！"

"大司徒问我什么？"刘秀只觉得脑子昏昏胀胀，身体也笨重无比，被朱祐拉得太狠，猛然一个趔趄，竟将面前的酒觥和酒盏全都撞到地上。

数十道目光，顿时齐齐射了过来，宛如数十把利刃。

朱祐连忙向大伙拱手，然而哪里还来得及？严尤猛地转过身，两眼瞪着刘秀，厉声问道："醉酒者是谁？仲先，拉他起来，老夫问问他的志向！"

"回将军，他叫刘秀。"朱祐大急，手指死命去掐，"文叔，文叔，大司徒问你话呢。"

刘秀肋下吃痛，昏昏沉沉站起身，瞪着一双发红的眼睛回应，"问我什么？"

"刘秀！"严尤怒其不争，上前狠拍矮几，大声断喝，"老夫问你，你的志向是什么？莫非就是呼酒买醉，一辈子做个酒鬼么？"

"我的志向？"刘秀被吓了一大跳，头脑略微清醒了一些，认出对方是执金吾严盛的父亲严尤，苦笑着拱起手，"当然不是做一个酒鬼。不过……"

"哪来这么多废话？"严尤忍无可忍，厉声怒喝，"纵使是草木，也知道向阳而生。纵使是禽兽，也知道翱翔天宇，笑傲山林。你堂堂八尺男儿，莫非连草木和禽兽都不如？"

"当然不是！"毕竟才刚刚年满十八岁，刘秀刹那间热血上头，扬起脖颈，怒吼着回应，"我的志向是，做官要做执金吾，娶妻当娶阴丽华！"

说罢，觉得浑身上下一阵轻松，仰面朝天栽倒下去，彻底沉醉不醒。

图书在版编目（CIP）数据

大汉光武.1,少年游/酒徒著.-上海：上海文艺出版社.2018.5
ISBN 978-7-5321-6639-8
Ⅰ.①大… Ⅱ.①酒… Ⅲ.①长篇小说－中国－当代
Ⅳ.①I247.5
中国版本图书馆CIP数据核字(2018)第057173号

发 行 人：陈　征
特约编辑：范少卿
责任编辑：于　晨
装帧设计：丁旭东
封面制图：TTTTs

书　　名：大汉光武①少年游
作　　者：酒　徒
出　　版：上海世纪出版集团　上海文艺出版社
地　　址：上海绍兴路7号　200020
发　　行：上海文艺出版社发行中心发行
　　　　　上海市绍兴路50号　200020　www.ewen.co
印　　刷：崇明裕安印刷厂
开　　本：890×1240　1/32
印　　张：12.875
插　　页：2
字　　数：353,000
印　　次：2018年5月第1版　2018年5月第1次印刷
Ｉ Ｓ Ｂ Ｎ：978-7-5321-6639-8/Ⅰ・5290
定　　价：45.00元
告读者：如发现本书有质量问题请与印刷厂质量科联系　T：021-59404766